U0904746

卷

中国文学名篇鉴赏

萧涤非 刘乃昌 主编

山东大学出版社

图书在版编目(CIP)数据

中国文学名篇鉴赏·词赋卷/萧涤非,刘乃昌主编.
—济南:山东大学出版社,2007.10
ISBN 978-7-5607-3476-7

Ⅰ.中…
Ⅱ.①萧…②刘…
Ⅲ.①古典文学—文学欣赏—中国②词(文学)—文学欣赏—中国—古代③赋—文学
Ⅳ.I206.2 I207.2

中国版本图书馆 CIP 数据核字(2007)第160369号

山东大学出版社出版发行
(山东省济南市山大南路27号 邮政编码:250100)
山东省新华书店经销
山东新华印刷厂印刷
720×1000毫米 1/16 20.25印张 420千字
2007年10月第1版 2007年10月第1次印刷
定价:40.00元

《中国文学名篇鉴赏》

领衔撰稿人（以姓氏笔画为序）：

万云骏　王达津　王运熙　叶嘉莹（加拿大）

匡　扶　刘　征　羊春秋　村上哲见（日本）

吴调公　何沛雄（香港）　何满子　余冠英

沈玉成　陈贻焮　罗忼烈（香港）　罗宗强

金性尧　周汝昌　周振甫　胡国瑞　施蛰存

姜亮夫　袁行霈　钱仲联　唐圭璋　曹道衡

敏　泽　康达维（美国）　蒋祖怡　程千帆

褚斌杰　廖仲安　缪　钺　臧克家　霍松林

魏同贤

特约审稿人：袁世硕　董治安　龚克昌　张可礼

序言

约有约有三千年文字史的中华民族，是一个具有悠久文化传统和广泛审美情趣的伟大民族。历代民间作者和文人学士发挥才情睿智，运用独具特色的汉语言文字，创造了浩如烟海的文学名篇、传世佳作。其中尤以诗词文赋丰富多彩，流播广泛，家传户习，影响深巨，可说是华夏民族最喜闻乐见的传统文艺形式，是我们丰富和建设现代精神文明取之不尽、用之不竭的文化艺术资源。

现代文艺家通常将文学作品析为诗歌、散文、戏剧、小说四大部类。我国戏剧、小说滥觞虽早，而成熟较迟，在浩渺无垠的古代文学的历史长河中，诗文占有特殊重要的席位。中国可以自豪地称为"诗国文海"。中国诗文体制之繁，为举世所少有。前人代有论列，如晋陆机《文赋》析为十类，梁萧统《文选》列为三十九目，驯至明吴讷《文章辨体》则厘为五十五体，而徐师曾又增广其目为一百二十有七。然约而言之，其大别不过诗、词、文、赋四体而已。传统诗词的契合音乐、严于格律，固有异于外域诗歌，而辞赋与骈文更是我国特有的文章品类。

文学是语言的艺术，诗、词、文、赋都是以汉语言文字为基本表达手段的艺术珍品。汉字多为单文独义、一字一音，而音调又讲究四声阴阳。基于这些特点，传统诗文逐渐形成了追求齐均和参差的建筑美，讲究音律和节奏的音乐美。与之同时，丰富多彩的与音乐结合的诗型、骈散交织的文体，也便应运而生。所谓"讽诵则绩在宫商，临文则能归字形矣"（《文心雕龙·练字》），就是说好文章读起来能给人以听觉美，看起来能给人以视觉美。齐均对称和参差错落的建筑美，不仅在诗歌辞赋和骈文的句型与体式上得到完美的体现，就是在散文中也往往奇偶

错综熔进不少俪体和骈句。刘勰所云“造化赋形，支体必双”，“高下相须，自然成对”（《文心雕龙·丽辞》）正是从汉字的特点上来确认其对偶形成的必然性的。我国的声诗，如诗三百、乐府、词、曲本来就是协乐文学，其讲求音乐美自不待言。而不合乐的徒诗，也充分利用了汉语固有的音调特点，构成平仄交错、抑扬有致的律度和节奏。赋和铭是介乎诗文之间的韵文，一般要求押韵，骈文虽不必押韵，但其俪句也讲求平仄交互，声调谐和。即使是纯乎散文，古人也惯于利用配置虚词、组合句式的逆顺长短来构成语调的顿挫抑扬，从而体现特定的声情气韵。由此可见，诉诸视觉的建筑美和诉诸听觉的音乐美，是由汉语言文字特点形成的诗词文赋所共有的一种形式美。

古代作家艺术思维的习惯和采撷语词的好尚，还形成了诗文重视写景和造景、喜用语典和事典的写作传统。所谓“情景相触而成诗”（谢榛《四溟诗话》卷四），“词之诀，曰情景交炼”（张德瀛《词徵》卷一），“登山则情满于山，观海则意溢于海”（《文心雕龙·神思》）等等，都是强调诗情文思的表达离不开物景和环境。即使非专属写景之作，也少不了模山范水的笔墨，因为作者情思的触发离不开外宇宙的撩拨，而爱悦山川自然又是古代审美意识的重要趋向。兼以“诗画本一律”的文艺观念和传统画艺与诗文创作的交互渗透，这就使诗词文赋作品往往具有特别浓郁的画意美。由于古代书面语言与口语分离，而文人学士大多对浩博的典籍、富厚的文化积累濡染甚深，是以他们博闻强记，娴熟掌故，掌握大量雅奥的文学语汇，每操笔为文，辄能据摭经史，采摘诗骚文集，“据事以类义，援古以证今”，“众美辐辏，表里发挥”（《文心雕龙·事类》）。在前代辞库和典实的基础上，或点铁成金，或自铸伟辞，流风承传，日新月异，辞采缤纷，典故联翩，于是艺文之作又呈现出一种迥异于后世语体诗文的古雅博奥美。

传统诗文在形式方面的美感效应是多方面的，撮其精要，上文所举的建筑美、音乐美、画意美和别于现代作品的古典美尤为普遍鲜明，触目可见。它是我国珍贵文学遗产所特有的形式美。如此种种赏心悦目的形式美，再结合上文体诗型的缤纷繁富，风格神韵的多姿多彩，这就使我国古典诗文累积汇合而成为浩渺无垠、瑰奇璀璨的艺术渊薮。不言而喻，它对于广大读者是具有不可替代的特殊的艺术魅力的。

古代作家以超常特具的优美民族形式和风格，广泛深刻地多层次多角度地描述、吟唱，表现多样的社会生活和人生感受，一切外宇宙的森罗万象和内宇宙的多重奥秘，无不纳入他们的创作视野，承受其敏感睿智的审美观照。因此，古代诗文所展现的精神世界、思想内蕴、感情意向的丰富性、多样性是胪列不尽的。这里有劳动人民对美好生活的追求，对邪恶和压迫的抗争；有仁人志士报国济时的丹诚，视死如归、持节不渝的浩然正气；有清流贤达反恶势利、反庸俗的磊落气度，冰清玉洁、涅而不缁的高尚品格；有哲人学者己饥己溺、民胞物与的博大襟怀，蒿目时艰、遑遑求索的深沉忧思；有人们对宇宙奥秘的探究，对人生价值的哲学反思，对道德风范的钦仰，对自然胜迹的陶醉，对爱情的颂美，对友谊的眷念，对光明幸福的憧憬，对黑暗灾厄的诅咒，对所希求者神驰梦思，对所失去者徘徊低回……大凡社会生活的每一角落，人生征途的任何感情波澜，无不在我国博大精深的诗渊文海中留下了生动而感人的艺术影像。正由于此，古代诗文对各时代的读者都有独特的吸引力和感召力。

绚丽多彩的人生是有多方面需求的，文明人群除了必需的惬意的物质需求外，还必须有高层次的精神需求。健康的人无不爱美，无不要求心灵的充实和感情的满足。然而，由于时空、机缘、物质等等条件的制约，生活本身提供给人们的美感和满足是有限的、易逝的、不无缺憾的，即使一个各方面都如愿以偿的幸福者，除日常的工作和学习而外，还会有相当的精神空间需要填充。由此人们不能不寻求某种精神营养品和补偿物，而文学艺术正是一种美妙的营养品和补偿物，是充实人们精神生活的高档食粮。人们创造成功，沉浸于胜利的喜悦；寻偶如愿，陶醉于爱情的温馨；他乡邂逅知己，为友谊的温暖所薰沐；置身于名山胜水，为奇绝的风光所吸引；乃至遇可怒者而含愤扼腕，见可悲者而潸然泪下……人们经过诸如此类的心理体验和感情波澜，脑海中积淀了众多情愫信号。当他们在鉴赏名画、品味名作时，也便会同样撩起类似的心灵体验和感受，而获得某种感情愉悦。人们并不仅满足于前者（现实的感情体验），而还是寻求后者（艺术文学）。这并不只是因为前者在生活中并非永驻的、长在的，而且还因为后者所提供给人们的美感享受更带有某种普遍性、典型性、鲜明性。艾迪生说得很有道理："文字如果选择得好，力量非常大。一篇描写往往能引起我们许多生动的观念，甚至比所描写的东西本身引起的还多。凭文字的渲染描绘，读者在想象里看到一幅景象，比这个景象实际上在他眼前呈现时更加鲜明生动。"（《旁观者》，据《古典文艺理论译丛》第十一册）今天我们阅读古典诗文，

从古人灵心妙手所描绘的形形色色，可以体验到多样复杂的人生阅历，观察到各式各样的生活图景，受到奇闻伟观、玄思妙趣的吸引，感到喜怒哀乐多重情绪波澜的激荡。从而拓展视野，开阔心胸，启迪睿智，陶冶情性，在怡悦精神的艺术享受中增益自身的心灵美、情操美。

古代诗文对于大中学校的青年学生来说，尤其是不可轻忽的知识渊薮、艺术宝库。不管攻读何种专业，要想造就成有教养有专长的人才，就必须谙熟祖国的文明史，具有一定的传统文化素养，了解本民族的审美趣尚，培养较高的语文表达能力。而加强这些方面的修养都离不开研习古代诗文。我国历代诗人与文章家如群星丽天，竞相辉耀。他们把文章视为“经国之大业，不朽之盛事”，追求“感天地，泣鬼神”的艺术效果。他们重视表达艺术，在构思立意、谋篇布局、锤锻字句、革新技法、创变风韵诸多方面，累积了大量经验，流传有很多文苑佳话，足资后人研磨和借鉴。要提高我们运用祖国语言文字的水平，少不了深厚的传统文化根底。而培植这种根底的简便途径，莫过于在精读名篇佳构中发微探幽，不仅深切感受其艺术美，而且审察其美的所以然。

创作是为了欣赏，作品只有在广大读者群的审美感应和接受消化中，才能实现其自身的价值。古典作品的欣赏接受有必要借助于专家的介绍、阐释和品评，只有经过审美鉴赏这一中介作用，才更能使作品深蕴的潜在美获得充分的显现。做好古典作品的鉴赏工作，既需要有较高的理论修养和审美能力，又需要有足够的古代文学系统知识和专业技能。近年随着对脱离文学本体特性的庸俗研究方法的反思，人们日益重视古典文学美学特质和发展规律的探讨，与此同时文化界出现了古典文学鉴赏热。鉴赏文集、丛书、辞典联翩问世，竞芳斗艳，琳琅满目，这是十分可喜的现象。它正以空前的规模在更深的层次上推动珍贵遗产的普及和优良文化传统的弘扬。而这对民族文化高层次的整理与研究也将是一种有力的促进。

鉴赏文章层出不穷，文艺鉴赏学方兴未艾。读者有理由要求我们力脱故常，展现新貌。而这也是应当而可能做到的。因为就鉴赏对象说，传世名作具有永恒的艺术生命力，其艺术内蕴的不可穷尽性，决定了鉴赏的无限性；从鉴赏主体说，鉴赏者总要以自己的体验联想对鉴赏意象和意境进行补充，由于鉴赏者阅历、教养、个性的互有差异，赏鉴中的这种“再创造”，必然各不相同，这就造成了鉴赏文章的多样性；从鉴赏在文学批评中的地位来说，它是由微观审视升华到宏观研究这一历程中必不可少的中介环节，对不朽之作的批评研究没有终点，因而对它的审美鉴赏也便永无止境。因此我们可以肯定：古典名作作为常青的艺术，总是内蕴无涯，开掘不尽的；披览欣赏，往往百读不厌，每品每新；鉴赏者从不同的审视角度，横看侧览，成岭成峰，见智见仁，自当各有会心；而精心结撰的鉴赏文字，也必将如奇花异卉，别具风韵，各有千秋。

基于以上的理解和认识，为弘扬优秀民族文化，普及古代诗文精华，在山东大学出版社的大力倡导和支持下，我们编纂了这部兼收诗文各体的《中国文学名篇鉴赏辞典》。本编从历代浩如烟海的诗、词、文、赋中精选有代表性的名篇佳构七百余篇，约请海内外专家撰写赏析文稿，撷英集萃，汇成一帙，以便展读。集中所选篇章无不脍炙人口，各篇鉴赏文字大率是专家们结撰的精品妙文。在阅读来稿中我们深深感到，以优美的鉴赏散文阐发千古名篇的妙理真谛和美感内质，是美的妙悟，美的开发，美的充实，也是美的再创造。摆在我们面前的原作及鉴赏，云蒸霞蔚，目不暇接，千姿百态，美不胜收。或如醇酒之浓郁，或如幽泉之清甘，或如山岳之雄峻，或如碧海之浑浩，或如明月之纯净，或如浮云之缥缈，或如阳春之温馨，或如清秋之萧爽，或哲思深邃，或激情坌涌，或奇想落天外，或平语话家常……总之，呈献给读者的是用激情的心灵所感受的五彩缤纷的人间世界，是经过鉴赏行家郢斧开发的无限风光，多样神采的艺术天地。我们希望读者手此一编，即能通览古代诗文的精品杰构，从中挹芳揽萃，含英咀华，怡悦性情，增益睿智，受到高洁的情思洗礼，获得健康的艺术享受，并进而增强我们的民族自信心和自豪感，提高我们的文化素养和写作水平。这对于我们建设社会主义精神文明，当会是不无助益的。

此编承蒙海内外学者、专家热情关怀和大力支持，百忙中及时赐稿，出版社领导和编者精心安排审校和出版事宜，因而使是编能以较快速度成书和面世，在此谨向他们表示深切的谢忱！由于时间、水平、经验的限制，本书缺点和疏漏定所难免，尚祈方家读者批评指正。

萧涤非　刘乃昌
1990年11月10日

目录

词

赋

词

李 白

菩萨蛮

平林漠漠烟如织，寒山一带伤心碧。暝色入高楼，有人楼上愁。 玉阶空伫立，宿鸟归飞急。何处是归程，长亭更短亭。

思乡，无疑是人类共同的情感，但在中国特定的文化背景下，这情感表现得尤为突出和强烈，因而登楼远眺而兴羁旅行役之感，也就自然成为古典诗词中永恒的主题之一。李白这首被南宋黄升尊为“百代词曲之祖”的《菩萨蛮》无疑是表现这一主题的诗词中的杰作。虽然关于这首词的作者归属，自明代以来聚讼纷纭，莫衷一是，但对于这首词的高度艺术成就却是一致推崇备至的。我们依从唐圭璋、任二北等词学专家的意见，仍将其归属于李白所作。

起两句写景，描述词人登楼远眺时视野中的平林和寒山，但我们读这两句词时，感受到的分明是一种强烈的情感。“平林漠漠烟如织”，平林之苍茫寥廓，传达出空寂惆怅之境界，但在这静止的画面上交织进了飘浮的烟云，它引起词人视觉上的游移，亦引起我们意念上的骚动。随着林间冉冉升起、徐徐散开去的烟云，隐约有一种意绪在泛起，虽令人捉摸不定，但正如暮色烟云，弥漫开来，充溢于天地之间。“寒山一带伤心碧”，词人视线移向远处的寒山，把我们的意绪亦带向远处。主观感情色彩极浓的“寒”字和“伤心”一词，使在前一句中泛起的意绪由模糊变为明了。这两句就眼前平常景写来，脱口而出，毫无矫揉装束之态，却豁人耳目，意蕴深长。

起两句是从楼上人——“我”的眼中得来的，“以我观物，故物皆著我之色彩”（王国维《人间词话》）。但下接“暝色入高楼，有人楼上愁”，词人偏又跳开去，出乎其外，由旁观者身份写来，唯此则气象更大，意致更高。一“人”字，使前两句所造成的氛围逼人而来，完成了物我之间的过渡。那如同暮烟一般漾溢于天地间的意绪乃为一种不可摆脱的愁绪，和暝色侵入高楼一样，笼罩着词人的心。上片四句，一入一出，由我观物，由外视我，物我浑然一体。

如果说上片写愁是空泛的，是浮动于暮烟、碧云、暝色中的一种情绪、一种气氛，那么下片就将这种愁绪落在实处来写。“玉阶空伫立，宿鸟归飞急。”在一静一动的对比中，“空伫立”之人与“归飞急”之鸟形成强烈的反差。“空”字写词人之环境，但更着眼于词人心境之茫然落拓、聊无依傍，唯有此般心境，故有上片起两句所状之景象，在大手笔的诗词中，写景与造景原是浑然不可分的。在表述的层次上，词人并没有单纯地将归飞的宿鸟作为惹动乡思之情的媒介来处理，而是在铺张造就愁绪之氛围后方插入归鸟这一意象，一方面固然是借此点明愁绪为乡思之愁，另一方面是以此使乡思之愁表现得更为强烈。一“急”字明状宿鸟归飞，暗喻词人思归之切。

在暮霭沉沉中，词人茫然而立，急急归飞的宿鸟已将他的思归之情引向高潮，他急切地寻觅着自己的归程。但他的归程是渺茫的，是那悠远无尽的十里一长亭五里一短亭。在结句“何处是归程，长亭更短亭”中，在这种对归程空茫的喟叹中，我们能感受到词人对人生归宿的苦苦探求，这是在饱经人生沧桑、备尝世间炎凉后的一种失落感，一种无法排遣的惆怅茫然的愁绪。（陆国斌）

忆秦娥

箫声咽，秦娥梦断秦楼月。秦楼月，年年柳色，灞桥伤别[①]。　　乐游原上清秋节[②]，咸阳古道音尘绝[③]。音尘绝，西风残照，汉家陵阙[④]。

此词的作者是不是李白，学术界颇有争议，难以定论。但北宋李之仪《姑溪居士文集》卷四〇同调词标明“用太白韵”。南宋初邵博《邵氏闻见后录》抄录此词，且紧接着就说：“李太白词也。予尝秋日饯客咸阳宝钗楼上，汉诸陵在晚照中。有歌此词者，一坐凄然而罢。”南宋后期黄升编《唐宋诸贤绝妙词选》，卷一李白名下亦收此词及《菩萨蛮》（平林漠漠烟如织）二首，并推为“百代词曲之祖”。可见，来人多认为它出自李白的手笔。

《忆秦娥》一调，始见于本篇，当是作者的首创。汉扬雄《方言》卷一曰：“娥……好也。秦曰娥。”又曰：“秦、晋之间，凡好而轻者谓之娥。”这是古汉语中长期沿用的一个固定搭配，古陕西或陕西、山西一带年轻貌美的女子，习称“秦娥”。词中的“秦娥”，是长安（属古秦地）城里的一位少妇。她并不是作者的妻子——换言之，不是任何特定的个体，她是“类”的艺术代表，是一切因夫婿远行而独守空闺的都市思妇的典型形象。词之初起，本为“应歌”，因此作者大都骋笔泛写“人之常情”，很少实纪自己或与自己紧密相关的人和事。而为了适合妙龄女郎们的莺吭燕舌，此类词作又多以男欢女爱、离别相思为主旨。本篇即其一例。词牌本身就是词题（早期词作率多如此）。从“忆秦娥”三字的语法结构来看，是以男性的身份表达对于“秦娥”的思念，但细读正文，却处处是写“秦娥”怀人。如此岂非名不副实？再三玩索，便知好处正在这里：对“秦娥”的思念通过拟写“秦娥”怀人的方式曲折地表现出来，情感的波澜即呈双向流动之势，明修栈道，暗度陈仓，“一种相思，两处闲愁”（李清照《一剪梅》）之意，居然音在弦外了。着眼于这层意义，则本篇所抒的“人之常情”，似又有作者自家的某些生活体验融会于其中。

此词上片写“秦娥”的“春愁”，下片写“秦娥”的“秋怨”。其所思之人，既曾过灞桥而东去，又或指咸阳而西行。思妇四季伤怀之情愫，征人四方羁旅之踪迹，只用四十余字便概括无遗，笔墨何等周至而经济！此盖言其大略，若更细细寻绎，则写“春愁”，场景在明月危楼、闺阁之内，写“秋怨”，场景在夕阳高原、苑囿之外。日盼与夜想，坐思与伫望，封闭的狭小天地与开放的广袤空间，亦对举成文，相映互补。言灞桥柳色，年年伤别，则隐含游子首途之始，送行者的折柳赠别之痛；曰咸阳古道，音尘断绝，则显言行者远游之后，居者的凭高跂翘之苦：这又是一重照应。“秦娥”对于亲人的悠悠不尽的思念，就通过时序的跳跃，场景的转移，动态的变换，多时空、多侧面的种种映衬，立体地、丰满地、淋漓尽致地凸现出来。至于行人缘何辞家别眷，东奔西走，词中无一字道及，留下一片空白，耐人寻味。根据盛唐时期特殊的政治背景，根据唐代士人特殊的社会心理，我们不妨作如下的推测：其东行，莫不是一麾守郡，飘萍于宦海？其西去，莫不是仗剑从戎，转蓬于沙塞？总之，不外乎以一己之文武材艺，货与封建君王，为大唐帝国的雄图霸业效劳。然而，这又有多少了不得的历史意义和人生价值可言呢？君不见"西风残照，汉家陵阙"，那文治武功曾煌煌赫赫不可一世的西汉王朝，如今留下了什么？惟萧瑟秋风中、惨淡夕阳下的几丘荒冢而已！今之视昔，所见如此；后之视今，宁复有异？试观煞拍二句，积淀着多么深重的历史感慨，摄取了多么苍楚的政治观照，岂是一般闺情之作所能容纳的？显然，这甸甸焉沉重如铅块的八个字，与其说是写思妇登高望远怀人之际所见的实景，毋宁说是词人在借题发挥，一吐自己因怀才不遇而失望于政治、悲观于人生的满腔抑郁与愤懑。中国古代的知识分子，年轻时大都积极进取，怀有"如欲治平天下，当今之世，舍我其谁也"(《孟子·公孙丑下》)的宏伟抱负，然而僵死的封建机制远不能公平地为他们提供实现个人价值的机会，真正能够鲲化为鹏、雄图大展的百不一焉，因而他们中的大多数人，或迟或早总不免因理想破灭而堕入历史虚无主义的苦闷的泥潭。(对此，我们不能以其颓唐而简单地加以否定，而首先应该透过这现象去把握封建时代扭曲知识分子人性的罪恶本质！)本篇最成功的一笔，就在于这个收束，它突破了应歌之词例多无谓(即一般不带着强烈的主观意识去自觉地表现自我)的常式，裸陈了作家自我的性灵和情绪，且涵盖了一整个时代的落拓的知识分子的普遍心态，所以读来能够令人心悸而魄动，于悲壮之美的感受中共鸣出对"他"暨"他们"之悲剧的同情和理解。

(钟振振)

【注】 ①上片出之以倒卷之笔。先出"箫声"，而后交代吹箫之人、之时、之地，最后揭示箫声凄咽之因。相传春秋时有萧史善吹箫，能招致孔雀、白鹤。秦穆公之女弄玉也爱吹箫，穆公遂将她嫁给萧史。婚后，萧史教弄玉吹箫，作凤鸣声，引来凤凰栖止屋上。穆公为他们建造凤台，二人住在台上数年不下，后一同随凤凰飞去。见汉刘向《列仙传》卷上。本片由此典化出，但已不再粘着于原故事。"灞桥"，今通行本多作"霸陵"，与下"汉家陵阙"犯复，不可从，当以《邵氏闻见后录》作"灞桥"者为正。霸陵：汉文帝刘恒的陵墓，在长安东。附近灞水上有灞桥，自长安东下，必经此处。汉、唐时人送客至此，有折柳赠别的风俗。见梁、陈间(一说唐)无名氏《三辅黄图》卷六，五代王仁裕《开元天宝遗事》卷下。 ②乐游原：故址在今西安东郊。本为秦宜春苑，汉宣帝时修乐游庙，因以为名。唐时，原西北部在长安城内。武则天朝，太平公主在此建造亭阁。玄宗时，赐予宁、申、岐、薛诸王。其地势高平，可以远眺及俯瞰长安全城。每至正月晦日、三月上巳、九月重阳等佳节，长安士女多到此游赏。 ③咸阳古道：咸阳为秦故都(旧址在今陕西省咸阳市东北二十里)，地当长安西北，自长安西北行，必循咸阳古道。音尘：音讯。 ④汉家陵阙：汉高祖刘邦葬长陵，惠帝刘盈葬安陵，景帝刘启葬阳陵，武帝刘彻葬茂陵，昭帝刘弗陵葬平陵，世称"五陵"。均在长安北。自乐游原向咸阳方向远眺，此五陵都在望中。

张志和

渔歌子

西塞山前白鹭飞，桃花流水鳜鱼肥。青箬笠，绿蓑衣，斜风细雨不须归。

西塞山在今浙江省湖州市城西，山势幽深险峻，山坞密植桃树，春来漫山红遍，景色迷人。山前有一大湖，名叫“凡洋湖”，水色清绝，物产丰富，盛产鳜鱼、鲈鱼。张志和《渔歌子》词描绘的就是西塞山风景画。

诗人捕捉了山前的一片景色：高处有从水田飞入上空的白鹭鸶，低处有落英缤纷的春水绿波以及鲜美可口的肥嫩鳜鱼。江南水乡，多美的地方啊！此时又是美丽的春天，在这桃花盛开的地方，江南春色方浓，正逢桃花泛泛之时，这时节，“最是一年春好处”啊！

诗人来到西塞山时，细雨霏霏。那烟雨迷蒙的景致，使人感到连空气都那么清新而潮润，仿佛有一股濛濛水汽在浮动着，这使江南的春天显得更富有诗情画意了。“杏花春雨江南”，春雨中的江南，别有一种韵味。

这是多美的境界，陶然其中多好啊，无怪乎此时头戴“青箬笠”、身披“绿蓑衣”的渔父，在“斜风细雨”中怡然自得，他不仅“不思归”，而且似乎找到了人生归宿，认为此地乐，“不须归”了。“青箬笠，绿蓑衣，斜风细雨不须归”三句，人们往往理解为写渔人劳动的辛苦，其实，不是写苦，而是写乐。这位渔翁坐着小船，与其说在斜风细雨中钓鱼，不如说在尽情享受大自然之美。钓翁之意不在鱼，在乎山水之间也！

这首词就像一幅画，一幅山水画。画的色彩明丽清新，青山、绿水、红桃、白鹭，相映成趣，渲染了江南二月五彩缤纷的盎然春意。那碧波之上青的箬笠，绿的蓑衣，又给画面涂上一层清雅的色调。画的构图也别具匠心。由山而水，由飞鸟而游鱼，由上而下，由远而近，使人感到空间感很强。画面上各种景物都呈动态：鸟飞鱼跃，水流花飘，风斜雨细，扁舟垂钓，大自然的一派生机跃然纸上。

更可贵的是，这幅用词笔写成的画，不只是自然景物的再现，而且是以景写情，景中含情，正如王国维所说“一切景语皆情语也”。试看，词人笔下花鸟有情。“西塞山前白鹭飞”，一个“飞”字，写足鸟儿自由自在之意。“桃花流水鳜鱼肥”，一个“肥”字，抒出人们的喜悦艳羡之情。“白鹭”，食鱼之水鸟，本为鳜鱼而来，“鳜鱼肥”三字既照应了前句的“白鹭飞”，又引出了下文的渔翁来。这个渔翁不是别人，就是词人兼画家的张志和自己。他给自己画的这幅渔父像，好一副翛然脱俗、悠游自在的风度！

据史载，张志和，金华人，十六岁举明经，以才学为唐肃宗赏重，为翰林待诏。后坐事贬职，归隐江湖。与颜真卿友善，闻真卿任湖州刺史，驾舴艋舟来访。真卿以舴艋舟敝，请命更之，答曰：“傥惠渔舟，愿以为浮家泛宅，沿溯江湖之上，往来苕霅之间，野夫之幸矣。”性孤峻，甘贱贫，视轩裳如草芥，屏嗜欲若泥沙，宅渔舟，垂钓纶，自号"烟波钓徒"。但垂钓不设饵，志不在鱼也。显然，他的这首《渔歌子》所以写得如此富有诗情画意，因为其中浸透了诗人对美好的大自然的深挚爱恋以及对自由自在生活的向往之情，这首词实是寄托了作者所追求的理想境界。清代诗评家刘熙载说《渔歌子》寄寓了志和"庄叟濠上"之志，是很有眼光的。

中晚唐以来的小令词，大多是抒情的，写景之作屈指可数，写景最为脍炙人口的就推这首《渔歌子》了。写景而又能寓情志于笔墨之外，真切自然，不着痕迹，是它艺术上超群出众之处。相传张志和这首小词问世之初，即名噪一时。颜真卿在湖州时，与门客会饮唱和，志和首唱此词，真卿、陆羽、徐士衡、李成矩等共和二十五首，递相夸赏。这首《渔歌子》对后世影响很大，后代文人有不少和作和仿效之作，但都未若原词之妙通造化，因而有"风流千古"之誉。

可惜"烟波钓徒"终殁于烟波之中，死时才三十岁。颜真卿为其作碑传，今存《浪迹先生玄真子张志和碑》一文，是研究张志和最原始最可靠的史料。张志和死于平望(今江苏吴县)，平望莺脰湖立有元真子祠。清陆以湉《冷庐杂识》记载了元真子祠前的一副对联，其词曰："泛镜水千塍，归来餐菰饭莼羹，地真仙境；听棹歌一曲，随处有荻花枫叶，我亦渔人。"笔意潇洒，堪为斯人写照。

(汤高才　张铁明)

韦应物

调笑令

胡　马

胡马，胡马，远放燕支山下。跑沙跑雪独嘶，东望西望路迷。迷路，迷路，边草无穷日暮。

到了中唐时代，可以看到一些诗人开始尝试写词了。《调笑令》是他们爱用的词调之一。此调一名《宫中调笑》，又称《转应曲》。词调以"转应"为特点，全词共八句，二言与六言相间，要三换其韵，仄平仄间换，加以叠韵的运用，自有一种行云流水的音韵美。像《调笑令》这样的小令，有如此复杂的用韵和如此多变的构局，是前所未有的。所以，中唐诗人戴叔伦、王建等都有同调之作。现在让我们来看韦应物这阕咏"胡马"的小词吧。

自汉代以来，一向以西北地区出产的"胡马"最为骁腾精良。"胡"，古代指西域民族。古代的西域民族多事游牧，故亦多良马。词的开篇就以"胡马，胡马"的叠句起唱，语意中充满赞美之情，使人想象在那西北草原上成群的骏马四蹄腾空，疾驰而来。"远放燕支山下"，"远放"二字表明这批马原是被人放牧到燕支山下来的。"燕支山"在今天的甘肃省境内，因产燕支草而得名。"燕支"又作"胭脂"，是妇女化妆用品。《太平御览》卷七一九引《西河旧事》载：匈奴失此山，作歌道："失我燕支山，使我妇女无颜色。"由此可见，那燕支山下芳草萋萋，为天似穹庐、四野茫茫的大草原平添了一抹绮丽的风情。"远放"二字虽是对马而言，但同时也把人们的视线引伸到那天野寥廓的远方，更觉草原的景象雄阔辽远，使人想象那草原之春"牧马群嘶边草绿"的壮丽风光。

接下来，词人的笔锋陡地一转："跑沙跑雪独嘶"。一个"独"字，告诉人们有一匹马离群走散了。此时，它正为失去伴侣而焦虑、惶急。它抖鬃昂首，引颈长啸，一意召唤伙伴；可是，四周阒寂无声。这匹失群的骏马焦灼地踱来踱去，不时用自己的足蹄刨地，刨起一堆堆沙和雪。"跑沙跑雪独嘶"（"跑"，应读作"刨[pāo 抛]"，指用足蹄刨地），失落、孤独与焦躁之中，透出一种顽强不屈和执著追求的精神。"东望西望"，苦苦寻觅，然而，暮色已经笼罩四野，四周只见无穷无尽的茫茫边草一片。终于，它"迷路"了——陷入了迷茫之中。

"迷路，迷路"一叠，乃"东望西望路迷"一句中"路迷"的倒词的重叠，用这种倒叠的手法使叠句与上句转相呼应（"转应曲"的名称即由此而来），这样一来，就形成了一种回环往复的韵致和上下勾连的构局，从而创造出一种浓烈的艺术气氛。如"迷路"二字，一经重叠，就显得音节短促，不安的气氛加重了。这就更有力地表现出这匹失群胡马此刻的急迫不安和迷惘恓惶。

将韦应物这首咏胡马词与杜甫《房兵曹胡马》诗作一比较，很有意思，杜诗曰："竹批双耳峻，风入四蹄轻。所向无空阔，真堪托死生。"杜甫将骏马形象刻画得惟妙逼真，并借马言志，写建功立业的抱负，充满盛唐时代蓬勃向上的精神。而韦应物词却不拘于马的形象描绘，他着意展示的是"边草无穷日暮"的画面和骏马失路的迷茫，字里行间似乎隐隐寄寓着词人对人生世态的某种感受和深深慨叹，步入中唐时代的韦应物似乎更多人生的思考了。清人俞陛云读此词已经注意到这一点，他评道："言胡马东西驰突，终至边草路迷，犹世人营扰一生，其归宿究在何处。"是的，韦应物自己在《寄李儋元锡》诗中不也曾感叹"世事茫茫难自料"吗？那一份迷茫凄楚之情又与迷路胡马何异？他的这首小令正是将这种较为普遍的人生经历熔铸进"胡马"这一艺术形象之中，极富象征意味，难怪前人称赞"韦苏州托想之高"了。

（张铁明）

白居易

长相思

汴水流，泗水流，流到瓜洲古渡头。吴山点点愁。　　思悠悠，恨悠悠，恨到归时方始休。月明人倚楼。

《长相思》为唐代大诗人白居易所作，曾选入《花庵词选》，后收入《全唐诗》附词中。顾学颉校对《白居易集》，最后编入《白居易外集》。它写一位在明月之夜倚楼远眺的少妇盼望旅游江南的行人早早归来，思念的愁绪像江流一般奔腾不息。

词的上阕写景。景物依着少妇追寻行人昔日南下旅程的悬想而一一展开。开篇就空托起“汴水流，泗水流，流到瓜洲古渡头”三句。汴水发源于河南，古汴水一支则从开封东流至今徐州，汇入泗水，与运河相通，经扬州南面的瓜洲渡口而流入长江，向更远的地方流去。唐朝的瓜洲渡口是南北交通要冲，少妇心爱的人不论是南下还是北归，非经过此处不可，难怪她“思随流水去茫茫”了。词的结句“月明人倚楼”告诉我们，此时我们的女主人公正在北方的一座高楼上借着清澈的月光极目远望。可是，即使是万丈高楼，耸立云霄，也看不到千里之外的景物。可见这开头汴、泗奔流三句，非实景，而是少妇头脑中的想象之景。诗人用化情思为景物的虚写手法，抓住川水与情思在流动上的共同特征，写女主人公的滚滚思潮有如狂奔的汴、泗流水，又随着二水“流”到了瓜洲。同时，词中巧妙地利用此调的叠韵，连用三个“流”字，把万千思绪都化为对爱人的急切的思念。

女主人公的思绪继续沿着江水奔流，寻觅行人的踪影。可是江水浩渺，伊人何处？于是诗人笔锋转而写江岸的吴山。古时长江下游为吴地，吴山，泛指这一带的山。这一座座吴山离女子更加遥远了，只能依稀望见渺茫的“点点”峰巅。心爱的人大概就在那隐隐约约的“点点”峰巅处吧？望而不见，令人断魂，那无数的“点点”山峰，看去像笼罩着一重重惨雾愁云。“吴山点点愁”一句，是历来受到称赞的点睛之笔。陈廷焯在《放歌集》中称此五字“精警”。俞陛云也说：“第四句用一‘愁’字，而前三句皆化愁痕。否则汴泗交流与人何涉耶？”的确，一个“愁”字，“流”出情来，不仅给吴山，也给江流、古渡染上了一层迷离凄楚的色彩。

也是这个“愁”字，又启动了下阕直接抒情的闸门。“思悠悠，恨悠悠，恨到归时方始休。”这个“思”字，顺接过上面的“愁”字，又迅速递进为“恨”，呈现出女主人公思念与怨恨两种感情的交织。想这少妇身在北国，神驰江南，望断秋水，杳无影踪。多少次幻想变成泡影，多少次热望化作灰烬。于是，铭心镂骨的相思翻成了失望之极的怨恨。只是此恨交织着爱，爱又糅合着恨，唯是情痴才生出这般烦恼吧。

“思悠悠，恨悠悠”，两个叠词“悠悠”的运用，十分巧妙。“悠悠”是无穷无尽的样子，一般用于形容流水等外在之物，这里却用来摹“思”状“恨”，用来形容内在的感情，使人立即想到“汴水流，泗水流”的意蕴，“思”、“恨”之悠悠，不正像汴水泗水那般悠远绵长吗？

整首词的结构也很别致，它不按照一般顺序，先交代人物背景，而是先写汴水泗水、古渡头和吴山而已。接下来写“思”写“恨”，究竟是谁在“思”，谁在“恨”？又为何而“思”而“恨”？词写到一大半了，这时词人才吐露真情说：“恨到归时方始休。”只有当天边的行人归来的时候，这无穷无尽的思念和怨恨才能了结！紧接着词人推出一个特写镜头：“月明人倚楼。”冰凉澄澈的月光下，少妇愁容惨淡，带着理念上的失望，也带着感情上的希冀，痴痴地倚楼凝睇，期待着，期待着。直到最后一笔，才亮出女主人公的形象。原来前面汴泗水、吴山的幻景和悠悠思绪，都是明月朗照高楼之夜，楼上思妇的一段愁情，把叙事的顺序完全颠倒过来，最终才揭晓“谜底”，读来别有意趣。而这明明的月光，脉脉的流水，点点的远山，与少妇的悠悠情思恰是虚“实”，和谐自然地融为一片；空灵清越，不着迹象，却又含情无限，让读者自去领略其中的美妙。

在词史上，这首词当属早期的文人作品。其语言的清新、自然，用语的大胆、粗犷，感情的单纯、率直，都很接近民歌。但它却在民间作品的基础上又加进了文人的细腻、清雅，从这里又可以看到“词”这种新体诗演化的一些轨迹。

（张铁明）

温庭筠

菩萨蛮

小山重叠金明灭，鬓云欲度香腮雪。懒起画蛾眉，弄妆梳洗迟。 照花前后镜，花面交相映。新帖绣罗襦，双双金鹧鸪。

这是温庭筠写的十五首《菩萨蛮》中的第一首。它写一个闺中女子从起床而梳洗、画眉、簪花、照镜以至穿衣的一系列动作，从中展现出她的处境和心情。

“小山重叠金明灭”，词的第一句便出手不凡，为女主人公的出场安排了一个独特的背景，渲染了一种特有的氛围。“小山”是指床榻围屏上的装饰图景，一个“山”唤起了人们对屏山高低曲折的想象。“金”是指涂抹在围屏图景上的颜色。“明灭”，指阳光照到有金碧螺钿装饰的围屏上呈现出晦明阴阳、金光闪烁的景象。闺中的寂寥在围屏乍明忽暗的日光影像的映衬下，显得更加充分、鲜明。第二句“鬓云欲度香腮雪”，“鬓云”指的是女子状如流云的鬓发。“香腮雪”即香雪腮，指女子那香而白的、娇美无比的脸庞。整句写的是闺中女子初起床时，鬓发零乱未整而像流云一样将要遮掩过她那雪白的香腮。一个“度”字将一种动态的意味注入静态的描摹之中，使词平添了几分生机。

“懒起画蛾眉”，写女主人公懒洋洋地起床、慢悠悠地画眉梳妆的情态。“画蛾眉”应是表现女主人公一种爱美的感情和那种“为悦己者容”的心态，但一个“懒”字把她此时此地那种迷惘若失的情态传达了出来，女主人公萧疏的意态在娇慵之状的描写中跃然纸上。“弄妆梳洗迟”，“弄”即反复摆弄欣赏的意思，它把女主人公千回百转，极度要美，又无限幽怨的情态表现了出来。而一个“迟”字，既呼应了前面的“懒”字，又进而渲染了女主人公无情无绪的神态。

下片与上片一脉相承，继续写女主人公的活动。“照花前后镜，花面交相映”，描写女主人公对着前后镜在簪花，脑后发髻簪插的花与镜中的人面交相辉映。它既写出女主人公容颜之光丽动人，又表现了她那种精神饱满、自鸣得意的神态。这两句虽只是动作的描绘，但它有着深刻的底蕴。联系到女主人公独处深闺的境遇，貌美如花似乎只是多增了一份伤感。

词的最后两句“新帖绣罗襦，双双金鹧鸪”，写女主人公穿着新做的、熨帖好的绣花丝罗短袄，彩衣上缀着一双双用金线绣成的鹧鸪鸟。诗人看似平平淡淡地写来，实际上却是一种绝好的反衬。不是吗？女主人公独处深闺，满怀惆怅，而入眼的却是成双成对的金鹧鸪，这又给她哀怨的心绪添上了几分酸楚和难堪，也点出了她所追求的正是那种“双双对对”、“愿做鸳鸯不羡仙”的理想。

这首词纯熟地运用了白描手法。诗人正像一个高明的导演，通过一架摄像机客观地摄录下女主人公起床后的一系列动作，似乎不动一点感情，也不作任何旁白，但是，只要我们细细地体味，诗人无疑是匠心独运地选取了一些能够表现题旨的镜头，只是表达得非常委婉含蓄而已。辞藻秾丽是本词的一个显著特色，它在某种程度上又是温词的缺憾。王国维曾经不十分恭维地说：“‘画屏金鹧鸪’，飞卿语也，其词品似之。”但从另一角度说，非如此不足以体现温词的细腻深曲之处，也不足以造出温词绮丽凄迷的意境。温词的秾丽并不仅仅是简单的辞藻堆砌和铺陈，而是诗人感情和心态的一种艺术表现方法。

应该承认，温庭筠这首词的题材是很狭小的，有人甚至因此指摘他的浅薄。但是，我们应该看到，这首词的抒情实际上是深微的——虽然，他描绘的只是一个独处的贵族女子的哀怨，但是，正如叶嘉莹女士所说的那样，这种情感的描绘渗入了诗人自身的气质性格和文化背景，从而摆脱了狭隘的追求事功的心态，而最终有了某种微妙的感受，甚至使千载之下毫不相干的人产生一种深深的共鸣。读这首词如同观赏一幅著名的《簪花仕女图》那样，能够深刻地感受到唐代贵族女子娇慵不可方物的情态。（秦根富）

更漏子

玉炉香，红蜡泪，偏照画堂秋思。眉翠薄，鬓云残，夜长衾枕寒。　梧桐树，三更雨，不道离情正苦。一叶叶，一声声，空阶滴到明。

这是温庭筠六首《更漏子》词中的一首，是温词中的精品。胡仔在《苕溪渔隐丛话》中说：“庭筠工于造语，极为绮靡，《花间集》可见矣。《更漏子》一词尤佳。”这首词与温庭筠其他的许多词一样，描写的是独处深闺中的女子的生活和心境。

“玉炉香，红蜡泪”，起首两句写玉炉中香雾缭绕，红烛上滴下烛泪，描画了贵族女子闺中夜间的景色，整个气氛显得华贵而堂皇，但一个“泪”字隐含着女主人公深深的惆怅和悲伤。第三句“偏照画堂秋思”，由景入情，写出了女主人公的秋愁。“偏照”两字突兀地表现了人物情到深处所生的绵绵恨意。灯影摇红，原本是温馨的，是充满着愉悦的气氛的，但是，在秋闺独处的女主人公的眼中，它却是令人伤感而难堪的，甚至能够引出莫名的恨意和怨情。

“眉翠薄，鬓云残”两句，写女主人公辗转衾枕间愁不成眠的情态。眉上的翠色薄而淡了，云霓一样的鬓发也被弄得凌乱不堪了。但是，女主人公对此似乎并不介意，因为此时她已是一人独处，无需去“为悦己者容”。“夜长衾枕寒”，借写女主人公心理上对时间和温度的感受，互相映衬，将人物在秋夜里那种孤寂伤怀的心绪刻画得既淋漓尽致，又十分真切。

下片承接“夜长”，从“梧桐树，三更雨”入笔，通过对梧桐和秋雨的描写，进一步渲染女主人公那种长夜孤眠、辗转不寐的心境。这两句用笔畅快，意境深邃，尤为后人所称道。“不道”即不管、不顾之意。“不道离情正苦”，这句是说女主人公抱怨三更时分打在梧桐树枝叶上的秋雨无视自己的“离情正苦”，而只管在滴打，自己觉得情不能堪。梧桐、秋雨，是我国古代诗文抒写离情别愁、相思之情常常运用的意象，屡见于诗词曲赋。洪升《长生殿·雨梦》：“冷风掠雨战长宵，听点点都向那梧桐哨也。萧萧飒飒，一齐暗把乱愁敲，才住了又还飘。”正是这几句词意的绝好的注脚。

“一叶叶，一声声”，这两句读来正如“大珠小珠落玉盘”，使人仿佛与女主人公一样，感到雨声点点，“一齐暗把乱愁敲”。“空阶滴到明”，表面上是客观描摹，是说冷雨无情地滴打在空阶上直到天明；实际上，正是写出女主人公被离情缠绕，彻夜未眠，听雨声一直捱到天明的愁苦心境，是一种主观抒情。雨声点点滴滴，声音何其单调乏味，它对深深愁苦的人来说，实在是一种沉沉的负担。这句词借客观之景物写出了人们的某种典型的情感，对后世颇有影响。正如《白雨斋词评》云：“遣词凄绝，是飞卿本色。结三语开宋人先声。”宋代女词人李清照《声声慢》词中“梧桐更兼细雨，到黄昏点点滴滴”两句即化用这首词下片的词意，而笔更直，情更切。宋末词人蒋捷《虞美人》(少年听雨歌楼上)词的结句“悲欢离合总无情，一任阶前，点滴到天明”，也是从此化出。现代台湾诗人余光中说：“一位英雄，经得起多少雨季？他的额头是水成岩削成还是火成岩？他的心底有多厚的苔藓？”一个敏感的现代人，甚至一个英雄，尚且不能承担伤感的雨声所带来的情感的负荷，更何况一个古代独处深闺中的少妇呢？

这首词上片写室内的物象，是温馨的暖色调，而下片写室外的雨声，是凄清的冷色调。但贯穿全词的情感线索十分清晰，洋溢着一种浓郁而深刻的悲伤和惆怅。这首词的抒情自然灵动，笔调多变，时而沉郁委婉，时而激扬跌宕，一总曲尽其妙。虽然写的是闺中女子的秋思离情，但其中不乏深沉多致的情怀，正是“寻常情事，写来凄婉动人”。

叶嘉莹女士说，温词往往给人以丰富的联想，但它不给人直接的感动。事实上，丰富的联想同样能产生某种直接的感动，或者可以说两者是互相映衬的，至少这首词能同时具有这两种效应。 (秦根富)

韦庄

思帝乡

春日游，杏花吹满头。陌上谁家年少、足风流？妾拟将身嫁与、一生休。纵被无情弃，不能羞。

以前我在《灵谿词说》中，论及温庭筠及韦庄词时，曾经写过几首论词绝句。其中有论温词的一首，写的是“绣阁朝晖掩映金，当春懒起一沉吟。弄妆仔细匀眉黛，千古佳人寂寞心”。还有论韦词的一首，写的是“谁家陌上堪相许，从嫁甘拚一世休。终古挚情能似此，楚骚九死谊相侔”。本来“词”这种韵文体式，原只是一种合乐的歌词。据欧阳炯《花间集·序》之所记叙，则当时之文人诗客之着手于“词”之写作者，原来也大多只不过将之视为一种歌筵酒席间供歌儿酒女去演唱的艳曲而已。所以“美女”与“爱情”也就成为早期词作中之主要内容了。其所叙写的翠鬓蛾眉的美女与断肠流泪的相思，就当时之作者与歌者言之，原来也只不过表现一种男女间相赏悦相爱慕的情思而已。然而值得注意的则是，这些叙写美女与爱情的小词，其后却发展成了一种被词评家认为是最富于寄托之深意的韵文形式。清代的张惠言就曾以为词之作用是“缘情造端，兴于微言，以相感动”，可以表达一种“贤人君子幽约怨悱不能自言之情”。张氏之以牵强比附之说来解释温、韦、晏、欧诸家之词，虽然曾为后人所诟病，然而词这种韵文体式之确实可以传达和引发一种幽隐之情思，足以触发读者丰美之联想，则也是被词论家所共同体认到的一种特质。这种特殊的品质，也就正是“词”之所以异于“诗”的主要差别之所在。因此即使是对张惠言的比兴寄托之说极为反对的王国维，在他的《人间词话》中论及词之特质时，也不得不提出诗与词之差别，说“词之为体，要眇宜修，能言诗之所不能言”，又说“诗之境阔，词之言长”。即如唐五代《花间集》中的一些小词，以诗境之阔而言，当然无法与杜甫之《自京赴奉先县咏怀五百字》或《北征》等长篇伟制相比并，但我们却也不得不承认，这些篇幅虽短、意境虽狭的小词，有时却确实可以触引起读者许多幽微的感发与丰美的联想。我在前面所提出的论温词及论韦词的两首绝句，所标举的就是小词之所以特别富于感发之力的两种重要因素。就温词而言，我以为其所以易于引起读者之感发与联想的缘故，主要乃在于他所写的美女及其容饰，与中国文学传统中美人香草之托喻有暗合之处。即如他在《菩萨蛮》(小山重叠金明灭)一首中，所写的“懒起”、“画眉”、“簪花”、“照镜”等情事，虽仅为客观的对美女之描摹，然而却与唐代杜荀鹤《春宫怨》所写的“早被婵娟误，欲妆临镜慵”、李商隐《无题》所写的“八岁偷照镜，长眉已能画”这些诗句中的含有喻托性的美女之描述，有可以相通之处。这正是温词之足以引发读者之喻托丰美之联想的一项重要因素。关于此点，我以前在《温庭筠词概说》一文中，已曾加以阐述，兹不再赘。至于韦庄的这一首《思帝乡》小词，其所以也足以引起读者深美之感发与联想的缘故，则是由于韦词中所抒写的一种用情的态度。温词客观，韦词主观，温词予人感发在美感之联想，韦词予人感发在感情之品质。现在就让我们对韦庄的这首小词，一加赏析。

此词开端之“春日游”三字，表面看来原只是极为简单直接的一句叙述而已，然而却已经为后文所写的感情之秾挚做了很好的准备和渲染。试想“春日”是何等美好的季节，草木之萌发，昆虫之起蛰，一切都表现了一种生命之觉醒与跃动。而“春日”之后更加一“游”字，则此“游春”之人的春心之欲随春物以共同萌发及跃动从而可知。而春游所见之万紫千红、莺飞蝶舞之景象也就从而可想了。其后再加以“杏花吹满头”一句，则外在之春物遂与游春之人更加了一层直接的关系，其感染触发之密切乃竟有及身满头之情势矣。昔北宋词人宋祁曾经写过一句著名的词，说“红杏枝头春意闹”，可见“红杏”原是春天花树中极为繁盛艳丽的一种。“吹”字虽有花片被风吹落的意思，然而在此一句中却并没有花落春归的哀感，而却表现出

一种当繁花开到极盛时，也同时伴随有花片之飞舞的一种更为缤纷盛美的景象。而且“吹”字还可表现出一种活泼撩动的感受，于是游春之人的内心，遂也因之而更增加了一种“气之动物，物之感人，故摇荡性情”的感受。何况“吹”字之下还加了“满头”二字，则外在景物对人之内心之强烈的引动可知。叙写至此，首二句已经为以后的感情之引发，培养和渲染了足够的气势，于是下面才一泻而出、毫无假借地写了“陌上谁家年少、足风流”一个上六下三的九字长句，读起来笔力异常饱满。曰“陌上”，是游春时士女云集之所在；曰“谁家年少”，则表现了期望的真诚与选择的珍重；更加之以“足风流”，是对于美好多情之预想的最高要求。然后继之以“妾拟将身嫁与、一生休”另一个上六下三的九字长句，与上一句的节奏句式全同，前一句写期望之理想，后一句写自我之奉献，两相呼应，都是前面的六字句以两字为一顿，造成一波三折的气势，然后以一个三字句为总结。曰“足风流”，曰“一生休”，极为有力地表现了意志之坚决与感情之深挚。然后在结尾处写下了“纵被无情弃，不能羞”二句殉身无悔的誓词。昔儒家有“择善固执”之说，楚骚有“九死未悔”之言，韦庄这首小词虽不必有儒家之修养与楚骚之忠爱的用心，然而其所写的用情之态度与殉身之精神，却确实可以引发读者一种深沉的感动与丰美的联想。我以前在《常州词派比兴寄托之说的新检讨》一文中，曾提出“爱之共相”之说，以为“人世间之所谓爱，虽然有多种之小同，然而无论其为君臣、父子、夫妇、朋友间的伦理的爱，或者是对学说、宗教、理想、信仰等的精神之爱，其对象与关系虽有种种之不同，可是当我们欲将之表现于诗歌，而想在其中寻求一种最热情、最深挚、最具体，而且最容易使人接受和感动的‘爱’之意象，则当然莫过于男女之间的爱情”，这正是写男女欢爱之小词，有时偏能唤起读者幽微丰美之感发和联想的主要缘故。韦庄这首《思帝乡》词，便是这类写爱情而富于感发之深意的作品的很好的一篇例证。

（［加拿大］叶嘉莹）

冯延巳

鹊踏枝

梅落繁枝千万片，犹自多情，学雪随风转。昨夜笙歌容易散，酒醒添得愁无限。　楼上春山寒四面，过尽征鸿，暮景烟深浅。一晌凭栏人不见，鲛绡掩泪思量遍。

此词开端“梅落繁枝千万片，犹自多情，学雪随风转”，仅只三句，便写出了所有有情之生命面临无常之际的缱绻哀伤，这正是人世千古共同的悲哀。首句“梅落繁枝千万片”，颇似杜甫《曲江》诗之“风飘万点正愁人”。然而杜甫在此七字之后所写的乃是“且看欲尽花经眼”，是则在杜甫诗中的万点落花不过仍为看花之诗人所见的景物而已；可是正中在“梅落繁枝”七字之后，所写的则是“犹自多情，学雪随风转”，是正中笔下的千万片落花已不仅只是诗人所见的景物，而俨然成为一种陨落的多情生命之象喻了。而且以“千万片”来写此一生命之陨落，其意象乃是何等缤纷，又何等凄哀，既足可见陨落之无情，又足可见临终之缱绻，所以下面乃径承以“犹自多情”四字，直把千万片落花视为有情矣。至于下面的“学雪随风转”，则又颇似李后主词之“落梅如雪乱”。然而后主的“落梅如雪”，也不过只是诗人眼前所见的景物而已，是诗人所见落花之如雪也；可是正中之“学雪随风转”句，则是落花本身有意去学白雪随风之飘转，其本身就表现着一种多情缱绻的意象，而不仅是写实的景物了。这里所写的不是感情之事迹，而表达的却是感情之境界。所以上三句虽是写景，却构成了一个完整而动人的多情之生命陨落的意象。下面的“昨夜笙歌容易散，酒醒添得愁无限”二句，才开始正面叙写人事，而又与前三句景物所表现之意象遥遥相应，笙歌之易散正如繁花之易落。花之零落与人之分散，正是无常之人世之必然的下场，所以加上“容易”两个字，正如晏小山词所说的“春梦秋云，聚散真容易”也。面对此易落易散的短暂无常之人世，则有情生命之哀伤愁苦当然乃是必然的了，所以落花既随风飘转，表现得如此缱绻多情，而诗人也在歌散酒醒之际添得无限哀愁矣。“昨夜笙歌”二句，虽是写的现实之人事，可是在前面“梅落繁枝”三句景物所表现之意象的衬托下，这二句便俨然也于现实人事外有着更深、更广的意蕴了。

下半阕开端之“楼上春山寒四面”，正如后一首《鹊踏枝》之“河畔青芜”，也是于下半阕开端时突然荡开作景语。正中词往往忽然以闲笔点缀一二写景之句，极富俊逸高远之致，这正是《人间词话》之所以从他的一贯之“和泪试严妆”的风格中，居然看出了有韦苏州、孟襄阳之高致的缘故。可是正中又毕竟不同于韦、孟，正中的景语于风致高俊以外，其背后往往依然含蕴着许多难以言说的情意。即如后一首之“河畔青芜堤上柳”，表面原是写景，然而读到下面的“为问新愁，何事年年有”二句，才知道年年的芜青、柳绿原来正暗示着年年在滋长着的新愁。这一句的“楼上春山寒四面”，也是要等到读了下面的“过尽征鸿，暮景烟深浅”二句，才能体会出诗人在楼上凝望之久与怅惘之深。而且“楼上”已是高寒之所，何况更加以四面春山之寒峭，则诗人之孤寂凄寒可想，而“寒”字下更加上了“四面”二字，则诗人的全部身心便都在寒意的包围侵袭之下了。以外表的风露体肤之寒，写内心的凄寒孤寂之感，这也正是正中一贯所常用的一种表现方式，即如后一首之“独立小桥风满袖”、此一首之“楼上春山寒四面”及《抛球乐》之“风入罗衣贴体寒”，便都能予读者此种感受和联想。接着说“过尽征鸿”，不仅写出了凝望之久与瞻望之远，而且征鸿之春来秋去，也最容易引人想起踪迹的无定与节序的无常。而诗人竟在“寒四面”的“楼上”，凝望这些漂泊的“征鸿”直到“过尽”的时候，则其中心之怅惘哀伤，不言可知矣。然后承之以“暮景烟深浅”五个字，暮景者，日暮之景色也，然日暮之景色究竟何有？则远近之暮烟耳。“深浅”二字，正写出暮烟因远近而有浓淡之不同，既曰“深浅”，于是而远近乃同在此一片暮烟中矣。这五个字不仅写出了一片苍然的暮色，更写出了高楼上对此苍然暮色之人的一片怅惘的哀愁。于此，再反顾前半阕的“梅落繁枝”三句，因知“梅落”三句，固当是歌散酒醒以后之所见，而此“楼上春山”三句，实在也当是歌散酒醒以后之所见；不过，“梅落”三句所写花落之情景极为

明白清晰，故当是白日之所见，至后半阕则自“过尽征鸿”表现着时间消逝之感的四个字以后，便已完全是日暮的景色了。从白昼到日暮，诗人何以竟在楼上凝望至如此之久呢？于是结二句之“一晌凭栏人不见，鲛绡掩泪思量遍”，便完全归结到感情的答案来了。“一晌”二字，张相《诗词曲语辞汇释》解释为“指示时间之辞，有指多时者，有指暂时者”，引秦少游《满路花》词之“未知安否，一晌无消息”，以为乃“许久”之义，又引正中此句之“一晌凭栏”，以为乃“霎时”之义。私意以为“一晌”有久、暂二解是不错的，但正中此句当为“久”意，并非“暂”意，张相盖未仔细寻味此词，故有此误解也。

综观此词，如上所述，既自白昼景物直写到暮色苍然，则诗人凭栏的时间之久当可想见，故曰“一晌凭栏”也。至于何以凭倚在栏杆畔如此之久，那当然乃是因为内心中有一种期待怀思的感情的缘故，故继之曰“人不见”，是所思终然未见也。如果是端己写人之不见，如其《荷叶杯》之“花下见无期”、“相见更无因”等句，其所写的便该是确实有他所怀念的某一具体的人；而正中所写的“人不见”，则大可不必确指，其所写的乃是内心寂寞之中常如有所期待怀思的某种感情之境界，这种感情可以是为某人而发的，但又并不使读者受任何现实人物的拘限。我之所以敢作如是说者，只因为端己在写“人不见”时，同时所写的乃是“记得那年花下”及“绝代佳人难得”等极现实的情事；而正中在写“人不见”时，同时所写的则是春山四面之凄寒与暮烟远近之冥漠。端己所写的，乃是现实这情事；而正中所表现的，则是一片全属于心灵上的怅惘孤寂之感。所以我说正中词中“人不见”之“人”是并不必确指的。可是，人虽不必确指，而其期待怀思之情则是确有的，故结尾一句乃曰“鲛绡掩泪思量遍”也。“思量”而曰“遍”，可见其怀思之情始终不解，又曰“掩泪”，可见其怀思之情悲苦哀伤。至于“鲛绡”，则用以掩泪之巾也。据《述异记》云，鲛绡乃南海鲛人所织之绡，而鲛人则眼中可以泣泪成珠者也。曰“鲛绡”，一则可见其用以拭泪之巾帕之珍美，再则用泣泪之人所织之绡巾来拭泪，乃愈可见其泣泪之堪悲，故曰“鲛绡掩泪思量遍”也。全词至此，原已解说完毕，只是我在前面一直都以主观自我叙写之口吻来解说此词，假如此词果为正中之自叙，则正中乃是一位男士，而末句“鲛绡掩泪”之动作，乃大似女郎矣。其实正中此词，如我在前面所说，原来它所写的乃是一种感情之境界，而并未实写感情之事迹，全词都充满了象喻之意味，因此末句之为男子口吻抑为女子口吻，实在无关紧要，何况美人、香草之托意，自古而然，“鲛绡掩泪”一句，主要的乃在于这几个字所表现的一种幽微珍美的悲苦之情意，这才是读者所当用心去体味的。这种一方面写自己主观之情意，而一方面又表现为托喻之笔法，与端己之直以男子之口吻来写所欢的完全写实之笔法，当然是不同的。

（[加拿大]叶嘉莹）

鹊踏枝

谁道闲情抛弃久？每到春来，惆怅还依旧。日日花前常病酒，不辞镜里朱颜瘦。　河畔青芜堤上柳。为问新愁，何事年年有？独立小桥风满袖，平林新月人归后。

此词为冯延巳的代表作，颇能表现冯词独具的特色与成就。首先，我们从词中所写情事来看，词人明确表抒出来而且为读者一眼可见、直观可感的乃是一种"闲情"、"惆怅"、"新愁"。词人感到这种闲情愁绪难以抛弃，随着一年一度春的到来，花的开放，草的青芜，柳的飘拂，年年依旧，岁岁常新。他感到迷惘、无奈，他独立，沉思，他病酒、憔悴，却又沉溺玩咏，担荷无悔。这种惆怅闲情的抒写，与"花间"所写之充满脂粉气息的离别相思之类的情事不同，尽管词中也写到春、花、酒、镜、朱颜、柳等"花间"所惯用的意象，然而词人并不是用它们来着意渲染香艳绮丽的环境气氛，而是借以感发和抒写内在的情怀。而且还可以明显地看出词中的抒情主人公便是词人自己。这便透露了冯词创作的新趋向，即由外部的感官刺激而转向了内在的情感体验，由泛化的抒情而转向了个性的表露。

其次，从抒情的特征和境界来看，其抒情的热烈、明切与真率，与韦庄的作风颇为接近，而与温庭筠的作风却正好相反。但是，与韦庄拘限于个别的具体的情事不同，冯词的感情指向则超越了具体情事的范围，而指向一种难以言状的、长存永在的、似乎与生命相始终的内心情感，这与温词"泛式"的情感特征又有某些相似之处，更确切地说，这是对温词"泛式"情感的进一步深化。这种抒情特征带来了冯词抒情境界的新特色，既具有热烈真率的感发力，又具有深闳幽约的朦胧感。这正是冯词对温、韦词继承与拓展的一个重要方面。

再次，从抒情手法来看，"可谓沉著痛快之极，然却是从沉郁顿挫来"（陈廷焯《白雨斋词话》卷六），这是对温、韦词抒情手法的融会与提高。温庭筠主要是站在第三者的立场来替女性"代言"，而把自己的情感深隐其后，虽婉转幽约，却缺少感发人心的个性与生命力。韦庄有时则是直接以第一人称来抒写个人的生活情事，虽真挚明快，却缺少沉郁深闳的内蕴。冯氏则是用婉转幽约的词笔，来抒写真挚痛切的词情，这样也就有力地增加了词的审美效应。

下面试稍作赏析。上片，开篇便直抒胸臆，"闲情"、"惆怅"四字直剖心绪，而反问语气以及自问自答式内心独白的运用，又将这种情感体验表现得强烈而突出，可谓痛快之极；然而"抛弃"、"久"、"每"、"还"诸字的精心安排与有机呼应，又曲折地表现了词人盘旋郁结、痛苦挣扎的内心世界，又可谓顿挫之至。既难以"抛弃"，便只好决意负荷，日日对花醉酒，虽憔悴而无悔，可谓执著之极；然而深层里却隐含着以酒浇愁的痛苦无奈和反省惊心的时间和生命意识，又可谓沉郁之至。下片，进一步抒发这种与时常新的闲情愁绪。词人把这种迷惘与困惑又直接以疑问的形式再次鲜明突出地揭诸笔端，可谓真率之极；然而在"河畔青芜堤上柳"的意象之中，隐含着绵远纤柔、无穷无尽的情意与思绪，又可谓幽微之至。这一次词人在疑问之中沉默了，结尾二句似乎是抛开这些困扰人心的闲情愁绪来描写身外之景物情事，其实不然，它是借行为与景物来进一步深化词人那份难以平静与超然的内心情怀。已是人归夜临之时，而词人犹然独立郊外小桥，任风满衣袖，看月上林梢，不仅其孤零之态、凄苦之情跃然纸上，而且更可见词人依然沉浸在对生活对人生痛苦而执著的思索与内省之中。

总之，这种更深沉的由一己之体验而生发开来的情感抒写，这种既具有个性特色与感发魅力，又具有深邃朦胧特征的艺术境界，这种较真切鲜明的“我手写我心”的抒情主体形象，可谓是前此文人词中所缺乏至少是很微弱的，而这些则正是冯词的主要特征和成就所在。

（刘尊明）

谒金门

风乍起，吹皱一池春水。闲引鸳鸯香径里，手挼红杏蕊。　斗鸭阑干遍倚，碧玉搔头斜坠。终日望君君不至，举头闻鹊喜。

这首词写贵族女子在春天里愁苦无法排遣和希望心上人到来的情景。

一开头写景：风忽地吹起，把满池塘的春水都吹皱了。这景物本身就含有象征意味：春风荡漾，吹皱了池水，也吹动了妇女们的心。它用一个“皱”字，就把这种心情确切地形容出来了。因为是春风，不是狂风，所以才把池水吹皱，而还不至于吹翻。女主人公的心情也只是像池水一样，引起了波动不安的感觉。面对着明媚的春光，她的心上人不在身边，该怎样消磨这良辰美景呢？她只好在芳香的花间小路上，手挼着红杏花蕊，逗着鸳鸯消遣。可是成双成对的鸳鸯，难免要触起女主人公更深的愁苦和相思，甚至挑起她微微的妒意，觉得自己的命运比禽鸟尚不如。她漫不经心地摘下含苞欲放的红杏花，放在掌心里轻轻地把它揉碎。通过这样一个细节，深刻表现出女主人公内心无比复杂的感情。它意味着：尽管她也像红杏花一般美丽、芬芳，却被另一双无情的手把心揉碎了。这写得多么细致，蕴藏着多么深沉的感情！简直是写进人物的下意识领域中去了。

下片写她怀着这样愁苦的心情，一切景物都引不起她的兴致。哪怕她把斗鸭栏杆处处都倚“遍”（一作“独”。但“独”字不如“遍”字好），仍然是没精打采。这个“遍”字，把她这种难捱难捺的心情精细地刻画出来。她心事重重地垂着头。由于头垂得太久，以至头上的碧玉搔头（一种用碧玉做的簪子。《西京杂记》载：“（汉）武帝过李夫人，就取玉簪搔头；自此后，宫人搔头皆用玉。”）也斜斜地向下倾。这说明她已捱过一段很长的时间。她整天思念心上人，却一直不见他来。忽然，她听到喜鹊的叫声。“喜鹊叫，喜事到。”莫非心上人真的要来了么？她猛然抬起头，愁苦的脸上初次出现了喜悦的表情。作者写到这里，便结束了全词。在一种淡淡的欢乐中闭起幕，像给女主人公留下一线新的希望。但读者可以设想：喜鹊报喜究竟有多大的可靠性呢？恐怕接连而来的，将是女主人公更大的失望和悲哀。尽管作者把帷幕拉上了，但读者透过这重帷幕，还可以想象出无穷无尽的后景。

这首词的思想内容，跟花间派词人的大多数作品也差不多。可能作者另有寄托，但也不外个人的恩怨而已。这些都无多大价值。但它那细致、委婉而又简练、生动的描写手法，值得我们借鉴。

“风乍起，吹皱一池春水”和李璟《摊破浣溪沙》里的“小楼吹彻玉笙寒”，都是传诵千古的名句。据马令《南唐书》卷二一的记载，李璟曾责问冯延巳：“吹皱一池春水，干卿何事？”吓得冯只好涎着脸皮说：“未如陛下‘小楼吹彻玉笙寒’。”

（蔡厚示）

李璟

山花子[①]

菡萏香销翠叶残，西风愁起绿波间。还与韶光共憔悴，不堪看。　细雨梦回鸡塞远，小楼吹彻玉笙寒[②]。多少泪珠何限恨，倚阑干。

南唐中主李璟存词凡四首，这是其中最著名的一首，颇为历代文人所传诵和赏爱。北宋王安石最赏爱其“细雨梦回”二句（《苕溪渔隐丛话前集》引《雪浪斋日记》），近人王国维则以为“菡萏香销”二句更有意义（《人间词话》），即使在当时南唐小朝廷的君臣戏语中，作为宰相兼词人的冯延巳也曾拈出“小楼吹彻玉笙寒”之句而自叹弗如（陆游《南唐书·冯延巳传》）。可见此词的确不同凡响。那么此词到底好在何处呢？这似乎不单是哪一个句子更精美的问题，而应该从全词的情感、意境上来作整体的赏析与体会。

此词《草堂诗余》题作“秋思”，应该说这两个字还是比较准确地概括了此词所抒写的情感内容的。具体说来，上片写悲秋之意。一开篇，词人就为我们描绘出一幅触目惊心的肃杀凋残的深秋图景：荷花凋落，荷叶残败，荷香也消逝了，凄厉的西风正从绿色的水波上吹过。“自古逢秋悲寂寥”，衰飒的秋景本足以令人生悲愁的意绪，更何况青春销烛而伴随秋光一同憔悴之人，其悲伤忧愁自然更为深重不堪。下片抒怀人之情。梦中到遥远的边塞寻觅戍边的征夫，醒来一切都化为乌有，唯见细雨迷蒙一片。悠悠情意只有借玉笙从小楼向无尽的寒夜吹弄，直吹到笙簧凝寒，笙音凄断，犹有无限的幽愁暗恨，只有独倚阑干，抛洒珠泪。我们说这种悲秋怀人的情感乃是历代文人反复吟咏不绝的一大文学母题，即使在唐五代文人词中也不是第一次出现，从这个角度讲，李璟此词并没有什么特异之处。然而我们只要稍微联想到中主所处的时代，便会感知到词中所隐含的更深层的意蕴，即一种浓烈的时代感伤色彩和忧患意识。这里的秋，已不单纯是自然界的秋天，而是象喻着南唐小朝廷的秋天；这里的梦，也不单纯是怀人的梦，而是象喻着对逝去的韶光与青春的追怀。所以此词表面所写虽仍属传统题材，并未脱出“花间”范围，但是它深层里所抒写的乃是作为一个偏安小朝廷的皇帝，在时代的暴风雨来临之前所生发感触的那份悲伤与忧患。从这个意义上讲，它所表现的情感内容又带有鲜明的个性色彩与时代特征。也只有从这种整体的情感体验与表现的角度，我们才能更深刻更准确地把握和领会“菡萏香销”二句与“细雨梦回”二句所具有的表现力的审美意义。比较而言，“菡萏香销”二句是写景，是通过残败萧瑟的景物意象，来构筑一种凄凉感伤的情感氛围，来表现一种感物而动的心灵震颤，来象喻青春、生命、和平、幸福、社稷、家园乃至一切美好事物的衰落与消逝。虽为写景，然景中已潜寓着极沉郁浓烈的哀感与愁绪，它的思想蕴涵已大大超出了景物意象本身。这大概正是王国维

更赏爱它的原因所在。“细雨梦回”二句则是描写一种感情的氛围与境界，乃是由景物意象与动作行为两部分熔铸而成的。梦醒人远，其幽怨暗恨正与迷蒙细雨有机地融为了一片；小楼吹笙，直吹到笙寒声断，其执著的思念与凄凉的心境亦正从“彻”字与“寒”字中轻轻逗露。这种幽微迷离的情感境界盖为王安石赏爱之所在。

（刘尊明）

【注】①此词调名一作《浣溪沙》，又作《摊破浣溪沙》。②鸡塞：即鸡鹿塞，在今陕西省横山县西，一说在今内蒙古自治区境内。

李　煜

虞美人

春花秋月何时了，往事知多少？小楼昨夜又东风，故国不堪回首月明中。
雕栏玉砌应犹在，只是朱颜改。问君能有几多愁，恰似一江春水向东流。

前人吊李后主诗云：“作个才人真绝代，可怜薄命作君王。”的确，作为一个“好声色，不恤政事”的亡国之君，没有什么好说的，可是作为一代词人，他给后代留下了许多惊天地泣鬼神的血泪文字，千古传诵不衰。这首《虞美人》就是其中最为人所熟知的一篇。相传后主于生日（七月七日）晚，在寓所命故妓作乐，唱《虞美人》词，声闻于外，宋太宗闻之大怒，命秦王赵廷美赐牵机药，将他毒死。所以，这首《虞美人》，可说是后主的绝命词了。

这首词通篇采用问答法，以问起，以答结，以高亢快速的调子，刻绘词人悲恨相续的心理活动。“春花秋月”，人多以为美好，可是，过着囚徒般生活的后主李煜，见了反而心烦，他劈头怨问苍天：春花秋月，年年花开，岁岁月圆，要到什么时候才能完了呢？奇语劈空而下，问得好奇！然而，从后主处境设身处地地去想，他对人生已经绝望，遂不觉厌春花秋月之无尽无休，其感情之极端悲苦可见。后主面对春花秋月之无尽时，不由感叹人的生命却随着每一度花谢月缺而长逝不返。

于是转而向人发问：“往事知多少？”一下转到社会现实中来了。“往事”，自然是指他在江南南唐国当皇帝的时候。可是，以往的一切都没有了，都消逝了，都化为虚幻了。他深深叹惋人生之短暂无常。“小楼昨夜又东风”，缩笔吞咽。“又东风”，点明他归宋后又过一年。时光在不断消逝，引起他无限感慨。感慨什么呢？“故国不堪回首月明中！”放笔呼号，是一声深沉的浩叹。夜阑人静，幽囚在小楼中的人，倚栏远望，对着那一片沉浸在银光中的大地，多少故国之思、凄楚之情，涌上了心头，不忍回首，也不堪回首。“故国不堪回首月明中！”他完全以一个失国之君的口吻，直抒亡国之恨，表现出后主任情纵性、无所顾忌的个性和他那种纯真而深挚的感情。“雕栏玉砌应犹在，只是朱颜改。”他遥望南国慨叹，“雕栏”、“玉砌”也许还在吧；只是当年曾在栏边砌下流连欢乐的有情之人，已不复当年的神韵风采了。

"只是"二字的叹惋口气,传出物是人非的无限怅恨之感。

"亡国之音哀以思",由于亡国,李煜由一国之主跌落为阶下之囚,他失去了欢乐,失去了尊严,失去了自由,甚至失去了生存的安全感,这就不能不引起他的悔恨,他的追思,他对家国和自己一生变化的痛苦的尝味。以上六句的章法是三度对比,隔句相承,反复对比宇宙之永恒不变与人生短暂无常,富有哲理意味,感慨深沉。如头二句以春花秋月之无休无尽与人世间多少"往事"的短暂无常相对比。第三句"小楼昨夜又东风","又东风"三字翻回头与首句"春花""何时了"相呼应,而与第四句"故国不堪回首"的变化无常相对比。第四句"不堪回首"又呼应第二句"往事知多少"。下面五、六两句,又以"雕栏玉砌应犹在"与"朱颜改"两相对比。在这六句中,"何时了"、"又东风"、"应犹在"一脉相承,专说宇宙永恒不变;而"往事知多少"、"不堪回首"、"朱颜改"也一脉相承,专说人生之短暂无常。如此回环往复,一唱三叹,将词人心灵上的波涛起伏和忧思难平曲曲传出。

最后,悲慨之情如冲出峡谷、奔向大海的滔滔江水,一发而不可收。词人满腔幽愤,对人生发出彻底的究诘:"问君能有几多愁,恰似一江春水向东流!"人生啊人生,不就意味着无穷无尽的悲愁么?"一江春水向东流"是以水喻愁的名句,显示出愁思如春水的汪洋恣肆,奔放倾泻,又如春水之不舍昼夜,长流不断,无穷无尽。这九个字,确实把感情在升腾流动中的深度和力度表达出来了。九字句,五字仄声,四字平声,平仄交替,最后以两个平声字作结,读来亦如春江波涛时起时伏,连绵不尽,真是声情并茂。

这最后两句也是以问答出之,加倍突出一个"愁"字,从而又使全词在语气上达到前后呼应、流走自如的地步。显然,这首词是经过精心结构的,通篇一气盘旋,波涛起伏,又围绕着一个中心思想,结合成谐和协调的艺术整体。在李煜之前,还没有任何词人能在结构艺术方面达到这样高的成就。所以王国维说:"唐五代之词,有句而无篇。南宋名家之词,有篇而无句。有篇有句,惟李后主降宋后之作及永叔、子瞻、少游、美成、稼轩数人而已。"(《人间词话删稿》)可见李煜的艺术成就具有超越时代的意义。当然,更主要的还是因为他感之深,故能发之深,是感情本身起着决定性的作用。也是王国维说得好:"后主之词,真所谓以血书者也。"这首《虞美人》充满悲恨激楚的感情色彩,其感情之深厚、强烈,真如滔滔江水,大有不顾一切冲决而出之势。一个处于刀俎之上的亡国之君,竟敢如此大胆地抒发亡国之恨,是史所罕见的。李煜词这种纯真深挚感情的全心倾注,大概就是王国维说的出于"赤子之心"的"天真之词"吧,这个特色在这首《虞美人》中表现得最为突出,以致使李煜为此付出了生命。法国作家缪塞说:"最美丽的诗歌是最绝望的诗歌,有些不朽的篇章是纯粹的眼泪。"(《五月之夜》)李煜《虞美人》不正是这样的不朽之作吗?!

(汤高才)

相见欢

林花谢了春红,太匆匆!无奈朝来寒雨晚来风。　胭脂泪,相留醉,几时重?自是人生长恨水长东。

这是一首即景抒情的小词。它体制虽小，却包含了巨大的感情容量和深广的人生体悟，具有极强烈的艺术感染力。王国维曾说："词至李后主而眼界始大，感慨遂深。"又说："后主之词，真所谓以血书者也。"(《人间词话》)我们读此词也会有同样的感受。

表面看来，此词所写亦无非是惜花伤春之情。词人看到林中的春花凋谢了，于是为她遭受寒雨凄风的摧残却无力抗拒的命运而悲叹，感慨她离去得太匆匆，因而沉浸于哀艳凄迷的留恋与感伤中。但是，词人却并非仅仅只是以一己的情感体验来重复抒发惜花伤春这一悠久普泛的人类"类型情感"，而是在此基础上进行了扩展与升华，由自然界的季节变化而联系到个人生活的变化，由一己之内心体验而扩展上升到对整个人生与生命现象的感受与体悟。这不仅明显地表现在"自是人生长恨水长东"这一结束句的提炼与概括上，即由花谢春去这一自然界美好事物的毁灭与消逝，来表现整个人生的缺憾与生命的悲剧，也隐含于惜花伤春这一表层意象与情事的深层："太匆匆"的强烈悲惋与"无奈"的沉重伤叹，使我们隐然可感其中必有更深层的情感内涵，而"谢了春红"的"林花"与"朝来寒雨晚来风"，似乎也有着很强的象喻意味；落红泣泪、相留与醉的惨淡情景，又似乎将自然与人事融为了一体，大有生离死别的留恋与执著，而"几时重"的悲呼，也大有一去不复返的绝望与无奈。从词中所充溢的这份浓郁的哀感悲情中，我们大致可以确认此词乃李煜后期作品，一丛林花的凋谢便引起了他如此剧烈的心灵震颤，只有在身临飘摇欲坠之境或是在经历了国破家亡的巨变惨痛之后才可能发生。如此，我们可以更确切地认为，在花谢春去的自然景象中一定融进了词人感伤危亡的血泪。王国维所谓"以血书者"，看来是并无夸饰的。总之，我们从词中感受到的东西似乎已大大超出了"惜花伤春"这一狭小范围，而走向了更深广的感情境界，获取了更丰富的哲理启示。这大概正是王国维所说的"眼界始大，感慨遂深"之所在。

在三十六字的短小篇幅中能容纳如此深广强烈的感情内蕴，这与词人成功的艺术表现是分不开的。首先，词人选取《相见欢》这一句式参差度大、声韵节奏感强的词调，可以说正与词人所要表现的极其深沉激荡的内心情感相合拍。上片在一个六字句与一个九字句中间嵌入一个三字句，下片在三个三字句之后接以一个九字句，这种句式结构便易于造成一种促迫而又奔放、起伏度大、节奏感强的声情特征，可谓是形式与内容的完美统一。其次，在抒情方式上，词人采取直抒与隐喻相结合的手段。"太匆匆"的悲惋，"无奈"的叹息，"几时重"的哀呼，"人生长恨"的感喟，一切都是那样真率坦露，真切可感。即使是作为景物意象出现的"林花谢了春红"一句，也只是以一种陈述而非描写的形式呈现出来，以作为感情兴发的触点与媒介；"朝来寒雨晚来风"七字，也非现时真景的描写，而是对花谢春归原因的说明，并用"无奈"二字来冠领以加强它的主观色彩；至于"水长东"三字更非实景的描绘，而是用来兴发和比喻"人生长恨"的哲理体悟。这种"白描式"的直抒胸臆，因为有着深沉博大的感情蕴积，便呈现出一种奔涌喷勃的感情气势与力量。但是另一方面，凭着敏感而深锐的内心体验，词人又极善于选取颇富联想性和象喻性的景物意象来表现自己丰富而开展的人生体悟。比如“谢了春红”的“林花”，既可以象征青春的凋逝与生命的衰竭，又可以具体比喻国家民族的败落与毁灭。比如凄寒的朝雨晚风，既可以象征一切摧毁美的恶势力，又可以确切地比喻为强大的政治军事势力。至于用“水长东”的永恒无限来比喻“人生长恨”的缺憾，则更是用阔大的意象来比喻阔大的情感，显得自然而和谐。尤其应该指出的是“胭脂泪，相留醉”六字，不仅创造了一种人与花、物与我浑然一体的凄艳朦胧的意境，表现了词人细微的感情体验与精细的描写技巧的这一面，同时这一感情境界的象喻意味也是极强烈的，既可以象征与一切美好事物诀别时的痛苦，也可以具体比喻辞国别家时的悲哀。

（刘尊明）

浪淘沙

往事只堪哀，对景难排。秋风庭院藓侵阶。一桁珠帘闲不卷，终日谁来？

金锁已沉埋，壮气蒿莱。晚凉天净月华开。想得玉楼瑶殿影，空照秦淮。

这首词怀念金陵。金陵是南唐首都，当时琼楼玉宇，珠歌翠舞，一派帝王繁华富贵气象，而今国已沦亡，自己做了宋廷的阶下囚，一个人独处小楼，有谁会来慰藉，有谁敢来慰藉？门前一桁珠帘，让它终日垂挂着，因为反正无人来此。庭院，由于无人行走，苔藓已蔓延滋生到阶上来了，不着“寂寞无人”字样，而读之觉到飒飒秋风凄神入骨，显出孤寂凄清情况，此之谓意在言外。下篇直抒亡国之痛，虽用赋笔，但仍以形象写出。刘禹锡《西塞山怀古》有句云：“王濬楼船下益州，金陵王气黯然收。千寻铁锁沉江底，一片降幡出石头。”公元 974 年，宋遣曹彬率师伐江南，明年克金陵，南唐遂亡。“金锁已沉埋，壮气蒿莱”，就是指宋师灭亡南唐事，但不说出。刘熙载《艺概·词概》：“词之妙莫妙于以不言言之，非不言也，寄言也。”由此可知“想得玉楼瑶殿影，空照秦淮”是一笔而两面俱到的佳句。一方面，国已灭亡，楼台空锁，向日之“歌台暖响，春光融融”（杜牧《阿房宫赋》），今则已成“人去楼空，一片凄清”了。另一方面，在后主内心中，昔何热闹，今何冷清，亡国之痛以强烈的对比手法也在这里充分反映了出来。

（万云骏）

浪淘沙

帘外雨潺潺，春意阑珊。罗衾不耐五更寒。梦里不知身是客，一晌贪欢。

独自莫凭阑，无限江山。别时容易见时难。流水落花春去也，天上人间。

唐圭璋曰：“此首殆后主绝笔，语言惨然。”（《唐宋词简释》）按：蔡绦《西清诗话》：“南唐李后主归朝后，每怀江国，且念嫔妾散落，郁郁不自聊。尝作长短句云：‘帘外雨潺潺……’含思凄婉，未几下世。”此词上片写暮春夜雨，一直不停，人在帘内，听到帘外雨声潺潺，通宵达旦。“夜来风雨声，花落知多少。”（孟浩然《春晓》）这雨，一滴滴，一声声，滴到愁人耳里，打在愁人心上。帘内之人单衾孤枕，如何睡得着！然而倦极朦胧，忽成一梦，恍惚身在故宫，梦见当时“春殿嫔娥鱼贯列。凤箫吹断水云间，重按《云裳》歌遍彻”的欢乐场面。在这悲凄的风雨之夜，无端梦见了过去的那一段欢乐生活，然而一刹那间，梦又醒了。“眼前红日在帘钩，听雨听风时候。”（况夔笙《西江月·乙卯七月二十五日梦中哭醒口占》）下片另开一境。上片是雨夜，下片是在晴天；上片是在似梦非梦中，下片则回到了清醒的现实。方才是“歌台暖响，春光融融”（杜牧《阿房宫赋》），一刹那间，忽又阒无一人，风雨凄凄。这时似梦似真，疑梦疑真，词人确实茫然了。

王夫之论诗，有善于取影和影中取影之说。如此词中“梦里不知身是客，一晌贪欢”二句，就是善于取影，就是影中之影。宋徽宗《宴山亭·北行见杏花》有句云：“怎不思量，除梦里有时曾去。无据，和梦也新来不做。”梦是生活的影子，是捉不住的；现在连梦也做不成了，岂非绝望到了极度吗？这就叫做“影中取影，曲尽人情之极至”（王夫之语）。“汴水流，泗水流，流到瓜洲古渡头。吴山点点愁。思悠悠，恨悠悠，恨到归时方始休。月明人倚楼。”（白居易《长相思》）“河汉，河汉，晓挂秋城漫漫。愁人起望相思，塞北江南别离。离别，离别，河汉虽同路绝。”（韦应物《调笑令》）从汴京到金陵，一水相通，而不能飞渡；从开封到江都，千里相接，而关山难越。“天长路远魂飞苦，梦魂不到关山难。”（李白《长相思》）江山固然无限美好，可是此生此世，重见无期。“水流尽矣，花落尽矣，而人亦将亡矣。”（唐圭璋《唐宋词简释》）一切都归绝望，亦复何言！与此词一起流传千古的《虞美人》词：“问君能有几多愁，恰似一江春水向东流。”与此同旨。有人说后主是“纯情诗人”。词是抒情诗，善于抒写作者的主体性，这是它的特长。所有词都是抒情诗，所有词人都是抒情诗人，并无例外。现在徒撰出一个模糊不清的“纯情诗人”的概念，不过是徒乱人意而已。

（万云骏）

相见欢

无言独上西楼，月如钩。寂寞梧桐深院锁清秋。　　剪不断，理还乱，是离愁。别是一般滋味在心头。

亡国前耽于享乐，亡国后溺于悲哀，这就是李后主的一生。宋太祖开宝八年(975)，金陵城陷，李煜肉袒出降，被封为“违命侯”。从此，幽居在汴京的一座深院小楼，过着日夕以眼泪洗面的凄凉寂寞的日子。这首《相见欢》写的就是这种幽囚生活的愁苦滋味。

一个被幽禁的人有着一般人难以体会的孤独与寂寞，后主真切地写出了这种感受。“无言独上西楼”，既是“独上”，自然无人共语。这里的“无言”，更表现了后主内心的情绪，他的痛苦无人与说，也不愿与人说，说了何用？又有谁能理解自己？“无言”又加“独上”，仿佛使人看到一个“斯人独憔悴”的孤独身影。西楼见月，夜已深沉，顾影徘徊，不能入寐，其人之浓重愁情可见。“六字之中，已摄尽凄惋之神。”（俞平伯《读词偶得》）他举头望月，月如钩，在伤心人眼里，这缺月不也象征着人事的缺憾吗？再向深院望去，冷月的清光照着梧桐的疏影，寂寞庭院，重门深锁，多么清冷的环境啊！“寂寞梧桐深院锁清秋”，“寂寞”者，实非梧桐深院，人也。“锁清秋”，被“锁”者，实非“清秋”，亦人也。被锁在深院中的人，悲愁无尽，只有清冷的秋天相对，怎不感到寂寞！

上阕所写，全是后主眼中之景，眼前的一切都着冷落凄清的色彩。“无言”、“独上”是寂寞，“梧桐深院”是寂寞，“锁清秋”更是寂寞。为什么沉默“无言”？为什么孑然一身“独上”？一个“锁”字暗点身世。唉，这里的月儿都不是圆的，更不用说人了。这种写法即王国维所说“以我观物，一切皆着我之色彩”。后主写景，也是写他的纯情的感受，情和景是合二而一的。

面对如此寂寞凄清之景，人何以堪？接着，词人直抒胸臆道：“剪不断，理还乱，是离愁。别是一般滋味在心头。”过去的欢乐永远过去了，如今一个人离群索居，尝尽了“离愁”的滋味。千丝万缕的离愁紧紧缠绕着人，真是苦恼。我要和它一刀两断，永远不再去想；可是不成，再快的剪刀也是剪不断的。那么，索性就去想个透吧，把它整理出头绪来，可是“我”越想越烦，越理越乱了！这种滋味很不好受，又说不清楚，说它是苦的辣的酸的甜的，似都有那么一点儿，又都不是，只好说“别是一般滋味”了。亡国之君的滋味，实尽包人世无可伦比的悲苦之滋味。这可不便直说，苦水只有往肚里流，“别是一般”云云，极沉痛的伤心语也，所以，宋黄升《花庵词选》评论此词时说：“此词最凄婉，所谓‘亡国之音哀以思’也。”

这首词特别为后世词家极口称道的，是它对“离愁”的描写。离愁，是人们内心的一种抽象的感情，后主把它写得很形象，写出其滋味，写出一种非常深切的人生感受，确是千古妙笔。离愁自是人的一种思绪。六朝民歌中常用“丝”谐音“思念”的“思”。李煜此词也是用丝缕来比譬愁思，他用“剪不断，理还乱”的千丝万缕，形容愁思之纷繁和难以解开，比单纯从谐音取义，更进一层。仿佛使人看到离愁就像一团转动的乱丝，紧紧盘绕纠缠着人，而无法摆脱。这实际是写词人此时愁情万端，有对过去的种种回忆，有对现状的种种伤感，有对未来的种种忧虑，千千万万无形的感情的丝缕缠绕着他，理也理不清，剪也剪不断，确实是把离愁的特点极其深刻形象地写出来了。结末一句写离愁的滋味，也是绝妙之笔。“别是一般滋味”，也就是说不出是什么一种滋味，它可意会，不可言传。实际上这正是真正经历离愁之苦的人最为真切的体验。所以明代沈际飞特别称赏此句说：“七情所至，浅尝者说破，深尝者说不破。破之浅，不破之深。‘别是’句妙。”这种领会是深得词心的。

这首词另一突出的特点，就是写情极其自然，整首词就像脱口说出一般，语言朴素得简直如日常口语，没有一丝刻意修饰的痕迹。正如周济说的，后主词如“粗服乱头，不掩国色”（《介存斋论词杂著》），周之琦更惊呼后主词为“天籁”（《词评》）。这自是出于李煜卓越的艺术才能，更主要的是他有真切的感情，已到了不需要借助雕饰的地步了。袁枚说得好：“诗者由情生者也，有必不可解之情，而后有必不可朽之诗。”

（汤高才）

敦煌曲子词

菩萨蛮

枕前发尽千般愿，要休且待青山烂。水面上秤锤浮，直待黄河彻底枯。
白日参辰现，北斗回南面。休即未能休，且待三更见日头。

当爱情的火花点燃了两颗年轻的心，整个世界便都因了恋人的欢乐而存在。他们珍惜青春，渴求幸福，在宇宙的律动中，希冀爱情的永恒。于是，日月星辰，河流山川，无不呈现着他们感情的外化……

这首出自敦煌卷子中的唐代无名氏所作的《菩萨蛮》，是一位恋人向其所爱者的陈词。为了表示自己的坚贞不渝，她(他)在词中热烈地对爱人说出火一般的誓言。而这誓言，则是用一连串极为奇妙的比喻构成的。这一非常富于独创性的表现方式，使得无名氏的这篇抒情之作成为唐朝诗苑中的一颗明珠，可与汉代民歌中的《上邪》媲美。

词以“枕前发尽千般愿”一句开头，点明了主题。“发尽”二字，非常有力，充分显示了主人公的至情至性。在这最幸福的时刻，词人当然热切地希求着能够永远如此时一样相偎相依，相亲相爱。因此，首先举出三件不可能的事为喻，坚信爱情的悲剧永远不会出现。第一、三两喻寄意于山河。在古人心目中，山河都是永恒的象征。所以成语说：“青山不老，绿水长流。”“青山烂”既纯属虚幻，爱情当然也就不会变。同时，“黄河彻底枯”既绝无可能，所谓“直待”也就无从谈起了。第二喻作者从日常生活中信手拈来，用得非常贴切、生动。秤锤一般为铁制，谚语有“秤锤虽小压千斤”之语，可见秤锤在重量关系中的作用，作者设喻显然有意突出了这一特征。而水的比重远低于铁，那么，所谓“水面上秤锤浮”，也就是绝不可能出现的现象。下片紧承上片，接着发愿，不同的是，主人公将喻体从地面移到了天空。第四、六两喻分言日夜的颠倒。“参辰”，即参、辰二星，二星此出彼没，永不并见，更何况在白日显现。而三更之时，夜色正浓，假若这时日出，其有悖于常情也是不待分说的。昼夜的运行，是大自然的规律，主人公的这种逆向想象不过是极力强调爱情的天长地久而已。第五喻也是就天体而言，其着眼点在空间的变异。北斗七星，例当在北。《易林》卷一六《中孚・大壮》云：“魁罡指南，告我室中。利以宜止，去国忧患。”可见，“北斗回南面”之句也无非是指出其不可能。主人公一口气举出六事发愿，说得那样情真意切，足以见出其如痴如狂的精神状态。爱情的表达方式，有的是软语缠绵，有的是激情倾诉。本词属于后者。从风格及产生地域看，作者似生活在北方。

这首《菩萨蛮》写得非常动人。其内容、格调和表现方式，都使我们想起汉朝乐府民歌中那首著名的《上邪》：“上邪！我欲与君相知，长命无绝衰。山无陵，江水为竭，冬雷震震，夏雨雪，天地合，乃敢与君绝。”这首诗连举五事发誓，也是在大自然中寻找自己心灵的支撑。二者相距近千年，且又都是产生于民间，这种惊人的相似使我们由衷地赞叹先民们独特的创造力。

在艺术上，这首《菩萨蛮》与《上邪》一样，最大的特点便是善于比喻。为了说明这一点，我们不妨参看杜甫和苏轼的两首诗。杜甫在《观公孙大娘弟子舞剑器行》中描写公孙大娘的舞姿道："㸌如羿射九日落，矫如群帝骖龙翔。来如雷霆收震怒，罢如江海凝清光。"一连以四种形象相比，写得虎虎有神。苏轼更是比喻的圣手。他的《百步洪》描写急流的气势道："有如兔走鹰隼落，骏马下注千丈坡。断弦离柱箭脱手，飞电过隙珠翻荷。"四句诗中，一气托出七种形象，大大开展了读者的想象力。钱钟书先生谈到苏轼的这种特色时称之为"一连串把五花八门的形象来表达一件事物的一个方面或一种状态。这种描写和衬托的方法仿佛是采用了旧小说里讲的'车轮战法'，连一接二地搞得那件事物应接不暇，本相毕现，降伏在诗人的笔下"(《宋诗选注》)。这首《菩萨蛮》也是如此。青山坏烂、秤锤浮水、黄河彻底枯、白日参辰现、北斗回南面、三更见日头，这六事作为喻体，但都省略了比喻之词，所以是暗喻的形式。作者反复强调，一气呵成，就像夏日的暴风雨一般，突起骤止，以此展示动荡的内心世界，显得热情奔放，很有力量。它与杜、苏之作的不同处在于，后者是以物象喻物象，它却是以物象喻人情。另外，后者是正面作喻，它却是连续反喻——以六种不可能来说明一种不可能。词中所举喻体，皆属日常生活中所习见之事，作者却处处从不可能处下笔，这便使抽象与具体结合了起来，创造了良好的艺术效果。

(程千帆　张宏生)

范仲淹

苏幕遮

碧云天，黄叶地，秋色连波，波上寒烟翠。山映斜阳天接水，芳草无情，更在斜阳外。　　黯乡魂[①]，追旅思[②]，夜夜除非，好梦留人睡。明月楼高休独倚，酒入愁肠，化作相思泪。

这是一首写离情的词。

上片写景。词开头的"碧云天，黄叶地，秋色连波，波上寒烟翠"，给我们描绘出一幅开阔壮丽、色彩鲜明的秋日景色。"碧云天，黄叶地"，碧空万里，白云飘浮，秋风阵阵，黄叶满地。写天，写地，十分开阔，这和北朝民歌《敕勒歌》的"天苍苍，野茫茫"一样都是大处落笔。但"碧云天，黄叶地"，色彩鲜明，概括力强，似更胜一筹，成为吟秋的千古名句。元代王实甫《西厢记》杂剧"长亭送别"一折中的"碧云天，黄花地"，就是从这两句化出的。词接着以水波来写秋："秋色连波，波上寒烟翠。"词人把我们的视觉又从充满秋色的天、地，带向远方。秋色连着水波，水波上笼罩着翠色的寒烟。词至此，紧接着写山，写斜阳，续写水，写芳草。"山映斜阳天接水，芳草无情，更在斜阳外。"斜阳的余光照映着山峦，流水继续流向遥远的天边，水天相接，无情的芳草更延伸向更远更远的斜阳之外。远游在外的人，看着这一派景色，自然会想到斜阳外的故乡，心底深处自然会升腾起一缕缕思乡之情。“芳草”在这里不仅指草，也借以象征家乡。这里还应该注意的是三句中两用“斜阳”，它是作为描写的重点，而不是无谓的重复。“斜阳”既表明时间已到黄昏，也暗示天地色彩的变化，同时黄昏也往往是触发思乡之情的时刻。因此，“山映斜阳天接水，芳草无情，更在斜阳外”，既是写景，也是抒情。是由写景到抒情的过渡，也是上下片之间的过渡。

下片抒情。“黯乡魂，追旅思，夜夜除非，好梦留人睡。”这是说，因为思念远方的家乡，思念家乡的亲人，而黯然销魂。羁旅的愁思紧紧缠住不放，每天夜里除非做返回故乡的好梦、返回故乡与亲人团聚的好梦，才能安睡。这里显然颠倒了因果关系，不得安睡，怎么会能入梦呢？其实是说，词人因怀念故乡，怀念故乡的亲人，而不能入睡。词这样写，比直接说愁极不能入睡，要曲折、含蓄、耐人玩味得多。正因为思乡之情这样切、这样深，所以词人告诫自己：“明月楼高休独倚，酒入愁肠，化作相思泪。”其实，这也正是词人的亲身经历，是夫子自道。思乡不能入睡，起身独倚高楼望月，然而一轮明月更引来愁思，只好借酒浇愁，但酒入愁肠愁更愁。层层道来，一气贯注，无雕琢之迹，无扭捏之态，纯任自然。“酒入愁肠，化作相思泪。”是此词警句，是点题之笔，也是千古名句。

整首词上片以“碧”、“黄”、“翠”极力点染秋色。下片以思乡的深情，梦中的欢乐，高楼的孤身，带酒的泪水，着力描绘离人的形象，突出主题。清代词人邹祇谟在他所著的《远志斋词衷》里评这首词说：“前段多入丽语，后段纯写柔情。”是颇为中肯的。清代常州词派领袖张惠言《词选》则说这首词是写“去国之情”。当代也有人说是写“离乡去国之愁”，是写“乡愁国忧”。大概他们都认为范仲淹既是北宋名臣，既有“先天下之忧而忧，后天下之乐而乐”的博大胸襟，他写的词当然也必定和国事相连。但是，范仲淹是活生生的人，他思念家乡，思念亲人，也是人之常情，是很自然的事。难道他就不可以这样想、这样写吗？难道这样想、这样写，就有损他的形象吗？答案无疑是很清楚的。谈到这里，我想，我们读词、说词，还是和论人、论事一样，要实事求是。这是很重要的一点，是我们大家都应该遵循的。

（马兴荣）

【注】 ①黯(àn暗)乡魂：思念家乡，心神悲伤。江淹《别赋》：“黯然销魂者，唯别而已矣。”黯然：心神悲伤的样子。　②追旅思(sì四)：撇不开羁旅的愁思。追：紧随。这里有缠住不放的意思。

渔家傲

塞下秋来风景异[①]，衡阳雁去无留意。四面边声连角起。千嶂里[②]，长烟落日孤城闭[③]。　　浊酒一杯家万里，燕然未勒归无计[④]。羌管悠悠霜满地[⑤]，人不寐，将军白发征夫泪。

宋仁宗康定元年(1040)西夏南侵,围延州(今陕西延安),俘宋朝大将刘平、石元孙,朝野震恐。七月,范仲淹被任命为陕西安抚副使,八月才兼知延州。现在大家都说他的这首《渔家傲》就是作于延州任上的,也就是康定元年作的。但是,此词结拍"将军白发征夫泪"是抒发长期戍边将士(包括词人自己)的感情的,而他七月才奉命戍边,八月兼知延州,可以说是新来乍到,怎么会产生这样的感情呢?次年,也就是庆历元年(1041)五月,他就徙知庆州(宋辖境相当于今甘肃庆阳、合水、华池等县地)兼管环庆路都部署司事。庆历三年(1043)四月初,范仲淹被召还京为枢密副使。总计范仲淹在庆州任上两年,也就是说他在庆州过了两个秋天。因此,我认为这首《渔家傲》不是康定元年作于延州的,而是庆历二年或三年秋天作于庆州的。

词的上片写傍晚边塞苍茫的景色。

首句"塞下秋来风景异"点明地点是边塞,时间是秋天,这个时候边塞的风景是异于其他季节的,也是异于词人故乡江南的。这句里的"异"字很重要,它就是我们常说的"词眼"。词的下面就是通过视觉、听觉来具体展示秋日边塞的"异"。"衡阳雁去无留意",遥望长空,群雁南飞,毫无留意。据说,每年北雁南飞至湖南衡阳的回雁峰,天气转暖了,才回头北返。正当词人翘首云天,目送飞雁南去,神驰不已的时候,忽然听到"四面边声连角起",军营的号角声与边声四起。"边声"是指秋日傍晚边塞特有的胡笳声、马嘶声、秋风声等各种声音的汇合。这更加重了边塞的凄凉。词至此忽然又兜转笔锋继续写所见:"千嶂里,长烟落日孤城闭。"夕阳西下,暮色苍茫,群山环抱,边声四起,一座紧闭城门的边城,就像大海中漂浮着的一片树叶,是那么的孤单。在这样环境里长期戍守的将军和士兵,自然会产生思乡之情。这和上面的北雁南飞一起,为词的下片埋下了伏笔。

下片抒发边塞将士之情。"浊酒一杯家万里,燕然未勒归无计。"在边塞,将士们思家时,只有端起酒杯,饮下混浊的米酒,借以浇愁。为什么呢?因为敌人未灭,边境未安,功业未成,戍边将士不能还乡,也不愿还乡。这里,词人用东汉窦宪北击匈奴,勒石燕然,纪功而返的典故来表白他和戍边将士强烈的爱国热情和为国立功的豪情壮志。在苍凉中,显得悲壮豪迈,令人肃然起敬。

正当词人沉浸在誓志报国的激情中时,忽然"羌管悠悠霜满地",笛声悠扬,寒霜满地,夜色已深。戍边将士们的心情又激荡起来了:"人不寐,将军白发征夫泪。"人们难以入睡,将军已满头白发,征夫只有暗暗落泪。所闻、所见、所思、所感,层层递进,矛盾迭起,十分耐人咀嚼。

整首词写秋日边塞的苍凉、戍边将士的劳苦和高尚的爱国情操以及他们复杂矛盾的心情。作为坐镇一方的边帅,作为"先天下之忧而忧,后天下之乐而乐"的名臣,为什么不集中写使人奋发昂扬的事物,而把这首词写得近于衰飒呢?这一点早在宋代当时就有人注意到了。魏泰《东轩笔录》说:"范文公守边日,作《渔家傲》乐歌数阕,皆以'塞下秋来'为首句,颇述边镇之劳苦。欧阳公尝呼为穷塞主之词。及王尚书素出守平凉,文忠亦作《渔家傲》一词以送之。其断章曰:'战胜归来飞捷奏,倾贺酒,玉阶遥献南山寿。'顾谓王曰:'此真元帅之事也。'"其实,欧阳修在这首词里所写的不过是官场的恭维话罢了,而范仲淹这首《渔家傲》所写的却是边境前线的真实生活，是活生生的戍边将士以及他们活生生的思想感情。我想，这是词人的心声，词人希望北宋最高统治者对前线、对戍边将士真正有所了解。清代贺裳在他所著的《皱水轩词筌》中也曾说过："宋以小词为乐府，被之管弦，往往传于宫掖。范词如'长烟落日孤城闭，羌管悠悠霜满地，将军白发征夫泪'，令'绿树碧帘相掩映，无人知道外边寒'者听之，知边廷之苦如是，庶有所警触。此深得《采薇》、《出车》杨柳雨雪之意。若欧词止于谀耳，何所感耶？"确实，范仲淹这首《渔家傲》和他边帅的地位是符合的，和他"先天下之忧而忧，后天下之乐而乐"的高尚情操也是一致的，是值得我们重视的一首好词。

另外，范仲淹这首《渔家傲》，是宋代最早出现的一首边塞词，而且在为数不多的宋代边塞词中，它是很出色的。同时它意境苍凉，声情悲壮，转变了五代绮靡词风，开启了宋代的豪放词。这些也都是很值得我们注意的。（马兴荣）

【注】①塞下：边塞。②嶂：像屏障一样的山峰。③长烟：长飘直上的烟气。④燕然：山名，即今蒙古人民共和国境内的杭爱山。《后汉书·窦宪传》云：窦宪北击匈奴，登燕然山，刻石纪功而还。未勒：还没有（战胜敌人）刻石纪功。⑤羌管：羌笛。

柳永

雨霖铃

寒蝉凄切①，对长亭晚②，骤雨初歇。都门帐饮无绪③，方留恋处，兰舟催发④。执手相看泪眼，竟无语凝噎⑤。念去去千里烟波，暮霭沉沉楚天阔⑥。

多情自古伤离别，更那堪冷落清秋节。今宵酒醒何处？杨柳岸晓风残月。此去经年，应是良辰好景虚设。便纵有千种风情⑦，更与何人说？

此词写别情。

上片写别时情景。词一开始以"寒蝉凄切，对长亭晚，骤雨初歇"点明别离的时间是秋天的傍晚，地点是长亭。这时骤雨刚刚停歇，天色依旧阴沉，而寒蝉声声，声声凄切。是一个极其凄凉的环境。"都门帐饮无绪，方留恋处，兰舟催发。"在京城门外设帐饯别，但彼此都没有心思饮酒，正当彼此依依难舍时，"兰舟"却在催人上船，船就要开了。这时，留恋而又不得留恋，不愿走但又不得不走。感情十分痛苦。确如江淹《别赋》说的："黯然销魂者，唯别而已矣。"词接着说："执手相看泪眼，竟无语凝噎。"两人紧握双手，四只泪眼呆呆相视，悲伤得一句话也说不出来。十一个字把别离时难舍难分的情态活活画出，使读者如见其人，如闻其声。歇拍："念去去千里烟波，暮霭沉沉楚天阔。"送行者和行者心里都在想，这要去的南方那么遥远，那么阴晦。这当然是送行者和行者因为眼前景和感伤情绪而想象出来的。事实上，广阔的南方并不是这样的。但这两句情迫声促，有力地表现了送行者和行者心情的悲凄。

下片写设想的别后情景。换头两句:“多情自古伤离别,更那堪冷落清秋节。”多情伤别,自古皆然,有情人是无法摆脱的。更何况我们今天的离别又是在冷落的清秋时节。这说明今天的离别比起古人来更痛苦、更悲伤,更使人不堪忍受。上片已经说过没有心绪饮酒,但离愁别恨又促使人不能不借酒浇愁,醉意沉沉中不禁想到:“今宵酒醒何处?杨柳岸晓风残月。”这是词人设想的,今夜酒醒来时,大概是杨柳夹岸,晓风拂面,残月在天。这两句写水边清晨凄寂的景色,点染主人公孤零之感,极为形象、生动,因此成为历来传诵的名句。据俞文豹《吹剑录》云:“东坡在玉堂日,有幕士善歌,因问:‘我词何如耆卿?’对曰:‘郎中词,只好十七八女子,执红牙板,歌“杨柳岸晓风残月”。学士词,须关西大汉,铜琵琶,铁绰板,唱“大江东去”。’东坡为之绝倒。”此后遂成为历代评论柳词与苏词不同艺术风格的典型例证。由此也可见柳永这两句名句的成就与影响之大了。词紧接着的“此去经年,应是良辰好景虚设”,仍是揣想之辞,意谓此去年复一年,孤独一人,即使有良辰美景,也无心赏玩,形同虚设。结拍更进一步说:“便纵有千种风情,更与何人说?”纵然有千般万种深情蜜意,又向谁倾诉呢?深刻地表现了词人对爱情之专,别恨之深。

整首词全用白描手法,记事、写景、抒情如行云流水,自然真切。虽语不求奇,但情景相生,意致绵密,是柳永词的代表作,也是宋词中的名作。　　（马兴荣）

【注】 ①寒蝉:蝉的一种,又名“寒蜩”、“寒螿”。　②长亭:古时大道旁设有供行人休息的亭舍,因为各亭之间的距离长短不一,所以有“长亭”、“短亭”的区分。　③都门帐饮:指在京城门外设帐,摆宴送别。　④兰舟:画船。　⑤凝噎:气结声阻,意谓因悲伤而说不出话来。　⑥楚天:战国时楚国占有南方大片土地,所以古人泛称我国南方的天空为“楚天”。　⑦风情:此处指爱情。

凤栖梧

伫倚危楼风细细,望极春愁,黯黯生天际。草色烟光残照里,无言谁会凭阑意。　拟把疏狂图一醉,对酒当歌,强乐还无味。衣带渐宽终不悔,为伊消得人憔悴。

柳永长于写离情别绪,而且通常写得细致浅俗,词意较为率露。这首词也是写离情别绪,却写得特别含蓄而深沉,语言也颇近雅,因而是柳词名篇之一。它表现的是一种痛苦的相思之情。

作者习惯于制造抒情的环境氛围,从远处或闲处起笔,通过景物描写进而抒情。此词上阕,点明特定的时间与空间。抒情的地点是在“危楼”。“危楼”即高楼。时间是一个春日将暮之时。抒情主体于高楼之上已倚伫很久,显然是闲静无聊。“细”,小也。风虽细小,但在高楼上最易感觉到。这本应给人以轻轻吹拂之感,然而凭高极目眺望,远处天边因暮色将临而黯淡阴沉,却又使人压抑,引起一种愁绪。这“愁”是春愁,既表明了季节,也区别于其他的情绪。“草色烟光”是稍近的景色。芳草如烟乃春深的标志,春日的阳光给它染上淡淡的光泽,景象便非常优美了。这补足了"春"之意。"残照"即落日,表明具体的时间,也与天边渐起的暮色相应。落日的余晖与茂密柔绿的草色相映,构成了很有诗意的画图。词至此都是写实景。凭高远眺,微风吹拂,天际渐生暮色,草色烟光,似乎作者在欣赏落日的美景。上阕的结句对此作了否定,使词意发生转折。原来,凭栏极目,久久伫立,并非为了赏心悦目,其用意如果不说出来——也不愿意说出来,则是谁也不会理解的。这样,词由写景向抒情过渡,在下阕便抒写作者内心的隐秘之意。

词的下阕全属虚写,表现主体凭高极目时的意识流程。首句换意突然,是一个大的转折,试图自我排解愁绪。"疏狂"即狂放不羁,不拘礼法之貌。作者的内心极其苦闷,只能以一种消极的方法排解:打算以狂放的态度来沉醉痛饮,在醉中忘却愁苦。曹操曾在《短歌行》里表示了其及时行乐的人生观:"对酒当歌,人生几何。"人的一生如白驹过隙是非常短促的,只有在歌酒行乐时才感到生命的真实。宋人若饮酒行乐,必有歌妓侑觞,这样既可沉醉,又能使感官娱悦,完全可以忘却现实人生的一切苦恼。如果在感性生活中受到了创伤,这种场合是能给人以安慰的。但是作者认为强自寻乐,自我麻醉,都是毫无意味的,根本不能使自己忘却,其愁绪是无法排遣的。虚拟的打算被否定了,表现了主体意念的坚定不移,因而他陷入更大的苦痛之中,甘愿自己暗暗吞下人生的苦果。柳永本是有名的风流才子,青年与中年时期流连坊曲,结识了许多歌妓。他在词里曾说:"未消得怜我多才多艺"(《玉女摇仙佩》),"烟花巷陌,依约丹青屏障"(《鹤冲天》),"在处别得艳姬留"(《如鱼水》)。但是在具体的作品里,他却表现了相对的真诚态度,而且对歌妓们的人格很尊重。此词的抒情对象被隐去了,作者只抒写了一种情绪,它是那样强烈深厚,无人理解,无法消除。结尾两句才点明这种情绪的性质是对恋人的痛苦而执著的相思之情。《古诗》云:"相去日已远,衣带日以缓。"这是说离别相思使人痛苦,身上常着的衣与带渐渐宽松,表示人体消瘦了。南朝文人沈约在与友人的书信中言及自己老病消瘦的情形说:"百日数旬,革带常应移孔。"(《南史·沈约传》)他因病而腰身瘦小了。词中"衣带渐宽"即言消瘦之意;"憔悴"是面带病容之状。两结句十分精警,是宋词中的名句。它表示甘愿忍受相思之苦,即使自己形体消瘦了,也绝不后悔,为了恋人宁可因此而憔悴成病。这是一种对爱情的执著追求的态度,被表达得含蓄精练而又十分感人,所以人们特别欣赏。

全词抒写相思之情,由远到近,由实到虚,由愁绪之渐起到情感之强烈,有一条情绪发展的线索贯穿,将作者的痛苦的相思之情有层次地展开,而妙在结尾处点明情感的性质。这样使词意在发展的高潮中突然结束,给读者留下一种美好而感人的东西。近世大学者王国维在谈到古今成大事业大学问者必经三种境界之时,即以"衣带渐宽终不悔,为伊消得人憔悴"作为第二种境界:执著的追求。当然,王国维已扬弃了其原有意义而仅取其执著追求的抽象意义。如果我们在更高的文化意义上来理解,二者也有相通之处:一个人对生命的意义有执著的追求,则他对事业和学问也可能有这种认真的态度。这在某种意义上被指摘为个性心理不成熟的表现,而却显示了很高的品格,会受到善良人们的赞许。 (谢桃坊)

少年游

长安古道马迟迟，高柳乱蝉栖。夕阳鸟外，秋风原上，目断四天垂。
归云一去无踪迹，何处是前期？狎兴生疏，酒徒萧索，不似去年时。

柳永的主要作品略分为两类。一为早年在汴梁（北宋首都，今河南开封）浪迹狭邪，流连青楼时所作，艳情闺怨之类是也。一为晚年入仕，四处游宦时所作，即陈振孙所谓“工于羁旅行役”（《直斋书录解题》）者是也。此词当属于后者。据说柳永景祐元年（1034）登第时已近知命之年（唐圭璋先生推定四十八岁，见《柳永事迹新证》，《文学研究》1957 年第 3 期），以后官途也并不通达，只作为地方小官，流寓各地，所以晚年诸作大都抒发潦倒零落之感怀。

“长安古道马迟迟，高柳乱蝉栖。”柳永曾为灵台（今属甘肃）令（《万历镇江志》），又曾为华阴（今属陕西）令（《醉翁谈录》），两地都离长安不远，所以柳永一定曾到过长安，走过“长安古道”。北宋人有时以长安借指汴梁，但柳永所云则不然，写实而言也。柳永词中，屡次言及“长安道”，如“自古凄凉长安道”（《轮台子》），“斜阳暮草长安道”（《引驾行》），“长安古道绵绵”（《临江仙引》），可窥见柳永对长安道怀有特别的感觉。想来汉唐皆奠都于长安，自古以来，不知多少名人往来于此，沿路景色怎能不引起行人感慨？况且柳永此时官途蹉跌，情绪低沉，当然感慨愈深，“马迟迟”三个字，隐示他此时心灰意冷的心情，具有充分的象征性。更有路旁高柳，秋蝉乱鸣。柳永别有一首《雨霖铃》词，大约是从汴梁出发时所作，开头即云“寒蝉凄切”，身在长安路上，又听得蝉声，消沉的心境上更增添一层烦乱。

“乱蝉栖”，彊村本校记云：“焦（弱侯）本‘栖’作‘嘶’。”以是有人以为，蝉之为体甚小，不会明显可见，故当作“嘶”为是。按其说太拘泥，“乱蝉”就是乱嘶之蝉，既听得蝉声，乃知蝉之住在高柳，无关可见不可见。作“乱蝉嘶”亦通，但不必强改。

“夕阳鸟外，秋风原上，目断四天垂。”彊村本《乐章集》原来作“夕阳岛外”，不可解。“岛”当作“鸟”。同时梅尧臣诗也有“夕阳鸟外落”之句，可以参考。“原上”或即乐游原上。长安乐游原，为唐代名胜，许多诗人登此原上咏怀。就中晚唐李商隐《乐游原》诗“夕阳无限好，只是近黄昏”两句，印象特别强烈。柳永站在原上，咏出这几句时，可能想起了李诗。

后阕“归云一去无踪迹，何处是前期”。柳永前半生作为风流才子，“赢得青楼薄幸名”。现在华美生活都逝去无迹，以前的期望全部落空。“归云一去”一句，也很有象征性。

“狎兴生疏，酒徒萧索，不似去年时。”唐圭璋先生云：“狎兴，冶游之兴。”（《宋词三百首笺注》）柳永《戚氏》词云：“帝里风光好，当年少日，暮宴朝欢，况有狂朋怪侣，遇当歌对酒竟留连。”此云“酒徒”即是《戚氏》词所云“狂朋怪侣”，“年少日”的冶游之兴，渐渐疏减，“狂朋怪侣”也都凋残萧寂，岁月空逝，万事愈加零落。“去年时”，彊村本校记云：“焦本‘去’作‘少’。”末句作“不似少年时”，或较胜。

柳永《少年游》共有十首。彊村本《乐章集》作为一套，标示其一至其十，一看似

是联章，但其内容错杂，不尽是一时之作。此词就是其中第一首，只是第二首或即同时作，至少同在长安所作，内容上有共性，情调也颇相似。兹录出以供参考：

少年游（其二）

参差烟树霸陵桥，风物尽前朝。衰杨古柳，几经攀折，憔悴楚宫腰。
夕阳闲淡秋光老，离思满蘅皋。一曲阳关，断肠声尽，独自凭兰桡。

柳永擅长慢词，这是古今定论，无所可疑，但小令也有佳作，可见于这两首《少年游》。

（［日本］村上哲见）

八声甘州

对潇潇暮雨洒江天[①]，一番洗清秋。渐霜风凄紧[②]，关河冷落[③]，残照当楼。是处红衰翠减[④]，苒苒物华休[⑤]。惟有长江水，无语东流。　不忍登高临远，望故乡渺邈[⑥]，归思难收。叹年来踪迹，何事苦淹留[⑦]？想佳人妆楼颙望，误几回天际识归舟。争知我[⑧]，倚阑干处，正恁凝愁[⑨]。

此词写羁旅之愁，思乡之情。

上片写景。词的起首二句“对潇潇暮雨洒江天，一番洗清秋”，以“对”字领起，说明秋天傍晚时分，词人在楼上面对着潇潇急雨，洒满江天。雨后江天，似乎被秋雨洗得格外清新。两句不但点明了时间、地点，而且描绘出了一幅阔大的景象。但接着而来的是：“渐霜风凄紧，关河冷落，残照当楼。”以“渐”字领起，以“凄紧”写霜风之凉，以“冷落”写关河之荒寂，以“残照”写夕阳西下，楼残余光。萧瑟苍茫，凄寂冷清，极富表现力。苏轼对这三句也特别称赞，说“此语于诗句不减唐人高处”（见赵令畤《侯鲭录》）。词接着继续写楼上所见：“是处红衰翠减，苒苒物华休。”正因为霜风凄紧，所以红花凋谢，绿叶枯萎，一切美好的景物都渐渐残落了。“惟有长江水，无语东流。”只有滚滚长江水，永远默默东流。这仍然是写景，仍然是说明物华难留。当然，这些景自然触发起词人的离愁与感伤。可以说，从起句至此都是写景，但景中有情，是景语也是情语。

下片抒情。换头“不忍登高临远，望故乡渺邈，归思难收”，为什么不忍“登高临远”呢？因为登高临远，必然要使人想到遥远的故乡，而故乡不可见，更不可到，由此引起对故乡的思念，翻腾起伏，却无法抑制。“叹年来踪迹，何事苦淹留？”感叹自己年来浪迹江湖，一事无成，但为什么要久留在外，喝这杯羁旅离愁的苦酒呢？这不是几句话说得清楚的，也可能是词人不愿仔细思索的，所以只用一个“何事苦淹留”的问句，含蓄而沉重地作结。事实上这里包含着许多的愁和恨，是理也理不清的。在外的人如此，在家的妻子又是怎样的呢？“想佳人妆楼颙望，误几回天际识归舟。”这是从对面着笔，想象家中的妻子一定也在怀念自己，一定在妆楼上凝神颙望遥远的天际，想从远处驶来的船只中，辨认出我的归舟，结果误认了好几回，因为我一直漂泊在外，并没有回过家呀。“天际识归舟”虽然是从谢朓《之宣城郡出新林浦向板桥》诗中借来的，但加上“误几回”三个字，更显得生动、自然、真切，而且是词，不是诗了。结拍又重回过笔来写自己的离愁别恨：“争知我，倚阑干处，正恁凝愁。”就是说，妻子呵，你哪里知道我此时也在倚阑遥望，正这样满怀离愁别恨，无法排解呢？数十字中，有直写，有想象，有叹惜，有凝愁，把别情描绘得淋漓尽致。非高手不能为。

整首词写羁旅之愁，思乡之情。章法细密，脉络分明，情景交融，词浅情深。陈廷焯《词则》说此词：“情景兼到，骨韵甚高，无起伏之痕，有生动之趣，古今杰构，耆卿集中仅见之作。”确也颇有见地。（马兴荣）

【注】①潇潇：形容雨声。②凄紧：寒气逼人。③关河：山河。④是处：处处。红衰翠减：红花凋谢，绿叶枯萎。⑤苒苒：渐渐。物华：美好的景物。⑥渺邈：遥远。⑦淹留：久留。⑧争：怎么。⑨恁：这样。凝愁：忧愁凝结不解。

双声子

晚天萧索，断蓬踪迹，乘兴兰棹东游。三吴风景，姑苏台榭，牢落暮霭初收。夫差旧国，香径没，徒有荒丘。繁华处，悄无睹，惟闻麋鹿呦呦。　想当年，空运筹决战，图王取霸无休。江山如画，云涛烟浪，翻输范蠡扁舟。验前经旧史，嗟漫载、当日风流。斜阳暮草茫茫，尽成万古遗愁。

此词风格典雅，写作态度严肃，当是柳永入仕后作的雅词，但写作的具体时间已难考定。在宋词里这是第一首登临怀古之作，虽然它在意境上受到传统诗歌的影响，仍抒发千古兴亡的慨叹，但对宋词题材的开拓却很有意义。我国春秋时期吴越战争的故事很富于历史经验教训。柳永宦游时来到吴国故地苏州，许多古代的遗迹使他产生了怀古的幽情，希望在古今兴亡的历史里寻找一种人生的意义。

词的上阕描述登览的情形，极力突出昔日的繁华与今日的荒芜，造成明显的历史反差。起句“晚天萧索”即表现了日暮景物的凄凉，词意遂在此氛围下展开。柳永青年时期曾漫游过江南，入仕后又辗转州县，所以在羁旅行役之词里常常自比作断梗飘蓬，踪迹无定。蓬为菊科植物，开黄色小花，春生秋枯，遇风旋转飞舞，因而又称为“飞蓬”。曹植《杂诗》有“转蓬离本根，飘飘随长风”，以喻漂泊的游子。柳永自叹断蓬身世，又忽然乘舟来到古代吴国故地。“三吴”，指吴中的苏州、润州和湖州，然景物之胜自以苏州为最著。词是采取顺叙的方法，逐渐进入主题的。作者在苏州登临怀古，对古代吴国的遗迹有着浓厚的兴趣。“姑苏台”，建于姑苏山上，在苏州市吴县西三十里处。台为吴王阖闾所建，三年聚材，五年乃成，高大雄伟，周旋诘屈；立春宵宫，内有宫妓数千，吴王于宫中常作长夜之饮。可是作者登临所见，已是一片荒芜冷落的景象，沉沉的暮霭渐渐消散。这是第一个古今对比。在苏州城西二十四里处的灵岩山上有吴王夫差的别苑馆娃宫，还有琴台、响屧廊、玩花池。吴越战争之时，越王勾践败于会稽，命范蠡求得美女西施进献于吴王夫差，吴王许和。西施即住于馆娃宫里。灵岩山前有采香径，横斜如卧箭，故亦名“箭径”，相传

西施由太湖而来，沿此径到馆娃宫。可是作者在此所见到的是，采香径已被野草埋没，宫殿不存，只留下一堆荒丘。这是第二个古今对比。当年吴王夫差战败越国，主盟中原，意气骄横，淫奢无度。他常与西施到姑苏游玩。伍子胥忠谏吴王说："臣恐姑苏，不久为麋鹿之游。"警告吴国的灭亡在旦夕。不久，历史反复，越果灭吴，确如伍子胥之所料。在上阕的结句里，作者再次证实伍子胥的预言：繁华消歇了，现在仍只听到呦呦的鹿鸣声。麋鹿出没之处，自然人迹罕至，可见其地之荒凉。登临所见遗迹的荒凉，追思历史上的繁华，便很自然地产生兴亡之叹。

词的下阕抒发兴亡之感，过变处以"想当年"表示由现实转入对历史的追溯。作者以"运筹决战，图王取霸"非常精练的语句概括了吴越相争的局势。吴王和越王都曾运筹于帷幄之内，决胜于千里之外；都曾主盟中原，威加诸侯，施展霸图。两国无休的战争，胜败反复，但结果留下什么呢？所以作者以为这一切都成了"空"，繁华与事业都荡然无存了。究竟吴越相争中谁是胜利者？作者以为应是越国的范蠡。他在越国战败后，向吴王献美女西施而得以许和；他又辅佐越王，雪了会稽之耻，最后功成身退，辞别越王乘扁舟出五湖，据说还带了西施而去。范蠡遗书与大夫文种说："高鸟已散，良弓将藏。狡兔已尽，良犬就烹。越王为人，长颈鸟喙，鹰视狼步。可以共患难，而不可共处乐；可与履危，不可与安。子欲不去，将害于子明矣。"(《吴越春秋》卷一〇)文种未听劝告，果为越王赐剑而死。所以"江山如画，云涛烟浪"的美景，终归范蠡所有。他成了以后士大夫处理入世与出世的榜样，功成身退也就成了士大夫们的人生理想。关于吴越的故事，在宋以前有袁康的《越绝书》和范晔的《吴越春秋》，其他古代史书也有较详的记载。柳永以为历史上虽然记载了这许多英雄人物，归根结底都没有多大的意义，因为登临怀古所感受到的仅仅是一种兴亡无常的虚无。全词的结两句是很有力的，善于收束。它以"斜阳"照应了词开头的"晚天"，表示时间；"暮草茫茫"是现实萧索景象的概括。看来，吴越争霸的风流人物留下的是永远的遗恨。时间无情地吞没了当年那些人物的雄心霸图，是范蠡真正懂得生命的意义么！

北宋中期王安石的《桂枝香·金陵怀古》和苏轼的《念奴娇·赤壁怀古》，都是宋词名篇。如果我们仔细将它们与柳永此词比较，则不难见出它们在构思、谋篇、格局，甚至某些意象如"念往昔、繁华竞逐"、"但衰草寒烟凝绿"、"千古风流人物"、"惊涛拍岸，卷起千堆雪"、"遥想公瑾当年"等，都与柳词有惊人的相似之处。然而这首柳词却在词史上为人们所忽略，而实际上它很有开创意义。它还向我们展示了柳词风格的另一面，似乎"非柳七语"了。（谢桃坊）

张先

天仙子

时为嘉禾小倅，以病眠，不赴府会

《水调》数声持酒听，午醉醒来愁未醒。送春春去几时回？临晚镜，伤流景。往事后期空记省。　　沙上并禽池上暝，云破月来花弄影。重重帘幕密遮灯，风不定，人初静。明日落红应满径。

北宋庆历元年(1041)，张先曾为秀州(古称“嘉禾”，今浙江嘉兴)判官。“倅”即副职，“小倅”乃自谦；判官为州守之副职。词作于此年暮春，作者因春慵困倦，未去参加府会。这个府会显然是午宴，作者未去，酒醒之后，心情烦闷，入夜以后写下此词。这是张先最负盛名之作，以精工雅致而被誉为古今绝唱。

词以平淡的叙事起笔，暗寓一种很深的愁绪。作者未参加热闹的府会，却在家里把酒听歌，以此解愁。《水调》是当时的一种曲调，其音悲苦感伤。把酒听歌，结果愁绪未消，饮酒而醉了。“午醉醒来”表示上阕词的时间已是很迟的午后了。本来希望酒醒愁散，而偏偏是愁绪依旧。南宋时黄升编的《花庵词选》将此词题作“春恨”，确实把握住了词旨，因为它并非一般的闲愁闲闷。作者妙于将春恨表达得精巧优美，而且婉约缠绵。在平淡的两句叙事之后，词笔忽转入抒情，提出一个难以理喻的问题：“送春春去几时回?”按常理而言，人们都知道春去是四时变化的自然现象，周而复始，年年都有春日。作者发出疑问是出于另一意义的思考。唐代诗人杜牧的诗句有“自伤临晚镜，谁与惜流年”，词的“临晚镜，伤流景”，即自杜牧诗句化出。当时张先已约五十二岁了，故有迟暮衰晚之感，每每临镜便会伤于青春之难驻、流年之易逝。这逝去的流年里，究竟剩下了什么呢？显然是一件憾事，让人追悔，使人痛苦，酿成春恨。作者将具体的人和事都略去了，不愿写出这个隐秘。其痛苦与追悔的心情在上阕的结句里表达得深沉而又空灵，产生很佳的艺术效果：过去的事和后来的期约都成空了，思忆起来仅是空中传恨，于事无补。

通常在小词里处理情与景的关系都是先写景，后抒情，以便由景生情，最后达到情景交融的境界。张先此词却是先情后景，而且并不追求情景交融的效果，所以下阕描写景物时，似乎完全与情无关，只是冷静地描绘自然景物的变化。此词表现的时间并未固定在一点上，而是在逐渐流动：上阕所叙的时间是午后，下阕则是由黄昏到夜静。黄昏时水边沙岸上的禽鸟相依而眠了。这是室外之景，周围是寂静的，否则水禽是不会安眠的。“暝”，日暮，表明时间。因为入夜的闲静，便易于欣赏新月初上时的美景。“云破月来花弄影”是此词中的名句，给词人带来了盛誉。相传当时士大夫非常欣赏此句，如宋祁竟称张先为“云破月来花弄影郎中”。据说张先自己也激赏此句，特在郡署内修建了花月亭。南宋陆游入蜀经秀州时说：“赴郡集于倅廨中，坐花月亭。有小碑，乃张先子野‘云破月来花弄影’乐章，云得句于此亭也。”(《渭南文集·入蜀记》卷四三)花月亭很可能是后来所建的，但可见此句在文坛上的影响。这句为什么会得到特别的称赏呢？最明显的是，它形象生动优美，有画面的效果。“云”、“月”、“花”、“影”，四个意象集于一句之内，而且以“破”、“来”、“弄”三个动词将它们连接起来，因而造成强烈的直观印象，把握住了新月初上之美。作者描绘的是动景，是主体在闲静的心境下才能观察而得的。这动景恰恰反衬了周围环境的寂静，所以产生了静境的效果。词由外景的描写转入室内，以“人初静”表示时间已过渡到夜已渐深。室内有重重的帘幕，颇为豪华。抒情主体自然已转入室内了，但能感受到室外的风声，而“云破月来花弄影”也暗示了风力作用云与花枝。室内的灯光因帘幕的护卫，不会因风而摇曳。夜里人已静了，风还不止，好像要吹一整夜似的。下阕词都是写实，只在结尾处忽然虚写一笔。作者由风之不停，遂联想到它将摧损红英使落花满地了——标志着美好的春天归去了。这样在下阕的景物描写中虽然没有抒情，更没有直接表现春恨，但在结尾里却集中地含蓄地暗示了一种情绪。尤其联想到上阕的“送春春去几时回”，则其用意便更深了，似想表明：现实的春天又无情地去了，它几时能回来呢？这样，现实的春恨与旧日的春恨，在无限的时间里叠合起来了，又勾起对往事后期的痛苦追忆。作者无心参加府会，自午醉之后，直到夜初静时，都被春恨的情绪苦苦缠绕。词中的春恨被表现得优雅空灵，能唤起人们无限的想象，其中寓有一种很深刻的东西。如果我们仅仅欣赏词中的俊语，则仅停止于表层的认识，难以理解主体的词心。

（谢桃坊）

晏　殊

浣溪沙

一曲新词酒一杯，去年天气旧亭台，夕阳西下几时回？　　无可奈何花落去，似曾相识燕归来。小园香径独徘徊。

这首短小的令词，字面上明白如话，但历来人们对其内容的理解颇不一致。细玩全词，虽含伤春惜时之意，却实是抒怀人之情，尽管通篇没有着一句怀人之语。上片的“天气”、“亭台”、“夕阳西下”，因有“去年”二字，而为今昔之所同。为了突出去年欢宴情景的难忘，“一曲新词酒一杯”一句，领先前置，加重了念昔的分量。曲曲新词，杯杯芳酒，此中有当年唱者的动人，听者的动心，更有不能言传的动情场景。而今，暮春的天气，曾经晤聚过的亭台，分手时的夕阳西下的景象，一切都与去年无殊。然而，“几时回”三字，却道出了今昔的迥异：去年人在，听歌饮酒，何等欢愉；今日景象如旧，人却杳然，岂能不令人触目神伤？在“几时回”的喃喃呼唤中，吐露了难以藏抑的怀人之情。

上片绾合今昔，叠印时空，重在思昔；下片则巧借眼前景物，着重写今日的感伤。“无可奈何花落去，似曾相识燕归来”，两句对语精警工整，是晏殊的得意之句，被后人赞誉为“天然奇偶”（杨慎《词品》）。“无可奈何”，是多方护持而终竟无力挽转的叹惋；“似曾相识”，则是似是而又非全是的恍惚之感。“花落去”、“燕归来”，是现实生活中常见的景，但一经与“无可奈何”、“似曾相识”组合以后，普通的花、燕已非具体的确定的花、燕，而变为某种美好、熟悉的事物或感情的象征。“花落去”，可以指芳春的匆匆归去，但又何尝不是惋惜美好生活的消逝；“燕归来”，固然可以看成是燕子回归旧巢的实际描写，但也可以是故地陈迹所引起的依稀之感。两句借物传意，融情入景，花落燕归之中，寄蕴着花落事已去、燕归人未归的深沉慨叹。其实，人生的盛衰浮沉，生死聚散，不也如同花开花落？抚昔怀旧，前尘往事，岂非如梦似幻？“无可奈何花落去，似曾相识燕归来”，靓姿幽芳，飘逝无回，去者何其无情；残踪剩影，朦胧仿佛，遗存者又何其有情！这两句看似写实，却包含极为丰富之内容，实中有虚。最后以“小园香径独徘徊”作结，落英缤纷，残红满径，孤身只影，踯躅徘徊，是在去年携手同游的小径上再寻故迹，也是重温旧梦，往事隐约，新愁迷蒙。句中着一“独”字，点醒题旨，翻看前面的听歌、饮酒、天气、亭台、夕阳、落花、归燕，等等，无一不是“独徘徊”中所见、所忆、所感。全词没有香艳之词，不见雕琢之迹，却自然媚婉，笔姿摇曳，情韵动人。（钟　陵）

蝶恋花

槛菊愁烟兰泣露，罗幕轻寒，燕子双飞去。明月不谙离恨苦，斜光到晓穿朱户。　　昨夜西风凋碧树，独上高楼，望尽天涯路。欲寄彩笺兼尺素，山长水阔知何处？

这首《蝶恋花》词，双调六十字，篇幅甚短。而晏殊却在这有限的天地中，以生花妙笔，将传统的离愁别恨题材，写得情致深沉、缠绵而气象高华阔大。词的上片，以环境衬染。开篇一句“槛菊愁烟兰泣露”，移情入景，给全词定下了基调。槛菊庭兰，既是居处幽雅之物事，也是衬比人品之高洁。“餐秋菊之落英”，“纫秋兰以为佩”（屈原《离骚》），这里暗含此意。深秋之时，菊笼轻烟而“愁”，兰沾晓露而“泣”，这是词中主人公内在愁怨之情的“外射”和“物化”，状物实是写人。虽然仅只七个字，但交代的内容却很丰富。

“罗幕轻寒，燕子双飞去”，承上写新秋清晨罗幕之间飘荡着缕缕轻寒，梁间羽燕穿过帘幕，双双飞去！这两句虽写客观物象，然而却透露了主人公的内心愁苦。惟其孤独，所以对时序迁移、节候冷暖特别敏感。如刘禹锡《秋风引》所云：“何处秋风至，萧萧送雁群。朝来入庭树，孤客最先闻。”所以感知轻寒透入帘幕，实是由于空闺的寂寞，同时也暗示了欢情的消歇。而梁间羽燕的双双飞去，更加反衬出闺妇的孤独无依的处境。“明月不谙离恨苦，斜光到晓穿朱户”明点离恨，情感也从隐微转为强烈。怨无知之明月不知人间的离别之苦，斜照到今日晨晓，实是抒有情之人长夜不寐的相思之苦。

下片的过片几句，于写景叙事之中抒怀人之情。“昨夜西风凋碧树”，一夜西风，碧树凋尽，这样的情景未必是真实，但浸透了感情的色彩。在离人看来，由于人在人去，可以一夜之间，景象全非。“碧树”在这里是美好希望的象征，一夜西风，也是一种突然的变化，吹尽了碧树，实际上也就是吹碎了思妇的心。“独上高楼，望尽天涯路”，着一“独”字，显出思妇的伶仃孤单。“独上高楼”，为望远人。“望尽”是极目远眺，思飞神驰之态可见。“天涯路”，表明遥远，难以寻见，境界宽阔，怀人之离愁亦随之泛溢无边。人既望而不可得见，相思怀人之情，只能托之于书翰相传。“彩笺”、“尺素”，分言则一供题咏，一传书信，这里复叠使用，以言离情之多，怀人之切，独处之苦。而山长水阔，阻隔重重，世路茫茫，人踪渺渺，音信亦复难以凭寄。

情自无由相达，则无限失望、感伤之情，何能穷已。王国维《人间词话》曾在三处提到这首词。一处是：“‘我瞻四方，蹙蹙靡所骋’，诗人之忧生也。‘昨夜西风凋碧树，独上高楼，望尽天涯路’似之。”另一处是“词有三种境界”条：“古今之成大事业、大学问者，必经过三种之境界。‘昨夜西风凋碧树，独上高楼，望尽天涯路’，此第一境也。”在称赞《诗·秦风·蒹葭》“蒹葭苍苍，白露为霜。所谓伊人，在水一方”几句“最得风人之致”的同时，又举引这几句，认为“意颇近之”。王国维从“西风凋碧树”这几句所创造的意象，引申出“忧生”的感喟，并比喻为对远大理想的执著追求。显然王氏的理解与这几句原意了不相涉，但晏殊所写的这几句不只是含义狭窄的具体的表面形象，而是含蕴丰富、涵盖深广的意象，凝聚着更广更深的现实生活体验，从而给人以不同的感受，产生不同的理解。正如谭献《复堂词话叙录》所云：“作者之用心未必然，而读者之心何必不然。”这也充分说明晏殊词不仅以情动人，而且以其理致深蕴的特点，增加耐人寻思的韵味。

这首词是《珠玉词》中抒写离愁别恨的名篇。全词形象疏朗，境界浑成，风格含蓄圆融。它写秋意而不凄苦，抒离情哀而不伤，写富贵气象而不言“金玉锦绣”，刻画人物心理，极平淡而又风流蕴藉。陈廷焯称赏这首词“缠绵悱恻，雅近正中”（《词则·大雅集》），也是指晏殊与冯延巳词都具有意蕴深厚这一特点。

（钟　陵　刘芳琼）

宋祁

玉楼春

东城渐觉风光好，縠皱波纹迎客棹。绿杨烟外晓寒轻，红杏枝头春意闹。
浮生长恨欢娱少，肯爱千金轻一笑。为君持酒劝斜阳，且向花间留晚照。

这是一首游春词。词的上片展现出一幅生机蓬勃、色泽鲜明的早春景象。“东城渐觉风光好”一句，总领上片，内涵丰富。“东城”点明游春地点。宋人杨侃《皇畿赋》中描写汴京：“其东则有汴水之阳，宜春之苑，向日而亭台最丽，迎郊而气候先暖，莺啭何早，花开不晚。”可见东城为汴京中游赏胜地。“春光”，交代时间。“渐觉”，形容春的悄然来临的过程。着一“好”字，明抒赞美之情。以下三句则从水、树、花三处落墨，极力渲染出词人眼中总的春光感受。“縠皱波纹迎客棹”，在交代游春方式“水上泛舟”的同时，又描绘了湖上春水之美。“縠（hú 胡）”，绉纱一类的丝织品。这里状喻波纹，形象地展现出春水微波的特点。“棹”，船桨，这里以部分代全体，指游船。春风吹暖的湖上柔波与荡漾水上的游人轻舟本为二事，而着一“迎”字，湖水就成了具有感情的湖光山色的主人，将客观景物和人的主观情感有机地沟通起来，抒写了词人移情于景的心境，同时渲染了环境气氛，使画面产生动荡感，游人的神态情致也从中巧妙逗露。

“绿杨烟外晓寒轻，红杏枝头春意闹”，以工整的对偶句式，绘制出类似电影的

“特写”画面，精心选拈出最足以表现早春风光特征的景物，将生意盎然的春天表现得淋漓尽致。前一句写岸上远景，茂密的绿柳，远望中如烟似雾，仿佛荡漾着丝丝寒意；近观红杏满枝，春意盎然。值得注意的是，这两句不仅对仗工整，色彩鲜明，绿柳红杏相映成趣，词人还通过日常生活经验的积累，将视觉、听觉、触觉沟通起来。本来，“晓寒”不能目见，也无轻重可言；即使有轻重，也不能用眼睛称量。这里词人不仅从“绿杨烟外”看到了“晓寒”，而且还感受到“晓寒”的“轻”，气温竟然可以目测，甚至还能论斤称两。这里实际上是一种“通感”作用。“绿杨如烟”明是视觉，但绿是寒色，因此有寒意，又如烟之薄，所以是“轻”。其中“红杏”一句，“卓绝千古”(语见王士禛《花草蒙拾》)，当时传为美谈。宋祁因此被称为“红杏枝头春意闹尚书”。力倡“词以境界为最上”的王国维评论说：“‘红杏枝头春意闹’，着一‘闹’字而境界全出。”钱钟书先生慧眼独具地指出，“闹”字传神之处在于“形容其花之盛(繁)”，“把事物无声的姿态说成好象有声音的波动，仿佛在视觉里获得了听觉的感受”(《七缀集·通感》)。显然，这不同凡响的“闹”字，化视觉为听觉，既表现了春花的绚烂繁盛，又展现了春意的浓郁和蓬勃生机。着一“闹”字，抽象的春意瞬间变得有声有色。

上片写东城春好的美景，分开是独立的春光图，组合起来则是连环画。碧水、绿杨、红杏，色彩明艳，相互映衬，一“迎”一“闹”，碧水之情，繁杏之意，春日之神韵音色，都如闻如见。

词的下片由写景转入抒情。“浮生长恨欢娱少”一句总领下片，用李白《春夜宴桃李园序》“人生若梦，为欢几何”意，目睹春景如画，比照短暂之人生，不能不有如梦似幻、苦多乐少之叹。为求得难得的一点欢娱，“肯爱千金轻一笑”，不惜千金之费以博歌女的一笑，补申及时行乐之意。宋祁少年得志，仕途顺利，“肯爱千金轻一笑”的生活态度贯穿其整个一生。他的享乐生活常见于前人记载，如魏泰《东轩笔录》载其“多内宠，后庭曳罗绮者甚众”，“晚年知成都，带《唐书》于本任刊修。每宴罢，开寝门，垂帘，燃二椽烛，媵婢夹侍，和墨伸纸，远近观者，皆知尚书修《唐书》矣，望之如神仙焉”。反映了当时封建士大夫宴游享乐的普遍心态。

“为君持酒劝斜阳，且向花间留晚照”二句，承上写词人有感于光阴之易逝，因而举酒劝说斜阳且慢西下，让温暖的余光在花丛中多一点停留，为“恨欢娱少”者多留一些时间，对春光表达了珍惜之情，内中蕴有“夕阳无限好”的惜时之意。“晚照”用李商隐《写意》诗“日向花间留晚照”句意，指落日的余晖。歇拍“花间”二字，点明了歌筵所在，与上片首句的“东城”呼应，而又有场景的内外、大小之异；“晚照”又与上片的“晓寒”比照，表现出时间的推移，暗示一日之游即将结束。留恋之情，溢于言表。宋祁词作，虽无晏、欧词的含蓄而归于深隽的抒情韵味，但却以其明媚鲜妍的艺术风貌和欢快酣畅的韵律节奏而在当时自具一格。 (钟 陵 刘芳琼)

欧阳修

踏莎行

候馆梅残，溪桥柳细。草薰风暖摇征辔。离愁渐远渐无穷，迢迢不断如春水。　　寸寸柔肠，盈盈粉泪。楼高莫近危阑倚。平芜近处是春山，行人更在春山外。

在抒写离情别绪的篇章中，欧阳修这首《踏莎行》是一篇情深意远之作。词的上片写游子远去，下片写闺妇怀人，其中心意旨为表现天涯游子的离愁。

上片写行人在旅途中的所见所感。以景为主，融情入景。起始三句，写春景如画。“候馆”、“溪桥”是途中停息经行处所，点出环境。“梅残”、“柳细”，描状途中所见之秾春美景，兼点时令。“草薰风暖”，江淹《别赋》：“闺中风暖，陌上草薰。”本是分写闺中女性感到春风送暖，陌上男子闻到春草的芳香，这里并写为游子途中的所见所感，紧承上二句，共同组绘出一幅春满江南的动人画面。这几句看似写实景，实际上是实景虚用，暗用故实，寄寓离愁。陆凯《赠范晔诗》：“折梅逢驿使，寄与陇头人。江南无所有，聊赠一枝春。”“梅残”，则是无梅相寄，也是离情无法可寄！柳细不成丝，难系远行人。李后主有词：“离恨恰如春草，更行更远还生。”梅、柳、春草，都满含别意离情。“摇征辔”三字中，着一“摇”字，表明是松缰慢行，马甚迟缓。《西厢记》也写“马迟人意懒”，都是因为“遍人间烦恼填胸臆”的离别所致。三句由景而人，点明了题意，同时揭起下文：“离愁渐远渐无穷，迢迢不断如春水。”这里明点离愁，为喻愁的千古名句。它以奔流不息的春水，比喻说不尽、诉不完的离愁，形象生动地揭示了主人公的内心活动，表现出欧词深刻而婉转的词风。李白的“一水牵愁万里长”，李颀的“请量东海水，看取浅深愁”，李煜的“问君能有几多愁，恰似一江春水向东流”等语句，显然曾给作者以启发。但这两句却妙在化情为景，化虚为实，用具体可感的绿波荡漾的春水，形容和表现绵绵不绝的离愁，比喻贴切生动，而且富有美感。

读罢上片，这短短的五句二十九字，在读者眼前就展现出一幅“早春羁旅行役图”：旅舍旁的梅花已经开过，暖风吹送着春草的芳香。一位孤独的游子正策马摇缰，向着那一片茫茫草地，开始他漫漫无涯的行程。路旁溪桥下那一条蜿蜒伸向远方的春水，象征着行人心中那来也无穷、去也无尽的绵绵离愁。

下片写闺妇的念远之情，纯属行人设想，为进一层的写法，有如杜甫的《望月》。一起又用两个四字对句，刻画出一位肝肠寸断、泫然泪流的思妇形象。“柔肠”前添“寸寸”，“粉泪”前加“盈盈”，充分揭示了闺妇思念远人的哀伤缠绵之情。造语工整，情意深切。第三句“楼高莫近危阑倚”，一方面描状了思妇盼望游子归家的急迫情态，另一方面，“莫近”二字又透露出行人对思妇的深切关怀。这一劝慰语，直是天外飞来！并且唤起下文。“平芜尽处是春山，行人更在春山外”，是众所周知的古典诗词名句。一望无涯的芳草原野，已然遥远，而平芜的终极，又是连绵重叠的春山，更加遥远，而闺妇所思恋的行人还要在春山之外，则是尤为遥远。写平芜春山之远，实是衬行人之远；也是写思妇枉自凝眸，也难见行人踪迹，衬写思念之情深。这种“以转折为曲”、“更进一层”的写法，可以巧妙地表现出感情发展的层次和感情程度的步步加深。李觏的“人言落日是天涯，望极天涯不见家”（《乡思》），石延年的“水尽天不尽，人在天尽头”（《高楼》），范仲淹的“山映斜阳天接水，芳草无情，更在斜阳外”（《苏幕遮》），等等，都是用这种进一层写法。王世贞《艺苑卮言》称赏这两句：“淡语有情者。”表面上似是淡淡写景，而实是写景外之意、画外之情、境外之味。在方法上充分运用、尽力渲染一个“隔”字，从而显示出空间上的距离之远，内心的感情之深。词中的高楼危阑，可以极眺望之远，而一望平芜，无所遮隔；依情中之视野，当可无边无际，然而，平芜尽处，偏偏有春山相隔，这是望中的一重阻隔，也是情意的一次顿挫；意中人还在春山之外，是又增一层阻隔，也同时给情意增加一层顿挫。一“尽”一“外”，写出层层阻隔、重重顿挫、阵阵波澜，是景象的迭现、视线的延伸与空间的间隔，更主要的是深刻而美妙地表现出感情的顿挫起伏。

（钟　陵　刘芳琼）

生查子

去年元夜时，花市灯如昼。月上柳梢头，人约黄昏后。　　今年元夜时，月与灯依旧。不见去年人，泪满春衫袖。

像是两幕地点相同，布景依旧，而人物、情节和气氛却很不相同的戏剧性场景。一幕是回忆中的“去年元夜时”场景：繁华热闹的街市上，各式红莲花灯交相辉映，照耀如昼；一轮圆月挂在柳梢，一对包括抒情主人公在内的青年恋人，正在灯火阑珊处悄悄幽会。另一幕则是眼前的“今年元夜时”场景：街市、花灯、圆月、杨柳依旧，而对方却已不见踪影，只剩下抒情主人公在失落的惆怅彷徨中孤独的身影和泪满春衫袖的形象。

这首词的好处，评家多从运用今昔对照手法，抒写景是人非、旧情难续之慨着眼。这确实是它的一个非常显眼的特点，而且《生查子》这个词调上下片均为整齐的五言四句的形式，更给运用这种手法创造了便利条件。不过这种构思和手法并非新创，唐诗中如崔护的《题都城南庄》、赵嘏的《江楼感旧》就是运用这种手法的优秀之作，也许欧阳修写这首词时还自觉或不自觉地受到它们的影响。看来，这首词的特殊艺术魅力还有其更深层的原因。

原因之一，是它创造了一个极富爱情气氛的典型环境。大的时间背景是元夜。这是古代的团圆节、文娱节，也是爱情节。到了理学已兴的北宋中叶，青年男女之间的社交和恋爱早已失去《诗·郑风·溱洧》所描绘的那种自由开放，因此这一年一度士女混杂、金吾不禁的元宵佳节，便成为青年男女在观灯赏月的名义下相互接触、发展爱情的良宵。从民俗和民族文化心理上说，元夜这个特定的节令背景就是渗透了爱情气息的。元夜的具体景物，词中虽只写了灯、月、柳几种物象，但它们无一不与爱情有着或隐或显的关联。元宵节的灯市，是由各式各样的红莲花灯组成的，所谓“剪红莲满城开遍”（欧阳修《蓦山溪·元夕》），“露浥红莲，灯市花相射”（周邦彦《解语花·元宵》），正形象地显示出这一点，将灯市称为“花市”，亦缘于此。这种花灯辉映之景，正如繁花之竞放，本身就给参与盛会的青年男女以春心欲共花争发的强烈触动。一轮团圞的明月，更像是情人团圆和美满爱情的一种象征；春来开始萌芽的杨柳，则又增添了一份缱绻多情的气氛。如果说，“花市灯如昼”作为爱情场景较远的背景，更多地展现了元宵灯节的热烈喧闹，使这次情人的幽会增加了一种明朗而热烈的喜庆气氛，那么“月上柳梢头”作为近景，则更多地展现了在热闹繁华的一角那种适宜于情人幽会的特有静谧，它与“人约黄昏后”融为一体，在轻柔朦胧的色调中更显示出爱情的温馨甜美。这由花灯、圆月、杨柳组成的环境，在经历过幽会的抒情主人公心里，更成为永不磨灭的鲜明记忆。因此，当今年元夜，灯月依旧，却不见去年人的时候，这一切依旧的街市、花灯、圆月、杨柳所组成的充满爱情气氛的环境便从相反方向给抒情主人公以强烈的触动，成为他黯淡、悲伤、失落、怅惘情绪的一种强烈反衬。对于失去爱情的人，这充满爱情气氛和爱情记忆的环境只能是一种痛苦的折磨了。

原因之二，是由于它既通俗明快，富于民歌风味，又蕴藉含蓄，隽永耐味，真正做到了快而不尽。乍读似感直露，细味方觉其处处能留。它只选择最能体现元夜特征和最能表现爱情氛围的事物景象来写，其余的情事一概略去或放到幕后。不仅元夜、花灯、人潮种种繁华热闹之景只用“花市灯如昼”一语概括，就连抒情主人公究属男性亦或女性，这对情人相爱的过程，彼此的身份、外貌、装束以及今年元夜何以“不见去年人”的原因（是失约，亦或他往？是被迫隔绝，亦或变心他适）都不置一词，任人自去领会。尤为高妙的是，上下片的结尾，都在情节发展到接近高潮处一点即住，特富余蕴。上片写到“月上柳梢头，人约黄昏后”，正像一幕爱情戏刚拉开幕布，露出背景和人物的剪影，便落了幕，一切温柔缱绻的情事统统留到了幕后。这种省略反而更有效地调动了读者的丰富想象，使人感到上下片之间的空白无字处充满了爱的温馨甜美。下片写到“不见去年人”之后，即以抒情主人公“泪满春衫袖”的细节收束，无限伤感、怅惘、失落之情，尽在不言之中。这种明快，由于与高度的洗练结合，故能达到既明快而又含蓄的效果。

这首词表面上写的是具体的爱情场景，有背景，有景物，有情节，有人物，有气氛，但实际上通过今昔对照，所要表达的是一种带有普遍性的爱情体验。在封建社会中，由于种种原因，情人间一次欢会便成永隔的事屡见不鲜，留给当事者的便只剩下了对往昔短暂幸福的珍贵记忆和不尽的失落怅惘。这首词正是把这种心理体验成功地表达出来了。这也许是它具有长久艺术魅力的另一原因吧。

（刘学锴）

南歌子

凤髻金泥带，龙纹玉掌梳。走来窗下笑相扶，爱道“画眉深浅入时无”？
弄笔偎人久，描花试手初。等闲妨了绣工夫，笑问“双鸳鸯字怎生书”？

晚唐、北宋的小令，多为抒情写景之作，很少叙事和描绘人物的篇章。这首小令却主要通过叙述和白描手法，描绘了一位新婚女子的妆饰、活动和语言，不仅人物的声容笑貌、神情姿态跃然纸上，而且连她的心理活动也鲜明可触，有画笔难到之妙。

起二句用叠加手法，重笔描绘这位新婚女子的装束：凤凰形状的发髻上束着用金色描饰的彩带，头发上还插着一把玉制的刻有龙纹的掌形发梳。写新嫁娘的外在形貌，只集中写最显眼的头饰，于头饰中又集中写发髻、发带与发梳，且用“金”、“玉”、“龙”、“凤”等富丽字眼重叠形容渲染，故虽只写一局部，而其整体的华美鲜丽、雍容富贵气象已经可以想见。

接下来两句，转笔写她的行动和语言。“走来窗下笑相扶”，“扶”，即依偎紧挨之意，这是闺房中一个亲昵的动作，写来却不佻不亵，带几分轻盈，几分天真，几分娇气，的确是新嫁娘情态。“笑”字尤为传神之笔，传出了闺房中一片甜美和乐的气氛。妙在下句直接借用唐人朱庆余写新嫁娘的现成诗句来写人物的语言和心理状态。朱诗中的“画眉深浅入时无”，虽问夫婿，目的却在讨公婆的欢喜，透露的是一种既有几分自信、几分希冀，又有几分忐忑不安的心理（从“低声”问夫婿中可以味出）。欧词借用成句，冠以“爱道”二字（说明问了不止一次），表现的却是一位自信其美好容饰之魅力和自己在新婚丈夫心中的地位的女子明知故问的娇态和自赏自得的心理。

下片仍一意相承，续写闺房情事，却从梳妆转到刺绣上来。刺绣前要用笔描好花样，故“弄笔”、“描花”与刺绣同属一事。初试描花手段，似应郑重从事，但这位新婚女子却将这项列为“妇功”的严肃项目当做闺房中的趣事，虽拿着画笔，却并不动笔描画，而是一边心不在焉地摆弄画笔，一边依偎着新婚的丈夫，不知不觉中消磨了很长时间，以致随随便便地耽误了刺绣的工夫。“弄”字、“久”字，都是表现其娇羞、亲昵、甜美情态的传神写照之笔。更妙在结句撇开刺绣，“笑问‘双鸳鸯字怎生书’”。这颇有点像小孩子自知耽误了正事却故意顾左右而言他的味道，但与上面的情事却又自有联系。“弄笔”，故想到“书”字；所绣图案，当是鸳鸯双鸟，故问及“双鸳鸯字怎生书”。鸳鸯，是美满幸福爱情的象征。笑问此二字的写法，自是明知故问，却不仅表现了她对幸福爱情的希冀，更含有对眼前相亲相爱的新婚生活的陶醉。与此同时，她那种半是天真、半是狡狯，半是含羞、半是撒娇的神态也就跃然于纸上了。

除开头两句形容刻画较多以外，这首词绝大部分是用生动的口语进行人物素描，不仅使这位新嫁娘的情态口吻、神情心理得到极生动的表现，而且传出了新婚闺房那种特有的蜜月气氛，确实是写生妙手。但这首词动人的艺术魅力，还在于上述描写的后面，始终有一双充满爱怜之情的眼睛。词作者并不是用旁观者的目光和口吻来观察、叙写，而是化身为词中的另一方——夫婿，处处用他的眼光、心情来感受女子的一举一动、一颦一笑、一言一行，因此字里行间处处流注着一种轻怜爱惜的感情，这在“走来窗下笑相扶”、“爱道‘画眉深浅入时无’”、“弄笔偎人久”、

“笑问‘双鸳鸯字怎生书”等句中体现得尤为明显。这种新婚丈夫对新婚妻子的特有目光和感情，使这首词充满了亲切温爱的气氛。词里虽未正面描写夫婿的形象，但这位多情男子的性格气质却也隐然可见。（刘学锴）

蝶恋花

庭院深深深几许？杨柳堆烟，帘幕无重数。玉勒雕鞍游冶处，楼高不见章台路。　雨横风狂三月暮，门掩黄昏，无计留春住。泪眼问花花不语，乱红飞过秋千去。

这首《蝶恋花》和冯延巳的同调词（“几日行云何处去”）内容相近，都是写闺中少妇因荡子冶游不归而引起的苦闷。因此也有将此词归于冯延巳名下，收入《阳春集》的。但李清照已明言“欧阳公作《蝶恋花》，有‘深深深几许’之句”，两人时代相近，所说当比较可信。冯、欧词风虽近，但细味自有区别。即如上述两首《蝶恋花》，冯词痴情而缠绵，欧词的感情却要深沉强烈得多，不像冯词一味蕴藉。

开篇三句写闺中少妇所居庭院之深邃。首句叠用三“深”字，向为词论家所称赏。前面的“庭院深深”，是对这所庭院屋宇重深的一个总体印象，虽有强调意味，但客观描写的成分较多；后面紧接“深几许”，而主观抒情的色彩便要浓得多，可以说是女主人公对这座将自己深闭其中、与外界隔绝的庭院一声充满怨怅的长叹。下面两句，借助对室内外景物的描绘进一步烘托渲染。室外，繁密深暗的柳树堆烟笼雾，一片迷蒙；室内，重重叠叠的帘幕，不知道有多少重。这重帘烟柳的阻隔，更增加了宅院的深邃和内外的隔绝。三句中的“深几许”、“堆烟”、“无重数”，感情色彩都比较强烈，传达出女主人公闭锁深院的内心郁闷。

“楼高”二句，写女子在苦闷中登楼遥望，却望不到丈夫游冶不归的处所。“玉勒雕鞍”，以华美的鞍饰点出荡子的贵介身份；“章台路”，借指荡子寻花问柳之地。两句进一步写出女子内心苦闷的原因。闭锁深院，内外隔绝，已同幽囚，更何况丈夫游冶不归，空闺独守，苦闷自然更深。由此便进而引出下片的“伤春”意绪来。

换头三句，从时间、季候着笔，抒写女子的“伤春”苦闷。时节已到暮春三月末，又值黄昏时分；春尽日暮，本就伤感孤寂，何况又遇上了狂风暴雨。女主人公独居深院，门户深掩，强烈地感到美好的春天连同自己的青春年华，正在风雨侵袭中无可奈何地消逝，即使想“留春”也没有办法留得住。俞平伯说：“‘三月暮’，点季节，‘风雨’点气候，‘黄昏’点时刻，三层渲染，才逼出‘无计’句来。”（《唐宋词选释》）这层层加码的渲染，使“无计留春”的感情表现得极富力度。而“门掩黄昏”又适与“无计留春住”构成微妙的对照。女主人公不堪愁对雨横风狂，而掩上门户，但门虽可隔风雨，却不能阻止春芳的消逝，这就更突出了“无计”二字的分量，引出“乱红”飞陨的景象来。

歇拍二句，是满怀“伤春”之情的女主人公一片痴情幻想和满腔悲恨怨愤的集中表现。雨横风狂造成了落花纷纷、乱红片片的惨痛景象。这“乱红”是春天消逝的标志，也是女主人公命运的象征。面对此情此景，禁不住要问一问花（是问花何计留春，还是问花何以与自己都有如此不幸的命运，任人自领），但花却黯然不语。只见乱红片片，在风雨中不断陨落飘荡，飞过秋千而去，好像是对同命相怜的女主人公的一种回答。这个结尾，在强烈感情的驱使下，由情生痴，由痴入幻，将本来无知的花人格化，突出地表现了女主人公无可告语的悲恨怨愤和不能掌握自己命运的深刻感伤。清代毛先舒从“意欲层深，语欲浑成”的角度分析这两句说：“因花而有泪，此一层意也；因泪而问花，此一层意也；花竟不语，此一层意也；不但不语，且又乱落，飞过秋千，此一层意也。人愈伤心，花愈恼人，语愈浅而意愈入，又绝无刻画费力之迹。……然作者初非措意，直如化工生物，笋未生而苞节已具，非寸寸为之也。若先措意，便刻画愈深，愈堕恶境矣。”（王又华《古今词论》引）此论辨析入微，自为确论。其实，不但这两句如此，整首词都具有“层深而浑成”的特点。从开头的怨怅“庭院深深”到“楼高不见章台路”，进一步点明苦闷之由，再因春残日暮、雨横风狂而加深了“伤春”意绪，最后更生出泪眼问花、乱红飞过的境界，苦闷伤感层层加深。而全篇却一气流注，浑然一体，故有回肠荡气的艺术力量。

此词表层内容，不过写女子深闺独守的寂寞苦闷和暮春风雨落花的伤感悲怨。但词中不少描写，如“雨横风狂”、“无计留春”、“乱红飞过”等，又隐隐约约带有象征意味。所谓“伤春”，可能融合着词人政治上的某种苦闷幽愤。屈原《离骚》说：“闺中既以邃远兮，哲王又不寤。怀朕情而不发兮，余焉能忍与此终古！”此词的苦闷怨愤，或与此声息相通。只不过这种寄托，在有意无意之间，很难形求罢了。

（刘学锴）

王安石

桂枝香

登临送目，正故国晚秋[①]，天气初肃。千里澄江似练，翠峰如簇[②]。归帆去棹残阳里，背西风、酒旗斜矗。彩舟云淡，星河鹭起，画图难足。　念往昔、繁华竞逐。叹门外楼头，悲恨相续。千古凭高，对此谩嗟荣辱。六朝旧事随流水，但寒烟、芳草凝绿。至今商女[③]，时时犹唱，《后庭》遗曲。

这首词在黄升《花庵词选》中题作“金陵怀古”。就词情所表现出的雄健英勃的壮阔图景以及作者意欲矫世变俗、立志改革的宏愿来看，它应作于宋英宗治平四年（1067）作者出任江宁府（今江苏南京）知事的深秋时间里。此时，王安石刚满四十七周岁，正怀有“惓惓许国”（《知制诰知江宁府谢上表》）之志。有人主张此词作于王安石晚年第二次罢相、隐居金陵的失意消极时期，似非是。因王安石距作此词的前几年，曾上万言书倡导革新，与此词题旨相符；而作此词后的两年，即宋神宗熙宁二年（1069），作者即拜参知政事，施行了他蓄志已久的变法措施。

上片作者先以“登临送目”开卷，导引全篇，而后以赋笔抒写了他金陵登高远眺的豪情壮怀。金陵，曾是东吴、东晋、宋、齐、梁、陈六朝的都城，王安石自十七岁起即随父王益宦游于此，后来读书、出仕均在此城，故他对金陵的历史变迁和"土风之美"，均有深刻的领会。此时，作者初造中朝，意气风发，登临举目，正值天高云淡的肃杀深秋季节，这促使他怀古论政的情感油然而生。

"千里澄江似练，翠峰如簇。"这是一幅秋高气爽、极目远望的真实图景，它把人们的视线引向壮阔无垠的自然空间。由于作者是"送目"远方，故那滚滚大江却像一条千里飘长的银色缎带，静静地躺在地下，时时闪烁出清澄的白光；而那青翠的群山，峰峦互连，争相攒空，像丛丛蚕蔟，一望无际。在这里，波涛汹涌的长江似静实动，层峦叠嶂的群山本静却动，双双相反相成，显得宇宙万物充满生命活力，栩栩如生，从而组成一个雄伟、秀美相结合的绝妙境界，使人胸襟开阔，顿生"自古逢秋悲寂寥，我言秋日胜春朝"（刘禹锡《秋词二首》）的奋励精神。

接着，作者从远望转向近观，词情也从第一层次的自然美进入第二层次的人事美："归帆去棹残阳里，背西风，酒旗斜矗。"此时的江面上，正浮动着远行和归来的船只，它们披着斜阳的光辉来往穿梭般奔忙行驶着。两岸卖酒的店铺，各在门前用竹竿斜竖起醒目的酒幡儿，正背着西风飘舞招展，给人以忙碌而又闲适的生活情调，显示出繁华纷杂的现实人事世界。再接下去，词作又随着作者的目光上下远近环视，总揽天上地下，形成繁花似锦的远景近象的整合之美："彩舟云淡，星河鹭起，画图难足。""彩舟"，即画舫，指近低处；"云淡"，指天高云薄：两者组成为整个画面的寥廓背景。就在这悬挂着淡淡白云的碧蓝天空下面，五色游艇缓缓游动着，一群白鹭正振翅飞舞在银河般的江面上，这实在是一幅难以用笔墨描绘的绝妙图画啊！"星河鹭起"，有人指称是南京西南长江水中的白鹭洲，由于白鹭洲在江水中分的地方隆出水面，从远处眺望，好似白鹭鸟在银河上飞翔一般，也可通，但不必过分拘泥于此。又有人说"彩舟"句是作者意想起秦淮河之美景，似嫌牵强，因这不甚合"登临眺望"的实际，也与"画图难足"的视觉不相吻合。下片煞拍的"画图难足"，实际是作为对上述诸美景的一句总赞，它充分表达出作者对故国河山的深挚之爱，并为下片的怀古惜今主题作好艺术铺垫。

下片以精练简洁的语词，追述了六朝的旧事："念往昔、繁华竞逐。叹门外楼头，悲恨相续。"其中"繁华竞逐"具有巨大的历史容量，它概括地表述了六朝君主们竞相追逐穷奢极欲、荒淫无度的侈靡生活，以致酿成相续败亡的历史悲剧。"门外楼头"二句所说的是六朝最后一个皇帝陈后主与其妃子张丽华的故事，晚唐诗人杜牧曾以此题材写了《台城曲》一诗，其中有"门外韩擒虎，楼头张丽华"之句，咏述了隋大将韩擒虎从朱雀门攻入建康（即金陵）时，正值陈后主与其宠妃张丽华在结绮阁上寻欢作乐之事。据《南史·张丽华传》记载，韩擒虎破门登楼，陈叔宝和张丽华携手而逃，慌忙跳井而被隋军擒获，陈国遂亡。六朝诸帝王大多荒淫昏庸，这里只是用六朝最末一个皇帝陈叔宝的旧事表述一般，以"悲恨相续"作结，便以少总多地把六朝诸帝王沉溺淫乐而连续遭致亡国悲剧的往事概括无遗。

"千古凭高，对此谩嗟荣辱。"作者思昔抚今，感慨殊深，词意也从此得到升华："我"如今登高送目，面对壮丽山河，缅怀往昔远古，徒增荣辱兴亡之叹而已。"谩"，当作"徒然"解，这是说词人枉然追念往昔兴衰，但却更加注视当今："六朝旧事随流水，但寒烟、芳草凝绿。至今商女，时时犹唱，《后庭》遗曲。"往昔六朝的兴亡旧事已如流水般逝去了，现今留给人间的，只剩下令人触目伤神的寒烟一片、衰草凝绿了！"凝绿"，是一种滞暗而无生气的颜色，它与上片中的壮阔美景遥相映衬，在感叹中含有悼古伤今的情意。于是，结尾以"至今商女，时时犹唱，《后庭》遗曲"，直接警今，发人深思。"《后庭》遗曲"，指陈后主自制曲《玉树后庭花》，他曾亲自将此曲教给宫中歌女演唱，一直到亡国。由于其曲词中有"花开不复久"之句，后人多视为陈亡之先兆，而名此曲为"亡国之音"。杜牧《泊秦淮》诗云："商女不知亡国恨，隔江犹唱《后庭花》。"即借此事来讽喻晚唐统治者的腐败朝政。王安石在这里进一步以此典怀古讽今，旨在指出当今宋王朝的统治者，也正处在纵情声色、纸醉金迷的危难情势之中，醒目的"殷鉴"，令人情不自已，无限低回。同时，此情此景与上片中肃杀的"肃"字遥相呼应，表达了王安石"敢不少尝体力之所任"的改革要求和宏志大愿，顿使词境宕开，感人肺腑。

总之，这首词写景壮阔，寄意高远，题旨深沉，格调高亢；上片雄勃，下片委婉，用典自然，出神入化。在结构上，从"画图难足"的美景到"衰草凝绿"的滞暗，从念往昔的"六朝旧事"到叹"至今"的《后庭》犹唱，层层迭进，环环相扣，构思缜密，韵味无穷，可谓寓政论于词作的佳制。王安石虽不以词名，但他这首自制曲《桂枝香》却打破了北宋"花间"余绪和"尊前"遗响，卓然特立。所谓"不多合绳墨处，自雍容奇特"（王灼《碧鸡漫志》）、"一洗五代旧习"（刘熙载《艺概》），确是他的创造和开拓，从而大大地超出了一般登临怀古之作。怪不得苏东坡见此词曾感叹地夸赞说："此老乃野狐精也！"（《景定建康志》引杨湜《古今词话》）

（朱靖华）

【注】 ①故国：旧都城。指金陵（今江苏南京），古来曾是东吴、东晋、宋、齐、梁、陈六朝的都城。 ②簇（cù 醋）：一般均作簇拥、丛聚解，或释作"箭镞"。今见吴小如《长短句丛札》引魏建功先生说："此'簇'乃'蔟'之通假，即蚕蔟，为供蚕结茧之具，用稻、麦秆为之，上尖下宽，形略如山。"此说较形象合理，且与上句的"练"字对仗自然，皆以实物作喻，可从。 ③商女：指酒楼上的歌女。

渔家傲

灯火已收正月半，山南山北花撩乱。闻说洊亭新水漫，骑款段，穿云入坞寻游伴。　　却拂僧床褰素幔，千岩万壑春风暖。一弄松声悲急管，吹梦断，西看窗日犹嫌短。

本篇为王安石退隐江宁（今江苏南京）半山园时期所作。记述了他一次山林野游的生活和感受。魏泰《东轩笔录》卷一二载，王安石在江宁，"筑第于白门外七里，去蒋山亦七里，平日乘一驴，从数童游诸山寺"。此词可看成他当时隐居生活的一个剪影。

"灯火"句：宋时元宵节热闹三天，正月十八九日为"收灯"之时。晏殊正月十九日诗，有“楼台寂寞收灯夜”(《岁时杂记》引)之句。“山南”句：谓山间花朵纷乱。“闻说”句：言听说洊亭新水涨。洊(jiàn 荐)亭：在钟山西麓，溪水青青，花木如绣，是当时著名的景点。“骑款段”二句：言骑行动迟缓的马，穿过风云，进入土堡，寻找游伴。款段：马行迟缓貌。语出《后汉书·马援传》“御款段马”。坞：构筑在村落外围作为屏障的土堡。“却拂”两句：谓拂拭僧床，撩起白色帷帐就寝，许多山崖深沟吹来温暖的春风。拂：摆动。“一弄”句：谓一股松涛声犹如笛管悲鸣。一弄：乐奏一曲，称“一弄”。“吹梦断”两句：谓惊醒了梦境，窗外白日已经西沉。

上片写骑马春游。起拍点明节令，描绘钟山春光。观赏山花，行经溪流，款款而行，穿过风云，进入坞堡，体现出他探胜访幽的兴致。下片写就僧舍歇午，伏枕而眠，气候温暖。山间松涛声吹断好梦，窗外白日已经西沉，打破了内心的恬静与平衡。此词隐隐透露出作者当年浮沉宦海时潜意识中所残留的时有余悸的心态。

(刘乃昌)

晏几道

临江仙

梦后楼台高锁，酒醒帘幕低垂。去年春恨却来时，落花人独立，微雨燕双飞。　记得小蘋初见，两重心字罗衣，琵琶弦上说相思。当时明月在，曾照彩云归。

这首词抒写怀念歌女小蘋的深情。起始“梦后”、“酒醒”二句互文。“楼台高锁”、“帘幕低垂”，是居处的冷落，梦后、酒醒之后，就显得更为凄清寂寥。以环境的描写暗暗衬写出词中主人公的眼前春恨，字面上虽没有明说，但紧接以“去年春恨却来时”一句，暗暗表明居处的落寞与去年春恨重来有关。去年春恨的具体内容也不直接说出，而以“落花人独立，微雨燕双飞”的出色景语烘染，众芳纷谢的凋零景象，微雨迷蒙的黯淡气氛，既可理解为实景的描绘，但又何尝不是喻指烂漫如春的美好生活已经消逝，只留下一片迷茫，满腔怅惘。落花、微雨之中，一人孑然伫立，空中双燕穿飞，画面虽然无声，但一种无言的春恨却已泛溢于画面之外。“双燕复双燕，双飞令人羡”(李白《双燕离》)，“梁燕不知人事改，雨中犹作一双飞”(郑文宝《缺题》)，双燕能够自由地双飞，而人却茕茕孑立，其情何堪！伊人已去，往事已矣，但好景无常的落花春恨，绵长无止的微雨愁情，却年年再来，难有已时！

上片以幽雅凄清的景境衬写眼前和去年的春恨，但所以引起春恨的具体缘由却始终没有清楚地点出，只是稍点即止，闪烁其词，层层蓄势，直至下片“记得小蘋初见，两重心字罗衣，琵琶弦上说相思”几句，才开始点明。紧承上片的因景生情、见物怀人，自然地由眼前、去年而追溯更远的往事，景境随之一变，感情也从婉曲变为直率，如同闸门开启后的急流一泻而出。“记得”二字，语气郑重，说明是追忆往事。“小蘋”是歌女名字，其人妩媚善笑，小晏曾为之倾倒，当年初见的情景更是耿耿难忘:“两重心字罗衣”,借衣饰之美,衬写小蘋人美,也含两心相印之意;“琵琶弦上说相思”,在琵琶的弦声中吐露了相爱之情,人美,再加上情深,怎能不使人缱绻难忘!结拍“当时明月在,曾照彩云归”二句,以长在之明月绾合今昔,当时明月之下,曾经映照彩云般的小蘋归去,“只愁歌舞散,化作彩云归”(李白《宫中行乐词》),彩云般的恋情也随人的归去而消散无踪。说“曾照彩云归”的“当时明月在”,实是反衬人的不在,不言怀人,而怀人之情自见,也自然地点出了年年春恨之因。眼前、去年以及更远的春恨,正是词人当年青春恋情消逝的长恨,它凝聚了作者执著难忘的深情。全词以“春恨”为关捩,“梦后”二句写眼前,“落花”二句写去年,“记得”三句写过去,由近及远,层层翻转,恰如一幅幅画面不断映现,而又首尾贯穿,深得蛇灰蚓线之妙。(钟　陵)

鹧鸪天

彩袖殷勤捧玉钟,当年拚却醉颜红。舞低杨柳楼心月,歌尽桃花扇底风。

从别后,忆相逢,几回魂梦与君同。今宵剩把银釭照,犹恐相逢是梦中。

这是一首余味曲包的爱情词。它以扣人心弦的笔触,抒写了一对倾心相爱的恋人历久不渝的缱绻深情。诚然,从结构上看,它所表现的由初盟到别离、再由别离到重逢的“爱情三部曲”并无独到之处——同样的结构方法在宋词中屡见不鲜。但作者对这一“爱情三部曲”的表现却是自出机杼,迥异流俗的。晁补之在《侯鲭录》中称赞小晏词“不蹈袭人语,风度闲雅,自是一家”,或许正是着眼于此。

词的上片追忆初盟时的情景。尽管那一切早已是杳远的往事,但它们在作者的记忆中,非但没有尘封的迹象,相反,经过无数次悄然回味与品尝,倒比当初更为生动与明晰。惟其如此,一旦再现于笔墨,才能历历如绘,宛若即目所见。“彩袖殷勤捧玉钟,当年拚却醉颜红”二句,一着笔于对方,一落墨于自身,既展现了二人初识时的情境,也披露了二人情种深萌、愿托终身之际的心态。“彩袖”,暗示对方并非与自己门第相匹的大家闺秀,而不过是侑酒于华宴的一介歌女。但此时伊人殷勤捧杯劝饮,却不仅仅是履行其侑酒的职责,更是因为对作者一见倾心,想借劝饮以通情愫。而心有灵犀的作者又何尝不谙其意?为了报答她于己独钟的深情,他开怀畅饮,不惜一醉(“拚却”,不惜、甘心也),颜虽酡而兴犹酣。这就写出了感情的双向交流。其中,没有任何逢场作戏的成分,有的只是心与心的撞击与感应,虽然久涉欢场的他们以往也许都有过逢场作戏的经验。接着,“舞低杨柳楼心月,歌尽桃花扇底风”二句,描写歌舞场面,渲染欢乐气氛,是对初识亦即初盟时的特定情境的进一步勾画。不径言伊人舞姿曼妙,歌声婉转,而借时间的推移,从侧面表现出其歌舞的尽态极妍,正是作者的独出机杼之处。本来,明月悬挂在高与楼齐的杨柳枝头,映照着在这欢乐之宵或痛饮或狂歌或劲舞的红男绿女;而今,它却逐渐低沉下去——这其实不过表明时间正向前推移而已。但着以“舞低”二字,则仿佛是艳舞使然。这就既点出了艳舞的持续之久,又将月升月沉的自然现象艺术地化为其动态效应。“桃花扇”,乃伊人演唱时手持之物。谓之“桃花扇”,当是扇面上绘有桃花图案的缘故。伊人有意向心上人一显平生技艺，于是轻摇纨扇，尽兴演唱；直至精疲力竭，才暂歇歌喉——扇底风尽，不正意味着歌喉暂歇？这种竟夜歌舞、连宵欢宴的情景，无疑从一个侧面反映出宋代文人阶层的生活情趣；但作者之所以对它历久难忘，却不仅仅是出于对昔日歌舞旖旎生涯的眷念，更因为那是他与伊人相识相恋的契机。惟其如此，它才如此长久、如此清晰地镌刻在作者的记忆中，撩起他的无限情思。这两句造语精丽，发想新奇，于纤秾绮华中别蕴韶秀之美，因而深为历代词论家所推赏。

下片一笔跳至别离后的相思，而将初盟后迄于别离的种种情事尽皆略去，颇见剪裁之工。在笔法上，则由描写变为叙述。“从别后，忆相逢”二句，点明初次相逢的场面是其别后忆念的主要内容。这与上片恰相照应。而所忆者以“相逢”场面为最，又正说明那次不同寻常的相逢是如何令作者铭心刻骨！“几回魂梦与君同”一句，直诉魂牵梦萦的相思情怀。一别经年，欢会难期，作者曾多少回因思成梦，在梦幻世界中与伊人对诉款款，重坠爱河。“与君同”，暗示不独作者如此，对方亦复频入梦境，相思无已。但梦中重逢的欢娱终究是短暂的，一旦梦醒，惟有形影相吊，便会倍感孤独与凄凉。如是者三，必然既想入梦，又怕入梦，乃致将梦作真，将真作梦。这就逗出最后两句：“今宵剩把银釭照，犹恐相逢是梦中。”在经历了漫长的别离与相思后，这对心心相印的情侣今宵终于意外地重逢了。他们手把银灯，相顾无言，喜难自禁，却又对眼前的真实情景，不敢轻易置信，而怀疑又是一场梦幻。细予品味，“又恐相逢是梦中”，既有欣慰之情，也有悲凉之意。作者以“剩把”、“犹恐”前后勾连，通过持灯反复照看而犹难释然这一生动细节，曲折有致地传达了一对眷恋至深的情侣久别重逢后那种惊喜交集、喜极转忧的特殊心态。惟其眷恋至深，才唯恐此番又是将梦作真。这两句在构思上当受到杜甫《羌村三首》之一中的“夜阑更秉烛，相对如梦寐”及司空曙《云阳馆与韩绅宿别》中的“乍见翻疑梦，相悲各问年”等句的启发；不过，因与前文相呼应，较之杜甫及司空曙原句，似更见回环婉转之妙。陈廷焯《白雨斋词话》评曰：“下半阕曲折深婉，自有艳词，更不得不让伊独步。”的确如此。统观全词，作者是以“今宵”的基点来驰骋文思、铺设意脉的。但在具体布局时，却由“当年”起笔，直至篇末才点出“今宵”，告诉读者：“当年”初盟时的情景，不过是“今宵”重逢时的追忆。这样，不仅造成虚实相生、波澜起伏的艺术效果，而且烘托出一种昔荣今衰的沧桑之感。（肖瑞峰）

苏轼

江城子

乙卯正月二十日夜记梦

十年生死两茫茫，不思量，自难忘。千里孤坟，无处话凄凉。纵使相逢应不识，尘满面，鬓如霜。　夜来幽梦忽还乡，小轩窗，正梳妆。相顾无言，惟有泪千行。料得年年肠断处，明月夜，短松冈。

乙卯是宋神宗熙宁八年(1075)，这时苏轼正在密州(今山东诸城)作知州，这首词是本年正月为悼念妻子王弗而写的。王弗十六岁与苏轼结婚，她聪颖贤惠，又有识见，夫妻感情一向笃厚，但她不幸于宋英宗治平二年(1065)二十七岁时便在汴京(今河南开封)谢世，次年归葬于故乡四川祖茔。经过十年宦海沉浮的苏轼，在这首词中表达了对亡妻深挚的思念之情。

此词发端从夫妻双方十载生死相隔、音容渺茫写起，正所谓开篇顿入正意。"两茫茫"是说自己和亡妻十年来互相遥念却又各无消息，"两"字一笔双写，"茫茫"状述出双方实即自己无边怅惘、无限空虚的情怀。沈雄《柳塘词话》说："起句言景者多，言情者少，叙事者更少。"此词开头却兼及叙事与言情，并为全篇定下伤悼的感情基调。作者本在时时思念亡妻，但偏用"不思量"逆接首句，再反跌出"自难忘"三字，笔势摇曳跌宕。即使不去思量，亡妻的影像也时留脑际，愈见感情深挚。如果说上面是写生死相隔时间之久，那么下面则是说分处两地，相距之遥。作者时在山东密州，妻子葬在故乡四川，故曰"千里"。亡妻孑然埋于旧茔，故曰"孤"。既遥远又孤单，满腔凄苦情景无由向亲人倾诉，故接以"无处话凄凉"。夫妻不能共话，不仅由于地域遥远，更在于生死分隔，无法超越。以下笔锋一转，谓即使生死可以沟通，夫妇可以再逢，又如何呢？——"纵使相逢应不识，尘满面，鬓如霜。"作者用假设之笔逼进一步，说纵使相逢，妻子大概也认不出"我"来了。十年来，由于他与变法派政见不合，从权开封府推官乞外任通判杭州，再移知密州，仕途的失意与生活的颠簸使作者过早地容颜衰老，"尘满面，鬓如霜"，这对词人外貌简括而有特征的勾勒，渗入了无限的身世之感。

上片写梦前，几经分合转折，抒发了对亡妻思念不已的一片真情。下片转入记梦，换头中"忽"字写出了梦境的迷离恍惚，"小轩窗，正梳妆"是说梦中见到妻子还同往常一样在窗前梳妆打扮。这里再现了青年时代夫妻生活的实际情形，是虚中带实的写法。相别已久的夫妇一旦相见，定有千言万语要倾吐，然而，思绪如麻，又当从何处说起呢？"相顾无言，惟有泪千行。"这个无声有泪的细节特写，既符合生活的真实，又取得了"此时无声胜有声"的艺术效果。以上写梦中，结尾三句写梦醒后的感慨。作者想象在千里之外的荒郊月夜，那长着小松林的冈垄上，妻子定会年复一年地为思念丈夫而伤悲。写对方为怀念自己柔肠寸断，也正表现了自己对死者的无限悼念，以景结情，余音袅袅。

用词写悼亡，是苏轼的首创，于此可见作者扩大词境的开拓精神。这首悼亡词运用分合顿挫、虚实结合以及叙述白描等多种艺术方法，来表达怀念亡妻的感情，语言平易质朴，在对亡妻的哀思中又糅进自己的身世感慨，因而能将夫妻之间的感情表达得深婉而执著，感人至深。王若虚《滹南诗话》引晁无咎云："眉山公之词短于情。"这种看法是片面的。其实，苏轼不仅以雄文大手写豪迈之情，也善于以柔婉的语言写健康的朋友之情、夫妻之情。

(刘乃昌　崔海正)

江城子

密州出猎

老夫聊发少年狂，左牵黄，右擎苍。锦帽貂裘，千骑卷平冈。为报倾城随太守，亲射虎，看孙郎。　酒酣胸胆尚开张，鬓微霜，又何妨。持节云中，何日遣冯唐。会挽雕弓如满月，西北望，射天狼。

熙宁八年(1075)十月，苏轼在密州祭常山回来路上与同官会猎于铁沟(水名，在诸城东南)附近，作此抒怀。

"老夫"三句：言自己表现少年狂放的姿态，左手牵黄犬，右臂擎苍鹰。《史记·李斯列传》记李斯有"吾欲与若复牵黄犬……逐狡兔"等语。《梁书·张充传》记张充出猎，"左手臂鹰，右手牵狗"。"锦帽"两句：形容太守带领头戴锦蒙帽，身着貂皮袄的出猎武士在山冈上奔驰。"为报"句：为了酬谢全城百姓跟随太守观看打猎的盛意。"亲射虎"二句：谓看我亲自射虎吧！孙郎，指孙权，作者以孙权自喻。《三国志·吴书·吴主传》载：建安二十三年十月，孙权"乘马射虎于庱(líng 零)亭，马为虎所伤，权投以双戟，虎却废"。"酒酣"句：形容酒意正浓，心高胆壮。苏舜钦《舟中感怀》诗有"胸胆森开张"句。"鬓微霜"二句：言虽年高也无妨碍。"持节"二句：表明作者期望得到朝廷重用。西汉魏尚为云中郡太守，爱抚士卒，守边有方，战绩显著，后因上报战果数字略有差误，便被削爵追究。郎中署长冯唐认为，如此对待臣下有失宽厚，无法用才，遂将此意上奏汉文帝，文帝大悦，当天即"令唐持节赦魏尚，复以为云中守，而拜唐为车骑都尉"(《汉书·冯唐传》)。"会挽雕弓"三句：谓倘获当局信任，自己定会致力边防，抗击西北的辽夏强敌。天狼：星名，古以喻指侵略。《楚辞·九歌·东君》："举长矢兮射天狼。"

此词以勇武的激情，一气贯通地借叙事抒怀。全篇打破内容分上下片的格局。开端由"少年狂"领起，接写会猎场面，牵黄擎苍，千骑飞卷，倾城轰动，亲试身手，酒酣气盛，何等豪壮！"鬓微霜"回应首句，转入抒感，借汉文帝起用魏尚事，流露希冀擢用、效力疆场之意。末以化用《九歌》诗句收煞。立功边庭雄心，腾跃纸背。以豪壮的会猎场景，烘托词人英武的自我形象，一扫柔腻韵格，开抗战爱国词先河，正作者所谓壮观之吟，可"令东州壮士抵掌顿足而歌之"，"虽无柳七郎风味，亦自成一家"(苏轼《与鲜于子骏书》)。 (刘乃昌)

水调歌头

丙辰中秋[1]，欢饮达旦，大醉，作此篇，兼怀子由[2]。

明月几时有？把酒问青天。不知天上宫阙，今夕是何年？我欲乘风归去，又恐琼楼玉宇，高处不胜寒。起舞弄清影，何似在人间？　转朱阁，低绮户[3]，照无眠。不应有恨，何事长向别时圆？人有悲欢离合，月有阴晴圆缺，此事古难全。但愿人长久，千里共婵娟[4]。

这是东坡先生创作盛年的杰作。这首中秋词神游天地，逸兴焕发，又情思满溢，含蕴复杂，近千年来人们反复吟咏、咀嚼，虽各得所味，然许以词中珍品、仙品，却为历代之共识。诚如胡仔所云："中秋词自东坡《水调歌头》一出，余词尽废。"(《苕溪渔隐丛话》)

熙宁九年(1076)，苏轼知密州已有两年。时苏辙在齐州(今山东济南)幕府掌书记，兄弟六七年未见。中秋之夜，苏轼携客人登超然台饮酒赏月(见《和鲁人孔周翰题诗二首》小引，《苏轼诗集》卷一四)，通宵欢饮，豪兴大发。望月思亲，赋词放歌，淋漓尽致地表现了这位"坡仙"旷逸的情性和深邃博达的人生思考。

词前片写"欢饮达旦，大醉"的情状，后片写佳节思亲的惆怅，全词充盈着奇特的想象和俊逸的浪漫气息。牵人神魄，沁人心脾。词的意境显然受李白诗的影响，但又有所新发。"明月几时有"两句从李白《把酒问月》"青天有月来几时，我今停杯一问之"化出，同时又暗用此诗"皎如飞镜临丹阙，绿烟灭尽清辉发"的诗意。明月清辉逼人，美酒香醇醉人，东坡不禁奇想联翩。"不知天上宫阙，今夕是何年?"正是《诗经》"今夕何夕，见此良人"之意，赞美、欣赏之情溢于言表，而词人倜傥潇洒之丰神亦尽在这一问之中。进而词人以谪仙自居，意欲"乘风归去"，词境较李白《把酒问月》更为空灵蕴藉。"又恐琼楼玉宇，高处不胜寒。"反接上文，欲去又止，词情一顿。"起舞弄清影，何似在人间?"融化李白《月下独酌》"我歌月徘徊，我舞影零乱"诗句，借用李白诗中洒脱不羁的形象和清朗空明的意境，舍却原诗孤独迷惘的情绪，表达了苏轼飘飘欲仙却又脚踏人间泥土、热爱人生的精神面貌。琼楼玉宇，乘风奔月，月宫高寒，无一不是人们熟知的神话传说，被词人信手拈来表现其中秋月夜的"欢"情"醉"意，舒卷自如，既写尽了"欢"，也写活了"醉"。

下片写思亲，仍扣"月"而行，情绪略转低回。"转朱阁，低绮户，照无眠。"月光流转，斯人不眠。苏轼与苏辙手足情笃。苏轼杭州通判任满时，"请郡东方，实欲昆弟之相近"(《密州谢表》，《东坡集》卷二五)。但来到密州，兄弟相隔仍遥，晤面艰难。每逢佳节倍思亲，今宵明月朗朗，思亲之情袭来，不能自已。"无眠"者，与客长饮之苏子也，然亦指今宵因月色而思亲的普天下"无眠"之人。由己及人，月光下会有多少羁旅游子辗转反侧，忧思无眠呵！月圆而人未圆，不由苏子不怨："不应有恨，何事长向别时圆?"月亮对人间不该有什么怨恨吧？可是，何以总是在人们离别的时刻而常圆呢？倒像故意令人难堪似的。此一问，婉转真挚，体验独到，足见怀人之深之切。"人有悲欢离合"三句又反接，词情再作跌宕。词人运思入理，以他特有的旷达洒脱自我排解。既然天地间万事万物都不能十全十美，最后顺理成章，以"但愿人长久，千里共婵娟"的美好祝愿结束全词。只要"人长久"，虽然相隔千里，总还能心心相印，共赏圆月；只要"人长久"，今虽不聚，总会有团圆之日。至此情绪一宽，圆月的光辉似乎也更为清朗可爱了。

此词想象奇拔浪漫，笔势矫健回折，形象洒脱生动，"一洗绮罗香泽之态，摆脱绸缪宛转之度；使人登高望远，举首高歌"(胡寅《酒边词序》)。其清旷健朗之格调大异于"花间"、金奁之柔媚婉约，初露东坡豪放词风范，读来令人耳目一新。但更

为启人心智、隽永有味的还是东坡先生对人生、对物理的睿智的思考。宇宙里、自然界、人生中原本有无数的缺憾。鲜花娇美，芳草茂绿，但枯荣有时，美景不永；亲情系心，相依相恋，而悲欢离合，聚散无常；时光无限而人生短促；怀才有志而机缘难凭……大千世界竟是这样美好而又缺憾的奇妙融合，诗歌赋吟因此才有那么多的惜春悲秋、伤离叹老之作。古往今来，有多少志士哲人困于这种人生、物理的缺憾而悲愤不平；有多少骚人墨客惑于这种人生、物理的缺憾而颓唐忧伤。岁月悠悠，现在轮到东坡。他“奋励有当世志”，但与王安石政见不合。只好自请外任，当有壮志难酬之恨。中秋佳节，兄弟同在齐鲁，相望而不能相晤，是有亲人不得团聚之苦。年届不惑，人生入秋，渐知人生短促之紧促。时值中秋，霜风渐紧，将近万物肃杀之萧条。洞悉事理的东坡此时此刻对人生、物理的缺憾该有多么深切的感受！所以，他的词里才有那么多情感、思想的跌宕、回折。但是，东坡毕竟是东坡，绝不沦于忧伤颓唐。他站高一层，放开视野，以古今事理排解一己之郁闷。“人有悲欢离合，月有阴晴圆缺，此事古难全。”人虽因离别而苦，月也并非永远团圆。万事万物之圆美、欠缺总在不容抗拒的循环轮转之中。既然如此，又何必耿耿于月圆人散呢？继而“但愿人长久，千里共婵娟”更是超越了时空、地理的局限。“隔千里兮共明月”（谢庄《月赋》），共赏明月意味着双方健在并互相思念，这就足以令人庆幸和宽慰。

苏轼的这种自我庆幸和自我宽慰反映了他对人生哲理的思考。苏轼的思想深博而复杂，以儒为根底，但并不排斥佛、老，而且善于将佛、老的某些妙理玄言与儒学理论圆融贯通，用以处理行藏、出处、进退之节。中国士大夫对待人生、事业的挫折，大体遵循两条道路：或放弃理想，与世浮沉；或坚持理想，知其不可而为之，哪怕碰得头破血流，甚至以身相殉。苏轼则以独特的世界观和人生观走了第三条道路。他既不放弃理想，与世俗同流合污，又不极端激烈抗争，而是听其自然，力求超脱。仕途受挫，他以“用舍由时，行藏在我，袖手何妨闲处看。身长健，但优游卒岁，且斗尊前”（《沁园春·赴密州早行马上寄子由》）的态度来对待。天地无穷，人生短促，他以享有清风明月自矜，在寄情山水、物我交融中怡然自得。亲人分离，他又以“但愿人长久，千里共婵娟”来宽解祝福……作为近千年前的古人，苏轼的人生不无缺憾，但他一辈子处人处事坦荡圆通，随遇而安，因缘而适，有效地保持了内心的平静，一生乐观、开朗，达到了多少人心向往之而苦求不得的人生境界。这就是苏轼，这就是《水调歌头》独特的艺术魅力之所在。（杨　燕）

【注】 ①丙辰：为宋神宗熙宁九年(1076)。 ②子由：苏轼的弟弟苏辙的字。 ③绮(qǐ起)户：雕花的门窗。 ④婵(chán缠)娟：美女。此处指月里嫦娥，用以代指月亮。

浣溪沙

簌簌衣巾落枣花，村南村北响缫车。牛衣古柳卖黄瓜。　酒困路长惟欲睡，日高人渴漫思茶。敲门试问野人家。

元丰元年(1078)苏轼任徐州知州，一次郊游时作此。

“簌簌”两句：描述衣巾上纷纷下落枣花，农村南北到处有缫车声响。簌簌(sù速)：形容枣花纷纷下落声。缫(sāo搔)车：缫丝的纺车。缫，同“缫”。“牛衣”句：身穿蓑衣在柳树下卖黄瓜。牛衣：蓑衣之类。《汉书·王章传》，王章少贫，曾“卧牛衣而泣”。“酒困”二句：言在长途中酒味困乏，只想睡眠，天亮口渴想饮茶。“敲门”句：言向村民家要茶解渴。

此词上片通过在村外的所见所闻，反映瓜果丰收后的运行出卖的繁忙景象，洋溢着浓厚的田家生活的气息。下片写自己途中困乏，天暖口渴，并通过向农家敲门求茶的戏剧性细节，展现出诗人平凡朴实的作风。(刘乃昌)

浣溪沙

游蕲水清泉寺。寺临兰溪，溪水西流。

山下兰芽短浸溪。松间沙路净无泥。萧萧暮雨子规啼。　谁道人生无再少。门前流水尚能西，休将白发唱黄鸡。

元丰五年(1082)三月，苏轼因去沙湖相田得疾，“遂相率往麻桥庞家(医生庞安常)，住数日，针疗”(见苏轼《与陈季常书》第三)。疾愈后，曾与庞安常游清泉寺。“寺在蕲水郭门外二里许，有王逸少洗笔泉，水极甘，下临兰溪，溪水西流。予作歌云(即本词)。”(《东坡志林》卷一)

蕲水县，今湖北省浠水县，在黄冈东。兰溪，在县西南四十里，今改作镇。“山下”句：言山下兰草的嫩芽接近溪水。“松间”句：谓松树间的沙路十分洁净。“萧萧”句：言天晚雨声萧萧，杜鹃鸟鸣声不止。子规：杜鹃鸟。杜甫《子规》诗：“两边山水合，终日子规啼。”“谁道”句：谓谁说青春一去不复返。“门前”句：比喻岁月可重来，人生可变少。苏轼《八月十五日看潮五绝》：“江边身世两悠悠，久与沧波共白头。造物亦知人易老，故教江水向西流。”所表达的也有同样意趣。“休将”句：意谓不要徒然感叹岁月流逝，自伤衰老。白居易《醉歌示妓人商玲珑》诗云：“谁道使君不解歌，听唱黄鸡与白日。黄鸡催晓丑时鸣，白日催年酉前没。腰间红绶系未稳，镜里朱颜看已失。玲珑玲珑奈老何，使君歌了汝再歌。”白诗歌唱感伤衰老，苏诗反用其意。

上片描写兰溪小景，清溪、沙径、暮雨、杜鹃，组成净洁清幽、生机盎然、环境优美的境界。下片即景取喻，一反伤时叹老的意向，反用乐天的诗意，唱出开朗乐观之歌。在负罪贬谪中，不以忧患为怀，激情洋溢，欣喜人生，呼唤青春，东坡的坦荡豁达令人仰慕，破人闲愁。(刘乃昌)

定风波

三月七日，沙湖道中遇雨。雨具先去，同行皆狼狈，余独不觉。已而遂晴，故作此。

莫听穿林打叶声，何妨吟啸且徐行。竹杖芒鞋轻胜马，谁怕？一蓑烟雨任平生。　料峭春风吹酒醒，微冷，山头斜照却相迎。回首向来萧瑟处，归去，也无风雨也无晴。

此篇是元丰五年(1082)苏轼四十七岁谪居黄州(今湖北黄冈)时所作。龙沐勋先生云："吾恒谓东坡诗词，至黄州后，乃登峰造极，皆生活环境促之使然也。"(《东坡乐府综论》，《词学季刊》2 卷 3 号)苏轼官途，开头比较顺利，二十一岁一举登第，后来制科及学士院试都入第三等(即是特别优秀)，得直史馆。王安石专权后，虽出外任，也领大州。到元丰二年(1079)，以笔祸得罪，被逮下狱，翌年流放到黄州，以后五年一直谪居于此。这五年，就他宦途而言，都是极不得志的，但就他文学成就而言，却是一个收获最为丰饶的时期。

我们不难理解，对于一位优秀官僚，被捕下狱，流放边地，是怎样深刻的屈辱，怎样严重的打击，但苏轼不久却超越了这屈辱和打击。他的诗文佳作，相当部分是在黄州产生的。"岁寒然后知松柏之后凋"，斯知苏轼之所以为大家。

这首《定风波》词也是苏轼谪居时所作，但并无愤怨牢骚之气，却有舒畅的情调，又表现出深长的哲理。

小序所云"沙湖道中"，苏轼别有文章，记其前后情况。他在《书清泉寺词》一文中云："黄州东南三十里，为沙湖，亦曰螺师店。余将买田其间，因往相(去声)田。"(七十五卷本《东坡先生全集》卷六八，又见于《苕溪渔隐丛话》、《诗话总龟》、《东坡志林》)《诗话总龟》及《东坡志林》中，"余将买田其间"一句无"将"字，以致有人以为苏轼"在沙湖买了一些土地"，其实不然。他要在沙湖买农田，于是先去察看，但终究没有买。他在《与陈季常书》中云："近因往螺师店看田，既至境上，潘尉与庞医来相会……所看田乃不甚佳，且罢之。"(七十五卷本《东坡先生全集》卷五三)可以为证。此事虽与本词内容无关，然足以订正从来误解。

"莫听穿林打叶声，何妨吟啸且徐行。"(⊙标明平声韵)诗人在去察看农田的路上，忽然遇雨，"穿林打叶声"就是风雨的声音。先云不要听风雨声，次句云"何妨"，即苏轼对于风雨毫不介意。尽管雨下起来，"我"毫不介意，依然吟啸徐行。总之，不管发生什么事，"我"走"我"的路，并不动摇。

"竹杖芒鞋轻胜马，谁怕？一蓑烟雨任平生。"(△标明仄声韵)，"马"、"怕"是换仄声韵，"生"是平声韵，叶上边"声"、"行"。一般地说，韵文在换韵处内容上亦告一段落，但在词则不尽然。这三句不要在"怕"字处读断，内容上是一气贯穿的。以竹杖草鞋走路，比骑马更轻快，并不怕下雨，因为"一蓑烟雨任平生"。"任平生"犹云从来都是这样。所以并不觉什么困难。

后半阕当分两段，各段结构跟前阕后段一样。"料峭春风吹酒醒，微冷，山头斜照却相迎"一段，"回首向来萧瑟处，归去，也无风雨也无晴"又一段，"醒"、"冷"、"处"、"去"各是仄声韵，"迎"、"晴"则是平声韵，叶上阕"声"、"行"、"生"。但换仄声韵处内容上并无段落，各段三句一套。

"料峭"形容春寒。"我"原来有些小醺微醉，被春风一吹，酒醒了，觉得略有寒意。雨住了，山边斜照的阳光仿佛有意欢迎"我"。苏轼喜欢用拟人法，此其一例也。

“回首”就是回头看，同时含有回顾过去的意思。“萧瑟”是象声词，形容风吹树木的声音，有时亦形容一片凄凉的样子。回头看自己经过的路程，看风吹树木发出萧瑟声音之处，同时亦包含回顾自己的过去，回顾自己经历过的一片凄凉的世事。然后说，回去吧，“也无风雨也无晴”，风雨和晴天，在“我”没有什么差异，原来都是一样的，犹云“曾经也有风雨，也有晴天，都算不了什么”。这表面上说明遇雨时只有他一位不觉狼狈的缘故，但实际上同时寓意他过去虽经历种种挫折坎坷，但未曾动摇，总是保持泰然自若的态度。这几句充分表现了苏轼的自信和透彻的人生哲理。

最后添些蛇足。这《定风波》调，仄声韵比较轻松，可以叫做“插入韵”，而平声韵却是沉重的，可以叫做“主韵”。何以知之？第一，《定风波》有一体只押平声韵，省略仄声韵的，如苏轼咏红梅之作（“好睡慵开莫厌迟”）。第二，《定风波》次韵唱和之作，有时只次平声韵，在仄声韵处用别的一韵。张先和苏轼送杨元素之作，可以为其例。总而言之，此调押韵以平声韵为主，读词时也应该注意。

（［日本］村上哲见）

念奴娇

赤壁怀古

大江东去，浪淘尽、千古风流人物。故垒西边，人道是、三国周郎赤壁。乱石崩云，惊涛裂岸，卷起千堆雪。江山如画，一时多少豪杰！　遥想公瑾当年，小乔初嫁了，雄姿英发。羽扇纶巾，谈笑间、樯橹灰飞烟灭。故国神游，多情应笑我、早生华发。人间如梦，一尊还酹江月。

清代词论家徐釚谓东坡词“自有横槊气概，固是英雄本色”（《词苑丛谈》卷三）。在《东坡乐府》中，最具有这种英雄气格的代表作，恐怕要首推这篇被誉为“千古绝唱”的《赤壁怀古》了。这篇词是北宋词坛上最为引人注目的作品之一。它写于宋神宗元丰五年（1082）七月。当时，由于苏轼诗文讽喻新法，为新派官僚罗织论罪贬谪到黄州，这首词是他游赏黄冈城外的赤壁矶时写下的。

此词上片先即地写景，为英雄人物出场作铺垫。开篇从滚滚东流的长江着笔，随即有“浪淘尽”，把倾注不尽的大江与名高累世的历史人物联系起来，布置了一个极为广阔而悠久的空间、时间背景。它既使人看到大江的汹涌奔腾，又使人想见风流人物的卓荦气概，更可体味到作者兀立江岸凭吊胜地才人所诱发的起伏激荡的心潮，气魄极大，笔力非凡。接着“故垒”两句，点出这里是传说中的古代赤壁战场。在苏轼写此词的八百七十多年前，东吴名将周瑜曾在长江南岸指挥了以弱胜强的赤壁之战。当年的战场究竟在哪儿？向来众说纷纭，东坡在此不过是聊借怀古以抒感，读者不必刻舟求剑。“人道是”，下字极有分寸。“周郎赤壁”，既拍合词题，又为下阕缅怀公瑾预伏一笔。以下“乱石”三句，集中描写赤壁雄奇壮阔的景物：陡峭的山崖散乱地高插云霄，汹涌的骇浪猛烈地搏击着江岸，滔滔的江流卷起

千万堆澎湃的雪浪。这种从不同角度而又诉诸不同感觉的浓墨健笔的生动描写，一扫平庸萎靡的气氛，把读者顿时带进一个奔马轰雷、惊心动魄的奇险境界，使人心胸为之开阔，精神为之振奋！煞拍二句，总束上文，带起下片。"江山如画"，这明白精切、脱口而出的赞美，应是作者和读者从以上艺术地提供的大自然的雄伟画卷中自然而然地得出的结论。"地灵人杰"，锦绣山河，必然产生、哺育和吸引无数出色的英雄，三国正是人才辈出的时代：横槊赋诗的曹操，驰马射虎的孙权，隆中定策的诸葛亮，足智多谋的周公瑾……真可说是"一时多少豪杰"！

上片重在写景，将时间与空间的距离紧缩集中到三国时代的风云人物身上。但苏轼在众多的三国人物中，尤其向往那智破强敌的周瑜，故下片由"遥想"领起五句，集中腕力塑造青年将领周瑜的形象。作者在历史事实的基础上，挑选足以表现人物个性的素材，经过艺术集中、提炼和加工，从几个方面把人物刻画得栩栩如生。据史载，建安三年，东吴孙策亲自迎请二十四岁的周瑜，授予他"建威中郎将"的职衔，并同他一齐攻取皖城。周瑜娶小乔，正在皖城战役胜利之时，而后十年他才指挥了有名的赤壁之战。此处把十年间的事集中到一起，在写赤壁之战之前，忽插入"小乔初嫁了"这一生活细节，以美人烘托英雄，更见出周瑜的风姿潇洒、韶华似锦、年轻有为，足以令人艳羡。同时也使人联想到：赢得这次抗曹战争的胜利，乃是使东吴据有江东、发展胜利形势的保证，否则难免出现如杜牧《赤壁》诗中所写的"铜雀春深锁二乔"的严重后果。这可使人意识到这次战争的重要意义。"雄姿英发，羽扇纶巾"，是从肖像仪态上描写周瑜束装儒雅，风度翩翩。"纶巾"，青丝带头巾。"葛巾毛扇"，是三国以来儒将常有的打扮，着力刻画其仪容装束，正反映出作为指挥官的周瑜临战潇洒从容的态度，说明他对这次战争早已成竹在胸，稳操胜券。"谈笑间、樯橹灰飞烟灭"，抓住了火攻水战的特点，精切地概括了整个战争的胜利场景。据《三国志》引《江表传》，当时周瑜指挥吴军用轻便战舰，装满燥荻枯柴，浸以鱼油，诈称请降，驶向曹军，一时间"火烈风猛，往船如箭，飞埃绝烂，烧尽北船"。词中只用"灰飞烟灭"四字，就将曹军的惨败情景形容殆尽。试看，在滚滚奔流的大江之上，一位卓异不凡的青年将军周瑜，谈笑自若地指挥水军，抗御横江而来不可一世的强敌，使对方的万艘舳舻顿时化为灰烬，这是何等的气势！苏轼为什么如此向慕周瑜？这是因为他觉察到北宋国力的软弱和辽夏军事政权的严重威胁，他时刻关心边庭战事，有着一腔报国疆场的热忱。面对边疆危机的加深，目睹宋廷的萎靡慵懦，他是多么渴望有如三国那样称雄一时的豪杰人物，来扭转这很不景气的现状呵！这正是作者所以要缅怀赤壁之战，并精心塑造这一战争活剧的中心人物周瑜的思想契机。

然而，眼前的政治现实和词人被贬黄州的坎坷处境，却同他振兴王朝的祈望和有志报国的壮怀大相抵牾，所以当词人一旦从"神游故国"跌入现实，就不免思绪深沉，顿生感慨，而情不自禁地发出自笑多情、光阴虚掷的叹惋了。仕路蹭蹬，壮怀莫酬，使词人过早地自感苍老，这同年华方盛即卓有建树的周瑜适成对照。然而人生几何，何苦让种种"闲愁"萦回"我"心，还是放眼大江，举酒赏月吧！"一尊还酹江月"，玩味着这言近意远的诗句，一位襟怀超旷、识度明达、善于自解自慰的诗人，仿佛就浮现在我们眼前。词的收尾，感情激流忽作一跌宕，犹如在高原阔野中奔涌的江水，偶遇坎谷，略作回旋，随即继续流向旷远的前方。这是历史与现状、理想与实际经过尖锐的冲突之后在作者心理上的一种反映，这种感情跌宕更使读者感到真实，从某种意义上说，更能引起读者的思考。

这首词从总的方面来看，气象磅礴，格调雄浑，高唱入云，其境界之宏大，是前所未有的。通篇大笔挥洒，却也衬以谐婉之句，英俊将军与妙龄美人相映生辉，昂奋豪情与感慨超旷的思绪迭相递转，做到了庄中含谐，直中有曲。特别是它第一次以空前的气魄和艺术力量塑造了一个英气勃发的人物形象，透露了作者有志报国、壮怀难酬的感慨，为用词体表达重大的社会题材开拓了新的道路，产生了重大影响。据俞文豹《吹剑录》记载，当时有人认为此词须关西大汉手持铜琵琶、铁绰板进行演唱。虽然他们囿于传统观念，对东坡词新风不免微带讥诮，但也从另一方面说明，这首词的出现对于仍然盛行缠绵悱恻之调的北宋词坛，确有振聋发聩的作用。

（刘乃昌）

临江仙

夜归临皋

夜饮东坡醒复醉，归来仿佛三更。家童鼻息已雷鸣。敲门都不应，倚杖听江声。　　长恨此身非我有，何时忘却营营？夜阑风静縠纹平。小舟从此逝，江海寄余生。

这首词作于元丰五年（1082）九月，作者在黄州（今湖北黄冈）谪所。元丰二年八月十八日，苏轼曾以所作诗文语涉“讪谤罪”被逮下御史台狱，至是年十二月二十八日，始出狱。这就是我国历史上著名的“乌台诗案”。出狱后，苏轼被流放到黄州，戴罪任检校水部员外郎黄州团练副使。居黄期间，苏轼初寓定慧寺，后迁居临皋亭。五年春间，苏轼筑雪堂于东坡，榜之曰“东坡雪堂”，并自号东坡居士。临皋亭本名“回车院”，在黄州朝宗门外，下临长江。东坡在黄州城东，原为一片旧营地，可数十亩。这首词题为“夜归临皋”，说的是苏轼夜饮东坡雪堂、醉归临皋亭寓所之情事。

词作开头着意渲染其醉态，谓“醒复醉”，谓“仿佛”，写得十分逼真。接着，写其到家时的情景：家童已熟睡，鼻息雷鸣；敲门没有用，只好“倚杖听江声”。这里所说，虽仅是生活中的一件小事，但却体现了作者的处世态度，说明他在现实生活中如何善于自我开解。这是上片。下片写作者酒醒时的思想活动。“长恨此身非我有，何时忘却营营？”这是老庄思想，也是苏轼当时的思想。《庄子·知北游》载：“舜问乎丞曰：‘道可得而有乎？’曰：‘汝身非汝有也，汝何得夫有道。’舜曰：‘吾身非吾有也，孰有之哉？’曰：‘是天地之委形也。’”又，《庄子·庚桑楚》曰：“无使汝思虑营营。”庄子宣扬“吾身非吾有”，提倡人身自由，主张不为外物所役，这正与苏轼思想相一致。因为“讪谤罪”而被逮下狱，这对苏轼是一次沉重的打击。在严峻的事实面前，苏轼已逐渐认识到：为什么造成这样的结果，主要是因为，未能忘却人世间的功名利禄。苏轼自幼"奋励有当世志"，想在人世间干一番事业。但是，事与愿违，不仅理想得不到实现，而且差点儿被置于死地。如今，苏轼仍然不得自主，他是作为"罪人"受看管的。因此，他痛恨自己不能掌握自己的命运，不能摆脱人世间的名缰利锁，他以老庄思想为武器，努力寻求精神寄托。在人世间得不到满足，就求诸大自然。"夜阑风静縠纹平"。这既是眼前真实物境，又是作者的真实心境。作者似乎已经看破红尘，他想从今以后，像越国大夫范蠡那样，驾着小船，飘往江湖深处。

这首词，写景、抒情、发议论，组合得非常好。夜归临皋，"倚杖听江声"，作者将客观物境与主观心境完全融为一体，在艺术创造上达到了出神入化之境，致使人们难以辨别真假。据载：因为词中有"小舟从此逝，江海寄余生"二句，第二天，人们议论纷纷，谓苏轼夜作此词，已"挂冠服江边，拏舟长啸去矣"。于是，这便使黄州郡守徐君猷惊而且惧，他唯恐走失了"罪人"，急忙派人察看，结果发现，苏轼正在家中沉睡（叶梦得《避暑录话》卷二）。这虽然是一种传说，但却从社会效果上说明了苏轼此词具有巨大的艺术感染力。

（施议对）

洞仙歌

冰肌玉骨，自清凉无汗。水殿风来暗香满。绣帘开，一点明月窥人，人未寝，攲枕钗横鬓乱。　　起来携素手，庭户无声，时见疏星渡河汉。试问夜如何？夜已三更，金波淡，玉绳低转。但屈指西风几时来，又不道流年暗中偷换。

坡公的词，手笔的高超，情思的深婉，使人陶然心醉，使人渊然以思，爽然而又怅然，一时莫明其故安在。继而再思，始觉他于不知不觉中将一个人生的哲理问题，已然提到了你的面前，使你如梦之冉冉惊觉，如茗之永永回甘，真词家之圣手，文事之神工，他人总无此境。

即如此篇，其写作来由，老坡自家交代得清楚："仆七岁时见眉山老尼姓朱，忘其名，年九十余，自言：尝随其师入蜀主孟昶宫中。一日大热，蜀主与花蕊夫人夜起避暑摩诃池上，作一词。朱具能记之。今四十年，朱已死，人无知此词者。但记其首两句。暇日寻味，岂《洞仙歌令》乎？乃为足之。"这说明一个七岁的孩子，听了这样一段故事，竟是何等深刻地印在了他的心灵上，引起了何等的想象和神往。而四十年后（其时东坡当谪居黄州），这位文学奇人不但想起了它，而且运用了天才的艺术本领，将只余头两句的一首曲词，补成了完篇——而且补得是那样的超妙，所以要相信古人是有奇才的，奇迹是出现过的。显然，东坡并不可能"体验"蜀主与花蕊夫人那样的"生活"而后才来创作，但他却"进入了角色"，这种创造的动机和方法似乎已然隐约地透露出"代言体"剧曲的胚胎酝酿。

"冰肌玉骨"，可与"花容月貌"为对，但实有高下之分、雅俗之别了，盛夏之时，其人肌骨自凉，全无汗染之气，可想而得。以此之故，东坡乃即接曰："水殿风来暗香满。"暗香者，何香？殿里焚焙之香？殿外莲荷之香？冰玉肌骨之人，既自清凉，应亦体自生香？一时俱难“分析”。即此一句，便见东坡文心笔力，何等不凡。学文之士，宜向此等处体会，方不致只看“热闹”耳。

以下写帘开，写月照，写欹枕，写钗鬓，须知总是为写“大热”二字，又不可为俗见所牵，去寻什么别的，自家将精神境界降低（或根本未曾提高），却说什么昶、蕊甚至坡公只一心在“男女”上摹写，岂不可悲哉。

上片全是交代“背景”。过片方写行止，写感受，写思索，写意境，写哲理。因大热人不能寐，及风来水殿，月到天中，再也不能闭置绣帘之内，于是起身而到中庭。以其无人，乃携手同行——所携者特曰“素手”，此本旧词，早见古诗，不足为奇。但东坡用来，正为与蜀主原语呼应：其为冰玉生凉之手，又不待“刻画”，只一“素”字尽之，所以学文者若只以东坡“用传统词语”视之，便只得到笺注家能事，而失却艺术家心眼也。（所以好的笺注家须同时是艺术家，方可）

既起之后，来至中庭，时已深宵，寂无人迹，闻无虫语，唯有微风时传暗香之夜气。仰而见月——于是由看月而又看银河天汉，盖时至六七月，河汉已愈显清晰。银河亦如此寂静无哗——时见流星一点，掠过其间。此笔写得又何等超妙入神！不禁令人想起孟襄阳写出：“微云渡河汉，疏雨滴梧桐。”当时一座叹为清绝！我则以为，东坡此一句，足抵孟公十字，不是秋夜之清绝，而是夏夜之静绝，大热中之静绝。写清绝之境不难，此境却实难落笔得神也。

“试问”一句，又从容传出二人携手大热中静玩夜空之景已久，已久。及闻已是三更，再观霄汉，果见月色澄辉，便觉减明，北斗玉绳，柄更低垂——真个宵深夜静，已到应该归寝之时了。但是大热不随夜色而稍减。于是又不禁共语：什么时候才得夏尽秋来，暑氛退净呢！

以上一切，皆非老尼朱氏所能传述，全出坡公自家为他二人而设身，而处地，而如觉大热，而如见星河，而如闻共语……学词者，又必须领会：“汉”、“淡”、“转”三韵，连写天象，时光暗转，是何等谐婉悦人，而又何等如闻微叹！

东坡既叙二人之事毕，乃于收煞全篇处，似代言，似自语，而感慨系之：当大热之际，人为思凉，谁不渴盼秋风早到，送爽驱炎？然而于此之间，谁又遑计夏逐年消，人随秋老乎？嗟乎！人生不易，常是在现实缺陷中追求想象中的将来的美境；美境纵来，事亦随变：如此循环，永无止息——而流光不待，即在人的想望追求中而偷偷逝尽矣！当朱氏老尼追忆幼年之事时，昶、蕊早已无存，而当东坡怀思制曲之时，老尼又复安在？当后人读坡词时，坡又何处？……是以东坡之意若曰：人宜把握现在。所以他写中秋词，也说“起舞弄清影，何似在人间？”“……此事古难全。但愿人长久，千里共婵娟。”（此种例句，举之不尽）故东坡一生经历，人事种种使之深悲；而其学识性质，又使之达观乐道。读东坡词，常使人觉其悲欢交织，喜而又叹者，殆因上述缘故而然欤？

此义既明，强分“婉约”、“豪放”，而欲使东坡归于一隅，岂不徒劳而自缚哉。

（周汝昌）

贺新郎

乳燕飞华屋，悄无人、桐阴转午，晚凉新浴。手弄生绡白团扇，扇手一时似玉。渐困倚、孤眠清熟。帘外谁来推绣户?枉教人梦断瑶台曲。又却是,风敲竹。　　石榴半吐红巾蹙,待浮花浪蕊都尽,伴君幽独。秾艳一枝细看取,芳心千重似束。又恐被、西风惊绿。若待得君来向此,花前对酒不忍触。共粉泪,两簌簌。

用托物取喻的方法表达深远的寄托,使词旨深沉含蓄,有耐人寻味之妙。本篇即是借比兴寄托表达政治失意之感的作品。

词的上片着力塑造了一位绝代佳人,她高洁贞静,超尘拔俗,又那么孤寂无依,命薄运蹇。发端三句写佳人冰清玉洁般的栖身环境。"桐阴转午",是说桐树阴影转移,天已到午后,表示时间的延续。"手弄生绡白团扇"两句,用局部来映现整体,给读者以足够的艺术联想余地,借以显示佳人的身心纯洁,体态妩媚。同时,佳人伴以白团扇还有特殊的象征意义。相传汉成帝妃班婕妤"美而能文",后来为赵飞燕所妒,失宠退居东宫,曾"作赋及纨扇诗以自伤悼",将自己比作齐纨素制成的团扇。这里写佳人手持"白团扇",除了映衬佳人的洁白之外,也暗示佳人与秋后的团扇有同样的命运。"渐困倚"以下,写佳人入睡被帘外的风竹声惊醒。佳人困倦孤眠,不由沉入梦乡,走向了阆苑仙境。"瑶台曲",即瑶台的幽深处。瑶台是神仙所居,《离骚》中有"望瑶台之偃蹇兮,见有娀之佚女"的诗句。佳人不甘幽闺之寂寞,时时表现出对理想的憧憬与追求,她梦中刚到仙境幽深处,朦胧中听到有人揭帘推门,对于这种空谷足音,佳人也许是兴奋的、等待的,盼望的,不料恍然醒来,又是惯常听到的风竹萧萧声。李益《竹窗闻风寄苗发司空曙》诗中"开门复动竹,疑是故人来"正可说明这种意境。然而,美梦枉被惊破,等待佳人的却仍然是一片寂寞。"枉教人"、"又却是",透露了佳人怅惘失意的心情。

词的下片集中咏榴花,借以写佳人。榴花艳丽文静,自甘幽独,不愿与浮花浪蕊为伍。"半吐红巾蹙",说石榴花半开,像折皱成团的红巾一样。韩愈《杏花》诗有"浮花浪蕊镇长有,才开还落瘴雾中"之句,榴花专等轻浮的花卉凋谢净尽,才吐出浓艳的红花,来陪伴佳人度过寂寞的时光。她心魂蹙束,芳意重重,担心萧飒的冷风吹落娇嫩的花蕊。"芳心千重似束",意谓从榴花的形象仿佛看出她心事沉重,精神蹙束。"西风惊绿"是担心娇嫩的榴花被秋风惊落后,只剩下满枝绿叶。这里用一"惊"字,写出了榴花也是佳人的沉重心绪。最后诗人暗示,榴花已临近失时的边沿,待到西风吹来,美人把酒对花,将禁不住粉泪同花瓣一同纷纷下落。到此佳人与榴花感情交融,合而为一。

全词采用了衬映和比兴手法。华屋只有乳燕飞出,见出房栊阒寂。户外唯见风动竹摇,说明门庭冷落。写中庭曰"悄",写傍晚曰"凉",写睡眠曰"孤"、曰"清",这都处处烘托出环境的幽悄清冷,表明佳人是被无人了解的一派索寞气氛包围着。与佳人同栖的是幼小的飞燕,供佳人手持的是洁白的团扇,同佳人相伴的是浓艳孤高的石榴花。主人的感情注入了周围的事物,周围的物情使人联想到主人的品操与命运遭遇。作者写佳人周围的一切,写飞燕、写团扇,无不是在写佳人,而浓艳绝伦的榴花,更是这位佳人的传神写照。在诗人笔下,榴花已被充分的人格化,诗人借榴花象征佳人，榴花为宾，佳人为主，而佳人则经由诗人的感情胚胎孕育了她特定的个性化品格。虽然诗人没有在作品中出现，也没有直接抒发天涯沦落之感，但读者不难从榴花联想到佳人，从佳人又仿佛看到诗人的影子。作者用榴花比况佳人，用佳人寄托个人的不遇之感、孤高失时之悲，意在言外，余味不穷。

比兴、寄托是我国诗歌的优秀传统之一。以香草美人比君子，恶鸟阴云喻小人，借他人之遭遇，发自身之感慨，是自屈原以来的不少诗人惯用的手法。宋人对本词题旨，说法颇多，如：有人认为是苏轼知杭州时为官妓秀兰解围而作；有人则说因杭州万顷寺有榴花树，寺中有歌女昼寝，故作此词；还有人说东坡为爱妾名榴花者而作。这都不足凭信。艺术作品从来不是生活的简单摹写，把一首词的内容完全坐实，刻板地句句索解，显系附会之谈。《项氏家语》卷八云："苏公'乳燕飞华屋'之词，兴寄最深，有《离骚经》之遗法，盖以兴君臣遇合之难，一篇之中，殆不止三致意焉。"此说似可参考。这首词大约是苏轼晚年的作品。苏轼一向有独立的政见，为人又表里澄澈，直言敢议，在新旧两派当权时，都不愿随声附和，希合求进。他曾被新派官僚罗织罪名，逮捕入狱，又被旧党排斥，不能立足于朝，他对当时官场的险恶，是颇为愤慨不平的。处在这样的政治环境中，不能不使他抚躬自悼，倍觉悲凉，产生怀才不遇、美人迟暮之感，此词全篇浸透了这种感情色调。

苏轼是以开创豪放清旷词风而著称的大家，但也不乏艳冶动人的婉丽之作。但此篇与一般的婉丽之作不同，它用华艳绝伦的形象和婉曲缠绵的格调写政治题材，通过比兴象征的方法含蓄曲折地表达失意之感，这在词史上是富有独创性的。

（刘乃昌　崔海正）

水龙吟

次韵章质夫杨花词

似花还似非花，也无人惜从教坠。抛家傍路，思量却是，无情有思。萦损柔肠，困酣娇眼，欲开还闭。梦随风万里，寻郎去处，又还被、莺呼起。　不恨此花飞尽，恨西园、落红难缀。晓来雨过，遗踪何在，一池萍碎。春色三分，二分尘土，一分流水。细看来，不是杨花，点点是离人泪。

"眼前有景道不得，崔颢题诗在上头。"此李白有感于崔颢《黄鹤楼》诗也。而今，面对"曲尽杨花妙处"（魏庆之《诗人玉屑》）的章质夫杨花词，苏轼又待如何争而胜之呢？唯有另辟新境，自出新意。综观全词，其新有二：第一，避开章词的实写杨花，而从虚处着笔，即化"无情"之花为"有思"之人。第二，"直是言情，非复赋物。"（沈谦《填词杂说》）有此二端，遂使通篇不胜幽怨缠绵，又空灵飞动。从而，诚如王国维《人间词话》所言，苏词"和韵而似原唱"，章词则"原唱而似和韵"了。

"似花还似非花"，看其出手便自不凡，已定一篇咏物宗旨：既咏物象，又写人言情。刘熙载称起句"可作全词评语，盖不离不即也"（《艺概·词曲概》），即谓人与花、物与情当在"不离不即"之间。惟其"不离"，方能使种种比兴想象切合本体，有迹可求，此词家所谓"不外于物"；惟其"不即"，方能不囿本体，神思飞越，展开想象，此词家所谓"不滞于物"。如果纯以咏杨花而论，则这一句又准确地把握住了杨花那"似花非花"的独特"风流标格"。说它"非花"，它却名为"杨花"，与百花同开同落，共同装饰春光，又一起送走春色。说它"似花"，它色淡无香，形态碎小，隐身枝头，向不为人注目爱怜。

次句承以"也无人惜从教坠"。一个"坠"字，赋杨花之飘落；一个"惜"字，有浓郁的感情色彩。"无人惜"，是说天下惜花者虽多，惜杨花者却少。然细加品味，亦反衬法，词人用笔之妙，正是于"无人惜"处，暗暗透出缕缕怜惜杨花的情意，并为下片雨后觅踪伏笔。

"抛家傍路，思量却是，无情有思"三句承上"坠"字，写杨花离枝坠地、飘落无归的情状。不说"离枝"，而言"抛家"，貌似"无情"，犹如韩愈所谓"杨花榆荚无才思，惟解漫天作雪飞"（《晚春》），实则"有思"，一似杜甫所称"落絮游丝亦有情"（《白丝行》）。咏物至此，已见拟人端倪，亦为下文花人合一张本。

"萦损柔肠，困酣娇眼，欲开还闭。"这三句紧承"有思"而来，咏物而"不滞于物"，大胆驰骋想象，将抽象的"有思"的杨花，化作了具体的有生命的人——一位春日思妇的形象。她那寸寸柔肠受尽了离愁的痛苦折磨，她的一双娇眼因春梦缠绕而困极难开。此处明写思妇而暗赋杨花，花人合一，无疑是苏词有别于章词的一种新的艺术创造。

以下"梦随"数句妙笔天成，既摄思妇之神，又摄杨花之魂，二者正在"不即不离"之间。从思妇来说，那是由怀人不至而牵引起的一场恼人春梦。她神魂飘扬，万里寻郎；但这里未至郎边，那边却早已啼莺惊梦。此化用唐人金昌绪《春怨》诗意："打起黄莺儿，莫教枝上啼。啼时惊妾梦，不得到辽西。"但苏轼写来备觉缠绵哀怨而又轻灵飞动。就咏物象而言，描绘杨花那种随风飘舞、欲起旋落、似去又还之状，亦堪称生动真切，绝不亚于章词的"傍珠帘散漫，垂垂欲下，依前被、风扶起"。篇首所言"似花还似非花"，正可于此境界中心领神会。

张炎《词源》评此词"后段愈出愈奇"。奇在何处？奇在承上片"惜"字意脉，借追踪杨花，抒发了一片惜春深情。缘物生情，以情映物，使情物交融而至浑化无迹之境。

"不恨此花飞尽，恨西园、落红难缀。"词人在这里是以落红陪衬杨花，盖无论万红凋零，抑或杨花飞尽，都意味着花事已尽，春色将逝。"不恨"者，乃是承上片"非花"、"无人惜"而言。其实，正如"无人惜"实即"有人惜"一样，说"不恨"者，实即"有恨"，是所谓曲笔传情。

以下由"晓来雨过"而问询杨花遗踪，真是痴人痴语。春水觅踪，可谓一往情深；但杨花不见，唯有一池浮萍在目：这就进一步加深了人的春恨。苏轼自注云："杨花落水为浮萍，验之信然。"此说自然不合科学，但作为文学，特别是作为抒情诗词，本来无须拘泥。无理有情，这里主要借以表达一种浓郁的惜花之情和春去之恨。

情不足，恨未尽，于是继之以"春色三分，二分尘土，一分流水"。"春色"居然可以“分”,这是一种想象奇妙而兼以极度夸张的手法。这种手法其来有自,如唐诗人徐凝的《忆扬州》云:“天下三分明月夜,二分无赖是扬州。”宋初词人叶清臣的《贺圣朝》更说:“三分春色二分愁,更一分风雨。”苏词的“春色三分”,显然以叶词为蓝本。而从全篇词脉来考察,则“二分尘土”与上片“抛家傍路”相呼应,“一分流水”与上文“一池萍碎”一意相承。总之,花尽难觅,春归无迹。至此,杨花的最终归宿和词人的满腔惜春之情水乳交融,将咏物抒情的题旨推向顶峰。

正因为咏物抒情已臻顶峰,所以词的煞拍尤为吃紧。写好了,画龙点睛,全篇生辉;写不好,画蛇添足,功亏一篑。此词的煞拍不愧为“点睛”之笔:“细看来,不是杨花,点点是离人泪。”情中景,景中情,总收上文,既干净利索,又余味无穷。词由眼前的流水,联想到思妇的泪水;又由思妇的点点泪珠,映带出空中的纷纷杨花。是离人泪似的杨花,还是杨花般的离人之泪?看其虚中有实,实中见虚,总在虚实相间、似与不似之间,“盖不离不即也”。再回顾篇首,令人欣然有悟,情趣倍生。不是吗?词人开宗明义,原本说得清楚:“似花还似非花。” (朱德才)

蝶恋花

花褪残红青杏小,燕子飞时,绿水人家绕。枝上柳绵吹又少,天涯何处无芳草! 墙里秋千墙外道,墙外行人,墙里佳人笑。笑渐不闻声渐悄,多情却被无情恼。

这是一首感叹春光易逝、佳人难见的小词。上阕伤春,写红花凋谢,青杏初结,紫燕轻飞,绿溪绕舍,柳絮飘扬,芳草无边等春末夏初景象,充满了“流水落花春去也”之感。下阕写“墙外行人”的单相思。墙里秋千高荡,佳人笑声飞扬,使“墙外行人”心荡神怡,产生了爱慕之情;但“墙里佳人”并不知有“墙外行人”,荡罢秋千,翩然离去,“佳人”笑声渐失,“行人”烦恼倍增。

作者在上阕中既善于把握春末夏初的特有风光,又善于借景抒情,不是纯客观地描摹景色,而是融入了作者的深沉感受。“残红”是说红花已所余无几了,着一“褪”字就深了一层,不但花少,且已褪色,感伤之情更浓。作者似乎对“褪红”二字很得意,他在描写岭南红梅的《西江月》(玉骨那愁瘴雾)中,也有“洗妆不褪唇红”之语,但用法正相反。“青杏小”,杏已结子,表明夏天已到;但杏“青”而且“小”,又说明夏天刚到:这就突出了春夏之交的时令。第一句是通过写景点时令,二、三句是通过写景交代地点,这是一处“人家”,空中轻燕斜飞,舍外绿水环抱。“人家”二字不可等闲看过,它已为下阕写“墙里佳人”作了暗示和铺垫。“绿水人家绕”,“绕”字一作“晓”,《诗人玉屑》卷二一引《词话》云:“予得真本于友人处,‘绿水人家绕’作‘绿水人家晓’。而‘绕’与‘晓’自天壤也!”“绕”与“晓”的优劣确实有天壤之别,但在《词话》的作者看来,“真本”的“晓”字大大优于“绕”字。也有人认为“绕”远优于“晓”:“有‘燕子’句,合用‘绕’字。若‘晓’字,少着落。”(《草堂诗余》正集卷二)“‘绕’字虽平,然是实境。‘晓’字无皈着,试通吟全章便见。”(俞彦《爰园词话》)我们同意后一种看法:因为“通吟全章”,确实无“晓”景,用“晓”字,“无皈着”,“少着落”;用“绕”字,燕子“绕”舍而飞,绿水“绕”舍而流,行人“绕”舍而走,确实是“实境”实写,逼真,美丽得多。这里要补充的是所谓“真本”问题,即使《词话》作者所见是东坡手迹,但东坡经常手书自己的诗词,又焉知“绕”字不是作者后来所改定呢?这首词最为后人称道的还是上阕的最后两句。“枝上柳绵吹又少”,写法与“花褪残红”相似;柳絮纷飞已标志着“春去也”,更何况“吹又少”呢?但这种相似写法又不露痕迹,故不觉重复,倒给以缠绵悱恻之感。“何处无芳草”是到处皆芳草之意,伴随芳草茂的必然是百花残,再次抒发了伤春之情。王士禛盛赞这两句说:“‘枝上柳绵’,恐屯田(指柳永)缘情绮靡,未必能过,孰谓坡但解作‘大江东去’耶!髯(东坡)直是轶伦绝群!”(《花草蒙拾》)确实如此,苏轼这首词表明,他不仅是豪放词的开创者,他的婉约词也不亚于任何专以婉约见长的词人。

黄蓼园说:“‘柳绵’自是佳句,而次阕尤为奇情四溢也。”(《蓼园词选》)“奇”就奇在诗词特别是文字无多的小词,最忌词语重复,而这里“墙里”、“墙外”的往复循环却妙趣横生。男女场中,一方自作多情,恋恋不舍,而另一方却毫无所察,根本不知道,这是生活中司空见惯的事,不足为奇。奇就奇在作者把这种见惯不惊的事作了高度的集中,把“墙外行人”和“墙里佳人”的“多情”和“无情”、“恼”和“笑”作了巧妙的对比,作出了“多情却被无情恼”这一颇富哲理的概括,产生了“奇情四溢”的艺术效果。

初读这首词,也许会觉得下阕单相思的喜剧,同上阕深沉的伤春情调不甚协调。先著的《词洁》就批评此词有“笔走不守之憾”,认为作者“后半手滑,遂不能自主;少一停思,必无此憾”。这恐怕是没有看清上下阕的内在联系。其实,上阕的“流水落花春去也”的描写,正是为了烘托下阕的“佳人难再得”,上下阕都是在感慨美景不常,繁华易逝,可谓一气贯注。如前所述,上阕的“绿水人家绕”,已是在为下阕写“墙里秋千”作准备,作者是经过精心构思、巧妙安排的,不存在手滑笔走的问题。

这首词作于何时已不可考,只知道苏轼晚年贬官岭南曾叫侍妾朝云唱此词:“子瞻在惠州,与朝云闲坐。时青女(霜神)初至,落木萧萧,凄然有悲秋之意,命朝云把大白,唱‘花褪残红’。朝云歌喉将啭,泪满衣襟。子瞻诘其故,答曰:‘奴所不能歌,是“枝上柳绵吹又少,天涯何处无芳草”也。’子瞻大笑曰:‘是吾正悲秋,而汝又伤春矣。’遂罢。”(《林下词谈》)朝云唱这首词虽“泪满衣襟”,但又特别爱唱这首词,“日唱‘枝上柳绵’二句,为之流泪,病极,犹不释口”(《冷斋夜话》)。朝云在惠州为什么特别爱唱此词而每唱总是“泪满衣襟”呢?这是因为即使苏轼这首词不是作于惠州,也颇能代表他们贬官惠州的心情。苏轼对朝廷一片忠心,却落得远谪岭南的下场,这不正是“多情却被无情恼”吗?而他们当时的境遇也正像被风雨摧残的柳絮——“枝上柳绵吹又少”,“也无人惜从教坠”。

(曾枣庄)

黄　裳

减字木兰花

竞　渡

红旗高举，飞出深深杨柳渚。鼓击春雷，直破烟波远远回。　　欢声震地，惊退万人争战气。金碧楼西，衔得锦标第一归。

相传伟大诗人屈原在农历五月初五这一天投汨罗江自杀，人民为了纪念他，每逢端午节，常举行竞渡，象征抢救屈原生命，以表达对爱国诗人的尊敬和怀念。这一活动，后来实际上已成为民间的一种风俗。南朝宗懔的《荆楚岁时记》，已有关于竞渡的记载。宋耐得翁《都城纪胜》一书，专门记载南宋京城杭州的各种情况，其"舟船"条有云："西湖春中，浙江秋中，皆有龙舟争标，轻捷可观。"可见当时龙舟竞渡夺标，春秋季均有，已不限于端午节。本篇提到"杨柳渚"，写的还是春夏之际的活动。

龙舟竞渡时，船上有人高举红旗，还有人擂鼓，鼓舞划船人的士气，以增加竞渡的热烈气氛，本篇就是描写龙舟竞渡夺标的实况。上片写竞渡。比赛开始，"红旗高举，飞出深深杨柳渚。"一群红旗高举的龙舟，从柳荫深处的小洲边飞驶而出。"飞出"二字用得生动形象，令人仿佛可以看到群舟竞发的实况，这时各条船上的鼓手都奋力击鼓，鼓声犹如春雷轰鸣。龙舟冲破浩渺烟波，向前飞驶，再从远处转回。"直破烟波远远回"句中的"直破"二字写出了船凌厉前进的气势。下片写夺标。一条龙舟首先到达终点，"欢声震地"，岸上发出了一片震地的欢呼声，健儿们争战夺标的英雄气概，简直使千万人为之惊骇退避。"金碧楼西，衔得锦标第一归。""锦标"，是高竿上悬挂的给予竞渡优胜者的赏物。白居易《和春深二十首》之十五："齐桡争渡处，一匹锦标斜。"是锦缎。《东京梦华录》卷七"驾幸临水殿观争标锡宴"条："军校执一竿，上挂以锦彩、银碗之类，谓之'标竿'。……两行舟鸣鼓并进，捷者得标。"则还有其他物品。"衔"是从龙舟的龙形生发出来的字眼，饶有情趣。唐卢肇《及第后江宁观竞渡》诗云："向道是龙刚（偏也）不信，果然衔得锦标归。"是此句所本。

本篇采取白描手法，注意通过色彩、声音来刻画竞渡夺标的热烈紧张气氛。红色的旗帜，浓绿的杨柳，白茫茫的烟波，金碧楼台，多么丰富多彩的色调！鼓击如春雷，欢声震动地面，又是多么喧闹热烈的声响！除写气氛的热烈紧张外，词中还反映了人们热烈紧张的精神状态。龙舟飞驶，鼓击春雷，这是写参与竞渡者的紧张行动和英雄气概。欢声震地，是写群众的热烈情绪。衔标而归，是写胜利健儿充满喜悦的形象与心情。绚丽的色彩，喧闹的声音，人们紧张的行动、热烈的情绪，所有这些在读者面前展示出一个动人的场面，真实地再现了当日龙舟竞渡、观者如云的

情景。全词风格雄壮，虎虎有生气，生动地表现了人们参加节日盛会的热烈情绪和争取胜利的英雄气概。

龙舟竞渡在我国古代虽很流行，但诗词中反映不多，因此，黄裳这首《减字木兰花》词，就显得弥足珍贵了。（王运熙　施绍文）

黄庭坚

水调歌头

游　览

瑶草一何碧，春入武陵溪。溪上桃花无数，花上有黄鹂。我欲穿花寻路，直入白云深处，浩气展虹霓。只恐花深里，红露湿人衣。　坐玉石，欹玉枕，拂金徽。谪仙何处？天人伴我白螺杯。我为灵芝仙草，不为朱唇丹脸，长啸亦何为！醉舞下山去，明月逐人归！

在封建社会里，许多踏入仕途的文人墨客，内心常有一种难以排遣的苦闷：官场现实是钩心斗角，尔虞我诈；自身内心却察察清高，不甘同流合污。这二者之间总是万般难以调和，于是，常常借助文学作品来一吐胸臆，达到宣泄的目的。黄庭坚的这首《水调歌头·游览》便是如此。它的可贵之处不仅在于坦露了一次登山春游中的内心苦闷与矛盾，而且在于他能从这种坦露中寻绎出人生的真谛。

词的上阕展示出词人苦闷与矛盾的心境。青草、山溪、桃花、黄鹂，本是登山途中常见的平常之物，但一经词人艺术地剪辑，便幻化成静穆、脱尘的仙境。“瑶草”自是仙草，佐之以“一何”，慕爱之情尽现，空拓之感顿生，给人的思绪留有充裕的升华余地。一个“入”字，立刻给“春”赋予了人格，细细品味，且有悠悠欲近的飘逸之感。前四句是化用《桃花源记》的典故，词中“武陵溪”、“桃花”，指的就是陶渊明所绘制的那片令人神往的“世外乐土”。在词人登山途中，燕草吐丝，溪流潺湲，山桃欲燃，黄鹂呖啭，一情一景，无不动静交织，声色俱备。那种空灵脱俗的仙气在词的开始便拉开了淡淡的轻帷。正是在这氤氲弥漫的氛围中，涪翁坦露出自己的心灵。“穿”、“寻”、“入”三字，表现了词人对这种美好境界的执著追求，而一个“展”字，则集中揭示了这种追求所涵容的意蕴。如果说词首所展现的美好境氛是为反现实社会而构筑的，那么，这种追求正是词人不肯媚世品格的深刻体现。在词人看来，只有在这“白云深处”，他才能将胸中一团浩气快意吐出，化作亘天虹霓。然而，在那样的社会里，现实总是羁绊着理想，词人对理想境界的一个“欲”字，决然难敌“花深里，红露湿人衣”的一个“恐”字。这一“欲”一“恐”，恰恰表现了涪翁欲达而不得的苦闷和矛盾。词人幻化的自然界山水草木越是洁净祥和，而对这种境界的追求就越是难以实现，由权欲、物欲、情欲等构成的污浊现实只能给词人带来沉重的烦闷与苦恼，即使在他誓欲乘风归去时，这烦恼依然像幽灵一样深深地印烙在他的心头。可想而知，词人理想的翅膀被“红露”沾湿之后，还能高翥远翔吗？

正是这种理想境界的勾勒以及对之可望而不可即的表白，撩开了词人内心苦闷与矛盾幕帘的一角。下阕则拓深一步：当缥缈的理想彼岸难以抵达时，在宦海中沉浮的“我”应该怎么办？

既然不得“直入白云深处，浩气展虹霓”，那就得半山而“坐”、而“倚”、而“拂”了。“玉石”、“玉枕”同上阕一样，一经艺术移情，莫不涵蕴着倾慕之情。“金徽”是定琴音的用具，据李肇《唐国史补》记载：“蜀中雷氏斲琴，常自品第：第一者以玉徽，次者以瑟瑟徽，又次者以金徽。”可见这里词人以“金徽”代琴，取其次次之意，亦在标明仙境难臻，无庸奏出“第一”琴音了。李白曾有“我醉欲眠卿且去，明朝有意抱琴来”（《山中与幽人对酌》）的诗句，词人抱琴而来，可惜不见李白踪影，空留下“谪仙何处”的疑问，只得借“天人”陪伴，举起“白螺杯”，共明月畅饮了。这里，涪翁显然以李白自况，与想象中的“天人”共饮。超逸也罢，孤独也罢，酒到酣处，总是要直抒胸臆的。“我为”三句便是下阕核心所在：我只想独抱冰心，做那“灵芝仙草”；并不想丹颜永驻，成仙得道；更无须睹物生愁，仰天长啸。这虽是涪翁压抑心境的自我排遣，亦是他不肯与世推移的心迹的流露。登山有如此之神悟，何必非要“直入白云深处”呢？于是乘兴“醉舞”，下山而去。“醉舞”与“逐人”，活脱脱画出词人心有所得之后那种豪放不羁、傲然于世的情态。“逐”是移情，又恰恰显现出词人苦闷宣泄之后那种空灵洒脱的气质。这种情态与气质，正如苏轼所说：“超轶绝尘，独立万物之表；驭风骑气，以与造物者游。”

作为“江西诗派”的掌门人，在诗歌理论上，黄庭坚主张“无一字无来处”，因而他的诗词多用典故，以致他的创作在整体结构上难以达到极致。但此篇用典含而不露，隐而不涩，真有“点铁成金”之妙。（王高林）

秦观

八六子

倚危亭，恨如芳草，萋萋刬尽还生。念柳外青骢别后，水边红袂分时，怆然暗惊。　无端天与娉婷，夜月一帘幽梦，春风十里柔情。怎奈向、欢娱渐随流水，素弦声断，翠绡香减，那堪片片飞花弄晚，蒙蒙残雨笼晴。正销凝，黄鹂又啼数声。

这是一首怀人之词，怀念他曾经爱过的一个歌女。怀念情侣本是唐、五代、两宋词中常见的题材，但是由于作者的才情、际遇不同，虽是同样题材的怀人之词，还是出现了许多殊光异彩耐人吟诵之作。秦观这首词就是很有特色的。此词发端三句即很精彩。作者与所怀念之人相别已久矣，独倚危亭，忽睹芳草，因芳草之“刬尽还生”而联想到离情之缠绵郁结，难以屏除，只用一“恨”字作联系，设想与用笔均极为含蕴空灵，故周济誉为“神来之笔”（《宋四家词选》）。下边两句用“念”字领起追忆。“柳外青骢”、“水边红袂”，分写自己与对方离别时的情况。柳外、水边是幽雅的环境，青骢、红袂是鲜明的形象，当日情景宛然再现，这是虚景实写。“怆然暗惊”一句，突然落到今日的现实，追忆的梦幻霎时惊醒，遂有无限凄楚之感，也含有离别已久之恨。

下片“无端”三句，再进一步追忆当时欢聚之乐。“无端”是不知何故之意，言老天好没来由，赐予她一份娉婷之姿，致使“我”为之神魂颠倒。“夜月”二句叙写欢聚情况，借用杜牧诗句以含蓄出之（杜牧《赠别》诗：“娉娉袅袅十三余，豆蔻梢头二月初。春风十里扬州路，卷上珠帘总不如。”）。如果直说，就浅露寡味了（秦观《满庭芳》词“销魂。当此际，香囊暗解，罗带轻分”，就显得浅露）。“怎奈向”三句（“怎奈向”义同“奈何”）叹惋好景不长，倏又离散。“素弦声断，翠绡香减”，仍是用形象写别离，有幽美凄清之致。“那堪”二句，忽又写当前景物，以景融情。“片片飞花弄晚，蒙蒙残雨笼晴。”是凄迷之景，在怀人的深切愁闷中，观此景更增惆怅，故用“那堪”二字领起。结尾“正销凝，黄鹂又啼数声”，又是融情入景，有悠然不尽之意。洪迈《容斋四笔》卷一三云：“秦少游《八六子》词云：‘片片飞花弄晚，蒙蒙残雨笼晴。正销凝，黄鹂又啼数声。’语句清峭，为名流推激。予家旧有建本《兰畹曲集》，载杜牧之一词，但记其末句云：‘正销魂，梧桐又移翠阴。’秦公盖效之，似差不及也。”洪迈指出秦观词此二句是从杜牧词中脱化出来是对的，但是他认为秦词不及杜词，论断并不公允。

秦观这首《八六子》词，若论艺术是很精美的。他写离情并不直说，而是融情于景，以景衬情，也就是说，把景物融化入感情之中，使景物更鲜明而具有生命力，把感情附托在景物之上，使感情更为含蓄深邃。张炎评秦观《八六子》词云：“离情当如此作，全在情景交炼，得言外意。”（《词源》卷下）“情景交炼”四字，很能说出此词的艺术特点。词中无论是叙写当前或追忆过去，都是用鲜明幽美的意象，如“危亭”、“芳草”、“柳外青骢”、“水边红袂”、“夜月一帘”、“春风十里”、“素弦声断”、“翠绡香减”、“飞花弄晚”、“残雨笼晴”、“黄鹂又啼数声”等等。而“青骢”、“红袂”、“素弦”、“翠绡”、“黄鹂”等，都是用颜色的字面，更增加彩色之美，使人仿佛看到一幅一幅的画图，在幽美的景象中饱含凄楚之情。从章法来说，忽而写当前，忽而写过去，交插错综，颇似近来电影中所用的艺术手法。从用笔来说，极为轻灵，空际盘旋，不着重笔。从声律来说，《八六子》这个词调，音节舒缓，回旋宕折，适宜于表达凄楚幽咽之情，读起来觉得如听溪水从山岩中曲折流出的琤琮之音。秦观这首词还有一个特点，就是洗练得非常精纯，这也是秦观所擅长的。张炎早就指出这一点，他说：“秦少游词，体制淡雅，气骨不衰，清丽中不断意脉，咀嚼无滓，久而知味。”（《词源》卷下）《八六子》这首词，如果反复吟讽，确实使人感到通体精纯，“咀嚼无滓，久而知味”。

（缪　钺）

满庭芳

山抹微云，天粘衰草，画角声断谯门。暂停征棹，聊共引离尊。多少蓬莱旧事，空回首，烟霭纷纷。斜阳外，寒鸦数点，流水绕孤村。　销魂。当此际，香囊暗解，罗带轻分，谩赢得、青楼薄幸名存。此去何时见也，襟袖上、空惹啼痕。伤情处，高城望断，灯火已黄昏。

秦观善写离情别绪，这首《满庭芳》更是名噪一时，于元丰年间已“盛行于淮楚”一带（见叶梦得《避暑录话》），致有杭城歌妓琴操改韵之说（见吴曾《能改斋漫录》），虽是赞扬琴操的才思敏捷，却也说明了此词传唱之广，影响之深。词写与情侣告别场景，类乎柳永笔法，可与柳永《雨霖铃》（寒蝉凄切）一阕对读。

词从绘景开笔。“山抹”一联以其对仗工稳、下字精练、绘景贴切而盛传都下。据说东坡曾戏呼以“山抹微云君”，更曰：“山抹微云秦学士，露花倒影柳屯田。”其婿范温赴宴，竟以“某乃‘山抹微云’女婿也”而自抬声价，闻者无不绝倒。我们且看作者的艺术手段：远山淡云，衰草接天，乃城郊深秋之景。今于“山”、“云”之间下一“抹”字，直如丹青高手挥舒妙笔，将那一缕柔薄飘浮的白云轻轻抹于山腰之间，何等的清淡高远！“草”、“天”相接，一派萧瑟苍茫，着一“粘”字，何等的形象真切。这两句是极目所见，下一句是侧耳所闻，谯楼上呜咽凄清的画角声时断时续，又平添出不少悲凉气氛。三句绘景固妙，其作用尤在为惜别伤怀作有力的渲染与烘托。起式与柳词略同。以下由远而近，由景物而人事，引出饯别场景，“暂停”两句亦即柳词“都门帐饮无绪，方留恋处，兰舟催发”句意。“暂停”，言留别时间短促。“聊共”，足见对饮无绪，一杯离酒在手，顿觉无限“旧事”涌上心头。

“蓬莱”，指会稽龙山下的蓬莱阁。据《艺苑雌黄》载：“程公辟守会稽，少游客焉，馆之蓬莱阁。一日，席上有所悦，自尔眷眷，不能忘情，因赋长短句。”秦观《别程公辟给事》诗中有句云：“买舟江上辞公去，回首蓬莱梦寐中。”亦可资参证。其时当在元丰二年(1079)，则少游三十一岁仍为一介布衣，怀才不遇，心绪难免抑郁寡欢。由此可知，“蓬莱旧事”主要指往昔情事，但也不无一定身世之感。临别怀昔，有“多少蓬莱旧事”萦绕胸际啊！但词人不忍直赋其事，才触即转，用“空回首”三字一笔荡开，又以“烟霭纷纷”句轻轻拢住。“烟霭纷纷”紧承“空”字，亦景亦情，虚实兼顾。无限“蓬莱旧事”竟如眼前弥漫于水面的烟雾一般，既分明在目，却又纷乱而不可理，迷茫而不可追，这正是秦词主委婉含蓄处。往事已然纷乱迷茫，不堪回首，那么，别后前程又将如何？词人仍不用实笔，而是借景传意，透过淡烟薄雾，推出又一画境：“斜阳外，寒鸦数点，流水绕孤村。”这三句被友人晁补之称为“虽不识字人，亦知是天生好言语”（《苕溪渔隐丛话》），即谓其自然清丽，形象鲜明，雅俗共赏。其实，诗本自炀帝断句：“寒鸦千万点，流水绕孤村。”不过经词人用长短句式一错落，并衬之以“斜阳外”，于是不仅尽得“词味”，而且将自然实景变作虚实相间、迷离惝恍之境了。求诸内涵，则于秋意萧瑟外，不无天涯沦落、前途未卜的身世之感寄寓其中（有人以为马致远的令曲《天净沙・秋思》即由此脱胎）。此种情境与柳词“今宵酒醒何处？杨柳岸、晓风残月”相类，皆临别展念未来，而又借景寓情。

换头直以情起，“销魂”用江淹“黯然销魂者，唯别而已矣”（《别赋》）意，点出伤离题旨。“香囊”两句回应上片“暂停征棹”，言临别情意。古时男子有系香囊的风习，如繁钦《定情诗》：“何以致叩叩，香囊系肘后。”上句写男方暗解香囊以赠。古时

用锦带制成菱形连环回文结，以示同心恩爱，梁武帝《有所思》："腰中双绮带，梦为同心结。"林逋《相思令》："君泪盈，妾泪盈，罗带同心结未成。"下句谓女方轻轻拆开罗带同心结，以示从今两别。此处"轻"字兼含"轻轻"和"轻易"两义。相见时难别却易，别时容易见时难，这其中自有种种难言之隐。词人此时已过而立之年，然犹一介布衣，所以下句"谩赢得、青楼薄幸名存"，化用杜牧"十年一觉扬州梦，赢得青楼薄幸名"（《遣怀》），也是心有灵犀，兼指爱情、仕途两不如意。周济慧眼独具，指出"将身世之感打并入艳情，又是一法"（《宋四家词选》）。正因为今后相见无期，所以临别纵然泪湿襟袖，也不过是"空惹啼痕"而已。一个"空"字，增添无限酸辛。

"伤情处，高城望断，灯火已黄昏。"下片自"销魂"以下，或直赋情事，或坦陈胸臆，一气贯穿，颇见畅酣之势，至"伤情处"稍作顿挫，束住上文，唤起煞拍两句，以景结情。这样既见文势起伏变化，又使结尾有含蓄不尽之意。"高城"两句，细加品味，当是征棹开发，人已两别，为词人在逐渐远去的舟船上回望高城的情景，表现出依依不舍的感情。时已黄昏，极目望去，高城渐隐，唯见一片灯火闪烁而已。所谓"高城已不见，况复城中人"（欧阳詹《初发太原途中寄太原所思》）。情在景中，意在言外，令人怅然不已。

善于将事、情、景三者融会一气，是该词艺术表现上的一大特色。全词叙事仅两处——"暂停征棹，聊共引离尊"和"香囊暗解，罗带轻分"，却是作品抒情的基础，即所谓即事抒情。词的上片以写景为主，景中寓情；下片以抒情为主，情中有景。景色从微云度山写入，继之以斜阳归鸦，收之以灯火黄昏，时间逐步推移，景色渐次昏暝，人事则由停棹饯饮，到赠囊话别，到舟发人远，脉络清晰，层次井然。而融贯全词的则是"黯然销魂"的无限伤离之情。

（朱德才）

江城子

西城杨柳弄春柔，动离忧，泪难收。犹记多情，曾为系归舟。碧野朱桥当日事，人不见，水空流。　　韶华不为少年留，恨悠悠，几时休。飞絮落花时候、一登楼。便做春江都是泪，流不尽，许多愁。

词写离愁别恨，读来清丽和婉，仿佛一支优美动听的小夜曲，细加玩味，则无限哀怨，亦"伤心人"之作。观其情意，犹如《满庭芳》之续篇。前者"暂停征棹"话别时，此则"曾为系归舟"忆别后。旧地重到，万千感慨，均由眼前景物生出。按，词人元丰八年（1085）登进士第，除定海（今浙江镇海）主簿，此系途经会稽时作。当然，北宋每多即席"应歌"，似也不必拘泥时代和考稽本事。

词起笔赋柳。"西城"，当年离别之地。"春"，点明节气。"柔"，咏柳形态。这句妙在"弄"字化静为动，将景点活。春风微拂，柔条万千，款款起舞，婀娜多姿，这在常人看来，何等赏心悦目。然而，何以词人偏偏触发起满怀离愁和无穷泪水呢？一则，折柳送别原是古代传统风俗，因此见柳而动离愁，也是人之常情。二则，此柳乃是当年别时之柳，而且承它多情，曾为自己一系归舟，印象鲜明，至今记忆犹新。三则，故地重游，见柳思人，睹物伤情。所以以下由柳及人，引出一段往事的回忆。

往事纷繁，众味兼有，从何着笔呢？词人不叙当时折柳话别之痛，却忆昔日"碧野朱桥"同游之乐，此反衬手法，以往昔双飞之乐，衬今日影单之悲。由于作者重在叹今，故于忆昔处稍触即离，转笔作收："人不见，水空流。"低回怨绝之态，惆怅流连之情，跃然纸上。

下片劈头就是意极沉痛的一句："韶华不为少年留。"这是由上片结处的"水空流"，联想到岁月如流，青春不再。人生是短促的，但离恨悠悠，却无休无止。特别是在这暮春时分登楼远眺，眼见柳絮飞坠，落花飘零，大好春光冉冉消逝，更是倍增一种知己难觅、人生易暮之慨。"便做春江都是泪，流不尽，许多愁。"正当词人倚楼深深自苦自愁之际，目光掠过浩荡东去的春江，景与情会，忽地萌动出一个惊人之想：满江春水竟然变成了一江辛酸之泪。但接着又一回念：即便如此，也流不尽自己胸中的无穷离愁啊！

显然，该词以善用比兴见长。上片主要叙事，却以咏柳起兴，归舟、碧野、朱桥、玉人皆由此顺序迭出，离忧、愁泪也由此相继而生。下片主要抒情，继直抒胸臆之后，以夸张性的比喻作结，文情流畅而意味无穷。古代诗词中以水喻愁的佳句不少，其中尤以李煜《虞美人》词中的"问君能有几多愁，恰似一江春水向东流"最负盛名。此外，李煜又有以春草喻恨的名句："离恨恰似春草，更行更远还生。"（《清平乐》）欧阳修融二为一，说"离愁渐远渐无穷，迢迢不断如春水"（《踏莎行》），属正面化用的范例。秦词之长在于比喻出神入化，在于反用李词，自出新意。"愁"，是一种抽象的感情，可以用"一江春水"喻其绵绵不断，喻其无穷无尽，但它如何能"流"得？细品秦词，其化合过程当如下：心中之愁——眼中之泪——江中之水。于是作者的"愁"就可以尽情地"流淌"了，此其一。"春江都是泪"，其泪可谓多矣，其愁可谓大矣。然而，即便如是，浩荡春江日夜东流，也还是"流不尽"词人眼中的泪，心中的愁。则其泪之多，其愁之大，近乎难以言传，唯有神会了。化用李诗而有所翻新，无怪自成警策矣，此其二。谈到对后世的影响，我们当然也不可忽视郑文宝的一份功绩，其《柳枝词》亦有句云："不管烟波与风雨，载将离恨过江南。""愁"，不仅能"流"，居然也可用船来"载"。由此可知，稍后李清照的名句"只恐双溪舴艋舟，载不动，许多愁"（《武陵春》），即由秦、苏两家词脱化而来。以后，金人《董西厢》有"休问离愁轻重，向个马儿上驼也驼不动"，元人《王西厢》有"遍人间烦恼填胸臆，量这些大小车儿如何载得起"，将"愁"马驼车载，比喻上的夸张翻新，都是承上演化而来的。而在这一语言艺术的长期演化过程中，秦词承上启下，卓有创新之功。

（朱德才）

鹊桥仙

纤云弄巧，飞星传恨，银汉迢迢暗度。金风玉露一相逢，便胜却人间无数。　柔情似水，佳期如梦，忍顾鹊桥归路。两情若是久长时，又岂在朝朝暮暮。

本词采用七月七日之夜牛郎织女相会于天河鹊桥的传说。"七月七日，世谓

织女牵牛聚会之日，是夕陈瓜果于庭中以乞巧。”（《荆楚岁时记》）内容切合题意，所描写的虽是天上景象，实际上是词人七夕仰观星空时的所见和所思。首三句先形容秋云纤薄，并在不断飘动中变化出繁多而巧妙的花样，这让人联想起织女灵活的双手。再看织女牵牛两颗星星不停地闪烁，似乎蕴涵着无限怅恨，他们所恨的大概是各处一方，难得相会吧。“迢迢牵牛星，皎皎河汉女。纤纤擢素手，札札弄机杼。终日不成章，泣涕零如雨。河汉清且浅，相去复几许。盈盈一水间，脉脉不得语。”（《古诗十九首》）只有在七夕，才能互诉衷曲，“七月七日牵牛织女会天河”（傅玄《拟天问》）。“银汉”即是天河。“暗度”，不仅写夜幕沉沉，星光微茫，而且还传出他们两人相思不得相见，如今匆匆会面又即将分离的万千愁绪。“金风”两句，点出季节。牛郎织女相逢于秋风飒爽、白露初降之际：“恐是仙家好别离，故教迢递作佳期；由来碧落银河畔，可要金风玉露时。”（李商隐《辛未七夕》）“一相逢”与上面的“恨”字相呼应，但词人并不仅仅着眼于“恨”字，却反而认为这“一相逢”能胜过人间的不分离。这样，就为下片的描叙起着过渡作用。

下片首三句展开想象。词人设想两星相会于鹊桥的情景。他俩情意绵绵，互倾衷曲，真是银汉迢迢，两心悠悠；而七夕佳期又瞬息即逝，如同梦幻泡影一般，转眼即将赋别离。“忍顾”，即怎么忍心顾。鹊儿行将远飞，归路也就断绝，在匆匆话别后，真不忍回顾那踽踽独自返归的身影。末句跳出俗套，立意较高，即认为两情的久长与否，并不在于能否朝暮相会。这种看法胜过白居易《长恨歌》以永远相爱不相离为爱情的最高愿望：“七月七日长生殿，夜半无人私语时：‘在天愿作比翼鸟，在地愿为连理枝。’”苏轼的中秋词《水调歌头》末两句：“但愿人长久，千里共婵娟。”是从月有阴晴圆缺联系到人有悲欢离合，继而又将手足之情扩大而为“月常圆，人长久”的美好祝愿。与之相较，本词虽较一般恋情词高出一筹，但也仅止于男女之爱的范畴，因此就不及苏轼中秋词的博大高远。（潘君昭）

踏莎行

雾失楼台，月迷津渡，桃源望断无寻处。可堪孤馆闭春寒，杜鹃声里斜阳暮。　驿寄梅花，鱼传尺素，砌成此恨无重数。郴江幸自绕郴山，为谁流下潇湘去。

在北宋的词人中，秦观原是以独具善感之“词心”著称的一位作者，冯煦在其《宋六十一名家词例言》中即曾云：“他人之词，词才也；少游，词心也，得之于内，不可以传。”所以在他的词中，往往能写出一种极为纤细幽微的感受，即如其《浣溪沙》（漠漠轻寒上小楼）一首及《画堂春》（落红铺径水平池）一首，便都是极能代表此种锐感之词心的著名的好词。而当他在仕途上遇到挫伤，因新旧党争而被贬逐之后，他也就以其极锐感的词心，体受到了极深重的悲苦。因此在他晚期的词作中，遂由早期的纤柔婉约转入了一种哀苦凄厉的境界。这一首《踏莎行》词，就是他晚年由处州又被贬到郴州以后所写的，是最能表现他此种哀苦凄厉之心情的一篇代表作品。

本来秦观既以独具锐感之词心为其特色，所以他一向的长处原在于能对景物及情思做出最精确的捕捉和描述，而且更善于将外在之景与内在之情做出一种微妙的结合。即如其《浣溪沙》（漠漠轻寒）一首，其中的“自在飞花轻似梦，无边丝雨细如愁”两句，表面原只是写“飞花”、“丝雨”等外在景物，然而其“似梦”、“如愁”的描述形容，却传达出一种极微妙的情思；再如其《画堂春》（落红铺径）一首，其中的“凭栏手捻花枝”及“放花无语对斜晖”诸句，他所要传达的原是伤春的情意，而他所写的却只是外在的形象与动作。其他如秦观的一些名词之警句，像他的《减字木兰花》（天涯旧恨）一首，其中的“欲见回肠，断尽金炉小篆香”两句，是把极抽象的断肠之情，做了极具体的形象化的喻写；而他的《满庭芳》（山抹微云）一首，其中的“多少蓬莱旧事，空回首、烟霭纷纷。斜阳外，寒鸦数点，流水绕孤村”，则是将无限怀思感旧之情，都融入了外在的烟霭、斜阳、寒鸦、流水的景色之中了；至于他的《八六子》（倚危亭）一首，其中的“夜月一帘幽梦，春风十里柔情”两句，次句虽然用的是杜牧之诗意，但放在此一联中，却因为与前面的“夜月一帘”相映衬且相对偶，于是“春风十里”便也成了一个鲜明的形象，而继之以“幽梦”、“柔情”，遂使得抽象之情思都加上了具象的形容。凡此种种例证，当然都足以说明，秦观在将抽象之情思与具象之景物做互相生发、互相融会或互相拟比之叙写时，确实有他的极为出色的成就。但我以为这一首《踏莎行》词之开端的“雾失楼台，月迷津渡，桃源望断无寻处”三句，与其结尾的“郴江幸自绕郴山，为谁流下潇湘去”二句，则较之前述诸例证对形象与情意之叙写安排，尤有值得注意之处。何则？先就“雾失楼台”三句而言，则前举诸例证中所写之景物，乃大多为现实中实有之景物，而“雾失楼台”三句所写者，则是现实中并不实有之景物，此其可注意者一；再就“郴江幸自绕郴山”二句而言，则前举诸例证之景物所映衬或拟比者，尚不过为人间一般共有之情思，而“郴江”二句，却是借景物对宇宙提出了一个无理的究诘，大有《楚辞·天问》之意，此其可注意者二。现在我们先谈“雾失楼台”三句，我之所以认为其所写之景物并非实有者，盖以在此三句之下，作者原来还明明有“可堪孤馆闭春寒，杜鹃声里斜阳暮”的描述。而这两句所写的独自闲居在客馆春寒之中的人物和耳中所闻的杜鹃的“不如归去”的哀啼之音与眼中所见的斜阳西下的暮色渐深之景，这才是现实中果然实有的情境。至于“雾失楼台”三句，则不过是诗人内心中的深悲极苦所化成的一片幻景的象喻。首句的“楼台”，令人联想到的是一种崇高远大的形象，而加上了“雾失”二字，则这种崇高远大之境界，已经被茫茫的重雾所完全掩没无存；次句的“津渡”，令人联想到的是可以指引和济渡的出路，而加之以“月迷”二字，则此一可以予人指引和济渡的出路，也已经在朦朦的月色中完全迷失而不可得见；三句的“桃源”，令人联想到的是陶渊明在《桃花源记》中所描述的“黄发垂髫，并怡然自乐”的一片乐土，而继之以“望断无寻处”，则是此一乐土之根本并不存在于人间。由此看来，此三句之所叙写者表面虽也是具象之景物，然而却并不同于前举诸例中的现实中之景物，而是进入了一种含有丰富象征意义的幻想中之境界了。这在小词的发展演进中，实在是一个极值得注意的开拓和成就。至于秦观之所以能写出此类作品，最重要的原因，自然是由于其锐敏之心性与悲苦之遭遇的相互结合，于是遂以其锐感深思中之悲

苦，凝聚成了如此深刻真切的饱含象征意味的形象。至于触引起他产生此种象喻之想的，我则以为其主要之关键，实当在第三句的“桃源”二字。盖因当时秦观正贬居在郴州，在湖南省境内，而世传桃花源在武陵，亦在湖南省境内。正是这种巧合，引起了这一位锐感之词人的丰富的想象，为我们留下了这几句在词境中特具开创意味的小词，这种成就实在是极可注意的。而当我们对此三句词所象征的绝望悲苦之情有所了解以后，我们便可以明白作者在此三句象征之语和下二句之“孤馆闭春寒”及“杜鹃声里斜阳暮”的写实之语中间，所加入的“可堪”二字的作用了。盖“可堪”者，原为“岂可堪”，也就是“不堪”之意。正因为先有了前三句对绝望悲苦之心情的象征的叙写，“高楼”之希望既“失”，“津渡”之引济亦“迷”，“桃源”在人世之根本“无寻”，然后对身外之“孤馆”、“春寒”，“鹃”啼春去，“斜阳”日“暮”之情境，乃弥觉其不可堪也。

至于下半阕过片之“驿寄梅花，鱼传尺素，砌成此恨无重数”三句，则是极写远谪之恨。据秦观年谱，就在他写了这首词的第二年，他便又自郴州被迁贬到横州。又次年，又被迁贬到雷州。他在雷州曾写了一篇《自作挽词》，其中曾有“家乡在万里，妻子天一涯”及“奇祸一朝作，飘零至于斯。弱孤未堪事，返骨定何时”（《淮海集》卷四〇）之语。可知秦观在迁贬以后，并无家人之伴随，其冤谪飘零之苦，思乡感旧之悲，一直是非常深重的，曰“驿寄梅花，鱼传尺素”便正是极写其思乡怀旧之情。上一句用的是江东之陆凯寄梅花与长安之范晔的故事，据《太平御览》卷一九引《荆州记》云：‘陆凯与范晔为友，在江南寄梅花一枝诣长安与晔，并赠诗云：‘折梅逢驿使，寄与陇头人。江南无所有，聊寄一枝春。’”下一句用的是古乐府诗《饮马长城窟》的诗意，盖以该诗中曾有“客从远方来，遗我双鲤鱼，呼儿烹鲤鱼，中有尺素书”之句（《昭明文选》卷二七），故以“鱼传尺素”代表寄书信意。总之，这两句所写的乃是怀旧之多情与远书之难寄，所以乃继之以“砌成此恨无重数”，极写远谪离别之悲，造成了无穷的深恨。而秦观在此处所用的“砌”字，则又是把抽象的“恨”之情意，做了一种具象的“砌”之描述。“砌”者何？砖石之砌筑也；曰“砌成此恨”，则其恨之积累之深重与坚固之不可破除，从而可想见矣。在如此深重坚实之苦恨中，所以乃写出了后二句的“郴江幸自绕郴山，为谁流下潇湘去”的无理问天之语。据《苕溪渔隐丛话前集》引《冷斋夜话》谓少游写此词，东坡读之，“绝爱其尾两句，自书于扇，曰：‘少游已矣，虽万人何赎。’”。本来一般人所常用的悼念贤才之语，原是“百身莫赎”，而此一传闻之故实，乃曰“万人何赎”，也足可见此二句词的感人之深以及苏轼对秦观的悼念之切了。至于此二句词之感人者何在，则私意以为，其主要之因素盖亦由于此两句词可以提供写实与象喻两个层次的内涵，而其用意则又在可解与不可解之间，因之在表面所写之情景以外，乃更增加了一种神秘而无理性的气氛，也就更增加了它的吸引和感动人的力量。现在我们先谈其第一层写实的意义，则郴江之水源出于湖南省郴县之黄岑山，是所谓“郴江”之“绕郴山”者也。出山以后，乃北流而入耒水，又北经耒阳县，至衡阳而东入于潇湘之水，是所谓“流下潇湘去”者也。此原为天地自然之山川，本无任何情感可言者也。至于就第二层象喻之意义言之，则此一位锐感多情之词人秦观，在其历尽远谪思乡之苦以后，乃竟以自已之心想象为郴江江水之心，于是在“郴江”之“绕郴山”的自然山水中，乃加入了“幸自”两个有情的字样，又在“流下潇湘去”的自然现象前，加上了“为谁”两个诘问的词语，于是遂使得此二句所叙写的自然山川平添了一种象喻的意义。因此无情之郴水郴山乃顿时化为有情，而使得郴水竟然流出郴山且直下潇湘不返的造物之天地，乃成为冷酷无情矣。于此我们如果一念及前面所引的秦观《自作挽词》中的“奇祸一朝作，飘零至于斯”的话，我们就可以体会出，他对于离开郴山一去不返的郴江江水，曾经注入了多少他自己的离乡远谪的长恨了。而所谓“为谁流下”者，则正是秦观自己对于无情之天地乃竟使“奇祸一朝作”的深悲极怨的究诘。像这种深隐幽微而又苦怨无理的情意，原是极难以理性去解说和欣赏的。因此王国维在其《人间词话》中，虽然也曾赞美秦观这一首《踏莎行》词，谓其“词境”“凄厉”，但王氏所称美者，只是前半阕结尾的“可堪孤馆闭春寒，杜鹃声里斜阳暮”两句，而却认为苏轼之欣赏此词后半阕结尾的这两句词是“犹为皮相”。其原因我以为就正由于在这首词中，实在只有“可堪孤馆闭春寒”两句，是从现实之景物正面叙写其贬谪之情境，而其他诸句则多为象喻或用典之语，这与王氏平时所主张的“以自然之眼观物，以自然之舌言情”的欣赏标准，当然不甚相合，何况此词末二句，又写得如此隐曲而无理，因之王氏对于苏轼之欣赏此两句词的心情，乃不能完全理解，所以乃谓之为“皮相”。而苏轼之欣赏此两句词，则很可能是因为苏轼也是一个亲自经历了远贬迁谪之苦的人，所以尽管此二句词写得隐曲而且无理，苏轼读之却自然引起了一种直觉的感动。总之，苏轼与王国维之所赏爱的因素虽然各有不同，却也都不失为各有一得之赏。至于我个人的看法，则以为就词中意境之发展而言，实在当以此词首尾两处所使用的象征的手法和所蕴涵的象喻的意义为最可注意者。而且我还以为，秦观早期词作中所表现的纤柔婉约之风格，虽然也有其独具之特色，使人被其敏锐善感之词心所感动，但那还只不过是由其天赋之资质所形成的一种特色而已。至如我们现在所讨论的这首《踏莎行》词，则是以其天赋之锐敏善感之心性，更结合了平生苦难之经历，然后透过其多年写词之艺术修养，而凝聚成的一种使词境更为加深了的象喻层次的开拓。这是我们在论秦观词时，所绝不该忽视的他的一点重要成就。

（[加拿大]叶嘉莹）

贺铸

夜捣衣

收锦字，下鸳机。净拂床砧夜捣衣。马上少年今健否？过瓜时见雁南飞。

“收锦字”二句：收起为丈夫织就的锦字，走下雕着鸳鸯图案的织机。《晋书·列女传》载，窦滔徙流沙，其妻苏蕙织锦为回文旋图诗寄丈夫，词甚凄婉。李商隐《即日》诗：“几家缘锦字，含泪坐鸳机。”“净拂”句：言擦净床砧，连夜捣衣。床砧

(zhēn 针):捣衣石及其支架。李白《子夜歌》:"长安一片月,万户捣衣声。""马上"句:思念骑马出征的丈夫是否健全。"过瓜"句:过了服役期满的时间时见雁来人不来。过瓜:指服役期满。《左传·庄公八年》:"齐侯使连称、管至父戍葵丘,瓜时而往,曰:及瓜而代。"

此词从闺妇角度反映军人长期征戍之苦。少妇写完信走下织机,连夜为出征丈夫准备寒衣,内心反复琢磨丈夫身体现况,为何服役期满至今还不归来。末以"时见雁南飞"反衬,感叹雁还人不归。这里隐用温庭筠《定西番》"雁来人不来"之意。全篇用行动、心态体现思妇对远出丈夫的殷切思念,言简意深,体贴入微。

(刘乃昌)

青玉案

凌波不过横塘路,但目送、芳尘去。锦瑟华年谁与度?月桥花院,琐窗朱户,只有春知处。　　飞云冉冉蘅皋暮,彩笔新题断肠句。试问闲愁都几许?一川烟草,满城风絮,梅子黄时雨。

此调又名《横塘路》,因此词而得名。据《中吴纪闻》卷三,贺铸徙居姑苏之醋坊桥,"有小筑在盘门之南十余里,地名横塘。方回(贺铸字)往来其间,尝作《青玉案》词"。宋徽宗建中靖国(1101)中,黄庭坚自黔州还,得其结句,以为似谢玄晖(名朓),并作诗《寄贺方回》云:"少游醉卧古藤下,谁与愁眉唱一杯?解道江南断肠句,世间惟有贺方回。"一时和词者蜂起,前后达二十五人之多,人们因称作者为"贺梅子"。可见此词影响之大。

词写恋情。说来也很简单,一天一位绝色佳人从词人所住的横塘附近经过,词人被她的美貌所吸引,目送神驰,思念不已。此情此景颇像《诗·邶风·静女》所说的"爱而不见,搔首踟蹰";也有些像今人所说的"单相思"。就是这么一个简单的故事,竟能写成一首名垂千载的绝妙好词,不能不令人叹服。

起首三句是一篇之主干。"凌波"化用曹植《洛神赋》"凌波微步,罗袜生尘"句意。"不过",不到也。由此可见,那位女子是何等的步履轻盈,风姿绰约。词人老远看到她的倩影,以为是向自己的横塘小筑走来,可那女子略不回顾,径自走向别处,在她身后,只留下细细香尘。词人对此,不禁怅然惘然。这一镜头使我们自然而然想起《西厢记》中张生乍见莺莺的一段戏,他还未及通话,莺莺便从眼前翩然而去。此刻张生唱了一支《后庭花》道:"若不是衬残红芳径软,怎显得步香尘底样儿浅……刚刚的打个照面,风魔了张解元。似神仙归洞天,空余下杨柳烟……"他们二人看得都是那样入迷,都是那样怅然若失,都被那缕缕香尘所醉倒。

下面"锦瑟华年"四句,写词人对这女子的沉思冥想。李商隐《锦瑟》诗云:"锦瑟无端五十弦,一弦一柱思华年。"杜甫《有怀台州郑十八司户》诗云:"岁月谁与度?""锦瑟"句盖化用其意。贺铸以善于檃括唐诗入律著称,这儿化用杜诗、李诗,恍如己出,毫无痕迹。联系以下三句看,词人此刻正陷入遐想:那妙龄女郎跟谁在一起欢度青春?她也许在洒遍月光的小桥旁漫步,也许在长满鲜花的深院赏花,也许坐在雕着连琐花纹的窗前梳妆，也许关着朱漆大门闷闷地发愁……词人用这种层层之加码法，尽情铺叙，加意渲染，以突出佳人居处之美，自己思念之殷。“只有春知处”一句，明人沈际飞认为与“知我者其天乎”是“一般口气”（《草堂诗余》正集卷一）。可见这也像《西厢记》中张生在《柳叶儿》一曲所唱的一样：“呀！门掩着梨花深院，粉墙儿高似青天。恨天，天不与人行方便，好着我难消遣，端的是怎留连？”所不同的是，词人仅是想象，而张生却是在那儿张望并表现出焦急之情，这也是词与曲的特性使然，因为词贵含蓄蕴藉，曲要明白晓畅。

过片二句，进一步写词人的一往深情。“飞云冉冉”，暗用江淹《杂诗·拟休上人怨别》“日暮碧云合，佳人殊未来”句意。“蘅皋”，语出曹植《洛神赋》：“尔乃税驾乎蘅皋，秣驷乎芝田，容与乎杨林，流眄乎洛川。”词人痴痴地站在那里凝望，不知不觉天已晚了，飞云冉冉布满了碧空，暮霭沉沉笼罩着长满香草的池塘（“蘅皋”，《文选》李善注：“蘅，杜蘅也；皋，泽也。”）。词虽写景，实乃抒情，因为“言情之词，必借景色映托，乃具深美流婉之致”（清吴衡照《莲子居词话》）。在一片暮色的映衬烘托之下，词人内心之茫然可想而知。痴情难以排遣，词人遂以彩笔题下断肠的词句。

词从上片见到佳人后的目送神驰，到过片的茫然若失，层层蓄势，步步铺垫，遂迸出后半一组警句。宋人罗大经《鹤林玉露》卷七在列举了“以山喻愁”、“以水喻愁”的例子以后说：“贺方回云‘试问闲愁都几许？一川烟草，满城风絮，梅子黄时雨’，盖以三者比愁之多也，尤为新奇，兼兴中有比，意味深长。”所云极中肯綮。他的意思不外以下几点：第一，以山喻愁，如赵嘏云“夕阳楼上山重叠，未抵离愁一倍多”，以水喻愁，如秦少游云“落红万点愁如海”：都是以一种具体景物比喻愁情，只能算作“单喻”。而此词以三种景物喻愁之多，则是修辞方面的“博喻”。第二，以山或水喻愁，前人多用过；而以带有江南地区特征的烟草、风絮、梅雨来喻愁，则前所未见：故云“尤为新奇”。其实“梅子黄时雨”，宋代《潘子真诗话》早已指出是从寇莱公诗“梅子黄时雨如雾”化来，但词人斩去句末“如雾”二字，并与其他二句组成长短错落的句子，构成烟雨迷蒙的图景，便出现焕然一新的面貌。这种方法乃是以故为新。第三是“兴中有比”。比兴是中国诗词的传统手法。比者，指物譬喻；兴者，借物起兴。若按这一定义来衡量，则罗大经的话未必全对。因为此时词人并不在苏州城里，而在横塘桥畔，何能见“满城风絮”而起兴？且清人王闿运认为“一川”三句，“一句一月，非一时也”（《湘绮楼词选》）。景非一时一地，词人又何能见之而起兴？因此毋宁说这里是以比为主，而在所写景物中熔铸着词人的感情，情景交融，形象鲜明，意境凄迷，使人感到他失恋的痛苦无往而不在。

贺铸以这首词的结句而得“贺梅子”的雅号，蜚声词坛，但这一句必须借助其他语言的烘托。清人刘熙载说得好：“其末句好处，全在‘试问’句呼起，及与上‘一川’二句并用耳。或以方回有‘贺梅子’之称，专赏此句，误矣！”（《艺概》卷四）词中对重点的句子，往往采取“呼起”的手法以提挈精神，像李煜《虞美人》以“问君能有几多愁”呼起，提挈“恰似一江春水向东流”，李清照《醉花阴》以“莫道不销魂”呼起，提挈“帘卷西风，人比黄花瘦”。经这么一呼起，人们便全神贯注倾听下文，故能收到警动人心的艺术效果。方回可谓得其三昧了。

罗氏说此词"兴中有比"，古人评词，常讲比兴寄托，尤以清人周济为甚。如果《青玉案》确系建中靖国中作于苏州，此时词人已五十岁，恐怕也不会醉心于艳情。而且这年秋天，词人赴京参加庆祝宋徽宗赵佶的诞辰"天宁节"以谋换新职，他在政治上正有所进取，因此这首词中很可能以美人芳草的比兴手法，寄寓着自己的理想。至于具体所指，则难以确定。我们读此词时，似应注意到这一点。

（徐培均）

六州歌头

少年侠气，交结五都雄[①]。肝胆洞，毛发耸。立谈中[②]，死生同。一诺千金重[③]。推翘勇，矜豪纵。轻盖拥，联飞鞚，斗城东[④]。轰饮酒垆，春色浮寒瓮[⑤]，吸海垂虹[⑥]。间呼鹰嗾犬，白羽摘雕弓[⑦]，狡穴俄空[⑧]。乐匆匆。　似黄粱梦。辞丹凤[⑨]，明月共，漾孤篷。官冗从[⑩]，怀倥偬，落尘笼。簿书丛，鹖弁如云众[⑪]，供粗用，忽奇功。笳鼓动，渔阳弄[⑫]，思悲翁[⑬]。不请长缨，系取天骄种[⑭]，剑吼西风[⑮]。恨登山临水，手寄七弦桐[⑯]，目送归鸿。

《东山词》中的压卷之作，恐怕非这首闪耀着爱国主义光辉的《六州歌头》莫属了。关于它的创作背景，向有二说。二说都把它系在徽宗宣和七年(1125)，亦即词人七十四岁临死的那一年。不过一说为抗金而作，一说为抗辽而作，又略有分歧。据笔者考证，此词实作于哲宗元祐三年(1088)秋，时词人年三十七岁，在和州(今安徽和县一带)管界巡检(负责地方上训治甲兵、巡逻州邑、擒捕盗贼等事宜的武官)任；而词的要旨，则与抗夏有关(详见拙撰《贺铸〈六州歌头〉系年考辨》，《中华文史论丛》1982年第4辑)。

西夏党项族是中华民族大家庭中的成员之一。北宋开国初，其首领李彝兴接受了宋太祖授予的太尉官衔，李氏在其所统辖的地区，建立了少数民族地方政权。仁宗景祐五年(1038)十月，李元昊建国称帝，号为"大夏"，随后即不断来扰，掳掠汉民族的人口、财物。这给汉族和党项族人民都带来了深重的灾难。缺乏战斗力的宋军屡战屡败，朝廷只好向西夏岁纳大批银、绢，换取屈辱的和平。熙宁、元丰间，神宗在位，王安石等新党人物执政，变法革新，整军抗战，苟安局面一度改观。不料神宗死后，旧党上台，尽反王安石变法时之所为，又恢复了对西夏的投降姿态。哲宗元祐元年春，司马光提出把米脂等西北要塞拱手让与西夏。刘挚、苏辙、范纯仁等随声附和。文彦博更主张连同熙河路全部地区以及兰州等战略要地一齐奉送。一时间，投降空气甚嚣尘上。身为下级军官的贺铸，人微言轻，又在远离京城的地方上供职，自然不可能有机会登陛廷对，慷慨陈词，留下彪炳史册的忠言谠论。但他将自己"报国欲死无战场"的一腔抑塞不平之气，吐而为词，表达了人们迫切要示抗战、反对投降的强烈呼声，在以轻音乐为主的北宋乐章磁带上，录下了振聋发聩的一声雷鸣。

下面，就让我们去追寻这一道闪电运行的轨迹吧。

和北宋绝大多数著名词家不同，贺铸出生在一个七代担任武职的军人世家，其本人的仕宦生涯，也从武弁开始。熙宁初，词人十七八岁时离开家乡卫州共城（今河南辉县），来到东京，靠着门荫，当上了一名低级侍卫武官。至熙宁八年(1075)出监临城（今河北临城）酒税日止，他在京都度过了六七年倜傥逸群的侠少生活。上阕，就是对这段生活经历的追忆。

“少年侠气，交结五都雄。”此二句即李白《赠从兄襄阳少府皓》诗之所谓“结发未识事，所交尽豪雄”也，为整个上阕的总摄之笔。以下，便扣紧“侠”、“雄”二字来作文章。“肝胆洞”至“矜豪纵”凡七句，概括地传写自己与伙伴们的“侠”、“雄”品性：他们肝胆相照，极富有血性和正义感，听到或遇到不平之事，即刻怒发冲冠；他们性格豪爽，侪类相逢，不待坐下来细谈，便订为生死之交；他们一言既出，驷马难追，答允别人的事，决不反悔；他们推崇的是出众的勇敢，并且以豪放不羁而自矜。“轻盖拥”至“狡穴俄空”凡九句，则具体地铺叙自己和俦侣们的“侠”、“雄”行藏：他们轻车簇拥，联镳驰逐，出游京郊；他们闹嚷嚷地在酒店里豪饮，似乎能把大海喝干；他们间或带着鹰犬到野外去射猎，一霎间便荡平了狡兔的巢穴。上两个层次既有点，又有染；既有虚，又有实；既有抽象，又有形象：这就立体地向我们展现了一轴弓刀武侠的生动画卷。夏敬观《手批东山词》未刊稿赞曰：“雄姿壮彩，不可一世。”无限神往，可谓情见乎辞了。

上阕末句“乐匆匆”三字、下阕首句“似黄粱梦”四字，是全词文义转折、情绪变换的关捩。青年时代的侠雄生活朝气蓬勃，龙腾虎掷，虽然欢快，可惜太短促了，好像唐传奇《枕中记》里的卢生，做了一场黄粱梦。寥寥七字，将上阕的赏心乐事连同那兴高采烈的气氛收束殆尽，骤然转入对自己二十四岁至三十七岁这十三年来南北羁宦、沉沦屈厄的生活经历的陈述，急泪迸流，一发而不可收。

“辞丹凤”至“忽奇功”凡十句，大意谓自己离开京城到外地供职，乘坐一叶孤舟漂泊在旅途的河流上，唯有明月相伴。官品卑微，情怀愁苦，落入污浊的官场，如鸟在笼，不得自由。像自己这样的武官成千上万，但朝廷重文轻武，武士们往往被支到地方上去打杂，劳碌于案牍间，不能够杀敌疆场，建功立业。十来年的郁积，一肚皮的牢骚，不吐不快。因此这十句恰似黄河决堤，一浪赶过一浪。起先还只是嗟叹个人的怀才不遇，继而扩大到替包括自己在内的众多武士呐喊不平，终于把锋芒指向了埋没人才的封建统治阶级上层。随着词人激愤情绪的一步步高昂，词的主题也在不断地深化。

至“笳鼓动”以下六句，全词达到了最高潮。元祐三年三月，夏人攻德靖砦，同年六月，又犯塞门砦。这消息传到僻远的和州，大约已经是秋天了。如果说，在太平时节，军人不能得到重用，还情有可原的话，那么，现在正是国家和民族的多事之秋，英雄总该有用武之地了吧？然而，朝中投降派当道，爱国将士们依然壮志难酬。词人痛心地写道：军乐吹奏起来了，边疆上发生了战事。想“我”这悲愤的老兵啊，却无路请缨，不能生擒对方的酋帅，献俘阙下，就连随身的宝剑也在秋风中发出愤怒的吼声！一“吼”字，吼出了军人们报效无门的满腔义愤，真是掷地能作金石声！千载之下，生气犹凛凛然。至此，一个飞鹰走狗的五陵侠少，已经完成了他向“位卑未敢忘忧国”的仁人志士的转变，形象更高大，更丰满了。词中表达的思想感情，也升华到了爱国主义的境界。

最后三句紧承上文，由浪峰沿自然之势作降落滑行，变激烈为悲凉，在火山喷薄后的平静中结束了全篇。“登山”句截用宋玉《九辩》“登山临水兮送将归”。“手寄”句似从嵇康《酒会》诗“但当体七弦，寄心在知己”句化出。而与下“目送”句连属，又是翻用嵇康《赠兄秀才入军》诗“目送征鸿，手挥五弦”。句句都与送别有关。因此，本篇很可能是写来为一位友人赠行的，谓自己既不得遂凌云之志，只好满怀悵悵然之情，游山逛水，拊琴送客，以此来作为宣泄了。

读完这首词，我们很容易联想到乐府古题《结客少年场行》。宋郭茂倩《乐府诗集》引《乐府解题》曰：“结客少年场，言轻生重义，慷慨以立功名也。”又按曰：“言少年时结任侠之客，为游乐之场，终而无成，故作此曲也。”贺词显然是用此古题而赋自己的真情实事，其内容与情调亦近似于《乐府诗集》所录自汉迄唐屡见不鲜的《结客少年场行》、《少年行》、《白马篇》、《游侠篇》，《壮士篇》诸作。不同的是，上举各篇一般都是因古题而制文，且均为第三人称口吻。当然，个中也有些优秀作品寄托着作者本人靖边报国的赤诚，但假托他人，又何如以自己的喉管直吁胸中浩气呢？贺词的真切感人之处，恰在于此。

自唐五代以迄北宋，文人词中多倚红偎翠之作，极少直接反映国家和民族的大事件。北宋开国伊始，就不断遭受到北方少数民族政权的军事威胁。可是在北宋词人笔下，涉及爱国、抗战内容的词作，今仅见十余首，只占现存北宋词总数的千分之二三。而像贺铸这样以戎马报国为主题并用第一人称唱出的壮歌，又只苏轼一首《江城子·密州出猎》可为伯仲。“会挽雕弓如满月，西北望，射天狼！”苏词壮则壮矣，却没有贺词中那一股抑塞郁愤之气以及对投降派的强烈控诉。当然，苏词作于抗战派执政的熙宁年间，我们不应撇开具体的历史背景去吹毛求疵。但元祐时期投降派猖獗一时，《东坡乐府》中却不见指斥之作，无论是未作抑或曾作而佚，都不能不说是一件憾事。因此，贺铸此词在北宋词坛上就显得格外珍贵了。说它是“铁树之花”，似乎并不过分。事实上，靖康以前，忧时愤事而能与后来岳飞、张元幹、张孝祥、陆游、辛弃疾、陈亮、刘过、刘克庄等抗衡的爱国词作，特此一篇而已。它自是由苏轼向南宋辛派嬗变的重要枢纽，在词史上有着不可忽略的特殊地位。

就艺术造诣而言，本篇不但以笔力雄健警拔、神采飞扬腾翥见长，“不为声律所缚，反能利用声律之精密组织，以显示其抑塞磊落，纵恣不可一世之气概”（龙榆生《论贺方回词质胡适之先生》），也是一大特色。本调长达三十九句、一百四十三字，宋人所作，用韵较疏，或间入数部别韵，而贺词却平上去三声通叶，连珠炮也似一气用韵三十四句，句短韵密，急管繁弦，读来恰如天风海雨飘然而至，惊涛骇浪此伏彼起，激越的声情在跳荡的旋律中得到了体现，两者臻于完美的统一。龙榆生赞美贺铸“在东坡、美成间，特能自开户牖，有两派之长而无其短”（同上）。如果这是指苏轼词豪放而往往不屑守律，周邦彦词调谐音协而多儿女情，少英雄气，贺铸词却能熔东坡之豪杰与美成之律吕于一炉，虽作壮词也不隳音乐声韵之道，甚且要求更加严格的话，他的意见是有一定道理的。（钟振振）

【注】 ①五都：汉、魏、唐各有五都，此泛指北宋的各大都市。 ②立谈：谓站立而谈，喻时间短暂。汉扬雄《解嘲》："或七十说而不遇，或立谈间而封侯。" ③一诺千金重：《史记·季布栾布列传》："楚人谚曰：'得黄金百斤，不如季布一诺。'"李白《叙旧赠江阳宰陆调》："一诺许他人，千金双错刀。" ④斗城：汉长安城的俗呼，因其城按南斗、北斗形状设计建筑，故名。见《三辅黄图》。此借指北宋东京。 ⑤春色：唐吕岩《七言》诗："杖头春色一壶酒。" ⑥垂虹：南朝宋刘敬叔《异苑》："晋义熙初，晋陵薛愿，有虹饮其釜澳，须臾噏响便竭。愿辇酒灌之，随投随涸。" ⑦白羽：白羽箭。 ⑧狡穴：《战国策·齐策》："狡兔有三窟。" ⑨辞丹凤：唐东方虬《昭君怨》："掩泪辞丹凤。"丹凤：即丹凤城。宋赵次公注杜甫《夜》诗曰："秦穆公女吹箫，凤降其城，因号丹凤城。"诗词中用以喻指京都。 ⑩冗从：《汉书·枚乘传》颜师古注："散职之从王者也。"按，贺铸出任监临城酒税、滏阳都作院、徐州宝丰监等差遣时，官阶为右班殿直至西头供奉之间的低级侍卫武官，其性质略相当于汉代之"冗从"。 ⑪鹖弁如云众：汉李陵《答苏武书》："猛将如云。"鹖弁：本义为武将的官帽，此代指武官。 ⑫渔阳弄：军乐曲。隋薛道衡《奉和月夜听军乐应诏》诗："鼓曲噪《渔阳》。" ⑬思悲翁：《晋书·乐志》："汉时有《短箫铙歌》之乐，其曲有《朱鹭》、《思悲翁》……多序战阵之事。"此处一语双关，"悲翁"又是自呼。贺诗《答致仕吴朝请潜登黄鹤楼见招》："城隅黄鹤莫登临，端使悲翁动楚吟。"可证。古人每中年称"老"、称"翁"。贺铸元祐三年诗中屡自称"老生"、"老夫"。 ⑭天骄种：《汉书·匈奴传》："胡者，天子骄子也。"后人因以称北方少数民族。 ⑮剑吼：晋王嘉《拾遗记》："帝颛顼有曳影之剑……未用之时，常于匣里如龙虎之吟。" ⑯七弦桐：七弦琴。桐木为制琴的最佳材料，故以"桐"代"琴"。

晁补之

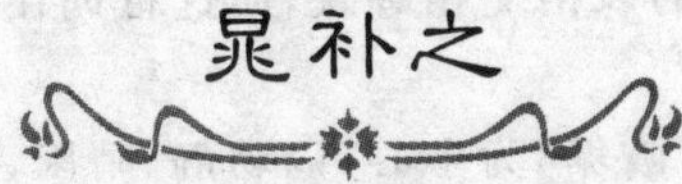

忆少年

别历下

无穷官柳，无情画舸，无根行客。南山尚相送，只高城人隔。 罨画园林溪绀碧，算重来，尽成陈迹。刘郎鬓如此，况桃花颜色。

晁补之于绍圣元年(1094)出知齐州(今山东济南)，次年贬应天府，离开历下(今山东历城)，本篇当为别齐州作。

"无穷"三句：言到处是官方种植的柳树，无有亲情的画船，没有依靠的旅客。"南山"两句：南山仿佛送行，只是高城隔离了友人。南山：指历山，在历城区南，一名"千佛山"。高城：欧阳詹《初发太原途中寄太原所思》诗："高城已不见，况复城中人。""罨画"两句：谓历城园林如杂色彩画，溪水深青，想象再来都变成已往的事迹。罨(yǎn 演)画：杂色彩画。绀(gàn 干)碧：深青色。陈迹：已往的事迹。王羲之《兰亭集序》："向之所欣，俯仰之间，已为陈迹。""刘郎"二句：谓年华悄逝，人事变迁。据刘禹锡《再游玄都观》绝句序，他因写看花诗讽刺权贵再度被贬，十四年后回京，再游玄都观，当年道士手植桃花已荡然无存，因有"种桃道士归何处，前度刘郎今又来"之句。此化用其意。

起句叠用三"无"字，倾诉自身行踪飘零，宦途辗转，十分警绝！继写南山相送，故人隔离，无限依恋。"罨画"句赞赏历下林泉胜景。"算重来"以下，设想今后再来历下，鬓影花色变化很大，主客当有变迁，不胜感慨。

全词体现了作者对历下的眷恋怀思之情。 （刘乃昌）

摸鱼儿

东皋寓居

买陂塘、旋栽杨柳，依稀淮岸湘浦。东皋嘉雨新痕涨，沙嘴鹭来鸥聚。堪爱处，最好是一川夜月光流渚。无人独舞。任翠幄张天，柔茵藉地，酒尽未能去。 青绫被，莫忆金闺故步。儒冠曾把人误。弓刀千骑成何事？荒了邵平瓜圃。君试觑，满青镜、星星鬓影今如许！功名浪语。便得似班超，封侯万里，归计恐迟暮。

退隐，亦是古代文人在诗词中咏叹的主旋律之一。不过，这个旋律却有不同的变奏：或功成身退，意气洋洋；或失意归隐，郁郁寡欢；或钓誉沽名，故走终南捷径；或枕山栖谷而心忧庙阙，愁喜相参。晁补之的这首《摸鱼儿·东皋寓居》写的却是遭贬遣归后别有意趣的田园生活，表现了词人返璞归真的喜悦和对官场生涯的极度厌倦之情。内容上的一扬一抑和那种沉郁豪放的风格交相辉映，使这首词在晁补之词作中成为屈指可数的佳作之一。

上阕着力于对寓居环境的描绘。这幅归隐图以"陂塘"为中心，以动静、晴雨、昼夜的变化相点染，写来淡雅有致，烘托出词人对这片寓居之地的喜爱之情。买了池塘，栽上柳树，仿佛一片"淮""湘"风光。个中的"旋"字是理解这种喜爱之情的契机，如果不是心向往之，动作何来如此之速呢？"东皋"以下，则是具体地、多侧面地层示寓居的幽静和飘逸。"嘉雨新痕涨"，静中含动；"鹭来鸥聚"，动中寓静。而更可爱怜、更可陶醉的则是月夜情致，水月交融，洲渚披素，真个构成"空里流霜不觉飞，汀上白沙看不见"（张若虚《春江花月夜》）的飞动流逸的迷离仙境。当词人独占了这片净土时，他怎能按捺得住那忘情于造化的心境，而辜负这"一川夜月"呢？于是，在翠幕张天的夜色里，在柔软如茵的草地上，词人与自然的神韵融为一体，尽情"独舞"，以至流连忘返，"酒尽未能去"。

这里明是写景，却写得淡雅素静。然而，"一切景语皆情语"（王国维语），词人归隐后洗心涤虑、重返宁静的心情，浸润在这字里行间，景愈佳而情愈浓，今朝枕柳餐霞之乐，更反衬出往日涉罣尘网之"误"。于是在下阕中，词人便捞起沉淀于记忆中的浮滓，与目前澹然皎洁的氛围相对照，以展示内心情感的另一面。

"青绫被"，是官家供给尚书郎之物（据《汉官典职仪式选用》）。"金闺"，即金马门，是汉武帝时学士们办公之地。往日那些官场生涯，实在不堪回首，想起来都教人徒增羞惭。"莫忆"二字，确是厌恶到极点的真情表露。感受了今日宁居之乐的人，才会体味杜甫"儒冠多误身"（《奉赠韦左丞丈二十二韵》）的慨叹是何等痛切。

然而，“实迷途其未远，觉今是而昨非”（陶渊明《归去来兮辞》），自己当年任河中知府时，也曾“弓刀千骑”，到如今回首体会，都不知从何说起。还不如学那秦代遗民邵平，早早退步抽身，自有种“东陵瓜”的乐趣。可如今，自己事业无成，“瓜”圃空荒，确实是“儒冠误我”了。这里的厌倦、悔恨之情与上阕的热爱、陶醉之趣相反相成，随着时间的推移，作者终于获得了大彻大悟！然而，一触及“满青镜、星星鬓影今如许”，便又顿生愁绪，这种彻悟似觉太晚，许多青春韶华早已轻抛浪掷。算起来，都只为“功名”二字，引诱得多少人为之折腰，为之效命。到头来，才知道它不过是骗人的虚语。即便像汉代班超那样，万里封侯，功成名就，也只怕消受不了几天的宁静，回头细想，还是被功名误了终身。在这里，词人笔随意动，层层推进，终于从根本上对“功名”进行了彻底的否定。这种指责和否定正是词人埋葬旧我、重铸新我的开端，它不是不得意时的激愤之辞，而是经过清醒冷静地思考以后发出的沉痛的决裂宣言。

勘破功名，幡然省悟，或许正是词人这种豁达落拓的气度，才使得刘熙载认为：辛弃疾的《摸鱼儿》（更能消几番风雨）“即无咎《摸鱼儿》‘买陂塘旋栽杨柳’之波澜也”（《艺概·词曲论》）。笼统地将这两首词相提并论似乎不太合适，从思想内容看，一是忧心国是，抒发报国无门的郁忿，一是忘却得失，标明清贞高远的节操。但就艺术性而言，辞气的充沛与吞吐，情感的醒豁与沉郁，确有异曲同工之妙。尽管从整体来说，晁无咎词的艺术成就不如苏辛甚至秦观词那样风标卓著，但这首《摸鱼儿》体制回环宛转，言词平易清新，意蕴含蓄深长，格调飘逸洒脱，确实写得轻灵绝俗，自有其可称道之处。

（王高林）

周邦彦

瑞龙吟

章台路[1]。还见褪粉梅梢，试花桃树。愔愔坊陌人家[2]，定巢燕子，归来旧处。　黯凝伫。因记个人痴小，乍窥门户。侵晨浅约宫黄[3]，障风映袖，盈盈笑语。　前度刘郎重到[4]，访邻寻里，同时歌舞，惟有旧家秋娘[5]，声价如故。吟笺赋笔，犹记燕台句[6]。知谁伴、名园露饮，东城闲步[7]。事与孤鸿去[8]。探春尽是，伤离意绪。官柳低金缕。归骑晚，纤纤池塘飞雨。断肠院落，一帘风絮。

清真的压卷之作《瑞龙吟》，约写于作者浮沉州县十年之后、初回京师之时。清真词向以立意分明著称，但近来颇有歧解。就拿这首《瑞龙吟》来说吧，清人周济说：“不过桃花人面，旧曲翻新耳。”（《宋四家词选》）今人罗忼烈却认定它有政治寓意，确指“周邦彦以刘禹锡自拟”，“旧家秋娘似指章惇”（见江苏古籍出版社《唐宋词鉴赏词典》）。笔者限于水平，不敢擅作郑笺。但总觉周说失之过浅，罗说又坐之过实。从词的艺术风格来审视，吴梅的“沉郁顿挫”说对我们初学者似更有启迪作用。他说：“《瑞龙吟》一首，其宗旨所在，在‘伤离意绪’一语耳。”并在《词曲通论》中重点分析了本词“顿挫而复缠绵、空灵而又沉郁”的艺术特色，可供参考。

周邦彦一生曾有过“一赋而得三朝春”的恩宠，也有过留滞京师和漂泊州县的坎坷经历。早年饱读诗书，负才抱志；中年以后，参政意识逐渐淡薄，益致力于辞章，世事沧桑和流落无聊的身世之恨常渗透于字里行间。《瑞龙吟》作于中年回京之时，往昔的抱负和眼前的困惑使他失去心理平衡。旧地重游，追怀往事，不免抑郁忧伤，遂将身世之感打并入艳词，形成哀感顽艳和沉郁顿挫的基本风格。诗中的“个人”当是他早年留滞京师时眷恋过的红粉知音。此番回京，寻访不遇，自有莫大的失落之感。那种难以排遣的伤离意绪，深寓其世危时艰、人事难料的困惑，似不能简单地断之曰“桃花人面”，但又缺乏“永贞革新”失败后刘禹锡那种坚定的政治信念和顽强斗志，因为他毕竟不是“二王八司马”式的政治家。

词分三叠。其中第一、二叠的字数、平仄、句型完全相同，对于第三叠来说，就像是加在上面的并列的两个头，故称“双拽头”。双拽头在形式上要求一样，内容却不允许重复。本词这两叠，一写景一叙事，泾渭分明又富有连贯性，都为第三叠的抒情作了很好的铺垫。

首叠写景。呈现在读者面前的是美丽而诱人的早春景色：梅瓣飘落，桃蕊初放，熟悉的街市，幽静的巷陌，还有呢喃而语的燕子，双双栖居在旧巢之中。处处充满了春意，处处洋溢着生机。但仅作此观赏并未触及词的深层意蕴。吴梅说：“入手指明地点曰‘章台路’，却不从目前景物写出，而云‘还见’，此沉郁处也。须知梅梢桃树，原来旧物，唯用‘还见’云云，则令人感慨无端、低徊欲绝矣。首叠末句云：‘定巢燕子，归来旧处。’言燕子可归旧处，所谓‘前度刘郎’者，即欲归旧处而不得，徒行于愔愔坊陌、章台故路而已。是又沉郁处也。”吴梅紧扣词的沉郁基调，抓住“还见”和“旧处”层层剖析，可为深得三昧。试想词人远离京师十年之后，旧地重游，自倍感亲切，“还见”二字既描绘眼前实景，又巧妙地勾起对前尘往事的清晰记忆，由今及昔，今昔交感，心底波澜难以抑制，此所谓“沉郁处也”。定巢燕子，似曾相识，触物伤怀，自感形单影只，此“又沉郁处也”。这样一顿三挫，便形成浓重的抒情氛围，奠定了词的基调。

词本是描写心绪的文学，纯粹用于抒情，但到了周邦彦手里，却掺进了许多叙事成分，生动的细节描写和鲜明的人物形象，不仅丰富了词的内容，扩充了词的规模，而且大大增强了词的抒情效果。《瑞龙吟》全词仅一百三十余字，选用顺叙、倒叙、插叙、逆挽等多种艺术手段，就像是一篇记叙性的抒情散文。首叠以赋笔写景，采用“逆挽”的手法已近叙事；二叠“因记”以下追述当年与“个人”邂逅相遇，一见钟情的戏剧场面，简直就是一篇“微型小说”，使人联想起唐人传奇《李娃传》中类似的情节。而周邦彦在此仅仅用了二十四个字便将人物的音容笑貌、举止情态描绘得惟妙惟肖，呼之欲出。词采之富艳，叙事之委婉，令人叹止。此叠以“黯凝伫”三字开头，下文不说伊人不在，只用“因记”二字引出，以示此时此刻词人内心的深切眷念，此又沉郁顿挫之妙，真是神化之笔。周济评本词“层层脱换，笔笔往复”，指的大约就是这种顺逆离合、时今时昔、虚虚实实、变幻莫测的手法。

第三叠直抒胸臆。先用侧笔衬托正文，自“前度刘郎”至“声价如故”，是说“个人”已不见，只有同里秋娘声价如故，这叫“留字诀”。后文着力铺叙寻访不遇的失落和痛苦。“燕台句”借李商隐为柳枝姑娘爱慕的故事，明示昔日知音相得之欢愉，暗述不遂人意的怅恨。“吟笺赋笔”、“名园露饮”、“东城闲步”云云，均以“犹记”二字关合，以突破时空，驰骋想象，有回忆和纪实，亦有揣度和假想，“知谁伴”三字更“沉郁之至”。然后用“探春尽是，伤离意绪”收来，犹如脱缰之野马猛然被拉将回来，其力之大，非千钧不可。

本词以景语起，又以景语结，首尾完整，而结尾尤佳。沈义父《乐府指迷》说：“结句须要放开，含有余不尽之意。以景结情最好。如清真之‘断肠院落，一帘风絮’。”夏孙桐也说：“后幅景中见情，妙在不说破，其味无尽。”全词写景、叙事、抒情交织无痕，章法之精更为人所不及。用典很多，增强了抒情的浓度和艺术的力度。如“前度刘郎重到”双典同用(一用刘晨、阮肇入天台山遇仙事，一用刘禹锡两遭贬谪后所写诗句)，既切寻访不遇的伤离意绪，又寓逐客归京的愤世之慨，大大深化了主题。此外，燕台句、秋娘、东城闲步事与孤鸿去等等，均用唐人典故，十分妥帖。词中用典，北宋以苏轼和周邦彦为多。苏词用典，在以诗为词；周词用典，在化俗为雅。二者可谓异曲而同工，各尽其妙。

(蒋哲伦)

【注】 ①章台路：汉长安章台下街名。旧时用为妓院等地的代称。 ②坊陌：一作“坊曲”，唐时倡家所居之处曰“曲”，其选入教坊者之居处曰“坊”。 ③浅约宫黄：古代女子额上涂黄为饰，称“约黄”。 ④前度刘郎重到：据《幽明录》，东汉时刘晨、阮肇入天台山采药，遇仙女，留居半年，归来世上已过七世。又，刘禹锡因“永贞革新”失败贬朗州，十年后回京，游玄都观作诗有“玄都观里桃千树，尽是刘郎去后栽”句。因影射朝中新贵，再贬，十四年后归京，又作《再游玄都观》绝句，有“种桃道士归何处？前度刘郎今又来”句。 ⑤秋娘：唐代金陵歌妓杜秋娘。后作歌妓泛称。 ⑥燕台句：李商隐曾作《燕台》诗四首，洛中里娘柳枝慕其风采，相爱未果。李作《柳枝》诗并有序记其事。 ⑦东城闲步：杜牧有《张好好》诗并序，好好善歌，牧爱之。后好好他归，偶于洛阳城东重见，感怀伤旧，并题诗赠之。 ⑧事与孤鸿去：杜牧《题安州浮云寺楼寄湖州张郎中》诗：“恨如春草多，事与孤鸿去。”

满庭芳

夏日溧水无想山作

风老莺雏，雨肥梅子，午阴嘉树清圆。地卑山近，衣润费炉烟。人静乌鸢自乐，小桥外，新绿溅溅。凭栏久，黄芦苦竹，疑泛九江船。　　年年。如社燕，飘流瀚海，来寄修椽。且莫思身外，长近尊前。憔悴江南倦客，不堪听、急管繁弦。歌筵畔，先安簟枕，容我醉时眠。

周邦彦为北宋末期词学大家。他深通音律，创制慢词很多，无论写景抒情，都能刻画入微，形容尽致。章法变化多端，疏密相间，笔力奇横。王国维推尊为“词中老杜”，确非溢美之词。他的《满庭芳》一首词，可见一斑。

周邦彦于哲宗元祐八年(1093)任溧水(今江苏溧水)县令，时年三十九岁。无想山在溧水县南十八里，山上无想寺(一名“禅寂院”)中有韩熙载读书堂。韩曾有赠寺僧诗云：“无想景幽远，山屏四面开。凭师领鹤去，待我挂冠来。药为依时采，松宜绕舍栽。林泉自多兴，不是效刘雷。”由此可见无想山之幽僻。郑文焯以为无想山乃邦彦所名，非是。

上片写足江南初夏景色，极其细密；下片即景抒情，曲折回环，章法完全从柳词化出。“风老”三句，是说莺雏已经长成，梅子亦均结实。杜牧有“风蒲燕雏老”之句，杜甫有“红绽雨肥梅”之句，皆含风雨滋长万物之意。两句对仗工整，“老”字、“肥”字皆以形容词作动词用，极其生动。时值中午，阳光直射，树荫亭亭如幄，正如刘禹锡所云：“日午树荫正，独吟池上亭。”“圆”字绘出绿树葱茏的形象。本词正是作者在无想山写所闻所见的景物之美。

“地卑”两句承上而来，写溧水地低而近山的特殊环境。雨多树密，此时又正值黄梅季节，所谓“梅子黄时雨”，使得处处湿重而衣物潮润，炉香熏衣，需时较久，“费”字道出衣服之润湿，则地卑久雨的景象不言自明，湿越重，衣越润，费炉烟愈多，一“费”字既具体又概括，形象袅袅，精练异常。

“人静”句据陈元龙注云：“杜甫诗‘人静乌鸢乐’。”今本杜集无此语。正因为空山人寂，所以才能领略乌鸢的逍遥情态。“自”字极灵动传神，画出鸟儿之无拘无束，令人生羡，但也反映出自己的心情苦闷。周词《琐窗寒》云“想东园桃李自春”，用“自”字同样有无穷韵味。“小桥”句仍写静境，水色澄清，水声溅溅，说明雨多，这又与上文“地卑”、“衣润”等相互关联。邦彦治溧水时有新绿池、姑射亭、待月轩、萧闲堂诸名胜。

“凭栏久”承上，意谓上述景物均是凭栏眺望时所见。词意至此，进一步联系到自身。“黄芦苦竹”，用白居易《琵琶行》中“住近湓江地低湿，黄芦苦竹绕宅生”之句，点出自己的处境与贬谪的白居易相类。“疑”字别本作“拟”，当以“疑”字为胜。

换头“年年”，为句中韵。《乐府指迷》云：“词中多有句韵，人多不晓，不惟读之可听，而歌时最要叶韵应拍，不可以为闲字而不押……又如《满庭芳》过处‘年年如社燕’，‘年’字是韵，不可不察也。”三句自叹身世，曲折道来。作者在此以社燕自比，社燕每年春社时来，秋社时去，从漠北瀚海漂流来此，于人家屋椽之间暂时栖身，这里暗示出他宦情如逆旅的心情。

“且莫思”两句，劝人一齐放下，开怀行乐，词意从杜甫诗“莫思身外无穷事，且尽尊前有限杯”中化出。“憔悴”两句，又作一转，漂泊不定的江南倦客，虽然强抑悲怀，不思种种烦恼的身外事，但盛宴当前，丝竹纷陈，又令人难以为情而徒增伤感，这种深刻而沉痛的拙笔、重笔、大笔，正是周词的特色。

“歌筵畔”句再转作收。“容我醉时眠”，用陶潜语：“潜若先醉，便语客：‘我醉欲眠卿可去。’”(《南史·陶潜传》)李白亦有“我醉欲眠卿且去”之句，这里用其意而又有所不同，歌筵弦管，客之所乐，而醉眠忘忧，为己之所欲，两者尽可各择所好。“容我”两字极其宛转，暗示作者愁思无已，惟有借醉眠以了之。

周邦彦自元祐二年离开汴京，先后流宦于庐州、荆南、溧水等僻远之地，故多自伤身世之叹，这种思想在本词中也有所反映。但本词的特色是蕴藉含蓄，词人的内心活动亦多隐约不露。例如：上片细写静景，说明作者对四周景物的感受细微，又似极其客观，纯属欣赏；但“凭栏久”三句，以贬居江州的白居易自比，则其内心之矛盾苦痛亦可概见。不过其表现方式却是与《琵琶行》不同。陈廷焯说：“但说得虽哀怨，却不激烈，沉郁顿挫中别饶蕴藉。”（《白雨斋词话》）说明两者风格之不同。下片笔锋一转再转，曲折传出作者流宦他乡的苦况，他自比暂寄修椽的社燕，又想借酒忘愁而苦于不能，但终于只能以醉眠求得内心短暂的宁静。《蓼园词选》指出：“‘且莫思’至句末，写其心之难遣也，末句妙于语言。”这“妙于语言”亦指含蓄而言。

宋陈振孙《直斋书录解题》云：“清真词多用唐人诗语，隐括入律，浑然天成，长调尤善铺叙，富艳精工。”这话是对的。即如这首词就用了杜甫、白居易、刘禹锡、杜牧诸人的诗，而结合真景真情，炼字琢句，运化无痕，气脉不断，实为难能可贵的佳作。（唐圭璋）

兰陵王

柳

柳阴直，烟里丝丝弄碧。隋堤上、曾见几番，拂水飘绵送行色。登临望故国，谁识京华倦客？长亭路，年去岁来，应折柔条过千尺。　闲寻旧踪迹，又酒趁哀弦，灯照离席。梨花榆火催寒食。愁一箭风快，半篙波暖，回头迢递便数驿，望人在天北。　凄恻，恨堆积！渐别浦萦回，津堠岑寂，斜阳冉冉春无极。念月榭携手，露桥闻笛。沉思前事，似梦里，泪暗滴。

自从清代周济《宋四家词选》说这首词是“客中送客”以来，注家多采其说，认为是一首送别词。胡云翼先生《宋词选》更进而认为是“借送别来表达自己‘京华倦客’的抑郁心情”。把它解释为送别词固然不是讲不通，但毕竟不算十分贴切。在我看来，这首词是周邦彦写自己离开京华时的心情的。此时他已倦游京华，却还留恋着那里的情人，回想和她来往的旧事，恋恋不舍地乘船离去。宋张端义《贵耳集》说周邦彦和名妓李师师相好，得罪了宋徽宗，被押出都门。李师师陈酒送别时，周邦彦写了这首词。王国维在《清真先生遗事》中已辨明其妄。但是这个传说至少可以说明，在宋代，人们是把它理解为周邦彦离开京华时所作的。那段风流故事当然不可信，但这样的理解恐怕是不差的。

这首词的题目是“柳”，内容却不是咏柳，而是伤别。古代有折柳送别的习俗，所以诗词里常用柳来渲染别情。隋无名氏的《送别》：“杨柳青青著地垂，杨花漫漫搅天飞。柳条折尽花飞尽，借问行人归不归。”便是人们熟悉的一个例子。周邦彦这首词也是这样，它一上来就写柳荫、柳丝、柳絮、柳条，先将离愁别绪借着柳树渲染了一番。

“柳阴直，烟里丝丝弄碧。”这个“直”字不妨从两方面体会。时当正午，日悬中天，柳树的阴影不偏不倚直铺在地上，此其一。长堤之上，柳树成行，柳荫沿长堤伸展开来，画出一道直线，此其二。“柳阴直”三字有一种类似绘画中透视的效果。“烟里丝丝弄碧”转而写柳丝。新生的柳枝细长柔嫩，像丝一样。它们仿佛也知道自己碧色可人，就故意飘拂着以显示它们的美。柳丝的碧色透过春天的烟霭看去，更有一种朦胧的美。

以上写的是自己这次离开京华时在隋堤上所见的柳色。但这样的柳色已不止见了一次，那是为别人送行时看到的：“隋堤上、曾见几番，拂水飘绵送行色。”“隋堤”指汴京附近汴河的堤，因为汴河是隋朝开的，所以称“隋堤”。“行色”，行人出发前的景象。谁送行色呢？柳。怎样送行色呢？“拂水飘绵。”这四个字锤炼得十分精工，生动地摹画出柳树依依惜别的情态。那时词人登上高堤眺望故乡，别人的回归触动了自己的乡情。这个厌倦了京城生活的客子的凄惘与忧愁有谁能理解呢：“登临望故国，谁识京华倦客？”隋堤柳只管向行人拂水飘绵表示惜别之情，并没有顾到送行的京华倦客。其实，那欲归不得的倦客，他的心情才更悲凄呢！

接着，词人撇开自己，将思绪又引回到柳树上面：“长亭路，年去岁来，应折柔条过千尺。”古时驿路上十里一长亭，五里一短亭。亭是供人休息的地方，也是送别的地方。词人设想，在长亭路上，年复一年，送别时折断的柳条恐怕要超过千尺了。这几句表面看来是爱惜柳树，而深层的含义却是感叹人间离别的频繁，情深意婉，耐人寻味。

第一叠借隋堤柳烘托了离别的气氛，第二叠便抒写自己的别情。“闲寻旧踪迹”这一句读时容易被忽略。那“寻”字，我看并不是在隋堤上走来走去地寻找。“踪迹”，也不是自己到过的地方。“寻”是寻思、追忆、回想的意思。“踪迹”指往事而言。“闲寻旧踪迹”，就是追忆往事的意思。为什么说“闲”呢？当船将开未开之际，词人忙着和人告别，不得闲静。这时船已启程，周围静了下来，自己的心也闲下来了，就很自然地要回忆京华的往事。这就是“闲寻”二字的意味。我们也会有类似的经验，亲友到月台上送别，火车开动之前免不了有一番激动和热闹。等车开动以后，坐在车上静下心来，便去回想亲友的音容乃至别前的一些生活细节。这就是“闲寻旧踪迹”。那么，此时周邦彦想起了什么呢？“又酒趁哀弦，灯照离席。梨花榆火催寒食。”有的注释说这是写眼前的送别，恐不妥。眼前如是“灯照离席”，已到夜晚，后面又说“斜阳冉冉”，时间如何接得上？所以我认为这是船开以后寻思旧事。在寒食节前的一个晚上，情人为他送别。在送别的宴席上灯烛闪烁，伴着哀伤的乐曲饮酒。此时此景真是难以忘怀啊！这里的“又”字告诉我们，从那次的离别宴会以后词人已不止一次地回忆，如今坐在船上又一次回想起那番情景。“梨花榆火催寒食”写明那次饯别的时间。寒食节在清明前一天，旧时风俗，寒食这天禁火，节后另取新火。唐制，清明取榆、柳之火以赐近臣。“催寒食”的“催”字有岁月匆匆之感。岁月匆匆，别期已至了。

“愁一箭风快，半篙波暖，回头迢递便数驿，望人在天北。”周济《宋四家词选》曰：“一‘愁’字代行者设想。”他认定作者是送行的人，所以只好作这样曲折的解释。但细细体会，这四句很有实感，不像设想之辞，应当是作者自己从船上回望岸边的所见所感。"愁一箭风快，半篙波暖，回头迢递便数驿"，风顺船疾，行人本应高兴，词里却用一"愁"字，这是因为有人让他留恋。回头望去，那人已若远在天边，只见一个难辨的身影。"望人在天北"五字，包含着无限的怅惘与凄婉。

第二叠写乍别之际，第三叠写渐远以后。这两叠的时间是接续的，感情却又有波澜。"凄恻，恨堆积！""恨"在这里是遗憾的意思。船行愈远，遗憾愈重，一层一层堆积在心上难以排遣，也不想排遣。"渐别浦萦回，津堠岑寂，斜阳冉冉春无极。"从词开头的"柳阴直"看来，启程在中午，而这时已到傍晚。"渐"字也表明已经过了一段时间，不是刚刚分别时的情形了。这时望中之人早已不见，所见只有沿途风光。大水有小口旁通叫"浦"，"别浦"即是水流分支的地方，那里水波回旋。"津堠"是渡口附近的守望所。因为已是傍晚，所以渡口冷冷清清的，只有守望所孤零零地立在那里。景物与词人的心情正相吻合。再加上斜阳冉冉西下，春色一望无边，空阔的背景越发衬出自身的孤单。他不禁又想起往事："念月榭携手，露桥闻笛。沉思前事，似梦里，泪暗滴。"月榭之中，露桥之上，度过的那些夜晚，都留下了难忘的印象，宛如梦境似的，一一浮现在眼前。想到这里，词人不知不觉滴下了泪水。"暗滴"是背着人独自滴泪，自己的心事和感情无法使旁人理解，也不愿让旁人知道，只好暗自悲伤。

统观全词，萦回曲折，似浅实深，有吐不尽的心事流荡其中。无论景语、情语，都很耐人寻味。（袁行霈）

西　河

金陵怀古

佳丽地，南朝盛事谁记？山围故国绕清江，髻鬟对起。怒涛寂寞打孤城，风樯遥度天际。　　断崖树，犹倒倚，莫愁艇子曾系。空余旧迹郁苍苍，雾沉半垒。夜深月过女墙来，赏心东望淮水。　　酒旗戏鼓甚处市？想依稀、王谢邻里。燕子不知何世，向寻常巷陌人家，相对如说兴亡，斜阳里。

此词可能作于宋哲宗元祐八年至绍圣三年（1093～1096）之间、作者知溧水的时候。金陵即今江苏省南京市，宋代的江宁府，溧水是它的属县，西北和江宁相接，东北和句容县相接，离茅山很近，作者游踪所及，在金陵的佚诗有《凤凰台》和《越台曲》，可以推知《西河》是同期之作。作者在溧水三年中是词风及其人生观的一大转捩点。前此，他的词多是应歌之作，风格婉约，知溧水时已经人到中年，无复绮思，作风一变而为沉郁顿挫，他的名作多是这一类，《西河》便是一个好例子。而作风的转变又与他的人生经历息息相关。作者少年得志，自太学生一跃而为太学正，不幸好景不长，在保守派执政期间他一直被排挤，自称："命薄数奇，旋遭时变，不能俯仰取容，自触罢废，漂零不偶，积年於兹。"（《重进汴都赋表》）他饱经挫折，一旦来到道教空气非常浓厚的邻近茅山的溧水做官，因而倾向老、庄思想和神仙之说，作为自我开解的归宿，是很自然的事。在他的佚诗中如《仙杏山》、《芝术歌》、《宿灵仙观》，佚文中如《祷神文》、《秋兴赋并序》有显著的表现。楼钥《清真先生文集序》说他："学道退然，委顺知命，人望之如木鸡，自以为喜。"说得很对，而他自号"清真"也取义于道家的清虚无为、保性命之真的思想，与李白《古风》的"垂衣贵清真"同义。可以说，他任溧水县令是人生观和词风突变的开端，而《西河》词是开始变化时的代表作。

词的首句只用"佳丽地"三个字，已经开宗明义，提挈通篇。谢朓《入朝曲》："江南佳丽地，金陵帝王州。"词句从此出。下面紧接"南朝盛事谁记"句，点出所以为佳丽地的原因，是基于六朝金粉的"盛事"。发生在金陵的故事太多了，说之不尽，到此顿住。下文放笔写怀古之情，而以"谁记"二字为引子。金陵是东吴、东晋、宋、齐、梁、陈的首都，而后四朝的韵事尤其脍炙人口，故只说"南朝"。"山围"四句与第二片"夜深"句都是融化刘禹锡诗而来，禹锡《石头城》："山围故国周遭在，潮打空城寂寞回。淮水东边旧时月，夜深还过女墙来。"宋人融诗入词的很多，但以周清真最突出，用来有如天衣无缝。"故国"指金陵，长江在城边绕过，故云"绕清江"。"髻鬟"喻山岭，钟山在金陵城东北，石头山在城西，遥遥相对，故云"髻鬟对起"；金陵城在两山之间，故云"山围"。这些地理环境古今无异，唤起思古幽情的是"怒涛寂寞打孤城"的"寂寞"、"孤城"，与想象中的六朝金粉、"南朝盛事"形成了强烈的对比，也包含了千古兴亡的感慨。这句写的是近景，下句"风樯遥度天际"是远景，这样一近一远，就把绕孤城的"清江"境界扩大了。

整首词都围绕着怀古这一主题，然而三阕所怀各有不同。第一阕从大处着眼，怀的是兴亡之感，着重"钟山龙蟠、石头虎踞"和"长江天堑"的金陵形胜。下面两阕从小处着眼，金陵是六朝故都，令人发思古之幽情的"南朝盛事"很多，而歌女"莫愁"和豪门"王谢"是大家都知道的，所以下两阕就在这两点上展开，但写来不即不离，把古今情景紧密联系在一起，这是最高明的手法。

乐府诗《莫愁乐》："莫愁在何处？莫愁石城西。艇子打两桨，催送莫愁来。"《旧唐书·音乐志》："《莫愁乐》出于《石城乐》，石城有女子名莫愁，善歌谣。"这个"石城"在湖北省江陵县，不是金陵的石头城，因此宋人如洪迈《容斋随笔》、赵彦卫《云麓漫钞》、曾三异《同话录》都认为周邦彦在这首词里错用典故。其实文学与考据不同，苏轼名作《念奴娇·赤壁怀古》词的"赤壁"也不是三国时赤壁之战的赤壁，诸如此类的例子可不少。南朝梁武帝《河中之水歌》："河中之水向东流，洛阳女儿名莫愁。"那么河南洛阳也有莫愁了，金陵的莫愁湖因莫愁而得名、可知当地也有莫愁的传说，不是词人因石城与石头城相混而误用。"艇子曾系"是想象之辞，见出美人黄土的悲伤。"雾沉半垒"，景物凄凉，又遥遥回应第一阕的兴亡之感。"赏心东望淮水"的"赏心"是亭名，宋周应合《景定建康志》："赏心亭在下水门之城上，下临秦淮，尽观览之胜；丁晋公（丁谓）建。"赏心"一作"伤心"，义也可通，但羌无故实。

第三阕又融化刘禹锡的《乌衣巷》诗："朱雀桥边野草花，乌衣巷口夕阳斜。旧时王谢堂前燕，飞入寻常百姓家。"东晋时王导、谢安家族是豪门权势之家，聚居于横跨秦淮河的朱雀桥附近的乌衣巷，那是东吴时"乌衣营"的驻地，所以后来叫做"乌衣巷"。本阕开头用"酒旗戏鼓甚处市"唤起下文"依稀"二字，又回到怀古去，上二阕写的都是苍茫冷落景象，这里又换一景：现在酒旗飘扬、鼓声热闹的地方是不是旧日王、谢的朱门华厦所在呢？什么都没有了，只是“想依稀”而已！怀古之作例以兴亡之感为中心思想，但作者并不搬弄史实，末段虽用刘禹锡诗，但说到燕子时加上“不知何世”、“如说兴亡”作渲染，情调更深刻而沉实了。

刘过《清平乐·赠妓》云：“我自金陵怀古，唱时休唱《西河》。”可知此词在宋代传唱甚盛。陈廷焯《云韶集》云：“此词全用唐人成句融化入律，气韵沉雄，苍凉悲壮，直是压遍古今。金陵怀古词，古今不可胜数，要当以美成此词为绝唱。”《艺蘅馆词选》引梁启超说：“张玉田谓清真最长处，在融化古人诗句如自己出，读此词，可见词中三昧。”融诗入词无疑是清真词的一个特点，但不是“最长处”。张祥岭《词论》说：“片玉，人称善融唐诗，稼轩或用《楚辞》，此亦偶然，长处固不在是。”是很有见地的。

（[香港]罗忼烈　黄嫣梨）

赵佶

燕山亭

北行见杏花

裁翦冰绡，轻叠数重，淡着燕脂匀注。新样靓妆，艳溢香融，羞杀蕊珠宫女。易得凋零，更多少、无情风雨。愁苦。问院落凄凉，几番春暮。　凭寄离恨重重，这双燕，何曾会人言语。天遥地远，万水千山，知他故宫何处。怎不思量，除梦里、有时曾去。无据。和梦也、新来不做。

宋徽宗赵佶因荒淫失国，在公元1127年与其子钦宗赵桓被金兵掳往北方五国城，囚禁至死。在北行途中，忽见如火的杏花，万感交集，写下这首词。这是他生活遭遇最悲惨的实录，也可以说是一篇血书。他不仅工书善画，而且知乐能词，确足以与南唐李后主媲美。

这首词上片描写杏花，运笔极其细腻，好似在作工笔画。那些开放的杏花，如同一叠叠冰清玉洁的缣绸，经过巧手，裁剪出重重花瓣，还晕染上淡淡的胭脂。这一朵朵活色生香的杏花，似乎是装束别致、美貌绝伦的仕女，连天上宫阙里的仙女也比不上。“艳溢”和“香融”也增加了人们的色泽感和香味感。接着从杏花的极盛，写到杏花凋零的可哀，忽转变徵之音，大有一落千丈之概。几番风雨，残红满地，春光已逝，春意阑珊，这不仅仅是写杏花，而且也是写自己故国不堪回首之感。怜花怜己，语带双关。词笔曲曲道出，层层深入，如怨如慕，如泣如诉。

下片抒写离恨哀情，层层深入，愈转愈深，愈深愈痛。第一层写看见燕子飞回故巢，便想托付它们寄去重重离恨，但它们恐怕领会不了人们的千言万语；第二层叹息身为俘虏，故宫相隔万水千山，再见不知何年；第三层以设问说明怀恋故国之情，唯有梦里曾到；第四层揭出近来梦都不做。内心百折千回，真是肝肠断绝之音。

赵佶词虽不多，但这一首自足千古传诵。（唐圭璋）

李清照

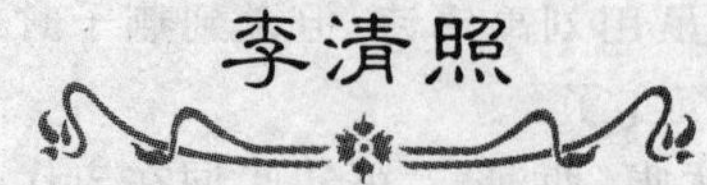

如梦令

常记溪亭日暮，沉醉不知归路。兴尽晚回舟，误入藕花深处。争渡，争渡，惊起一滩鸥鹭。

十七岁花季年龄的李清照，一次与闺中同伴划船游湖，写下了这首小词。“常记”二句：写与同伴划船出游，醉酒迷路。“兴尽”两句：言游兴已尽，天晚划船回家，错进入了荷花丛。“争渡”二句：言湖上游船太多，都争着往回划船，惊动了湖边沙滩上的海鸥和白鹭。

小词写词人酒后泛舟，兴尽归来，误入荷花丛，找不到出口，彷徨摇桨，争先渡水，惊动滩头栖宿的鸥鹭。词人捕捉一瞬间的生活片断，写出少女贪玩好游的情景，天真烂漫，情节诙谐。形式虽极短少，而环境、人物、行动、心态宛然在目，颇富生活情趣。（刘乃昌）

如梦令

昨夜雨疏风骤，浓睡不消残酒。试问卷帘人，却道海棠依旧。知否，知否？应是绿肥红瘦。

这首《如梦令》，古人和今人都异口同声赞美它精妙特绝，含蓄无穷，但它的思想情意到底是什么？古人似乎始终未予揭出，今人的看法尚且存在着分歧。明清人有时在词题上做文章，以标眉目，显其情意，如题作“春晚”、“暮春”、“春景”、“春残”、“春容”，等等。但这些题目只能显示其自然环境、季节、时令性，却远未把词人及词作的真正情意揭示出来。今人对此有所分析，有的说是“惜春惜花”、“惜花自怜”之作，有的却认为是“对邪恶势力的痛恨和对美好事物的珍惜”，显然存在两种不同的看法。那么，《如梦令》的艺术情意到底是什么？艺术魅力在哪里？

开首“昨夜雨疏风骤，浓睡不消残酒”，句句平淡，却句句真切、含情，不仅点明了时间和自然环境，也初次显露了词人在这一特定时间、环境中的特定情态。“雨疏风骤”是风雨形势、自然环境特点，也含有词人的主观感受。那么，词人在这特定时间、特定环境中的感受是什么？这里没有直接指明，也没有必要指明，因为细味“浓睡不消残酒”句，处在深闺的女词人，在暮春风雨之夜，先是烦闷，忧虑，坐卧不安，不能入睡，继而把酒浇愁，因喝酒过多，浓睡一夜酒意还未消除的心态，已经隐然可见可感。

接着“试问卷帘人，却道海棠依旧”二句，转折跳动，意脉不断，一问一答，极富情意。女词人清晨乍醒，残酒未消，似乎是她的烦闷、忧虑，仍然缠绕在心头。那么，她烦闷、忧虑的是什么？她如何来解脱？经过一问一答，这才知道与风雨后的海棠有关。“试问”者，词人明知风雨后的海棠会是怎样，只是含而不露，深藏心中。那么，她向谁深情试问？清晨把心中之事向侍女发问？现在细想，恐怕最合实情的应是向丈夫赵明诚发问，并希望得到丈夫知情满意的回答，这才是富有情意、切合情理的“试问”。然而，出乎她的意料之外，“却道海棠依旧”说明丈夫并未深思理解她的问话，而且回答也很淡漠。试想，受过风雨，花谢花落，绿叶渐肥，这是自然规律，是词人的细心感受，其中也未尝不含有女词人对青春的感知，这样的回答怎能不使敏感多情的女词人感到愕然？

如果以上是通过特定环境、特有情绪和一问一答的描写，表现了女词人细腻的心理情态和敏锐感觉的话，最后三句就是直抒胸臆了。“知否，知否？应是绿肥红瘦。”李清照最注重主观情意的表达，她的内心世界几乎都由强烈的主观感受来显现。女词人对丈夫的回答虽不满意，但她的对答却充满深情，语气婉然。“知否”二句加重了语气，增强了感情效果。“应是绿肥红瘦”不仅道出了她对风雨后海棠这一自然变化的敏锐感知，而且突出了她惜春惜花、惜花自怜的深情、凄情。这样，我们从全词的语言、层次、情调等质素来全面分析，似乎看不出这首词的主调是对邪恶势力的痛恨。

本来风雨葬花是自然现象，惜春惜花是人之常情，不过，对自然现象的感受会因人而异，惜春惜花之情也因作品有所不同。

“夜闻猛雨拼花尽”（温庭筠《春日偶作》），写一夜猛雨把红花摧残殆尽的情景。“夜来风雨声，花落知多少？”（孟浩然《春晓》）抒发夜闻风雨担心花落的感情，都透露了诗人对春事的敏感和惜花之情。这一点与李清照的这首《如梦令》有相似相近之处，然而却有粗细之分、深浅之别，思想情意、艺术风韵存在差别。“夜闻猛雨拼花尽”，诗人惜春惜花之情比较凄惨，直露，韵味不够；“夜来风雨声，花落知多少”，诗人春晨醒来“处处闻啼鸟”，悠闲中想到昨夜风雨，担心花落，惜春惜花之情毕竟含蕴不深。

“昨夜三更雨，临明一阵寒。海棠花在否？侧卧卷帘看。”（韩偓《懒起》）李清照的《如梦令》显然是借取《懒起》意境点化而成。但从诗情来看，韩诗“侧卧”看海棠，虽有惜花之意，却神态悠然，感情淡漠；从艺术层次来看，虽层次清晰，却自问自答，殊少变化，自是艺术魅力不大。《如梦令》则不然，黄蓼园说：“一问极有情，答以依旧，答得极淡，跌出‘知否’二句来，而‘绿肥红瘦’无限凄婉，却又妙在含蓄。短幅中藏无数曲折，自是圣于词者。”（《蓼园词选》）如果细加比较，《如梦令》的形象不仅和《懒起》不同，而且艺术境界比《懒起》更新丽，更深远；艺术层次比《懒起》更曲折，更精巧；艺术语言比《懒起》更精美，更新颖；作者对自然事物的敏感和惜春惜花之情也比《懒起》更细美，更真挚。总之，《如梦令》在情意上表现了女词人惜花惜春特有的细美深挚之情，在艺术上表现了她独具特色的创造性。这是《懒起》诗所没有所达不到的。因此，艺术作品思想情意的闪光，必须要有精美的艺术来体现；艺术借取，也必须是艺术创新。李清照的《如梦令》不正是这样吗？　（孙崇恩）

一剪梅

红藕香残玉簟秋。轻解罗裳，独上兰舟。云中谁寄锦书来？雁字回时，月满西楼。　花自飘零水自流。一种相思，两处闲愁。此情无计可消除，才下眉头，却上心头。

这首词是李清照前期的名篇，历代相传，脍炙人口，情词兼美。但是，人们对此词的理解，历来略有分歧。宋黄升《花庵词选》题作“别愁”。元伊世珍《琅嬛记》引《外传》说：“易安结缡未久，明诚即负笈远游。易安殊不忍别，觅锦帕书《一剪梅》词送之。”据此则为送别之作。按《外传》不知何书，《琅嬛记》明人藏书目录判其为伪书，清周中孚《郑堂读书记》亦云此书所引皆荒诞，伪书几居其半。又，《古今词话·词品》卷下、《词辨》卷下引此事，盖出自《琅嬛记》。《崇祯历城县志》卷一六、《古今词统》卷七、《历代诗余》卷一一六、《词林纪事》卷一九、《词苑萃编》卷四、《本事词》上、《词苑丛谈》俱引此则，但与《琅嬛记》略异。看来，古今对此《一剪梅》词言为“别愁”、“别后之思”者，或与黄升《花庵词选》题作有关；言为“离别”、“送别之情”者，或与伊世珍《琅嬛记》所引《外传》有关。王学初在《李清照集校注》中说：“清照适赵明诚时，两家俱在东京，明诚正为太学生，无负笈远游事。”据此，未加审慎而视《一剪梅》为“离别”、“送别”者，就不妥当了。考虑到崇宁二年责禁元祐党人子弟居京，李清照父亲李格非被列入元祐党籍，她是否为此曾被迫回到原籍，在原籍写了这样一首《一剪梅》词以寄情？此词上下片所写绝非词人送别，而是别后之情景心态，由此看来，最早的选本《花庵词选》题作“别愁”是切实的。仔细分析，全面评赏，此词当是别后感物伤怀，孤愁泛舟，月夜念远，对景言情之作。

首句“红藕香残玉簟秋”，语句清丽，意象蕴藉。“红藕”即荷花；“香残”写荷花凋零，香气消退；“玉簟”是精美的竹席。如果仅仅说“红藕香残”是自然现象，显示了初秋的特征，那么，“玉簟秋”就是通过竹席透凉这一主观感受表达了秋情。这一句，不仅点明了季节，渲染了环境气氛，也烘托了词人的凄情，而且在艺术上把客观与主观、景与情完全熔化为一炉。因此前人谓之“精秀特绝”（陈廷焯《白雨斋词话》）。

在这样一种环境、情绪之下，词人如何排遣萦绕于胸中的别愁？看来，她并未像往常那样借酒浇愁，而是“轻解罗裳，独上兰舟”。笔势一挺，宕出孤愁。“罗裳”是妇女衣裙。“兰舟”即木兰舟，小船的美称。这两句写词人白天水上泛舟，一个“轻”字，一个“独”字，把轻手解衣裙，独自上兰舟，想泛舟一游来排遣心中孤愁的情景，写得十分真切深沉。

然而，孤身泛舟不仅未能消除胸中离忧，而且当她举目怅望云天的时候，偏又加重了怀远的相思之情。“云中”三句，一波三折，含蓄情深。“云中谁寄锦书来？”“谁寄”说明还没有丈夫的书信寄来，是主观感情的自我发露。“锦书”即锦字回文书，指情书。这里不明言盼望鸿雁传来丈夫的好消息，而用发问的语气暗表思念，引人遐想，令人深思。紧接着“雁字回时，月满西楼”两句，笔势再折，情意凄婉，一幅月光照楼，词人妆楼凝望，月夜相思，急盼雁归传书的情景，历历在目，更加动人心弦。

下片“花自飘零水自流”一句，写景景真，寄情情深。“花自飘零”，词人自比落花，情意凄苦。“水自流”熔裁前人“水流无限似侬愁”（刘禹锡《竹枝词》），暗喻丈夫离去，情意绵绵，把夫妻心心相印、不可分离的深笃爱情被无情地分离这一现实，融化在自然真实、可见可感的景象之中，就更具艺术魅力。“自”是空自、自然的意思，但两个“自”字连用，却起到了联结夫妻间感情的效果。下一句“一种相思，两处闲愁”正是上一句感情的进一步深化。夫妻分处异地，但她深知他们之间的相思之情彼此却是同一的，因而也必然是“两处闲愁”。这两句是独白、设想，是主体对客体，由己到彼，是对两情的进一步联结与深化，并且使这种联结与深化在词人的审美心理感受中化为一体了。

夫妻心心相印，爱情深笃，相思之情难以排遣，这时的词人会是怎样的情状？结尾“此情无计可消除，才下眉头，却上心头”三句，正是她此时此刻最细致、最真实、最生动的心态写照。由“眉头”到“心头”，情波不宁，感情深挚；由“才下”到“却上”，变化曲折，结构巧妙，比“都来此事，眉间心中，无计相回避”（范仲淹《御街行》），更耐人寻味。

这样，我们是否可以说，这首词描写了女词人细致入微、委婉曲折的心理情态和缠绵悱恻、真挚深笃的相思之情？在女性遭受压抑的封建社会，再联系到李清照可能被迫回到原籍的背景，她大胆倾吐伉俪之情，抒发相思之苦，这就更应该引起重视。

（孙崇恩）

凤凰台上忆吹箫

香冷金猊[①]，被翻红浪，起来慵自梳头。任宝奁尘满[②]，日上帘钩。生怕离怀别苦，多少事、欲说还休。新来瘦，非干病酒，不是悲秋。　休休！这回去也，千万遍阳关[③]，也则难留。念武陵人远[④]，烟锁秦楼[⑤]。惟有楼前流水，应念我、终日凝眸。凝眸处，从今又添，一段新愁。

李清照十八岁与赵明诚结婚，两人志趣投契，情同胶漆。“自古及今，佳人才子，少得当年双美！”柳永《玉女摇仙佩》中的词句，恰好可移用来称赞这对美满夫妻。然而，宦途奔走所造成的远别，常常会干扰她们甜蜜宁静的家庭生活，从而使多情敏感的词人不能不在心灵上产生凝重的离思。因而，抒写同丈夫的离别之情，是李清照前期词作的重要内容，本篇正是这类离情词的名作。

以前词人以女性口吻，写伤离惜别，以应歌筵之需，其中多有浅露轻浮、雕章琢句之什。李清照的离情词则基于深厚的现实生活土壤，从个人肺腑自然流出，体现健康深挚的夫妻之情，因而写来特以率真、凝重、深婉见长。而这种独具的艺术品格，又是借助于多样化的委婉曲折的抒情方式来表现的。

居于本篇中心的抒情主人公即作者自我形象，是一位文静、深情而心灵细腻的少妇。为了写她的离怀，开端先写她周围的环境和器物。铜炉烟冷，无心添香；

锦被散乱，不愿整理；头发懒得梳洗；奁盒落满了灰尘；日头已经很高，却什么也不想去做。从事事慵懒的细节，人们不难感到她是如此没情没绪，无精打采。香炉、锦被、宝奁、帘钩，本来都是妇女卧室常见的用具，但下了“冷”、“翻”、“慵”、“任”几个字，就把人物的主观感情注入了周围环境和物品，虽然未直接吐露胸臆，但人物心境却跃然于纸上。

主人的情慵意懒，究竟所为何事？作者用“生怕离怀别苦”数字略略一点，随即接上一句“多少事、欲说还休”。“生怕”，犹言最怕，真是心扉稍开，又陡然紧闭，这种半吞半吐、欲言又止的情态，既能触发读者的悬想，又最切当地表现出词人复杂的心绪。大约原有千言万语，准备在临行时倾诉，可是及至执手道别，反而不知从何说起，且也不愿再开口了。一则，行期已定，说又何用；再则，行色凄然，开口徒然增加酸楚；三则，还怕伤离之言刺激了丈夫的心灵，影响了远行人的健康。“欲说还休”的背后，该有多少潜台词耐人体味啊！

既然不愿径直吐露胸臆，下文仍用侧笔暗示。“新来瘦”，刻画出心事的分量。接着排除“病酒”、“悲秋”是“新来瘦”的原因，那么“瘦”的来由，自然是“离怀别苦”了。否定的答案之外，暗示着肯定的答案，笔法极为曲折。

上片虽不直写别情，却句句都在刻画别情的分量，为下片烘染了足够的气氛。下片转人正面写别离。换头以下四句，表明丈夫远行已成定局，行期难改。“休休”，用重言加重语气，显示想要挽留的努力，只可断然作罢。“这回去也”三句，表明与丈夫分离已不止一次，而这一回，即使唱千万遍《阳关曲》，也挽留不住了。

当前的别离情景，只用几句带过。以下用“念”字领起，转向写意中景、意中情，笔墨主要花在别后相思上，这样有利于向人物心灵深处开掘。“武陵人远，烟锁秦楼”，两句从两面着笔，重点却在写独守空闺的孤寂落寞上。心上人越走越远，往日两情缱绻、笑语相偎的香闺，如今为烟雾笼罩，暗淡萧索，阒寂无声。一个“锁”字，写出了人去楼空的凄冷景象。那时自己在妆楼中，必定“终日凝眸”，一天到晚如痴似呆地凝神远望。怜念“我”的只有楼前一泓流水。只有“楼前流水”同自己相伴，是自己心事重重的见证人。默默相对的流水啊！你一定会理解“我”，一定会把“我”满怀的愁苦、盼望、期待，铭记在心吧！心事唯有对无言的流水倾诉，则冷清孤寂之甚，自不待言了。

煞拍说：“从今又添，一段新愁。”既点明题旨，又归结全词。“新来瘦”，暗示为分离而愁，已非一日。大致在分袂之前，为难得割舍，愁思成团；分袂之后，洞房陡化为离宫，情牵行人，望断云山，近来的“新瘦”，又添“一段新愁”，既回应上片，又深化了离愁，使全词意境浑厚，余味无穷。本篇的特色，可以用深、曲、雅、畅四个字来概括。所谓“深”，就是感情沉挚，一片赤诚，一往情深，字字从肺腑流出。《古今词话》引张祖望语：“‘惟有楼前流水，应念我、终日凝眸’。……痴语也。”的确，这是痴情之语，非至情不能道出。这与浮艳的离情词很不相同。所谓“曲”，就是“意不浅露，语不穷尽”（沈祥龙《论词随笔》）。上片先写周围物事以映衬，再用半吞半吐、旁敲侧击之墨来烘染，笔力盘曲迂回。正如前人所评：“婉转曲折，煞是妙绝。”转入下片，化用“武陵”、“秦楼”故实，令人想起当日仙侣团聚的美满、分离的悲凉，用字简当，含蕴丰厚。接着写“楼前流水”，借物宣情。并非有意避免率直，却能自然形成曲折。所谓“雅”，指浑厚典重。柳永写离情，细密有余，蕴藉不足。李清照吸收了柳词精微细密之长，而以典重之笔出之。如柳永《凤栖梧》中：“酒力渐浓春思荡，鸳鸯绣被翻红浪。”虽刻画工致，但失之轻浮。李清照把“被翻红浪”化用入词，与“香冷金猊”相配合，不仅笔力工，含蕴厚，且词格变得蕴藉典重。词的沉挚、曲折、典重，容易导向密丽晦暗，李清照这首词却又以语言平易、意脉贯穿见长。所用几个典故，既贴切自然，又如盐溶于水，浑化不涩，以此又具有疏畅的特点。《云韶集》卷一〇云：“此种笔墨，不减耆卿、叔原，而清俊疏朗过之。”即指此而言。

（刘乃昌）

【注】 ①金猊：狮子形状的金属香炉。猊（ní 倪）：狻猊，即狮子。 ②宝奁：精美的梳妆盒。 ③阳关：阳关曲，唐代诗人王维送别名作《送元二使安西》诗，被谱入乐府，成为送别歌曲，反复诵唱，谓之《阳关三叠》。 ④武陵人：武陵，今湖南省常德县。东晋诗人陶潜《桃花源记》曾载，武陵人沿桃花溪泛舟，发现了世外桃源。又，南朝宋刘义庆《幽明录》载，东汉浙江剡县人刘晨、阮肇到天台山采药迷路，被两位仙女邀至家中，结成夫妇，后两人思家求归，别仙女而去。后人常把两则故事加以牵合，称仙境为“桃源”，称遇仙女的刘、阮为“武陵人”。如韩琦《点绛唇》：“武陵回睇，人远波空翠。”此处以“武陵人”代指女性所爱的情人。 ⑤秦楼：指秦穆公女弄玉的凤楼。传说秦穆公女弄玉同善吹箫的萧史结婚，萧史教弄玉吹箫作凤鸣，引来许多凤凰，后夫妻乘凤升天。事见刘向《列女传》。

醉花阴

薄雾浓云愁永昼，瑞脑销金兽。佳节又重阳，玉枕纱厨，半夜凉初透。

东篱把酒黄昏后，有暗香盈袖。莫道不消魂，帘卷西风，人比黄花瘦。

我不知道这首词应该如何翻译成外文，尤其是如何处理其中的人称。北京语言学院出版的《词百首英译》，将此词的上片译为无人称，下片译为第一人称。事实上这是一种先入为主之见。因为已经知道了这首词是李清照怀念丈夫之作。但从词里却看不出人的身份，也未表明人称。然而，这是一首愁情词。即使不明了这首词的本事，即使不明了李清照和赵明诚之间的情爱，仅从词的字面上就能判断出来。

“薄雾浓云愁永昼”七个字首先给读者带来的信息是：轻纱似的雾，浓厚的云，悠悠永长的白昼。这是三种并不相连的自然状态，如果没有一个“愁”字将它们连接的话。所以这句话的核心在“愁”字。它既足够表露一种心态，又带动了前四字和后两字，使云雾与白昼紧紧相联系，造成一种环境气氛。这里的“愁”是确实而沉重的，但又是抽象而非确指的。“瑞脑销金兽”，即“金兽”中有“瑞脑”销熔。是指瑞脑香在金制的兽形香炉里慢慢炷尽。这五个字传达一种情状。不管五个字如何调换，其中的“销”字与前句的“愁”字一样重要，且两者有其内在联系。前一句的“愁”表明一种无法断绝、无法排解的缕缕思绪。因愁至极，才将全部精神凝聚在瑞脑香上，才去留心瑞脑香的销熔情况。所以后句的“销”字是前句“愁”字的落脚点。移愁情于瑞脑销熔，是愁的视觉转移。从“销”与“愁”的对应关系来看，虽未指明瑞脑香的销熔时间为多久，但从它缓慢消失的过程中，似乎可以将它和“永昼”看成是一种并行的时间流程。

“佳节又重阳”，其实就是指“重阳佳节”，依照时间顺序，它应该放在首句，可是这里却颠倒次序，将它放在第三句，作为前两句的补充说明。嵌入一个“又”字，表明此时的重阳佳节和以前不同。“又”字可联想起以前无数个重阳佳节，但它确指的恰恰是此时的重阳佳节。“佳节又重阳”既作为前两句“永昼”的时间背景，也作为后两句“半夜”的时间背景，将昼与夜在大的节令背景下区别开来，又衔接起来。“玉枕纱厨”与“瑞脑金兽”一样，都是实写陈设的豪华，暗示其间物主的性别。“半夜”指子夜时分。“凉初透”指时令变化的感受。子夜不寐，“凉初透”是“愁”的肤觉转移。只有把“玉枕纱厨”与“瑞脑销金兽”联系起来，才能猜测到感受时令变化的是子夜未眠而感觉细腻的女性。

“东篱把酒黄昏后”对上片来说是一顿挫。上片已经写了“永昼”和“半夜”，而此时却在黄昏，这既未标明是当日黄昏，还是翌日黄昏，不仅时间失去连贯性，而且简直不知道第一次出现“把酒”动作的人是何身份。直到“有暗香盈袖”五字补出，才使得这个“把酒”动作回归到女性特征上来。同时出现了与之相关联的充满了菊花幽香的衣袖。

“莫道不消魂”开始出现了人的语言。至于这句话是你，是我，或是他发出的，这里没有表明，也无关紧要。它只是一种感叹。但对这个感叹的回响，是用独特的比喻和巧妙的措辞，勾勒出一种人的体态，即“帘卷西风，人比黄花瘦”。这才出现了全词唯一的“人”字。这种体态作为“消魂”的反应，既是从“帘卷西风”后一瞥中发现的，又是旷日持久的愁情的浓缩体现。在此之前，词只是涉及一昼一夜一黄昏，相应的只有一炉一枕一衣袖。词中的“消魂”时间跨度大大超过“佳节又重阳”。所以这时必须用一种令人惊异的形象，以体现愁情之旷日持久。人比黄花不是一般瘦，而是更瘦。黄花有瘦的一面和劲的一面，取黄花之瘦而舍其劲，以与人的历久愁思相符，可谓一瞥而惊人，是为千古绝唱。

全词只写愁情。“愁”必附着于人，此词具愁态心理的是单一的个体。尽管用物主暗示，描写其动作、衣袖、言语、形态，但此人终未露面。除了知道她是一个华贵之家的女性之外，最终也不明了她的年龄、面目、身份，是孀居忆旧，还是独处怀人。与此相联系的是词的叙述口吻，即人称问题，在词中看不出来。词以游动的、不确定的视觉来写，所以人称也可转换而不确定。这样，才能使所有的人都能把自己的感情融入其中，因而具有很大的普遍性。这应该说是中国古典诗词的特点。事实上我们已经知道此词是写李清照独处深闺所感受到的离别之苦，已经认定此词是李清照没有成为未亡人之前所作的。因此，《词百首英译》仅从词的字面，将上片译为无人称是对的，而根据文学史的研究，将下片译为第一人称，也不算错。尽管在下片注入了词的字面没有的先入之见，但这种先入之见是正确的。

（郭小湄）

永遇乐

落日熔金，暮云合璧，人在何处？染柳烟浓，吹梅笛怨[①]，春意知几许？元宵佳节，融和天气，次第岂无风雨？来相召、香车宝马，谢他酒朋诗侣。

中州盛日[②]，闺门多暇，记得偏重三五[③]。铺翠冠儿，捻金雪柳[④]，簇带争济楚[⑤]。如今憔悴，风鬟雾鬓，怕见夜间出去。不如向、帘儿底下，听人笑语。

这首词是李清照晚期词的名作之一。它与早期词的抒写个人闺中生活的篇章有所不同，其主旨融合了故国之思和沦落之悲，写得苍凉沉郁，委曲婉转，感人至深。南宋末年爱国词人刘辰翁说："诵李易安《永遇乐》，为之涕下。"还说：他日后"每闻此词，辄不自堪"（《须溪词·永遇乐》题序）。可见它的感染力之强。

这是一首元宵词。词人通过她避难江南时一次元宵节的生活感受，寄托了她的故国之思和对现实的批判。在宋代，元宵节是最盛大的节日，宋朝统治者为了粉饰太平，"与民同乐"，曾大肆渲染节日的气氛。据《大宋宣和遗事》记载"宣和六年正月十四日"热闹景象道："京师民有似云浪，尽头上带着玉梅、雪柳、闹蛾儿直到鳌山看灯。"（前集《元宵看灯》）还说，当节日之夜，"家家灯火，处处管弦"。北宋亡后，南宋小朝廷偏安一隅，不思北伐，更加追逐歌舞升平、纸醉金迷的生活，在临安仍继续着元夜狂欢的旧传统，其盛况有增无减。据周密《武林旧事》"元夕"条记载说："大率仿宣和盛况，愈加精妙。"这就引起了词人李清照的沉思和忧虑，写下了这首著名的元宵词。

词的上片，先从元宵节的傍晚写起："落日熔金，暮云合璧，人在何处？"作者一开始给读者布置了一幅美妙的节日晚晴的景象：那灿烂的落日，放射出异样的光辉，仿佛黄金熔化，金光闪闪；那薄暮的云朵，连成一片，像块块白玉，相互衔接、拥合在一起。大自然的景色，是这样迷人，但主人公却紧接着一句反问："人在何处？"一个转折，立即将美妙画面涂上了一层忧郁的阴云，令人陷入沉思。这里的"人"字，人们多指词人的丈夫赵明诚，这有一定道理，因为"每逢佳节倍思亲"，避难临安、寡居无依的李清照，在元宵节日想起丈夫在世时的欢聚情景，当然是在情理之中。但是，从词的上下文来看，这个"人"字似指作者自己更有余味。作者不是曾经这样悲歌过吗？"旧时天气旧时衣，只有情怀不似旧家时。"（《南歌子》）江山依旧，物是人非，而"我"现在是在哪里呢？节日的美景，反而使主人公感到一片寂苦凄凉："染柳烟浓，吹梅笛怨，春意知几许？"这里，词人从视觉和听觉的角度进一步渲染了所处环境的愁苦和萧条的气氛：大地的柳林被朦胧烟雾涂抹上灰暗的颜色，远处的笛子正吹出《梅花落》的幽怨之声。色彩是阴暗的，声调是悲凉的，这初春佳节的气氛还能表现出多少春意呢？欢快的节日景象和令人忧虑的不安现实，恰成鲜明的对比。于是，词人发出了令人深思的呼唤："元宵佳节，融和天气，次第岂无风雨？"不要以为处在这欢乐的元宵节日里，沐浴在暖融温和的气候里，就可以诸事大吉了！不，应该居安思危！金兵没有睡觉，他们正在得寸进尺，步步进逼。你可曾想到，这江南初春天气，阴晴难料，谁说不会在转眼间降临一场暴风雨呢？"次第"，是转眼、接着的意思。而“风雨”,却不一定专指自然界的风雨,因为词人并不真正担心元宵节会刮风下雨,它实隐指了时势的艰险和人生的坎坷,所谓“天有不测风云”,这显然是一个暗喻。“来相召、香车宝马,谢他酒朋诗侣。”在此艰危多变的氛围中,词人哪里还有赏灯游乐的兴致呢?因此她很自然地谢绝了驱香车宝马来相邀的诗酒友人们。

词的上片,主要从眼前景物写起,利用节日的欢乐景象对比自己主观心绪的悲凉,从而衬托出她内心的国难当头、物是人非、好景不长的感受。

词的下片,则主要从更广泛意义上进行今昔对比,以进一步在宏观上发泄她“故乡何处是,忘了除非醉”(《菩萨蛮》)的故国之思和沦落之苦。

“中州盛日,闺门多暇,记得偏重三五。铺翠冠儿,捻金雪柳,簇带争济楚。”往日的汴京,元宵节是多么繁盛热闹啊!那时候,像我们这些闺中妇女,都有许多闲暇,在隆重的元宵节日里,可以不受物议地外出观灯赏景,大家戴着翡翠羽毛帽子,头上插满了用金线编织的绢花首饰,个个装扮得齐整、时髦,拥挤在张灯结彩的街道上。但是现在呢,中州节日的盛况哪里去了?它早已成为往事一去不复返了,留下的只有对祖国山河的怀念之情。所谓“江山留与后人愁”(李清照《题八咏楼》),谁能耐烦这“直把杭州作汴州”(林升《题临安邸》)的醉生梦死的生活呢?于是,词人面前的一切,在愁思之余,立即变得黯淡无光了:“如今憔悴,风鬟雾鬓,怕见夜间出去。”今日的词人,经过长期的“飘流遂与流人伍”的迍邅坎坷,已变得憔悴衰老了,鬓发也斑白了,就连自己蓬松的发髻都懒得梳妆,还有什么心绪在夜间出去观灯呢?“不如向、帘儿底下,听人笑语。”还是自甘寂寞吧!倒不如倚在窗帘底下,去静听他人的欢声笑语吧!这最后的两句收语,写得极其沉痛,可谓字字是血,句句是泪。词人李清照的性格是热爱生活的,可是南渡逃难以来,亡国之痛、夫死之悲、流落之苦、谗言之毒,一连串悲惨的遭际接踵而至,使她难以再打起精神来。更有甚者,她要悄悄地在帘儿底下听人笑语,这也许是冀望自我解脱吧,但得到的将不是节日的安慰,而是更激发了她内心的孤寂和悲痛感——别人欢笑着,而她却在哭泣着。此情此景,正像她避难金华时所写的《武陵春》那样:“风住尘香花已尽,日晚倦梳头。物是人非事事休,欲语泪先流。”词人的泪水正和着游人的笑语声,伴她度过这痛楚而漫长的节日之夜。人们也就正在这两种极其尖锐矛盾心绪的对比中,体察到了作者隐藏在内心的难以遏制的凄苦忧愤之情。词的委婉曲折批判南宋小朝廷苟安享乐、漠视民族危亡的国策的精神,也得到了显现。所以张端义《贵耳集》说:李清照“南渡以来,常怀京、洛旧事,晚年赋元宵《永遇乐》词”。是很正确的判断。

李清照的晚年词,不论在思想内容还是艺术风格上,都有了较明显的发展变化,这不仅增强了其后期词的思想深度,还在艺术方法上呈现出新的探索和新的创造。——“用浅俗之语,发清新之思”(彭孙遹《金粟词话》),就是其中一个突出的特点。譬如此词的全篇,运用了许多质朴清新、浅显易懂的语言,得以生动、富有感染力地表达了她内心的细腻委婉的情思。张端义在其《贵耳集》中曾具体分析道:“‘落日熔金,暮云合璧’,已自工致;至于‘染柳烟浓,吹梅笛怨,春意知几许’,气象更好。后叠云:‘如今憔悴,风鬟霜鬓,怕见夜间出去。’皆以寻常语度入音律。炼句精巧则易,平淡入调者难。……此乃公孙大娘舞剑手。”可见,平淡浅近的语言,并非浅陋俚俗,而是更见出作者艺术上的创造性。文学史证明:大凡在生活旅途中遭受过沉重磨难和打击的作家,他们晚年的艺术风格往往趋向平淡自然。陶渊明、白居易、苏东坡、李清照都是这样。苏东坡曾形象地总结这种文风变换的情况道:“大凡为文,当使气象峥嵘,五色绚烂,渐老渐熟,乃造平淡。其实不是平淡,绚烂之极也!”(周紫芝《竹坡诗话》)李清照晚年词风的变化,也突出地说明了这个规律。她在南渡饱经忧患之后,而开始从华词丽句转向了平易浅近,从而创造了她独树一帜的“李易安体”。这个“李易安体”,人们公认,是李清照词更为成熟的标志,也正是她“平淡入调者难”的“绚烂之极”的表现。以此之故,张炎在《词源》中曾感慨地评《永遇乐》说:“李易安……向以俚词歌于坐花醉月之际,似乎击缶韶外,良可叹也!”

用笔曲折多变也是《永遇乐》艺术实践的成功表现。词一开始,作者在欢乐节日的景象中,一连串提出了三个反诘句:“人在何处?”“春意知几许?”“次第岂无风雨?”这就使词情的发展具备了三个层次的转折:这些转折一次比一次强烈,不仅冲破了笼罩全词的抑郁气氛,形成在低沉情调中的激奋强音;同时,还令人产生一波三折、一波未息一波又起的感受,从而在震耳欲聋的反问中,体察到词人心绪的波澜,发觉到她内心对国家民族危亡的愤愤不平之情。

移情入景、借景言情,从来是李清照表现其凄凉冷寞心态的重要特征。而此词的创作,由于她晚年切身受到恶劣环境的种种摧残,使这种笔法更增强了其内涵的蕴藏性和丰富性。综观全词,从写景开始,处处写景,而句句言情。词中的景物,无一不紧密地牵动着词人的心绪和情怀,而心绪的波动和情怀的激发,又不断促成景物的变换。景物推动情感,情感涂染景色,二者交互影响,迭相推移,在不断交错发展中将情感层层推向高潮,待到最后,景物本身也就是情感本身了:“不如向、帘儿底下,听人笑语。”这结语似景也似情,可谓情景结合,水乳交融,难以分辨。其结果,仿佛有一位昔日喜爱热闹说笑,而今日却孤苦凄凉、抑欲饮悲的寡妇形象,活脱脱地呈现在我们面前,隐约使我们听到了她茕茕孑立在窗前倾听别人欢笑而暗自悲痛饮泣的声音。这样的艺术效果,也正如王灼在《碧鸡漫志》中所阐述的:“易安居士作长短句,能曲折尽人意,轻巧尖新,姿态百出。”

(朱靖华)

【注】 ①吹梅笛怨:即笛吹梅怨。梅:指《梅花落》,乐曲名,意谓笛子吹出了《梅花落》的幽怨之声。 ②中州盛日:指北宋都城汴京(今河南开封)未陷落前的繁盛时日。河南是古九州的中心,故也称“中州”,这里以中州代指汴京。 ③偏重三五:指特别看重元宵佳节。三五:原指望日,见《礼记》。这里指农历正月十五日夜,即元宵节。 ④“铺翠冠儿”二句:指宋代元宵节妇女的应时装饰物——用翡翠羽毛装饰的帽冠和用金线捻丝制成的绢花(或纸花)。 ⑤簇带争济楚:宋时的方言。簇带:意即满头插戴。济楚:齐整,美观,犹言漂亮。

声声慢

寻寻觅觅,冷冷清清,凄凄惨惨戚戚①。乍暖还寒时候,最难将息②。三杯两盏淡酒，怎敌他晚来风急[3]。雁过也，正伤心，却是旧时相识。满地黄花堆积，憔悴损，如今有谁堪摘。守着窗儿独自[4]，怎生得黑。梧桐更兼细雨，到黄昏点点滴滴。这次第[5]，怎一个愁字了得。

这是李清照词中的名篇之一。作者没有注明甲子，因此写作的确切时间不能断定。宋人张端义以为是其晚年之作(《贵耳集》)；今人黄墨谷更以为"此词当作于建炎三年秋，是年八月十七日赵明诚卒，系悼亡之词"(《重辑李清照集》)。玩味词意，上说基本可以信从。

词的发端空兀而起，连下十四个叠字，为全篇定下了感情的基调。前人对此多持激赏态度，但大都从"造句新警"的角度来作评骘，未得要领。清人陈廷焯有见于此，故云"然此不过奇笔耳，并非高调"(《白雨斋词话》)，颇加贬抑。《词的》评云："情景婉绝，真是绝唱，后人效颦，便觉不妥。"此说较为中肯，可惜语焉不详。仔细寻绎，这十四个字实分为递进的三层。"寻寻觅觅"写的是作者在充满失落感的心理状态下，下意识地(其实是十分执著地)到处寻找业已失去的往日生活中所有值得追忆的美好事物，这是第一层。往者不可复追，所以从恍惚转为清醒之后，"冷冷清清"、无可告语的孤寂感便油然而生，这是第二层。寻觅不得，冷清至极，感情的脉络终于升华到了"凄凄惨惨"的绝望境地，这是第三层。由于个中情景极为凄婉真切，心理活动又极其细致入微，再通过一连串的叠字来作传神的表述，就更加深加重了感情的色彩，从而成为脍炙人口的千古名句，引起许多读者的共鸣了。

"乍暖"两句，用气候的变化无常，进一步烘托此际愁苦的心情。天气和暖，兴许还能借助于大自然的温馨来熨炙一下冰冷而破碎的心灵，然而"还寒"的客观现实，不仅使这一点儿希望也告破灭，而且仿佛是"雪上加霜"，反觉愁苦益甚。"三杯"两句，再写作者在主观上竭力排遣愁思。借酒消愁本是人之常情，少量的酒不能使自己进入"醉乡广大"的麻木状态，暂时忘却一切烦恼，抵挡清晨急风带来的寒意，更何况是"淡酒"呢？到头来只能是"借酒消愁愁更愁"，"此情无计可消除，才下眉头，却上心头"了。"雁过也"三句倒装，意谓正当我伤心的时候，一群大雁掠过了高空。大雁是从自己的故乡北方南下的，故云："旧时相识。"他乡遇旧识，本应是一件值得欣慰的事情，但家乡渺邈，亲人逝去，能够传书的大雁，不但不能带来任何佳音，反而勾起自己对种种不堪回首的往事的追忆！

过片三句承上而来。仰望则见辽天过雁，俯视则见满地残花，触目尽凄凉，人花俱憔悴，今天"我"既不能摘花插戴，重温旧梦，花也不复能在今日重新灼灼开放，物我观照，无法互相慰藉，徒然相对黯然。"守着"两句，补足上文。征雁黄花，皆是透过窗棂之所见；独自凭窗，益见在漫长白日中的百无聊赖之情。"黑"字是个险韵，极其难押，这里都信手拈来，天然浑成。

"梧桐"两句，由上递进。好不容易挨过了一个白天，黄昏天黑之后，上床进入梦乡，未始不能暂时逃避一下烦忧。可是雨打梧桐，点点滴滴，聒得人更加心烦意乱。温庭筠《更漏子》云："梧桐树，三更雨，不道离情正苦。一叶叶，一声声，空阶滴到明。"这两句从温词脱胎而来，情境亦复相似。但温词所写只是生离之情，此处蕴涵的则兼有乡关之思，特别是丈夫去世后人天永隔的长恨，所以值此梧桐细雨的黄昏，万般千种的凄苦之情，就绝非一个"愁"字所能涵盖的了。不说如何如何之愁，也不说愁思如江如海如高山，只说"怎一个愁字了得"，则愁思之深之广之高，可以至于无穷，这在艺术上也是独辟蹊径的。

这首词的主要特点，并不在于开头连下十四个叠字和"黑"字韵"不许第二人押"(《贵耳集》)，而在于或通过种种客观意境，或通过女主人公的动作和自述，极其细腻、生动地刻画出人物的心理活动和精神状态，塑造了一位离乡背井、失去丈夫的女子的典型形象。由于是发自胸臆的真情实感，所以在语言上不假雕琢，不求高调，只以生活中的常语娓娓说来，结果反而更加动人心弦。从此词的内容和形式的关系来说，也确是水乳交融，相得益彰的。（李家元）

【注】 ①戚戚：悲痛。②将息：大约是唐、宋时民间方言，有调养、休息之意。王建《留别张广文》："千万求方好将息，杏花寒食约同行。"③晓来：俞平伯《唐宋词选释》云："'晓来'，各本多作'晚来'，殆因下文'黄昏'云云。其实词写一整天，非一晚的事，若云'晚来风急'，则反而重复。上文'三杯两盏淡酒'是早酒，即……(作者)《念奴娇》词所谓'扶头酒醒'……"古人晨起于卯时饮酒，又称"扶头卯酒"。④独自：一般选本多属下，此从张惠言《词选》。此句即"独自守着窗儿"的倒装。⑤这次第：犹言这光景、这境况。指上述一系列凄凉的情、景、事。

张元幹

贺新郎

送胡邦衡谪新州①

梦绕神州路。怅秋风、连营画角，故宫离黍②。底事昆仑倾砥柱③，九地黄流乱注。聚万落千村狐兔。天意从来高难问，况人情、老易悲难诉④。更南浦，送君去。　　凉生岸柳催残暑。耿斜河、疏星淡月，断云微度。万里江山知何处？回首对床夜语⑤。雁不到、书成谁与？目尽青天怀今古，肯儿曹、恩怨相尔汝？举大白，听《金缕》⑥。

在唐宋词史上，不知有多少词人写过送别词，柳永的《雨霖铃》(寒蝉凄切)和周邦彦的《夜飞鹊·别情》就是其中脍炙人口的名篇。两词从不同角度抒写男女别离之情，融情入景，真切感人，但社会意义不强。张元幹这首词的构想不同，通篇扣住送别的词题，写得沉郁顿挫，爱憎分明，充满了强烈的时代气息，体现了他的人格与词品。清李调元《雨村词话》卷三说他平生忠义，见于"梦绕神州路"一词。可见其思想价值实非那些"嘲风咏月者所可同日语"(曾噩序)。

高宗绍兴八年(1138)，南宋朝廷向金屈辱议和。当时枢密院编修官胡铨，大胆上书请剑，欲斩主和者秦桧等三人，以谢天下。这样得罪权奸秦桧而遭到打击迫害。四年之后，又除名送新州编管。在秦桧权势倾天下而主战有罪的特定历史条件下，对于胡铨贬谪，“一时士大夫畏罪钳舌，莫叙与立谈”（岳珂《桯史》卷一二）。甚至他的“平生亲党避嫌畏祸，唯恐去之不速”（蔡戡《芦川居士词序》）。这时张元幹不顾个人安危，冒着极大的政治风险，写了这首词送给他，并与之饯别。这种坚持正义的高风劲节，忠愤胸襟，吐入词章，表里相符，声实相应，深为后世所共仰。

此词从“梦绕神州路”起笔，形象地概括了北宋灭亡后的历史事实，揭示了时代背景。由于金兵长期占领汴京，故宫已是一片荒凉。这里用《诗·王风·黍离》中的诗句，借助梦境以表达故国之思，感情极为沉痛。接着笔锋一转，连用了三个比喻：以昆仑山天柱倒塌比喻北宋的覆没，以黄河洪水泛滥比喻金兵的猖狂进攻，以狐兔占领千村万落比喻中原一带的荒凉景象。词人虽然提出了为什么造成这种悲惨景象的问题，但没有直接作出回答，因为“误国当时岂一秦（桧）”，南宋最高统治者就是决策议和的。在这样一个复杂而又重大的问题上，作者只能运用曲折的手法，把笔锋转到“天意从来高难问”方面，化用杜甫的诗句，既对高宗苟且求和表示不满，又为坚决抗金的胡铨遭贬而深感不平，这和陆游《读史》“天意从来未易知”的爱国精神是一致的。这是“情见于词，即悠悠苍天之意”。当然词中的“悲”，不仅指人老易悲，而且还包含着两层意思：一层是北宋割地议和而遭灭亡的可悲；一层是南宋王朝让主和派秦桧掌权，迫害主战人士的悲愤。这两层意思从“悲难诉”中透露出来。这两句举重若轻之笔，构思巧妙而有胆略，不失为警句。这样又转到胡铨被贬新州与今夜的送别上来。上片结句用江淹《别赋》：“送君南浦，伤如之何！”使作者郁积胸中的悲愤感情更显深沉。

下片开头点明送别的季节，接着铺写夜景。初秋的夜空片片白云飘动，疏星淡月，银河斜转，表明夜已深沉。从词意的连贯上来说，似乎应接下去写当夜的叙谈，但作者的笔锋却转到“万里江山知何处”，曲折含蓄地指出胡铨被贬新州后，朝廷主和派得势，收复中原就更没有希望，只能从梦中去寻求了。这又与上片“梦绕神州”相呼应。“回首”一句，不明写今夜的长谈，而采取从过去的长夜深谈想到以后回想起今夜的曲折手法，不仅深刻地反映了他们之间的深厚友谊，而且进一步表达了他们对国事的无比感慨。李商隐《夜雨寄北》“何当共剪西窗烛，却话巴山夜雨时”的诗句，就是这样曲曲折折地抒写思念之情意的。不过这里写今日相聚送别的悲伤，既感叹国事，哀伤远别，又想到日后的书信难通，作者的心情格外沉重。这样笔锋又转到当夜的话题。尽管胸中有千言万语，感情悲愤郁积，但又不能像小孩子那样，说个不停，依依难分。韩愈《听颖师弹琴》：“昵昵儿女语，恩怨相尔汝。”词人不肯学小儿女，不讲个人恩怨，显然是为了关注国事，是要“目尽青天怀今古”，展望天下而胸怀古今，思想内涵更深一层。然而朝廷主和，不思恢复，这样又联系到上片“天意”一句，而且把作者满腔悲愤的感情通过层次井然的多次转折、递进，推向高潮。末以举酒消愁，听唱一曲收结，余韵不尽。

这首词与《贺新郎·寄李伯纪丞相》堪称为先后辉映的姐妹篇。如果说寄李纲词侧重写景抒情，直抒胸臆，那么，此首则运用曲折含蓄的笔法，愈转愈深，写得沉郁顿挫，声情并茂。其共同之处就是抒发爱国感情，“慷慨悲凉，数百年后，尚想其抑塞磊落之气”(《四库全书总目提要》)。这在南宋初期词坛上可谓独树一帜。

(曹济平)

【注】 ①胡邦衡:即胡铨(1102～1180),字邦衡,江宁(今江苏南京)人,避地居庐陵(今江西吉安)。绍兴五年任枢密院编修官,后因上书请斩秦桧等议和者,遭打击迫害。孝宗时复职,官至资政殿学士,著有《澹庵文集》和《澹庵词》。 ②故宫:指汴京(今河南开封)的宫殿。离黍:《诗·王风·黍离》:“彼黍离离。”是写周平王东迁后,西周故都荒废,宫殿旧址长满了庄稼。后世以此表现故国之思。 ③砥(dǐ底)柱:砥柱山,亦称“底柱山”,黄河急流中的小岛,在今河南三门峡。“倾砥柱”是比喻宋王朝的颠危。 ④“天意”二句:杜甫《暮春江陵送马大卿公恩命追赴阙下》:“天意高难问,人情老易悲。”此借用来指皇帝身居高位,用心难测,表示对朝廷决策议和的不满。 ⑤对床夜语:白居易《招张司业》:“能来同宿否?听雨对床眠。”这里是作者回想从前同宿畅谈的情谊。 ⑥《金缕》:即《金缕曲》,《贺新郎》词调的别名。

瑞鹧鸪

彭德器出示胡邦衡新句次韵

白衣苍狗变浮云,千古功名一聚尘。好是悲歌将进酒,不妨同赋惜馀春。

风光全似中原日,臭味要须我辈人。雨后飞花知底数?醉来赢取自由身。

彭德器,张元幹的朋友,两人时有酬唱。胡邦衡,即胡铨,因上书请斩秦桧而远贬新州。其原唱《瑞鹧鸪》词散佚不见。张元幹从彭德器处读到胡铨新作,次其韵写此篇。

“白衣”句:谓天上浮云时而白衣,时而苍狗,变幻莫测。此喻世事瞬息万变。杜甫《可叹》诗:“天上浮云如白衣,斯须改变如苍狗。”此化用其意。“千古”句:功名如尘土,微不足道。“一聚尘”,化为一撮尘土。黄庭坚《出城送客过故人东平侯赵景珍墓》:“意气都成一聚尘。”此化用其意。“好是”两句:劝友人饮酒赋诗以自遣。“将进酒”,李白诗篇名。李白古乐府《将进酒》诗中有句云:“将进酒,杯莫停”,“钟鼓馔玉不足贵,但愿长醉不用醒”。“惜馀春”,李白作《惜馀春赋》,赋中有句云:“惜馀春之将阑,每为恨兮不浅。”“春不留兮时已失,老衰飒兮情逾疾。”“风光”二句:谓新州春光与中原相似,气味要我辈领略。“臭味”,犹言气味。“雨后”二句:谓雨后花落知有多少,美好事物难免摧折,还是向醉乡中寻找自由吧。李珣《定风波》词有“一叶舟中吟复醉,云水,此时方认自由身”句,此化用其意。

此词先从时局多变性,说到当前的功名不足珍贵,进而以放歌醉酒、傲视功名的李白比衬胡铨的豪迈不羁,旷达自在。再从客观环境、主观器宇、事物规律等方面申述缘由。而后归结到唯有到醉乡中寻求自由,超脱愁苦。全词言短意深,从主客观多方面开解友人,寓郁愤于旷达开朗。

(刘乃昌)

岳 飞

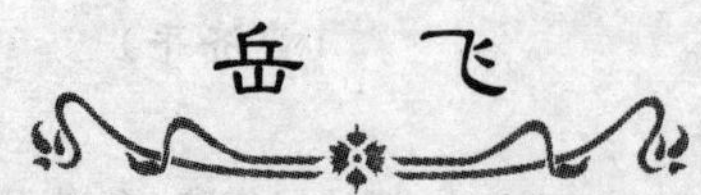

满江红

怒发冲冠，凭栏处、潇潇雨歇。抬望眼、仰天长啸，壮怀激烈。三十功名尘与土，八千里路云和月。莫等闲、白了少年头，空悲切。　靖康耻，犹未雪。臣子恨，何时灭。驾长车踏破，贺兰山缺。壮志饥餐胡虏肉，笑谈渴饮匈奴血。待从头、收拾旧山河，朝天阙。

岳飞，是两宋历史上独一无二的英雄。他的《满江红》，在唐宋词史上也是独一无二的辉煌篇章。

文人词风格基调与结构形式的定型是在晚唐五代。从温庭筠、韦庄到西蜀"花间"词人乃至南唐词人，大多是以"妇人女子之言"，"以写妇人女子之怀"(清魏际瑞《魏伯子文集》卷一《□所作诗馀序》)，其词的艺术世界几乎是"女人国"，看不到英武刚健的男子汉。宋初以降，"二晏"、张先、柳永、欧阳修笔下，也多是"女儿词"，多是"泪眼问花花不语"式的感伤与饮泣。以"大江东去"的气势而崛起词坛的苏轼，给词坛带来了一股令人振奋的男子汉的阳刚之气。但不久，秦观、周邦彦的"女郎词"、脂粉气又笼罩了词坛。靖康之难，金人的金戈铁马所带来的北国旋风，驱散了北宋词坛缠绵低沉的女性气味，而复苏、吹醒了南渡词人身上潜藏着的英雄气，曾被"佳人挽袖乞新词"的朱敦儒，唱出了"问人间，英雄何处？奇谋报国，可怜无用，尘昏白羽"(《水龙吟》)。出将入相的李纲也以长歌当哭："谁信我，致主丹衷，伤时多故，未作救民方召。调鼎为霖，登坛作将，燕然即须平扫。拥精兵十万，横行沙漠，奉迎天表。"(《苏武令》)宋代词坛从此摆脱了"女性"的统治，涌现出了一批"可怜无用(不被重用)"的悲剧英雄。也就在这时，岳飞身披战袍，金戈铁马，以叱咤风云的气概匆匆跨入词坛。

看吧！矗立在我们眼前的，是这样一位英雄：他凭栏远眺大雨洗刷后的山河大地，悲愤地沉思神州沉陆，凝目"九地黄流乱注，聚万落千村狐兔"的现实而不禁"怒发冲冠"、"仰天长啸"。好一声"长啸"！这一声怒吼，吼出了词坛的新时代。英雄善吼，后继有人。辛弃疾生前作词"悲壮激烈"，卒后其坟墓也"有疾声大呼"，"若鸣其不平，自昏暮至三鼓不绝声"(《宋史·辛弃疾传》)。这前后辉映的"激烈"、"长啸"、"大呼"，是偶然的巧合，还是历史的必然、英雄的共性？在岳飞之前，词坛上未闻过这种"长啸"怒吼。这一声振聋发聩的"长啸"是从岳飞郁结着满腔愤怒的心灵深处爆发出的一声怒吼，它是岳飞"激烈""壮怀"、雄武个性的有声化、音乐化！

"怒发冲冠"、"仰天长啸"、"壮怀激烈"，从外貌表情、动作声音到内心活动，多角度地凸现出英雄的形象个性，具有先声夺人的审美效应。英雄的个性，更主要的是表现在他独特的人生经历和超群的胆略、气魄上。岳飞在靖康之难后，长年转战于河北淮东，驰骋于湖湘岭表，披星戴月，昼夜奋战，一身转战八千里，"一剑曾当百万师”,何其勇武！年方而立,即由一小小军校,以勋功而爵至王侯,“功名”扬天下,何等荣耀！按照中国文人士大夫传统的人生观、价值观,岳飞此时该功成身退,衣锦还乡了。然而,英雄之所以为英雄,正在于其胆识、眼界、勇气超出于常人(刘邵《人物志·英雄第八》:“聪明秀出谓之英,胆力过人谓之雄。”)。岳飞所追求的目标,并不是一己之功名荣誉,而是民族的前途、国家的命运、人民的安宁。在他看来,年过三十而立功名不值得沾沾自喜,“功名”不过是人生进取中社会所给予的一种价值评判与奖赏,自我的崇高使命、人生理想远没有实现,时代所赋予的重任尚未完成——“靖康耻,犹未雪”。民族的耻辱尚未洗灭,一代英雄,怎能因个人的官封王侯而退居安乐窝？进取,执著的进取,无所畏惧的进取,才是英雄的本色。“莫等闲、白了少年头,空悲切。”是英雄岳飞的自我律令,也是对世人的告诫与鞭策。

人类的文明史,总是交替上演着悲剧和喜剧,同时并生出英雄与懦夫、伟人与庸人。就在岳飞痛愤“靖康耻,犹未雪”的前后,堂堂天子——宋高宗赵构与一班心腹大臣却在厚颜无耻地乞求苟安,置中原人民于不顾,甘愿做半壁江山的臣仆天子。南宋大哲学家朱熹曾分析过赵构及其佞臣们“怯懦”求和的心理:“当时讲和本意,上不为宗社,下不为生灵,中不为息兵待时,只是怯懦,为苟岁月计。”(《朱子语类》卷一二七)在这怯懦厌战、只图苟安的朝廷里,要进取抗击、厮杀搏斗的岳飞,该承受着多么大的心理压力,需要何等毅然决然的勇气,需要付出多么沉重的代价——后来终于付出了悲壮的生命。正是在朝廷声嘶力竭地狂呼“讲和”的气氛中,英雄岳飞却石破天惊般地高歌:“驾长车踏破,贺兰山缺。壮志饥餐胡虏肉,笑谈渴饮匈奴血。待从头、收拾旧山河,朝天阙。”亲驾战车去收复失地,重整我壮丽山河。“沧海横流,方显出英雄本色。”在那班怯懦无耻的君臣衬托下,执著地要求浴血奋战的岳飞更显得伟大！在那班只图苟延岁月的君臣的政治高压下,更锻炼、激发起岳飞的英雄气概与胆识！——而历史的悲剧也在这正义与邪恶的搏斗中展开,英武卓绝的英雄岳飞却被那班怯懦卑鄙的君臣活活屠杀。千载之后,仍令人痛愤切骨。

这首《满江红》词,是岳飞英雄生命、英雄怀抱的音乐化、艺术化。它不是以奇妙的技巧赢得读者的青睐,而是以超群的“激烈”“壮怀”,用凝注着英雄热血与生命的铿锵有力的语言、激昂雄健的旋律,震撼读者的心弦,激发读者的热情与活力,让读者伴随着他强烈的生命节奏而起舞奋进。

围绕这首千古名篇,20世纪50年代以来学术界打过一场波及海内外的文墨官司,有人怀疑这首词不是岳飞所作。官司至今尚未定案。但不管最终的判决如何,笔者认为,只有结合岳飞的人生经历及其时代氛围,才能真正理解这首从英雄心灵深处迸发出的“战地进行曲”。

(王兆鹏)

小重山

昨夜寒蛩不住鸣,惊回千里梦,已三更,起来独自绕阶行。人悄悄,帘外月胧明。　　白首为功名。旧山松竹老,阻归程。欲将心事付瑶琴。知音少,弦断有谁听。

岳飞是宋室南渡后力主北伐，在抗金战争中屡建奇功的爱国名将，因反对和议，受到主降派陷害，晚期心情苦闷。本篇抒发了自己的忧愤心境。词言昨夜寒蛩(指蟋蟀)不停地鸣叫，惊醒了自己长远的梦境，时间已是深夜三更。起来独自绕阶行。这时人们寂悄无声，帘外月光胧明。因焦虑光复故物而早生白发，故乡松竹已老，为恢复事业不能归乡。想将心事借琴抒发，可是知音少，弹断弦也无人理解。

作者梦萦中原，醒不能寐，绕阶徘徊，忧心忡忡。因焦虑光复故物而早生白发，为驱驰疆场而不返田园。重重心事，何人理会，有谁体恤。此以夜思展示忧国焦虑和主战派在朝内孤立的处境。爱国志士的孤愤以蕴藉低回手法出之，特别耐人品味。

(刘乃昌)

陆　游

钗头凤

红酥手[1]，黄縢酒[2]，满城春色宫墙柳[3]。东风恶，欢情薄，一怀愁绪，几年离索[4]。错、错、错！　春如旧，人空瘦，泪痕红浥鲛绡透[5]。桃花落，闲池阁。山盟虽在[6]，锦书难托。莫、莫、莫！

这是陆游脍炙人口的一首名作，它记录了词人的婚变惨剧，哀艳凄绝，感人肺腑，令读者过目难忘。

据陈鹄《耆旧续闻》卷一〇、刘克庄《后村诗话》续集卷二及周密《齐东野语》卷一，陆游初娶的夫人(后人传名唐琬，姑妄称之)，温婉聪慧，与陆游诗词酬答，“伉俪相得”，“琴瑟甚和”。不知为何，陆母却厌弃这位儿媳，竟逼令陆游休弃再娶。陆游“不敢逆尊者意”，只得与爱妻诀别。不久，二人各自婚嫁。横遭婚变，陆游内心始终惨痛。多年后，陆游独游绍兴禹迹寺南沈氏园，恰遇唐琬及其后夫，承其情赠酒肴致意，陆游对酒、对人百感交集，挥毫在园壁上题下了这首《钗头凤》，发抒了自己的痛苦与深情。据说唐氏见后亦和了一首《钗头风》，更加郁郁不欢，不久逝世。这段不幸的爱情给词人留下了永远的遗憾与伤痛，直到人生的晚年，他仍然不断写诗，念念不忘“惊鸿倩影”和那次沈园相见。

词从眼前情景人题：“红酥手，黄縢酒。”像电影的特写镜头一样，词人的目光集中在奉上酒的一双手上。前人诗云：“越女手如酥”，“皓腕凝霜雪”。词人以手喻人，形容唐琬之美好，又以奉酒这个无言的动作来表现她的温柔与深情。唐琬在词人心目中的形象是那么令人难忘。接下来却一笔荡开，目光不看女子转而去看“满城春色宫墙柳”。然而语断情未断，眼睛虽然掉开，心中仍是那位挚爱的女子。看到了婆娑春柳，想到的是自己的亲人如今像宫禁中的杨柳一般，可望而不可即了。头三句，词人调用了“红”(手)、“黄”(酒)、“绿”(柳)三种明艳的色彩，但紧接着就续以“宫墙”之威严、肃穆。从遣词的感情色调上讲，细腻地表现了词人于春光美园中乍见心上人时且惊且喜又欲语不能的那种压抑愤懑的复杂心态。真是相见固难，一旦见到情又何堪？“满城春色”与囚禁难近的“宫墙柳”，是强烈的对比，含蓄、深沉地表达了词人难言的隐痛和哀怨。接下来，词人控制不住内心的怨愤，直作恨语。“东风恶”两句承“春色”、“宫墙柳”之喻义，借怨东风劲厉摧残春色，直斥有人棒打鸳鸯之可恶、冷酷，哀叹恩爱欢情之短薄。至“一怀愁绪，几年离索”，抒情更为直露，直诉自己与前妻被迫离异，情怀郁结，创痛难平之心事。情感之闸一经开启，满腹情绪如潮似涛冲决而出，忍不住喊出“错、错、错”三字。三字重叠，和泪带血，一字重似一字。诅咒拆散美满姻缘之荒谬错舛？失悔自责顺从了家长意志，未能维护自己的心上人？读词至此，每个人都好似能听到那固执、急迫的呼喊、申诉：“错了，错了，老天你弄错了！”那种呼天抢地的悲怆，申诉无门的无奈，实在令人心颤。

下片，词人的目光再次投射向难得见面的前妻，感慨“春如旧，人空瘦”。当年夫唱妇随，游春赏景，吟诗作赋，何等欢洽。如今春光依旧，人事却非。眼看她为相思而苦，却无可补救，枉自瘦损了红颜。一个“空”字，一笔两面，写尽了双方心中的无奈与绝望。“泪痕红浥鲛绡透”又如特写镜头，抓住了一个哀痛欲绝的神态。写的是对方，表达的却是词人的怜惜之心、眷恋之情。心上人哀伤的神态，使他不忍目睹，掉开眼光，映入眼帘的又是一派春景：“桃花落，闲池阁。”景随情迁，现在春景似乎也感染着词人的哀伤，美艳的桃花凋零飘落，亭台楼阁闲置，透着人去楼空、春光残败的萧索。景虽闲而情未断，只是强自压抑而已。然而沉痛耿耿于怀，词人终于喊出：“山盟虽在，锦书难托。”当年夫妻恩爱，海誓山盟，只愿爱情地久天长，永结同心。如今誓犹在耳，人未移情，却落得音讯难通、相对难言的悲惨结果，这就逼得词人再次放声叹息：“莫、莫、莫！”真是莫名其妙，莫可挽回，莫可奈何啊！全词结束在极端沉痛的哀叹中，回声不绝，敲击着每个读者的心灵。

这首词据说作于词人三十岁时。近九百年来，它不仅以动人的爱情故事闻名，还因词人富有才情的艺术手法折服人心。在词中，词人常常直抒胸臆，感情奔突如江河决堤，但又并非一览无余，而是言外有意，味外有味。情绪虽激烈直露而指向却含蓄模糊。如“东风”的意蕴，“错”在谁，“错”什么，“莫”又为何等等，均扑朔迷离，令人知其然而难言其所以然。读来如噙橄榄，耐人寻味，同时也恰当地表现了词人难谴尊者又不能不言的处境和心理。另外，词人充分运用了长短句抒情灵活的特点。词起拍就从重逢献酒这一情事高潮处切入，好似电影剪用精彩情节作片头一样，入题即扣人心弦。此后忽今忽昔，忽而情事，忽而景物，全凭词人意识目光之扫视，将昔日情爱、家母威逼、仳离怨愤及邂逅震动等等笼而统之，容纳在上下片六十字内。结构跌宕迂回又自然舒卷，情浓言简，用笔十分精练。再者，词人遣词用语优美凝练，平易自然。他少用动词而多用极富情感与色彩的形容词，抒情充分又含蓄隽永。特别是上下片末尾，选用叠字结束，如呼如诉，如泣如怨，一唱三叹，奇特熨帖，堪称千古绝唱。无怪唐琬读后再难沉默，奋而和《钗头凤》一首：

世情薄，人情恶，雨送黄昏花易落。晓风干，泪痕残。欲笺心事，独语斜阑。难、难、难！ 人成各，今非昨，病魂常似秋千索。角声寒，夜阑珊。怕人寻问，咽泪装欢。瞒、瞒、瞒！

唐琬的词与陆词相比另有侧重。她更心酸深入地倾诉了婚变给女性带来的更为沉重的精神痛苦。作为被休弃的女子，她背负了人生中最大的羞耻。更悲惨的是不仅蒙耻与恩爱的丈夫诀别，还要被迫违心改嫁。心被撕碎了，还要扔到地下遭人践踏。为了被休一事，她要承受社会永远的歧视和唇枪舌剑的伤害。而对前夫感情不变，又会成为罪孽。她要与自己的感情搏斗，还要将心事瞒过世人，“咽泪装欢”，勉强自己去尽妇道、孝道。风刀霜剑，相煎何急。“世情薄，人情恶”，是她的体验，也是控诉。做人难，做女人更难。陆游经婚变深切感受的是“错、错、错”、“莫、莫、莫”，而唐琬的切肤之痛则是“难、难、难”、“瞒、瞒、瞒”！如果说陆词是怨愤的话，唐词就是哀怨。长期生活在无助的孤苦中，她有那么多难以言传、无处诉说的伤心苦痛。所以唐词比陆词更多心理描摹，心态剖述。久蓄一发，好似杜鹃泣血般拼死一啼，有一种一吐为快的坦白。而“雨送黄昏花易落”、“病魂常似秋千索”两句比喻，形象生动，婉美贴切，是她萦回于心的切身感受，也是她对自己不幸命运的惨痛预言。这位美丽的聪慧衷情的女子，终于被封建礼教吞食了，她为爱情付出了生命的代价。犹如一枝风雨中带泪的梨花，俏丽、孤独，颤颤地、默默地，终于被浓重的夜色掩没，留给人世的唯有这支带血的哀歌……但她美好的形象，她和词人坚贞而不幸的爱情，也因这两首《钗头凤》流传后世，永远活在读者的心间。

（杨　燕）

【注】 ①红酥手：红润白嫩的手。②黄縢酒：据陈鹄《耆旧续闻》为黄封酒，当时一种官酿名酒。③宫墙：绍兴原是越国故都，南宋高宗时亦曾为陪都，故此地之墙可称“宫墙”。④离索：分离，离散。《礼记·檀弓上》：“子夏曰：吾离群而索居，亦已久矣。”郑玄注：“索，犹散也。”⑤浥：润湿。鲛绡：丝帕。传说南海中有鲛人（人鱼），擅长织丝，所织丝帕即称“鲛绡”。⑥山盟：即山盟海誓。指山海为盟誓，极表爱情坚定，决不更改。

鹧鸪天

家住苍烟落照间，丝毫尘事不相关。斟残玉瀣行穿竹，卷罢黄庭卧看山。贪啸傲，任衰残，不妨随处一开颜。元知造物心肠别，老却英雄似等闲！

此词是乾道二年(1166)陆游四十二岁闲居镜湖所作。

“家住”二句：言家住在荒凉阴暗之处，不再关心外界俗事。“斟残”二句：谓饮酒后到野外闲游，看完书有时卧在窗下看山。斟残：犹言倒尽。玉瀣(xiè 泄)：酒名。明人冯时化《酒史》卷上载：“隋炀帝造玉瀣酒，十年不败。”后泛指美酒。卷罢：谓读罢一卷。黄庭：道经名，养生之书。《云笈七签》有《黄庭内景经》、《黄庭外景经》等。“贪啸傲”三句：言喜爱吟诗，不怕衰老，到处都高兴。啸傲：放情咏啸。陶潜《饮酒》其七：“啸傲东轩下，聊复得此生。”“元知”二句：谓原知上天心肠特别，却使英杰人物无地效忠。

这年春陆游因“力说张浚用兵”，而被免官，罢归山阴家乡闲居。词写隐居生涯中的矛盾心态。先写隐居环境幽美纯洁，饮美酒，读道书，任情啸咏，随处开颜，隐居生涯仿佛悠然自得。然而，煞拍陡转，埋怨造物，“老却英雄”。爱国志士无计报效国家，激愤之情，脱口而出。方知袖手林泉的悠闲背后，埋藏着英雄失路之悲。“造物心肠别”与“天意从来高难问”，诘责当局，异曲同工。（刘乃昌）

夜游宫

记梦寄师伯浑

雪晓清笳乱起，梦游处，不知何地。铁骑无声望似水。想关河，雁门西，青海际。　睡觉寒灯里，漏声断，月斜窗纸。自许封侯在万里。有谁知，鬓虽残，心未死。

此为陆游五十余岁在四川所作。师伯浑：师浑甫，字伯浑，蜀中隐士，陆游在眉山同他结识。他擅长诗文，陆游称他“天下伟人”（《师伯浑文集序》）。

“雪晓”三句：言早晨降雪，管乐纷乱，梦游边境，不知何处。笳（jiā 加）：古管乐器。“铁骑”句：指无声的骑兵似水奔流。“想关河”三句：想象当时关河，仿佛是雁门关、青海湖一带。雁门关在山西省，青海湖在青海省，代指西北边塞，金人占领的沦陷区。“睡觉”三句：言在寒灯里睡醒，风声停，月光射入窗内。“自许”句：言自己期许效力疆场。封侯万里：用班超投笔从戎，立志封侯异域事。“有谁知”三句：谓谁知自己虽年老，报国之心尚未断绝。

词的上片记梦中戍边情景，抒发爱国理想。笳声四起，铁骑似水，奔驰在西北边塞，景象无限肃穆壮阔，一派塞外用兵的气象。中间点出为“梦游”，迷茫中仿佛自己从军出塞，效力疆场。下片写醒后感怀，报国决心。“睡觉”应上“梦游”。“寒灯”、“漏断”、“月斜”，写醒后夜景。“自许”以下直陈报国壮志。足见作者梦寐以求效力疆场，一片忠悃，老而弥坚。（刘乃昌）

诉衷情

当年万里觅封侯①，匹马戍梁州②。关河梦断何处，尘暗旧貂裘③。胡未灭，鬓先秋，泪空流。此生谁料，心在天山④，身老沧洲⑤。

本词是作者晚年闲居家乡山阴时的抒怀之作。陆游在青壮年时期一心报国，曾立下从军杀敌的宏愿。乾道六年（1170）入蜀，后在四川宣抚使王炎幕府办理军务，到过前线南郑（今陕西汉中），扩大了视野，激起心中满腔的爱国热情，他的诗词创作进入了一个新的阶段。然而由于朝廷主和苟安，他的理想难以化为现实。但是从军南郑的生活给他留下了难忘的印象。

词的开头即以回忆当年英姿勃发地从军南郑的情景入笔。“觅封侯”是用汉

班超投笔从戎、立功边陲的典故。他在《夜游宫》中写过“自许封侯在万里,有谁知”的词句,表现有志难展的愤慨。这里着一“觅”字,更显示出词人在当年从军时,为国立功的自许、自信的精神风貌。起两句概括了昔日匹马从军的豪气雄姿。“关河”两句承上,随着往昔到如今的时空转换,感情由慷慨激昂转化为悲凉凄苦。陆游为了建立功业,“壮岁从戎,曾是气吞残虏”(《谢池春》)。可是如今壮志未酬而身受压抑,犹如战国苏秦失意时那样“黑貂之裘敝”,潦倒落魄。“梦断”二字,既含有追忆往昔从军生活的梦境,又抒写壮志不能实现、理想成为梦幻的慨叹。

换头“胡未灭,鬓先秋,泪空流”三句,扣住时代特征,直抒平生的失意感伤。自中原板荡以来,一直妖氛未除。当年从军曾是气吞残虏的豪情,如今随着无情的岁月消磨,两鬓斑白而壮志难酬,遥想中原,不觉老泪空流。这种沉痛的感情,与张元干“梦中原,挥老泪,遍南州”(《水调歌头》)、“中原旧游何在?频入梦,老眼空潸”(《十月桃》)的爱国思想是一脉相承的。

“此生谁料”三句,饱含着词人一生壮心不已的万斛愁恨。陆游曾说过:“君记取,封侯事在,功名不信由天。”(《汉宫春·初自南郑来成都作》)然而朝廷压抑主战人士,这种“天意从来未易知”(《读史》)的不可抗拒的皇权,却摆布着他的个人命运。这是陆游所无法预料的。结末两句写出了主观理想与客观现实相矛盾的心态。一方面是“心在天山”,表现其暮年犹有壮心在,始终不忘收复中原,如他在《秋思》中所写:“稽山剡曲虽堪乐,终忆祁连古战场。”另一方面是“身老沧洲”,有志难展,只能作一个闲人。这种僵卧孤村、“报国欲死无战场”的悲愤,不仅仅是抒写个人失意的苦闷,而是倾注了时代历史的内涵,因而具有更加深沉、悲凉的感人力量。

这首小词在写法上别具一格,不仅用典多,如“万里封侯”、“尘暗貂裘”,而且时地跳跃大,由过去到现在,从西北至南方,笔力开合动宕,感情起伏转折,悲中有壮。

(曹济平)

【注】 ①封侯:汉代名将班超,为人有大志,曾投笔从戎,后出使西域立功,封定远侯。事见《后汉书·班超传》。 ②梁州:古代陕西地名。《宋史·地理志》:“兴元府,梁州汉中郡,山南西道节度。”治所在南郑,今汉中一带。 ③尘暗貂裘:《战国策·秦策》:苏秦“说秦王,书十上,而说不行,黑貂之裘敝,黄金百斤尽,资用乏绝,去秦而归”。 ④天山:在今新疆境内。《汉书·霍去病传》:“去病至祁连山,捕首虏甚多。”颜师古注:“祁连山即天山,匈奴呼天为祁连。”这里比喻西北抗金前线。 ⑤沧洲:水边的地方,旧指隐者所居。作者晚年常住在绍兴乡下镜湖边上。

张孝祥

六州歌头

长淮望断,关塞莽然平。征尘暗,霜风劲,悄边声。黯销凝。追想当年事,殆天数,非人力。洙泗上,弦歌地,亦膻腥。隔水毡乡,落日牛羊下,区脱纵横。看名王宵猎，骑火一川明。笳鼓悲鸣，遣人惊。　念腰间箭，匣中剑，空埃蠹，竟何成！时易失，心徒壮，岁将零。渺神京。干羽方怀远，静烽燧，且休兵。冠盖使，纷驰骛，若为情！闻道中原遗老，常南望、翠葆霓旌。使行人到此，忠愤气填膺，有泪如倾。

南宋时期众多的爱国词人，力破“词为艳科”的藩篱，把长短句的小词当成了反映风雷激荡的社会现实、抒写悲壮激烈的忧国情怀的新体诗。作为这一派词人的先驱者之一的张孝祥，他的这首气壮山河的代表作，就典型地体现了以词言志的时代风气。孝祥的门人谢尧仁在嘉泰元年(1201)所写的《张于湖先生集序》中追述说：“先生之雄略远志，其欲扫开河、洛之氛祲，荡洙、泗之膻腥者，未尝一日而忘胸中。”这首《六州歌头》，就是一篇以艺术的方式来表现作者胸中的“雄略远志”和忧愤之情的爱国绝唱，是南宋词中第一流的词史式的杰作。这首词约写于隆兴二年(1164)宋、金“和议”初酝酿期间。当时张浚受命都督江淮军事，驻节建康；张孝祥被任命参赞都督府军事，并领建康行宫留守。据宋代无名氏《朝野遗记》记载，有一天孝祥“在建康留守席上作《六州歌头》，张魏公(张浚)读之，罢席而入”。此词之所以这样感人，连一代抗金领袖都为之愤然罢饮，主要原因即在于它高度真实而深刻地层示了那个多难之秋的宏观历史画面，激昂地吟唱出抗战派的时代精神与时代情绪，具有巨大的艺术力量。

词的上片，满怀悲愤地描述了金军铁蹄下的中原地区令人痛心的景象。一上来“长淮望断，关塞莽然平”二句，即以感慨万千的情调，大笔淋漓地写出淮河两岸荒凉肃杀的边塞气氛，足以动人悲怀。盖因淮河流域本为中国之腹地，而今则成为“莽然”边塞。词人到此登高望远，但见昔日风物繁华的这片华夏内地，竟然满目萧瑟，河岸边的茂林野草已长得和边关城堞一样高了。这就可见宋廷不修边备，戍守乏人，似乎是存心拱手等待北敌从这一带长驱直入。有志之士对此，岂能不思前想后，感伤时事，并为之扼腕切齿！故这二句虽为写景笔墨，实则景中含情，它所引出的一股强烈的悲慨之气，已笼罩全词，为这篇作品定下了沉郁而苍凉的抒情氛围。接下来，作者用了四个句短节促的三字句：“征尘暗，霜风劲，悄边声。黯销凝。”概括而又具体地状写了长淮边地冷落凄暗的景色，并寄寓心中的无穷哀愁。这里，作者下字用语极为精练准确，运用了形象鲜明的形容字，力图通过对读者感官的作用去感染其心灵。比如：征尘曰“暗”，以显景象之阴晦；霜风曰“劲”，以显境界之凄厉；边声曰“悄”，以显气氛之死寂。合此三者，逼出一个承上启下的令人魂销意夺的抒情短句：“黯销凝。”抒情主人公的忧患形象从正面站了出来。以下由“追想”一词引出六个句子：“追想当年事，殆天数，非人力。洙泗上，弦歌地，亦膻腥。”这是由上文所写的眼前实景而自然转入对国家大事的深沉喟叹。作者满怀民族感情，对于华夏文化的圣地竟然沦为异域这一惨痛现实表示了极大的悲哀。他正言若反地追忆道：靖康年间天崩地裂，中原大地一夜之间成了异族奴隶主集团的牧马场，从此南北对峙，金瓯残缺，国家的颓运难以挽回，想来这大约是上天的意图而非人力吧？最可悲的是，全中国的文化昌明之乡——孔夫子设教的山东洙、泗一带，竟也弥漫着野蛮敌人的膻腥之气了！这不是华夏礼义之邦的巨大灾难，又是什么？这六句的中心，可以说是对于金人侵宋的历史进行反思，追究祸乱之源。目的在于抨击现实，唤起国人的警惕和觉醒。所以接下来作者的思绪又从遥远的时空回到长淮边地。上片的最后七句以重笔极写淮河对岸金人气焰之嚣张，战争空气之浓厚，以见“和议”之不可恃，边地军备之当急修。其间“看名王宵猎”，一个“看”字，意贯上下七句。诚如唐圭璋《唐宋词简释》所言：“‘隔水’三句，写敌骑之多。‘看名王’三句，写敌人猎火之明与笳鼓之响。”作者为我们展示了有声有色的广阔历史画卷，犹如一幕幕电影式的动态场面：长淮对岸，夕照满天。昔日耕稼之地，今为游牧之乡，到处散布着金人的毡帐与哨所（区脱）。在昏暗的暮色中，敌国移民吆喝着成群的牛羊回栏。尤使边民难以安宁的是：夜幕降临后，金军的将帅（名王）夜间打猎，向南岸进行军事示威，骑兵手执的火把将河川上下照耀得如同白昼；他们还吹奏胡笳，擂起战鼓，凄厉的鼓乐声划破长空传到南岸。这些，怎不令志在恢复的国士怵然心惊呢！作者《和沈教授子寿赋雪》诗也写到了类似的景象：“胡儿打围涂塘北，烟火穹庐一江隔。”将诗句与词句相比较，我们就可以发现：前者写得比较概括，同时也就显得简略，场景不够具体鲜明，因而给人印象不深；后者却发挥了长调慢词铺陈的特点，写得场面阔大，场景典型而形象鲜明，波澜迭起，给人以强烈的艺术感受。

词的下片，集中宣写作者壮志难酬的悲哀，倾诉了对主和派放弃武备、屈辱求和的卖国行径的愤恨，还表现了中原人民空盼北伐的痛苦心情，真有代普天下爱国者一恸之慨。这一片分为三个小段。第一小段，用一个“念”字领起八个三字句，利用过片处句短节促、音调悲壮的特点，急迫而又酣畅地倾泻出内心蓄积已久的恢复无期、报国无门的深悲巨痛。“腰间箭”与“匣中剑”本为杀敌报国的利器，是爱国志士效死沙场的象征物，如今却因久置勿用而尘封虫蛀，成了锈铁，这怎不令人顿生事业无成、壮士空老的叹息！“时易失”三句，由外物描写转人内心活动的直接表露，高歌慷慨，墨饱情浓。“渺神京”一句，意谓汴京遥远，何日光复。这句承上文报国无门、恢复无期的感慨而来，并把目光引向广袤的中原大地，为下文谴责偏安求和，感念中原遗老张本。第二小段为“干羽方怀远”至“若为情”六句，集中讽刺了南宋小朝廷坚持偏安投降路线，向民族大敌忍辱求和的卑劣行径。作者没有直言斥骂以求一快，而是绵里藏针，婉而多讽，用迂回的笔调打中主和派要害。“干羽”，指盾牌和雉尾，都是古代舞者所持的道具。《尚书·大禹谟》载，虞舜“舞干羽于两阶”，不久远方的有苗部族就来归顺。“怀远”，指用礼乐来使远方少数民族归服。这句活用典故，讥讽南宋统治者畏敌如虎，借口以礼服人，放弃民族自卫战争，屈辱求和。作者叹息道：那些冠服楚楚乘车去北方求和的使臣，频繁地来回奔驰忙碌于南北大路上，丧尽民族气节，丢尽民族大义，叫人何以为情！全词最末五句，以中原遗老空望北伐和爱国志士失望痛哭作结，尤显词情之悲怆。其中，“闻道”二句写中原父老不甘臣服于金人，年年苦盼“王师”早日北伐。“翠葆霓旌”即以翡翠鸟羽毛为饰的车盖和画着虹霓的彩旗，指皇帝的车驾。作者所写的这种情形，南宋的不少作家都曾涉笔。如陆游诗云：“遗民泪尽胡尘里，南望王师又一年。”“中原遗老”，一是承上“渺神京”而来，表明自己系念中原土地与人民，不忘恢复大业；二是用中原人民向往故国来反衬出求和路线不得民心，从而加强全词的悲愤不满之情。末三句之“行人”，可指一切路过淮河边界有爱国心的中国人，不必拘泥。优秀的抒情词所写情感，客观上已不是作者个人之情，而具有一定的代表性或典型性。这里的“忠愤气填膺，有泪如倾”的“行人”，实在是南宋时期广大爱国者的共性形象。清人陈廷焯认为这结尾处因为说得太明白了，反而“转浅，转显，转无余味”(《白雨斋词话》)。那是他不懂得抒情作品的结尾打动人的方式有多种多样，当悲愤之情的蓄积到了最终必须“长太息以掩涕”才能畅发出来的时候，焉能株守“含蓄”之道，使真情在遮遮掩掩中被冲淡乎！

这首壮词之所以生气凛凛，能打动千载以下读者的心灵，除了因为它深刻的思想内容之外，还在于作者以较高的艺术技巧，塑造出了一种典型性很高的可以名之为“悲慨”的审美境界。司空图《诗品》在描述“悲慨”一品时形象地写道：“大道日丧，若为雄才。壮士拂剑，浩然弥哀。”各个不同时代的读者之所以对这首《六州歌头》赞誉如出一口，不就是倾倒于其中所凸现的那位在国家多难之秋仗剑效死、“浩然弥哀”的“悲慨”壮士的形象吗？（刘扬忠）

念奴娇

过洞庭

洞庭青草，近中秋，更无一点风色。玉界琼田三万顷①，着我扁舟一叶。素月分辉，明河共影②，表里俱澄澈。怡然心会，妙处难与君说。　应念岭表经年③，孤光自照，肝胆皆冰雪。短发萧骚襟袖冷，稳泛沧浪空阔。尽吸西江④，细斟北斗，万象为宾客。扣舷独啸⑤，不知今夕何夕。

自屈原以来，不知有多少诗人、词家吟唱洞庭湖的优美、宏阔，然而张孝祥这首词却不落前人窠臼，写出了另一番奇特的艺术造境。词的上片写洞庭湖水光月色交相辉映的壮丽图景，下片抒发作者怡然心会的坦荡高洁的情怀。这首词正是作者心迹的形象写照。

张孝祥在孝宗乾道元年(1165)出知静江府(今广西桂林)。《宋史》本传说他“治有声绩，复以言者罢”。由于第二年遭谗落职，心中充满愤恨不平之气，但又感到自身光明磊落。在罢官北归途中，经过洞庭湖时，已近中秋时节，皓月当空，湖面风平浪静，词人勃然兴会，写下了这篇千古传诵的名篇。

开头“洞庭”两句，点明地点与季节，写出纵目所见的景象。“青草”，即青草湖，与洞庭湖相接。杜甫《宿青草湖》：“洞庭犹在目，青草续为名。”时近中秋的洞庭湖面，“更无一点风色”，显得格外的宁静美好。这里不写风力的强弱，而用“风色”来表示湖波的平静，颇耐人玩味。词人又以“一点”来形容，更感笔力出奇。

“玉界琼田”二句，进一层写湖面广阔、明净之美。“玉界”一作“玉鉴”，指玉镜，形容月光映照下的湖水明净光洁。这里化用夏竦《雪后赠雪苑师》“玉界琼田万顷平”的诗句，着一个“三”字，更突出湖面的广阔无垠。在一望无际的湖面上安置我的一只小舟，大与小相对举的物态，既表现出一种空阔的境界，又显示出词人的豪迈、超旷的内在气质。

“素月分辉”三句，抒写月光映照湖面的晶莹美妙的景色。“明河共影”，指天空无云，银河投影在湖中，上下天光水色，一片通明如昼。张孝祥在《观月记》中说：“余以八月之望过洞庭，天无纤云，月白如昼。”词里所写既是当时的自然实景，又是心灵造境的写照。“表里俱澄澈”，不仅描写洞庭湖的上下通体透明，而且表明词人的心迹也净化澄澈，可说是物我相融，浑然一体。“怡然心会”二句，由景入情，收束上片。词人沉醉在大自然的优美环境中，兴会洋溢，此中妙谛确是难以言传的。

换头“应念岭表经年”三句，承上转下，抒写自己的内心感受。“岭表”，五岭以外，指两广之地。作者曾在广西仕宦一年，这次途经洞庭湖乃是罢职北归。“孤光”，指月光。词人借助月光自照，深感仕途失意而心中光明磊落。“肝胆皆冰雪”一句，既与上片“表里俱澄澈”相照应，又显示出词人心胸坦荡，襟怀洒落。

“短发”二句转写眼前夜深清冷的景物与感受。“萧骚”，本指萧条凄凉，此处形容头发稀疏。这二句表现作者遭罢后的不甘冷落的心态。紧接着“尽吸西江”三句，奇峰突起，可谓神来之笔。“尽吸西江”，这是借用佛教禅宗“一口吸尽西江水”来形容豪饮的气概。“细斟北斗”，是把天上的星斗想象为人间的酒器，用来慢慢地斟酒畅饮。这种富有浪漫色彩的想象，在屈原《九歌·东君》中就有“援北斗兮酌桂浆”的诗句，不过词人的奇特构思在于把洞庭月夜的景物幻化，就像着了魔似的听候主人的支配，宇宙万物顿时成了宾客，应邀前来陪“我”举杯豪饮。这种幻觉中的意象，显示出词人的胸襟和气派，也表明他早已把人间宠辱、荣华富贵抛之九霄云外，正如南宋魏了翁在《跋张于湖〈念奴娇〉词真迹》中所写：“方其吸江酌斗，宾客万象时，讵知世间有紫微青琐哉。”（《鹤山题跋》卷二）

歇拍“扣舷”二句，总括上文，写湖上独自长啸。“不知”句是借用苏轼《念奴娇》“起舞徘徊风露下，今夕不知何夕”的词句，而这里更达到一种物我两忘的超尘绝俗的境地。故王闿运在《湘绮楼词评》中说：“飘飘有凌云之气，觉东坡《水调》犹有尘心。”

张孝祥这首词具有独特的艺术造就。魏了翁在《鹤山题跋》卷二中说：“洞庭所赋，在集中最为杰特。”确有见地。这种“杰特”之处主要有两点：一是“通篇景中见情，笔势雄奇”（唐圭璋《唐宋词简释》，第163页）。词人在景中抒情，注入了更多的感情色彩。所以《蓼园词选》谓：“写景不能绘情，必少佳致。此题咏洞庭，若只就洞庭落想，纵写得壮观，亦觉寡味。此词开首从洞庭说至‘玉界琼田三万顷’，题已说完，即引入‘扁舟一叶’。以下从舟中人心迹，与湖光映带，写隐现离合，不可端倪；镜花水月，是一是二，自尔神采高骞，兴会洋溢。”这就道出了此首情景交融的独到之处。二是运笔空灵而富有神奇的幻想。词人抒发内心郁积的感情，既不忘“岭表经年”而仕途蹭蹬的现实，又展开想象的翅膀，把无形的心迹化为超现实的物象。“尽吸西江，细斟北斗，万象为宾客”的奇特幻境，正是词人轩昂豪迈、襟怀飘逸的自然流露。词中所展示的夐绝尘寰的境界与浪漫手法，都足以与苏轼《水调歌头》中

秋词相媲美。 （曹济平）

【注】 ①玉界琼田：一作“玉鉴琼田”。玉鉴是玉镜，此指月亮。琼田：指玉田，形容湖面光洁如玉。 ②明河：即天河。 ③岭表：一作“岭海”，指两广一带。“岭表经年”是说作者知静江府兼广南西路经略安抚使，在罢官北归时正巧一年。 ④西江：西来的长江。此句化用佛教禅宗“一口吸尽西江水”的语意，见《景德传灯录》卷八。 ⑤舷：船的左右边。啸：撮口发出长而清脆的声音，此指啸歌、长啸的意思。

西江月

题溧阳三塔寺

问讯湖边春色，重来又是三年。东风吹我过湖船，杨柳丝丝拂面。 世路如今已惯，此心到处悠然。寒光亭下水连天，飞起沙鸥一片。

此词是张孝祥晚年重游江南过三塔寺作。三塔寺在江苏溧（lì 栗）阳县西山塔湖附近。

“问讯”两句：言打探山塔湖边的春光，第三年来游赏此地。“东风”两句：形容乘船过湖时风力大，杨柳摆动拂拭面目。“世路”二句：言已经习惯世俗生活道路，不管到哪，心情都很闲适。《宋史·张孝祥传》称作者“年少气锐”，经多年宦海风波，已熟谙人情世故，故云“已惯”。悠然：闲适貌。“寒光亭”两句：言寒光亭下水势远大，有一片沙鸥飞翔。寒光亭：在三塔寺内。

此词是作者晚年重游江南过三塔寺作。故地重游，探寻当地春色，乘舟游湖，东风、杨柳犹同旧交，亲切如常。词人饱经忧患，看穿世态，到处坦然自处，心境安适。“到处悠然”，表现了恬淡旷放的情怀。收拍描绘身边景象，气氛幽雅清新，与其心境契合。李佳《左庵词话》卷下，曾赞赏此词说：“词家有作，往往未能竟体无疵。每首中，要亦不乏警句，摘而出之，遂觉片羽可珍，如……张于湖云：‘寒光亭下水连天，飞起沙鸥一片。’” （刘乃昌）

辛弃疾

水龙吟

登建康赏心亭

楚天千里清秋，水随天去秋无际。遥岑远目，献愁供恨，玉簪螺髻。落日楼头，断鸿声里，江南游子。把吴钩看了，阑干拍遍，无人会，登临意。 休说鲈鱼堪脍，尽西风，季鹰归未？求田问舍，怕应羞见，刘郎才气。可惜流年，忧愁风雨，树犹如此！倩何人、唤取红巾翠袖，揾英雄泪。

词作于宋孝宗淳熙元年(1174)秋。是年春,稼轩由滁州知府改调江东安抚司参议官,得以再返建康(今江苏南京)。时稼轩三十五岁,南归已逾十年,壮志依然难酬,胸中充满郁愤之气。此词为稼轩早期词中最负盛名的一篇,艺术上也渐趋成熟境地,豪而不放,壮中见悲,力主沉郁顿挫。

词的上片以山水起势,雄浑而不失清丽。起韵写水用赋笔。鸟瞰千里,水天相接,一派清秋景象,突出雄浑之美。次韵写山用比喻,写其风流多姿,如美人头上碧色玉簪和螺形发髻,突出清秀之美。"献愁供恨",倒装句式并移情入景,变赏心悦目为满怀愁恨。盖江山虽然美丽多娇,惜乎已成南北分裂之局。触景生情,在有志之士看来,不过倍增国愁而已。词情由此转换,自然引出眺望山水而愁恨填膺之人——"江南游子"。

"落日"七句写"江南游子"。特色有二。一以景烘托:夕阳残照楼头,孤鸿哀鸣天际,生发出一种苍凉悲壮的情调和氛围。二出以强烈而极富暗示性的动作:把看吴钩者,复国壮志凌云;阑干拍遍者,国事难为,寥无知音。通段不言忧愤,而忧愤之情深深自见。在阔大苍茫的背景上,呈现于读者眼帘的是一个忧愤孤寂的爱国者的形象。就笔法而论,"落日"七句,文不加点,急促迫切而又一气呵成,有发聋振聩、震撼人心之力。就章法而言,前段"献愁供恨"句转折,"无人"两句煞尾,既切"登临"题面,感叹世无知音,又不明言"登临"之意,为下片抒怀留出余地。此即所谓上片煞拍"住而不住,收而未尽",深得作词三昧。

下片抒怀,咏叹壮志空怀之悲,落实"无人会,登临意"句意。但通篇不使一直笔,而连用三个故实曲折道来,最是辛词当行本色处。"休说鲈鱼堪脍,尽西风,季鹰归未?"用张翰弃官南归事。《世说新语·识鉴》谓西晋张翰(字季鹰)在洛阳为官,见秋风起,因思吴中菰菜羹、鲈鱼脍,遂弃官南归。"求田问舍,怕应羞见,刘郎才气。""求田问舍",买田置房。"刘郎",指刘备。事见《三国志·魏书·陈登传》:许汜见陈登,陈登久不与语,使许卧下床,而自卧大床。许汜诉于刘备。刘备曰:"君有国士之名,今天下大乱,帝王失所,望君忧国忘家,有救世之意;而君求田问舍,言无可采,是元龙(陈登的字)所讳也,何缘当与君语!如小人,欲卧百尺楼上,卧君于地,何但上下床之间耶!""可惜流年,忧愁风雨,树犹如此!"叹事业未就,年华虚度。结句见《世说新语·言语》:晋朝桓温北伐,途经金城,见当年手植柳树已有十围之粗,慨然曰:"木犹如此,人何以堪?"

人论辛词,素有"掉书袋"之讥。实则不然。中国古典诗词向有用事传统,关键不在用事与否与用事多少,而在所用是否得当。稼轩此词之用事,显然属成功之列。它不只增加了句意的容量,使内蕴更为丰厚,而且用来贴切而不流于生僻。特别是连用三事而手法错综多变,读来更觉文情摇曳,姿态灵动。"休说"三句系反用故实,"怕应"三句正面取意,而"可惜"三句则作半面语缩住,寄"人何以堪"于言外,最富韵味。要之,非如此用笔,不足以体现一波数折、一唱三叹那种回肠荡气之美,此即上文所称"豪而不放"。不学张翰秋风思归,鄙弃许汜求田问舍,是反衬自身复国壮志。"可惜流年"笔锋陡转,年华虚度,壮志难酬,此即上文所谓壮中见悲,或谓由壮而悲。

或曰仅此一意，何需如许笔墨？此正是慢词有别于小令处。令词主含蓄精练，慢词则尤重铺叙，即以“赋法”为词。至若如何铺叙，则因人而异，因篇而殊，各具特色。此篇赋登临之意，十二句而叠用三故实，却又并非平铺直叙或一泻无余，而是极尽翻腾变化、沉郁顿挫之能事，语尽意不尽，意在言外，耐人寻味。故《海绡说词》谓此词“纵横豪宕，而笔笔能留”。《谭评词辨》也说：“裂竹之声，何尝不潜气内转。”

词的终拍，怨无人唤取“红巾翠袖，揾英雄泪”，也别具深婉之旨。以美人烘托英雄，乃传统美学情趣，但用来却有正侧、虚实之别。苏东坡《赤壁怀古》词：“遥想公瑾当年，小乔初嫁了，雄姿英发。羽扇纶巾，谈笑间、强虏灰飞烟灭。”系侧面实写。盖小乔为周瑜之妻，实有其人，赤壁破曹时尚在，词以美人衬托周郎谈笑破敌的英雄气概和风采。辛词不同，属正面虚写。盖细究其意，实无人可托，也并无美人来为己揾泪。对此，既不能视为欠严肃，又不能解得太实太死，如有人以为“英雄之泪本应洒向沙场，而今只能让妓女来擦”。我以为，此处应理解为无人抚慰志士之心，唯有独自哀伤。要之，乃世无知音之叹。如是，则既与上片一结“无人会，登临意”词脉贯通，词意拍合，从而通篇融成一气，又使词作融入一种刚柔相济之美，生发出一种“当行本色”的审美情趣。（朱德才）

青玉案

元 夕

东风夜放花千树，更吹落、星如雨。宝马雕车香满路。凤箫声动[①]，玉壶光转[②]，一夜鱼龙舞。　蛾儿雪柳黄金缕，笑语盈盈暗香去。众里寻他千百度，蓦然回首，那人却在，灯火阑珊处。

《稼轩词》多纵横慷慨辞章。这首《青玉案》写元夕灯火，苦觅情人，是辛幼安有数的涉及丽情的作品之一。然而细品此词，写情虽淡，寓意却深。究竟写情耶？言理耶？抑或别有寄托？颇耐人寻味。

元夕，是每年第一个月满之夜，俗称“元宵节”，自古为中国重要佳节。满月，象征团圆、美满。庆贺元夕，表达了人民百姓祈告平安团圆的美好愿望。北宋太祖削平群雄立朝之初，蓄意渲染盛世之太平，上元节假增至五日。普天欢庆，通宵达旦。柳永《迎新春》词：“庆嘉节，当三五。列华灯，千门万户。遍九陌，罗绮香风微度。十里燃绛树。鳌山耸，喧天箫鼓。”记录的就是当时盛况。而辛弃疾写的已是南宋临安的元夕。

“东风夜放花千树”，词开头就以重笔浓彩描绘了灯节奇异壮丽的景象。岑参诗“忽如一夜春风来，千树万树梨花开”形容的是白雪妆定的塞外雪景，此处则是元夕灯彩。春风徐来，鳌山绛树上，灯似花开，彩光灼灼，美目炫神。“更吹落、星如雨”，词意又翻进一层，写烟花怒放，如流星殒雨，缤纷灿烂。地上火树银花，空中曳光流彩，立体、动态的色与光辉映成繁丽的图景。“宝马雕车”句转而写游人。“宝马"者，必高大神骏；"雕车"者，必镂花漆彩。策马驰车，遗香满路者，豪门富户意得兴浓观灯来也。"凤箫声动，玉壶光转，一夜鱼龙舞"进一步渲染元夕狂欢的热烈气氛。笙箫清音中，月移灯舞，灯月交辉，令人心醉神迷。"鱼龙"，指扎制的鱼龙状彩灯。元夕有表演蚌壳舞、龙灯舞的风俗，"光转"、"一夜"互相呼应，交代了时间的转移。"动"、"转"、"舞"三个动词，生动地描绘了声与光使人眼花缭乱的分化与组合，进而由灯之欢舞推想到耍灯、观灯之人的酣狂忘情。

上片写景，笔墨浓饱，反复渲染了一个动态的绚丽的灯节之夜。下片换用白描笔法，描绘词人在万人丛中寻找情人的情景。"蛾儿雪柳黄金缕"都是宋代妇女元宵节所戴的美丽头饰，用来指代服饰鲜明的女子们，李清照的元夕词《永遇乐》有"铺翠冠儿，捻金雪柳，簇带争济楚"句。元宵灯节是难得的允许妇女出游的日子，所以她们都着意妆饰。"笑语盈盈暗香去"就是写女子们活泼姣好的神态。盛装的女子们三五成群，衣香袭人，有说有笑，一群群从词人眼前掠过。但"众里寻他千百度"，词人望眼欲穿的心上人却不在这些快乐的人群中间。词人苦苦搜寻，几近绝望，"蓦然回首，那人却在，灯火阑珊处"。只见自己的意中人正娉娉婷婷，淡泊安静地站在灯火稀少的地方！在如醉如痴的热闹欢乐中，这位女子是如此不同寻常。"那人"为什么落落寡合？"那人"在想什么？词人通过"那人"寄托什么？全词至此戛然而止，留给读者一大片思索想象的空地。

词写情耶？由"众里寻他千百度"的执著痴迷，似乎如此。但是词人着力描写的只是对意中人的渴念与寻觅，并未描写两情之旖旎与欢洽。这与一般情词大相径庭。词写理耶？曾有人作如是观。王国维先生论及古今之成大事业大学问者必经之三种境界时，就将"众里寻他千百度，蓦然回首，那人却在灯火阑珊处"作为第三境，譬喻凡事须经艰苦跋涉，往往"踏破铁鞋无觅处"，最后才能"得来全不费工夫"。但此类哲理，是后人读词心得，仁者见仁，智者可以见智，并非词人当时立意。细味此词，词人极写灯景之繁盛，众人之狂醉，只有词人与"那人"不逐众流，自甘清冷，这种强烈对比显然意味深长。喜繁，喜简，喜喧，喜静，因人因时因事，或为情性有别，亦或为怀抱各异。此处词人虽然全力描绘灯节狂欢之热烈，但作者似以客观态度冷眼旁观，自身并未投人。未如柳永所言："堪对此景，争忍独醒归去。"（《迎新春》）而他千方百计寻觅的心上人，同样沉静寡欢。此点睛之笔，不可轻心掉过。所以梁启超先生云："自怜幽独，伤心人别有怀抱。"（《艺蘅馆词选》）极有见地。

此词作年虽无定说，但最早也要在乾道、淳熙年间。此时上距靖康之变已有四五十年，而划江割据局面依然。张孝祥《六州歌头》词云："隔水毡乡，落日牛羊下，区脱纵横。看名王宵猎，骑火一川明。笳鼓悲鸣，遣人惊。"敌虏仍隔岸肆虐，虎视眈眈，令志士仁人寝食难安。词人投笔从戎，弃家投南，实指望南宋当朝厉兵秣马，挥戈北征，收复失土。不料当局不思恢复，只图偏安；不念国破，只颂月圆；一心粉饰太平，灯节靡费无度。真个"直把杭州作汴州"。词人空怀壮志，请缨无路，回天乏术，唯有"世人皆醉吾独醒"之痛苦。无独有偶，南渡后家破人亡的李易安的《永遇乐》词云："香车宝马，谢他酒朋诗侣……如今憔悴，风鬟雾鬓，怕见夜间出去。不如向、帘儿底下，听人笑语。"所述落落寡合、自甘寂寞的情绪，与此词不是十分相似吗？济南“二安”，许是情怀相同，心志相类吧？此词或既非情语，亦非哲语，而为曲折言志之篇。

历代诗人常用香草美人手法寄寓政治怀抱。辛幼安以深长的艺术意境，含蓄言情，曲笔抒志，即刘勰所谓“称名也小，取类也大”（《文心雕龙·诠赋》）。这首词又不似屈原那样神游天上，而是借人间情事取譬，这对比兴手法是一种扩大运用。词中创造的艺术境界更接近现实，更亲切生动，寓意亦更隐而不露，似有若无。唯其含蓄隽永，耐人寻味，亦更增其强烈、永久的魅力，令人思索不已。（杨　燕）

【注】 ①凤箫：古时因排箫形如凤翼，故称“凤箫”。这里泛指各种音乐。　②玉壶：喻称冰清玉洁的月亮。一说，指白玉制成的灯。周密《武林旧事·元夕》记福建所进之灯“纯用白玉，晃耀夺目，如清冰玉壶，爽彻心目”。

菩萨蛮

金陵赏心亭为叶丞相赋

青山欲共高人语，联翩万马来无数。烟雨却低回，望来终不来。　　人言头上发，总向愁中白。拍手笑沙鸥，一身都是愁。

此为淳熙二年（1175）春作者在建康安抚使参议官任上作。叶丞相，指叶衡，字梦锡，著名的抗金人物。

开头两句：言青山联翩而来，似欲与高人相语。“高人”，指叶衡。“联翩”，形容轻快飞动，接连不断。“烟雨”二句：谓烟雨遮山，青山若隐若现，似徘徊迟疑，欲来又止。“人言”四句：谓白发与愁无关，人们说愁生白发，你看沙鸥通体皆白，岂非浑身是愁。白居易《白鹭》诗云：“人生四十全未衰，我为愁多白发垂。何故水边双白鹭，无愁头上也垂丝。”杨万里《有叹》诗云：“君道愁多头易白，鹭丝从小鬓成丝。”这里化用其意，暗喻叶丞相虽年长而心情开朗。

词借青山托意，沙鸥传情，以幽默的手法称颂友人年岁虽高，襟怀开阔。上片以拟人手法写山，青山含情，欲访高人，一似万马奔腾，联翩而前，却又低首徘徊，欲行又止。形容山势神采飞动，形象动人。下片借水上沙鸥起头，驳议白发与愁无关，称颂友人开朗奋进。全词以物拟人，写来诙谐有趣，耐人品味。（刘乃昌）

菩萨蛮

书江西造口壁

郁孤台下清江水，中间多少行人泪。西北望长安，可怜无数山。　　青山遮不住，毕竟东流去。江晚正愁余，山深闻鹧鸪。

淳熙二、三年（1175～1176）间，辛弃疾任江西提点刑狱，驻节赣州，经行造口（今江西万安西南），作此词书于壁。据宋人罗大经《鹤林玉露》云：“南渡之初（即建炎三年)，虏人追隆祐太后御舟至造口，不及而返，幼安自此起兴。"此说与史载隆祐的逃亡路线不尽相符，而金兵在追击隆祐的过程中，大肆骚扰赣西一带，却是事实。文学创作自然有一定灵活性。稼轩行经此地，触景兴感，联想时事，是可以理解的。

上片开始两句，言滚滚奔流的清江水，饱含当年流亡者的泪水。郁孤台：在今赣州西北。清江：此指赣江。"西北"二句，谓遥望西北故都，无奈群山遮目。长安：借指北宋故都汴京。下片"青山"两句，羡江流奔涌，不受群山遮拦，叹人不如水，难以北去。"江晚"二句，正愁江晚，又闻深山鹧鸪鸟鸣，愁上添愁。传说鹧鸪飞必南向，鸣声凄切，易触动人之愁思。

词在观山观水中，寄托伤时忧国之思，全用联想法、寄托法。由江水联想行人泪水，见出当年国耻事变给国人带来如许辛酸。由青山满目联想故都迢遥，中原沦胥。青山能遮望眼，遮不住江水东注，正如当年国势陵夷，狂澜难挽。江边暮色苍茫，鹧鸪声声，触动愁怀，引发感叹。托物寄意，沉郁悲慨，可说"忠愤之气，拂拂指端"(《词统》)。

(刘乃昌)

水调歌头

舟次扬州和杨济翁、周显先韵

落日塞尘起，胡骑猎清秋。汉家组练十万，列舰耸层楼。谁道投鞭飞渡，忆昔鸣髇血污，风雨佛狸愁。季子正年少，匹马黑貂裘。　今老矣，搔白首，过扬州。倦游欲去江上，手种橘千头。二客东南名胜，万卷诗书事业，尝试与君谋。莫射南山虎，直觅富民侯。

淳熙五年(1178)秋，辛弃疾自大理少卿出任湖北转运副使，由临安溯江过扬州作此。扬州为当时长江北岸军事重镇。绍兴三十一年(1161)，金主完颜亮大举南侵，一度占领扬州，后被南宋虞允文率部在采石矶一战击溃，完颜亮也为部属所杀。稼轩过此，抚今追昔，深有感慨，作此抒怀。杨济翁，即杨炎正，在扬州与稼轩会晤时，曾同舟过镇江，登多景楼，作《水调歌头》，稼轩作此词相和。周显先，其人不详。

上片开端两句，写金军大举南侵事。猎：行猎，指发动战争侵扰。"汉家"二句：写虞允文在采石矶抗金事。组练：指军队。耸层楼：形容战舰高大雄壮。"谁道"三句：写当年金主完颜亮南侵惨败及其死于非命事。投鞭飞渡：前秦苻坚以九十万军南侵东晋，曰："以吾之众旅，投鞭于江，足断其流。"(《晋书·苻坚载记》)但淝水一战，大败而归。此喻完颜亮南侵气焰嚣张，并暗示其最终败绩。鸣髇(xiāo 消)血污：被响箭射死。鸣髇：响箭。风雨佛狸愁：佛狸是后魏太武帝拓跋焘的小名。他南侵刘宋王朝受挫北撤后，死于宦官之手。此喻完颜亮死于非命。"季子"二句：以苏秦自喻，言其年少南归时的英武气概。季子：苏秦，字季子，战国时代著名纵横家。当其未得志时，曾得赵国李兑资助黑貂裘，西去游说秦王(事见《战国策·赵策》)。

下片首三句：谓今过扬州，人已中年，不堪回首当年之事。搔白首：暗用杜甫

《梦李白》诗意:"出门搔白首,若负平生志。""倦游"二句:谓欲退隐江上,种橘消愁。《襄阳耆旧传》记,丹阳太守李衡派人在武陵龙阳种橘千株,临终对儿子说"吾州里有千头木奴",足够衣食之需。"二客"三句:谓杨、周二位乃东南名流,胸有万卷,志在功业,试为作一谋划。"尝试与君谋",是对杨炎正原唱"岁晚若为谋"的回答。"莫射"二句:劝友人不当尚武将,只作太平官。《史记·李将军列传》载:"广家居蓝田南山中射猎。所居郡闻有虎,尝自射之。"《汉书·食货志》载:"武帝末年,悔征伐之事,乃封丞相为富民侯。"这里融化二事,以反语讽刺南宋偷安。

杨炎正《水调歌头》原韵有"可怜报国无路,空白一分头"之语,抒发了当时爱国志士共同的心曲。稼轩和作抚今追昔,无限感怆。上片追怀往昔。起二句写金军南犯,塞尘蔽空。"汉家"二句写宋金对垒,军容盛大。"列舰"与"胡骑"对举,声势不凡。"谁道"三句组合苻坚、冒顿、佛狸三事,写敌方进犯之狂,溃败之惨,运化自然,用典贴切。在采石大捷形势下,词人奉表南归,"匹马黑貂裘"二句,少年英武气概跃然纸上。下片感喟当今。"今老矣"一声长叹,掠过二十载,往事不堪回首。"过扬州",扣合题面。倦游种橘,言自身引退归耕,"二客"句赞友人学富名高,隐含期许之意。结句言莫学李广,直取封侯,愤激之语,喷薄而出。全词感情由昂奋到感怆激愤。词中勾勒战争场面、英雄形象,威武雄壮,笔力宏伟。 (刘乃昌)

摸鱼儿

淳熙己亥自湖北漕移湖南,同官王正之置酒小山亭,为赋。

更能消几番风雨?匆匆春又归去。惜春长怕花开早,何况落红无数。春且住,见说道、天涯芳草无归路。怨春不语,算只有殷勤、画檐蛛网,尽日惹飞絮。　长门事,准拟佳期又误。蛾眉曾有人妒。千金纵买相如赋,脉脉此情谁诉?君莫舞,君不见、玉环飞燕皆尘土。闲愁最苦。休去倚危栏,斜阳正在、烟柳断肠处。

辛弃疾的《摸鱼儿》,借美人迟暮和遭妒被弃的不幸境遇,来暗喻自己政治上的不得志。

我们知道,辛弃疾生活的时代,正是宋王朝腐朽积弱的时代,正是半壁河山沦入敌手的时代。辛弃疾是一位著名的民族英雄,一位出色的政治家。他二十二岁时,便在沦陷区的老家济南啸众起义,抗击金兵。二十三岁时,曾亲率五十骑,冲入五万金兵把守的敌营,活捉叛徒张安国,押赴江南处决。这事曾轰动朝野,连皇帝也要"一见三叹息"。二十六岁,他进奏《美芹十论》;三十一岁,又作《九议》。这些奏议对当时的敌我形势都作了精辟的分析,并能提出一些符合时宜的抗敌复国的主张。辛弃疾三十三岁时出知滁州,这里地处抗金前哨,受金侵略者蹂躏"最酷","地僻而贫"(周信道《奠枕楼记》),但经他半年的精心治理,很快就变成一个"面城邑之清明,俯闾阎之繁夥,荒陋之气一洗而空"(崔敦礼《宫教集》,代严子文作《滁州奠枕楼记》)的新滁州。辛弃疾确是一个"有文武材"的"伟人"(同上)。有人把他比作谢安石。难怪右丞相叶衡也称赞他"慷慨有大略",而"力荐"于朝(《宋史·辛弃疾传》)。

但南宋最高统治者却未能真正认识辛弃疾的才能而加以大胆擢用。从二十三岁(绍兴三十二年,公元1162年)南渡以来,到写这首《摸鱼儿》时的四十岁,已经历了十七个春秋,但他还只能充当一般的地方官吏,而不能到抗敌前线去指挥作战,或留在朝廷上参与军国大事。而且对他的调动还格外频繁,十七年间换了十二个地方,使他的才能难于发挥。眼看自己已进入不惑之年,怎么能不感慨万分呢!所以,在这次仍无任何升迁迹象的调动中——由湖北转运副使移任湖南转运副使,他的愁绪受到了深深的触动,从而写下这首千古传颂、感人至深的佳作《摸鱼儿》。

词首句突兀而起,激切不平,蕴涵着丰富的内容:"更能消几番风雨?""消",经得住;"更能消",还能经得住。全句意思是:还能经得住几番风雨?也即再经受不起几番风雨的摧残了。这里的"风雨",从字面上讲,是摧残众花的自然界的风雨,实指催赶岁月匆匆流逝的风雨,消磨摧残美人政治生命的风雨。而且这两者又相互联系,互为因果。从这句可以看出,这位美人已经受过多次政治风雨的袭击,身心已受到严重的创伤。有人认为这句是肯定句式,解为:"如此风雨残春,经过已多,还能消受几次。"(刘永济《唐五代两宋词简析》)我看不对,因为如果这样讲,这位美人就不当"惜春"了。我以为,这是一个反诘疑问句。清陈廷焯说:"起处三字,是从千回万转后倒折出来,真是有力如虎。"(《白雨斋词话》)说得很中肯。

词接着写道:"匆匆春又归去。"写的是眼前实况,是诱发前一句所写的美人感叹的因由。"匆匆"这个形容词重叠,道出了这位美人的特殊心理状态,很形象,很深刻。

"惜春长怕花开早。""惜春"两字,点出这片词的主旨。正因为"惜春",所以"长怕花开早"。因为花开得早,也就凋谢得早。"长"者,"常"也,现出美人对花开花落长久以来一直耿耿于怀,而不是一时心血来潮,触景生情,这正与首句"几番"相呼应。"何况落红无数",这句既是即目,也是追忆。"花开早"已叫人"怕",何况已是"落红",而且又是"无数"的"落红"。景色逐次暗淡,美人心情也随之愈加沉重。"春且住",这是美人悲伤至极喊出的心声,表现的情绪不可谓不激烈,但却又软弱无力,显系虚张声势。不信请看下句:"见说道、天涯芳草无归路。"这算什么留春理由?这不正充分暴露了她那无可奈何、幼稚可笑的神貌?!但也惟其如此,才使人们感到迟暮美人的可怜和可爱。前人评这句词是"痴语"、"情语",可谓洞察美人的心胸。又有人解释:"无归路"是指春溜走了,春草遮断了春的归路,春是回不来了。这样理解显然不对。这句是美人留春的话,意即你的归路已被春草挡住了,无路可走了,不要走吧。此处的"归路"与第二句"归去",是同一个含义。人们可能会问:前面说"春又归去",这里又说"无归路",不是矛盾吗?是的,是矛盾,但这是美人心理矛盾的反映,是美人"惜春"惜得深,惜得发痴的表现。

春已归去,美人明知春不能来同她对话,但她却偏要"怨春不语"。这个"怨",

怨得神态毕现，见出美人怨重憾深。“算只有殷勤、画檐蛛网，尽日惹飞絮。”对此句的理解也颇多歧义，或以为喻小人（指张俊、秦桧一流人）当道，或以为指少数爱国志士在力挽颓势，或以为影射南宋小王朝的残败局面。这些理解都可以，都讲得通，古人有所谓“诗无达诂”！但这样理解似乎有些牵强。我以为，此处只是表现美人在留春留不住，春匆匆归去后而产生的空虚寂寞的心境罢了。在美人眼里，春归去后，大地显得空空荡荡，毫无生气，唯有几只蜘蛛在忙碌地织网而已。这几只蜘蛛的出现，更有效地衬出大地的沉寂。这种表现手法在古代诗词里运用得很普遍，如王维的《鸟鸣涧》（人闲桂花落），写花落、月出、鸟鸣这些动植物声响，正为衬托春山的幽深寂静。

说到这里，我们可以看出，词上半片只是抒写美人因年龄渐大而惜春，因惜春而留春，因留春不得而怨春，其意实如屈原所倾诉的“恐美人之迟暮”（《离骚》）。这里的美人，当然是作者借以自比。有人说，“以风雨飘摇象征国事的危急”等等。联想也属牵强。

词的下片所要表现的内容，我们同样可以用屈原《离骚》的一句诗来概括，即所谓“众女嫉余之蛾眉兮”，“伤灵修之数化”。这一点与上片有联系，也有区别，有递进，但归根结底，遭妒被弃却是产生惜春心理的根本原因。

“长门事，准拟佳期又误。”指陈皇后失宠后，被打入长门宫，武帝曾与她约定好日子相会，但后又爽约。这是作者编造的故事，历史上无此记载。“蛾眉曾有人妒”，作者以为陈皇后失宠是由于人家的嫉妒。这点也是纯属编造。根据《史记·外戚世家》、《汉书·外戚传》、《文选·长门赋序》记载，倒是陈皇后实实在在地嫉妒卫子夫，而不是她遭到人家的嫉妒。作者这样写，无非想说明陈皇后之所以失宠，关系不大。但现在很多注本都顺着作者的编造作注，这就不妥当了。诗词的注释，起码要给读者一点真实的历史知识。“千金纵买相如赋，脉脉此情谁诉？”《文选·长门赋序》说，陈皇后被弃后，“奉黄金百斤为相如、文君取酒”，相如替她写赋“以悟主上”，“陈皇后复得亲幸”。陈皇后有无向相如买赋，不得而知，但“陈皇后复得亲幸”，却纯系子虚乌有之事。所以辛词说，陈皇后纵使花费千金买赋，又有什么用呢，愁闷悲思向谁诉说？但现在许多注家却又不据辛词作注，而专信《文选》之说，以致弄得这两句词扞格不通，因为陈皇后如果“复得亲幸”，就不存在“脉脉此情谁诉”的问题，她尽可以向武帝倾诉去嘛！这里作者当然又以陈皇后的被弃，以喻自己所遭受的排斥和闲置。

“君莫舞，君不见、玉环飞燕皆尘土。”“玉环飞燕”，指唐玄宗的贵妃杨玉环和汉成帝的皇后赵飞燕，两人均善歌舞，并得幸，但后又都不得善终：杨玉环被缢于马嵬，赵飞燕自杀于被废。这两人又都以善妒著称。作者在这里借其可悲结局以警告那班骄横一时、专以打击陷害忠良为能事的权贵奸小们。“闲愁最苦”，“闲愁”，因闲暇而愁闷。字面上仍是紧扣美人被冷落遗弃后的心情，但骨子里还是借以表现作者自己不能最大限度地为国家效劳而产生的忧愁。“休去倚危栏，斜阳正在、烟柳断肠处。”有人说这几句作者已抛开己身之遭遇，说到国家局势之危急，“斜阳”以比国事之衰微，“烟柳”则比朝政之昏暗，此正所以令人“断肠”之处。这样比附毋宁过于直接、牵强。我看这两句仍没有离开写弃妇的心理状态。美人被弃，登楼眺望，眼前所见，一片烟柳迷蒙、夕阳西坠的景色，她怎能不感到迟暮哀愁呢？在古代诗词中，像辛词这样把登楼与哀愁联系在一起，是俯拾皆是的。诗中如著名的陈子昂《登幽州台歌》、崔颢《黄鹤楼》，即是。堂堂的男子汉，触景生情，尚且要"独怆然而涕下"、"烟波江上使人愁"，何况弱女？词里更多，如柳永的《蝶恋花》："伫倚危楼风细细，望极春愁，黯黯生天际。"李重元的《忆王孙》："萋萋芳草忆王孙，柳外楼高空断魂。"这里登楼所见，还不是令人断肠的"斜阳"、"烟柳"，而是微风、"芳草"这类有生气的景物，但同样要引起观览者的哀愁。可见人们只要心有所怀，愁思莫解，不管见到什么景色，都会引起相同的反应。所以我们完全不必对"斜阳"、"烟柳"作种种曲解。

总而言之，《摸鱼儿》词始终紧紧扣住美人的迟暮和失宠这条线索来写，并以此借喻作者自己的失意。在后面这一点上，读者当然可以有广泛的联想余地，只要符合作者的身世，都可以尽情去联想，去发挥。但也仅止于此，如果越出这个范围，随意比附，甚至大至政局大事，敌我形势，那就漫无边际而令人无所适从了。

辛弃疾词以豪放著称，但他是一个大家，各种表现手法都使用得十分纯熟自如，如这首词就写得很委婉含蓄，近于婉约派词风。当然，作为一个矢志于驱敌复国的英雄，在这首委婉含蓄的词中，我们仍然可以感受到他那颗善善恶恶的愤激不平的心在。难怪宋人罗大经说："愚闻寿皇（宋孝宗）见此词颇不悦。"（《鹤林玉露》）辛词与一般词人之词的确大有异趣，这一点我们是应该指出的。　（龚克昌）

贺新郎

把酒长亭说。看渊明、风流酷似，卧龙诸葛。何处飞来林间鹊，蹙踏松梢微雪。要破帽、多添华发。剩水残山无态度，被疏梅、料理成风月。两三雁，也萧瑟。　佳人重约还轻别。怅清江、天寒不渡，水深冰合。路断车轮生四角，此地行人销骨。问谁使、君来愁绝？铸就而今相思错，料当初、费尽人间铁。长夜笛，莫吹裂。

作者于宋孝宗淳熙八年（1181）冬由江西安抚使改除两浙西路提点刑狱公事，旋被劾罢官，即在江西信州（今江西上饶）城北的带湖闲居。淳熙十五年（1188）冬，作者的好友陈亮来访，相聚十日。这首词写于陈亮去后，词前有一篇情文兼美的小序，叙述了写作原委：

> 陈同父（陈亮字）自东阳（县名，在今浙江）来过余，留十日，与之同游鹅湖，且会朱晦庵（朱熹号）于紫溪（今江西铅山南），不至，飘然东归。既别之明日，余意中殊恋恋，复欲追路。至鹭鹚林，则雪深泥滑，不得前矣。独饮方村，怅然久之，颇恨挽留之不遂也。夜半，投宿泉湖吴氏四望楼，闻邻笛悲甚，为赋《贺新郎》以见意。又五日，同父书来索词，心所同然者如此，可发千里一笑。

后来两人依原韵往返酬和，共写同调词五首，而这次"鹅湖之会"也就成为词坛佳话。

周济在《介存斋论词杂著》中说："稼轩郁勃，故情深。"又说："稼轩不平之鸣，随处辄发。"陈廷焯在《白雨斋词话》中称其词"气魄极雄大，意境却极沉郁"。就这首《贺新郎》来看，也可窥见这一内涵和风格上的特点。词以写长亭饮酒话别发端。试将其与同样写话别场面的柳永《雨霖铃》开头几句相对照，可见辛、柳在词情、词风上之迥然不同。柳词写了七句话："寒蝉凄切，对长亭晚，骤雨初歇。都门帐饮无绪，方留恋处，兰舟催发。执手相看泪眼，竟无语凝噎。"把相别时的恋恋之情烘染和铺叙得凄婉缠绵，黯然魂销。这首词，虽然在词序中也说"意中殊恋恋"，却只用"把酒长亭说"五个字，一语带过。破空而来，截然而止。如果说前者是曲尽儿女之情，那后者就是不失英雄本色了。

二、三两句"看渊明、风流酷似，卧龙诸葛"，撇开长亭话别之事，转而从对陈亮的推许中透露作者自己的政治抱负以及两人之所以投合无间的思想基础。陈亮也是一位念念不忘恢复中原的爱国词人。他与作者不仅政见一致，词风也近似。《宋史》本传称其"才气超迈，喜谈兵，论议风生，下笔数千言立就"。他青年时曾撰《酌古论》一书，中有《诸葛孔明》上、下二篇，对诸葛赞颂备至。这里就既以陈亮比作诗酒自适、不为五斗米折腰的陶潜，又以他比作始则隐居隆中、终而施展其经世之才的诸葛亮。从表面看，陶潜是避世的，诸葛亮是用世的，而作者却说前者酷似后者。这次与作者和陈亮约在紫溪相会的朱熹也曾说："陶渊明诗，人皆说是平淡。据某看，他自豪放。"又说："陶欲有为而不能者也。"(《朱子语类》)这些看法，想必也为陈亮所赞同。陈亮在和词中说"只使君、从来与我，话头多合"，当两人这次相会，纵谈天下人事，臧否古今人物时，这也可能是"话头"之一。而对这两位历史人物的评价，实际是借以自我写照，是有感于当时局势和个人遭遇，表达其后来在酬和陈亮答词的第二首《贺新郎》中所说的"看试手，补天裂"的壮志和"汗血盐车无人顾"的愤慨。

上半阕的后七句却又撇开二、三两句的"话头"，转而写"把酒长亭"或"独饮方村"时所触之景，并从写景中抒发其自伤老大之情和山河残破之痛。"何处飞来林间鹊"三句写的是近景、小景，而即景生意，把被飞鹊踏碎而洒落在帽上的枝头残雪，说成是有意要使自己再增添一些白发。三句看似信手拈来，自我嘲笑，实则是作者深藏在内心的壮志未酬、美人迟暮的悲哀。这种悲哀，在他的词作中时时有所流露，如他在一首称为"戏作"的《鹧鸪天》中曾感慨系之地说："追往事，叹今吾。春风不染白髭须。都将万字平戎策，换得东家种树书。"他在答陈亮的和词中则以"老大那堪说"起调，在为陈亮所赋"壮词"的结拍处也发为"可怜白发生"(《破阵子》)的感叹，而梁启超评后一首词说，"无限感慨，哀同父，亦自哀也"(《艺蘅馆词选》引)。"剩水残山无态度"四句写的是远景、大景，而景中寓意，即描绘了眼前冰雪覆盖的远山近水，以及点缀其间的几树寒梅、两三征雁。这可以是所见实景，但词人之摄取这些景物，并不是为写实而写实，是主观之我与客观之物恰相会合，内心之情与外在之景正相洽浃，就借以寄寓其"举目有江山之异"(《晋书·王导传》记周顗语)的哀痛。句中的"疏梅"、"雁"，也可以喻指仍坚持抗金的爱国志士。在作者看来，多亏有了他们，当时苟安一隅、萎靡不振的局面才有点生气，但联系朝中主战派的失势，联系本人之被排斥在野，又不禁有同道凋零的“萧瑟”之感。

换头“佳人重约还轻别”一句，追惜陈亮的别去。“怅清江、天寒不渡”四句，就是词序中所说的“既别之明日，余意中殊恋恋，复欲追路。至鹭鹚林，则雪深泥滑，不得前矣。独饮方村，怅然久之”的情景。句中的“车轮生四角”，出自陆龟蒙《古意》诗“愿得双车轮，一夜生四角”。但陆句是希望车轮不前，留住行人；作者则恨车轮不前，因而追赶不上陈亮。从这四句词，并对照词序，足见作者与陈亮的交谊之厚和别后的相思之深。如果就这几句顺写下去，也许应当进一步叙说在此时此地怎样为刻骨相思所苦，但下面“问谁使、君来愁绝”一句，却把词思推回到十天前陈亮之来相会，突然问是谁叫他来的。从本句看，似把“愁绝”归咎于“君来”；联系上一句和词序看，似把“此地行人销骨”的远因追溯到“陈同父自东阳来过余”。照说，离愁的产生来自离别，因而一般诗词只从怨离恨别落笔；但反过来从头说起，则是先有相会才有相离，有相离才有离愁。作者的词思就跳过了中间的“相离”这一层次，使两头的“相会”与“离愁”直接挂钩，因而在换头一句已经惋惜陈亮之别后，这里就更向上推，只抱怨陈亮之来了。其词意与司马光《西江月》“相见争如不见”句有相似处，是翻进一层的写法。而且，这句中所说的“愁绝”，除了指离愁外，还可以有另一重含义。在这次“鹅湖之会”前，陈亮曾赴今南京、镇江一带观察军事地形，并向孝宗上书，力主北伐。其来与作者相会，正为了共商恢复大计。两人在“憩鹅湖之清阴，酌瓢泉而共饮”之际，曾“极论世事”（《祭陈同甫（父）文》）。而论及“世事”，就必然会引发他们对国土未复、国耻未雪的悲慨。这就不仅是陈亮去后留下的怨离恨别之愁，而且是陈亮来时勾起的忧国伤时之愁了。而既然这句中所写的愁是双重的愁，后两句“铸就而今相思错，料当初、费尽人间铁”，就也可以有双重含义。“铸错”，典出《通鉴》及《北梦琐言》。唐哀帝天祐三年(906)，魏博节度使罗绍威借朱温兵力铲除了魏博内部的牙军，但为供应朱温派来的军队，历年积蓄耗用一空，魏兵也从此衰弱。绍威后悔说：“合六州四十三县铁，不能为此错也。”“错”，本指错刀，这里借指错误，语意双关。这两句词的含义之一是借用此语来写别后相思，表达词序中所说的“颇恨挽留之不遂”的心情。联系前几句，正如俞陛云在《唐五代两宋词选释》中所释：“车轮生角，自古伤离，孰使君来，铸此相思大错。铸错语而用诸相思，句新而情更挚。”但夏承焘在《论陈亮的龙川词》一文中则把这两句词视作“抒写对国事的慨叹”，这是深入一层的剖析。从这一重含义来看，句中所说的“费尽人间铁”所铸就之错，可以兼指和议之误国，而“相思”一词也可推广其义，指南方志士之北望中原，北方父老之南望王师。

结拍“长夜笛，莫吹裂”两句，写作者在上述感情状态下，卧听笛声，深夜难眠。这也就是词序中所说的“夜半，投宿泉湖吴氏四望楼，闻邻笛悲甚”。这样，词的下半阕就从陈亮别去，写到第二天追陈亮不及，一直写到当天深夜投宿闻笛，而全词也就在作者的澎湃起伏的思潮中，在回荡于夜空的悲凉哀怨的笛声中结束了。

作者写这首词时的感情是复杂的。其人间离别之恨，壮志难酬之悲，河山破裂之痛，是相互渗透，交集心头的。其积也厚，其感也深，因而其词情分外郁勃，其词笔也凝回跳荡，加以神力独运，劲气内转，堪称为力透纸背之作。陈廷焯评作者

《贺新郎·别茂陵十二弟》一阕说："沉郁苍凉，跳跃动荡，古今无此笔力。"这几句话，也可移用作这首《贺新郎》的评语。（陈邦炎）

鹧鸪天

博山寺作

不向长安路上行，却教山寺厌逢迎。味无味处求吾乐，材不材间过此生。宁作我，岂其卿，人间走遍却归耕。一松一竹真朋友，山鸟山花好弟兄。

淳熙九年（1182）春，爱国志士稼轩受到奸臣弹劾，落职罢任，归带湖闲居十年，此词是闲居带湖时作。博山寺：据《广丰县志》，博山寺在广丰西南，"本名能仁寺，五代时天台韶国师开山，有绣佛罗汉留传寺中。宋绍兴间悟本禅师奉诏开堂，辛稼轩为记"。

词开端两句：意谓不求功名，只游山寺。长安路：京城之路，代指求取功名之路。厌逢迎：山寺倦于接待，极言自己去寺次数多。"味无味"两句：谓在味与无味之处寻求乐趣，在材与不材之间度过一生。味无味：语出《老子》："为无为，事无事，味无味。"材不材：语出《庄子·山水篇》。庄子过山，见有些树木因不成材而免于被砍伐；过友人家，却见友人杀不鸣之雁以待客。明日有弟子问："昨日山中之木以不材得终其天年，今主人之雁以不材死，先生将何处？"庄子笑曰："周将处乎材与不材之间。"

"宁作我"三句：谓宁作独立不移的我，也不依附他人以求名，走遍人间还是归耕为好。宁作我：语出《世说新语·品藻》："桓公少与殷侯齐名，常有竞心。桓问殷：'卿何如我？'殷云：'我与我周旋久，宁作我。'"岂其卿：意谓岂可依附公卿。语出扬雄《法言·问神》：有人认为君子与其默默无闻地死去，何不依附公卿以求名声。扬雄说："君子应以德而名。有人很富贵，但无名声。有人躬耕岩石，却名震京师。""一松"二句：谓亲近松竹花鸟很为高雅。元结《丐论》："古人乡无君子，则与云山为友；里无君子，则与松竹为友。"杜甫《岳麓山·道林二寺行》："一重一掩吾肺腑，山鸟山花共友于。"

这是一首宣泄厌弃官场、乐意归隐田园之情的清雅辞章。开篇总述词旨，以下层层递进，抒发归隐田园的兴致和雅趣。先从养生处世的哲理之道醒明缘由；再由宁可保持独立品操，岂可依附权贵，说明走向归耕的必然；末以欣喜松竹花鸟，体现归耕林泉的幽闲雅趣收结。（刘乃昌）

破阵子

为陈同甫（父）赋壮词以寄之

醉里挑灯看剑，梦回吹角连营。八百里分麾下炙，五十弦翻塞外声。沙场秋点兵。　马作的卢飞快，弓如霹雳弦惊。了却君王天下事，赢得生前身后名。——可怜白发生！

此词大约作于闲居带湖时期。陈亮，字同父，号龙川，婺州永康（今属浙江）人，南宋爱国词人。他一生主张抗战以收复中原，多次上书不被重视，因“言辞过激”，曾被人诬以“置毒害人”而被逮入狱，近百日后才被释放。淳熙十五年（1188），陈亮至上饶访辛弃疾，“同游鹅湖”，“酌瓢泉而共饮，长歌相答，极论世事”（辛弃疾《祭陈同甫文》）。两人志同道合，十分投机，作《贺新郎》词互相唱和，陈逗留弥旬乃别。此词可能是别后辛弃疾思念陈亮，为鼓励陈亮坚持志向而作。

开头两句一写晚上，一写拂晓。“醉里挑灯看剑”有三层意思：“醉里”暗示英雄有心事难解，借酒浇愁而醉；“挑灯”点出时间，而且精确地写出醉眼蒙眬的情态；“看剑”表示雄心壮志，夜间“醉里”还要挑灯看剑，则白天醒时念念不忘刀剑之事可想而知。次句“梦回吹角连营”，写清晨一梦醒来，听到的是响彻整个营地的号角声，自然是集合操练了。两句一句写看剑，一句写闻角，都是军营中特有的景象。

接着三句写战士们的饮食、娱乐生活和军队检阅。词的境界逐渐伸展、扩大。“八百里”，牛的代称。《世说新语·汰侈》记载：王恺有牛名“八百里驳”。王济曾与王恺比箭，以八百里驳为赌。结果王济赢了，左右奉上牛心，王济割一脔即去。苏轼《约公择饮是日大风》诗：“要当啖公八百里，豪气一洗儒生酸。”即用此典，主要是表现“豪气”。此句意谓战士在军旗下分吃烤牛肉，豪情满怀。“五十弦”，指瑟。古瑟有五十弦，《汉书·郊祀志》“春帝使素女鼓五十弦”，即以五十弦代瑟。李商隐《锦瑟》诗有名句“锦瑟无端五十弦”。辛词以瑟泛指乐器。“翻”，演奏。“塞外声”，塞外战歌，此指雄壮悲凉的军歌。此句意谓军中乐器奏出了雄壮的歌声。两句显示了军队中生活富足，士气旺盛，可以想见这支军队的战斗力是很强的。歇拍一句“沙场秋点兵”，秋季在沙场检阅军队，暗示战斗即将开始。

换头直接上片，写沙场战斗场面。“马作的卢飞快，弓如霹雳弦惊。”二句似电影中的两个特写镜头：烈性的良马在沙场上飞奔，弓弦射出飞箭，发出霹雳般响声。“的卢”，良马名。据《三国志·蜀书·先主传》裴松之注，刘备投奔刘表时，刘表部下蒯越、蔡瑁想杀刘备，刘备乘的卢马逃出，堕于襄阳城西檀溪水中，的卢一跃三丈，遂过檀溪，脱离险境，于是后人常用“的卢”指良马。“霹雳弦惊”，用《梁书·曹景宗传》事：“景宗谓所亲曰：‘我昔在乡里，骑快马如龙，与年少辈数十骑，拓弓弦作霹雳声，箭如饿鸱叫。’”二句化用两个典故，非常生动自然，浑然天成。表面上写的是“马”和“弓”，实际上是写骑马和使弓的英雄。从开头到此七句，都是描绘军队的生活，这无疑都是以作者自己在济南起义以及在以耿京为首的农民起义军中任掌书记时的戎马生活为根据的。那个跃马挽弓的英雄形象，无疑就是词人自己的写照。

“了却君王天下事，赢得生前身后名”二句，反映了作者的理想和壮志，显示出大功告成时意气昂扬的神情。同时，也是回应和总结前面的战斗生活，说明战斗的原因。“了却”，完成。“君王天下事”，指收复失地、统一天下的大业。“生前身后名”，生前死后都为国家、民族建立永垂史册的不朽功勋。对词人来说，这是最神圣的事业，是他在醉里梦中都不能忘怀的。当然，这里面交织着词人的忠君思想和个人功名观念的复杂成分，但这是时代局限，是不能苛求于词人的。

以上九句，写军中的生活，投入战斗的场面，大功告成的喜悦，描绘的图景都是壮观的，表现的思想都是高昂的，可是最后一句却从高昂的情绪中跌落下来——“可怜白发生！”反映出无可奈何、感慨万端的情怀。原来以上九句所写的都是词人的理想，只有这最后一句是现实。词人一生的理想是要抗战沙场，收复中原，完成祖国统一大业，建立不朽功勋，而现实却是南宋统治者偷安于半壁江山，不思恢复大业。词人的抱负根本无法实现，被逼得去过“宜醉宜游宜睡”的生活，干“管竹管山管水”(《西江月》)的勾当，在这种生涯中虚度年华，换来“可怜白发生”！这五个字中蕴蓄着多少壮志不酬的愤慨，也表现出多少无能为力的悲哀！

从词的格式来说，此词分上下两片，按一般规律，上下片之间的文义应有明显界限：或上片写景，下片抒情；或过片开始转入新的意境。但此词却打破规律，变成前九句为一段，最后一句为一段。这是词人激动的感情冲决了传统的格式，是辛弃疾的大胆创造。前九句写的是“壮词”，按题目来说是正面文字；最后一句是悲语，但按实际感情来说，这一句才是正面文字。前九句极为雄壮，后一句极为低沉，形成鲜明对比，充分表现出词人满怀壮志不能实现的苦闷心情，从而突出了主题思想。此词的风格基调是豪放的，语言洗练，对仗工整，用的文字不多，但由于词人抓住了剑、号角、麾下、塞外声、马驰、弓弦等沙场特有的景象来描绘，给读者以广阔的驰骋想象的空间，所以得到的形象是强烈而完整的。　（郁贤皓）

鹊桥仙

己酉山行书所见

松冈避暑，茅檐避雨，闲去闲来几度。醉扶怪石看飞泉，又却是、前回醒处。　东家娶妇，西家归女，灯火门前笑语。酿成千顷稻花香，夜夜费、一天风露。

己酉是孝宗淳熙十六年(1189)。从淳熙八年末罢职退隐，稼轩闲居上饶带湖已经七八年了。这期间，他啸傲山岩，寄情林泉，对清闲淳朴的农村生活，表现出浓郁的兴致，写了不少清新秀雅的农村词。本篇就是其中之一。

上片写山行，下片书所见；上片侧重写经行的自然环境，下片着意烘染农村的生活气氛。全篇组成了一幅自然风光和农家风俗浑然融合一体的农村风俗画。

请看这画面上松柏荫翳的山冈，棘篱茅舍的村落，曾经是我们的诗人经常信步寻访、乘凉避雨的尘外幽境，这次又行经此地，自然感到分外亲切。他酒后徜徉于田头斜径，又停下脚步，手扶嶙峋的怪石，观赏那凉气袭人的悬泉飞瀑。待到酒意渐消，方始发现这幽静的去处，原来正是前回出游时歇脚醒酒的地方呵！——这里写景中暗点了时间和季候，是在一个夏季的傍晚，也许是新雨之后。这里景物有松冈、茅檐、怪石、飞泉，极富清幽爽凉之致。且景物全与词人的山行糅合到一起来写，行人步履经行此景，景物全由行人眼中看出，景中有人，人亦是景，使画面充满盎然的生机。

黄山谷《次韵柳通叟寄王文通》诗云:“头白眼花行作吏,儿婚女嫁望还山。”归返故里,为儿女早完婚姻,是所有父母的心愿,人之常情,在农村尤其如此。因此邻里婚娶,是农家的大事。几家婚娶,全村沸腾,几乎成为村民们的盛大节日。作者摄取这一生活片断来反映山村生活的亲睦和乐,是富有情趣的。“东家娶妇,西家归女,灯火门前笑语。”寥寥几笔便勾画出了山村男婚女嫁忙办喜事的动人场景。夜虽渐深,仍是烛火通明,笑语喧闹,宾客满堂,充盈着一派欢乐气氛。村里是如此热闹,村外呢?看似幽静的郊原,其实也并不沉寂。为人间作美的天公,正在每夜不停地用清风甘露细心地滋润着千顷一碧的稻田,使农人心爱的庄稼缓缓地散发出诱人的馨香,预示着丰年的吉兆。村里喜庆盈门,男欢女笑;村外稻花飘香,丰收在望。村里村外洋溢着浓郁的生活气氛。

这首小词用清新平易、不假雕饰的语言,采取淡笔勾勒的手法,描绘了富有特征的江南风光和村舍中常见的生活小景,从而显示了农村环境的雅洁淳朴,令人欣羡。它与往日作者所经历的那种充满机诈、猜忌和争斗的官场生活,显然形成了鲜明的对照。没有词人多年带湖闲居的生活体验,没有深入村舍的细心观察,没有作者对迥然不同于上层社会的另一世界——农夫野老们存朴守拙的劳动者的世界——的由衷爱悦,那是断然写不出这种清新刚健的辞章来的。 (刘乃昌)

贺新郎

邑中园亭,仆皆为赋此词。一日,独坐停云,水声山色竞来相娱,意溪山欲援例者。遂作数语,庶几仿佛渊明“思亲友”之意云。

甚矣吾衰矣!怅平生、交游零落,只今馀几?白发空垂三千丈,一笑人间万事。问何物能令公喜?我见青山多妩媚,料青山见我应如是。情与貌,略相似。 一尊搔首东窗里。想渊明,《停云》诗就,此时风味。江左沉酣求名者,岂识浊醪妙理!回首叫云飞风起。不恨古人吾不见,恨古人不见吾狂耳。知我者,二三子。

社会的需要,人际的交往,是人生存和发展的两大精神支柱。如果某一方面失衡倾斜,人就会产生失落感、孤独感。而年及花甲、闲居江西铅山的辛弃疾,却不止是一方面的失衡。此时,社会已剥夺了他政治上进取、奋斗的权利与机会,他被罢去福建安抚使之任,赋闲家居,成了被社会抛弃的“可怜无用”的英雄。祸不单行。社会上,他已丧失施展才干之地;人际交往方面,他又失却几处心灵依托之所。老友陈亮、王正之、朱熹等都先后去世,辛弃疾悲痛不已,所作《祭陈氏文》哭曰:“而今而后,欲与同父(陈亮字)憩鹅湖之清阴,酌瓢泉而共饮,长歌相答,可复得耶?千里寓辞,知悲之无益而涕不能已。”这天,他闲中独坐铅山别墅中的停云亭,叹年华之流逝,念生命之衰老,感人生之坎坷,“怅”交游之零落,百感交集,遂挥毫写下此首《贺新郎》,以宣泄心灵的苦闷,借音乐性的语言将个体自身的苦闷、忧患升华为艺术作品,供“知我者”来共同品尝这人生的苦果。

人的个性气质，有开朗乐观者，有内向悲观者。面对痛苦忧患，前者力求化解超脱，后者沉浸其中而不能自拔。词人李煜、秦观属于后一类型，苏轼、辛弃疾属于前一类型。李煜被俘入宋，囚羁汴京后，终日以泪洗面，郁郁不乐；秦观贬谪岭南后，被无边的苦海（“飞红万点愁如海”）所淹没，自作墓志，先期失去了对生命的信念，终于过早地离开了人世。而苏轼流放到瘴烟雾雨笼罩的“死亡地带”海南岛，却能乐观地从痛苦中超脱出来，自寻精神的慰藉，终于安然地活着离开海岛。辛弃疾罢官闲居，虽然没有苏轼流放海南那么痛苦，但他胸怀文武大略，极欲积极进取、拯世济民，却被罢职闲居，施才报国之路被阻塞，心情也够压抑苦闷的了。“甚矣吾衰矣”，不只含有对年华老大，生命、体质衰弱的忧虑与苦恼，更含有一生报国无门、屡受排挤压抑的苦闷与不平。倘若他已成就人生事业，完成了他的历史使命，实现了恢复中原的政治理想，个体生命的自然衰老有何可叹！哪怕是走向九泉，他也可以含笑坦然而赴之了。他的苦闷在于，生命毫无价值地白白流逝，“白发空垂三千丈”的“空”，就透露出这一心态。前辈岳飞曾告诫：“莫等闲、白了少年头，空悲切。”（《满江红》）而辛弃疾恰好是“等闲白了少年头，空悲切”。富于进取精神的辛弃疾，之所以“等闲白了少年头”，是由于社会的压抑，政敌的谗害，因而他心灵的矛盾痛苦是个体与社会的冲突。社会压抑他愈沉重，他也就更感抑郁苦闷。不过，乐观开朗的辛弃疾，年老时更加冷静，饱尝人世的磨难后，他已学会怎样乐观地对待人生的忧患，不似年轻气盛时那般急躁易怒，不像当年在建康赏心亭时那样怒拍栏杆，倩红巾翠袖“揾英雄泪”（《水龙吟》）了，而是含“笑”来正视人生的痛苦，面对“人间万事”的蹉跎变化，探求、思索如何摆脱这长伴人生的苦闷。

人的精神纽带，总是联结在社会之间、人际之间、自然之间。个体与社会发生了矛盾冲突，在社会政治生活中已找不到心灵寄托之所，于是就转向人际关系寻求安慰。又谁知“怅平生、交游零落”，如今所剩无几，逝者已矣，存者不在身边，令辛稼轩好不“怅”惘！此时此际，社会、人际关系两根精神支柱既皆倾斜，无法维持他心理的平衡，他就只得转向人类的另一位最可靠的挚友——大自然的青山绿水寻求慰藉了。一个“问”字，表明了作者由人际“交游”转向大自然“青山”的心灵探索的轨迹。啊！“青山”是多么“妩媚”亲切，她不似官场上那些瞪着乌鸡眼随时准备暗算别人的卑鄙小人，而是敞开阔大无私的心胸，热诚地与“我”默默地交流情愫，作者的一腔郁闷，终于找到一扇导引宣泄的大门，得到一缕缕清风般的抚慰。在对青山的沉吟观照中，辛稼轩也若有所悟：青山不也是长年在此闲居“独坐”吗？不管人间世事如何变化，风雨怎样吹打，她始终如一地昂首挺胸，堂堂正正地巍然屹立，不改其意态风神，“我”又何苦自寻烦恼而不保持心灵的平静呢？山与“我”，“情与貌，略相似”，“我”见之“妩媚”，山见“我”亲切，彼此慰藉，人生得一知己，足矣！遥想当年李太白，独坐敬亭山时，不也是与山相亲、相看不厌吗？“众鸟高飞尽，孤云独去闲。相看两不厌，只有敬亭山。”（李白《独坐敬亭山》）

山与人、物与我，何以“相看不厌”，“情与貌，略相似”？这是诗人的想象，也是禅家的感悟与体验。禅家在观照自然时，不是停留于“目观”，而是“心会”，将主体自我化身于对象物里，达到物我相融相失的境界，这时的主体也就获得一种忘怀世

事、忘怀物我的审美感受。青原惟信禅说过“未参禅时,见山是山,见水是水;既参禅后,见山不是山,见水不是水;可是禅悟之后,真能得过休息处时,见山又是山,见水又是水”了。日本禅学大师铃木大拙对此阐释道:“未参禅时见山是山,这是从常识的观点和理智的分析去看山,这时的山是没有生命的山;既参禅后,我们不把山看作耸立在自己面前的自然物,而是把它化合与万物为一,山便不再是山。可是当我们真正禅悟之后,便把山融合在自己的生命里面,也把自己融合在山里面,山才是真正的山,这时的山是有生命的。”(《禅与生活》台译本,第5页)辛弃疾是把自我的情感、生命融化,等同在“青山”的生命里面,故觉“情与貌,略相似”,一旦物我合一,烦恼、忧患也就淡化了。由此看来,辛弃疾词中还潜藏着禅意呢。

“水声山色”之“娱”人,毕竟是短暂的,它只能暂时地转移、淡化人的痛苦,却不能使人彻底的解脱。庄子对此早有认识:“山林与,皋壤与,使我欣欣然而乐与。乐未毕也,哀又继之。”(《庄子·知北游》)沉吟于山水之间,可使“我”欣欣然而乐,但不久悲哀又继之而来。辛弃疾在“妩媚”青山的抚慰下,心灵得到暂时的宁静、平衡,但还不能彻底解脱。他又想借酒醪来麻醉自我,在醉乡中忘怀人世的苦恼。由“友”青山而思饮酒,是辛弃疾所寻求的,也是宋代文人士大夫所普遍认可的超脱、化解人生苦闷的两种方式。酒有麻醉忘忧的功能,但也能导致饮者的失德丧身。酒的双重性能使稼轩拿起酒杯前不免有所踌躇,于是他又到古代达人陶渊明那里寻找理论依据与精神支柱。为后人所钦仰的陶渊明尚且爱酒,饮得那么通脱自在,“我”今日痛饮几杯又有何妨!当年渊明先生赋就《停云》诗时,不也是“搔首延伫”念“良朋”,良朋不至而独饮春醪吗?那“风味”与“我”“此时”正相同哩。不过,“我”之饮酒可不同于那些晋宋避居江南的风流名士,他们是以“醉”求名,自炫自耀,而俺老辛是借酒醪来浇洒平息心中的愁火苦闷,以此来对抗不平的社会、坎坷的环境。官场上龌龊的小人们,你等以为罢官免职就能整倒俺老辛?哼!俺老辛还豪放自在得很呢!真正“知我者”,只有“二三”同志,酒醪之“妙理”,只可为知者道,不可为俗人言耳。

《贺新郎》表现了词人探寻解脱人生苦闷的心理过程——由“思亲友”不得转而“友”青山,进而“友”酒醪,同时也反映出作者的人格个性:乐观开朗——“笑”,豪迈不羁——“狂”。他含“笑”来面对人生,含“笑”来化解苦闷,可谓开朗乐观;“壮岁旌旗拥万夫”,于几万敌丛中跃马生擒叛将,何等豪狂!如今在这看不见的战场与苦恼搏斗,不屈服,不沉沦,仍然有那股“回首叫云飞风起”的豪气,“狂”劲不减当年,难怪他“不恨古人吾不见,恨古人不见吾狂耳”,一股桀骜不驯、刚强不屈的精神飞扬在字里行间。

(王兆鹏)

贺新郎

别茂嘉十二弟

绿树听鹈鴂,更那堪、鹧鸪声住,杜鹃声切。啼到春归无寻处,苦恨芳菲都歇。算未抵、人间离别。马上琵琶关塞黑,更长门翠辇辞金阙,看燕燕,送归妾。　将军百战身名裂,向河梁回头万里,故人长绝。易水萧萧西风冷,满座衣冠似雪。正壮士、悲歌未彻。啼鸟还知如许恨，料不啼清泪长啼血。谁共我，醉明月？

“悲莫悲兮生别离。”《九歌·少司命》率先揭示了这一永恒的悲剧性主题，江淹的《别赋》踵武前贤，集古今离情别绪于一文，凄婉哀怨，动人心魄，终成千古绝唱。唐宋诗词更是以此见长，名篇迭出，但多是“儿女情长，风云气短”，局限于个人情谊，格调低沉。而辛弃疾的《贺新郎·别茂嘉十二弟》却不落窠臼，虽题为送别，却于词中融进了浓郁的家国之情，在表现手法上也另辟蹊径，卓然创格。

送别诗词的种类颇多，不同的别离对象决定了诗词的不同情调。多情的风流文人与歌妓相别是“执手相看泪眼，竟无语凝噎”（柳永《雨霖铃》），缠绵哀怨。英雄握别则是长歌“风萧萧兮易水寒，壮士一去兮不复还”（《史记·刺客列传》），慷慨激昂，气壮山河。本词被送者是稼轩的族弟。从刘过《沁园春·送辛幼安弟赴桂枝官》和辛词《戏赋辛字送十二弟赴都》可以看出：茂嘉也是勉力抗金而重节气忠义之人。送者与别者在政见上志同道合，决定了这首词的基本内容和基本风格。

《贺新郎》一词丰富而深沉的内涵主要表现在一系列用事上：

“马上琵琶关塞黑”两句，引用汉时王昭君被迫远嫁匈奴故事。石崇乐府《王昭君辞序》云；“昔公主嫁乌孙，令琵琶马上作乐，以慰其道路之思，其送明君，亦必尔也。”昭君别宫辞国，远行荒漠，其悲似陈皇后失宠，辞别金阙，退居长门一样凄惨（事见《史记·外戚世家》及司马相如《长门赋序》）。这是远离故国之悲。

“看燕燕，送归妾。”由于卫国发生政变，戴妫继位不久的儿子被杀，她亦被遣返回家，庄姜送归，“瞻望弗及，泣涕如雨”（《诗·邶风·燕燕》）。这是国乱丧子，去国之痛。

“将军”三句：汉名将李陵，“以五千之众对十万大军”，终因寡不敌众，兵尽粮绝而降，以致身败名裂。汉使苏武虽备受凌辱，终得全节以还。二者握别，李陵有诗云：“携手向河梁，游子暮何之？”（《文选·与苏武诗》）这是壮士之别，也是不得志的英雄末路之叹，有悲愤之情，也有羞愧之心。

“易水”三句，事见《史记·刺客列传》。战国时期，壮士荆轲为燕太子丹行刺秦王，众皆白衣白冠以送，行至易水，“高渐离击筑，荆轲和而歌，为变徵之声，士皆涕泣，又前歌曰：‘风萧萧兮易水寒，壮士一去兮不复还！’复为羽声慷慨”。气势磅礴，震撼人心。

以上四个典故，初看似互不相关，细味则同为生离死别，更与国家利益直接相关。事由美人宫怨而壮士诀别，情由缠绵悱恻而激昂慷慨，结合本朝痛史和眼前现实，显然有借古喻今之意。昭君、戴妫远离家国，情景十分凄切，这与二帝蒙尘、嫔妃北俘的“靖康之变”不无联系。李陵卒辱匈奴，荆轲身死异乡，壮志不酬，慷慨悲壮，正是南宋广大爱国志士报国无路、请缨无门心境的真实写照。周济评曰：“前片北都旧恨，后片南渡新恨。”（《宋四家词选》）惟其大气磅礴，一以贯之，所以虽迭用故实，而不见堆垛之态，反觉意深情切，耐人寻味。

本词构思精密，章法严谨，既文思跳荡，又首尾相扣，浑然一体。篇首以鸟啼起兴，渲染出别离的悲愁气氛。鹈鴂、鹧鸪、杜鹃（作者题下自注："鹈鴂、杜鹃实两种，见《离骚补注》。"），鸣声皆凄厉，最能动人归思。鹈鴂即伯劳鸟，其"声口可恶"（《渊鉴类函》引《类书》）；鹧鸪鸣似"行不得也哥哥"；杜鹃啼曰"不如归去"。三种悲鸟的啼声此伏彼起，如泣如诉，使离人愁上加愁。"啼到"两句作怨语，化用《离骚》"恐鹈鴂之先鸣兮，使夫百草为之不芳"。怨鸟无情，全不理会人间别恨。同时引入伤春之情，繁花尽逝，芳归无觅，以伤春烘托别愁。"算未抵、人间离别"，一笔勾转，承上启下，由自然界引入人世社会，点出离别本旨。以下作者连用四个典故，纵论人生别恨，融入凄怆悲壮之情。"啼鸟"两句回归篇首，啼鸟要是能知道这众多的人生恨事，所啼出的当不再是清泪而是碧血了。"如许恨"三字力透纸背，有千钧之力，总收以上文字，集千恨万慨于一言，深沉含蓄。从鸟起鸟结说，其结构是封闭性的；而中间以"算未抵"句承转，以"如许恨"总收，在啼鸟中插入社会人事，回旋跳荡，变幻多姿，于有限中体现无限感慨，从思想内容这一点说，又是开放型的。

题为送别，直到结句才点明题意。前文虽有"算未抵、人间离别"逼近题旨，但作者立即宕开，写情于事，未实写眼前握别。以下鸟啼纵有泪、血之别，也在不即不离之间。作者始终凌空盘旋，欲说还休，为结句全力一拨蓄势。结句"谁共我，醉明月"，仍不作直笔，撇开眼前别恨，而作别后凄清冷落之推想："你走之后，更谁伴我饮酒赏月？"情境兼胜，文意自透进一层，且以问句作收，可谓沉郁、蕴藉之致。

由于此词铺排历史离恨故实，清人刘体仁谓其袭用江淹《恨赋》体，并断然曰"非倚声本色"（《七颂堂词绎》）。又因其一路写离恨，至结句始翻出送别题旨，刘永缙谓其源出唐人"赋得体"（《读辛稼轩·送茂嘉十二弟之〈贺新郎〉词书后》，见邓广铭《笺注》卷四附录）。其实，无论《恨赋》抑或"赋得体"，在稼轩而言，熔铸入词，总在似与不似之间，卓然创格。至于所谓"非倚声本色"，更是词学的传统偏见所致。稼轩词中不倚词学传统本色，具有创新意义的不止此首。如其《贺新郎·赋琵琶》词，通篇用琵琶故实铺排而成，堪称此词的姊妹篇。又，其《破阵子·为陈同甫赋壮词以寄之》，前九句一路奔放，雄壮非凡，结句"可怜白发生"独立自成一意，前后形成强烈的对比，化雄壮为悲壮，也是突破宋词常格的佳作。

情景交融亦为本词的一大特点。词以啼鸟起结，其中哀愁自不必说。要之，即使用事，也句句有景，字字含情，诚如王国维所称，不独"章法绝妙，且语语有境界"（《人间词话》）。写昭君出塞是关山迢递，琵琶声声，哀怨无穷。一个"黑"字，巧妙地运用了通感手法，既是塞外夜景的描绘，也是昭君当时心情的写照，足与李清照的"守着窗儿，独自怎生得黑"相媲美；写李陵别苏武，则描摹其依依不舍的神态和心理；写荆轲别燕，则秋风萧萧，易水凛凛，送者衣冠似雪，别者引吭高歌，写出一种悲壮苍凉的境界。这就使读者在领会故实含义的同时，也获得了美的感受。

总之，《贺新郎》一词，以其丰富深沉的思想内涵和别开生面的艺术创新精神而成为宋词中的优秀杰作，开创了送别词的新天地。正如陈廷焯所评："稼轩词自以《贺新郎》一篇为冠。沉郁苍凉，跳跃动荡，古今无此笔力。"（《白雨斋词话》）

（朱德才　王华光）

永遇乐

京口北固亭怀古

千古江山，英雄无觅，孙仲谋处。舞榭歌台，风流总被，雨打风吹去。斜阳草树，寻常巷陌，人道寄奴曾住。想当年，金戈铁马，气吞万里如虎。

元嘉草草，封狼居胥，赢得仓皇北顾。四十三年，望中犹记，烽火扬州路。可堪回首，佛狸祠下，一片神鸦社鼓。凭谁问，廉颇老矣，尚能饭否？

这首词是辛稼轩的名作，明代的杨升庵（慎）甚至誉为《稼轩词》中第一首（见《词品》）。但也有人嫌其运用典故太多，不像其他作品之流利自然（宋岳珂，清谭献）。这一评论，不能说不对。用典太多，无论作诗作词，都不是高的格调。用典拙劣的作家，尤其显得是“掉书袋”，令读者生厌。不过，辛稼轩这首词是怀古之作，既曰“怀古”，当然怀念的是历史人物、历史事迹。一提到这些人物、这些事迹，就是典故。辛稼轩于宋宁宗开禧元年（1205）任镇江知府时，来到北固山上的北固亭（京口即镇江）游览，对此江山胜地，联系到自己恢复中原的壮志和当时南宋偏安小朝廷的危殆的形势，不由得想起历史上几个英雄人物。他们的雄心壮志，他们所处的时代和政治环境，都和自己一样。可是，他们的壮志未曾实现，事业没有成功，非但生命已经长逝，连一点遗迹都渺不可寻。由此情怀，想到自己也已老了（稼轩此年六十六岁），是否还能做出一番事业来呢？以上是表现在这首词中间的思想过程。因此，这许多典故也就免不掉了。

现在我们从词句中看作者如何表现其思想。上片第一句“千古江山”，“千古”是时代感，“江山”是现实感。作者在北固亭上眺望眼前的一片江山，想到古时曾经统治过这片江山的英雄人物。他首先想到三国时的吴大帝孙权（字仲谋）。孙权是一个有雄心壮志，要统一中国的人物。可是现在呢，像孙权那样的英雄人物也无处寻觅了（“无觅处”三字分开来用）。非但人无觅处，连他当年的“舞榭歌台”，这些反映他的风流遗事的建筑物，也都被“雨打风吹”，杳无踪迹了。接着，作者又想到了刘裕。

刘裕，小名寄奴。他在东晋安帝义熙五年（409）及十二年（416），曾两次率晋军北伐，先后灭掉南燕、后秦，收复洛阳、长安，几乎可以克复中原，可惜后来他阴谋篡晋，建立自己的宋代政权，放弃了进取中原的计划，以致淮北各地得而复失。作者想到刘裕早期的功勋，也非常钦佩，所以说“想当年，金戈铁马，气吞万里如虎”。可是现在刘裕的遗迹也找不到了。只见“斜阳草树”之中，寻常百姓的里巷，当地的老辈相传说，这里便是刘裕当年住过的地方。因为刘裕生长在京口，也是从这里起兵北伐的。

以上是词的上片，怀念两个英雄人物的盛衰。接下去，下片便怀念到又一次北伐失败的历史事实。宋文帝刘义隆元嘉二十七年（450）命王玄谟率师北伐。当时北方的统治者是鲜卑族的北魏太武帝拓跋焘（小名佛狸）。王玄谟草率出兵，没有周详的部署，结果大败而回。所以作者说：元嘉时的北伐，真是冒失出兵，妄想像

汉代的霍去病一样，北伐单于，一直打到狼居胥山（在今内蒙古西北境内），封祭山神，凯旋回师。可是，王玄谟却只落得仓皇地逃回京口的下场。此词中“仓皇北顾”四字，许多注释本都把“北顾”讲作“向北张望追来的敌人”，似乎未达作者之意。“北顾”是流亡到江南的士大夫常用的一个含有政治意义的语词，有“北望中原，企图恢复”之意，故宋文帝在元嘉八年兵败时赋诗云：“北顾涕交流。”后来梁武帝登北固亭，索性把亭名改为北顾亭，以寓收复中原之志。辛稼轩此词是北固亭怀古，因而用了双关的意义。我以为“仓皇北顾”应解释为仓皇败退到北固山下，从此只能“北顾”而已。

接下去，忽然来一句“四十三年”，立刻联系到自己，又联系到当时抗金的形势，从怀古一转而为伤今，笔路可谓雄健。辛稼轩于宋高宗绍兴三十二年（1162）来到南方，参加抗金战争，到开禧元年登北固亭时，正是四十三年。这时他遥望对江的扬州，还记得四十三年前从北归南的一路战斗情况。所以说“望中犹记，烽火扬州路”。

在这四十三年间，辛稼轩壮志未酬，南宋小朝廷也始终未能振作。收复中原，徒成虚愿。于是辛稼轩有了不堪回首之感。这一感慨，因望见“佛狸祠下，一片神鸦社鼓”而愈加强烈。原来北魏太武帝在击败王玄谟的军队之后，一直追到京口对江的瓜步山（今江苏六合东南），在山上建立了行宫。这个行宫到后世便被当地老百姓误传为佛狸祠，以为是一座福祐人民的神庙，春秋祭祀，有“神鸦社鼓”的热闹。时代已冲洗掉民族耻辱的意义，这就使辛稼轩愈加悲痛，深恐再过几十年，南宋小朝廷也即将在历史上消失。

词的最后三句，归结到自己。战国时赵国的名将廉颇，年纪虽老，精神还很壮健，还能大嚼米饭和猪肉。辛稼轩以廉颇比喻自己，自以为虽然老了，还能参加抗金战斗。可是，谁来打听廉颇还能不能吃饭呢？这意思是说：有谁能起用“我”去带兵抗金，收复中原呢？

辛稼轩作此词时，正是宰相韩侂胄打算北伐的时候。韩侂胄是宋宁宗亲信的人，他为了巩固自己的政治地位，在忧心国事的士大夫中间取得盛望。辛稼轩作此词的上一年，即宁宗嘉泰四年（1204）正月，韩侂胄已决定对金用兵，希望打一次胜仗，收复一块失地，以增加他的政治资本。同时，他追封岳飞，起用辛稼轩，在抗金派的朝野人士中取得好感。卒稼轩此时的心理状态是很复杂的。他知道韩侂胄的北伐，也是“元嘉草草”的鲁莽行动，但这一举动的意义却是符合他的夙愿的。他这些思想上的矛盾，都表现在这首词中。最后三句，也可以认为他有点感激韩侂胄之意。不过，韩侂胄这一轻举妄动，在开禧二年，就招来了金兵大举入侵，又造成一次“仓皇北顾”的形势，宁宗皇帝在敌人的威胁下，只好归罪于韩侂胄，杀之以谢罪。后世词人对这最后三句，也就不敢说辛稼轩当时有感激韩侂胄之意了。

（施蛰存）

陈 亮

水调歌头

送章德茂大卿使虏

不见南师久，漫说北群空。当场只手，毕竟还我万夫雄。自笑堂堂汉使，得似洋洋河水，依旧只流东。且复穹庐拜，会向藁街逢。　尧之都，舜之壤，禹之封，于中应有，一个半个耻臣戎。万里腥膻如许，千古英灵安在，磅礴几时通？胡运何须问，赫日自当中。

据陈亮的好友叶适说，陈亮每作一首词，就自叹道："平生经济之怀，略已陈矣。"(《书龙川集后》)这首《水调歌头》，是《龙川词》压卷之作。通过解剖这篇政论式的严肃作品，我们会发现：陈亮词的独特价值，是由这种与众不同的以作诗作文的宗旨来写小歌词的态度所决定的；而其在一定程度上忽视文采的缺点，也与这种政治化、议论化的倾向不无关系。

宋孝宗淳熙十三年(1186)十一月，懦弱的临安小朝廷派章森、吴曦二人为例行使节，去燕山恭贺金世宗完颜雍生辰(万春节)。章森，字德茂，广汉(今属四川)人，他此时的官职是大理少卿试户部尚书，故陈亮尊称之为"大卿"。"使虏"，出使敌国。这种屈辱的外交活动，使一切有民族自尊心的宋人感到极端羞耻。政治家兼诗人的陈亮即事抒情，通过对友人章森所担承的屈辱使命进行议论，在这首送行词中表达了自己强烈的民族自豪感和消灭敌人的必胜信念。

"不见南师久，漫说北群空。"词以议论发端，抒写作者对偏安局面的愤慨。自孝宗初年张浚北伐失败，屈辱投降的"隆兴和议"订立，到章森这次出使之时，二十多年中南宋君臣一直畏敌如虎，恢复中原的大计早已束之高阁。陈亮在著名的《上孝宗皇帝第一书》中就沉痛地指出："南师之不出，于今几年矣！河洛腥膻，而天地之正气郁而不得泄。"词中二句之意与此相同，只不过文中是直说，而词中变换了一个角度，从敌人那方面落笔，并使用了典故而已。"漫说"，莫说、休说之意。韩愈《送温处士赴河阳军序》云："伯乐一过冀北之野，而马群遂空。夫冀北马多天下，伯乐虽善知马，安能空其群耶？解之曰：吾所谓空，非无马也，无良马也。"这里反用韩语，驳斥敌人。二句是说，长久不见南宋的军队北伐，金朝就胡说宋朝没有人才，再也振作不起来了。言下之意是：南方有人才，有力量，只不过被压抑而不能发挥，因此被金人藐视罢了。这样写，语约而意丰，一方面表达作者的自信心，另一方面引起下文对章森的赞美和对形势的议论。

"当场只手，毕竟还我万夫雄。"二句承上文"漫说"而来，赞章森，兼寓作者自己的抱负，毅然承担天下兴亡重任的豪情壮志溢于言表。"只手"，言单枪匹马，无所畏惧，只身一人负起重任。二句说，毕竟我们当中还有英雄，比如你章森就能独当一面，有力敌万夫的气概，敢于肩负出使敌国的重任。这个赞扬是有具体历史背景

的。为敌酋祝寿，虽非光彩的使命，但当时的朝臣谈金人而色变，不肯轻履险地，即使轮到像祝寿这样的使命，也有尽力推辞回避的。甚至有些人把别人荐举自己出使金朝视为倾轧与陷害。在这样的情况下，章森敢于接受使命，从容束装上道，也可以说是难得的了。作者《与章德茂侍郎》第二书称赞章森"英雄磊落，不独班行第一，于今大抵罕其比矣"。可见"当场只手"云云，并非此次送行时说泛泛的恭维话，而是对其人一向倾仰的表现。不过这不单是赞颂友人，也是作者的自我写照。

"自笑堂堂汉使，得似洋洋河水，依旧只流东。"三句以"自笑"作一顿挫，揭示章森此次使命的悲剧性。这里全是虚拟章森的口气。"自笑"，贯三句为言，有不屑之意。"汉使"，指章森。"得似"，反诘语，意即"岂得似"。"洋洋"，大水貌。"河"，黄河。河水只向东流，比喻宋朝一贯只向金朝屈服的政策。三句意谓：可笑我堂堂大宋的使节，岂能长此向敌人屈辱求和，像河水朝宗于海那样永远只向东流吗？有的选家认为这三句是以河水东流比喻章森的"忠节自守"，又有的认为是以河水洋洋比喻章森的大才，出发点固然很好，可惜从文意上推求就扞格难通。从"自笑"、"得似"、"依旧"等语意辛酸的用词来看，这里显然是爱国者的悲愤自嘲。

既然不甘心朝拜敌人，永久偏安，那么对这次屈辱使命又将如何处置呢？上片末二句"且复穹庐拜，会向藁街逢"，作了审时度势的明智回答。"穹庐"，古代北方游牧民族所居之毡帐，这里借指金朝廷。"藁街"，汉代长安城中给外国使臣居住的一条街。《汉书·陈汤传》载，陈汤出使西域，假托朝廷之命发兵斩郅支单于，奏请"悬首藁街蛮夷邸间，以示万里明犯强汉者，虽远必诛"。南宋胡铨乞斩秦桧等人的奏疏也说："愿斩三人头，竿之藁街。"本词用此意。这两句委婉而乐观地劝慰章森：你姑且再一次向金廷低头下拜吧，将来总会有一天将敌酋诛灭，悬首藁街以快人心的！这里在悲愤之中申说自己渴望抗金大业早日胜利的迫切心情，见识卓绝，语意精警，渗透了浓烈的抒情气氛。

陈亮是个敢说敢骂的热血书生。如果说词的上片还只是通过章森使金这件事来略略抒发自己内心郁结的感情，那么，在下片里作者就忍不住大步流星地站出来指斥时政了。过片处十分愤激地呼喊道："尧之都，舜之壤，禹之封，于中应有，一个半个耻臣戎。""都"，京城。"壤"，土地。"封"，疆域。三个短句文稍不同，实共为一意，即指从上古圣王尧舜禹以来代代相传的中华神圣领土——眼下被金人强占的中原地区。"一个半个"，是愤慨的话，并不是说陈亮心中只相信这么少的人数。"耻臣戎"，以向金人称臣为耻。这四句说：中原大地是我们祖先世代相传的领土，在那里总该有一些人把投降敌人看做耻辱吧？这几句是全词最精警、最壮烈、最显作者的性格与胸襟，因而也是最能代表作者独特词风之处。作者因感情喷薄而出，无暇作宛转曲折的雕琢修饰，也顾不上使用这个词调过片的传统句法，而出之以硬语盘空的古文句式，不借助于形象的直率议论，真可谓一段"词论"。由此可见，陈亮已经突破了文与词的畛域，径直将词当成议论政治的手段。《龙川词》的主要艺术特点即在于此，它的艺术上的不足与遭受讥议也由于此。清人陈廷焯《白雨斋词话》论及此词云："'尧之都，舜之壤，禹之封，于今应有，一个半个耻臣戎'，精警奇肆，几于握拳透爪，可作中兴露布读，就词论则非高调。"说这样的词并非高调，当然是一种过于看重“本色”的迂见，我们不能笼统地赞同；但这段评论毕竟既肯定了原词精警雄奇、振聋发聩的优点，也指出了它愤激有余而形象不足和过于直率、缺乏含蓄之美的缺点。

“万里腥膻如许，千古英灵安在，磅礴几时通?”这三句承过片之意，热诚呼唤华夏民族精神，渴望悠久的民族优良传统得到继承和发扬，以造成压倒敌人、振兴宋朝的新气象。“万里腥膻”指女真族奴隶主集团占我中原地区。“千古英灵”承上尧舜禹而来，指几千年的先圣英烈们。“磅礴”，广大无边貌。这三句是说：祖国的万里疆土就这样长期被金人强占，千百年来英雄圣贤们为国牺牲的精神哪里去了？我们民族的浩然正气什么时候才能压倒邪气而通于广阔天地之间呢？振兴国家，收复中原，靠的是大批像祖先一样有献身精神的优秀人才，靠的是民心、民气和民族自豪感。这三个问句大义凛然，笔势紧健，喊出了当时爱国志士的共同心声。词的结末二句，乐观昂扬地指明了金朝一天天衰落，宋朝中兴事业大有可为的可喜形势。“胡运”，指金朝的命运。“赫日”，灿烂的太阳，喻南宋。这里并非下句回答上句，而是上下句分读。全部意思为：金朝的命运何须再问，它已经衰落，快完蛋了；而南宋国运方隆，有如赤日中天。这里看似言天道，其意却在借此坚定南宋君臣灭金复仇的决心，并不是要他们坐等胜利，而是要乘敌人已经衰落之机振奋精神，共图大业。因而对这两句切不可简单地视之为安慰人的空话，而应看做是自勉和勉人的警语。

这首词是《龙川词》中最慷慨激昂和最富创作个性的一篇。我们读着这样充满政治激情的好作品，但觉其光耀眼，其热炙手，被那一团爱国赤忱所震动，所折服。这篇杰作，在调高韵响、情辞俱壮这一点上，方之作者的密友辛稼轩，直有夺席之势。论者向以陈亮归入以稼轩为首的爱国词派，褒扬他们共有的忧国伤时的思想内容和雄放悲壮的风格特征，这诚然不错。但显示一个作家独特地位的，并不是他与别人的共同点，而是其相异之处。拿辛、陈二人来说，他们虽同有英雄豪杰之词，但由于性格、学养、身份与生活环境相异，风格大不相同。稼轩词虽真气勃发，奇情壮采，但由于他处境恶劣，忧谗畏讥，必须时时想到自己是一个北来的“归正”官员，不得不有所收敛，往往将对于现实的牢骚深藏于内，而通过委婉曲折的比兴方式加以表达。陈亮则终身布衣，加之他性情耿直，喜高言大语，创作时就侃侃堂堂，以雄放激扬为宗。同样是憎恨偏安之局，他可以痛快淋漓地戟手大骂，悲愤直呼；而辛稼轩就只能委婉感叹，用对比映衬的意象描写和含义深刻的比兴手法来流露自己的悲慨。稼轩摧刚为柔，风格沉郁顿挫；陈亮直言快语，风格奔放恣纵。这首词，就表现了这种主导风格特征（当然他也有少数幽秀之作）。他曾自赞为“人中之龙，文中之虎”，宣称具有“推倒一世之智勇，拓开万古之心胸”，从这首词来看，表现的果然是一种光明俊伟、磊磊落落的非凡气概。这是陈亮词最可宝贵之处。当然，过多地发议论，不大注意形象，较少用比兴，使陈亮这类词有不够含蓄和忽视文采的毛病，往往给人以思想性很强而艺术造诣稍次之感。　　（刘扬忠）

贺新郎

酬辛幼安，再用韵见寄

离乱从头说。爱吾民、金缯不爱，蔓藤累葛。壮气尽消人脆好，冠盖阴山观雪。亏杀我、一星星发！涕出女吴成倒转，问鲁为齐弱何年月？丘也幸，由之瑟。　斩新换出旗麾别。把当时、一桩大义，拆开收合。据地一呼吾往矣，万里摇肢动骨。这话霸、只成痴绝！天地洪炉谁扇鞴？算于中、安得长坚铁！淝水破，关东裂。

南宋孝宗淳熙十五年(1188)冬天，爱国者辛弃疾和陈亮在江西上饶会晤。二人在带湖聚首十日，又同游铅山鹅湖。他们纵谈天下大事，深入探讨救国抗战方略，之后依依话别，陈亮飘然东归浙江。这就是历史上传为佳话的“鹅湖之会”。这场聚会留给后人的，不但有关于高尚友谊的动人传说和激昂悲壮的爱国主义思想，还有辛、陈二公于事后因互相思念而命笔唱和的一系列脍炙人口的瑰丽词篇。本篇即陈亮和词的第二首，大约写于淳熙十六年(1189)春天，是在接到辛弃疾答陈亮的第一首和词的同调词(“老大那堪说”)之后的再和之作。全词承前一首词纵论时政的主旨，猛烈抨击南宋小朝廷苟安江左、屈辱事敌而致使华夏民族壮气消亡的现实，大声疾呼，表达了坚持抗战、统一祖国的正义主张，具有振聋发聩的巨大思想力量和悲壮雄豪的艺术美。

此词最显著的特点是大量用典，通过散文化、议论化的手段，形成一种与传统词迥然而异的“硬语盘空”、奇崛拗怒的艺术美，以传达作者忧愤深广的满肚子“不合时宜”之情。用典多，文言句式多，造成一般读者理解上的困难，这固是一弊。好在作者真情勃发，所用之典多切合作者所欲畅发的思想与情绪，意象较为鲜明。因此我们认真循着作者抒情言志的意脉逐一分析、疏解全词，仍能深透地理会他的苦心，并体味其独特的艺术境界。词的上片，活用若干典故，借古说今地回顾宋朝屈辱求和、媚敌以自安的可耻历史，借以抨击偏安的时局。首句“离乱从头说”实概上片的内容而言之，意谓造成今日外敌入侵、国家动乱、黎民百姓流离失所的原因，应该从头追述。这里跨越时空，反思历史，具有政治家高瞻远瞩、洞悉历史底蕴的气魄和眼光。“爱吾民”二句，用北宋故事，实际上是追究赵宋统治集团从北宋初年就开始的一百多年的屈辱外交，指明南宋的偏安局面具有深刻的历史渊源。北宋真宗时，澶渊一战明明打赢了辽国，却屈己“和戎”，以岁赠银绢(即缯)罢战。仁宗朝，岁币有增无减。仁宗竟然说：“朕所爱者，土宇生民尔，斯物非所惜也。”(《东轩笔录》)明明以钱物求和，却硬说是爱土地人民，不惜银绢财物。多么虚伪矫情的软骨头君主！陈亮“爱吾民、金缯不爱”语即本此。这里意含讥刺，把矛头直指最高统治者。事实上自真宗、仁宗之后，纳金帛以换取“和平”已成为赵宋历代皇帝遵奉的成规。这种如牛负重的可悲局面，绵延一百多年，真如“蔓藤累葛”，牵引纠缠，无法摆脱，直至陈亮生活的年代，无任何松缓，怎不叫这位爱国志士扼腕长叹！下二句“壮气尽消人脆好，冠盖阴山观雪”，则是进一步揭露上述投降路线和苟安政策所带来的民气、士气萎靡柔弱的严重后果。作者沉痛地说：屈辱偏安的漫长历史，销蚀了中国的士气与民心，使得华夏民族萎靡柔弱，外貌温顺而质地脆嫩；朝廷不断派出珠冠华盖的使臣到北国去求和，然而这些文弱的使臣不可能取得外交的胜利，徒然陪侍金朝君臣出猎阴山，欣赏那里的雪景罢了！写到这里，作者禁不住悲从中来，大声叹息道：“亏杀我，一星星发！”这是痛惜自己当国家民族危难之秋不能有所作为，被如此可悲的现实折磨得逐渐衰老，两鬓悄悄地增添了斑斑点点的白霜，怕只有抱恨而死了。作者《与章德茂侍郎》第二书说：“屠龙之技虽成何用？但侵寻暮景，行将抱之以死矣。”意与此近，都宣泄了这位有志之士面对丑恶现实而无可奈何的痛苦心绪。接下来，作者又由主观心绪的宣泄转而批判现实社会。他连用两个先秦典故，借以斥责南宋统治者的懦弱无能，并对国家的积弱不振、长期受北敌欺凌表示愤慨。“涕出女吴”典出《孟子·离娄上》：春秋时，南方的吴国一度十分强盛，以武力威胁北方的齐国，齐景公畏惧不安，流着眼泪把女儿送给了吴王，以求和平。作者说“涕出女吴成倒转”，其意是说：古时北方的齐国害怕南方的吴国，如今时世颠倒过来了，南方的宋朝向北方的金国屈膝求和，真是历史的悲剧！“鲁为齐弱”典出于《左传·哀公十四年》：鲁哀公向孔子感叹说：“鲁为齐弱久矣。”语意为：鲁国因为齐国强大而受其欺凌，遂致衰弱，这种状况由来已久了。作者用此典时以一表示反诘的“问”字领之，感情色彩十分鲜明，意谓：南宋这种被动挨打、老受金人欺侮的局面究竟还要持续到什么时候？上片末二句“丘也幸，由之瑟”，分别出自《论语》的《述而》和《先进》篇。前者有云：“丘也幸，苟有过，人必知之。”后者有云：“由之瑟奚为于丘之门。”这里是断章取义以为己用：前一句取“人皆知之”之意；后一句以孔子的学生子路（仲由）弹瑟多勇武之音，不合所谓“雅颂”标准自喻。合此二句之义，陈亮是向稼轩表白说：“我”持抗战北伐之议，人皆以为不合时宜，以此罪“我”，但“我”仍高唱自己的论调，坚持不懈。这里，作者用这种看似突兀的前人成句连缀在一起，故意造成刚硬的语调，以表现自己独持抗战之论的倔强态度。

词的下片进一步抒写自己的抗战热情、救国大志和对于胜利的向往。首句“斩新换出旗麾别”，是用唐典以激励好友辛弃疾，渴望他能拜将建旗，治军北伐。据《资治通鉴》卷二二一载，唐肃宗乾元二年（759）七月：“上召子仪还京师，以李光弼代为朔方节度使、兵马元帅。……光弼以河南骑五百，驰赴东都，夜入其军。光弼治军严整，始至，号令一施，士卒壁垒旌旗，精采皆变。”辛弃疾是位“壮岁旌旗拥万夫”的抗金名将，南归后任地方官时又创建过被誉为“江上诸军之冠”的湖南飞虎军，他的杰出的军事才能是世所公认的。陈亮在此以中兴名将李光弼相期，渴望辛氏成为统军主帅，开创出“斩（崭）新”的抗战局面。这种渴望与设想，可能在“鹅湖之会”时就多次与辛氏交谈过，所以下文“把当时、一桩大义，拆开收合”二句，进而回忆当初相会时，二人把抗战救国这桩“大义”反复分析综合、研讨透彻的情景。作者也一定设想过：辛弃疾一旦统军北伐，他就要投效于帐下，成为这支抗战新军的重要参谋人员。所以这里他决然表示：“据地一呼吾往矣，万里摇肢动骨！”这就义无反顾地告诉稼轩，也告诉世人：要是真有那效命疆场的一天，我陈亮一定会振臂一呼，冲上前线，奔走万里，不辞劳累辛苦。为中兴大业献出一切！可是，设想归设想，热情归热情，现实却是十分严酷的。在那时的可悲环境中，奸邪当道，投降派主宰朝政，忠良遭殃，士气销铄，哪里看得见前途和希望？别的不说，就连作者对之寄予厚望的将相之才辛弃疾，其时不也如虎落平阳，龙困沙滩，屈居江西农村而无所用其长吗？所以写到这里，作者语势陡跌，发出一声摧裂心肝的感叹："这话霸（即话柄、话头）、只成痴绝！"语势的大起大落，说明作者内心情感的波涛也在大起大落。是啊，在那是非、黑白颠倒的丑恶时代，爱国正义的主张只会成为供人闲谈的话柄，被人骂作痴狂。陈亮之所以拿着"鹅湖之会"这个传遍士林的"话霸"反复填词，光是《贺新郎》就写了三首，不正说明了他心中的积愤总难平息吗？不过陈亮之所以是陈亮，却在于他不但能清醒地认识现实，而且又能不屈服于现实，始终执著地坚持自己的理想，追求自己的崇高目标。所以全词的最后几句终于从沉思与痛苦中抬起头来，满怀信心地豪唱道："天地洪炉谁扇鞴？算于中、安得长坚铁！淝水破，关东裂。"这里，"天地洪炉"是用《庄子·大宗师》中"天地为大炉"的比喻。"鞴"，指鼓风吹火的皮袋。"淝水破"，用东晋谢安、谢玄以八千精兵于淝水大破苻坚百万大军事。"关东裂"指苻坚失败后，其前秦政权四分五裂，关东地区出现若干割据势力的历史状况。作者活用典故，以富于鼓动性的形象化语言号召人们：谁来把天地洪炉煽得烈火熊熊？只要有人煽起烈焰，就没有熔化不了的坚铁（没有消灭不了的敌人）。我们要学习东晋的抗战派，不畏强敌，打败金兵，使他们的政权土崩瓦解！这些发自肺腑的豪言壮语，既是自勉，亦用以勉励友人辛弃疾，同时喊出了当时抗战爱国的一切志士仁人的共同心声。由于具有悲歌慷慨、踔厉风发的感人力量，此词堪称《龙川词》中思想与艺术俱佳的代表作之一。（刘扬忠）

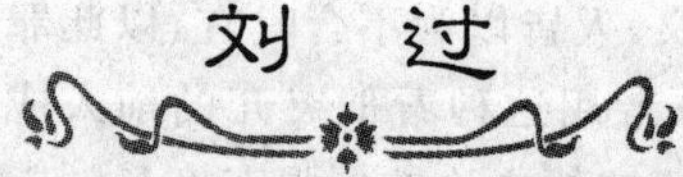

沁园春

寄稼轩承旨[①]

斗酒彘肩，风雨渡江，岂不快哉！被香山居士，约林和靖，与东坡老，驾勒吾回。坡谓"西湖，正如西子，浓抹淡妆临镜台。"二公者，皆掉头不顾，只管衔杯。　白云"天竺飞来！图画里、峥嵘楼观开。爱东西双涧，纵横水绕，两峰南北，高下云堆。"逋曰"不然，暗香浮动，争似孤山先探梅！"须晴去，访稼轩未晚，且此徘徊。

嘉泰三年（1203）刘过流寓杭州，接到担任浙东安抚使兼绍兴知府辛弃疾的约请函，邀他到绍兴作客，刘过借题未去，便填写了这首《沁园春》。后来，据《桯史》记载说："辛得之，大喜，致馈数千百，竟邀之去，馆燕弥月。"为什么辛弃疾如此厚爱刘过这首词？除了因辛弃疾从此词中发现了刘过的创作气质和艺术理想有同于己而外，更由于刘过曾于光宗时上书宰相，陈述恢复大业，不果，而流徙江湖，过着落拓不羁、逍遥放逸的生活。辛弃疾久慕其名，有心邀他入幕，倚作手足，只是刘过徜徉迷恋于杭州湖山，颇有超凡脱俗之意，竟不克赴招，才以词代书，向辛作复。有人说此词"效辛体《沁园春》"，是有道理的。因辛弃疾曾用问答体和戏谑笔法写过两首"杯汝前来"、"杯汝知乎"的《沁园春》。但刘过此词，仅效其形式，而实际却表现了作者自己独特的格奇语隽的艺术创造。

上片一开头，就呈现出雄奇的气格："斗酒彘肩，风雨渡江，岂不快哉！"三句立即把刘过感激辛弃疾的盛情相邀而引以为快的内心情感倾泻而出。"斗酒彘肩"，用《史记·项羽本纪》典：在鸿门宴上，项王对壮士樊哙赐之"斗卮酒"、"赐之彘肩（猪前腿）"，樊哙拔剑在盾上切而啖之。这个典故的传奇色彩渲染出作者的豪壮情怀，加以作者甘愿冒钱塘江暴风雨渡江前往的描述，更渲染出作者对赴约的无比向往和豪爽雄放的个性。但是，"岂不快哉"的一个"岂"字，却显出无限周折。"岂"，乃"难道"之意，是个疑问字和反诘字，它说明作者心中另有打算，从而曲折有致地揭示出意欲赴约而实不能前往的矛盾心理。于是，词的下面四句，便从正面推出了他难以赴招的原因："被香山居士，约林和靖，与东坡老，驾勒吾回。""驾勒"，就是强拉硬扯、身受拘禁、迫不得已的意思，它表现了"力"的强大存在。那么，词中这强大存在的"力"又是什么呢？

说来离奇，作者竟把强大存在的"力"建立在空中楼阁的基础上，这使词充满了蹊跷、荒诞的成分，但却引人入胜。谁都知道，词中的"三公"，"香山居士"即数百年前的唐代诗人白居易，"林和靖"即林逋，"东坡老"即苏轼，二人也都是北宋早已谢世的诗人。三个子虚乌有的谢世诗人怎么能够强拉硬扯地不让他去赴约呢？但是，作者毕竟异想天开地这样写了，而且写得感同身受，令人信服，其原因何在？

首先，第一个层次，作者先把"三公"形象描绘得活灵活现，声口毕肖。在写"三公"相互争辩时，又淋漓尽致地描画了他们各自的神情姿态，再现了白、林、苏的个性特征，似乎这三个古人正就是现实中真正的活人一般。因此，读来亲切自然，并无龃龉之感。

第二个层次，是作者精心融汇了"三公"的千古绝唱、影响深远的诗句，将之翻作口语，似在啧啧向人们夸赞西湖的现实美景，读之令人神往。先说东坡："坡谓'西湖，正如西子，浓抹淡妆临镜台'。"这是化用东坡著名的《饮湖上初晴后雨》诗意："欲把西湖比西子，淡妆浓抹总相宜。"原来，东坡"驾勒"作者赴约的缘由是邀他泛舟西湖，品略湖山的自然风光。然而，妙处是"二公者，皆掉头不顾，只管衔杯"。二公的煞有介事的自斟自饮，表明另有所思，暗示着他们有着比东坡更为高超的赏景要求和审美情趣。至于"二公"是什么高见？作者又故意"卖关子"，上片未及叙述即告歇拍，给读者留下悬念，而使上下两片词意紧密相连，自然形成"一气呵成"之势。这种写法又巧妙地打破了"过片另起"的常规词格，显出词情构思的新颖创新。下片由白居易首先开口述志："天竺飞来！"一句坚定而沉重的声语，表示他决不让东坡的主张专美于前，而极力赞美天竺山、飞来峰的山光水色更具魅力。原来，白居易当年在杭州任刺史时，常光顾天竺寺、灵隐寺等处寻美探胜，所谓"在郡六百日，入山十二回”(《留题天竺灵隐两寺》)。在此期间，白居易曾写下众多赞美寺、泉的如图似画般的著名诗句，如其《西湖晚归回望孤山寺赠诸客》诗云:“楼阁参差倚夕阳。”《寄韬光禅师》诗云:“东涧水流西涧水，南山云起北山云。”此词中所写“图画里、峥嵘楼观开。爱东西双涧，纵横水绕，两峰南北，高下云堆”，显然是糅合、融汇了这些诗句而组成的优美画面。其意谓:杭州天竺真是美景如画呀，你看那天竺寺楼阁层叠，威严壮观，山势峥嵘嵯峨，高耸入云，好像依偎在漫天彩霞的夕阳光辉里;再看那灵隐寺下的东西两涧，碧水清澈，曲绕山石，潺潺而流;还有灵隐山的南北双峰，横空对峙，云海涛涛，这才是真正诱人的美景啊！林逋听白居易赞叹天竺名胜又不以为然，真是一波未息一波又起，他竟毫不客气地反驳苏、白说:“不然，暗香浮动，争似孤山先探梅!”原来他更有隐士的无限雅趣。当年，林逋曾长期隐居孤山，以养鹤种梅为乐，自称“梅妻鹤子”，其《山园小梅》诗有名句云:“疏影横斜水清浅，暗香浮动月黄昏。”在林逋看来，无论是西湖泛舟，或是天竺探胜，都远不如月下寻梅更富情趣，所以，他劝大家还是到孤山探访那刚刚绽放、散发着幽香的梅花去吧!

三位诗人你争我斗，谁也说服不了谁，说明他们都是偏爱一隅而各执一词的。作者的巧妙构思在于，他通过“三公”的争辩，十分自然地整合起杭州每个侧面的美景，借以说明作者对杭州湖山的迷恋尚有超过“三公”之处，即他恰是“三公”爱好的综合者、集大成者，这就显示出杭州西湖整体美的魅人力度，令人留恋难舍。

第三个层次，也是词中最重要、最坚实的“力”的表述，即“三公”对杭州美景的争辩，实是他们各自人生态度、审美情操、精神人格力量的体现。白居易、苏东坡、林逋皆为仕途坎坷或愤世嫉邪者，他们饱经人间风霜和世态炎凉，常恨人生之乖蹇，而倾慕大自然之无私，故而悠然旷然，流连于无边的湖光山色之中，以抚慰其被创伤的心灵。——潇洒夷旷、高风绝尘，就是他们精神人格的最高境界。刘过可谓神观精锐、志同道合者。他把幻化的“三公”进行“驾勒吾回”的神奇描写，正是有意在荒诞戏谑中坦露自己矢志不移的严肃情志。所谓情志难移，坚如磐石。到此，“驾勒吾回”的力度，得到了既强且烈的表现。

最后三句:“须晴去，访稼轩未晚，且此徘徊。”这当是刘过自己的最后抉择，他毅然加入了“三公”留恋杭州湖光山色的行列。这里“须晴去”的“晴”字，当然与上片的“风雨渡江”遥相呼应，可当作“晴天”讲。但是，从词旨总体揣摩，它似含有“清醒”的意味，其潜台词中似乎是说自己目前正被杭州湖山胜景所迷恋，“徘徊”在“三公”争辩的诱惑之中。那么，赴约之事，且待“我”“清醒”过来，再作理会吧！这样理解，可能更具妙趣。

词作从“尚有古人”的角度抒写出作者个人的出尘绝俗的强烈意志，不仅奠定了全词如磐石之固的力量，更开拓了读者的无限联想空间，呈现出一种胸襟开阔、豪视今古的雄迈气概。

再者，词作物我交融，古今一体，超越了时空界限，形成新颖奇特的艺术构想，具有扑朔迷离的艺术魅力。在艺术方法上，它把审美主体、个性情感锲入了幻化的白、林、苏三位古人的客体身上，然后借此染有主体意识的“三公”客体揭示出自己内心的强烈情志，以弦外之音寄托自己的高趣。结果，全词实从虚出，虚中藏实，虚实相生，可谓架空行危，而数百言皆如其所欲推出者，读之令人心旷神怡，赞叹不已。

又者，全词在语言上强化了口语、对话的艺术性能，使叙事、写景、抒志、表情融为一体。其体裁是词，但又似诗，更若散文，其形式活泼自由，幽默诙谐，亲切动人，使全词形成一种朴素而有内涵的诗意美。诚如《庄子·山木》所说："既雕既琢，复归于朴。"这种缜密的经营构思，正体现出刘过的想象丰富、格奇语隽、超然洒脱的审美个性和富于创造的艺术才能，可谓千古独步。

（朱靖华）

【注】 ①寄稼轩承旨：此题序依唐圭璋编《全宋词》本。一本题作："寄辛承旨。时承旨招，不赴。"承旨：指辛弃疾官名，然弃疾进枢密都承旨乃六十八岁逝世之年事，《宋史》本传谓"未受命而卒"。因知"承旨"云云，当系后人妄加。《宋六十名家词·龙洲词》题作："风雪中欲诣稼轩，久寓湖上，未能一往，因赋此词以自解。"尚符本事。

柳梢青

送卢梅坡

泛菊杯深，吹梅角远，同在京城。聚散匆匆，云边孤雁，水上浮萍。

教人怎不伤情？觉几度、魂飞梦惊。后夜相思，尘随马去，月逐舟行。

这是送别友人卢梅坡的词。卢梅坡，南宋诗人，《宋诗纪事》录存其诗二首。此词上片开端三句写两人在京城聚会。"泛菊"：谓斟菊花酒。"吹梅"：言吹《梅花落》曲，李清照《永遇乐》有"吹梅笛怨"句。"云边"两句：喻指别后孤独。下片首句点明离情深沉。"觉几度"句：描述思念频繁。"尘随"两句：想象友人远行，乘马泛舟，水陆跋涉的情景。又寓含化身飞尘与明月，追随友人舟马同行之意。唐人苏味道《正月十五夜》诗，有"暗尘随马去，明月逐人来"句。贺铸《惜双双》词有"明月多情随柁尾"语。意境相似，或为刘过所本。

这首送别的友情词，上片三句写欢聚，三句写离散。"杯深"、"角远"，见相聚欢乐，用白描手法。"孤雁"、"浮萍"，见别后孤零，用比喻手法。下片首句提点，以下用"魂飞梦惊"，又着以"几度"，见相思之深切频繁。末三句更深化一层，既设想友人远行情景，又以"尘"、"月"喻神魂追随行者。言简意笃，颇富情致。词人叠用偶句，对仗工整，句式亦灵活多变，耐人品味。

（刘乃昌）

姜夔

扬州慢

淳熙丙申至日，予过维扬。夜雪初霁，荠麦弥望。入其城，则四顾萧条，寒水自碧，暮色渐起，戍角悲吟。予怀怆然，感慨今昔，因自度此曲。千岩老人以为有黍离之悲也。

淮左名都，竹西佳处，解鞍少驻初程。过春风十里，尽荠麦青青。自胡马窥江去后，废池乔木，犹厌言兵。渐黄昏，清角吹寒，都在空城。　杜郎俊赏，算而今、重到须惊。纵豆蔻词工，青楼梦好，难赋深情。二十四桥仍在，波心荡、冷月无声。念桥边红药，年年知为谁生！

《扬州慢》是姜夔最早的词作，从词前小序可知，作于宋孝宗淳熙三年（1176），此时作者才二十二岁。扬州是一座历史名城，在唐时最繁盛，甚至有“天下三分明月夜，二分无赖是扬州”之誉。但是，宋高宗在位期间，扬州城曾遭金人两度入侵：建炎三年（1129），金兵占领扬州，全城被焚掠一空；绍兴三十一年（1161），金主完颜亮又大举南侵，扬州再度遭受破坏。姜夔来到扬州之时，已是第二次被劫的十五年后，然而扬州仍然残破非常，元气未复。在目睹了这座历史名城因战争而造成的萧条败落后，作者不禁抚今追昔，自度此曲，表其黍离之悲。

姜夔写词，篇前多有小序。此词小序先点明时地：在冬至之日，行达扬州（《尚书·禹贡》云：“淮海维扬州。”后每以“维扬”称扬州），正逢夜雪初晴，放眼望去，一片荠麦。入城后也是四顾萧条，所见者，“寒水自碧”，所闻者，“戍角悲吟”。这种残破景象使人情怀怆然，词人怅想今昔巨变，度曲成篇。江西诗派著名诗人萧德藻（字东夫，号千岩老人）读后以为有黍离之悲。“黍离之悲”实是亡国之痛的借语。民族英雄邓廷桢在其《双砚斋词话》中写道：“其时临安半壁，相率恬熙。白石来往江淮，缘情触绪，百端交集，托意哀丝。故舞席歌场，时有击碎唾壶之意。”对《扬州慢》的“周京黍离之感”极为称道。

以兵后扬州为题的作品在宋词中并不少见，相较而言，姜夔此词最富善用曲笔、含蓄不露的特点。刘克庄《沁园春》写道：“闾里都非，江山略是，纵有高楼莫倚栏”，“沉吟处，但萤飞草际，雁起芦间”。虽非显豁，却是作者书其所见，直发议论。李好古《八声甘州》下片更见激烈：“游子凭阑凄断，百年故国，飞乌斜阳。恨当时食肉，一掷封疆。骨冷英雄何在？望荒烟残戍触悲凉。无言处，西楼画角，风转牙樯。”而姜词“予怀怆然，感慨今昔”的“黍离之悲”却表现得含蓄不露，不直言悲慨，而是以景现情。“荠麦青青”正是“彼黍离离”之意，“废池乔木”自然流露悼惜之情。“清角吹寒，都在空城”，可见城中无人，国中无人，深思之，则上无抗金北伐之意，下无同仇敌忾之兵，可见抗敌自难。“二十四桥仍在”以下的结尾四句，隐约可见今昔之慨、无主之感，尤其是“波心荡、冷月无声”，是极好的镜头，能起到“此时无声胜有声”的效果。作者对金兵劫掠当然痛恨，对人民遭难更感悲伤，然而不直书其感，却转用拟人之笔：“废池乔木，犹厌言兵。”语少意多，似淡犹浓。清人陈廷焯对此极有识力，他在《白雨斋词话》卷二中说：“‘犹厌言兵’四字，包括无限伤乱语，他人累千百言，亦无此韵味。”

“景无情不发，情无景不生。”（范晞文《对床夜语》）若谓姜词正印证此语，且是以景现情以见其含蓄，那么善用曲笔则体现在运杜牧情事、化杜牧诗意之上。此词以“淮左名都，竹西佳处”的对句起头，“淮左”之称，隋唐时已见，“竹西”则出于杜牧《题扬州禅智寺》：“谁知竹西路，歌吹是扬州。”“过春风十里”，见于杜牧《赠别》：“春风十里扬州路，卷上珠帘总不如。”杜诗原意是赞美幼妓的美貌，而姜词之以“尽荠麦青青”接“过春风十里”，是以兵燹后的荒凉来对照当年风光之绮丽。上片仅是化用杜牧诗中之语，下片进言杜牧之事。上结的“空城”二字，结上而启下，有总冒下片之意。这样一座“空城”，在唐代却是那样繁荣，杜牧《扬州》诗写道：“街垂千步柳，霞映两重城。天碧台阁丽，风凉歌管清。”因此，“俊赏（善于游赏，又风流蕴藉）”的杜郎，倘重游此地，定会大为惊讶。杜牧《赠别》云：“娉娉袅袅十三余，豆蔻梢头二月初。”《遣怀》云：“十年一觉扬州梦，赢得青楼薄幸名。”面对今日扬州的衰象，纵然是写过“豆蔻”、“青楼”的杜牧，也难以其明丽俊爽的诗笔表其内心感受，当然，“难赋深情”也有决无兴致写同妓女的恋情之意。杜牧《寄扬州韩绰判官》诗云：“二十四桥明月夜，玉人何处教吹箫。”现在二十四桥虽在，但玉人无觅，箫声不闻，只有寒波冷月，寂然无声。

倘言《黍离》“悯宗周”之旨是通过今之所见来展现的，《扬州慢》则极善于以今昔对照来抒怀传情。上片以“名都”、“佳处”开局，以“空城”收煞，形成对比的总结构。昔日是“春风十里扬州路”，今日却是“尽荠麦青青”；昔日“暮霭生深树，斜阳下小楼”（杜牧《题扬州禅智寺》），如今台阁、小楼不存，惟剩“废池乔木”，箫管、歌吹不闻，只有“清角吹寒”。换头“杜郎俊赏”遥应起二句，“重到须惊”将上片意又翻进一层。“豆蔻词工”、“青楼梦好”，是昔日杜牧“落魄江湖载酒行”的浪漫生活所得，而今日，只是“重到须惊”。最后又由情而景，以寒波冷月的二十四桥，对照当年明月美人的二十四桥，益之以红药无主，再应“空城”，更见沉痛。

诚然，“豆蔻”、“青楼”等语，不无悼惜扬州风月繁华之意，但是，写昔日扬州之繁华当首推杜牧，作者以“三生杜牧之”（《鹧鸪天·十六夜出》）自拟，以杜牧诗意、情事织入词中，实为最确。稼轩豪杰，白石才人，胸襟有别，性情不可强，词如其人，见其真切而非浮伪，故对词人“流落江湖，不忘君国”（宋翔凤《乐府余论》语）之意，对此词的“黍离之悲”，实不必求全责备。宋末入元的张炎，曾以“清空”、“骚雅”评姜词，《扬州慢》于后者最合。“雅”是“言天下之事，形四方之风”，“正也，言五政之所由废兴也”（《诗大序》）。沈祥龙《论词随笔》解为：“雅者，其意正大，其气和平，其趣渊深也。”“骚”是屈原出于怨愤而归于自慰之作，据刘勰《文心雕龙·辨骚》所析，其“规讽之旨”、“比兴之义”、“忠义之辞”同于风雅。张炎《词源》论《赋情》，有“岘首、西州之泪，一寓于词”之语，言及晋人羊祜、谢安、羊昙事。由上确可见“骚雅”是言天下大事，有别于闺房花草，但又不促不浇，不怨不怒，出以温柔敦厚，渊深和平。

《扬州慢》是感叹国运衰落、悼惜繁华之作，却写得低回宛转，隐约缠绵，骤遇之觉其无痛快淋漓之致，细味之却是义生文外，秘响旁通，有即之愈久、得之愈深的持续感染力。

作为一个精通乐律的词人，姜夔在自度之《扬州慢》中，充分表现出将结构变化、感情起伏同字音安排谐美结合的才能，其关键就在于去声字的运用上。清初万树《词律·发凡》曾论去声字作用，近人吴梅《词学通论》更明确指出去声字"由低而高，最宜缓唱"的"发调"特点。此词句首各字，如"过"、"尽"、"自"、"废"、"渐"、"杜"、"算"、"纵"、"二"、"念"，带起各句，极尽开阖跌宕之美。而上下片结尾连用三个平声韵，在谐婉中见低沉，与词之感情基调相合。（邓乔彬）

踏莎行

自沔东来[①]，丁未元日[②]，至金陵江上[③]，感梦而作

燕燕轻盈，莺莺娇软[④]，分明又向华胥见[⑤]。夜长争得薄情知[⑥]，春初早被相思染。　别后书辞，别时针线，离魂暗逐郎行远[⑦]。淮南皓月冷千山，冥冥归去无人管[⑧]。

这是姜夔作于淳熙十四年(1187)农历正月初一的一首著名小令。去年冬，著名诗人、作者妇翁萧德藻约作者前往湖州(今属浙江)相见(见作者《探春慢》小序)，作者因于"岁晚乘涛载雪而下"(同上)，次年元日舟抵金陵江上，"感梦而作"此词。根据夏承焘《姜白石系年》(见《唐宋词人年谱》)附录《白石怀人词考》，作者于二十二岁离开扬州后的十年间，曾在合肥有过一段情遇，所恋情人大约是勾栏中的姊妹二人。分别之后，作者旧情难忘，屡有怀旧之作。这首《踏莎行》就是其中很有代表性的一篇。

发端两句，写所欢女子一个舞姿轻盈，一个歌声柔美，着墨不多，其体态、其声音即已宛然如在目前耳际。然而倘只是实写眼前所见所闻，则此起句虽有先声夺人之胜，都不免有嫌平实。第三句突转，补足词意，顿使读者恍然：原来前两句所写，乃是梦中情景。着以"分明"二字，则是梦是真，是幻是实，几于难以分辨；着一"又"字，既可理解为往日情景今夜又在"我"梦中出现，又可理解为往日情景再次浮现在"我"的梦境之中。不论作何种解释(也许作者兼有上述两重意思)，作者对当日所欢女子的一往深情，已是不言而喻的了。

由梦而醒，醒后自然会追念旧情，缅怀往事。"夜长"两句，无疑是写作者此时此刻的怀旧之情，但用揣摩对方此时的感情状态而托之梦境来作曲笔描述：当此深夜，昔日所欢女子又复来入"我"的梦中，歌舞之后，一边诉说别后的不断相思，一边怨艾"我"这个"薄情"之人不了解她们的相思之苦。明明是自己怀念对方，都不直说，转从想象对方深深怀念自己的角度传达出来，充分显示了作者不同凡响的艺术构思。

过片三句，是上片末二句的延续。意谓别时曾为"薄情"郎缝制衣裳，别后又给"薄情"郎频寄书信，说明早在今年开春之前，便已满怀相思之情。是怨语，也是

情语。“别后”两句，按词律要求，作了时间上的倒置（“别时”在先，“别后”在后），无非描写女方娓娓自述对“我”感情的绵长与坚定，从而勾起“我”的旧情。“离魂”一句，更以重笔加深感情色彩：“书辞”言之不能尽意，“离魂”便追随情郎身边，无远弗届，今夜又复来入“薄情”郎的梦境之中。一个“暗”字，既有“暗暗地”、“偷偷地”之意，又实写离魂中夜长途跋涉而来，语简意深，匪夷所思。

结拍两句是千古名句，曾为王国维所称道（见《人间词话》）。古人所作诗词，往往全篇实写情事，末以景作结，这类结处的景语常给读者留下比较深刻的印象。唐代诗人钱起的《湘灵鼓瑟》，前面绝大部分篇幅都被遗忘了，独独末二句“曲终人不见，江上数峰青”脍炙人口，至今传诵，就是典型的一例。白石此词末二句却有异于钱诗，因为离而观之，这两句本身所写景色虽已具有特殊的艺术魅力，而更重要的则在于合全篇而观之，尤能见出它融情于景的妙处。前面说过，作者追怀的是合肥情侣，合肥地处淮水之南，故云“淮南”。“皓月”切上片的“华胥”、“夜长”。月色清冷，又值春初，故又着一“冷”字。梦醒之后，不见伊人，可见伊人的离魂已在昏暗的中夜离去，所以说是“冥冥归去”。伊人云逝，幽梦已醒的“我”无法为她们送行，故云“无人管”。沈祖棻《宋词赏析》说：“‘淮南’两句，因己之相思，而有人之入梦，因人之入梦，又怜其离魂远行，冷月千山，踽踽独归之伶俜可念。”言简意赅，可谓得之。

这首词的主要特点，在于将今夜的梦幻与昔日的情事以及自己对伊人、伊人对自己的怀念之情，交织糅合一处来展开描述，在委婉曲折的笔致中，表达出悱恻缠绵的相思之情。开头三句写梦中伊人之舞姿歌声，接着五句写梦中伊人之诉说相思，结尾才写作者对伊人的怜爱。梦中情事、语言的描述，哀怨动人，如闻其声，如见其情；以凄清的夜景收束全词，更增加了通篇惝恍迷离、余情不尽的艺术效果。王国维认为白石词“有格而无情”，未免失之轻诋。

（李家元）

【注】 ①沔（miǎn 免）：沔州，今湖北省武汉市一带。 ②丁未：宋孝宗淳熙十四年（1187）。元日：农历正月初一。 ③金陵：今江苏省南京市。 ④燕燕、莺莺：宋人葛立方《韵语阳秋》卷一九载：“张子野（先）八十五犹聘妾，东坡作诗，所谓‘诗人老去莺莺在，公子归来燕燕忙’是也。”作者用此借指所怀念的两位女子。轻盈：形容体态纤柔轻飘，此指舞姿。娇软：形容声音柔美婉啭，此指歌声。 ⑤华胥：《列子·黄帝》：“（黄帝）昼寝（白天睡觉）而梦，游于华胥氏之国。……其国无帅长（没有统治人物），自然而已。”后来因以泛指梦境。 ⑥争：音义并同“怎”。 ⑦逐：追随。郎行（háng 杭）：情郎身边。 ⑧冥冥：昏暗。

点绛唇

丁未冬过吴松作

燕雁无心，太湖西畔随云去。数峰清苦，商略黄昏雨。 第四桥边，拟共天随住。今何许，凭栏怀古，残柳参差舞。

淳熙十四年丁未(1187)冬，词人往返于湖州、苏州之间，途经吴松(今江苏吴江)，有感于天随居此，作此词抒感。此是白石小令词名篇。

上片开头两句：言北雁毫无机心，随太湖浮云悠然远去。燕(yān烟)雁：燕地(旧时河北一带)之雁。太湖：在江苏省南部，与吴淞江相通。“数峰”两句：言清寂寥落的几座山峰间正在酝酿降雨。“商略”，酝酿之意。下片首两句：言尚想陆龟蒙遗风，愿同他一样归隐江上。第四桥：吴县城外甘泉桥，陆龟蒙故居所在地。天随：晚唐诗人陆龟蒙，号天随子，其人心神潇散，悠然自处。白石对天随仰慕至深，其《三高祠》诗云：“沉思只羡天随子，蓑笠寒江过一生。”“今何许”，兼有何处何年之意。“残柳”句：用残柳隐喻南宋国运衰落。

淳熙十四年春，姜夔从吴兴赴苏州谒见范成大。冬间再往。这首词是途中经吴松时，眺望太湖所作。全首写眼前景物，着笔由远而近。起句写燕雁随云飞去，时序已入寒冬。次写山峦气象，阴沉昏暗，触动行客愁怀。再即景怀古，无限惆怅。末尾以近景残柳收煞，暗含古今沧桑之感。虽笔墨不多，而寓意深沉。“数峰清苦”两句，是姜夔代表性的名句。《白雨斋词话》评云：“通篇只写眼前景物，至结处……只用‘今何许’三字提唱，‘凭栏怀古’下仅以‘残柳’五字咏叹了之，无穷哀感，都在虚处，令读者吊古伤今，不能自止，洵推绝调。”（刘乃昌）

鹧鸪天

京洛风流绝代人，因何风絮落溪津？笼鞋浅出鸦头袜，知是凌波缥缈身。

红乍笑，绿长嚬，与谁同度可怜春？鸳鸯独宿何曾惯，化作西楼一缕云。

题序云：“己酉之秋，苕溪记所见。”苕溪，源于天目山，流经湖州，入于太湖。此溪为当时游览胜地，南宋诗文中多有描绘。白石有一时期，依叔岳萧德藻(即千岩老人)，寓居湖州。宋孝宗淳熙十六年(1189)秋，白石曾游苕溪，遇一风尘女子，感其际遇，赋而为词。

首二句发端突兀，扣人心弦。秋日出游，所见者多，然令词人动情的却是一绝色女子。此女子风流京洛，在繁华的都城中，亦是风韵超群、美貌无双的。但令人困惑的是，这样一个惹人艳羡的女子，却为何如同随风飘转的柳絮，飘落到苕溪渡口来了呢？此处以“风絮”比喻女主人公，暗示出她命运的凄苦惨淡。一个“落”字，语意双关，令人惊叹；“因何”设问，避而不答，耐人寻思。

“笼鞋浅出鸦头袜，知是凌波缥缈身。”“笼鞋”，鞋面较宽的鞋子；“鸦头袜”，古代女子穿的一种歧头袜，将拇趾与其他四趾分开。李白诗云：“屐上足如霜，不着鸦头袜。”(《越女词》之一)“浅出”，稍稍地露出。此句选取女子最典型突出的穿着，进一步展现了女主人公的绰约风姿。“凌波缥缈身”，曹植《洛神赋》中描绘洛水女神宓妃“体迅飞凫，飘忽若神；凌波微步，罗袜生尘”，词开头的“京洛”业已透出有关洛神的些许消息，这里又由主人公所穿之鞋袜，联想到曹植笔下的宓妃的某些共同之处，自然地将女主人公比为宓妃了。作者惜墨如金，仅十四字，既有效地展现了女主人公的神采仪容之美，又巧妙地揭示了女主人公哀怨蕴藉的内心世界。

上片主要是突现女主人公的天生丽质，下片则从“风絮落溪津”生发，细致入微地展示了女主人公内心的幽怨孤寂之情。“红乍笑，绿长嚬”，着色鲜艳，对比明显。“红”指女主人公朱红的嘴唇，《洛神赋》言宓妃“丹唇外朗，皓齿内鲜”，白居易有“樱桃樊素口”（孟棨《本事诗》），形容女子嘴唇鲜润动人，都突出了红的特点。“乍笑”，是短暂的笑，言女主人公只是偶尔才笑一笑。“绿”，原指画眉的染料，即蛾绿，此指青黛色的双眉。“嚬”，通“颦”，“绿长嚬”言女子内心时常忧郁不快，眉黛长颦。这二句形成鲜明对比：“红”与“绿”是色泽上的对比，“乍”与“长”是时间上的对比，“笑”与“嚬”是情态上的对比。强有力地刻画出女主人公的神姿情态，透露出她内心深处的凄楚之情，言简意赅，精美绝伦。

如果说前面的描绘只是朦胧曲折地展示女主人公内心的孤寂愁苦之状，那么“与谁同度可怜春”则是她内心愁思的具体流露了。这样一个绝代佳人，正值青春年少，却无人共度良辰美景，只能独守闺房，孤眠鸾帐，让时光匆匆地流逝，青春悄悄地销蚀，生命默默地耗散，这对于一个渴望获得人生美满幸福的青年女子来说，无疑是一种摧残，难怪她眉黛长颦了。

最后二句，两个比喻，亦幻亦真，推出一个测之无端、味之无尽的意境。“鸳鸯独宿何曾惯”，从杜甫《佳人》诗“合昏尚知时，鸳鸯不独宿”化来。我国古代诗词中，多见双鸳鸯、双鹧鸪、双凤、双蝶、双燕等物象，以象征人世间的男女恩爱，幸福美满。此处却是“鸳鸯独宿”，有力地衬托出女主人公单栖孑立、孤寂难耐的情景，而“何曾惯”又流露出女主人公对风流京洛的往事的怀恋之情。她当初在繁华的京都，凭借她的才貌，定是冠压群芳、名动京师的，而现在却如漂泊不定的柳絮，遭遇被冷落的痛苦，经受命运的捉弄，今昔落差何啻霄壤！如此残酷的事实，对于一个女子来说，又如何接受得了呢？“化作西楼一缕云”，将女主人公与白云联系起来，优美动人而又韵味无穷。宋玉《高唐赋》载楚王与巫山神女情事，神女自云：“妾在巫山之阳，高丘之阻，旦为朝云，暮为行雨，朝朝暮暮，阳台之下。”词人将女主人公比作巫山神女，希望她也能像白云一样，随时与所爱之人欢会。情趣优美，意象轻灵，笔调虚幻，言近意远。

以歌伎娼女为题材的词作，在古代屡见不鲜，但因文人墨客的士大夫情调，此类作品中软媚低俗者居多，如花间词派的多数作者，总以一种猥琐的眼光去品赏女人的容貌服饰，不能自拔，这使他们的词作柔靡华艳，难免庸俗。而白石这首《鹧鸪天》，虽亦取材于此，却能另辟蹊径，从俗而又俗的题材中开掘出清新典雅的境界。白石词多以清空典雅胜，本词的化俗为雅，正是此种艺术风格的具体体现。

首先，注重情思神采，不尚雕镂细刻。词所写的是“京洛风流绝代人”，风韵姿色可谓倾城倾国，但白石并没有将着眼点放在女子的花容月貌上，他所着重的是歌女的身世遭遇，情思神态。词开头以“风絮”作比，自然使人联想起女主人公飘零不定的悲惨命运。“红乍笑，绿长嚬”的对比，简洁而准确地表现了这位绝代佳人的内心隐秘，这种略貌取神的艺术手法，使作品显得情思深沉，意蕴丰厚，自然有一种动人心魄的艺术魅力。

其次，以实带虚，以虚衬实，虚实相生。作者从歌女的“鸦头袜”，进而推想到她的"凌波缥缈身"，从她的"红乍笑，绿长嚬"，自然生发出"与谁同度可怜春"，这样的巧妙构思既使读者了解了歌女的仪表神态，又使读者的审美意识从此出发，飞跃到更高更深的层次，目力虽穷，而情脉不断。令人叹为观止的是结尾二句，可谓神来之笔，它将全词的思想感情推向一个高峰，既淋漓尽致地表现了女主人公"鸳鸯独宿"的青春不幸，又深深地寄托了作者的无限同情。读至此，我们的思绪也会像缕缕白云一样，悠然不尽。此种感人至深的艺术效果，则是作者情思飞动，巧妙运用虚实相生的手段而达到的。 （董利伟）

长亭怨慢

予颇喜自制曲[①]，初率意为长短句[②]，然后协以律[③]，故前后阕多不同。桓大司马云："昔年种柳，依依汉南；今看摇落，凄怆江潭；树犹如此，人何以堪！"[④]此语予深爱之。

渐吹尽、枝头香絮，是处人家[⑤]，绿深门户。远浦萦回，暮帆零乱向何许[⑥]。阅人多矣[⑦]，谁得似长亭树。树若有情时，不会得青青如此。 日暮，望高城不见，只见乱山无数。韦郎去也，怎忘得玉环分付[⑧]。第一是早早归来，怕红萼无人为主[⑨]。算空有并刀[⑩]，难剪离愁千缕。

据夏承焘先生考证，这是一首与合肥所欢女子惜别之词。作者于孝宗淳熙十三年(1186)冬离开合肥，次年农历正月初一在金陵江上写过《踏莎行》(燕燕轻盈)一词来怀念合肥情侣。此词所写季节已属暮春，因此可以肯定不作于1186年那次离开合肥之际。光宗绍熙二年(1191)，作者写了一首《浣溪沙》(钗燕笼云晚不忺)，小序云"辛亥正月二十四日发合肥"，亦与此词所写季节不合。作者又有《淡黄柳》(空城晓角)一词，小序明言"客居合肥南城赤阑桥西"，词中又有"鹅黄嫩绿"、"池塘自碧"、"强携酒，小乔宅"等句，似与这首《长亭怨慢》作于先后。夏承焘《姜白石词编年笺校》将这两首词皆系于绍熙二年，虽未必确，但写与合肥情侣惜别之情事则无疑义。

发端三句，写合肥暮春景色。柳絮飘绵，家家门户绿阴深浓，这是合肥春日较为突出的景观，作者《淡黄柳》小序中"惟柳色夹道，依依可怜"之句可证。以柳起兴，既与昔人折柳赠别的习俗相关，又与此词小序所引桓温之语互为照应，暗寓年华易逝、人树渐老的悲哀。"远浦"两句，接写即将挂帆远行。作者半生漂泊，到处寄人篱下，此次离开合肥，不知又将飘零何方。"远"、"萦回"、"向何许"等语词，寄托了悲凉的身世之感，加深了与所欢惜别之情的内涵。"阅人"以下四句，再次以送别之处长亭一带的柳树兴怀。长亭柳树阅尽了人间的离别，在作者想来，它们倘真有感情的话，也该为之忧伤憔悴，而不会长得这样郁郁葱葱。这里化用李贺《金铜仙人辞汉歌》中"天若有情天亦老"之句，以柳树之无情，反衬离人之多情，这就格外加重了作者此际悲惋怅恨的情思。

过片三句，仿佛电影蒙太奇的时空转换，由送别之时之地，跳跃到现时所在的旅途之中。日色云暮，光线暗淡，何况舟行已远，合肥高城且不复可见，伊人更是消失在视野之外，唯有乱山无数，徒然搅乱"我"此时的无数愁绪而已。此情此景的描述，与柳永《采莲令》结拍"更回首，重城不见，寒江天外，隐隐两三烟树"可谓同一机杼，都是善于融情于景的杰构。“韦郎”四句，采取倒叙手法，回顾并补叙临行之际所欢女子的再三叮咛嘱咐，避免了平铺直叙易致的板实之病。“第一是早早归来，怕红萼无人为主”，转述女方之语，生动地揭示出不能主宰自己命运的风尘女子渴望此生有所依托的真实感情，读之令人泪下。然而不管是什么原因，作者就像是当年小说故事中的男主人公韦皋一样，此地一别，今后能否重来与伊人终成伴侣，实在难以逆料。想到这里，不禁“离愁千缕”，即使手持锋利的并刀，也是“剪不断，理还乱”的了。全词到此虽戛然而止，但留下来的却是“天长地久有时尽，此恨绵绵无绝期”的无限怅惘。

读完这首词，我们仿佛看了一出篇幅短小、无头无尾的电影故事。说是“无头”，是因为词中并未具体描述男女双方前一阶段的眷恋之情；说是“无尾”，则是因为词中又未明确交代双方尔后是分是合的结局。然而从词中表述出来的深沉真挚的感情看，故事的前因已是不言而喻；再从词中所用的有关事典和凄然欲绝的结拍看，悲剧的最终结局也完全可以悬测出来。此词艺术的高明之处，正在于只截取与所欢女子分袂前后的一小段情景，调动各种艺术手法，通过词这一特殊形式，将在合肥一大段离合的情事展现在读者面前，真可谓纳须弥于芥子，言有尽而意无穷了。

（李家元）

【注】 ①自制曲：又称“自度曲”，自己创作歌曲。 ②率意：随意。 ③协以律：按照词律，配上音乐。 ④桓大司马：指东晋权臣桓温，曾封南郡公，加大司马，都督中外诸军事。《世说新语·言语》：“桓公北征，经金城（今江苏句容县北，即下文琅邪郡治所在地），见前为琅邪时（镇守琅邪郡时）种柳皆已十围（十人合抱），慨然曰：‘木犹如此，人何以堪！’攀枝执条，泫然流泪。”小序“桓大司马”云云，见庾信《枯树赋》；庾赋盖用《世说新语》之语而加以繁富者。摇落：木叶飘摇零落。 ⑤是处：处处，到处。 ⑥向何许：驶向何处。 ⑦阅人多矣：语出《左传》：“文姜云：‘妾阅人多矣，未有如公子者。’” ⑧韦郎、玉环：据唐人范摅《云溪友议》（笔记小说集）卷中“玉箫化”条所载故事说，唐人韦皋游江夏，与姜家小青衣玉箫有情，约以少则五载、多则七年来娶，因留玉指环一枚。八年不至，玉箫绝食而死，以玉指环着于中指而葬。后韦晚年镇西川，得一歌姬，亦名“玉箫”，观之，乃真姜氏之玉箫也，而中指有肉环隐出，亦不异留别之玉环。这里作者以“韦郎”自指，以“玉环”指代所欢女子。 ⑨红萼：红花，所欢女子自喻。 ⑩并刀：并州（今山西一带）出产的好刀。杜甫《戏题王宰画山水图歌》：“焉得并州快剪刀，剪取吴淞半江水。”

戴复古

满江红

赤壁怀古

赤壁矶头，一番过、一番怀古。想当时、周郎年少，气吞区宇。万骑临江貔虎噪，千艘列炬鱼龙怒。卷长波、一鼓困曹瞒，今如许？　江上渡，江边路。形胜地，兴亡处。览遗踪，胜读史书言语。几度东风吹世换，千年往事随潮去。问道旁、杨柳为谁春，摇金缕。

戴复古一生未入仕途，他在《减字木兰花》中自称："阻风中酒，流落江湖成白首。"毛晋《石屏词跋》谓其："性好游，南适瓯、闽，北窥吴、越，上会稽，绝重江，浮彭蠡，泛洞庭，望匡庐、五老、九嶷诸峰，然后放于淮、泗，归老委羽之下。"这首《满江红》就是西游湘鄂时所作。

历史上著名的赤壁之战的战场在今湖北省蒲圻县。南朝宋盛弘之《荆州记》云："蒲圻县沿江一百里南岸名赤壁，周瑜、黄盖于此乘大舰上破魏武兵于乌林。"宋神宗元丰五年(1082)，苏轼谪居黄州时，曾游州治西边江滨之赤鼻矶，作有《念奴娇·赤壁怀古》和前、后《赤壁赋》。朱彧《萍洲可谈》卷二曾辨之："东坡词有'人道是周郎赤壁'之句，指赤鼻矶也。坡非不知自有赤壁，故言'人道是'者，以明俗记尔。"戴复古此词所写赤壁当在何处呢？从词之首句看，"赤壁矶头"似近于黄州赤壁。翻检戴集，另有《满庭芳》写道："赤壁矶头，临皋亭下，扁舟两度经过。"这临皋亭亦名"临皋馆"，在黄冈南面的大江之滨，苏轼《后赤壁赋》的"步自雪堂，将归于临皋"，即指此。由此可知，戴词所写"赤壁"为黄州赤壁。

李白游黄鹤楼，见崔颢题诗，自忖难以胜之，无作而去。以李白诗名，无疑远过崔颢，尚且不欲争胜。苏轼之才，当远非戴复古所及，戴氏不作望洋向若之叹，不怕见笑大方之家，除了生活之时代不同，怀古之中有特定的历史内容之外，欲写自己之所感，出自己之面貌，也使他敢于再写此题。确实，戴复古这首《满江红》很见个性，颇具特色，难怪《四库全书总目提要》赞其"豪情壮采，实不减于轼"。

苏轼的《念奴娇》以"大江东去"开局，连"浪淘尽、千古风流人物"，笼罩全篇，确实出语不凡，有雄视百代之概。在江山、人物之后再带出"三国周郎赤壁"，以应赤壁怀古之题。词中不紧接写周瑜破曹业绩，却宕开词笔，写赤壁之乱石，大江之波涛。上结之"江山如画，一时多少豪杰"，遥应"大江"与"风流人物"，使整个上片的宇宙、人生——江山、人物的结构，给人以总体性、哲理性的思考、感悟，是前此未见的词中大手笔。戴复古一开始就点明"赤壁矶头"，继之以"一番过、一番怀古"，在平叙中缓起，然后直入周瑜业绩，引出特定的历史人物："想当时，周郎年少，气吞区宇。"较之苏词，哲理的思索少了，但现实的意义、历史的感怀却多了。苏词在下片才写到赤壁之战本身，而戴词却以"万骑临江貔虎噪，千艘列炬鱼龙怒"，承"气吞区宇”，概括了惊心动魄的战况。“卷长波、一鼓困曹瞒”是对于战争结局的总结，实中见虚，虽未昭示“强虏灰飞烟灭”的曹兵败状，但同样见气势。在写完赤壁鏖兵之后，本可有一番感慨，如张孝祥《水调歌头》就有“一吊周郎羽扇，尚想曹公横槊，兴废两悠悠”等句。然而，戴复古在词中却陡然以“今如许”作上结，从古之战争直入今之形势，有问无断，冷峻之中，更觉含义尤丰。

苏轼《念奴娇》上片在江山——人物的恢弘气势中，仅将“三国周郎赤壁”点到为止。下片才真正写了赤壁之战，特写周瑜从容破敌之概，最后由怀古正题转入自抒己怀，以“人生如梦”来排解功业、荣名的困扰。由于着眼点在古之风流人物、英雄豪杰，故在怀古之后，落到自己难展抱负、贬谪他乡的“多情”、“早生华发”之上。而戴复古《满江红》上片已直入怀古之题，概写了赤壁战况，所以词之下片将怀古展衍至慨今，在兴亡之感中更见时代色彩和现实意义。“江上渡，江边路。形胜地，兴亡处。”在纵览山川之时，追忆当年战争，深感天堑长江之系着国家兴亡洵非虚语。孙刘联军之在赤壁火烧曹兵，以弱胜强，奠定天下三分局面，固然是“形胜地，兴亡处”的注脚。即以本朝言，宋高宗绍兴三十一年(1161)冬，虞允文在采石矶大败金兵，同样也使南宋政权得以继续生存。因而，“览遗踪，胜读史书言语”，确是真切、深刻的感受。当年的一场东风，将强虏吹得灰飞烟灭，从三国时代到今天，时过境迁，历史往事与风流人物都随江水东逝，“几度东风吹世换，千年往事随潮去”，看似平淡的感慨之中，其实却是心潮难平。当年虞允文的采石战胜，尚给人以希望与斗志：“赤壁矶头落照，肥水桥边衰草，渺渺唤人愁。我欲乘风去，击楫誓中流。”(张孝祥《水调歌头》)如今偏安已久，不思强敌压境之时，更不想收复北方失地，对此又是一番东风、杨柳初绽的景色，词人就不免有“杨柳为谁春”之问了。这里，虽不似李白《苏台览古》“旧苑荒台杨柳新，菱歌清唱不胜春。只今惟有西江月，曾照吴王宫里人”，杜甫《哀江头》的“江头宫殿锁千门，细柳新蒲为谁绿”那样明确的感慨兴亡，但其中的时代伤感与现实思考，仍不难窥见。在苏轼，现实的苦闷终让位于对人生的哲理感悟；在戴复古，由历史落到现实，最终仍以国家之兴亡为念。二人所处时代分当两宋，虽同为赤壁怀古，却归趣不同，这也是世换文移的结果吧！

苏轼的《念奴娇》有极高的艺术成就。写景、怀古、言情三者合一，宇宙与人生，眼前风景与古代战争，渴望功业与自我安慰，积极、执著与消极、达观，豪情逸气与超脱疏旷，甚至战争与小乔，强虏与谈笑，这些性质各异以至对立的思想、情趣、事物，自然地交织融合，且又履险如夷，举重若轻，写出了堪称难造之高境。戴复古的《满江红》虽难于与苏词比肩，却仍有独到之处。在结构上，平实中见奇险：“万骑临江”二句非但凸现“气吞区宇”之概，而且属对精工，取喻新奇，有声有色，气势飞动；“卷长波、一鼓困曹瞒”之后，突接“今如许”，将词中惯有的歇拍、换头处的空中荡漾之势，换为对现实的发问，冷调热肠，发人深思。在语言上，戴词不及苏词善塑形象，明丽生动，但朴素、自然之中，仍见气势，与收纵得宜的安排结合成明朗健拔的风格，诚非纸上奔腾、一味叫嚣者所及。

(邓乔彬)

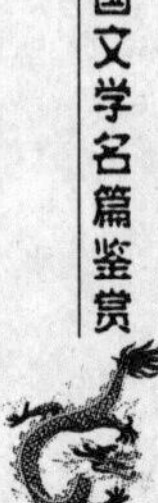

戴复古妻

祝英台近

惜多才，怜薄命，无计可留汝。揉碎花笺，忍写断肠句。道旁杨柳依依，千丝万缕，抵不住、一分愁绪。　如何诉。便教缘尽今生，此身已轻许。捉月盟言，不是梦中语。后回君若重来，不相忘处，把酒杯、浇奴坟土。

这首词出自一个令人心碎的爱情悲剧。元人陶宗仪《南村辍耕录》卷四载："戴石屏先生复古未遇时，流寓江右武宁。有富家翁爱其才，以女妻之。居二三年，忽欲作归计，妻问其故，告以曾娶。妻白之父，父怒，妻宛曲解释。尽以奁具赠夫，仍饯以词云(略)。夫既别，遂赴水死。可谓贤烈也矣！"从戴复古所作同牌之词看，"这一点闲愁，十年不断"，"重来故人不见，但依然、杨柳小楼东"，"念著破春衫，当时送别，灯下裁缝"，均能在这所谓"江右女子词"中得以印证。陶宗仪所说，当为可信。

戴复古重婚之事，不知其中有何曲折，"忽欲作归计"，亦不知动因为何？在得知其原已娶妻之后，现在身为"富家翁"的丈人发怒，实是情理中事。身为富家女的妻子，若憎其欺骗，恨其负心，亦是出之自然。然而，其妻却贤惠之至，对父亲之怒，"宛曲解释"，不怨丈夫薄行，却"尽以奁具赠夫"。她不想效法英、皇故事，与复古原妻共事一夫，而是决计以身殉情，为爱情的专一甚至不惜从容赴死。作为爱情的绝笔，此词确是感人至深。

父爱其才而以己妻之，己更爱其才。如今真相已白，父怒夫归，自己更是痛断肝肠。"惜多才"，是对丈夫言，戴氏《木兰花慢》有"记得同题粉壁"语，所好相同，夫唱妇随，对丈夫的多才，妻子体会尤深，如今诀别，不是恨，而是"惜"，可见仍然爱之很深。"怜薄命"，转言自己，谁知己所深爱的丈夫，却是原有妻室之人，令人自伤命薄。事情挑穿之日，正是夫妻诀别之时，"无计可留汝"，情真意切，愈朴愈厚，确是言为心声。奁具已赠，深情未了，"揉碎花笺，忍写断肠句"，前句见痛苦的神态，后句见痛苦的底蕴，当时同题粉壁，是何等欢乐，今日揉碎花笺，是因为心已碎了！"忍写"二字，言外传泪眼潸然之态；"断肠句"三字，写尽诀别的痛苦。当日的杨柳小楼，有多少柔情蜜意，今日还是杨柳依依，纵有千丝万缕，也抵不住一分愁绪。《诗·小雅·采薇》有句："昔我往矣，杨柳依依。"写春光明媚之时，主人公离家从军，远去征戍，以乐景表哀情，为历来诗家所称道。后人咏柳，亦多关别离，《古诗十九首》中的"青青河畔草，郁郁园中柳"，兴起思妇之叹，唐宋人笔下的杨柳，相沿此意而成常见之意象。戴词是"杨柳小楼东"，戴妻突出"道旁杨柳依依"，离别之意显见，《诗经》成句出之天然。杨柳纵有千丝万缕，却系不住欲归之丈夫；杨柳虽是千丝万缕，却抵不住自己的忧思愁绪之多。此处的"杨柳"既兴别情，又喻兼多义，确是比兴妙笔，自然流转之中，更见柔情委婉，无比深沉。

换头十四字原缺，《全宋词》据《古今词选》补足，并注曰："此十四字各本皆脱，惟《古今词选》卷四有，未必可信。”纵非原文，“如何诉。便教缘尽今生，此身已轻许”亦关合主人公身世，既道此时心情，亦切全词题旨。“如何诉”三字，实是千言万语所凝，生活的激变造成这样的结局，让人从何说起？又可说什么呢？是因父亲爱才而成轻许之错？还是丈夫相瞒而致无奈分手？是后悔不该结下这一婚姻？还是为婚变而怨恨？女词人并不怨父恨夫，“缘尽今生”之前的“便教”二字，足见无可奈何、自认命苦之意。“此身已轻许”，纵然当时的以身相许过于轻率，毕竟已成无法变更的事实了。事至如今，悲亦无由，怨亦无用，在“怜薄命”之时，仍可见对丈夫的挚爱之情。这三句悲而不怨，既合传统之“妇德”，又不违温柔敦厚之教。后人读来，不必责其之不如汉乐府《有所思》或元曲中的决绝之作，因为“惜多才”是这场生死恋的根本，女词人的身份、教养、气质决定了她的德行与言辞，言出其心，“诚”最可贵。当此诀别之时，何事最堪嘱托？“捉月盟言，不是梦中语。后回君若重来，不相忘处，把酒杯、浇奴坟土。”且不管当日双方如何盟誓，“我”今日面对着劳燕分飞的现实，践盟而赴死，决非梦中之言了。李白在采石矶泛舟，溺水而死，人谓捉月骑鲸而去。《南村辍耕录》言此词本事，有“夫既别，遂赴水死”之语，适证“捉月盟言”四字含义。自己决心以死殉情，永诀之时，留给丈夫的唯有一愿：今后你若重来此地，若未忘当日夫妻之情，只求你以薄酒一杯，在“我”坟上浇奠，这就让“我”瞑目于九泉，足以自慰了。此数语迸着血泪，是女词人生死不渝的爱情所凝，读之心弦震颤，催人泪下。

戴复古的昔娶今别，可能有难言之隐，其十年后所作《木兰花慢》，感慨“重来故人不见”，睹物伤怀，当非寡情之辈。在女词人的绝命词背后，似不必深究其间是非恩怨。今日捧读此词，但觉真情难遏，正见至情至性。女词人得名于夫，连《全宋词》亦谓：“不知其姓氏。《三台词录》作金伯华。”但她的高尚品德，她以死殉情的坚贞不渝，确可令六尺须眉汗颜！“生命诚可贵，爱情价更高”，当二者不可得兼时，赴水而死，其慷慨激烈何让于死战、死谏的舍生取义之举？此词纯为真情所运，是血泪交凝之绝笔，当难以萦纡拗折相求，读来但觉深婉柔厚，令人掩抑低回，篇终数句，更出于性灵肺腑。若谓朱淑真以“断肠”名其集，戴复古妻堪称以一词令人断肠了！

（邓乔彬）

史达祖

双双燕

咏燕

过春社了，度帘幕中间，去年尘冷。差池欲住，试入旧巢相并。还相雕梁藻井，又软语、商量不定。飘然快拂花梢，翠尾分开红影。　芳径。芹泥雨润。爱贴地争飞，竞夸轻俊。红楼归晚，看足柳昏花暝。应自栖香正稳，便忘了、天涯芳信。愁损翠黛双蛾，日日画栏独凭。

史达祖的《梅溪词》以咏物见长，善于描摹物象的形态神理。王国维以为“咏物之词，自以东坡《水龙吟》(按：指咏杨花词)为最工，邦卿《双双燕》次之”(《人间词话》)，对史达祖的这首咏物词评价极高。此外，词人的咏物名篇尚有《绮罗香·春雨》和《东风第一枝·春雪》。

《双双燕》为史达祖自度曲，词咏双燕，即以为名，从而使文情与声情高度和谐融合。此词双调九十八字，前段九句五仄韵，后段十句七仄韵。

沈义父《乐府指迷》说：“炼句下字最是要紧，如咏桃，不可直说破桃，须用‘红雨’、‘刘郎’等字；说柳，不可直说破柳，须用‘章台’、‘灞岸’等字。”简言之，须用“代字法”。史达祖的这首词咏双燕而不着一“燕”字，虽无“双燕”字面，却句句咏燕。然而，词人也未囿于“代字”，更未隶事用典，而是纯用白描手法，通过巧妙的构思、传神的刻画，表现出精美圆熟的艺术技巧。

词的起三句从双燕归来落题。首句点明节令，时过春社，日暖花开，正是燕归时节。二、三句写双燕归巢。“度”者，飞也。“帘幕”，借指室内。“去年”，点明此系旧巢而非新居。“尘冷”二字为首韵中的关键词语，积尘满巢，一片清寂之状，写出双燕对旧居的感受。谭献称“起处藏过一番感叹，为‘还’字、‘又’字张本”(《谭评词辨》)。一谓其用语含蓄，寓情于景。二谓其有章法，为下文双燕定巢情态及衔泥补巢伏笔。

次五句即承“尘冷”二字，写双燕定巢时犹疑不定之心理状态。“差池”，不齐貌，这里形容双燕张尾舒翼而上下翻飞、左右盘旋之态，语出《诗·邶风·燕燕》：“燕燕于飞，差池其羽。”“相”(xiàng向)，仔细端详。“雕梁藻井”，谓雕花的屋梁和绘有藻饰成井栏状的顶板。“软语”，双燕互语的呢喃之声。这几句观察细微，描绘逼真，而又全凭“欲”、“试”、“还”、“又”四个虚字传神。先是绕飞不已，一个“欲”字，写活了双燕对旧巢眷恋而又怯生之情。继之，入巢相并，亲昵已极，着一“试”字，以见其谨慎试探的心理。继之，又细细辨认四周环境，是否确是昔日故居，表现出某种疑虑情状。末了，更以“软语”、“商量”状其亲切和谐之态，纯是拟人手法，犹如一对恋人在窃窃私语。总之，这几句形神俱到，情韵兼胜，咏物而不滞于物，堪称咏燕词中的绝唱。

“飘然快拂花梢，翠尾分开红影。”写双燕出飞。“飘然快拂”，言其身姿轻盈敏捷。“红影”承“花梢”而来，同为烘托双燕出力。看，双燕轻灵地掠过繁花枝梢，绿色的尾翼犹如一把锋利的剪刀裁开了红色的花影。姿态美妙，色泽鲜明，直堪入画。

“芳径。芹泥雨润。”承上写燕飞之路，谓双燕翻飞于花丛小径。“芹泥”，带有花草香味的泥土，经过春雨滋润后，尤宜燕子筑巢所用。杜甫《徐步》：“芹泥随燕嘴。”郑谷《燕》：“落花径里得泥香。”这两句照应上文“软语”、“商量”，补出双燕衔泥补巢细节，是为词人用笔含蓄细腻处。“爱贴地争飞，竞夸轻俊。”亦然如此。它紧承上文“飘然”两句而来，好似重复，实则角度不同，取意有别，恰好互为补充，相为辉映。“飘然”两句重在写其形，描摹其飞翔姿态之美；这两句则重在绘神，表现其双飞时心情之愉悦。贴地而飞者，喜雨后芹泥，本系燕子本性，但冠一“爱”字，便觉人化。曰“争飞”，曰“竞夸”，写足双燕斗巧赛美的欢快之情。

“红楼”两句，写双燕飞归。“看足柳昏花暝”，是对“归晚”的申述，意谓双燕看够了浓郁春色，享尽了双游之乐，及晚始归。王国维以为“软语商量”，不过“画工”之美，不及“柳昏花暝”有“化工”之妙（见《人间词话》）。欣赏其“昏”、“暝”二字，虽用力锤炼，却能出于自然。再者，继“柳暗花明”之后，亦能自辟新境。“柳暗花明”，秾丽灿烂，足令游人流连忘返；“柳昏花暝”，则薄暮春色，似带倦意，不容双燕不归。“红楼”，即上文“帘幕”、“雕梁藻井”处，也即燕巢之所在。这里暗暗透出楼中思妇，写燕亦写人，写楼头思妇注目双燕归巢，充满由衷的羡慕与向往之情。

“应自”两句，写双燕归巢栖息。“应自”，分明是红楼思妇的揣想之辞。“香”，指香巢，以双燕的“栖香正稳”，衬出思妇的孤独冷清。“天涯芳信”，用燕足传书事，事见《开元天宝遗事》，此怨双燕只顾自享双飞之乐，不意忘却交付远方行人捎来的书信。有此一笔铺垫引渡，结拍便挑明人事，正面点出红楼思妇形象。“翠黛双蛾”，指用青绿色画笔描就的一双秀眉，即以代指美人。冯延巳《蝶恋花》词云：“泪眼倚楼频独语。双燕来时，陌上相逢否？”史词结拍两句也取燕归人未归之意，写红楼少妇因见双燕而思念远方行人之情景。由此返照全词，则以上双燕种种情态，无一不是楼头少妇所见所思。最后的“独凭”与“栖香”，也是对照映衬手法。

虽然如此，但词旨未必就是闺怨。此词实系单纯咏物之作，就作者用笔命意看，与其说是以燕衬人，以燕双之乐衬人独之悲，毋宁谓其以人衬燕，以红楼思妇独居之苦，反衬社日春燕双飞之欢。词人饱含热情咏燕，燕的形象凝聚着词人的美学情趣，自然美与艺术美水乳交融，给人以美的享受。再者，通过红楼思妇的侧面衬托，也启迪人们对自由美好生活的向往。也许这就是该词的全部价值。舍此或谓闺怨词，或谓“红楼归晚”两句比兴寄托，略寓个人身世之感，恐怕都不无失实和穿凿之嫌。

从艺术技巧上说，周尔墉谓此词“能尽物性”（周评《绝妙好辞》），卓人月则称其“不写形而写神，不取事而取意，白描高手”（《词统》），王士禛更以为“咏物至此，人巧极天工错矣”（《花草蒙拾》）。以上诸评，大体允当。具言之，第一，描摹物象，形神兼备，细腻传神而富情致，一幅栩栩如生的双燕图，真个呼之欲出。第二，侧笔烘托，或以自然美景衬托其轻盈灵巧的优美姿影和占断春光的愉悦心境，或以红楼思妇的寡居念远，反衬其比翼双飞的美满幸福，使整幅画卷显得益发丰富多彩，生气勃勃，并具有动静交错、抑扬有致的美感。第三，构思精巧而严密。从双燕归来帘幕，寻觅旧居，到定巢时的惊疑怯生，软语商量，从“飘然快拂”、衔泥补巢，到“贴地争飞，竞夸轻俊”，从比翼赏春到“看足柳昏花暝”，到双双栖息香巢，甜睡正稳，其间词脉流动跳跃，而又一意融贯。至于“尘冷”为出飞伏笔，而“帘幕”、“雕梁藻井”、“红楼”，直至“翠黛双蛾”、“画栏独凭”，亦深具灰蛇蚓线之妙。　（朱德才）

刘克庄

贺新郎

送陈子华赴真州

北望神州路，试平章这场公事，怎生分付？记得太行兵百万，曾入宗爷驾驭。今把作握蛇骑虎。君去京东豪杰喜，想投戈、下拜真吾父。谈笑里，定齐鲁。　两河萧瑟惟狐兔，问当年祖生去后，有人来否？多少新亭挥泪客，谁梦中原块土？算事业须由人做。应笑书生心胆怯，向车中闭置如新妇。空目送，塞鸿去。

刘克庄是南宋后期爱国词人之一，风格上属于辛弃疾一派。这首词，不仅是《后村长短句》的代表作，也是宋词中爱国精神特别昂扬的一篇。写作时作者四十一岁，正当意气风发的壮年，时正在知建阳县任上。陈真州，名韡，字子华，福建侯官人。宝庆元年(1225)，真德秀荐举子华。次年，命知兴化军(治所在莆田)。刚到任，四月，奉命移知真州。自兴化北上，经建阳与作者会面话别。真州在南宋属淮南东路所辖，治所在今江苏省仪征县，是靠近抗金前线的要地。为此，词中寄予了恢复失地的殷切希望。

词的上片首先提出怎样才能收复失地的问题，它着重指明依靠人民力量的重要性。本来，自女真族入侵黄河流域以来，宋王朝的一部分统治者走着卖国投降或逃跑的路线，而英勇的人民则坚持了前仆后继的抗金斗争。太行山的八字军，就是一面鲜明的旗帜。他们推动了爱国的将帅和诗人们投入这一场民族斗争的高潮之中，并给以抗敌的力量。著名的爱国英雄宗泽，依靠了王善、杨进、王再兴等人民武装，捍卫了东京。辛弃疾早年就投奔义军首领耿京，合作抗金。而坚持与人民为敌、觍颜事仇的反动统治集团，则相反地把人民看做蛇虎一样的可怕，不敢也不想依靠人民去湔雪国家的耻辱。词的上半片，毫不含糊地划清了这二者不同的界线，认定抗金的人民是豪杰，是谈笑定齐鲁的基本力量。词人希望陈韡此去，能继承宗泽的路线和策略，使京东义师“投戈”、“下拜”，同心合作。词中所说“豪杰喜”的“喜”字，是深刻体会了人民的心情才能道出的，是作者的感情靠拢人民的表征，它扎根在爱国的疆土之上。

下片对照地鞭挞了偷安半壁的南宋统治者。当时沉醉在临安销金窟里的士大夫们，能像新亭名士那样抹眼泪的已经不算坏了，他们连做梦也不敢想到还我河山。于此，作者不能不激动地喊出“事业须由人做”的呼声，给陈韡以有力的鼓舞。而自己不能同往前线，倒不免有些愤慨，而自笑为“书生心胆怯”了。当然，作者何曾胆怯！《后村集》里那些表示坚决抗敌的作品，对此正好作否定的回答。

(钱仲联)

贺新郎

实之三和有忧边之语，走笔答之①

国脉微如缕。问长缨何时入手，缚将戎主？未必人间无好汉，谁与宽些尺度？试看取当年韩五②。岂有谷城公付授③，也不干曾遇骊山母④。谈笑起，两河路。　少时棋柝曾联句，叹而今登楼揽镜，事机频误。闻说北风吹面急，边上冲梯屡舞。君莫道投鞭虚语⑤。自古一贤能制难，有金汤便可无张许？快投笔，莫题柱⑥。

王迈，字实之，作者挚友，在《贺新郎》词中曾呼吁："时事多艰人物少……为大厦，要栋梁。"作者为其"忧边之语"所感动，于宋理宗淳祐四年(1244)，奋笔写下这首充满爱国激情的词。

即事言情，委婉曲折地阐明选贤任能对抗敌救国的深远意义，是本词的突出特点。开篇从国势写起。当时，金已被宋元联合攻灭，元军占领了淮河以北广大地区，对南宋生存构成了直接威胁。作者用微如丝缕描绘南宋"国脉"，不仅生动地反映出南宋政权的艰险处境，同时也表达了作者的忧国之情。这样开篇犹如高屋建瓴，为全词定下一个爱国基调，有力地振起了全词。接下去运用汉代终军的典故写作者杀敌报国的愿望。和开篇不同，作者不是使用肯定句式，而是以问句出之。"长缨何时入手"写请缨杀敌的热切期望，而"缚将戎主"则是请缨的目的，于句首着一"问"字，说明这一切只是善良愿望而不是现实。这样写，不仅语气舒缓，同时又为下面的议论蓄足了气势。"未必"七句写要"缚将戎主"必须放手使用人材。前两句是说，要选贤任能必须转变观念。"未必人间无好汉，谁与宽些尺度？"只要朝廷能"宽些尺度"，愿意不拘一格使用人才，"好汉"就会涌现出来。后五句是说历史上也不乏不拘一格起用人才的先例。比如被人称为"泼韩五"的韩世忠，他原先"家贫无产业"，既没有像汉相张良那样得到过谷城公授书，也没有像唐将李筌那样碰上骊山老母为其讲解《阴符经》，而是在北宋末年两河人民抗金的大潮中，锻炼成长为后来在黄天荡一举击退金兀术进攻的抗金英雄，被誉为"中兴武功第一"。这样写，就从理论与实践两个方面说明了不拘一格选贤任能的必要与可能，有理有据，切实有力。上片从国势写起，而下片则从个人切入。"少时"句宕开一笔，运用李正封、韩愈《晚秋郾城夜会联句》"从军古云乐，谈笑青油幕，灯明夜观棋，月晴秋城柝"（李正封句）诗意，写作者和王实之过去曾月夜观棋，谈笑吟诗，立志从军杀敌；"叹而今"二句又运用杜甫《江上》"勋业频看镜，行藏独倚楼"诗句，慨叹报国有心，请缨无门，多次失去报国良机，而今年事已高，"登楼揽镜"，也只有徒唤奈何了。这几句明写报国无路，暗写人才受压，似纵实收，错落有致。据《金史·施宜生传》说，在宋金双方使者晤面时，施宜生曾用"今日北风甚劲"向宋告警。故"闻说"二句遥承开篇，用侧面烘托与正面描写相结合的手法，写崛起漠北的元军挥舞"冲梯"，攻城略地，咄咄逼人。这里的"屡舞"同上句的"频误"相对照，一写爱国壮士屡遭打击，一写元

军频繁进攻，时局艰险，从而反衬出选贤任能确实是当务之急。“君莫道投鞭虚语”，以前秦喻蒙元，告诫朝廷未可轻视敌人。“自古”四句词意层进，以凌云健笔指出金城汤池固然重要，选贤任能究竟还是第一位的。“自古一贤能制难”，过去，张巡、许远坚守睢阳，成功地阻止了安史叛军的南下，为平定“安史之乱”建立了不朽的功勋，如今大敌当前，就应像班超那样投笔从戎，“立功异域，以取封侯”，为抗敌御侮贡献聪明才智，且毋挥笔题柱，计较个人名利得失。这几句词引古证今，不泥定自己说，也不全然抛开自己，既像是勉励友人，也像是自勉，把词意推进一层，遥应上片，构思精巧，运笔细密。

这首词用典很多，议论色彩很浓。但是，由于作者使用了“微如缕”、“好汉”、“宽些尺度”以及“北风吹面急”、“冲梯屡舞”、“投鞭虚语”、“自古一贤能制难”等形象而又通俗的语言，因而议论虽多，却不显得枯燥乏味。再加上用典紧切题旨，又大都能做到融化不涩，因而又显得语简意丰，浑厚含蓄，富有韵致。（薛祥生）

【注】 ①实之：王迈(1184～1248)，字实之，仙游(今属福建)人，嘉定十年(1217)进士，历任州府通判、侍右郎官等职。三和：第三次和词。 ②韩五：指韩世忠。他在兄弟中排行第五，世称“韩五”。韩五年幼时家贫无产业，在北宋末年两河人民抗金起义斗争中成为名将，金兀术渡江，世忠击败之。晚年，因秦桧夺三大将兵权，闭门不出。 ③谷城公：指授书张良的圯上老人。见《史记·留侯世家》。 ④骊山母：据《集仙传》记载，唐李筌得黄帝《阴符经》，不晓其义，后遇骊山老母，为其阐释。 ⑤投鞭：见《晋书·苻坚载记》引苻坚语。 ⑥题柱：常璩《华阳国志》：“(成都)城北十里有升仙桥，有送客观。司马相如初入长安，题其门曰：不乘赤车驷马，不过汝下也。”

吴文英

风入松

听风听雨过清明，愁草瘗花铭。楼前绿暗分携路，一丝柳、一寸柔情。料峭春寒中酒，交加晓梦啼莺。　西园日日扫林亭，依旧赏新晴。黄蜂频扑秋千索，有当时、纤手香凝。惆怅双鸳不到，幽阶一夜苔生。

此词所以被誉为脍炙人口的名篇，在于词人能推陈出新，别开生面，以其独特意境的开掘，铸成荡人心魄的情致。细绎其缘由：其一是以时空交错的手法和融想象于现实的措辞，突破理性习知，神思出神理，其二是不避绵丽，刻意炼字炼句，含蓄委婉中流泻淳厚的旨趣。二者有机统一，化景物为情思意象，进而模糊托情之景，以主观代客观，达至纯情语之境地，一脉至真的怅惘缱绻使人荡魂夺魄。

词的上片先造景，之后将怀人的别情徐徐融入景中。景物完全融于人的主体意识中，创造出物我合一的境界。“听风听雨过清明”，不曰“见”而曰“听”，作者孤寂凄苦之情不言自明。“清明时节雨纷纷”，凄风苦雨，残红遍地，此情此景使人伤怀至极。主观上不忍亲睹，但风雨之声阵阵入耳，客观上又无法躲避。“听风听雨”，是消极的感觉的逃避，但伤春的悲凉不仅没有减退，反而使读者更深一层领会了词人的悲绪。故谭献评云：“此是梦窗极经意词，有五季遗响。”（《复堂词话》）接下来“愁草瘗花铭”一句，意更密，情更浓。“瘗花”，葬花也。欲为之“铭”，以表示对落红的痛惜之意。但心绪纷乱，愁极而不能为文，故曰“愁草”，伤春更进了一层。继一、二句铺垫之后，三、四句即写伤别。“楼前绿暗分携路，一丝柳、一寸柔情。”前句为实写，是指西园现实之景。西园位于西子湖畔，风景宜人，词人曾与情人寓居在此，分别也在此。故西园，是一个令词人梦绕魂牵的地方，词中屡屡提及：“暮烟疏雨西园路，误秋娘浅约宫黄。”（《风入松·桂》）“往事一潸然，莫过西园。”（《浪淘沙》）“残蝉度曲，唱彻西园，也感红怨翠。”（《莺啼序·荷》）……西园，这里留下了词人难以忘怀的爱情足迹。这爱情足迹之所至则是楼前的那条小路。往日与恋人月下漫步、喁喁私语之处，是何等花香人媚。如今这条小路已被浓郁茂盛的柳荫遮掩，一个“暗”字，映衬出心情之凄暗，而这丝丝柳条迎风婀娜的景象，又激起词人心中千万种柔情。“一丝柳、一寸柔情”，糅现实与想象于一体，把人的思绪引入缠绵悱恻之中。我们仿佛觉得词人正在回味他那段甜美的爱情生活，与恋人脉脉含情、依依难舍的场面，望柳丝，睹小径，黯然销魂。如何排遣这离愁别恨？“料峭春寒中酒，交加晓梦啼莺。”春寒，不仅是景之寒冷，还有情之凄冷，于是以酒御寒，更多的则是借酒浇愁。但“举杯浇愁愁更愁”，醉酒入梦乡，又可恨啼莺惊破晓梦，不能重复旧日温存，梦中的温情与现实的清冷对比，给人一种“今宵酒醒何处？杨柳岸晓风残月”（柳永《雨霖铃》）的凄凉之感，其怅恨之情溢于辞表。上片由愁风雨至伤离别，层层递进。离情之深带来意识的飞跃，于理性之外的想象中抒情，达到了感人至深的艺术效果。

下片写清明已过，风雨亦止，但由清明的风雨引起的思念依然难以排解。词人充分发挥了自己“炼字炼句，迥不犹人”（《宋七家词选·梦窗词》）的特长，精心琢句，用典不露痕迹，创造含蓄优雅之美，而且将时间与空间错综交织在一起，使词作更丰富地展示悲欢离合之情。“西园日日扫林亭，依旧赏新晴。”词人走出小楼，“扫林亭”、“赏新晴”似乎变换了心情，畅快起来，但细细体会“日日”和“依旧”，则发现事实并非如此。杜甫《客至》诗有“花径不曾缘客扫”之句，可知杜甫之“扫”“花径”为的是接待来宾，以前并不曾扫过。而词人却“日日扫林亭”，足见其期望伊人归来的殷殷之情。因而下句的“依旧赏新晴”，也就暗含百无聊赖之后的散心之意了。“黄蜂频扑秋千索，有当时、纤手香凝。”黄蜂频扑本是无意，而在有情人看来却是有意。黄蜂恋恋于秋千架的绳索，使词人感悟到恋人纤手留下的芳泽，继而脑海中叠现出情人打秋千的优美身影。这儿没有从正面来写，而是虚实结合，从而使眼前的黄蜂与昔日的香泽造成时空的交错，创造出理性所能接受的痴语，正如陈洵《海绡说词》所云：“见秋千而思纤手，因蜂扑而念香凝，纯是痴望神理。”幻觉毕竟是暂时的，“惆怅双鸳不到，幽阶一夜苔生”，词人又回复到现实之中。“双鸳”，指美人的鞋子，此喻所怀恋之人的踪迹。芳尘一去不返，留给对方无尽的“惆怅”。正因“双鸳不到”，致使“幽阶一夜苔生”。“一夜”二字，含有对情人更深重、更执著的怀念之

情，理智上承认“苔生”并非“一夜”，但却故意将时间概念说错，其中有“一日不见，如隔三秋”的焦灼，同时也有一丝淡淡的怨恨隐寓其中。

此词确实是“情深而语极纯雅，词中高境”（陈廷焯《白雨斋词话》），它断然没有“如七宝楼台，眩人眼目，碎拆下来，不成片段”（张炎《词源》）之弊。从内容上讲，词作所表达的这种哀感顽艳而又缠绵朦胧的恋情，缘于词人的生活经历，是其亲身感受的写真。从艺术构思上说，无论是时空交错，还是夸张、用典，都显得自然妥帖，从而创造出质朴淡雅、明快密丽的艺术境界。（秦艳华）

莺啼序

残寒正欺病酒，掩沉香绣户。燕来晚、飞入西城，似说春事迟暮。画船载、清明过却，晴烟冉冉吴宫树。念羁情、游荡随风，化为轻絮。　十载西湖，傍柳系马，趁娇尘软雾，溯红渐招入仙溪，锦儿偷寄幽素。倚银屏、春宽梦窄，断红湿、歌纨金缕。暝堤空，轻把斜阳，总还鸥鹭。　幽兰旋老，杜若还生，水乡尚寄旅。别后访六桥无信，事往花委，瘗玉埋香，几番风雨。长波妒盼，遥山羞黛，渔灯分影春江宿，记当时、短楫桃根渡，青楼仿佛。临分败壁题诗，泪墨惨淡尘土。　危亭望极，草色天涯，叹鬓侵半苎。暗点检、离痕欢唾，尚染鲛绡；亸凤迷归，破鸾慵舞。殷勤待写，书中长恨，蓝霞辽海沉过雁，漫相思、弹入哀筝柱。伤心千里江南，怨曲重招，断魂在否？

《莺啼序》是词中最长的调子，梦窗有三首《莺啼序》。此词集中地表现了他的伤春伤别之情。夏承焘说：“集中怀人诸作，其时夏秋，其地苏州者，殆皆忆苏州遣妾；其时春，其地杭州者，则悼杭州亡妾。”（《吴梦窗系年》）此词美不胜收，我们先从其抒情结构入手，串讲其大意。

陈廷焯评《莺啼序》说：“全章精粹，空绝千古。”（《白雨斋词话》）陈洵评此词说：“通篇离合变幻，一片凄迷，细绎之，正字字有脉络，然得其门者寡矣。”从篇章结构来说，此词实具有典范性，而陈洵的分析也颇有中肯处。全词分为四段：(1)游湖；(2)欢会；(3)伤别；(4)凭吊。第一段闲闲叙起，“伤春起，却藏过伤别”（陈洵《海绡说词》），这是对的。因为把伤别放在伤春的情境中写，也可说在典型环境中表现典型情绪吧。时值春暮，残寒中酒，闭门不出，但燕子飞来，唤“我”出游，好像说春天已快过去了，于是“驾言出游，以写我忧”。在湖中时，看到岸上的行行烟柳，不禁羁思飞扬起来。“念羁情、游荡随风，化为轻絮”三句是警句，不但为了束上生下的需要，也为了抒情造境的需要。试想伤春伤别，思绪万端，从何写出。现在把羁情融化在茫茫飞絮中，便觉对此苍茫，百感交集，所谓烟水迷离之致，所谓笔墨尽化烟云，就是指这样一种境界。词的承接处大都在前段之末或后段之前，多数用领字或虚字作转换。周邦彦和吴文英的词，常用实句作承转，不大用领字，这就是和其他词人不同的地方。作者写到这里，便有一片羁情，像轻絮一样随风游荡，随风展开，而下面三段所写内容，便都包含在此三句中了。

第二段便追溯别前情事，写初遇时的欢情。时节在清明，地点在西湖，这是在吴词中屡次写到的。如《渡江云·西湖清明》："旧堤分燕尾，桂棹轻鸥，宝勒倚残云。千丝怨碧，渐路入仙坞迷津。肠漫回，隔花时见，背面楚腰身。"地点在西湖的苏堤与白堤交叉之处，故云："旧堤分燕尾。"当时词人舍陆而舟，故云"千丝怨碧"，"宝勒倚残云"，又云"桂棹轻鸥"，"渐路入仙坞迷津"；而在此词中则云"傍柳系马"，又云"溯红渐招入仙溪"，也是舍马而舟，招入"仙溪"伊人居处。词人的其他词中写此事还有的是。"倚银屏、春宽梦窄，断红湿、歌纨金缕"二句是写初遇时悲喜欢集之状。"暝堤空，轻把斜阳，总还鸥鹭"三句，也是警句，是进一步写欢情，但含蓄不露，柳七、黄九的淫词亵语，不能犯其笔端。周邦彦写爱情也是如此，可见同样写男女欢情，品格也有高下之别。这三句用写景寓人事，意谓时间已近黄昏，暮色笼罩的湖堤上，游人尽去，而"我"幸得在"仙溪"留宿："斜阳只与黄昏近"，它原是添愁惹恨之物，如今却与"我"无分；斜阳啊！你还是伴着湖中鸥鹭，一同憩息吧！陈洵说："炼风景入人事，则实处皆空。"这三句既蕴藉而又空灵，足供玩味。

第三段写别后情事。"幽兰旋老"三句，此和上片结处，从事件说，还有较大距离：如欢会之后，如何分手；分手之后，其人如何谢世，等等。但这些可放在第二段写的，却放在此段中写。先写暮春又至，自己依然客处水乡。这既与二段"十载西湖"相应，又唤起了伤春伤别之情。于是从别后重寻旧地时展开一片想象，在头脑中重现初遇、临分等难以忘怀的种种情景。"别后访"四句是逆溯之笔，即一层层地倒叙上去。先是写花谢春空，芳事已付流水，"瘗玉埋香"，是写风雨葬花，实也暗示其人已经去世。这也是赋而比也，是写风景而兼写人事，所谓一笔而两面俱到。于是逆溯上去，追叙初遇。"长波妒盼"至"记当时、短楫桃根渡"，这里有倒装句，依文法次序应是："记当时、短楫桃根渡"，"长波妒盼，遥山羞黛，渔灯分影春江宿"。这几句是写当时艳遇，伊人顾盼生情，多么艳丽，即使潋滟的春波，也要妒忌她；苍翠的眉样的春山，也要自愧不如，为之含羞啊！因为这是最难忘的事，所以在重访时思想中又会出现此景象。这几句于第二段为复笔，"短楫桃根渡"即是"溯红渐招入仙溪，锦儿偷寄幽素"。"渔灯分影春江宿"，即是"暝堤空，轻把斜阳，总还鸥鹭"。复笔的妙处，在于事件复而意象不复，二段初遇未写那女子艳丽，此补写之。但那里是实写(虽然也是追叙)，而这里是在生离死别的心情下的追写。还有，这里所写，又和第一段无一笔犯复，述事不殊，而形象各别，这是词人在艺术技巧上的非常高明之处。此段结处写临分，承上几句是顺叙。第二段未写分手情况，此则为补写"青楼仿佛"四字，于是"短楫桃根"，"春江宿"，俱一扫而空，仅供今日的凭吊而已。

第四段淋漓尽致地写对逝者的凭吊之情。此段感情更为深沉，意境更为开阔。因伊人逝去，已非一日，词人对她的悼念，也已经岁经年，但绵绵长恨，不随伊人的逝去和自己的逐渐衰老、日久而有所遗忘，于是词人便在更长的时间中，更为广阔的空间内，极目伤心，长歌当哭，继续抒写他胸中的无限悲痛之情。这里是怅望："危亭望极，草色天涯，叹鬓侵半苎("苎"，麻，色白；"半苎"乃半白)。"是寄恨："殷勤待写，书中长恨，蓝霞辽海沉过雁。"是凭吊："伤心千里江南，怨曲重招，断魂在否？"但也有回忆："暗点检、离痕欢唾，尚染鲛绡。"陈洵说："'欢唾'是第二段之欢会，'离痕'是第三段之'临分'。"这样论词，可谓心细如发。这首词体现了吴词在结构上多方面的特点，如我们上面所说的时空安排、上下映带、突接突转等，无不具备。这是吴词的特点之一，也是周邦彦及许多优秀词人作品的特点之一。要了解、掌握这些特点，那么阅读周、吴等人的词时才不致如入宝山空手归了。

再谈一下梦窗词以密丽为尚的艺术特色问题。朱祖谋说："君特以俊上之才，举博丽之典，审音拈韵，习与古谙。故其为词也，沉邃缜密，脉络井井，缒幽抉潜，开径自行，学者非造次所能陈其义趣。"(《梦窗词跋》)这里所谓"博丽"，是说梦窗词采的浓丽。所谓"沉邃缜密"，是说梦窗词意象组织的绵密、含义的深刻。"缒幽抉潜，开径自行"，是说梦窗词在结构方面，惨淡经营，独辟蹊径(这在上面已经说了)。现就梦窗词的遣词用语和形象塑造两个方面谈一谈它的艺术特色。

词为艳科，本不以辞藻艳丽为病。陈洵说："飞卿严妆，梦窗亦严妆，惟其国色所以为美。"(《海绡说词》)梦窗能于艳丽的词语里面饱含着深挚激动的感情，达到情文并茂、情景交融的佳境。如本篇的"沉香绣户"，"娇尘软雾"，"倚银屏、春宽梦窄，断红湿、歌纨金缕"，"瘗玉埋香，几番风雨"，"长波妒盼，遥山羞黛"，"亸凤迷归，破鸾慵舞"等都是。况周颐说："梦窗密处，能令无数丽字一一生动飞舞，如万花为春。"(《蕙风词话》)只要能有深挚的感情、生动的形象，那么丽语也好，淡语也好，不是说"淡妆浓抹总相宜"吗？

至于梦窗词中形象组织的绵丽，也表现了他的塑象造境的深刻锻炼工夫。梦窗词中的形象意境往往是丰富的、多侧面的。如上面已分析过的"念羁情、游荡随风，化为轻絮"。"羁情"和"轻絮"本是二物，互不相关。当"羁情"是羁情，"轻絮"是轻絮时，词人的主观的心灵和客观的景物尚未契合，这时还没有诗；但一经词人灵妙的心手，把二者"化为"一体时，便产生了极其鲜明、生动而丰富的形象，诗也就出来了。此二句写词人游湖时所见湖边景物，一也。随风游荡，迷漫满空的柳絮，是羁情化为轻絮，还是轻絮化为羁情呢？二者已莫之能辨了。此是赋兼比兴，主客观的融合，二也。下面二、三、四段所写情景均是羁思的内容，均可纳入此二句之中，它是抒情塑象的警句，又是结构上的警句，一笔而三面俱到，是何等的笔力！

(万云骏)

文及翁

贺新凉

游西湖有感

一勺西湖水。渡江来、百年歌舞，百年酣醉。回首洛阳花石尽，烟渺黍离之地，更不复、新亭堕泪。簇乐红妆摇画舫，问中流击楫谁人是？千古恨，几时洗？　余生自负澄清志。更有谁、磻溪未遇，傅岩未起？国事如今谁倚仗？衣带一江而已。便都道、江神堪恃。借问孤山林处士，但掉头、笑指梅花蕊。天下事，可知矣！

《贺新凉》是《贺新郎》词调的异名。文及翁的这首《贺新凉》，是他现存唯一的一首词。据李有《古杭杂记》载："蜀人文及翁登第后，期集游西湖。一同年戏之曰：'西蜀有此景否？'及翁即席赋《贺新凉》。"此词沉郁顿挫，苍凉悲壮，寄予了作者对恢复中原失地的殷切期望，有辛派词人的风格，是一首充溢着爱国主义精神的词篇。

全词主旨在于痛心南宋统治者在中原沦丧、国势倾危的关头，仍然沉醉歌舞，迷恋西湖景色，不思恢复。谴责统治者不任贤授能，"还我河山"，使得像作者一样有才能的爱国志士报国无门。客观上揭示了南宋统治灭亡的必然性。

词的上阕即景生情，对统治者的所作所为表示不满。起句用"一勺"来修饰"西湖水"，意在极言西湖之小，与下二句"百年歌舞，百年酣醉"中的两个"百年"形成鲜明对比，饱含讥讽愤激之情。"靖康之难"中宋高宗仓皇南渡后，南宋小朝廷偏安江左，在西湖狭小范围内，依然过着酣歌醉舞的生活。就像林升《题临安邸》一诗描写的那样："山外青山楼外楼，西湖歌舞几时休。暖风熏得游人醉，直把杭州作汴州。"南宋统治者在中原沦陷，二帝被俘后，不图恢复，却在被称为"人间天堂"的杭州建明堂，修太庙，大兴宫殿楼观，竟把杭州当成了北宋的汴京，依然过着醉生梦死的生活。曾经在宋徽宗时从南方搜罗到汴京去的花石，曾经苦心经营以显示汴京豪华生活的花石，此时却成了一片废墟。词中提到的"洛阳"借指汴京。"洛阳花石"与"黍离之地"之一荣一衰形成了鲜明的对比。"更不复、新亭堕泪。"语极苍凉。刘义庆《世说新语·言语》载："过江诸人，每至美日，辄相邀新亭，藉卉饮宴。周侯(顗)中坐而叹曰：'风景不殊，举目有山河之异。'皆相视流泪。惟王丞相(导)愀然变色曰：'当共戮力王室，克复神州，何至作楚囚相对！'"作者运用这一典故，是说明在东晋时南渡的士大夫们感慨山河变异，虽然偏安的情况没有改变，但还能空叹一场，一洒忧国之泪，可现在甚至连空叹的人也不复存在了。他们只知道乘着画船，携着歌妓，歌舞升平，乐不思蜀。面对此情此景，作者不禁愤慨地发问：像祖逖那样击楫中流、誓图恢复的人，究竟在哪里呢？那中原沦丧的耻辱，何时才能洗雪呢？其实作者深知祖逖那样的人已不复存在，靖康之耻也没有雪恨的可能了。连用两个疑问句，振聋发聩，发人猛醒，激愤之情溢于言表。

词的下阕因情述志，发表政见，议论时事。作者满怀豪情，自认为还有像范滂那样澄清天下的远大志向。"澄清志"出自《后汉书·范滂传》："滂登车揽辔，慨然有澄清天下之志。"但接下来"更有谁"二句，又转入凄凉。相传吕尚在磻溪隐居垂钓，遇周文王，成为周朝的开国元勋；傅说在傅岩筑墙，殷高宗用为大臣，天下大治。"未遇"、"未起"，是指国中并非没有贤才，只不过最高统治者不能发现和任用他们罢了。像作者这样有才能的人只有空怀报国之志。"国事如今谁倚仗？衣带一江而已。"作者以衣带比喻长江狭窄易渡，根本不足倚仗。这句又与本词开头相照应，认为长江都不能够倚仗，更显出南宋统治者及士大夫们在"一勺西湖水"中过醉生梦死的生活，眼光是何等的短浅！而他们却又执迷不悟，"便都道、江神堪恃"。难道有江神的保佑，就能抵御元蒙军队的进攻吗？这句饱含了作者对南宋统治者整日沉迷酒色，而不思加强国力，任用贤人的强烈不满。“借问”三句，形象生动，极尽揶揄讥讽之趣。“天下兴亡，匹夫有责。”而像北宋初期梅妻鹤子、隐居西湖孤山的林逋一样的士大夫们，不恤国事，自命清高，问他们治国之方，他们却掉头不顾，流连于风花雪月之中。作者对这些士大夫们的表现十分痛心。一个国家的君臣到了如此没落的地步，就离亡国的日子不远了。于是作者在悲愤中无可奈何地发出了“天下事，可知矣”的沉痛慨叹，结句收束全篇。“多少伤心事，尽在不言中”，含蓄蕴藉，发人深思。

这首词充分体现了宋词散文化、议论化的特点。脉络清晰，说服力强。运用多种对比的方法，如“一勺”与“百年”的时空对比，“黍离之地”与“洛阳花石”的今昔对比，此外还有作者和士大夫的对比，古人和今人的对比，等等，使道理说得更透彻，客观地表现出南宋灭亡，势在必然。词中大量用典，但自然妥帖，毫无生涩之弊，对深化主题起到了很好的作用。（张　欣）

刘辰翁

永遇乐

余自乙亥上元诵李易安《永遇乐》，为之涕下，今三年矣。每闻此词，辄不自堪。遂依其声，又托之易安自喻。虽辞情不及，而悲苦过之。

璧月初晴，黛云远澹，春事谁主？禁苑娇寒，湖堤倦暖，前度遽如许！香尘暗陌，华灯明昼，长是懒携手去。谁知道，断烟禁夜，满城似愁风雨。　宣和旧日，临安南渡，芳景犹自如故。缃帙流离，风鬟三五，能赋词最苦。江南无路，鄜州今夜，此苦又谁知否？空相对，残釭无寐，满村社鼓。

公元12世纪的上半叶，赵宋北中国沦陷后，朝廷仓皇南渡，“直把杭州作汴州”（林升《题临安邸》），依旧过着灯红酒绿、纸醉金迷的腐化生活。某个元宵节的狂欢之夜，杰出的爱国女词人李清照谢绝了乘坐着“香车宝马”来召她出游的“酒朋诗侣”，悲凉地秉笔写下了《永遇乐》（落日熔金）这一传诵千古的元宵词。“心有灵犀一点通”，百余年后，南宋恭帝德祐元年乙亥（1275）的元宵节，正值剽悍的蒙古大军席卷江淮、临安小朝廷风雨飘摇之际，另一位杰出的爱国词人刘辰翁，因重温李清照词而心旌颤动，不胜欷歔，悲愤难抑。终于，在三年后亦即端宗景炎三年戊寅（1278）的又一个元宵节，他再也控制不住自己胸中的哀恸，用李词之调、依李词之声作和词一首。其时，临安陷落已两年，词人流离失所，正蛰居在临安附近的一处乡村。

小序中交代，此词乃“托之易安自喻”，也就是说，词人是将李清照作为自己的化身，拟用李清照的口吻来感事抒情的。词中，李清照的经历和词人的经历打并成了一片。所传达的情感当然是词人自己的，但也未尝不可以说是李清照的情感在新的历史背景下的合乎逻辑的延伸和发展。这是本篇创作构思上的新颖之处，须首先提请读者注意，不了解它是词人与李清照的英魂同台演出的一场“双簧”，文义就难以读通。

上片扣紧临安一地，以其今昔不同的春景春事特别是元宵况味穿插比照，引发感慨。起处“璧月”二句，直截了当，即从目前的元宵夜色切入：天气刚刚放晴，一轮圆满、晶莹如玉璧的明月高悬空中；一两抹青云仿佛是美人用螺黛画出的长眉，浅淡而遥远。如此良辰美景，若在承平时期，京城中定然是“凤箫声动，玉壶光转，一夜鱼龙舞”（辛弃疾《青玉案·元夕》），不知有多少“月上柳梢头，人约黄昏后”（欧阳修《生查子》）的风流；然而现在亡国了，太后、皇帝、三宫嫔妃均被掳北去，在元蒙占领军横行无忌的临安，还有什么赏心乐事可言？故第三句一扫前两句的高华，怆然问天：“春事谁主（“主”，主管，主持）？”以顿挫为沉郁，将全词的旋律基调定在了低音区。“禁苑”三句，词笔折入对往昔春事的追忆。宋周密《武林旧事》卷三“西湖游幸”条记载道：“西湖天下景，朝昏晴雨，四序总宜。杭人亦无时而不游，而春游特盛焉。”西湖畔辟有多处皇家园林（即所谓“禁苑”），春游季节，有时也对士庶开放。而西湖堤岸则更是自由无碍的公共游乐场所。“禁苑娇寒，湖堤倦暖”八字，就是对上述风情的高度艺术概括。“娇寒”写初春的微寒竟是娇滴滴的嫩，“倦暖”写暮春的融暖令人倦恹恹地懒。九十日西湖春光，四字涵括殆尽；而万千游人的情态，亦含蓄其中。可惜，这些都一去不复返了。前番在临安领略到的太平光景，竟如此匆遽！转眼之间，天翻地覆，蓦然回首，真有恍如隔世之感。这第二韵的三句，思绪似奔马脱缰，稍稍偏离了元夕感怀的题旨，以下至上片歇拍凡二韵六句，乃将词笔拖回，仍就元宵节事展开今昔对比：往年的元宵，车水马龙，人山人海，蹴踏起的尘土混合着花香衣香脂粉香，遮蔽了京城的道路；火树银花，张灯结彩，璀璨的光辉与明月交映，将夜空照耀得如同白昼一般。这样的热闹，这样的繁华，而“我”却总没有兴致与伴侣们携手同去游嬉。谁又能够料到，今年的元夜，蒙古占领军严厉地实行宵禁，管制烛火，城中一片黑暗死寂，人们好像都在忧愁着风雨的降临。此时此境，就是有心思游赏，也无处可去，无灯可观，无人可伴了！按李清照《永遇乐》词有“如今憔悴，风鬟雾鬓，怕见夜间出去。不如向、帘儿底下，听人笑语”云云，刘词“长是懒携手去”一句，由此生发出来。全片仅这一例事属易安，其他皆为词人所见、所忆、所感。写作手法上的显著特点是骈、散相间，三组四言对仗句均写乐景，而其间所杂的散句却无一不抒哀情，抗而复坠，至再至三，便有翻倍跌宕、回旋唱叹的艺术效果。几经曲折腾挪，歇拍掷出“断烟禁夜，满城似愁风雨”的凄凉景象，感慨的语气也就显得格外的沉痛。

换头以后的二韵六句，笔锋又逆溯南渡之初，再次关合李清照的身世。“宣和旧日”，指徽宗宣和年间，那正是北宋王朝虚假而病态之“繁华”的峰巅期，亦即李清照词中所谓“闺门多暇，记得偏重三五”的“中州盛日”。高宗南渡，定都临安后，统治阶级的骄奢淫逸较之宣和时期并没有改变多少，无非是花花世界自东京向钱塘江畔搬了个家而已，因此说“芳景犹自如故”。但是，忍痛抛弃了多年来节衣缩食、精心收藏的大批珍贵书籍（“缃帙”，浅黄色的书衣，引申指书卷），逃难到南方来的女词人，却永难忘怀国破家亡的深哀剧痛，元宵之夜，她再也无心梳妆打扮，一任髻鬟散乱，首如飞蓬，所赋之词充满了凄苦之情。不过，那时南宋小朝廷毕竟还据有半壁河山，女词人毕竟还是汉族政权的子民呵！而现在呢，连南中国的残山剩水也几乎全部落入元人之手，南方的汉人已沦为亡国奴隶，世间还有比这更令人痛苦的么？下面的二韵六句，就进而尽情地倾诉自己这种无可排遣的极度之苦。词人的故乡庐陵（今江西吉安）属江南西路，此时已为元军所占，有家难回，故曰“江南无路”。唐代“安史之乱”时，诗人杜甫困居被叛军占领了的长安城中，因怀念分隔在鄜州（今陕西富县）的妻子儿女而作《月夜》诗，有“今夜鄜州月，闺中只独看”之句。本篇“鄜州今夜”，即用此典。词以易安自喻，故作女性口吻，从负面化用杜诗歇后，不啻是说今夜璧月，“我”只独看！用前人诗意而半吞半吐，又变换角度，乃显得蕴藉隽永，灵动鲜活，这是一层好处；元宵之夜，本宜观月，故用老杜《月夜》诗即十分贴切，这又是一层好处；元宵夜月，自是圆月，反跌出词人的有家不得团圆，遂使全词愈添一重悲剧气氛，这又是一层好处。至此，抒情主体的家国倾覆之苦、家乡隔绝之苦、家庭离散之苦，统统汇合在一起了。而更苦的是“此苦又谁知否”，即无人知之！于是，词人唯有空对着无焰的残灯，辗转反侧，在乡村中祭祀土地神的聒耳箫鼓声里，挨过那不尽的长夜。综观整个下片，四韵十二句就这样均匀地分为前后两大块，词情是以李清照为铺垫，在与李清照作对比中展开和深化的，前半言李氏“能赋词最苦”，后半言自己“悲苦过之”。章法虽较上片为简单，炼字虽不如上片之精妙，而“拙”中自有“重”与“大”在焉。放笔直陈胸臆，下语如铁镇纸，此谓之“重”；只道个人之戚，却负荷了一个时代、一个民族的悲恸，此谓之“大”。全词震撼人心的力量，也正在这里。

清代著名词论家况夔笙很推崇刘辰翁词中的“骨干气息”。他说：“须溪词，风格遒上似稼轩，情辞跌宕似遗山。”他摘举了刘词中的许多警句，包括本篇之“香尘暗陌，华灯明昼”在内，但紧接着就声明道：“若斯之类，是其次矣。如衡量全体大段，以骨干气息为主，则必举全首而言，其中即无如右等句可也。由是推之全卷……而其骨干气息具在，此须溪之所以不可及乎？”（《蕙风词话》卷二）这些议论，可谓独具慧识。读刘词，确当从大处着眼，攫取其爱国遗民的忠诚劲直之骨与悲凉慷慨之气，不必斤斤以字句求。惟在刘词“似稼轩”、“似遗山”的问题上，笔者想对“蕙风”之说略作一点补充：刘氏是以辛弃疾为首的南宋爱国词派的后劲，其词当然有“风格遒上似稼轩”的一面；但二人所处的时代仍有相对盛衰之别，二人的身份亦有将帅与书生的差异，反映到创作中，自不能无所区分。比之于书，辛词每大笔挥洒，刘词则多以中锋达意；比之于乐，辛词每大声鞺鞳，刘词则多以中声赴节——气度是不尽相同的。而由于刘氏生逢宋元易代之际，身世与由金入元的元好问相若，故《须溪词》之激楚苍凉，似与《遗山乐府》更为接近。本篇就是一个绝好的例证，如杂入遗山集中，谁说它不能乱楮叶呢？

（钟振振）

王清惠

满江红

太液芙蓉，浑不似、旧时颜色。曾记得、春风雨露，玉楼金阙。名播兰馨妃后里，晕潮莲脸君王侧。忽一声、鼙鼓揭天来，繁华歇。　龙虎散，风云灭。千古恨，凭谁说！对山河百二，泪盈襟血。客馆夜惊尘土梦，宫车晓碾关山月。问姮娥、于我肯从容，同圆缺？

公元1276年，元军大举开进南宋的都城临安(今浙江杭州)，全太后、恭帝㬎及三宫后妃等均以亡国贱虏的屈辱身份被掳往北方。途经汴京(原为北宋都城东京，今河南开封)时，度宗的昭仪(宫中女官名，妃嫔之属)王清惠在夷山驿馆的墙壁上写下了这首抒发亡国之痛的《满江红》。全词血泪和流，哀感顽艳，读之如聆三峡啼猿、三更啼鹃，令人酸心堕睫，难以为怀。

“太液芙蓉，浑不似、旧时颜色。”起笔二句便是一派凄凉。唐白居易《长恨歌》中写唐明皇伤悼杨贵妃，有“归来池苑皆依旧，太液芙蓉未央柳。芙蓉如面柳如眉，对此如何不泪垂”之句，汉、唐长安皇宫中有太液池，故白诗以“太液芙蓉”比拟杨贵妃的美丽容颜。王词则借用来自喻。言“浑不似、旧时颜色”，则其因痛伤亡国而憔悴衰老之意，已委婉道出。以下二韵，由“旧时颜色”四字，自然而然地回笔逆挽，插入对于昔日承平时期自己在宫廷中最为荣耀的一段生活经历的追忆：“曾记得、春风雨露，玉楼金阙。名播兰馨妃后里，晕潮莲脸君王侧。”那时节，居住在金碧辉煌的宫殿里，深受着君王的宠爱，如沐春风，如沾雨露；在众多的嫔嫱中，芳名最为昭著；经常陪侍在君王身边，莲花般娇艳的面颊，因羞怯和兴奋而潮涌起红晕……就在读者的思绪随着作者的词笔徜徉于上述一幕幕欢快场景之际，冷不防她突然当头棒喝，一笔叫醒：“忽一声、鼙鼓揭天来，繁华歇。”《长恨歌》：“《渔阳》鼙鼓动地来，惊破《霓裳羽衣曲》。”王词化用其意，谓元军大举进犯，临安陷落，南宋积聚近一百五十年之久的“繁华”，就此完结。上文敷陈旧日的欢乐已臻于高潮，蓄势既足，故歇拍这两句的骤跌，便有“失势一落千丈强”(韩愈《听颖师弹琴》)的艺术效果，真能动人心魄。词人以哀乐相形作今昔对比，一般多借助词谱自然分段的特点，今昔哀乐往往匀称地分置于上、下两阕中；本篇却大反常规，半幅之内，由今之哀引出昔之乐，旋即一扫而空，笔势尤为夭矫。而追溯昔之乐仅用二韵四句，稍纵即逝，这就从章法上很成功地体现了作者想要表达的某种感情节奏：昔日的欢乐，犹同春梦一般匆遽、短促！诚然，词人无法超越自己的阶级局限性，她是怀着无比痛惜的心情去重温她在失去了的天堂里的桃色旧梦的，但她既客观地写出了南宋帝王沉湎酒色的事实，随即又对元蒙大军的突如其来表示震惊，就不啻是无意识地交代了这样一种因果关系：正由于小朝廷的统治者宴安鸩毒，不虞外患，才会在强敌兵临城下时猝不及防，顷刻陷入灭顶之灾。这对于帮助我们理解南宋覆亡的悲剧，不失其一定的认识价值。

“龙虎散，风云灭。千古恨，凭谁说！对山河百二，泪盈襟血。”换头后紧承上结文义，申说自己莫可诉告的亡国悲恨。《易·乾文言》曰：“云从龙，风从虎。”本谓同声相应，同气相求；后多用喻圣主与贤臣之相遇合。此言“龙虎散”而“风云灭”，自有慨叹时无圣主贤臣、政局不可收拾的深意。“山河百二”语出《史记·高祖本纪》，田肯说汉高祖曰：“秦，形胜亡国，带河山之险，县隔千里，持戟百万，秦得百二焉。”南朝宋裴骃《集解》引三国魏苏林曰：“得百中之二焉。秦地险固，二万人足当诸侯百万人也。”唐司马贞《索隐》引晋虞喜曰：“百二者，得百之二。言诸侯持戟百万，秦地险固，一倍于天下，故云得百二焉，言倍之也，盖言秦兵当二百万也。”二说不同，其言秦地山河之险则一。本篇借指南宋有着优越的军事地理条件。山川险固，却不能凭此以有效地抗击元军，盖天时不如地利，地利不如人和，主不圣而臣非贤，纵有“河山百二”，亦何足恃？念及于此，词人只觉亡国遗恨千古难消，无人可向之诉说，不禁潸然泪下，沾满衣襟，斑斑皆血。写到这里，词意已由戚戚于个人身世浮沉之悲升华到了反省国家兴亡之因、历史功罪之责的批判现实主义的思想高度，升华到了负荷本时代、本民族之悲剧性深哀剧痛的爱国主义的精神境界，辐射出了耀眼的光辉。以下一联依谱而作的精彩对仗，收拢笔墨，由抒情回到纪实，拍转自己暨南宋皇家一群高级囚徒的万里北征：“客馆夜惊尘土梦，宫车晓碾关山月。”两句一夜一昼，一止一行，十四字形象而凝练地高度概括了仆仆风尘、惶惶惊恐、披星戴月、跋山涉水的苦难历程。拂晓登路，宫车鸦轧，碾破洒满关山的月华，以动掣静，写景栩栩如生，固妙；侵夜休止，客馆冷落，噩梦惊心，恍然犹在灰土飞扬的道路上奔波，以虚驭实，炼意熠熠而新，尤佳！至于执行押解任务的蒙古军吏如何凶神恶煞，急如星火地苛督趱行，虽不着一字，却尽在言外了。结处更由上句末三字“关山月”之“月”生发奇想：“问姮娥、于我肯从容，同圆缺？”“姮娥”，本作“恒娥”，神话传说中窃食西王母不死之药而奔月寡居独处的女神。自汉人避汉文帝刘恒之讳，改“恒娥”为“常娥”，后人多书作“嫦娥”，以致其初始之名反鲜为人知了。作者身为宋室嫔妃，被掳赴北，吉凶未卜，随时面临着遭受蒙古酋长玷辱的悲惨命运。在这里，她虚拟出向姮娥探询的口吻，含蓄地表示了自己的政治态度：但愿保全女性的也是民族的节操，自甘寡独之寂寞，而决不愿奴颜婢膝，以色相事仇敌，苟且享取荣华富贵！爱国的女词人最后向我们展示的，就是这样一个冰清玉洁的民族的自尊的美丽形象。

由于诗词语言的模糊性，与王清惠同时代的著名民族英雄文天祥，曾对此词的末句产生过误解，以为“从容”、“圆缺”云云有随适取容、无意守节的含义，遂至长叹道：“惜哉，夫人于此少商量(欠考虑)矣!”慨然拟其口吻，代作二首，其一末数句曰：“回首昭阳离落日，伤心铜雀迎新月。算妾身、不愿似天家，金瓯缺!”其二末数句曰：“世态便如翻覆雨，妾身原是分明月。笑乐昌、一段好风流，菱花缺。”两词斩钉截铁，掷地有声，宁作玉碎、不为瓦全的民族正气，正是文天祥的夫子自道。但我们尽可以赞赏他的刚毅果决，却不敢苟同他对女词人的误会。王昭仪抵元上都(今内蒙古正蓝旗东闪电河北岸)后，即自请出家做了女道士，号冲华，全节而终。其事实正是对此词末句的最权威的诠释。

明人陈霆《渚山堂词话》卷一也对本篇末句持有与文天祥相同的看法。不过，他又据元人戚辅之《佩楚轩客谈》所载此词为张琼瑛之作的异闻，替王清惠开解道：“琼瑛，本昭仪位下也。若然，则后世可以移责矣。”意思是说，张氏是王昭仪属下的宫女，地位卑微，写出“从容”、“圆缺”之类苟且的词句来，是无关宏旨的。其实，《佩楚轩客谈》的记载绝不可信，一个普通宫人，能够“名播兰馨妃后里，晕潮莲脸君王侧”吗？陈霆据戚氏说，为王昭仪讳而移责于张琼瑛，尤堪一哂。明明是一位爱国而有才华的女词人所赋的一首好词，为什么要误解它，从而又张冠李戴呢？

（钟振振）

王沂孙

齐天乐

蝉

一襟余恨宫魂断，年年翠阴庭树。乍咽凉柯，还移暗叶，重把离愁深诉。西窗过雨。怪瑶珮流空，玉筝调柱。镜暗妆残，为谁娇鬓尚如许。　铜仙铅泪似洗，叹携盘去远，难贮零露。病翼惊秋，枯形阅世，消得斜阳几度？馀音更苦。甚独抱清高，顿成凄楚？谩想熏风，柳丝千万缕。

这是一首咏蝉而别有政治寄托的词。王沂孙身经南宋覆国之变，著词以咏物见长，隐晦纡曲，深婉有致。

“一襟余恨宫魂断”，起笔不凡，入手擒题，用“宫魂”二字点出题目。据马缟《中华古今注》：“昔齐后忿而死，尸变为蝉，登庭树嘒唳而鸣。王悔恨。故世名蝉为齐女焉。”蝉由齐女尸化而来，使词一起便带有浓郁的感伤色彩。词人不从蝉的生活环境或身姿形态发端，而是起笔直摄蝉的神魂。“年年翠阴庭树”，平接一句，缴足题面。齐女自化蝉之后，年年只身栖息于庭树翠阴之间，生活在孤寂凄清的环境之中。一、二两句，陡起平接，大大增加了词的艺术感染力。接着“乍咽”三句写蝉在“翠阴庭树”间的鸣叫声。它忽而哽咽在寒枝高处，忽而哀泣于繁叶深处，一声更比一声凄婉。这既是蝉在哀鸣，又分明是齐女魂魄在诉怨。“离愁深诉”承上“宫魂”“余恨”，“重把”与“年年”相呼应，足见“余恨”之绵长，“离愁”之深远。蝉与人至此趋于吻合。

“西窗”以下，情景骤变。“西窗过雨”，即秋雨送寒，意味着蝉的生命将尽，其音必然倍增哀伤。然而，“瑶珮流空，玉筝调柱”，却写雨后的蝉声异常婉转动听，清脆悦耳，它既像玉佩的相击声打空中流过，又似玉筝的弹奏声从窗外响起，所以着一“怪”字，以示闻者疑惑惊讶的神态。而这一“怪”字，正是词家所谓“排宕法”：“虽知其心之戚，转疑其心之欢。”（陈匪石《宋词举》）再者，“瑶珮”两句形容蝉声，本身又构成一种美好形象，它使人联想到有这样一位女子：她素腰悬佩，那佩玉伴随她身

影的款款晃动而有节奏地相击作响；她悠然弄筝，银筝在她纤手轻柔的抚动下，发出优美的乐曲声。这位女子是谁呢？或许就是齐女宫魂生前的化影吧！用生前的一度欢乐与化蝉后的、"西窗过雨"后的悲哀相对照，不也是一种有力的反衬吗？

这个"怪"字的文义又直贯"镜暗"两句。"镜暗"两句，按咏物本意说，是赋蝉的羽翼，但承上想象，出现在读者面前的仍然是一位幽怨女子的形象。"娇鬓"用魏文帝时宫人莫琼树"制蝉鬓，缥缈如蝉"典故（见崔豹《古今注》）。卢照邻有诗云："片片行云着蝉鬓，纤纤初月上鸦黄。"（《长安古意》）"镜暗妆残"，是说这位女子长期无心修饰容颜，致使妆镜蒙尘，失去了照人的光泽。下句一个反跌，既然如此，今天何以如此着意打扮？是不甘寂寞而娇鬓弄姿，还是心中有所期待？这里的"为谁"和上文"怪"字呼应，明为疑责，实为怜惜，怜惜其纵然天生丽质，也因无人赏爱和年华消逝，再也无法恢复其昔日的美姿艳容了。至此，蝉与人，物与情，完全融会一气。

回过头来，总看上片构思，前五句正面咏蝉，后五句从反面翻足题意，一正一反，相反相成。文情波澜起伏，跌宕多姿，显得格外哀艳动人。

换头写蝉的饮食起居："铜仙铅泪似洗，叹携盘去远，难贮零露。"词从"金铜仙人"故事写入，貌似离奇，实际上含义深远，而又用事贴切，不着斧痕。据载，汉武帝铸手捧承露盘的金铜仙人于建章宫。魏明帝时，诏令拆迁洛阳，"宫官既拆盘，仙人临载，乃潸然泪下"。故李贺作《金铜仙人辞汉歌》，有句云："空将汉月出宫门，忆君清泪如铅水。"相传蝉以餐风饮露为生，现在露盘既已去远，则哀蝉何以续此残生呢？其情之苦，实不亚于当年"铅泪似洗"的"铜仙"。所以，承以"病翼惊秋，枯形阅世，消得斜阳几度"三句，写哀蝉临秋时的凄苦心情。微薄如许的病羽残翼，怎能抵挡阵阵秋寒的侵袭？濒临死亡的枯槁形骸，又怎能继续经受人世的无穷沧桑？看来所剩岁月无多，当不得几度斜阳了。

"馀音更苦"，言蝉身虽将亡，而鸣声犹自不断，听来倍感凄苦。"馀音"与上片"重把离愁深诉"呼应。下文继以"甚独抱清高，顿成凄楚"，又使这种凄苦之情再透进一层。"清高"者，言蝉的本性宿高枝，餐风露，不同凡物，似人中以清高自许的贤人君子。不想造化无情，竟使自己落得如此辛酸悲楚的结局。一个"顿"字，惊事物变化速度之快；一个"甚"字，表现出一种呼天抢地而又无可奈何的莫大悲恸之情。

一片飒飒哀音，到此已臻绝境，结拍"谩想熏风，柳丝千万缕"两句，却忽地转出一幅光明景象：夏风吹暖，柳丝摇曳，那正是蝉的黄金时代。然而，这毕竟已经成为过去，往昔的欢乐只能徒增现实的痛苦。所以词人沉痛地冠以"谩想"二字，将美好的回忆一笔抹去，点出年华空逝、盛时不再的悲哀。

这首词并见于《花外集》和《乐府补题》。《乐府补题》为宋遗民感愤于元僧杨琏真珈盗发宋代帝后陵墓而作的咏物词集。据载，有一村翁曾在孟后陵得一髻，发长六尺余云云，则此集中的咏蝉之作有可能是托意后妃的。词中的齐后化蝉、魏女蝉鬓，都与王室后妃有关，"为谁娇鬓尚如许"一句，还有可能关合孟后发髻。至若金铜仙人辞汉，更可视为直接隐射江山易主，宋帝陵墓被盗一事。词人使事用典与词作内容达到了完美的结合，正如周济所说："咏物最争托意，隶事处以意贯串，浑化无痕，碧山胜场也。"（《宋四家词选序论》）

这首词通过蝉的历尽沧海桑田之变，倾诉了遗民的亡国之恸，尤其下片，词人的感情和蝉的艺术形象融合无间，已达浑化无痕的境地。露盘去远，寒蝉无以养生；国破家亡，遗民何以存身？“病翼”“枯形”，蝉之将亡，“馀音更苦”；饱尝忧患，人将老去，亦复“凄楚”。结处回溯往事，盛时难再，寒蝉为之魂断，而词人也唯有抱恨以终了。

这首词的艺术风格，正如周济所评，虽饱含“黍离”、“麦秀”之感，然“只以唱叹出之，无剑拔弩张习气”（《宋四家词选序论》），也即陈廷焯所谓“字字凄断，却浑雅不激烈”（《白雨斋词话》）。词题是咏蝉，作者的声音也如寒蝉哀蛩，软弱无力，盖“亡国之音哀以思”也。

（朱德才）

眉妩

新月

渐新痕悬柳，淡彩穿花，依约破初暝。便有团圆意，深深拜，相逢谁在香径。画眉未稳，料素娥、犹带离恨。最堪爱、一曲银钩小，宝帘挂秋冷。

千古盈亏休问。叹慢磨玉斧，难补金镜。太液池犹在，凄凉处，何人重赋清景。故山夜水，试待他、窥户端正。看云外山河，还老尽、桂花影。

词借咏新月寓托故国之思、恢复之望。上片开端三句：言新月悬挂柳梢，淡光穿过花丛，隐约冲破了黄昏的阴暗。“便有”三句：谓弯弯新月将有团圆的迹象，对之深深拜望，何人在香径间相逢。“画眉”二句：言想象月中嫦娥未画好眉黛，是由于心中充满幽恨。吴文英《声声慢》：“新弯画眉未稳。”银钩：指一弯新月。秦观《浣溪沙》：“宝帘闲挂小银钩。”下片“叹慢磨”二句：感叹月轮终亏，无力回天。慢：同“谩”，徒然。“玉斧”，据《酉阳杂俎》载，唐代郑生及王秀才游嵩山遇一人，云：月是七宝合成，其凸处，常有八万二千户，以斧凿修补之，他也参加了这项工程。李贺《七夕》诗：“天上分金镜，人间望玉斧。”“太液池”三句：忆念赵宋承平时掌故，感叹时移世变，旧事难再。陈师道《后山诗话》载，宋太祖夜幸后池，对新月置酒，召学士卢多逊作咏月诗云：“太液池头月上时，晚风吹动万年枝。何人玉匣开金镜，露出清光些子儿。”周密《武林旧事》载，淳熙九年中秋，宋高宗与宋孝宗于后苑大池赏月，曾觌献《壶中天慢》词，有“云海尘清，山河影满，桂冷吹香雪。何劳玉斧，金瓯千古无缺”之句。“故山”二句：谓故国夜长，要等待圆月照入窗户。韩愈《和崔舍人咏月二十韵》：“三月端正月，今夜出东溟。”“端正”，指月光直射。“看云外”二句：言他日月儿虽圆，江山难复，看月光照射下的云外故国应是一派苍老景象。

词上片起笔描绘新月初升，“悬柳”、“穿花”，仰视、俯视所见。日落月升，故曰“破初暝”。“团圆意”，拜月人所祝所愿。“画眉未稳”与“新痕”遥应，引出“离恨”，借天上月寓人间愁。“银钩”、“秋冷”，怅触悲凉情悰，播散人间世界。上片句句写新月，处处盼月圆。下片放开笔势，立足于宇宙历史视角，纵论盈亏圆缺的演变。

“盈亏休问”，含凄楚难言之痛；“难补金镜”，吐无力回天之恨；“何人重赋”，抒无限今昔之感。"夜水"、"试待"，写出遗民心中长夜漫漫、祈盼殷殷的忧思。收拍又作顿宕，含月轮盈虚有时，而山河旧影复现无期之慨。绵绵君国之思，全借咏月写出，托物寄怀，耐人寻味。（刘乃昌）

蒋捷

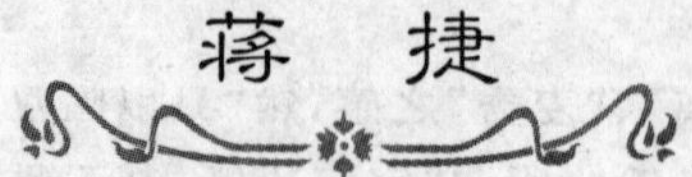

一剪梅

舟过吴江

一片春愁待酒浇，江上舟摇，楼上帘招。秋娘渡与泰娘桥。风又飘飘，雨又萧萧。　　何日归家洗客袍？银字笙调，心字香烧。流光容易把人抛，红了樱桃，绿了芭蕉。

蒋捷曾在另一名篇《虞美人·听雨》词中概括过他一生的三个时期的心态，其中第二个生活阶段是："壮年听雨客舟中，江阔云低，断雁叫西风。"这阕《一剪梅·舟过吴江》正是他"壮年"生涯及心境的又一次表述。只是与"断雁叫西风"的深秋萧瑟的氛围不同，这词展现的是春意特浓的樱红蕉绿时光。然而，温馨时光逆照心境的寥落，在其反差中所激射出来的悲凉凄寂情绪，每较情景相协调的那种哀愁，尤震撼人心。《一剪梅》正是在以明丽春色与凄黯心魄为强烈对照之间，让人们听到他夹杂着飘萧风雨之声的心头呜咽。

姑苏本是个山软水柔的秀丽之地，然而对一个国亡家破、颠沛流离的词客来说，大好秀美境界所能勾起的只能是无尽的悲愁。此时流荡在以"秋娘"名渡、以"泰娘"名桥的苏州属县吴江一带的蒋捷，展眼迷离，雨丝风片，心头酸楚难已，唯可解慰的只有以酒浇愁了。"春愁"，是个普遍习见的意象，但在特定的词人的心境的组织中，各有相异的内涵。此处的"春愁"当然不是见月伤心、对花黯然式的闲情清愁，内里包裹的是兴亡之感、家国之哀。以酒浇愁愁愈浓，更是常理。"江上舟摇，楼上帘招"的境地，即便在漂泊中谋得一醉，也许尚能得片刻的宁静心安，但"风又飘飘，雨又萧萧"的两个"又"字，暗示着风雨（时代的、情绪的）的侵袭终究将一时酒兴冲洗而净，"春愁"依旧。上片六个小分句，写出了一个心态变幻的过程，用的则是意象暗示手法，渐移渐浓，"愁"的被加一倍写法，"又"转愈重。

下阕以"何日归家洗客袍"为换头句，意又转深，上片的"愁"转见明朗清晰，家难归者，"归家"之念愈浓，愈见情事的严重，心情的沉重。如果能"归家"一洗"客袍"，"春愁"也就可消。事实却严峻地与愿违。这是流亡漂泊者的大悲哀。所以，忆念的往事愈觉美好，此时心底愈受煎熬。"银字笙调"，"调"的是往昔的韵事，颤抖的是现今的心弦。"心字香烧"的一个"烧"字岂不也正是灼伤着目今的心魂？词人说"我"就是在这样的战栗、灼痛的心境中渐渐老去，"流光容易把人抛"！可是，如此沉痛的情怀，蒋捷却以"红了樱桃，绿了芭蕉"这样明艳绮丽的笔调表现出来。

这种意象运用的高明手段，能不说是中国古典诗词极度灿烂的标志吗？不仅如此，樱红蕉绿，花落花开，回黄转绿，固是年年如此，然而人呢？家国呢？青春不再，盛世难逢，这是真正的“把人抛”呵！词至此，一种难以言喻的失落感毕见无遗。

可见，在这看似明快、又似常见的“春愁”的抒写中，紧裹着的是一颗寒苦酸涩的心。昔日有论者以为蒋捷的词太嫌“流利”，近乎“滑”，但如这阕《一剪梅》，显然“流”是形态，有其顿挫的“留”乃内里的骨力，吞吐倒转，抑扬跌宕之势内旋着。这是需细加辨察体味的。

《一剪梅》词牌将舒缓的七字句与急促的四字叠句交替转用，有着很美的音乐性，自周邦彦、李清照、辛弃疾以来多有运用。特别是四字叠句由散而整，形成对偶式，每使画面重叠或心境重叠，叠而转进，效果尤佳。到蒋捷此词传世，此词牌的灵动、流丽、精警的特点更见显著，从此名篇迭出了。（严迪昌）

张炎

高阳台

西湖春感

接叶巢莺，平波卷絮，断桥斜日归船。能几番游，看花又是明年。东风且伴蔷薇住，到蔷薇、春已堪怜。更凄然，万绿西泠，一抹荒烟。　　当年燕子知何处，但苔深韦曲，草暗斜川。见说新愁，如今也到鸥边。无心再续笙歌梦，掩重门、浅醉闲眠。莫开帘，怕见飞花，怕听啼鹃。

这是南宋末年词人张炎（1248～1320?）的一首名作，各种选本大都采录。但是关于这首词的撰写年代，后世论者意见不同。晚近论者多认为此词作于临安被元兵攻陷之后，当宋帝昰、帝昺之时（1276～1279）；而清张惠言则认为此词是临安沦陷前一年，即宋恭帝德祐元年（1275）张炎二十八岁时所作（吴则虞校辑《山中白云词》所引）。我同意张氏的推断。为什么这样说呢？因为词中虽透露了国家危亡之感，但是张炎还能游览西湖，“断桥斜日归船”，还能很从容地“掩重门、浅醉闲眠”，不像是临安陷落后的情况。据史载，宋恭帝德祐二年三月，元兵入临安，“以独松关守将张濡尝杀奉使廉希贤，斩之，籍其家”（《元史·世祖纪》）。按张濡即是张炎的祖父。张炎遭受了这种沉重的国难家祸之后，还能有心情从容游西湖么？宋度宗咸淳十年（1274），元兵大举侵宋，自襄阳分道东下。次年，恭帝德祐元年正月，元兵攻取宋黄、蕲以下沿江诸州；二月，又击败宋贾似道兵十余万于池州；三月，元兵攻取建康、平江、滁州、广德。这就是德祐元年春天的形势。元兵南下，势如破竹，临安岌岌可危。张炎这首《高阳台》词就是在这时所作的。

此词开头两句描写暮春景物。“接叶巢莺”，是运化杜甫诗句“接叶暗巢莺”（《陪郑广文游何将军山林》）。“断桥”句点明游湖。断桥在西湖白沙堤东。张炎这

时的心情是很凄楚的，所以接着说："能几番游，看花又是明年。"哀叹今年春天将要过去。"东风且伴蔷薇住"二句，借以托喻，希望残春留住，即是说临安可以幸保；然而转念一想，即便如此，这种局面就像花开到蔷薇，也是"春已堪怜"了。意极沉痛，而语极深婉。下边接着说："更凄然，万绿西泠，一抹荒烟。"春还是要去的，这就更可悲了。"西泠(líng 零)"，桥名，在西湖白沙堤西，这里用"西泠"代表西湖。下片仍是借慨时事。首句中的"燕子"有的论者认为是用刘禹锡《金陵》诗"旧时王谢堂前燕"意，固然也可以讲得通；而我却认为这句词更有实际托讽之事。据《续资治通鉴》卷一八〇《宋纪》记载，恭帝德祐元年三月，元兵既迫，临安戒严，同知枢密院事曾渊子、签书枢密院事文及翁、左司谏潘文卿以及朝臣季可、许自、王霖龙、陈坚等数十人皆遁，朝廷为之萧然。张炎词中"当年燕子知何处"句殆即伤叹此事。因此，临安西湖一片荒凉，只有"苔深"、"草暗"而已。"韦曲"在唐长安城南，"斜川"在今江西省星子县，陶渊明有《游斜川诗并序》。这里用"韦曲"、"斜川"借指西湖。"见说"犹"听说"。鸥本是闲适的水鸟，但是"见说新愁，如今也到鸥边"，更何况人呢？加倍写法，弥见沉痛。"无心"以下数句叙写自己无可奈何的凄凉情绪。

这首词是内心真情的流露，无有安排做作之迹，用笔也婉折多姿，确实是"清远蕴藉，凄怆缠绵"(刘熙载《艺概》卷四)，这正是张炎词的特长。但是这首词仍有其不足之处。词意衔接转折，一句挨一句，无有腾天潜渊的跌宕之笔与沉着之力。王国维《人间词话》曾指出："'能几番游，看花又是明年。'此等语亦算警句耶？乃值如许笔力。"陈廷焯总评此词云："凄凉幽怨，郁之至，厚之至，与碧山如出一手。"(《白雨斋词话》卷二)按陈氏评语有点过誉。此词"凄凉幽怨"则有之，而"郁"与"厚"尚嫌不足，较王碧山(沂孙)终逊一筹。

在南宋覆灭之后，张炎游走于江浙一带，流离穷困，他的一些寄托"黍离"之悲的词作，较《高阳台》词更为沉挚苍凉，如《月下笛》(万里孤云)之类。我撰写《灵谿词说》论张炎词有绝句四首，其中一首云："江湖流落旧王孙，卅载华堂一梦存。剩水残山凭吊尽，万花吹泪掩闲门。"即指出张炎词中这一特点。

张炎一生对于词用力精勤，他撰著《词源》两卷，《山中白云词》约三百首，在词的理论与创作两方面都有显著贡献，不愧为两宋三百年词坛的殿军。但是张炎终究不能算作宋代第一流的词人，后世论者对他也褒贬悬殊。所以然者，一则因为他不能开创拓新，如柳永、苏轼、周邦彦、辛弃疾、姜夔所作的那样；二则因为他的词中缺乏深厚高远的意趣以启发读者对于人生哲理的联想与遐思，如晏殊、欧阳修、苏轼、辛弃疾所作的那样。尤其是第二点，与作者的襟怀、抱负、学养有关，这正是张炎所不足的。不过，张炎词布局完密，词句清疏，时出警句，且蕴藉有情韵，读起来确如"并剪哀梨，爽豁心目"(陈廷焯评语)，所以还是可以引起历代读者的爱好，能在词史中占一席地位的。

(缪　钺)

南楼令

有怀西湖，且叹客游之漂泊

湖上景消磨，飘零有梦过。问堤边、春事如何。可是而今张绪老，见说道、柳无多。　　客里醉时歌，寻思安乐窝。买扁舟、重缉渔蓑。欲趁桃花流水去，又却怕、有风波。

杭州是作者的故乡，宋亡后他漂泊外地，故经常怀念杭州西湖，感叹流落异乡。这首词是感叹漂流、怀思故乡之作。

开篇感叹西湖景观受损害，经常梦游西湖，探问湖堤边农事春光如何。春事：代指农事、春光。李白《寄东鲁二稚子》："春事已不及，江行复茫然。""可是"二句：以张绪自拟，感叹人老神疲，风度比当年大减，湖堤多杨柳，如今摇曳如丝的垂柳也都枯萎了。这里化用齐武帝赞张绪"杨柳风流可爱，似张绪当年"之语。张绪，字思曼，南齐吴郡人，少有文才，风姿清雅，《南齐书》有传。"客里"两句：言漂流中醉酒唱歌，期望找到安全藏身之地。邵雍自号安乐先生，称其住宅为"安乐窝"。戴复古《访赵东野》诗，有"四山便是清凉国，一室可为安乐窝"之句。"买扁舟"句：言租赁船舟，重新搜补蓑衣。"欲趁"二句：谓欲超尘避世，又怕引起风波。王维《桃源行》："春来遍是桃花水，不辨仙源何处寻。"

杭州是南宋京城，又是词人故乡。宋亡后词人漂泊异地，常借怀念西湖，寄托伤时怀旧之思。这篇小词正体现出此种情怀。上片写梦游西湖，寻问春事，可是人老柳枯，世事多变，故地已不堪回首。下片言流浪外乡，欲寻藏身之地，租船远行，又怕招惹风波。全词体现出作者思乡怀旧、无地藏身和惴惴不安的心态。

（刘乃昌）

吴激

人月圆

宴张侍御家有感

南朝千古伤心事，犹唱《后庭花》。旧时王谢，堂前燕子，飞向谁家？恍然一梦，仙肌胜雪，宫髻堆鸦。江州司马，青衫泪湿，同是天涯。

吴激这首《人月圆》词很受当时推重。这首词有一个本事，元好问《中州乐府》、洪迈《容斋题跋》均记载之，而以金刘祁《归潜志》卷八所述较详，兹录于下：

先翰林（按：刘祁指其父刘从益）尝谈，国初宇文太学叔通主文盟时（按：宇文叔通名虚中，以宋臣使金被留，仕为翰林学士承旨），吴深州彦高视宇文为后进，宇文止呼为小吴。因会饮，酒间有一妇人，宋宗室子，流落，诸公感叹，皆作乐章一阕。宇文作《念奴娇》，有"宗室家姬，陈王幼女，曾嫁钦慈族。干戈浩荡，事随天地翻覆"之语（按："钦慈"是宋神宗陈皇后的谥号，陈皇后即是徽宗的生母。这位流落北方的宋宗室女子，大概曾经嫁给陈皇后娘家的人，所以词中说："曾嫁钦慈族。"）。次及彦高，作《人月圆》云（词从略）。宇文览之，大惊。自是，人乞词，辄曰当诣彦高也。

吴激系出名门，兼有才学，使金被留，勉强任职，他的心情当然是非常痛苦的。当他在宴席中看到这位宋宗室女子被掳至北方，沦落为侑酒的歌妓，不禁触发身世之同感，故国之深悲，于是即席写了这首词，虽咏歌女，亦借以自伤。开头两句，从高处落笔，笼罩全篇，意思是说：听了这位宋宗室女子的歌唱，不禁联想起杜牧的诗句"商女不知亡国恨，隔江犹唱《后庭花》"。借用陈后主耽于逸乐，终日在宫中演唱《玉树后庭花》等新曲以至于亡国的故事，影射宋徽宗的荒淫误国，悲慨深至。"旧时"三句，融化刘禹锡《乌衣巷》诗"旧时王谢堂前燕，飞入寻常百姓家"句意，慨叹宋宗室女子之沦为歌妓。"恍然一梦"句含着无穷的悲叹。由于金朝灭宋的巨变，吴激以名宦之子，歌女以宋室宗姬，都流落异邦，屈辱于女真族统治之下，真是如同做了一场噩梦。"江州司马"三句用白居易《琵琶行》"座中泣下谁最多，江州司马青衫湿"句意，说明自己与歌女同病相怜。

这首《人月圆》词，情思甚为沉痛，而用笔则空灵蕴藉，以唱叹出之，遂胜于宇文叔通之据事直书、索然寡味者（元好问亦谓"时宇文叔通亦赋《念奴娇》，先成，而颇近鄙俚"。见《中州乐府》），故宇文自叹不如也。此词的特色就在于善于运化古人诗句，借以表达作者的情思，遂有一种折光，显得浑融，不露圭角。全词十一句，其中八句都是融化唐人诗句者。故刘祁评云："虽多用前人诗句，其剪裁点缀若天成，真奇作也。"刘祁又引用其父从益之言曰："诗不宜用前人语，若夫乐章，则剪截古人语亦无害，但要能使用尔。如彦高《人月圆》，半是古人句，其思致含蓄甚远，不露圭角，不尤胜于宇文自作者哉？"（《归潜志》卷八）

晚唐五代人词，直抒胸臆，出语自然，不用典故，如活色生香，不假雕饰。北宋前期如晏、欧诸公之作，犹沿此风。中叶以后，渐趋工巧，于是有以运化古人诗句见长者，如贺铸、周邦彦皆是。贺、周诸人运化唐人诗句，巧丽精工，然有时不免用力之迹、斧凿之痕，晚唐五代词人浑朴自然之风味亦稍减矣。至于在填词时运用古人诗句，浑然天成，如自其口出，能以人巧与天工相吻合者，吴激《人月圆》词是值得重视的。所以元好问称赞说，吴激乐府"'南朝千古伤心事'等篇，自当为国朝第一手"（《中州集》卷一）。

（缪　钺）

蔡松年

念奴娇

还都后，诸公见追和赤壁词，用韵者凡六人，亦复重赋

《离骚》痛饮，问人生佳处，能消何物？江左诸人成底事，空想岩岩青壁。五亩苍烟，一丘寒玉，岁晚忧风雪。西州扶病，至今悲感前杰。　我梦卜筑萧闲，觉来岩桂，十里幽香发。块磊胸中冰与炭，一酌春风都灭。胜日神交，悠然得意，遗恨无毫发。古今同致，永和徒记年月。

此步韵苏轼《念奴娇·赤壁怀古》词，曾被金末著名诗人元好问许为压卷之作。“《离骚》痛饮，问人生佳处，能消何物?”起韵突兀，有破空之势，直言人生佳处唯读《骚》与饮酒，足见词人的胸中自有一段蟠结郁郁之气。《世说新语·任诞》：“王孝伯言：名士不必须奇才，但使常得无事，痛饮酒，熟读《离骚》，便可称名士。”接下去两句“江左诸人成底事，空想岩岩青壁”，点出怀古内涵，也即上文胸中郁愤之由来。上句感叹东晋谢安诸贤虽建功立业，但终未能再现盛世。“江左”，长江以东。晋室南渡，东晋及宋、齐、梁、陈相继建都金陵，占领江左一带。“底事”，即何事。下句指斥夷甫之流清谈误国。“岩岩青壁”，指西晋王衍(字夷甫)。《世说新语》刘孝标注：“顾恺之《王夷甫画赞》曰：夷甫天形瑰特，识者以为岩岩秀峙，壁立万仞。”王夷甫位居宰相，崇尚清谈，不理国政，导致西晋覆灭。其兵败临终曾曰：“向若不祖尚浮虚，戮力以匡天下，犹可不至今日。”(《晋书·王衍传》)“五亩苍烟，一丘寒玉，岁晚忧风雪。”由古而今，由谢安而自身，借描绘岁寒翠竹忧风雪，而自抒忧患之思。“寒玉”，喻寒竹。“风雪”，喻忧患。据《明秀集》魏道明注称：“是时公方自忧，恐不为时之所容，故有此句。”而谢安晚年因位高遭忌，亦时怀忧思，正因两人晚年命运相似，故词人结拍有“西州扶病，至今悲感前杰”之叹。“前杰”，即指谢安。谢安求隐退而不果，被迫出镇广陵(扬州)，后还都，以病躯入西州门，未几病卒。

换头“我梦卜筑萧闲，觉来岩桂，十里幽香发”三句，谓神游“萧闲”十里桂香。“卜筑”，择地而建房舍。词人为丞相时在镇阳别墅筑有“萧闲堂”，并且自号“萧闲老人”。“块磊胸中冰与炭，一酌春风都灭。”则言借酒一洗胸中不平之气。“块磊”，指胸中之不平。“冰与炭”，冰炭不能同器，言心中骚乱不宁。“胜日神交，悠然得意，遗恨无毫发。”谓怀晋贤而忘今忧。魏道明注云：“公意欲忘忧患，一寓之酒，而与晋贤神交，庶得意而无怨恨也。”结拍“古今同致，永和徒记年月”，谓只要情趣相投，知音不受时空所限。两句语意出自晋人王羲之《兰亭集序》。序首云：“永和九年……会于会稽山阴之兰亭。”序尾云：“虽世殊事异，所以兴怀，其致一也。后之览者，亦将有感于斯文。”

金初词坛深受苏轼豪放词风影响，蔡松年此词洗尽铅华，不为儿女柔情，而作慷慨激宕语，发铁板铜琶声，豪而能郁，此蔡承苏词而风神相似处。然细较二词，亦不尽相同，盖二人身世处境各异也。苏以待罪之身，贬谪黄州；蔡则以宰辅之尊，高居庙堂。东坡追慕吴、蜀英杰，是有慨于自身功业未就而“早生华发”；萧闲神交晋贤者，位高遭忌，忧患与共。苏词“人生如梦，一尊还酹江月”，寓老庄人生之哲理，寄历史兴亡之感慨；蔡词“一酌春风都灭”，乃以酒浇胸中块垒，一涤郁愤不平之气。苏词绘景：“乱石崩云，惊涛裂岸，卷起千堆雪。”气象恢宏，豪情四溢。蔡词则“五亩苍烟，一丘寒玉，岁晚忧风雪”，“觉来岩桂，十里幽香发”，高洁幽雅，一以自喻，一以明清幽暇逸之思。总之，苏、蔡二家词有同有异，求同以见词风渊源，明异得窥各家特异风采也。

(朱德才　杨　燕)

元好问

水调歌头

赋三门津

黄河九天上，人鬼瞰重关。长风怒卷高浪，飞洒日光寒。峻似吕梁千仞，壮似钱塘八月，直下洗尘寰。万象入横溃，依旧一峰闲。　仰危巢，双鹄过，杳难攀。人间此险何用，万古秘神奸。不用燃犀下照，未必佽飞强射，有力障狂澜。唤取骑鲸客，挝鼓过银山。

这是一首赋写三门峡雄险气势的词篇。题目中所说的“三门津”，即三门峡。原在今河南省三门峡市东北黄河中，因峡中有三门山而得名。据《陕州志》记载：“三门，中神门，南鬼门，北人门，惟人门修广可行舟。鬼门尤险，舟筏入者罕得脱。三门之广，约三十丈。”在历史上，三门峡以其奇伟险壮而名世，吸引着无数骚人墨客赋诗为文，留下了不少名篇佳制。元氏此作，笔力雄放，气势纵横，想象丰富，实为历代咏三门峡作品中难得的名篇。

起首一句，与李白诗“黄河之水天上来”所造之境极为相似。就视觉而言，诗人眼中的黄河水当是由远至近，从高到低，自九天之上飞泻而下；汹涌澎湃、奔流不息的水流给人心理上造成强烈的震荡，形成极大的反差，具有惊心动魄的艺术效果。而在“黄河九天上”之后，又紧接以“人鬼瞰重关”一句，是说河水俯瞰着人鬼重关。由仰视而俯瞰，由远而及近，物象也由模糊而趋具体。这两句把黄河水收束到三门峡中，使景物落到实处；虽未见一“险”字，但已险象环生。由于有了这两句交代，“长风怒卷高浪，飞洒日光寒”也就水到渠成。河流落差极大，峡水极深，关隘重重，必然造成世所罕见的奇观，自然会有长风高浪，一定形成“怒卷”之势。而在长风巨浪下，水花四溅，水汽氤氲，使得本来给人以温暖的日光也显得寒气森森。这不仅仅是诗人的感觉，也的确是天设地造的自然奇观。以上四句，诗人挥如椽巨笔，挟风带浪，创造了一种雄奇而迷人的境界，极现一个“险”字。至此，诗人仍觉意犹未尽，又连用两个比喻：“峻似吕梁千仞，壮似钱塘八月。”吕梁山，在今山西省离石县东北，山势奇险，是晋西高原的骨干。《列子·黄帝》篇云：“孔子观于吕梁，悬水三十仞，流沫三十里，鼋鼍鱼鳖之所不能游也。”三门峡距吕梁山较近，其险峻处相类。如果说这是诗人就近取譬的话，那么，用钱塘江八月来潮时的雄壮气势来比三门峡水流之急，则为远喻。此二景，一北一南，皆以雄奇名世，用来比喻三门峡，是再恰切不过的了；再加冠以“峻”、“壮”二字，来明言三门峡之奇险壮阔，可谓淋漓尽致。这两句贴切的比喻，既丰富了全词的内容，又为读者打开了一个驰骋想象的艺术洞天。接着，词人又收以“直下洗尘寰”一句，则更加突出了黄河水的凌空直下，具有冲洗整个人世间的豪壮气概。“万象入横溃，依旧一峰闲。”前句仍接前面所蓄之势，言黄河水势之大，笔势奇横；后句却一顿而转，写三门峡中砥柱山之稳，笔锋骤敛。一动一静，相映成趣。由开篇而来的脱缰野马般的气势，顿然收住，闲和平稳。

下阕笔势虽由敛而舒，但基调却由豪壮激荡变为郁勃不平。“仰危巢，双鹄过，杳难攀”三句，紧接上阕末尾“依旧一峰闲”而来，写砥柱山上除了鸟儿在上面筑巢，天鹅从那里飞过外，从来人迹罕至，难以攀登。一“仰”字，既抬起气势，又转移视角。从“人间此险何用，万古秘神奸”以下，全词由写景转为抒发感慨。这两句是说，人世间要这等险要之地又能派什么用场呢？自古以来，无非是为作怪的鬼神提供场所罢了！“不用燃犀下照，未必佽飞强射，有力障狂澜。”前两句分别用了两个典故。“燃犀下照”，指《晋书·温峤传》所载，温峤“至牛渚矶，水深不可测。世云其下多怪物，峤遂燃犀角而照之。须臾，见水族复灭，奇形异状，或乘马车著赤衣者”。后指洞察奸邪。“佽（cì 赐）飞”，是汉武帝时官名，掌管弋射鸟兽，这里取其轻疾善射之意。在诗人看来，燃犀洞察妖物的温峤也好，轻疾善射的佽飞也好，都用不着。因为，他们都未必能挽狂澜于既倒。那么，能“力障狂澜”的又是什么呢？只有那岿然不动的砥柱山。“唤取骑鲸客，挝（zhuā 抓）鼓过银山。”则又说，只有那漫游江海的骑鲸豪客，才能击着鼓，稳渡波涛如银山般叠起的三门峡水。笔酣墨饱，纵抒豪情。

此词纯以气势胜。上片多写景，下片多抒情、议论。但就全词而言，写景、抒情、议论又融为一体；诗人既写出了三门峡雄险的气势，又融进了自己的人生体验；景物雄伟壮阔，感慨亦激愤难平。况周颐《蕙风词话》卷三云：“遗山之词，亦雄浑，亦博大。有骨干，有气象。以比坡公，得其厚矣，而雄不逮焉者。豪而后能雄，遗山所处不能豪，尤不忍豪。……其《水调歌头·赋三门津》‘黄河九天上’云云，何尝不奇崛排奡。坡公之所不可及者，尤能于此等处不露筋骨耳。《水调歌头》当是遗山少作。晚岁鼎镬余生，栖迟零落，兴会何能飚举。”如此评遗山，确为的论。《水调歌头》最能显示元氏的豪放词风，也是有金一代悲郁苍凉总词风的体现。通读全词，使人感到词人有一股郁勃不平之气鼓荡于胸中，语气沉痛、激愤，的确不是一般的登临之作。但有一选本言，此词“是对政治的批判”，未免牵强。

（匡 扶 张 兵）

木兰花慢

拥都门冠盖，瑶圃秀，转春晖。怅华屋生存，丘山零落，事往人非。追随。旧家谁在？但千年、辽鹤去还归。系马凤凰楼柱，倚弓玉女窗扉。　江头花落乱莺飞。南望重依依。渺天际归舟，云间汀树，水绕山围。相期。更当何处，算古来、相接眼中稀。寄与兰成新赋，也应为我沾衣。

金哀宗天兴元年（1232）蒙古军两次围攻汴京，四十三岁的元好问，这时正在汴京任左司都事。第二年春天，金军守将开城降敌，元好问同其他金朝官僚一同当了俘虏，被蒙古军羁管于聊城（今属山东）。后由聊城移居冠氏（今山东冠县）。本篇当是在此期间为寄赠南归友人而作。元好问青年时代起为逃避蒙古军的入侵，即

由故乡徙家河南，中博学宏词科后，充任国史院编修，曾寓居金国的南京，即汴京，其后又移家于此。这里有他熟悉的故旧和京华风物。这位友人也许是他宦游汴京时的同僚，这回友人南归，作者写这首词，惜别中贯注了伤时怀旧之悲。

上片写友人行经汴京的感受。起拍三句，回忆往日汴京的繁华。“都门”点明汴京，“冠盖”代指仕宦缙绅，“瑶圃”谓皇家苑囿，“拥”写出旧都人物之盛，“秀”字、“晖”字，见出环境之幽，春光之美。“怅”字带起下文，引入伤今：“怅华屋生存，丘山零落，事往人非。”曹子建《箜篌引》有“盛时不可再，百年忽我遒。生存华屋处，零落归山丘”之句，作者化用其意，借汴都的沧桑之变，寓家国沦亡、江山易主之悲，一派怅惘酸楚之情溢于言表，与往日汴都的华贵适成对照。“追随。旧家谁在？但千年、辽鹤去还归”三句，紧承上文，想象友人到故都的寥落悲凉。这里融化丁令威化鹤归乡的故事，进一步烘染人事之非。《搜神后记》载，辽东人丁令威离家学道既久，后化鹤探视故乡，乡人已不可复识，因有“去家千年今始归，城郭如故人民非”之叹。作者把友人喻为千年还归的辽鹤，说明世事变化之大，充满欷歔感喟的情调。“系马凤凰楼柱，倚弓玉女窗扉”两句，正是往年京都宦游的生活片断在低回怀旧的友人心目中的骤然浮现。“凤凰楼”为宫廷建筑，鲍照《代陈思王京洛篇》形容京洛市容云：“凤楼十二重，四户八绮窗。”“玉女窗”，有雕花图案的绮窗。李商隐《对雪》诗有“寒气先侵玉女扉，清光旋透省郎闱”之句，以“玉女扉”与“省郎闱”对举，知均为京邑的官署，此处指当年僚友息游之地。词人天兴初被擢为尚书省掾，不久又除左司都事，转行尚书省左司员外郎，当年曾“系马”、“倚弓”于此，同友人优游相处，供职值勤。而今往事已空，这一独特的生活细节的闪现，正体现了作者与友人共同的怀旧之情。

下片是写词人对南国的怅望和对南归友人的怀思。起句“江头花落乱莺飞”，是想象中南国的晚春风光。“南望重依依”，“南望”二字点出以下均词人设想情境。“重依依”补述词人怀恋友人的情愫。作者所以“依依”南望，似与时事有关。其《淮右》诗云：“淮右城池几处存？宋州新事不堪论！”天兴二年宋、蒙联合灭金，宋军孟珙大败金兵，直取邓州，金哀宗在宋州（今河南商丘）日夜哭泣。“宋州新事”即指此。“南望重依依”，可能含蕴着词人对南方军情和金国形势的关念。“渺天际”三句，是描述“南望”时设想的友人舟行途中之景。谢朓《之宣城郡出新林浦向板桥》“天际识归舟，云中辨江树”，刘禹锡《石头城》“山围故国周遭在”等诗句，都是写南国景物，且含有怀念远人，凭吊故国之意，作者糅合这些诗句，含有深沉的忧思。“相期”以下，由念别转折到对今后相遇和相思的揣想。“相期。更当何处，算古来、相接眼中稀。”是说虽然互相期许日后相晤，究竟在哪里能够重逢，却实难预料，自古以来是离多会少的。“相接眼中稀”，充满了渺茫无据的揣想。因为相见难期，只好寄文托意了！故篇末以“寄与兰成新赋，也应为我沾衣”收煞。“兰成”是南北朝著名文学家庾信的小字。梁武帝末，侯景叛乱，庾信为建康令，兵败后被迫逃亡江陵，后奉梁元帝之命出使西魏，被羁留长安，其抒写国破家亡和乡关之思的诗赋如《哀江南赋》等十分沉挚感人。作者于国破后被敌军羁管于北方，身世略与庾信仿佛，故这里以“兰成新赋”借喻自己伤时感怀的诗词。苏轼《八声甘州·寄参寥子》

煞拍有“西州路，不应回首，为我沾衣”之句，是对友人宽解劝慰，相期以旷。这里反其意而用之，见出作者国破家亡，思想沉痛，并且相信故人也定然怀有同感，双方会同命相恤，相濡以沫的。

清代况周颐《蕙风词话》曾云，遗山以“丝竹中年，遭遇国变……神州陆沉之痛，铜驼荆棘之伤，往往寄托于词”。这首《木兰花慢》正是借赠友人，倾吐家国之感、身世之悲。篇中思路错综跳跃，由缅怀往昔，写到凭吊当今，由当前的离散写到日后的思慰，哀感交流。怀友念远之情，交织着深重的时代悲慨。多以意中景寄寓眼下情，融化前人语，浑化无迹，境界旷远而深蕴悲怆之致，是气韵浑厚沉着之作。

（刘乃昌　杨庆存）

萨都剌

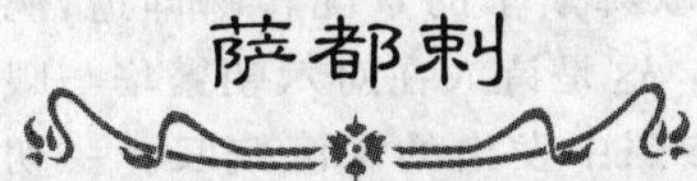

百字令

登石头城

石头城上，望天低吴楚，眼空无物。指点六朝形胜地，唯有青山如壁。蔽日旌旗，连云樯橹，白骨纷如雪。一江南北，消磨多少豪杰。　寂寞避暑离宫，东风辇路，芳草年年发。落日无人松径里，鬼火高低明灭。歌舞尊前，繁华镜里，暗换青青发。伤心千古，秦淮一片明月。

在萨都剌的《天锡词》中，登临怀古词很多，成就也最高。他一生游宦多年，过眼的山川风物不计其数，感慨也发了不少。元文宗至顺三年(1332)，萨都剌调任江南诸道行御史台掾史，移居金陵。这首《百字令》大约作于此时。词步苏轼《念奴娇·赤壁怀古》原韵，属登临怀古之作。

上阕开头以“石头城上”四字发调，点出登临的地点。加一“上”字，既点明所在地，又具登高临远之意，与题中“登”字相应。“石头城”，即金陵城，故址在今南京市清凉山，形势险要，历来为兵家必争之地，唐代诗人刘禹锡即有《石头城》一诗咏之。既登临，必有所见，而下句“望”字便带出登高所见之景：“望天低吴楚，眼空无物。”站在石头城上，极目远望，只见天宇低垂，笼罩着整个吴楚地域；天地苍茫辽阔，万物朦胧空旷。这既是眼中的景物，又是内心的感受。这几句，大气包容，雄浑有力，作为远景，使人眼界开阔。而“指点”以下，诗人由游目远望，心骛八极回到眼下。这里曾经是东吴、东晋、宋、齐、梁、陈六个朝代建都的地方，为战略要地；然而，六个王朝都如此短命，如今只剩下那不老的清凉山，依然青青，仍旧石壁般耸立。气势虽也壮阔豪迈，但“唯有”二字却给全词定下一种悲凉的基调。看着这衰景残象，诗人怎能不浮想联翩，怎能不究其原因？那遮天蔽日的旌旗，那乌云般浮动着的船舰，那如飞雪般纷扬着的皑皑白骨，这一切难道不都是争夺杀伐的明证吗？这如烟往事最后又凝聚为一句悲怆的慨叹：“一江南北，消磨多少豪杰。”这悲叹是对历史

的深刻反思。历代王朝，更迭之频，恍若走马，可是，在这倏忽转换之中，却是白骨露野，豪杰消磨。怀古之情，深沉而悠久，苍凉而凄婉，透露出一种历史、人事变幻无常的悲哀，体现了一种强烈的虚无感。

过片“寂寞”二字，紧承上阕所蓄之苍凉情调，把全词的情感基调更加引入悲凉凄清的境地。“寂寞避暑离宫，东风辇路，芳草年年发。”皇帝避暑的行宫，宫中曾是皇帝玉辇行走的御路，如今只是一年又一年，一茬换一茬，长满了萋萋芳草。这等眼前之景，虽似信手拈来，却最能显示兴衰胜败，是历史的最好见证。景物寂寞清冷，诗人的内心也空寂冷寞。“落日无人松径里，鬼火高低明灭。”这两句，情调更加凄清。夕阳西下，在杳无人迹的松树小径里，只有鬼火或高或低、忽明忽暗地飞蹿着。读至这里，我们觉得词境除凄清之外，还有些阴森可怕。“歌舞尊前，繁华镜里，暗换青青发。”这是感叹历史，也是悲叹自身。那歌舞繁华的景况转瞬即逝，满头青丝顷刻变异。岁月无穷，人生易逝，乐极而悲来。这是诗人在对六朝繁华与眼前凄惨景象的对比中，在对宇宙时空与个人生命的参照中发出的深沉慨叹。一切都是这般丧气，如此不如人愿，因而，诗人只能长叹：“伤心千古，秦淮一片明月。”这“伤心”，不仅因石头城的多变、衰败，更由于宇宙无穷而人生有限。千古以来，只有那秦淮河上的明月没有变化。既深化了全词的思想，又使全词在一种空旷、凄清的意境中了结，令人回味无穷。

这首词与大多数金陵怀古的作品一样，表现了一种吊古伤今的情怀，感叹历史兴亡。这种感情，词人在不少同类作品中曾多次流露过。“六代豪华，春去也、更无消息。”(《满江红·金陵怀古》)“五月潮声方汹涌，六朝文物已凋零。”(《望金陵》)“六代兴亡在何许？石头依旧打寒潮。”(《秋日登石头城》)可见，历史兴亡意识已深印诗人脑海。而在这首词里，诗人又把历史兴亡与人生感慨紧密结合，怀古而兼伤怀，词情苍凉。诗人神思舒畅，运笔自如，既有粗笔勾勒，又有细笔工描。就景而言，既有苍茫辽阔的天宇，又有明月高照下的秦淮河；就时而言，既有渺渺千古，又有短暂的人生。诗人把这一切都汇入他的笔端，写景造情，发慨抒情，既怀往古，又连己身，描绘出一种雄放而哀伤、苍莽而悲凉的意境，为读者打开了一个艺术的洞天。 (匡 扶 张 兵)

刘基

沁园春

万里封侯，八珍鼎食，何如故乡！奈狐狸夜啸，腥风满地，蛟螭昼舞，平陆沉江。中泽哀鸿，苞荆隼鸨，软尽平生铁石肠。凭栏看，但云霓明灭，烟草苍茫。 不须踽踽凉凉，盖世功名百战场。笑扬雄寂寞，刘伶沉湎，嵇生纵诞，贺老清狂。江左夷吾，隆中诸葛，济弱扶危计甚长。桑榆外，有轻阴乍起，未是斜阳。

刘基是由元入明的人物，元亡时五十九岁，明朝建国后七八年他就死掉了。他在至顺二年(1331)中进士后，曾在元朝做过官，但都不很得意，直到至正二十年(1360)五十岁时应聘至南京，受到朱元璋礼遇，才得以参与机要，筹划用兵，成为辅佐朱明建国的元老勋臣。其《题太公钓渭图》："偶应飞熊兆，尊为帝王师。"有夫子自道之意。由于刘基长期生活于元蒙统治下，宦途坎坷，对当时的政治黑暗观察深切，故其前期词多揭露黑暗、忧愤现实之作，本篇即可代表。元惠宗至正中期(约为十八、十九年)，元将石抹宜孙守处州，刘基曾为其佐。后弃官归隐青田。石抹，字申之，性警敏好学，长于诗歌，《新元史》有传。《古今词话》云："刘文成未遇时，便与石抹元帅填词赠答。时石抹方镇江浙，而文成每以《满庭芳》、《满江红》调寄之。"这首《沁园春》当作于退处青田时。本集题作《和郑德章暮春感怀呈石抹元帅》，文字略有不同。

这首词怀着愤慨的激情批判了元代社会的黑暗，肯定了历史上有所作为的政治家扶危济世的壮举，流露出作者崛起乱世、辅翼明主、整顿乾坤的宏伟抱负。

上片写元代社会黑暗，豺狼当道，贤良遭殃，政局十分动荡。起拍三句由对面入题，言立功不如归隐："万里封侯，八珍鼎食，何如故乡！"这里暗用《后汉书》班超立功西域，封定远侯，思乡求归的典实，说明为国建功，享高爵厚禄，膳备八珍，列鼎而食，虽富贵至极，亦不如优游故乡，自在而潇洒。"奈"字笔锋一转，带起以下七句，把人们的目光引向了现实："奈狐狸夜啸，腥风满地，蛟螭昼舞，平陆沉江。中泽哀鸿，苞荆隼鸨，软尽平生铁石肠。""狐狸"四句以隐喻的手法极写元统治者入主中原造成的巨大灾难。"狐、狸、蛟、螭"这些为患人类的凶兽，深夜狂嗥，白昼乱舞，或残害生灵，弄得满地血雨腥风，或降水发洪，吞没田野村镇。这幅群凶肆虐图，正是元蒙野蛮统治下社会黑暗的写照。在这种阴暗的时代，苦难中的人民如遍地哀鸿露栖于草泽，有志之士也不得像高翔的鹰隼，而是蛰伏于荆棘。这种惨景，真会使铁心石肠之人也为之痛心洒泪。"软尽平生铁石肠"，正表现了词人深切的同情心和正义感。以上直倾胸臆，收拍以景结情。"凭栏看，但云霓明灭，烟草苍茫。"词人面对中原大地，放眼环视，只见云霓变幻，忽明忽暗，凄烟衰草，一派苍茫无际。这是眼中实景，也是当时风云变幻、时局动荡、前景迷茫的政治形势的显影。"云霓明灭"，形势在急剧地变幻，迷惘中还存在着某种希望。这就为下文的摅布壮怀，设下了引线。

下片抒写济世拯时的壮志和雄心。过片紧承上意，谓处如此乱世，不宜自甘失落，孤独自处，而应奋力进取。"不须踽踽凉凉，盖世功名百战场。"借用《孟子·尽心下》"古之人，行何为踽踽凉凉"语，否定索居独善的处世观。"踽踽"，孤独貌。人生一世，何为那样孤独冷清。盖世功名总由身经百战获取。两句豪言体现出刘基作为乱世英雄的宏大气度，振起下片。随即用品评两组不同类型的历史人物，来展现自己的襟抱。"笑"字领以下四句，对扬雄、刘伶、嵇康、贺知章诸人不表赞同。西汉扬雄草《太玄》以自守，不与卿相过往，左思《咏史》诗谓"寂寂扬子宅，门无卿与相。寥寥空宇内，所讲在玄虚"；晋代刘伶任诞纵酒，常乘鹿车，携酒壶，使人荷锸而随之，谓"死便埋我"。刘基《题陆放翁晚兴诗后》有句云："奈何刘伶辈，贱身若刍狗。徒生天地间，辜负鬃与手。”曹魏嵇康愤世嫉俗，放达不羁，每“非汤武而薄周孔”，俯仰自得，游心太玄；唐代诗人贺知章晚年旷放自遣，遨嬉里巷，自号“四明狂客”。四子皆一代才人，超群轶世，但刘基不满“扬雄寂寞，刘伶沉湎，嵇生纵诞，贺老清狂”，不赞成他们的轻视现实事功，而拳拳服膺于王导和孔明。“江左夷吾，隆中诸葛，济弱扶危计甚长。”“夷吾”，本春秋齐人管仲之名，因相齐桓公，成就霸业而闻名。东晋王导才智过人，知天下乱，曾预为晋元帝筹谋移镇建康，后为丞相辅佐东晋王朝，南渡后又力主“戮力王室，克复神州”，被时人称为“江左夷吾”；曾躬耕南阳隆中（今湖北襄阳西）的诸葛亮在隆中对策中，即为刘备提出了“三分天下”、联吴抗曹的战略计划，拜相后又筹划“北定中原”、“兴复汉室”，于危乱时代建立了出色的业绩。作者仰慕两人济弱扶危，赞颂他们计虑深远，就在这一“笑”一褒中寄托了词人宏伟的抱负和襟怀。煞拍三句落笔于眼前的实景描写：“桑榆外，有轻阴乍起，未是斜阳。”“桑榆”，指日落处，《后汉书·冯异传》有“失之东隅，收之桑榆”语，也借喻人之晚境。这里以景结情，照应上片收尾，隐隐传达出一种展望的乐观的情调。只是在日落以外的地方，乍起轻薄浮云，使天空暂时暗淡，还未到日落之时。“未是斜阳”，充满自信，流露了建功未晚的高昂激情。

刘基“生平刚毅慷慨有大节，每论天下安危，则义形于色”（《诚意伯刘公行状》），今读此词，足见“其盖世之姿，雄伟之志，用天下国家之心”（叶蕃《写情集序》）。刘基写此词不久，就投奔朱元璋，在开创朱明王朝的事业中起了显著作用，这不是偶然的。这首词正是他不甘寂落、志在有为的英雄胸臆的自然坦露。刘基词与季迪并称，足为朱明冠冕。人赞其风骨清逸可诵，小令颇有思致。本篇则与引吭高歌的刚壮一派气韵逼近，笔力遒健，意象雄俊，谈古议今，酣墨淋漓，运用比喻和熔裁典实也能浑化无迹，可说是英雄未遇时忧愤时事、倾吐抱负的仰天浩歌。

（刘乃昌　杨庆存）

高启

念奴娇

自述

策勋万里，笑书生骨相，有谁曾许？壮志平生还自负，羞比纷纷儿女。酒发雄谈，剑增奇气，诗吐惊人语。风云无便，未容黄鹄轻举。　何事匹马尘埃，东西南北，十载犹羁旅，只恐陈登容易笑，负却故园鸡黍。笛里关山，樽前日月，回首空凝伫。吾今未老，不须清泪如雨。

这是词人自述平生志向的作品，作于元惠宗至正二十一年（1361）。当时他虽过着“我耕妇自桑，击木野田间”的田园生活，却踌躇满志，盼望有朝一日立功报国，大展宏图。这时，有一浙江的相命先生薛月鉴坐船来访。为他相了命，称他“难久藏”草野间，因为“脑后骨已隆，眉间气初黄”，很快将会飞黄腾达，虽然词人写了一首《赠薛相士》的诗赠给薛，并称“驰弓懒复张”，“妄念吾已忘”，似乎就准备潦倒一生。其实不然。一石激起千层浪，薛相士走后，他又作了这首词，款款道出自己的心曲和报国的心愿。

词的开头三句即从薛相士来访说起。“策勋万里”即立功万里。“策勋”，记功于策。“骨相”，指人的骨骼和形体相貌，古代相命以骨相推算人的命运。“有谁曾许”，指薛相士对他的骨相的称许。从这里不难看出，虽然他在《赠薛相士》诗中，说自己似乎并不相信所谓自己将富贵的话，并且也无意出仕，其实，他内心对这相士的话还是颇为相信，并以此自得的。二、三句以一“笑”字领起，颇有几分得意。四、五二句，就透出了这种情绪：“壮志平生还自负，羞比纷纷儿女。”他自信自己平生的志向一定会实现，因而羞与芸芸众男女比肩并列。“酒发雄谈，剑增奇气，诗吐惊人语。”这三句是他狂放不羁、英姿勃发的年轻生活情景的真实写照。这与他在《赠薛相士》诗中所谓“我少喜功名，轻事勇且狂。顾影每自奇，磊落七尽长。要将二三策，为君致时康。公卿可俯拾，岂数尚书郎”是完全一致的。他在这一时期写的另一首《沁园春·寄内兄》词中也曾写道：“忆昔初逢，意气相期，一何壮哉。拟献三千牍，叫开汉阙。蹑一双屦，走上燕台。”显然，他不仅以一诗人自期，更期望在政治上有所作为，而“剑增奇气”、“走上燕台”句，还显然有着登台拜将、立军功于万里之外的抱负。其理想之所以未能实现，是因为“风云无便，未容黄鹄轻举”。显然，他把自己不能功成名就归之于未有合适的机遇。“黄鹄”，即天鹅。《汉书·昭帝纪》曰：“黄鹄下建章宫太液池中。”注：“黄鹄，大鸟也，一举千里者，非白鹄也。”据《韩诗外传》载，田饶谓鲁哀公曰：“夫黄鹄一举千里，啄取君粟，君犹贵之，以其未来远也。故臣将去君黄鹄举矣。”“轻举”，有轻举妄动之意。高启生活的苏州一带，这时还是张士诚农民起义军活动区域，高启不肯与张士诚政权合作。他对这个政权有着自己的看法。他在《赠薛相士》诗中说：“请看近时人，跃马富贵场。非才冒权宠，须臾竟披猖。鼎食复鼎烹，主父世共伤。”他看出张士诚政权是个短命的政权。

词的下阕紧扣自己的身世遭遇抒发不得志的悲哀。“何事”三句，对自己过去十年的漂泊动荡生活作了很好的概括。他从十六岁起即知名于世，迄今已整整十年，这些年间，他来往于北郭、青丘间，还曾去城中一游。“匹马尘埃”一句写出了词人在尘世间苦苦寻觅报国之路的形象。他在《沁园春·寄内兄》词中亦云：“惊回首，漫十年风月，四海尘埃。”十年的努力，并未使他找到一个可以安身立命之所。“只恐”二句用三国时许汜与陈登的典故。许汜去见陈登，因为许不关心国家大事，而一味求田问舍，言无可采。陈登很瞧不起他，自上大床卧，让他睡下床。词中作者以许汜自比，因为自己关心的只是“故园鸡黍”，故恐为陈登所笑。“笛里关山，樽前日月，回首空凝伫”三句，写自己不平静的心境。“笛里关山”，语出杜甫《洗兵马》诗：“三年笛里关山月，万国兵前草木风。”这几年，国家正处于生死存亡的关头，而他却沉湎于自家田园之中，故内心并不平静。他对这种消沉无所作为的生活状况并不甘心。后结二句，词意微微振起，相信自己年纪尚未老大，不应当过于失望。这比起《赠薛相士》诗中“回头几何年，突兀渐老苍”以及“安居保常分，为计岂不良？

愿生毋多言，妄念吾已忘”，显然格调要高亢一些。不过从这首诗中我们也不难看出，词人政治上是软弱的，他有远大的抱负，却没有足够的胆识，所以当朱元璋任命他为户部右侍郎时，他又坚辞不受，而仅以诗人终其一生。

青丘乐府，素以疏旷见长。这首词亦是如此，全词直抒胸臆。其中如“酒发雄谈，剑增奇气，诗吐惊人语”，一气贯注。而“笛里关山”与“樽前日月”的矛盾，“黄鹄轻举”与“风云无便”的矛盾又在不经意中抒发出来，这又是其抒情的细致处。故通观全篇，疏旷之中又不无缠绵，是这首词艺术上的最大特点，其所以成功或许亦缘于此。

（王步高）

陈子龙

天仙子

古道棠梨寒恻恻，子规满路东风湿。留连好景为谁愁。归潮急，暮云碧，和雨和晴人不识。　　北望音书迷故国，一江春雨无消息。强将此恨问花枝。嫣红积，莺如织，侬泪未弹花泪滴。

陈子龙是明末反对阉党乱政、后又举兵抗清的一代英豪民族志士，其写诗作文，皆注重补偏救弊的现实作用，苍劲的笔力挥洒出一胸凛然正气，于词却写得风流蕴藉，婉约绮逸。此词即以清丽凄切的笔调抒发身世之感与家国之恨。陈廷焯评为“感时之作，笔意凄凉”（《词则·别调集》卷三眉批），是很有见地的。

起拍“古道棠梨寒恻恻，子规满路东风湿”二句烘染环境气氛，为全词奠定了凄婉的基调。晚春，荒僻的古道上，杂乱的棠梨树丛中，传来子规鸟凄厉的合唱。东风夹带着凉雨不时袭来，使人感到阵阵寒意。风中的棠树，似乎在瑟瑟发抖，大约也有些伤感吧。“古道”，写道路的悠久、荒凉。“恻恻”，伤痛之意，客观物象注入了人的主观感情。“子规”，一名杜宇。传说古蜀国望帝名杜宇者，失国后化为子规，其声哀凄。子规悲啼，春光归去，格外渲染出一种悲凉气氛。“留连好景为谁愁”，用反问句承接，略点一笔，再过渡到下文的写景。“归潮急，暮云碧，和雨和晴人不识”三句，进一步描绘当时的具体环境。“归潮急”应上“东风湿”，说明正当雨后，潮水更为迅急。“暮云碧”，说明时至傍晚，天气又转为晴朗。“和”，连。天气多变，忽雨忽晴，令人难测，这当是春末夏初常有的气候。上片写古道、子规、归潮、暮云、晴雨变幻，着意渲染环境的荒凉牢落，时序临到春归日暮，眼前景象迷离苍茫。作者所面对的自然环境，正是晚明王朝大势已去、风雨飘摇的政治形势的曲折投影和艺术象征。词法有点有染，上片句句用染笔，“留连好景为谁愁”横插一点笔，使全片变活，唤起人们的沉思，隐隐流露出作者对国事的忧虑和怅惘。

如果说词的上片是作者缘情设景，从而含蓄委婉地表达忧国的情思，那么在下片中，词人则是即景宣情，情景交炼地抒发了一腔时代的怅恨。“北望音书迷故国，一江春雨无消息”，点染结合，挑明词的本旨。据《明史·陈子龙传》载，陈子龙于崇祯十年(1637)考中进士,选绍兴推官,以定乱功擢兵科给事中。奉命南下,适值清兵进攻,乃事福王于南京。屡进策,不纳,辞职罢归。后起兵抗清,事泄被捕,乘间投水而死。此词当为作者南下后、被捕前所作。当时,清兵攻占北京,中原沦陷,当此危急存亡之秋,豪杰之士争欲施展韬略,请缨赴敌,报国疆场。可是,南明小朝廷却不思进取,志士无地用武,壮志难酬,这对于陈子龙来说,该是多么残酷的现实!“北望音书”表达他对故国形势的关切和对中原故旧的怀念之情。“迷故国”说明故国沉沦,前景难测。“无消息”承“北望音书”,见出兵燹隔阻,音问渺茫。“一江春雨”既是不见中原面前所睹的江南实景,又暗喻胸中忧思之深有如迷茫无际的春江。词人报国无门,有志难伸,家国之愁,向谁倾诉?只有对花弹泪,向鸟说愁了:“强将此恨问花枝。嫣红积,莺如织,侬泪未弹花泪滴。”花枝虽美,但无情思,怎解人间愁恨?但词人深愁郁积,无计倾吐,辗转无奈,唯可对花抒怀。年年应时开放的春花呵,你看惯了游人赏春的笑脸,听惯了士女踏青的欢歌,是否也能了解如今风雨如磐的严峻形势、破家亡国的沉重哀愁呢?“强将”二字,写出了词人的孤独寂寞、无可奈何的心态。殊不知在骚人眼中,物物皆有灵性,花鸟何尝无情?“嫣红积,莺如织”,春花也为感时而忧伤,凋零败落,堆积枯槁于阶前;黄莺也因国变而不安,神情惊惶,穿梭般飞来飞去。神州陆沉,华屋山丘,时代的震荡,使万象万物失常离序,一派乱离零落气氛。“侬泪未弹花泪滴”,收拍无限凄婉。杜甫《春望》有“感时花溅泪,恨别鸟惊心”之句,《温公诗话》释之云:“花鸟平时可娱之物,见之而泣,闻之而悲,则时可知矣!”杜诗意在言外,浑厚沉挚。陈子龙此词收尾数句借花、鸟抒情,胎息于杜诗,但手法上又翻进一层,而写春花凋残,飞鸟焦虑,乃至于词人同春花一齐悲戚流泪,移情于物,物我同悲,一片呜咽,加倍感人!

全词倾抒忧国伤时之情,上片写景,为下文布设氛围,凄恻之感融入环境和景物。下片写情,过片两句醒题,以下借物写怀,物我交融,情浓意挚。尾句“花泪滴”与发端“东风湿”应照,“花泪”乃枝间雨露,既是实景,又是借物宣情。作者一腔时代忧愤和沉重的家国之愁,概以婉丽之语出之,含蓄委婉,寄绵绵不尽之意于言外,令人沉吟低回,品味不尽。

(刘乃昌　崔海正)

陈维崧

水龙吟

秋感

夜来几阵西风,匆匆偷换人间世。凄凉不为,秦宫汉殿,被伊吹碎。只恨人生,些些往事,也成流水。想桃花露井,桐英永巷,青骢马,曾经系。光景如新宛记,记瑶台、相逢姝丽。微烟淡月,回廊复馆,许多情事!今日重游,野花乱蝶,迷濛而已!愿天公还我,那年一带,玉楼银砌。

弱冠即身丁鼎革之变、亲见明政权覆亡的陈维崧，本为明代贵公子，他对亡国有着深沉的哀痛。“山崩海竭”、“日暱霜零”的大动乱在他的词作中打上深深的时代烙印。即便在一些并非直接抒发家国之恨的词作中，也不乏故国沧桑之感。这首《水龙吟》便属此类。这首词写的是爱情生活的变故，昔日词人曾在红粉丛中结识一风尘知己，由于江山变故，物人俱非，故神情黯然，凄怆欲绝。

词的开头两句紧扣词题“秋”字落笔。“西风”即秋风，几阵秋风，就换了人间。这种生活感受在北方最为明显，中秋以后，一股冷空气南下，一夜之间，会把正茂盛生长的青青树叶全部冻落，昨日枝繁叶茂的丛林，一夜中会变得光秃秃一片。一个“偷”字，道出这变换全在不经意中。“凄凉”三句，透出个中真谛，这种瞬息万变的人世变化，并非自然界的气候变化，而是“秦宫汉殿，被伊吹碎”，尽管在这两句前冠以“凄凉不为”一句加以否定，却是正话反说。其实，词人的“凄凉”心境正为时事的变迁所致。

“只恨”句与“不为”相照应，往事都随流水逝去。从“想桃花”句开始，直到“许多情事”句为止，以“想”和“记”两个动词领起，展开对昔日往事的回忆。“想桃花”以下四句，回忆过去冶游艳遇的情事。“桃花露井”，语出古乐府：“桃生露井上，李树生桃旁。”梁简文帝《咏初桃诗》：“飞花入露井，交干拂华堂。”王昌龄《春宫曲》：“昨夜风开露井桃，未央殿前月轮高。”李商隐《嘲桃》诗亦云：“无赖夭桃面，平明露井东。”“露井”，无盖之井。“桐英”，桐花。“永巷”，宫内道名。《列女传》：“待罪永巷。”这里借指娼妓之烟花巷。“青骢马”二句也透出此处乃娼妓的住所。《苏小小》诗曰：“妾乘油壁东，郎骑青骢马。”又冯延巳《鹊踏枝》曰：“百草千花寒食路，香车系在谁家树？”这段贵胄公子的生活是既相当熟悉，又早已陌生了的，故用一“想”字领起，它如今已只存在于想象中了。

“光景如新宛记”句承接上文，当年冶游的情景还仿佛记得。这一“记”字，又使他记起昔日艳遇的“许多情事”。先是在“瑶台相逢”。“瑶台”，美玉所砌之台；一指神仙的居所。李白《清平乐》：“若非群玉山头见，会向瑶台月下逢。”此处本指冶游之所。“姝丽”，美女。“微烟淡月，回廊复馆”也是对冶游生活环境的描述。词中之“烟月”与“风月”意同，用法如同陈与义诗：“尚余烟月债，驱使人吟笔。”也可进而指妓院，如宋代陶穀《清异录》：“四方指南海为烟月作坊，以言风俗尚淫故也。”“许多情事”句，回应“些些往事”一句。这化作流水一般过去的多少冶游“往事”，具体说便在上几句的一“想”、一“记”之中。

如果说，上几句是插入的一段回忆，从“今日”句起，重又回到现实中来。当年的“桃花露井，桐英水巷”，已是“野花乱蝶，迷濛而已”。这前后景况的比照，说明江山易改，人事变迁，怀旧而伤今。“愿天公”三句，是对未来的企望。词人希望回归到明亡以前的昔日世界去。结句的“玉楼银砌”，即前文之“回廊复馆”。明亡以前，词人过的是贵公子的生活，词中对昔日享乐生活的向往，并不能笼统地视为封建没落意识，反之，这中间有民族觉醒的意识在，有对故国河山的怀念。

这首词，很可能是明亡以后陈维崧词风转变时期的作品，它既非如早期学“花间”、北宋之婉丽，又不同于后期的沉雄俊爽，也没有“一发无余”的毛病，而是柔中有刚。关于这一点，其堂弟陈宗石在其序《湖海楼词》时谓："迨中更颠沛，饥驱四方，或驴背清霜，孤篷夜雨；或河梁送别，千里怀人；或酒旗歌板，须髯奋张；或月榭风廊，肝肠掩抑。一切诙谐狂啸，细泣幽吟，无不寓之于词。"诗穷而后工，也许正是家国的陵变、生活的艰难促使他从"微烟淡月，回廊复馆"更深地走向生活，去面对惨淡的人生，去正视淋漓的鲜血，造就全清词坛上首屈一指的一代宗师。而从这首词中正不难看出这种演进的轨迹。 （王步高）

贺新郎

秋夜呈芝麓先生

掷帽悲歌发。正倚幌，孤秋独眺，凤城双阙。一片玉河桥下水，宛转玲珑如雪。其上有、秦时明月。我在京华沦落久，恨吴盐、只点离人发。家何在？在天末。　凭高对景心俱折。关情处，燕昭乐毅，一时人物。白雁横天如箭叫，叫尽古今豪杰。都只被、江山磨灭。明到无终山下去，拓弓弦、渴饮黄獐血。《长杨赋》，竟何益？

陈维崧与清初著名词人都有不同程度的交往，其中与龚鼎孳唱和尤多。龚鼎孳，号芝麓。这首词作于他中年旅居京师时，当时龚鼎孳正长期在京中任职。在此以前，康熙元年(1662)，汉奸吴三桂杀了南明王朝的最后一个皇帝桂王朱由榔。爱国名将郑成功也卒于台湾。康熙三年(1664)，抗清名将张煌言被俘遇害。康熙六年(1667)，康熙皇帝亲政。经过二三十年的动乱，抗清复明力量被剿灭干净，清朝统治已在中国确立。曾对抗清复明斗争抱同情支持态度的陈维崧最后一点希望也破灭了。面对清朝统治下的祖国河山，他一腔忧愤，国恨家愁使他夜不能寐，写下了这首悲怆激越而又含蓄蕴藉的爱国辞章。

起句即悲怆愤激。"掷帽"而发悲歌，起句即给全词笼罩上一层悲凉的气氛。这是一个孤寂的秋夜，词人正在高楼上，倚着窗独自眺望京都的宫殿城阙。伤春悲秋，本是离居之人常有的感情，何况在这国破家亡以后。一"孤"、一"独"，为下文客居思家，设置了很好的抒情氛围。对于明朝覆亡，清人入关，汉族许多士大夫感情上都不易接受，但何以陈维崧特别如此悲慨呢？这与他的家世有关。他的祖父陈于廷，明末官左都御史，曾是东林党的中坚人物。其父陈贞慧，是坚持民族气节的明遗民，明亡以后，埋身土室，十年不入城市。1644年明亡时，陈维崧也已二十一岁。清军入关，使他饱尝了亡国之恨。入清以后，他长期未入宦途，客游四方，穷困潦倒。这样的身世经历，使他对明王朝始终怀着深深的眷恋。故"独眺"这故都宫阙，自然涌起家国兴亡之感。"凤城"，即丹凤城，指京城。因秦穆公女弄玉吹箫引凤，凤凰落于京都而得名。

"一片"以下四句，为倚幌独眺所见之景。一是桥下之水，泛着粼粼水波；二是天上一轮明月，正照着当头。这四句景物实是再平常不过，词人却以不平常语出之。这水不是平常的水，"玉河桥"三字含有深意。据《一统志》载：顺天府玉河桥在府南玉河上，一跨长安东街，一跨文德坊街，一近城垣。“玉河”，即明清故宫外之御河，又名“玉泉”，源出北京西北之玉泉山。这水从皇宫太液池流来，它就成了人世沧桑的见证。“玲珑如雪”，语出宋许棐《茉莉》诗：“荔枝香裹玲珑雪。”这月也非普通之月，它是“秦时明月”。此语出自王昌龄《出塞》诗，这首诗下面还有两句：“但使龙城飞将在，不教胡马度阴山。”如今“胡马”不仅度了“阴山”，而且踏上龙庭，又只是因为没有“龙城飞将”在吗？显然，词中虽未点明此二句，但怀旧伤今之情却俱在不言之中。

“我在京华沦落久”以下五句，由家国之恨进而写自己的身世之感。一“久”字，有着深长的怨愤。明亡这山崩地裂的巨变，对陈维崧的打击十分沉重，也使他的生活境遇一落千丈。在国恨家仇的煎熬下，他已是两鬓斑白。而家乡却远在千里万里之外的天边。自己惶惶如丧家之犬，孤苦无依。“吴盐”，此处形容白发。唐肃宗时，盐铁铸钱使第五琦于两淮所煮盐，以洁白著名，后来指这里的盐为吴盐。这里词人也暗用了李贺《还自会稽歌》中“吴霜点归鬓，身与塘蒲晚”的成句。词人何以客中思乡，这与他当时的处境有关。他当时已到了干谒求生的地步。他在作于这一时期的诗《春日范龙仙前辈相约……》中曰：“四十男儿学干谒，朝游江淮暮吴越。漫将衣食累朱门，讵有文章动金阙。倦游屡岁赋归欤，故人相值不唏嘘。劝我莫作千里客，留我共读三冬书。忆别吴阊一年久……嗟余短鬓日沧浪，太息忧来未可忘。”就词中“我在京华沦落久”句看来，此词比上述诗写作时间更晚些，思乡之情也显得更急切。

换头以“凭高对景”四字收束上文，以“心俱折”三字转入伤今怀古。“关情处”，指京华山水。这里战国时也曾是燕国的首都。由此不难想到燕昭王设黄金台招纳贤士，又以乐毅为将军，联合秦、楚、赵、韩、魏几国合力攻齐，甚至攻下齐都临淄，故云“燕昭乐毅，一时人物”。陆龟蒙《又酬次韵袭美早春病中书事》诗云：“酒香偏入梦，花落最关情。”而使词人触景而动情的是当今再也找不出燕昭王那样雄才大略、招贤纳士的君主，也不会有乐毅那样为国雪耻的大将军了。这时，传来一声白雁的叫声。“白雁”，据《续墨客挥犀》：“白方有白雁，似雁而小，色白，秋深则来，至则霜降，河北人谓之霜信。”杜甫有诗谓：“故国霜前白雁来。”范成大也有诗谓：“年年客路黄花酒，日日乡心白雁诗。”词中用“白雁”，既可能是实景，也切合时令。白雁横天，发出响箭一般的叫声，似乎呼叫着被“江山磨灭”的燕昭、乐毅那样的古今豪杰。这里似有更深的含义在。“江山磨灭”的不仅是燕昭、乐毅那样的古人，还应包括史可法、郑成功、张煌言以至陈贞慧那样一些抗清复明的志士。而“江山磨灭”句中的江山，是暗指大明江山。

“明到无终山下去”两句，词人不忘国耻，直抒报国豪气。“无终山”，在河北省蓟县北，一名“翁同山”。《搜神记》载：阴雍伯，洛阳人，至性笃孝。父母没，葬于无终山，遂家焉。山高八十里，上无水，雍伯作义浆于坂头，行者皆饮之。无终山山高无水，词人欲“渴饮黄獐血”。此句语出《汉书·王莽传》：“饥食虏肉，渴饮其血。”表现出词人的英雄气概。正如陈廷焯所言：“雄劲之气，横扫千人。”

结句引用汉代扬雄著《长杨赋》事。长杨为秦旧宫，汉时又加修饰，宫在今陕西省周至县东南三十里，宫中有垂杨数亩，因以为宫名。扬雄曾随汉成帝羽猎，因帝王羽猎而影响了农业生产，扬雄故作赋以讽。词中谓“《长杨赋》，竟何益”，是联系上文说的，即应当“拓弓弦”去战斗，写点讽刺性文章是无用的。

这是陈维崧词中一首爱国主义的杰作，其爱国的情感均是通过运用典故来表达的。除上文已论及的以外，有一点得补充说及。这首词的词眼在“秦时明月”四字，在四字的背后隐藏着王昌龄《出塞》诗的后两句，而“燕昭乐毅”等古人以及郑成功、张煌言等一时人物，正是词人心目中的“龙城飞将”，虽然他们“都只被、江山磨灭”了，他仍渴望有这样的人物出现，甚至自己也欲去“拓弓弦”，参加战斗，而不满足于写几首诗词文章。这样看来，全词的内容联系全在一个“月”字上。这首看似一般对月怀乡、写景抒怀的唱酬之作却是爱国主义词苑中的一块瑰宝。相形之下，龚鼎孳的和作则显得苍白无力，词中谓：“羁宦薄游俱失意”，“作达狂歌吾事足”。甚至暗作规劝之语：“问人生，几斗荆高血。行乐耳，苦无益。”龚鼎孳为明崇祯七年进士，授兵科给事中，李自成攻下北京，他投降了，任直指使职。清兵入关，多尔衮攻进北京，他又降清，任吏科右给事中。康熙间官至礼部尚书。他曾与吴伟业、钱谦益并称“江左三大家”，对清初文坛有一定影响，其人品、气节却一无可取。陈维崧这样一首气冲云霄的爱国之作，他见了也只是奉劝陈维崧“行乐耳，苦无益”。这首佳作，陈维崧实在是“呈”错了人。

（王步高）

朱彝尊

卖花声

雨花台

衰柳白门湾，潮打城还。小长干接大长干。歌板酒旗零落尽，剩有渔竿。

秋草六朝寒，花雨空坛。更无人处一凭阑。燕子斜阳来又去，如此江山。

该词为作者游览金陵吊古伤今之作，是朱彝尊的代表作之一。朱彝尊一生，虽后期曾依清为官，但他前期还是有抱负的。他出身于明朝宰辅之后，钟鸣鼎食之家。曾祖国祚曾是明朝户部尚书，东阁大学士，诏加少傅、太傅。至他出生，虽家道衰落，但如此家世以及对他的影响，自然使他对明室具有较深的感情。因此明朝之亡，他既悲痛，又不甘心丧国无家。其从祖大定，就曾在家乡首倡起兵抗清活动，不久失败身亡（温睿临《南疆逸史》）。此后朱彝尊也四外交友，参加了抗清活动。直至抗清失败，才不得已奔走四方，过着寄人篱下的游幕生涯。所以他前期还是有志于国的。这便是他写这首词的思想基础。

该词即属他游幕时期的创作。数十年他南逾岭，北至齐燕云朔，东泛沧海，数历吴越。其间他写过大量吊古感愤之作。仅《江湖载酒集》中，就收有数十首。而其中写金陵的竟有七、八首之多。这因为，金陵不仅是魏晋六朝的都城、南唐的国

都，而且明朝开国，南明的覆亡，均发生于此。就这一兴一亡，反映了明朝整个时代。因此金陵是明朝兴衰的有力见证。所以作为明代遗民，而且是宦门之后的朱彝尊，游览于此，怎不触物伤感，长歌当哭，写下这凝聚着浓重家国哀怨的词篇。

《卖花声》调下题“雨花台”，故词中写景状物，均以雨花台为基点。全词分上下两片。上片写景主要写金陵经兵燹后的破败和凋零。“衰柳白门湾，潮打城还。”起句入题，突兀而来，统摄全篇。“白门”，点出金陵。《宋书》讲：“建康正南宣阳门，民间谓之白门。”后世遂以“白门”为金陵之代称。白门湾，即宣阳门附近的江干平地。作者一开始就以凄冷的笔调，为我们勾画出一幅衰柳摇曳、落叶飘零的秋天萧条、破败、荒凉、凋零的景象。劈头一个“衰”字，用语倒装，不独是音韵平仄词格的要求，更重要的是为了突出金陵的衰败。同时“衰”字重笔领起，带出作者浓重的伤感之情，而且一开始就让这种低沉悲凉的基调笼罩全篇，并把读者引进了沉重悲慨的气氛之中。其境界很像从元卢挚《折桂令》“记当年六代豪夸，甚江左归来，玉树无花”以及吴伟业《残画》“六朝金粉地，落木更萧萧”化来。不过就“落木”、“玉树”而言，朱词从“衰柳”着笔，似更抓住“白门多柳”的特点。“暂出白门前，杨柳可藏乌。”(《乐府・杨叛儿》)“春光白门柳，霞色赤城天。”(李白《送张十一再游东吴》)均可为证。可如今，“春光白门柳”早已不见。它既不能藏乌，再也没有什么柳花糁满香径。而的的确确倒是一片衰柳败叶，点缀得金陵更加残破不堪。

“潮打城还”，化用刘禹锡《石头城》“山围故国周遭在，潮打空城寂寞回”诗意。看似实写，潮水击打着城垣，又凄然退去。但已着有人的感情。其一，象征着时光的推移，沧桑的变化。曾几何时，以往繁华竞逐的金陵，而今却被时光的潮水，冲刷得如此凋零不堪了。因此“六朝繁华随流水”(王安石《桂枝香》)，“落霞明，水无情，六代繁华暗逐逝波声”(欧阳炯《江城子》)，均为此意。其二，许多作者看来，这不断翻腾的潮水，又多么像凭吊者触物伤感所激起的难以平静的心潮。像刘禹锡的“空城寂寞”，周邦彦的“怒涛打孤城”(《西河》)，萨都剌的“寂寞打孤城”(《满江红》)，都无一不是作者难以平定的心潮的写照。朱彝尊本来也是带着期望的心情，来凭吊这久已向往的故都，可到此，眼中所见，一片凋敝荒凉，心潮又怎么能够平静！不过朱词较为含蓄，不像宋王澜《念奴娇》“故国伤心，长江万里，难将此恨流去”那样直露。

接下来作者把视线推向市区：“小长干接大长干。”这大、小长干，均为当时金陵街道名，过去最繁华。左思《吴都赋》：“长干延属，飞甍舛互。”李善注：“建业南有山冈，其间平地，吏民杂居……号大、小长干。”“飞甍舛互，言室屋多相连下貌。”可见，不仅居则高门鼎贵，跃马累迹，而且商贾栉比，交贸相竞，唱和隆响，律吕相应。可如此繁华的都市，如今却“歌板酒旗零落尽”，只剩“渔竿”。“歌板”，是古代歌乐中定节拍的檀板。此处指代娱乐场所。杜牧《八月十二日得替后移霅居溪馆词题长句四韵》：“万家相庆喜秋成，处处楼台歌板声。”元王恽《清明日锦堤行乐诗》：“花翻舞袖惊歌板，柳隔高城暗酒楼。”即指此。“酒旗”，为古代酒家招揽生意的幌子。张籍《江南曲》：“长干日午沽春酒，高高酒旗悬江口。”亦指此。均反映了当时都市的繁华兴盛、欢歌舞宴、喧嚣热闹的情景。然而如今却变得如此萧条冷清，只有寂寞的渔翁孤独地垂钓，与作者《迈陂塘》“昏钟古岸，渔火隔窗冷”的境界一样。很像是从李纲《六么令》“兵戈凌灭，豪华销尽”、“倚栏凝望，独立渔翁满江雪”意境化来的。因此其过拍一句收住，不仅写出由过去繁华竞逐的喧嚣闹市，一下跌入冷清寂寥、只剩渔竿的境地，可谓衰落萧条到家；而且更加衬托出作者孤寂怅惘、无限浓重的哀伤，从而收束写景，为下片吊古抒情留下极大的余地。

下片，由写景转入重点抒情。起句“秋草六朝寒”化用王安石《桂枝香》“六朝旧事随流水，但寒烟衰草凝绿”词意，换头颇有章法。“秋草”直与上片“衰柳”呼应，并点出时序；“六朝寒”又是紧承“繁华落尽”而来，并启开下面抒情。上呼下应，意脉不断，可见其承接转折之精巧缜密。下片一开始即写魏晋六朝一个个都像过眼云烟，成为历史陈迹。而今唯能见者，是寒烟笼罩下萧瑟抖动的秋草。一个“寒”字，既包含了沧桑变化、时代变迁之令人心寒，同时也有外界现实给予作者的心灵重压之寒。二者交相而来，从而进一步反映了作者难以抑制的伤痛。接着，“花雨空坛”点出题面，收回视线。写眼前登临之处，也是同样萧条和冷落。过去听众如云，感动天帝的地方，如今成了渺无人迹的空台。作者所以这时来写空台，不仅是结构层次上由远而近的需要，更重要的是对以上写金陵昔盛今衰的进一步深化和补充，从而更加拓宽了境界，加深了气氛，并为下句抒情作了铺垫。因此，“更无人处一凭阑”，紧承“空”字而来，使“无人处”有了依托。词人以王安石《桂枝香》“千古凭高，对此漫嗟荣辱”词意，写自己独自登高望远，思绪纷至沓来。首先，大有南唐李煜“独自莫凭栏，无限江山”(《浪淘沙》)的家国之感。尽管二人身世不同，一个亡国之君，一个失国遗民。但他们丧国无家，则是共同的。其二，知音难求，无人共语。这在他《迈陂塘》词中“白门此住……莫共小窗语”透露了消息。莫：一解作“无”，即无人共语；又解作“不”，就是有人也不能共语。有难言之隐，故谓知音难求。其三，即辛稼轩《水龙吟》之“无人会，登临意”。此情此景，真可谓百感交集。

“燕子斜阳来又去”，多以为从周邦彦《西河》“燕子不知何世……相对如说兴亡，斜阳里”或刘禹锡《乌衣巷》“旧时王谢堂前燕，飞入寻常百姓家”化出，以喻人世沧桑之感，或以燕之无心，翩翩起舞，比作者之有心，满怀愁肠，以更增其悲。均言之有理，其说可从。但笔者以为，此处也含有另一层意思。燕子一向依恋旧时巢窝，这里作者并没有写其“飞入寻常百姓家”，亦未言“相对如说兴亡……”，而是写天气将暮，其飞来飞去，寻找自己的旧时巢。“来又去”，好像还未找到归宿。这不正像作者自己，江山已非，丧国无家，数十年漂泊无定，迄今也无归宿一样？哪里是自己的国？何处是自己的家？尤其妙在“斜阳”二字，写出天色渐晚，因此又有日暮途穷之感。可谓悲极！哀极！最后也正是在如此情况下，万千愤慨集于笔端，才跌出“如此江山”凄厉的呼喊。寓意深沉凝远，扣人心扉，不啻字字血泪。欲言不能，更有无限悲凉，见之于言外。无怪乎清代词学家谭献，评此“声可裂竹”。可谓知言。“如此江山”一句，在清代文网恢恢之下，亦可谓大胆敢言者。

作品的主要特色有三：首先，抒情委婉而浓郁。该词主要是借吊古而抒兴亡之感，借描写金陵失陷后的萧条零落，抒发其山河破碎、人事皆非的亡国之哀，感情沉重、浓郁、悲凉，确为名篇佳作。作者主要采用了寄浓郁之情于委婉之中的艺术

方法，形成若隐若现、似幽非藏的境界。其二，避免熟烂，另辟蹊径。只写衰败凋零，只写萧条冷落；不言山河形胜，画图难足，不写昔日繁华。这就更加加深了词的凄凉幽怨色彩，使之更为沉郁悲凉。其三，感情强烈，气氛浓郁。作者很善于选择那些容易引起感伤的景物——衰柳、寒潮、渔竿、空坛等，组成凄婉苍凉的画面，充分表达自己的情感，创造悲慨苍凉深沉的气氛，加强作品效果。同时还善于将深藏心中的情感，直接或间接地与形象有机地结合一起，造成情中景、景中情的境界。

（李奎烈）

纳兰性德

沁园春

瞬息浮生，薄命如斯，低徊怎忘？记绣榻闲时，并吹红雨，雕阑曲处，同倚斜阳。梦好难留，诗残莫续，赢得更深哭一场。遗容在，只灵飙一转，未许端详。　重寻碧落茫茫，料短发，朝来定有霜。便人间天上，尘缘未断，春花秋月，触绪还伤。欲结绸缪，翻惊摇落，两处鸳鸯各自凉！真无奈，把声声檐雨，谱出回肠。

这首凄恻缠绵的悼亡词，是为悼念不幸死于产疾的前妻卢氏而作的。其序有云："丁巳重阳前三日，梦亡妇淡妆素服，执手哽咽，语多不复能记。但临别有云：'衔恨愿为天上月，年年犹得向郎圆。'妇素未工诗，不知何以得此也。觉后感赋。"可知此词是对梦境的追记，而编织成那一亦真亦幻的梦境的则是作者对亡妻不胜怀念的绵长情思。"丁巳"，即康熙十六年（1677）。其时，作者年仅二十有三，即已身罹丧妻这一人生惨祸，其哀痛自不待言。故而开篇便托出爱侣早逝、鸳梦成空的沉痛叹息："瞬息浮生，薄命如斯，低徊怎忘？"是啊，虽说风月无限而人寿有终，但亡妻卢氏正值朝气蓬勃的豆蔻年华，便独赴黄泉，红消香断，却不能不谓之"薄命"。这就难怪作者要发出"薄命如斯"的浩叹了。然而，作者之所以对亡妻"低徊怎忘"，却又不仅仅是因为她不幸早夭，更因为与其两情相契，堪称琴瑟和谐的恩爱夫妻。如果说这种"低徊怎忘"的伉俪深情在平时还很少有自由释放的机会的话，那么，在梦境中它则充分折射出来。"记绣榻闲时，并吹红雨，雕阑曲处，同倚斜阳"四句便是对梦境的描述：绣榻闲暇之时，二人一同品味那落英缤纷的情形（"红雨"，形容落英缤纷）；雕阑纡曲之处，二人又一起观赏那夕阳西沉的景象——这与其说是梦境，不如说是在作者的婚后生活中曾经不止一次出现过的实景。或者，说得更准确些，这应当是生活中的实景在梦境中的更为理想化的再现。而由作者梦境中犹萦怀于昔日夫妻偕游的情景，又恰可反证他对与亡妻一起度过的缱绻旖旎的婚后生活确是低回难忘。然而，往事已矣。如今，不独与卢氏永相乖隔，而且即便是如此这般的"好梦"也鲜得而难留。"梦好难留，诗残莫续，赢得更深哭一场"三句抒写梦醒后的感慨，极为深婉动人。所谓“梦好难留”，固然是感叹好梦无法持续，但同时岂不也是暗喻自己幸福、甜蜜的婚后生活像好梦一样转瞬即逝？同样，“诗残莫续”，按之文字表层，无疑是说梦中相见时卢氏刚吟成“衔恨愿为天上月，年年犹得向郎圆”这一往情深的诗句，未及续完全篇，自己便恍然醒转，以致只留下这永难接续的吉光片羽，令人抱憾终生；但索之意蕴深层，它又何尝不是暗喻自己与卢氏短暂而恩爱的夫妻生活恰如一首精美绝伦却未能做完的好诗呢？梦已逝而诗永残，念及于此，作者除了“深哭一场”，用泪水来冲刷胸中积郁外，复能何为？而男儿“深哭”，分明是伤心到了极点。“遗容在，只灵飙一转，未许端详”三句补记梦境，申足前文：梦中恍惚看到亡妻秀丽而清癯的容颜，但蓦然灵风一转，其倩影即飘逝无存，哪容得作者仔细端详其一笑一颦？这里，流溢在字里行间的显然是一种怅恨之情与遗憾之意。

如果说上片主要追记梦境及抒写梦醒后的感慨的话，那么，下片则主要表现作者对爱妻亡灵的追寻与永无终止的忆念。过片“重寻碧落茫茫，料短发，朝来定有霜”三句，于重寻未得的极度失望之际，设想亡妻今日情境，爱怜之意溢于言表。却原来，为追寻爱妻亡灵，作者亦曾“上穷碧落下黄泉”，苦苦求索，但其结果也是“两处茫茫皆不见”。既然追寻未得，作者便只有将深切的思念寄托在对亡妻今日情境的体贴入微的悬想中。于是，他想到：亡妻亦当不堪相思之苦而形销骨损，鬓发染霜。“短发”，似取意于杜甫《春望》尾联：“白头搔更短，浑欲不胜簪。”谓亡妻秀发日见稀疏。“霜”，语意双关：既是形容亡妻鬓发斑白，一如霜染，也是想象重阳前后秋霜初降、沾湿亡妻鬓发的景象，暗示亡妻芳魂在别一世界中飘徙无定，不免餐风宿露，披霜栉雨。关切、忧念一至于此，足见其爱心之既诚且笃。这里，“料”，虽属揣度、悬想之词，“定有”，却是断然无疑的语气，表明作者对这种揣度与悬想充满自信。“便人间天上，尘缘未断，春花秋月，触绪还伤”四句，抒写作者对爱情长存、尘缘永结的信念及仙凡两隔、相思无尽的忧伤。作者认为，虽然卢氏已在天国，而自己仍居人间，生活在两个世界，但他们当初所结下的俗世姻缘却并没有因此而告终，在短暂的婚后生活中所萌生的真挚而热烈的爱情也永无衰竭之时。这实际上是向亡妻重申“在天愿为比翼鸟，在地愿为连理枝”的盟誓。然而，如今毕竟是仙凡两隔（在作者心目中，爱妻的亡故当然属于“仙逝”之类），“山盟虽在，锦书难托”，作者只有徒自相思，空自叹惋。于是，本当令人赏心悦目的春花秋月，无不触发起他一别永诀的伤心意绪。王国维《人间词话》将作者列为“古之伤心人”之一，良有以也。“欲结绸缪，翻惊摇落，两处鸳鸯各自凉”三句又宕回梦境，盛叹聚也匆匆，散也依依：作者正欲与爱妻同结绸缪，却翻然梦醒，震惊于人去枕空的冷酷现实。他不愿承认却又难以否认：如同花卉凋谢、草木摇落一般，爱妻的生命已经消逝。尽管如此，他仍然宁可相信，卢氏的亡故仅仅意味着鸳鸯分飞。然而，即便仅仅是鸳鸯分飞，也已使作者感到不胜凄凉。其实，又岂独作者如此痴情？既然点明是“各自凉”，则当是两地同心，俱为情苦。歇拍“真无奈，把声声檐雨，谱出回肠”三句移情入景，再作痛彻肺腑的长吁：三更梦醒，枨触百端，无奈复无聊之际，窗外檐前的淅沥雨声分外清晰地传入作者的耳膜，仿佛在为他谱叙九曲回肠。用这种化无知为有情的拟人化笔法收束全篇，进一步强化了作品的意象功能和情感效应。

托梦寄情，是中国古代悼亡诗词习用的艺术手法。其中，当推苏轼的《江城子·乙卯二十日夜记梦》一词为翘楚。纳兰性德这篇作品的感情基调与结构支点酷似苏轼该词，有理由认为它对苏词有所借鉴。它不仅使用的是另一副语言，表现形式也有所不同：苏词上片兴感，下片记梦，脉络一目了然。纳兰词则是上下片都将对梦境的追记与情感的抒写糅合在一起，脉络介乎显隐之间。全词不假雕饰，洗尽铅华，而自有撼人心魄、催人泪下的艺术力量，这无疑是因为作者情真意挚，而又善于驾驭语言，使得"淡语皆有味，浅语皆有致"的缘故。（肖瑞峰）

金缕曲

赠梁汾

德也狂生耳！偶然间、缁尘京国，乌衣门第。有酒惟浇赵州土，谁会成生此意？不信道、遂成知己。青眼高歌俱未老，向尊前、拭尽英雄泪。君不见，月如水。　共君此夜须沉醉。且由他、蛾眉谣诼，古今同忌。身世悠悠何足问，冷笑置之而已！寻思起、从头翻悔。一日心期千劫在，后身缘、恐结他生里。然诺重，君须记！

这是一首披肝沥胆的寄赠之作。寄赠的对象是当时享有盛名的词人顾贞观。梁汾，即顾贞观的字。作者对其人品、词品极为心折。江南名士吴兆骞（字汉槎）不幸卷入江南举案，远贬绝塞荒漠时，顾贞观愤而赋《金缕曲》二首，为蒙受不白之冤的吴兆骞伸张正义，情辞激楚，传唱一时。纳兰性德读后，"为泣下数行，曰：'河梁生别之诗，山阳旧友之传，得此而三。'"（顾贞观《金缕曲·寄吴汉槎宁古塔》附注）。这是他们奠定平生交谊的契机。其后，两人便时相往还，互引对方为知己。对其订交时间及纳兰此词写作缘起，顾贞观记云："岁丙辰（1676），容若年二十有二，乃一见即恨识余之晚。阅数日，填此曲为余题照。"（《弹指词》卷下）词中所抒写的正是与顾贞观一见如故、肝胆相照的深情厚谊及对顾贞观等才士贤人仕途偃蹇、沉沦下僚的遭遇的不平与同情。

上片起笔奇峭，发端突兀：劈头便吁出"德也狂生耳"这一惊世骇俗、傲岸不谐的自况之词。作者身为相府贵胄公子，是年又得中进士，擢为大内侍卫，堪称门第显赫，地位尊荣，却以"狂生"自谓，这是为了向友人表明自己桀骜不驯、狂放不羁的生性。既为"狂生"，必然蔑视封建礼法，敢于离经叛道，抨击现有的统治秩序。这样，才有可能撇却尊卑等级观念，与顾贞观等耿介之士推诚相见，倾盖相交。那么，对自己出身豪门且寄迹官场这一事实又当如何解释？这就引出"偶然间、缁尘京国，乌衣门第"三句。"缁尘京国"，系由陆机诗"京洛多风尘，素衣化为缁"（《为顾彦先赠妇》）及谢朓诗"谁能久京洛，缁尘染素衣"（《酬王晋安》）脱化而来。"缁尘"，非独指旅途之风尘，亦指世俗之污浊。将"缁尘"缀于"京国"之前，分明流露了作者对京城污秽和官场浊臭的厌恶。"乌衣门第"指出身权门贵族。东晋时，偏安金陵的王导、谢安诸望族皆居于乌衣巷。《世说新语注》引《丹阳记》曰:“乌衣之起,吴时乌衣营处所也。江左初立,琅琊诸王所居。”唐刘禹锡《金陵五题》之一《乌衣巷》有云:“朱雀桥边野草花,乌衣巷口夕阳斜。”其后,“乌衣门第”便常被用来喻指贵族人家。这里,作者所试图表白的是,自己出身权门且寄迹官场,只是命运的“偶然”播弄而已,并非自己孜孜以求与殷殷以期者,所谓身不由己也。这实际上也就暗示了自己敝屣王侯,视荣华若浮云、富贵若粪土的态度。显然,着此一笔,意在“降尊纡贵”,取得与梁汾相平等的地位,以利于感情的交流与心灵的沟通。“有酒惟浇赵州土,谁会成生此意”二句,进一步剖白心迹。唐李贺《浩歌》诗有云:“买丝绣作平原君,有酒惟浇赵州土。”作者乃采其成句入词。平原君,是战国时赵国的贤公子,与齐国的孟尝君、魏国的信陵君及楚国的春申君皆以招纳贤士而著称,《史记》称其“喜宾客,宾客盖至者数千人”。毛遂即其门客。“有酒惟浇赵州土”,说明作者对平原君之为人深为服膺,有心步其后尘,对天下怀才不遇者援之以手。事实上,他正是这样做的。徐乾学为纳兰性德撰墓志铭,谓:“君所交游,皆一时俊异,于世所称落落难合者。若无锡严绳孙、顾贞观、秦松龄、宜兴陈维崧、慈溪姜宸英尤所契厚。吴江吴兆骞久徙绝域,君闻其才名,赎而还之。坎坷失职之士,走京师,生馆死殡,于赀财无所计惜。”可知他重义轻财,乐为天下俊彦排忧解难,大有平原君之风范。然而,其心迹一开始却无人能解会。“谁会成生此意”,见出心迹不为人知、心志难与世表的深深的郁闷与悲哀(作者初名纳兰成德,故以“成生”自谓)。但“高山流水”,终有知音见赏。作者所始料未及的是,与梁汾相遇后,自己竟觅得了心志相通的平生知己。“不信道、遂成知己”笔锋一转,以强烈的语气传达出得获知己的极度喜悦、欣慰之情。至此,已见行文跌宕、开阖之致。“青眼高歌俱未老,向尊前、拭尽英雄泪”三句表现作者与梁汾意气相投、俱怀壮心的情形以及生不逢时、雄图难展的忧愤。“青眼”,用阮籍故事:据《晋书》本传,阮籍善为青白眼。见礼俗之士,以白眼斜视之;而当嵇康赍酒挟琴来访时,则欣然对以青眼。后遂以“青眼”表示对人重视,“白眼”表示对人轻视。杜甫《短歌行》有句:“青眼高歌望吾子,眼中之人吾老矣。”作者这里显系翻用其意。作者与梁汾既然意气相投,自必青眼相向,而在黄金易得、知己难求的封建浊世,二人又不免都为觅得莫逆之交而感到自豪与欣幸。于是他们举杯畅饮,放声高歌。畅饮高歌之际,他们都深感自己正当壮年,距“老”境尚遥,大可一展平生抱负,建立不朽功业(其时,作者二十二岁,梁汾四十岁)。这样,他们不禁激情澎湃,豪兴淋漓。然而转念一想,权奸当道,朝政腐败,贤路被堵,自己不过徒有凌云壮志与济世宏图而已。这样,他们便又迅即跌入感情的低谷,而于豪饮之际泫然泪下。“向尊前、拭尽英雄泪”,这泪是济世有心、报国无门的英雄失意之泪,其内涵略同于辛弃疾《水龙吟·登建康赏心亭》的结句:“倩何人、唤取红巾翠袖,揾英雄泪。”这里,扬抑顿挫之间,将二人对饮时倏起倏落的复杂心境传写无遗。涉笔至此,如继续着力抒情,将成赘笔,因而作者便转而点染景物,借以烘托心境:“君不见,月如水。”这一澄澈而又带有悲凉、孤寂意味的景色,正是对二人当时心态的艺术写照。

在上片自叙平生之概与对抒知己之感的基础上,下片很自然地转入对坎坷不遇的梁汾的同情与慰勉。中间虽有过渡，却如腾龙起蛟，了无痕迹。换头“共君此夜须沉醉”一句，情极真挚而语极苍凉。知己相酬，本无妨一醉；但这里作者企求一醉，却不仅仅是为酬知己，而另有他想——有道是“何以解忧，唯有杜康”。在历代骚人墨客心目中，酒都具有“解忧”与“消愁”的功用。此刻，作者与梁汾正因壮志难酬而忧愤填膺，不饮至沉醉，又如何能解忧纾愤？因此，“须沉醉”者，实具有深刻的内涵，贯通上下文即可了然。“且由他、蛾眉谣诼，古今同忌”三句，一方面以愤世嫉俗之笔对蝇营狗苟的谣诼小人投以极度的蔑视，另一方面指出才高遭妒、行洁见谗这一古今皆然的事实，对深为谗言所苦的梁汾予以深情的劝勉。“蛾眉谣诼”，化用屈原《离骚》“众女嫉余之蛾眉兮，谣诼谓余以善淫”句意。作者以超脱世俗毁誉之外的豁达胸襟劝慰梁汾：既然“蛾眉谣诼”是古今通病，殆难避免，那么，对世俗小人的谗言中伤和造谣生事就不必过于介意，大可我行我素，任他雌黄。这三句当有所指。梁汾在祭纳兰性德文中追忆往事道：“洎谗口之见攻，虽毛里之戚，未免见疑于投抒。而吾哥必阴为调护。”可知梁汾确曾为人所谗，而作者不仅曾以言语相劝慰，且曾以行动相袒护。至于作者自己，又何尝能免遭谗言诋毁？“身世悠悠何足问，冷笑置之而已”二句，作为其夫子自道，无疑融入了作者的切身体验。杨芳灿序作者词曰：“或者谓(性德)高门贵胄，未必真嗜风雅，或当时贡谀者代为操觚耳。今其词具在，骚情古调，侠肠俊骨，隐隐奕奕，流露于毫楮间，斯岂他人所能摹拟乎？……嗟乎！蛾眉谣诼，没世犹然。真赏难逢，可为累息。”借此不难看出作者也曾受到小人的攻讦与诽谤。但他只是以凛然不惧的态度冷笑置之而已。虽然也难免有些烦恼和愤懑，但却并没有因此而颓唐自放。这样，他对梁汾的慰勉，实际上恰好是自己的经验之谈。惟其是经验之谈，才不致流于空洞与浮泛，也才能引起梁汾的强烈共鸣。“寻思起、从头翻悔”一句再作顿挫，意蕴愈趋丰厚。“寻思”悠悠身世，顿生“翻悔”之情；所悔者何，却不予明言，而交由读者寻思。这其中当包含着作者的难言之隐。可以肯定的是，“从头翻悔”，表明作者对自己生于“钟鸣鼎食之家”非但毫无庆幸之感，相反倒有憾恨之意——正因为出身如此，他才阅尽了贵族社会内部种种钩心斗角的黑幕，痛感自己从小生活的圈子是那样狭窄，那样污浊。尽管此处作者欲言又止，但其内心的隐痛却不难触及。而从寄赠之作的角度看，加此一笔，可以进一步缩小与梁汾在“身世”方面的差距，使两颗以同一频率跳动的赤子之心贴得更紧。“一日心期千劫在，后身缘、恐结他生里”三句一扫忧愤、憾恨之情，折入对二人间的生死交谊的盟誓。“劫”，佛经用语。天地自形成到毁灭，谓之“一劫”。“千劫”，极言历时久长。作者认为，一日以心相许，成为知己，即便历尽千劫，其友谊依然存在，而自己与梁汾的情形正是如此。“后身缘”，即来世因缘，亦属佛家语。此生两心相知，作者犹觉未足，而期待他生再度结为莫逆之交。这既反映了作者对友情的忠贞不渝，同时也见出梁汾在作者心目中诚属不可复得、弥足珍贵的知己。结句“然诺重，君须记”，重申自己将信守诺言，忠于友情。“然诺”，即许诺。这里，作者所谓“然诺”，或许是指其许诺营救吴兆骞事——作者曾向梁汾许以五年为期，将吴氏由绝塞救还。历尽诸多周折，五年后，他果然实现了自己的诺言。而此时，作者则恳请梁汾坚信自己有诺必践，决不食言。真是古道热肠，令人肃然起敬。如此结篇，颇具力度。

这首词历来被推为《饮水词》的压卷之作。徐釚《词苑丛谈》称其词旨“嵚奇磊落，不啻坡老、稼轩”。需要特别强调的是，由于久处尔虞我诈的上层社会，作者分外向往人与人之间的真诚友谊，渴望凭借这种颠扑不破、生死不渝的真诚友谊，超升到一种纯洁、美好的人生境界中去。这样，当他终于求得梁汾这一可与推心置腹的知己后，他便一反旧日的矜持之态，但求将多年积愫一吐为快。因此，全词采用直抒胸臆、直披肝胆的笔法，字字句句皆自肺腑中流出，故而其本来面目与真实心态坦露无余。或许，这正是其艺术魅力之所在。（肖瑞峰）

张惠言

水调歌头

春日赋示杨生子掞

今日非昨日，明日复何如？朅来真悔何事，不读十年书。为问东风吹老，几度枫江兰径，千里转平芜？寂寞斜阳外，渺渺正愁予。千古意，君知否？只斯须。名山料理身后，也算古人愚。一夜庭前绿遍，三月雨中红透，天地入吾庐。容易众芳歇，莫听子规呼。

词题中的“杨生子掞”是杨绍文，子掞（shàn 善）是其字。他是浙江山阴（今浙江绍兴）人，随父侨居于常州，故与词人相熟。作者写有一组五首《水调歌头》词赠杨绍文，这是其中的第四首。五首词都写春日感受，陈廷焯《白雨斋词话》卷五说：“皋文《水调歌头》五章，既沉郁，又疏快，最是高境。”又说：“热肠郁思，若断仍连，全是《风》、《骚》变相。”可见推许。这一首词面对春天的悄悄流逝抒发感慨，百感丛生，理想与现实、社会与个人的矛盾纷至沓来，充塞于词人的感情世界，犹如用几组意象连缀而成的一轴风物长卷，画面似断若连，辅之以哲理的题词，将全词的意境推向极致。

“弃我去者昨日之日不可留，乱我心者今日之日多烦忧。”（李白《宣州谢朓楼饯别校书叔云》）这首词的上片首二句“今日非昨日，明日复何如”所提供给读者的思考与李白诗句相似，不过更为迷惘、迟疑和沉闷，低调的起句反映了词人难以克服的心理矛盾。如何把握住易逝的岁月，实现人生的价值？词人在无尽的思索中以“朅来真悔何事，不读十年书”当做自我宽慰的一剂良药，似乎仍不能平衡他那懊悔莫及的心态。“朅（qiè 妾）来”是迄今、近来之意。词人捕捉到稍纵即逝的瞬间游疑心态，却又不作出充分肯定的答复，而用自身在千里荒草如烟的原野中独立思考的情景，勾勒出一幅有情难诉的意象画图，极富表现力。

“为问东风吹老，几度枫江兰径，千里转平芜”三句，是说那吹遍天涯的春风，已多少次将兰花小径与枫树江边的千里荒原染绿？这是一个用不着回答的问句，意

在造成一个情景交融的意境，以容纳词人对时空变换的思索。“枫江兰径”四字所构成的意象耐人寻味，隐含有红与绿的色彩对比。在不断变化的大自然的怀抱中，词人独立斜阳，寂寞中苦苦思索着人生的真谛，这就是“寂寞斜阳外，渺渺正愁予”二句的意味。后一句用《楚辞·湘夫人》中句意：“帝子降兮北渚，目眇眇兮愁予。”写出了词人冥思苦想的神态。

词下片以一组带有哲理性的词句开始，似乎是思索中的词人在向世人疾呼：短促的人生在历史的长河中不过如昙花一现，人们处于千载悠悠、绵绵无尽的宇宙之中，不过是瞬息而逝的匆匆过客。孔子面对滔滔的河水曾发出“逝者如斯夫”（《论语·子罕》）的人生感叹。庄子则说：“人生天地之间，若白驹过隙，忽然而已。”（《庄子·知北游》）如何对待这如寄如旅的人生，古人有种种不同的选择。“人生行乐耳”（汉杨恽《报孙会宗书》）是一种选择，“人生由命非由他，有酒不饮奈明何”（唐韩愈《八月十五夜赠张功曹》）又是一种选择。至于“哀吾生之须臾，羡长江之无穷”（宋苏轼《前赤壁赋》）之语，明显渗透有老庄思想；而将自己的著述传留后世，成一家之言，“藏之名山”（《史记·太史公自序》），则带有浓厚的儒家传统。词人在感叹人生仓促之后，脱口咏出“名山料理身后，也算古人愚”二句，似是在嘲笑古人对名山事业的孜孜追求；但若联系上片“揭来”二句分析，我们就能体味到词人那欲有所作为而又迫于某种情势壮志难酬的心态。故作豁达的言语正为掩饰那一腔幽怨难诉的惆怅而设。张惠言生活于乾嘉之际，清朝正由鼎盛走向衰微，处于时代的大转折时期。这首词中所弥漫的消极情感既是他个人的，也是时代的，对人生价值的深沉思索与难以自我实现的悲哀交织在一起，构成了本词的基调。

词人为了表达这种只可意会、难以言传的情感，有意将万千思绪转化成一组可为读者感知的意象，轮廓模糊却又色彩鲜明地传达出内心的某种渴望和期待。“一夜庭前绿遍”是对树木青葱、芳草满园的写照，苏轼《蝶恋花》“枝上柳绵吹又少，天涯何处无芳草”二句可作注脚，蕴涵有对春天即逝的几许留恋。“三月雨中红透”是指春花怒放，它们在雨中更觉娇艳。红与绿的色彩对比与上片中“枫江兰径”所构成的色彩对比遥相呼应，更觉具体鲜明。同时“红透”一语又是事物发展到极点的象征，尽管美艳动人，却因即将飘零而令人忧从中来。宋人蒋捷《一剪梅》有句：“流光容易把人抛，红了樱桃，绿了芭蕉。”可作注脚，隐含有对人生难以把握的悲哀。

“天地入吾庐”一句，词人又从消极的意绪中跳回达观的世界，并想以此掩盖自己苦闷的内心世界。这一句给人的感受极为宽广博大，是客观世界纳入庐中的词人眼帘呢，还是词人在感觉中与大自然融合为一了呢？可以说，两者都有。它是词人在无法左右个人命运状况下的一种迷茫幻觉，是内心矛盾无法排遣的一个勉强的出口，带有强烈的感情色彩。

结尾二句“容易众芳歇，莫听子规呼”，又将感情从达观中拉回到现实世界。汉扬雄《反离骚》：“徒恐鹈鴂之将鸣兮，顾先百草而不芳。”“鹈鴂（tí guì 题贵）”即子规，又名“杜鹃”，“常以立夏鸣，鸣则众芳皆歇”（《汉书·扬雄传》颜师古注）。尽管词人已感悟到人生的短促和自然变化的永恒，然而执著的情感仍令他不愿听到杜鹃的啼叫，借以挽留住将逝的韶光。这表现了词人对美好事物的留恋与痴情，并没有“今朝有酒今朝醉”的及时行乐思想。

全词“兴于微言，以相感动”（张惠言《词选序》），体现了常州词派的词学观。词的上、下片都将哲理思考与意象组合融合在一起，而各意象之间的跳动间隔，恰如中国传统山水画中的空白一样，也包孕着无穷的审美意趣，从而扩展了词境，丰富了表现力。（赵伯陶）

朱孝臧

鹧鸪天

庚子岁除

似水清尊照鬓华，尊前人易老天涯。酒肠芒角森如戟，吟笔冰霜惨不花。

抛枕坐，卷书嗟，莫嫌啼煞后栖鸦。烛花红换人间世，山色青回梦里家。

清光绪二十六年（1900），帝国主义列强借口镇压义和团运动，扩大对华侵略，组成八国联军，大举进攻中国。他们于这一年的七月攻陷天津以后，又于八月十四日占领北京，烧杀抢掠，无所不为，对中国人民犯下了令人发指的滔天罪行。软弱无能的清政府在帝国主义侵略面前惊慌失措，北京失陷之初，慈禧太后那拉氏即与光绪帝、王公大臣等离京西逃，又派奕劻等人向侵略者乞和，为签订丧权辱国的不平等条约作准备。因为这一年属夏历庚子年，故旧称“庚子国变”。“庚子岁除”就是这一年的除夕，其时已届 1901 年 2 月 18 日。这首《鹧鸪天》就是作者在沦陷的京城中所作的。国破之痛搅动着作者的词思，看似百无聊赖、叹老伤时的萧索意绪中蕴涵着一腔忧国怀乡的激情，隽永深沉，诚如论者所评：“侍郎（朱孝臧官至礼部侍郎）词蕴情高夐，含味醇厚，藻采芬溢，铸字造辞，莫不有来历，体涩而不滞，语深而不晦。”（夏敬观《忍寒词序》）

词上片是作者愁怀对酒的一个写照。在古代文人心目中，酒能够化解愁肠：“情多最恨花无语，愁破方知酒有权。”（唐郑谷《中年》）然而借酒浇愁毕竟是无可奈何中的排遣，最后也只能是“举杯销愁愁更愁”（李白《宣州谢朓楼饯别校书叔云》）。词人面对清酒一樽却没有产生“对酒当歌”的豪兴，倒是酒中倒映出自己斑白的双鬓引起了词人的无限惆怅，更何况他此时此刻远离故乡湖州，在沦陷的京城中度日如年呢？这显然与辞旧迎新的除夕传统的节日气氛不合拍。“尊前人易老天涯”一句通过前后词组意象的近与远的交会，暗示出作者心理的孤独落寞。“尊前人”给人以近切的距离感，“天涯”一词无疑又会将读者带进一个寥廓的天地中，其间着一带有动词意味的“老”字，显示出岁月的无情。作者客居京华，远离故乡，故而愁老樽前之人，这是首二句词的第一重含义。外国列强占据京城，山河易色，词人与祖国有咫尺天涯之感，这是两句词的第二重含义。刚刚四十余岁的作者轻易言“老”，

则是未老先衰的心理反映，这构成两句词的第三重含义。首二句词不事雕饰而意在言外，将作者的复杂心态淋漓尽致刻画而出。

“酒肠芒角森如戟”一句先后化用苏轼和杜甫诗意，将饮酒后热血沸腾的心潮形象地表达了出来。苏轼《郭祥正家醉画竹石壁上》有云：“空肠得酒芒角出，肝肺槎牙生竹石。”乃是形容自己于酒酣耳热之际胸中奇气纵横而于壁上挥洒写竹石的豪情雅兴。杜甫《李潮八分小篆歌》云：“况潮小篆逼秦相，快剑长戟森相向。”这是形容其甥李潮篆书笔法剑拔弩张的奔腾气势的。《法书要录》也有“欧阳询书，森森然若武库矛戟”的比况。词中连用苏、杜二人诗意，表达了作者不可遏抑的澎湃心潮。然而不幸的是“吟笔冰霜惨不花”，由于天气寒冷，笔砚结下冰霜，尽管情绪激荡，也难以挥洒而出，妙笔生花。“冰霜”是写实，也是象征，在侵略者屠刀下苟活的词人，虽对前途没有完全绝望，却也难以产生吟诗作画的雅兴了。

词下片“抛枕坐，卷书嗟”，写出了词人长夜难眠、心烦意乱、废书而叹的情景。“莫嫌啼煞后栖鸦”化用杜甫《遣怀》诗句：“夜来归鸟尽，啼杀后栖鸦。”此二句诗意有“上林无限树，不借一枝栖”的味道，为杜甫慨叹卜居无地而吟（见《杜诗详注》卷七）。词人用杜甫诗意，自我调侃中具有双重意向：第一，描写屋外乌鸦啼叫，反衬自己于夜深人静之际尚未入梦的景况，“莫嫌”带有以鸦喻人之意。第二，隐约表达出作者有家难回的悲伤情感和在乱世中京城卜居无地的彷徨心态，这同样也是作者“莫嫌”句的心理依据之一。

结二句是一对句。作者饮酒之后孤对红烛，在一年将尽之际，独自沉吟，不知不觉中迎来新春。春天的脚步声已在词人心中回响，用“红换”词组，确切地表达了作者潜来心底的一丝隐约的期待。睡眼蒙眬中，词人悄然入梦，仿佛回到了山色青青的故乡怀抱，在秀丽明媚的景色中呼吸着自由的空气。“狐死归首丘，故乡安可忘。”（曹操《却东西门行》）旧时代交通不便，故乡在旧式文人心目中占有极其重要的地位，尤其行役万里或久客天涯更易引来人们的一怀愁绪。唐代高适《除夜作》有“故乡今夜思千里，愁鬓明朝又一年”的感叹，此诗中有除夕之夜怀乡和叹老的双重含义。朱孝臧词中除了有上述愁思以外，更有忧时的内涵。词人将国家的命运与自身的伤感巧妙地联系在一起，不动声色地将内心的激情宣泄而出，委婉含蓄。词结尾以平淡的语调奏出了全词的主旋律，包蕴着等待和希望，倒映出词人并未完全绝望的心像。

在侵略者的淫威下，词人向往着光明，憧憬着未来，深化了全词意境，给读者留下了回味畅想的余地，词的感人至深处正在于此。（赵伯陶）

谭嗣同

望海潮

自题小影

曾经沧海，又来沙漠，四千里外关河。骨相空谈，肠轮自转，回头十八年过。春梦醒来么？对春帆细雨，独自吟哦。唯有瓶花，数枝相伴不须多。

寒江才脱渔蓑。剩风尘面貌，自看如何？鉴不因人，形还问影，岂缘醉后颜酡？拔剑欲高歌。有几根侠骨，禁得揉搓。忽说此人是我，睁眼细瞧科。

“小影”即小像，据词题可知，这首词是谭嗣同为题写自家小像而填的。本词约作于光绪八九年间(1882～1883)，当时作者已满十八岁，居于甘肃兰州他父亲谭继洵的任所。谭嗣同十一岁时即随父居湖北巡抚任上，十三岁又随父迁官甘肃。十五岁曾回湖南读书，两年以后又从家乡浏阳动身再返西北。词上片“曾经沧海，又来沙漠，四千里外关河”三句简单扼要地将近年行踪概括而出。“沧海”原意是大海，唐元稹《离思五首》有句云：“曾经沧海难为水。”词中以“曾经沧海”四字起句，并非实指自己有浮海远飏的经历，而是用其寓意，表示自己早有丰富的阅历，见过世面，自负之情溢于言表。“又来沙漠”接写现实的处境，“沙漠”代指甘肃一带，“又”表示重来此地。“四千里外关河”是作者漫长行程的纪录，“关河”原意是黄河与函谷关等关口的总称，词中泛指所经历的山河关隘。作者这次重来西北，途中曾有《潼关》绝句一首：“终古高云簇此城，秋风吹散马蹄声。河流大野犹嫌束，山入潼关不解平。”气势磅礴的景物描写出自一位刚刚十八岁的青年之手，可见其恢弘的志向，非有为国建功立业的雄心不能道。该诗对于理解《望海潮》这首作者仅传词篇的思想内涵大有裨益。

“骨相空谈”开始进入“自题小影”的题旨。“骨相”指人的形体相貌，古人认为以此可推论人的性格和命运。作者对自家小影仔细端详，为有与自身骨相不符的命运而伤怀，以“空谈”否定骨相之说，包含有对现实中“我”的遭遇愤愤不平的情愫。“肠轮自转”化用汉乐府古辞《悲歌》“心思不能言，肠中车轮转”二句，委婉道出内心难以言表的悲痛和忧思。“回头十八年过”以写实笔法通过小影的媒介勾起对以往生活的追忆。“春梦醒来么”以下将小影内容渲染而出：那是一个春日的早晨，鼓起船帆的春风轻柔，吹斜了绵绵细雨，影中之“我”则独自在春意满乾坤的氛围里读书吟哦。通过小影追忆无限美好的往事，“春梦”、“春帆”含有无尽的情思。

“等闲识得东风面，万紫千红总是春。”(朱熹《春日》)小影中有数枝瓶花陪伴主人已足够了，春的信息正是通过影中的数枝瓶花透露给现实中的“我”，从而引起对以往岁月的遐思的。词中“数枝相伴不须多”一句就是这个意思。人的大脑有时犹如一架过滤器，回忆往事时，往往将痛苦悲伤抹去，仅仅闪现出能引起愉悦感情的某些生活片段，作者在词上片后五句提示给读者的正是这样一种心理过程。“春梦醒来么？对春帆细雨”的意象，可能由小影中远处点缀的几点帆影引出，也可能是仅由影中瓶花几枝唤来想象中的家乡春景。无论作哪一种解释，过去之“我”较之现实之“我”总是超越的，在过去与现实的交会中，作者的心理天平明显地倾向于过去。这并非留恋或赞美过去，而是着意于对现实的否定，是不满现实的一种表示，这一意向在词下片得到了更进一步的显现。

换头“寒江才脱渔蓑”是从影中之“我”转入现实之“我”的过渡句，着一“才”字，极言这一转变的突兀，关山迢递的困顿过程有意被作者从时间上压缩，便于将故

"我"与今"我"并列在一起审视评判。"剩风尘面貌"的今"我"终于引起作者与故"我"相比较的欲望,"鉴不因人,形还问影",作者不禁揽镜自照,终于感到自己形貌的巨大变化。镜子是不会顺从人意的,它只能忠实地反映作者的面貌,作者不由向镜中之影发问:难道是"我"醉酒后发红的脸色致使形貌发生变化吗? 这一问的寓意是明显的,显然作者对自己的现实处境怀着极大的不满。

谭嗣同当时虽刚满十八岁,但壮志难酬的悲苦早已袭来心底,令他"拔剑欲高歌",以此来排遣宣泄自己悒郁不平的一腔幽怨。无可否认的是,显然早熟的作者似乎过早地尝到了人生的苦酒,"有几根侠骨,禁得揉搓"二句以极其沉痛的语调喊出了抗争社会的呼声。作者以天下为己任,高自期许,努力觅求自我价值的实现。而当自己的远大抱负难以实现时,就必然与当时毫无生气的腐朽社会发生感情的撞击,全词正是建于这一不平则鸣的基调之上的。作者于不平中并没有向社会提出挑战,流露的仅是"少年心事当拏云"(李贺《致酒行》)的慷慨悲歌,注重内在情感的抒发,读来自然纯真,有极大的感人魅力。

"忽说此人是我,睁眼细瞧科。"此二结句是作者对影中之"我"的惊叹。"科"即科介,为古代戏曲中指表演动作的用语,以此入词,具有自我调侃的意味。作者对镜中之"我"沉吟良久,忽又见到影中之"我",对比中又觉突兀,感到惊诧。作者把握住了过去与现实中两个"我"的区别,从形貌的差异中发抒亟欲澄清天下的大志,给人以含蓄之感。沈祥龙《论词随笔》论词之要诀说:"含蓄无穷,词之要诀。含蓄者意不浅露,语不穷尽,句中有余味,篇中有余意,其妙不外寄言而已。"读此词可以体味到其间余味无穷的内涵,令人百读不厌。　　(赵伯陶)

梁启超

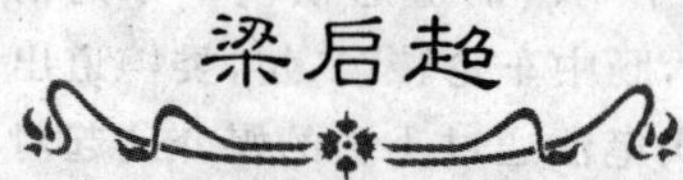

水调歌头

拍碎双玉斗,慷慨一何多! 满腔都是血泪,无处著悲歌。三百年来王气,满目山河依旧,人事竟如何? 百户尚牛酒,四塞已干戈。　千金剑,万言策,两蹉跎。醉中呵壁自语,醒后一滂沱。不恨年华去也,只恐少年心事,强半为销磨。愿替众生病,稽首礼维摩。

本词标题或作"甲午"。"甲午",是公元1894年,即清光绪二十年。这年二十二岁的梁启超入京会试,七月即爆发中日甲午战争。这场战争以中国陆海军惨遭失败,次年签订《马关条约》而告结束。当时,一方面列强虎视眈眈,企图瓜分华夏江山,另一方面清廷腐败,以慈禧太后为首的当权顽固派不识大势,妄自尊大,不想变革。在国家危亡的关头,康、梁等爱国志士酝酿变法,四处奔走呼吁,要求统治者主动激励各界一致抵抗侵略,但他们的主张不但得不到理解,相反却遭到压制。本词则是由中日战争的感触而引发的忧患之作。

"拍碎双玉斗,慷慨一何多!"词一开头就和盘托出作者的满腔忧愤,表现年轻举人的满腔热血和激情。《史记·项羽本纪》记载，刘邦逃脱鸿门宴后，以白璧一双献项羽，玉斗一双赠亚父范增。范增用剑把玉斗击破，并发出“竖子不足与谋”的愤恨之声，对项羽的优柔寡断表示不满。作者借此典实写出难以与清廷内顽固派共谋国事的愤慨心情。范增当年击破双玉斗时还预言：“夺项王天下者，必沛公也。吾属今为之虏矣！”这对忠心耿耿的范增而言，是一种历史和个人的悲剧，此处作者即以悲剧的重演而感到特别的沉痛。“满腔都是血泪，无处著悲歌。”写的是纵使满腔血泪，慷慨悲歌，这报国之情又有谁人能理解呢？于是接着就自然联系到清朝立国的历史以及当前的现状。“三百年来王气，满目山河依旧，人事竟如何？”庾信《哀江南赋序》有“将非江表王气，终于三百年乎？”善于用典的作者含蓄地以南朝梁亡借喻满清王朝的命运，清朝从建国到灭亡，恰好也将近三百年。指出清廷腐败，军队屡吃败仗，已到危险阶段了，江山依旧美好，只是国事日非。“人事竟如何”，既是警告，又是哀叹，国家的成败兴衰事在人为，统治者既不思振作，有志之士又徒唤奈何！“百户尚牛酒，四塞已干戈。”“百户”，官名。“牛酒”，牛和酒，古代用作劳军、赏赐或馈赠的物品。“尚”字呼应前三句，具有无穷的感喟。此二句谓清朝军队坐享供奉，贪图逸乐，虽强敌已临国门，国难当头，朝野人士却毫无觉悟，依然醉生梦死。词以对比的手法写出清朝文武百官空受俸禄，在国家民族面临外来侵略威胁的严重局势下，仍不思振作，从而深化作者忧时伤世的“慷慨”“悲歌”内容。

下片进一步抒写作者报国无门的愤懑以及愿为挽救国家民族危亡而顽强斗争的决心。“千金剑，万言策，两蹉跎。”先写作者文武双才，然而才高者往往失意。“千金剑”，指价值千金的宝剑，比喻自己的军事才能。典出《吴越春秋》：“伍子胥过江，解剑与渔父曰：此剑中有七星北斗文，其直千金。”又郭子章《剑记》：“汉昭帝时，茂陵人献一宝剑，铭曰：‘直千金，寿万岁。’”“万言策”，本指臣子给皇帝的上书，论有关时事，如辛弃疾“万字平戎策”一类词语，概指为挽救危局而向统治者贡献谋略。作者此处所说的是自己的文才与政治抱负。甲午这一年梁启超入京会试也没有考中，虽有武略文韬却不为所用，因此只好借酒浇愁。“醉中呵壁自语，醒后一滂沱。”醉而呵壁且自语，极写胸中忧郁愤怒之情借醉态而发作的神情，充满悲剧色彩。“呵壁”，语出《楚辞集注》王逸《天问序》。屈原放逐，仰天叹息，见楚先王之庙及公卿祠堂，壁上画有天地山川神灵以及古圣贤怪物行事，因作《天问》题之壁间，呵而问之，以泄愤懑。作者夸张醉时行为举止，秉笔怒书而直言呵责的神态跃然纸上。“醒后一滂沱”，则写出事业无成，年华消逝，英雄失路泪洒千行的悲慨，显得情真意切，十分动人。“不恨年华去也，只恐少年心事，强半为销磨。”“不恨”、“只恐”，语气转折自然，虽然以岁月蹉跎，年华不再为憾，但更为担心的是改造中国、富国强兵的理想，即所谓“少年心事”不被昏庸苟安的统治者所理解甚至被压抑，以至于被葬送，被“销磨”。“强半”，大半。作者在其《少年中国说》里描叙了如朝阳的少年人与如夕照的老年人之所为之后，指出少年人有能力改造祖国而成其为一个充满少年活力的中国。因此作者认为，只要理想能实现，而不是被打折扣，甚至付诸东流，即使年华消逝也“不恨”，既写出作者对理想的献身精神，同时字里行间也流露出一种担忧和焦虑。现实正如作者所预料的那样，“无处著悲歌”。可是，即便是在这种状态之下，作者也“愿替众生病，稽首礼维摩”，这里提出一种崇高的思想境界，把词意开掘得博大高远，升华出悲剧的光芒。作者表示，愿意以维摩诘为楷模，替众生承担一切苦难。“病”，指苦难。“维摩”，即维摩诘，梵文音译，传说他是佛教中与释迦同时的人，善于应机化导，是佛典中现身说法，辩才无碍的代表人物。他曾以称病为由，向释迦遣来的舍利弗及文殊师利等宣扬大乘深义。寻求真理特别是救国方法历来是要付出代价的，作者虽因屡遭挫折失败而愁苦慨叹，却不甘心就此消沉下去，他“献身甘作万矢的，著论求为百世师”，对于他的一套政治主张，仍然怀着高度的自信。所以“稽首礼维摩”，并非逃避现实的套语，而是以实际行动学习西方先进思想，寻求解除众生苦难、富国强兵的方法。作者思想性格的形成，代表了近代资产阶级革命前夜改良政治的时代特征。1895 年，梁启超即与康有为等联合在京的一千多名举人，发动了请愿运动，即著名的“公车上书”事件，实践了他的“少年心事”。

本词写成于梁启超风华正茂的青年时期，此时作者关心国事的热情受到压制而欲图有行动，因而全词饱含着纯洁可贵的爱国激情，真实生动地刻画出青年梁启超的精神风貌。作者选择了辛派词人豪健俊爽、慷慨悲歌、直抒胸臆的格调，多以内涵丰富的典实及指意明显的字眼如“双玉斗”、“王气”、“山河依旧”、“人事”、“四塞”、“干戈”、“万言策”等，或对举，或引申，或暗喻，因而感情和议论就生发得极有深度，尤其天问式的悲慨和为理想而奋斗不息的决心的铺写，具有很强的思想力量和艺术感染力。

（黄拔荆　周　旻）

秋　瑾

鹧鸪天

祖国沉沦感不禁，闲来海外觅知音。金瓯已缺总须补，为国牺牲敢惜身！
嗟险阻，叹飘零，关山万里作雄行。休言女子非英物，夜夜龙泉壁上鸣。

本词当是秋瑾留学日本时所作。“祖国”、“革命”、“牺牲”等字眼在 20 世纪初的中国，是浸透辛酸血泪的词汇。一大批仁人志士为之奋斗，或因时光流逝，形势骤变而颓唐，或因矢志不移而献身。号称“竞雄”、“鉴湖女侠”的女革命家秋瑾即属后者。本词则是秋瑾立身处世和她的心境的真实写照。

词坛女才子屈指可数，而历来论其“才气”者，又多以艺术技巧和细腻的抒写愁怨内容为尚，因此女子词中能以家国之愁言之，并以身许国挽救危亡者，就显得更少。“祖国沉沦感不禁”，女词人在本词的开端就发出一种旷世的呼号，撕心裂肺，充满时代负重感。“沉沦”，沉没，此指危亡。“不禁”，忍不住。亲身感受到内忧外患的中国女子，就在日本的国土上发出如此痛切的感慨，词林中人可谓少见。这是一种全新的视角，其阔大的胸襟非一般女词人可比。紧接着一句是“闲来海外觅知音”。“海外”，指的是作者 1904 年东渡日本留学。“知音”，所指较为宽泛，既可理解为革命同志，也可理解为探索救国真理。秋瑾冲破千年封建观念的束缚，只身远渡重洋，为的是结识同志，寻求救国救民良策，同时也是为了排遣精神上的空虚，求得思想的更加充实。一“闲”字用得极为贴切，似轻实重，具有千钧之力。“金瓯”，原比喻疆土之坚固，这里指疆土、国土。作者在《望海潮·送陈彦安、孙多琨二姊回国》中有“内绌外侮交讧”之“世局堪惊”句，意指国内政治腐败，外遭帝国主义欺侮。面对祖国危亡的局势，怎么办？“金瓯已缺总须补”！语气何等坚决。此时，女词人呐喊的是“看试手，补天裂”（辛弃疾语）式的最强音，面对被列强割据瓜分的残缺金瓯，既要“补”，就得付出血的代价。因此词人发誓：“为国牺牲敢惜身！”这和传统的“补天”有截然不同的思想意蕴。字字雄强豪健，掷地有声，充满阳刚之气。真可谓中华儿女多奇志。

如果说上片的情感宣泄是一种狂飙式的激情，从而展现出女词人为了拯救国家民族的危亡而不惜牺牲自己的生命这一主旋律的话，那么下片则是于嗟叹险阻孤独中，选择、寻求实际有为的革命道路，实现自己的雄心壮志。秋瑾是在与王子芳生下一对子女后与之分手到日本的。当时她的丈夫王子芳为了阻止秋瑾赴日，还从经济上予以制裁。女词人要冲破封建礼教的束缚，远离儿女，投身革命，势必要遇到许多阻力和困难，还要忍受不为人理解甚至指责的孤立。这种孤立，正是“秋风秋雨愁杀人”的时代悲哀。因此，词人的嗟叹内涵，包容量极大，概括力极强，是种种艰辛的经历、不幸遭遇与深沉感慨的浓缩，也曲折地抒写了一种回顾、追想而略带怅惘的复杂情感。尽管如此，这一切并未能阻挡词人朝着既定的目标迈进。古代花木兰代父从军，她“万里赴戎机，关山度若飞”之举最为人传诵，作者以“关山万里作雄行”一句，将木兰精神化为己有，使上片为补金瓯不惜献身的誓言得到形象的渲染，从而丰富并活现了巾帼英雄的风姿。“休言女子非英物，夜夜龙泉壁上鸣。”“英物”，英俊杰出的人物。“龙泉”，龙泉剑，产于楚地，为楚宝，后用以泛指宝剑。两句将女子与剑联系在一起，用意颇深，说明此女子必非等闲之辈。“休言”和“非”的双重否定语气，充分肯定并证明自己是英雄人物。其豪气横溢，令人崇敬。龙泉夜鸣，比喻壮心不已。秋瑾在许多诗词中将英雄与刀剑等意象作必然联系，如“不惜千金买宝刀，貂裘换酒也堪豪。一腔热血勤珍重，洒去犹能化碧涛”（《对酒》），这种希望用实际有效的军事行动来拯救国家民族的危亡的思想，表现了近代资产阶级革命家的抱负和决心。秋瑾回国后在大通学堂训练学生，准备起事，就是具体的体现。因而这里“剑”的喻义就十分明了了。

后来，当秋瑾被浙江省绍兴府逮捕时，这首从她家里搜查出来的词稿，就被当做“罪状”。虽然鲁迅在小说《药》里以沉痛的笔触写了华小栓为治痨病而吃沾着被杀的革命者的鲜血的馒头，对当时革命者脱离群众有所批评；可是，一介柔弱女子的热血以及她的英气逼人的词篇，半个世纪来一直成为革命先驱者的心声，并深深地激励和感染着广大读者。

（黄拔荆　周　旻）

王国维

浣溪沙

掩卷平生有百端，饱更忧患转冥顽。偶听啼鴂怨春残。　坐觉无何消白日，更缘随例弄丹铅。闲愁无分况清欢。

同是写愁，历代不知有多少名家高手，可是王国维的诉说却别有面目："掩卷平生有百端。""掩卷平生"四字，道出作者经历的特点，无非绝大部分是在书斋讨文字生活，但是由此辐射开去的广阔的社会政治生活，却深深地影响到一个人的一生。"百端"，百绪，犹言愁绪之多。整日埋头书堆研究学问，忽一日掩卷检讨人生，猛然觉得已经耗费一生的精力，因而百感交集。以浩叹人生几多的愁绪为开端，貌似无从说起，却极为凝重传神，并非泛设。"饱更忧患转冥顽"，仿佛在作某种自我性格评价。"更"，更事，经历世事。"冥顽"，冥昧愚顽。读书人除做学问外，仍有强烈的用世心，但在腐败的政治和动荡多变的年代里却往往四处碰壁，行路维艰，因而经历世事，饱尝忧患。按常理，饱历忧患，似应愈加精明或圆滑，然而词人却说"转冥顽"，蕴涵着耐人寻味的潜台词。陶渊明在不为五斗米折腰后自叹"守拙归园田"，苏轼感叹被聪明误一生，惟愿养儿"愚且鲁"，与"聪明"的处世机巧对举的"守拙"、"愚且鲁"，可与"冥顽"互解。忧患内容虽各有异，但正直的知识分子为世难容的困顿遭遇却代代相因。力倡"悟性"和"境界"说的王国维，虽"试上高峰窥明月，偶开天眼觑红尘"，亦不免"可怜身是眼中人"(《浣溪沙》)。因而他希望解脱人间的悲哀与痛苦的愿望就尤为深切。只是世无知音，"偶听啼鴂怨春残"，只有晚春时节那不住啼鸣的伯劳鸟在抱怨春光的早逝，似乎与词人互通心曲。所以虽是"偶听"，却分外真切。上片于怨鸟声中写半生百感，虽也深愁难解，但却处理得极有层次感，所谓意决而辞婉，反复吞咽，欲说还休，意绪纷茫，却收束于凝重的毫端。

下片随举消磨时日的常事，极言愁多愁重的苦况。"坐觉无何消白日"，"无何"，没有什么办法。此句说没有办法可以消磨白日，是上片自谓"冥顽"的注脚，意为既然变得冥昧愚顽，难为世用，那就很难度日了。自贬中饱含忧愤。"更缘随例弄丹铅"，是"消白日"的内容。"丹铅"，丹砂铅粉，古人校勘文字所用之物。士不为世所用，退而治金石，整理古籍，校勘文字，乃是不得已而为之，大有韩愈"不如觑文字，丹铅事点勘"(《秋怀》)之慨。一"弄"字，极写百无聊赖的"心死"情态，全无早岁"一事能狂便少年"(《晓步》)的一点痕迹，可谓愁绝。最后词人似在为自己的愁归类，"闲愁无分况清欢"，辛弃疾说"闲愁最苦"，但词人翻进一层，说连"闲愁"都"无分"，哪里谈得上"清欢"？这就写出愁之多且重的痛苦，在前人写愁之图画中添上一笔新的色彩。樊志厚《观堂长短句序》评说："君词往复幽咽，动摇人心，快而能沉，直而能曲，不屑屑于言词之末，而名句间出，往往度越前人。至其言近而指远，意决而辞婉，自永叔以后，殆未有工如君者也。"是为的评。（黄拔荆　周旻）

赋

宋玉

风赋

楚襄王游于兰台之宫[①]，宋玉、景差侍[②]。有风飒然而至[③]，王乃披襟而当之[④]，曰："快哉此风！寡人所与庶人共者邪[⑤]？"宋玉对曰："此独大王之风耳，庶人安得而共之！"王曰："夫风者，天地之气，溥畅而至[⑥]，不择贵贱高下而加焉[⑦]。今子独以为寡人之风，岂有说乎？"宋玉对曰："臣闻于师：枳句来巢，空穴来风[⑧]。其所讬者然[⑨]，则风气殊焉。"

王曰："夫风，始安生哉？"宋玉对曰："夫风，生于地，起于青蘋之末[⑩]，侵淫谿谷[⑪]，盛怒于土囊之口[⑫]，缘泰山之阿[⑬]，舞于松柏之下。飘忽淜滂[⑭]，激飏熛怒[⑮]，耾耾雷声[⑯]，回穴错迕[⑰]，蹶石伐木[⑱]，梢杀林莽[⑲]。至其将衰也，被丽披离[⑳]，冲孔动楗[㉑]，眴焕粲烂[㉒]，离散转移。故其清凉雄风，则飘举升降，乘凌高城[㉓]，入于深宫。邸华叶而振气[㉔]，徘徊于桂椒之间[㉕]，翱翔于激水之上[㉖]，将击芙蓉之精[㉗]，猎蕙草[㉘]，离秦衡[㉙]，概新夷[㉚]，被荑杨[㉛]，回穴冲陵[㉜]，萧条众芳[㉝]。然后倘佯中庭[㉞]，北上玉堂[㉟]，跻于罗帷[㊱]，经于洞房[㊲]，乃得为大王之风也。故其风中人[㊳]，状直憯凄惏慄[㊴]，清凉增欷[㊵]，清清泠泠[㊶]，愈病析酲[㊷]，发明耳目[㊸]，宁体便人[㊹]。此所谓大王之雄风也。"

王曰："善哉论事！夫庶人之风，岂可闻乎？"宋玉对曰："夫庶人之风，塕然起于穷巷之间[㊺]，堀堁扬尘[㊻]，勃郁烦冤[㊼]，冲孔袭门，动沙堁，吹死灰[㊽]，骇溷浊[㊾]，扬腐余[㊿]，邪薄入瓮牖[51]，至于室庐[52]。故其风中人，状直憞溷郁邑[53]，殴温致湿[54]，中心惨怛[55]，生病造热[56]，中唇为胗[57]，得目为蔑[58]，啗齰嗽获[59]，死生不卒[60]。此所谓庶人之雌风也。"

在宋玉的赋作中，《风赋》是很有特色的一篇。这篇赋在布局谋篇方面，采用了"设为问答，以显己意"的写法，通过宋玉与楚襄王的问答来铺叙风的各种情状，四问四答，层次分明，条理清晰，写得很有章法。楚襄王与宋玉等人游于兰台之宫，披襟迎风高兴地说："快哉此风！"在舒心得意之余，提出了此风"寡人所与庶人共者邪"的问题。宋玉并未顺着楚王之意说些"王者与民同乐"之类的话，而是说："此独大王之风耳，庶人安得而共之！"一问一答，寥寥数语，带起全篇。宋玉的回答使楚王感到不解，他认为风是天地之气，"不择贵贱高下而加焉"，故有疑而问，从而引出宋玉进一步的回答。宋玉引用当时楚之习语"枳句来巢，空穴来风"，说明某种现象的出现总要依托一定的条件，从而提出"所讬者然，则风气殊焉"的观点，意谓由于所依托的东西是如此不同，那么风的气势自然也就大不相同了。这是全篇论说铺叙的纲。纲举则目张，由此便很自然地引出下面对风之不同情状的铺叙描写。宋

玉在回答楚王“夫风，始安生哉”的问题时，首先铺叙描写了“夫风，生于地，起于青蘋之末”及其经历一番盛衰转移的过程，然后用一“故”字承上启下，转入对大王雄风的具体描写。宋玉的有声有色的铺叙描写说得楚王满心欢喜，称赞说：“善哉论事！”接着很自然地引出“庶人之风，可得闻乎”，作品转入对庶人雌风的具体描写。写完庶人之风的情状，作品戛然而止，楚王有何反应，不赘一词，此中深意留与读者寻味，言已尽而意无穷。通观全篇楚王与宋玉四问四答，环环紧扣而又流转自如，全赋结构谨严而又自然天成，毫无刻意造作之感，使人于平淡中见作者匠心。

《风赋》中对大王雄风与庶人雌风的描写，是全文的主体部分。作者紧紧围绕所托者不同则风气不同这个中心，从各个侧面写出了二者迥然不同的情状，从而构成了强烈的对比。大王之风，起于青蘋之末，经过盛衰变化而变为清凉雄风，“乘凌高城，入于深宫”；庶人之风，则是“塕然起于穷巷之间”。大王之风所经之处是中庭、玉堂、罗帷、洞房，庶人之风所过之处却是穷巷、瓮牖、室庐。大王之风带来的是桂椒花卉的香气，庶人之风带来的是尘土和臭气。大王之风吹到人身上，“清清泠泠，愈病析酲，发明耳目，宁体便人”；而庶人之风吹到身上，却是“殴温致湿，中心惨怛，生病造热”，使人“死生不卒”。对比是如此强烈，给人留下难忘的印象。这样的描写与“朱门酒肉臭，路有冻死骨”的描写，有异曲同工之妙。

风乃天地之气，本无雌雄。作者却将风分雌雄而论不同，初看难免有曲解之嫌，但掩卷深思，人们不难领悟到，作者明写的是自然之风，实际上是在写社会之风，与其说是在写风的不同，不如说是在写人的生活遭遇的不同，作者无非借题发挥而已。根据记载，楚怀王囚死于秦，楚襄王继位，骄奢淫逸，不以国事为念。庄辛就曾当面指斥襄王“专淫逸侈靡，不顾国政”。宋玉不满襄王的作为，但“莫敢直谏”，于是便借风发挥，意在讽王。吕向在《文选》卷一三题注说：“《史记》云：宋玉，郢人也。为楚大夫。时襄王骄奢，故宋玉作此赋以讽之。”（《文选》六臣注，今本《史记》无此文）宋代古文家苏辙在《黄州快哉亭记》中也说：“玉（按：指宋玉）之言，盖有讽焉。夫风无雌雄之异，而人有遇不遇之变。楚王之所以为乐，与庶人之所以为忧，此则人之变也，而风何与焉？”苏辙此言甚是。人们对风有不同的感受，或喜或忧，皆因各自境遇不同，与风无涉。宋玉写风之不同，实则写人之境遇不同。因此《风赋》的讽谏之意是明显的。这也为历代读者所公认。但今人有的论者完全否定《风赋》的讽谏之意，指其为“依阿取容的帮闲文字”，并且引司马迁论宋玉等人“莫敢直谏”的话为同道。这种看法有失平正公允，不无求全责备之嫌。古人进谏，因社会环境不同，个人地位境遇不同，个人的思想品格不同，或直谏，或讽谏，但只要对不合理的社会现实有所不满，有所揭露，对人民的不幸遭遇有所同情，即使是“莫敢直谏”，也应适当肯定，不能一笔抹杀。对《风赋》的思想意义也应作如是观。

刘勰在谈到赋的特点时曾说：“赋者，铺也。铺采摛文，体物写志也。”（《文心雕龙·诠赋》）说的是赋要讲究文采，通过铺叙描写具体事物来表达作者的思想感情。《风赋》对风的不同情状的铺叙描写文采斐然，向为读者称道。风是无影无形的自然之物，要描摹风之情态并非易事。但作者功力不凡，善于借有形之物写无形之物，通过风所经之处有形之物的情态变化，来描摹风的情态，使人如见其形，如闻其声。“夫风，生于地”，一笔轻轻带过。“起于青蘋之末”，写风初起时之微弱。“盛怒于土囊之口”，风势渐猛，“盛怒”二字，拟人写法，十分传神。“舞于松柏之下”，用“舞”字拟人，以松柏之姿，写风回旋之态。“飘忽淜滂，激飏熛怒”，写风之迅猛。“耾耾雷声”，写风的怒吼。“蹶石伐木，梢杀林莽”，寥寥八字，写尽风之狂暴情态。风势将衰，只有“冲孔动楗”之力。“眴焕粲烂，离散转移”，写微风吹拂色彩鲜明的景物，四散转移，盛怒狂暴之风变成了清凉雄风，吹进宫苑。作者把风生起盛衰的变化过程，写得层次分明，生动细腻；描摹风的情态，用词精当，形象传神：其驾驭语言的功力令人叹服。

《风赋》的语言的另一特色，就是韵散兼行，错落有致，长短相间，句式富于变化。读来抑扬顿挫，别有一种韵味。例如，作者写清凉雄风入于深宫，便是以韵语为主，韵语散句相间。不仅有“徘徊于桂椒之间，翱翔于激水之上”这样的辞赋偶句，而且连用四个结构相同的三字句构成排比句式，写清凉雄风吹拂宫苑的情态，写得整齐华美而又有气势。以下写雄风的行踪时，又连用“倘佯中庭，北上玉堂，跻于罗帷，经于洞房”四个四字句，如流水一般顺承而下，句式整齐而又自然，读起来韵味十足。而后用“乃得为大王之风也”这样的散句作结。在描写大王雄风中人之时，又连用了六个四字句，而后以散句作结。这样的描写，句式错综变化，语言有鲜明的节奏感，别有一种韵律美。宋玉赋作的这种语言特色，在此之前是很少见的。这是作者可贵的艺术创新。这种创新对后世辞赋创作产生了很大的影响。

宋玉的《风赋》在赋体文学的发展史上具有承前启后的重要意义。其铺采摛文，设为问答，韵散兼行，已具有赋的典型特点，与骚体文学有了明显的区别，标志着赋已由萌芽走向成熟，将渐次成为一种具有自己独立品格的文学体裁。

（丁士朴）

【注】 ①楚襄王：即战国后期楚国的顷襄王，名横，楚怀王之子。兰台：宫苑名，遗址在今湖北省钟祥县境。 ②景差：楚大夫，与宋玉同时，以辞赋见称。 ③飒（sà 萨）然：风声。 ④披襟：敞开衣襟。披：开。当之：迎着清风。 ⑤庶人：众人，指平民百姓。共：共享，共有。 ⑥溥（pǔ 普）：普遍。畅：畅通，无阻拦。 ⑦贵贱高下：指人的社会地位。加：施加，此指吹到身上。 ⑧枳句来巢，空穴来风：二句当为楚之成语。意思是：枳树树枝弯曲，鸟就会来筑巢；门上有孔穴，就会有风吹来。 ⑨讬：同“托”，依托。 ⑩青蘋：一种大的浮萍。 ⑪侵淫：渐渐地进入。谿：同“溪”。 ⑫土囊：大山洞。 ⑬泰山：大山。阿：山曲。 ⑭淜滂（píng pāng 平乓）：风吹物的撞击之声。 ⑮激飏熛（biāo 标）怒：形容风势越来越猛。熛怒：烈火飞扬貌。 ⑯耾耾（hóng 红）：风声。 ⑰回穴：回旋不定貌。错迕（wǔ 午）：交错杂乱。 ⑱蹶（guì 贵）石伐木：撼动山石，摧折树木。 ⑲梢杀：冲击。莽：野草。 ⑳被丽披离：均为联绵字，形容风四散的样子。 ㉑冲孔动楗：风吹进孔穴，撼动门闩。楗：门闩。 ㉒眴（xuàn 绚）焕粲烂：均为联绵字，形容景物色彩鲜明的样子。 ㉓乘凌：上升，越过。 ㉔邸：同“抵”，触。华：同“花”。气：此指花木的香气。 ㉕桂椒：桂树和椒树。 ㉖激水：急水，流动的水。 ㉗芙蓉之精：指荷花。芙蓉：荷。精：同“菁”，花。 ㉘猎：掠过。蕙草：香草名。 ㉙离：分开。秦衡：香草名。 ㉚概：削平，刮平。这里作“吹平”解。新夷：即辛夷，今称“木笔花”。 ㉛被：披开。荑（tí 提）杨：初生的杨树。 ㉜冲陵：冲击侵凌。 ㉝萧条：这里作动词用，使众芳萧条。 ㉞倘佯

(cháng yáng 常阳):徘徊。 ㉟玉堂:宫室的美称。 ㊱跻(jī 机):升。罗帷:用丝织品做成的帷幔。 ㊲洞房:幽深的住室。 ㊳中(zhòng 重):动词。中人:吹到人身上。 ㊴憯(cǎn 惨)凄惏(lín 林)慄:都是寒冷的意思。 ㊵欷(xī 西):欷歔,叹息声。这里作"舒气"解。 ㊶泠泠(líng 铃):清凉貌。 ㊷析酲(chéng 呈):解酒醒醉。析:解。酲:酒病。 ㊸发明耳目:使人耳聪目明。 ㊹宁体便人:使人身体安宁,有利于人体的健康。 ㊺塕(wěng 蓊)然:风突然刮起的样子。 ㊻堀堁(kū kè 枯克):突起尘土。 ㊼勃郁烦冤:形容风在穷巷回旋时的一股抑郁烦闷之气。 ㊽死灰:冷却的灰。 ㊾骇溷(hùn 混)浊:搅起污秽肮脏的东西。骇:起,搅起。溷浊:污秽肮脏之物。 ㊿腐余:扔掉的腐烂之物,垃圾。 [51]邪:偏斜。薄:迫近。瓮牖(yǒu 有):像瓮口一样的窗户。牖:窗户。 [52]室庐:简陋的居室。 [53]惛憞(hùn dùn 混顿):烦乱不适。郁邑:忧郁气闷。 [54]殴:同"驱",送来。湿:湿病。 [55]惨怛(dá 答):悲伤痛苦。 [56]生病造热:使人生病发烧。 [57]中唇为胗(zhěn 枕):碰到唇上就会生唇疮。胗:唇疮。 [58]得目为蔑:眼睛碰到湿热之气就会生眼病。蔑:同"䁾(miè 灭)",眼睛发红。 [59]啗(dàn 旦):吃。齰(zé 责):咬。嗽:吮吸。获:同"嚄(huò 货)",大叫。 [60]死生不卒:不死不活。不卒:《文选》李善注云:"言死而未即死,言生而又有疾也,故云不卒。"

贾谊

鹏鸟赋并序

谊为长沙王傅,三年,有鹏鸟飞入谊舍,止于坐隅[1]。鹏似鸮[2],不祥鸟也。谊既以谪居长沙,长沙卑湿,谊自伤悼,以为寿不得长,乃为赋以自广[3]。其辞曰:

单阏之岁兮,四月孟夏,庚子日斜兮,鹏集予舍[4]。止于坐隅兮,貌甚闲暇。异物来萃兮,私怪其故;发书占之兮,谶言其度[5]。曰:"野鸟入室兮,主人将去。"请问于鹏兮:"予去何之[6]?吉乎告我,凶言其灾[7]。淹速之度兮[8],语予其期。"鹏乃叹息,举首奋翼;口不能言,请对以臆[9],曰:

"万物变化兮,固无休息[10]。斡流而迁兮,或推而还[11]。形气转续兮,变化而蟺[12]。沕穆无穷兮[13],胡可胜言!祸兮福所倚,福兮祸所伏[14]。忧喜聚门兮,吉凶同域[15]。彼吴强大兮,夫差以败;越栖会稽兮,句践霸世[16]。斯游遂成兮,卒被五刑;傅说胥靡兮,乃相武丁[17]。夫祸之与福兮,何异纠纆[18]。命不可说兮,孰知其极[19]?水激则旱兮,矢激则远[20]。万物回薄兮[21],振荡相转。云蒸雨降兮,纠错相纷。大钧播物兮,坱圠无垠[22]。天不可预虑兮,道不可预谋[23]。迟速有命兮,焉识其时[24]?

"且夫天地为炉兮,造化为工[25];阴阳为炭兮,万物为铜。合散消息兮[26],安有常则;千变万化兮,未始有极。忽然为人兮,何足控抟;化为异物兮,又何足患[27]!小智自私兮,贱彼贵我;达人大观兮,物无不可[28]。贪夫殉财兮,烈士殉名;夸者死权兮,品庶每生[29]。怵迫之徒兮,或趋东西;大人不曲兮,意变齐同[30]。愚士系俗兮,窘若囚拘;至人遗物兮,独与道俱[31]。众人惑惑兮,好恶积亿；真人恬漠兮，独与道息[32]。释智遗形兮，超然自丧；寥廓忽荒兮，与道翱翔[33]。乘流则逝兮，得坻则止；纵躯委命兮，不私与己[34]。其生兮若浮，其死兮若休；澹乎若深渊之静[35]，泛乎若不系之舟。不以生故自宝兮，养空而浮；德人无累兮，知命不忧；细故蒂芥兮，何足以疑[36]！”

《鹏鸟赋》的作者贾谊是西汉初年著名的政论家、文学家。贾谊少年时期就“颇通诸子百家之书”，二十岁左右即被文帝召为博士，一上任就表现出非凡的政治才能，提出了修改法度，大兴礼乐，限制诸侯势力等一系列治国安邦的措施，使汉文帝喜出望外，一再加以提拔，“一岁中至太中大夫”。然而当文帝想提升贾谊为公卿时，却遭到传统势力的强烈反对。周勃、灌婴、张相如等老臣均向文帝谗毁贾谊，说他“专欲擅权，纷乱诸事”等等。文帝因之渐渐疏远贾谊，贬他为长沙王太傅。《鹏鸟赋》就是为长沙王太傅第三年时所写的。

《鹏鸟赋》在《史记》、《汉书》和《文选》中均有载录。其中《文选》将《鹏鸟赋》归入“鸟兽”类，这大概是因为此赋以鸟为名、假鸟而论的缘故。但实际上，赋只是用了传统的比兴手法，以鹏鸟起兴，借揣度鹏鸟之意，抒发了作者的思想感情。所以如果按内容分类，此篇赋当归为“志”一类。

《鹏鸟赋》分两部分。第一部分介绍了写赋的时间及其成由。“单阏之岁兮，四月孟夏。”《尔雅・释天》曰：“太岁在卯曰单阏。”又裴骃《史记集解》引徐广说：“文帝六年岁在丁卯。”所以此赋作于文帝六年(前 174)初夏当不会有问题。这正是贾谊被谪第三年。接着作者转入了写作此赋的缘由：“庚子日斜兮，鹏集予舍。止于坐隅兮，貌甚闲暇。”《巴蜀异物志》引晋灼语曰：“有鸟小如鸡，体有文色，土俗因形名之曰鹏。”传说中认为这是种凶鸟，所谓“野鸟入室兮，主人将去”。那么这种鸟进入贾谊的房内，贾谊自然要探求一下鹏鸟到来的原因了。在这里，贾谊用了“貌甚闲暇”四个字来描写鹏，这也是此赋中对鹏鸟的唯一描绘。所谓“闲暇”，就是不惊不恐、安然自得的样子。贾谊为什么如此描绘传说中可预示灾祸的鹏呢？杜甫诗曾说“感时花溅泪，恨别鸟惊心”，而贾谊却将一凶鸟描绘得安闲自得，可见贾谊此时并不以鹏为凶，以鹏为怪了，这很能反映贾谊写作此赋时的心态，打下了此赋的情感基调：哀而不伤，怨而不怒(这也可见出赋中鹏鸟只是起个比兴的作用)。贾谊开始询问鹏鸟吉凶祸福，于是“鹏乃叹息，举首奋翼”，然而却无法回答，贾谊便揣度其意，这就形成了赋的第二部分。

这部分是赋的中心，可以看做是贾谊被谪三年来的思想总结，是贾谊对人生、社会乃至整个宇宙的全面性观照。这一部分也可在“迟速有命兮，焉识其时”处分两个层次。在第一个层次中，作者表现了命运、天道的不可把握：“万物变化兮，固无休息。斡流而迁兮，或推而还。形气转续兮，变化而嬗。沕穆无穷兮，胡可胜言！”这几句显现出贾谊的思想理论根据。“斡流”、“转续”都有迁徙变化之意。“还”，是指还原。“嬗”，李善注曰：“嬗音蝉，或曰相连也。”可见，贾谊认为宇宙间的事物都在无休止地变化，而这种变化又是以循环形式连续进行的。这些无穷无尽的变化，人们说都说不清楚，又怎么能够把握住呢！贾谊又由探讨自然之道转入了对人生、命运的思索："祸兮福所倚，福兮祸所伏。忧喜聚门兮，吉凶同域。"在此，贾谊是以老子的观点来理解人生的，他认为人也是无法把握自己命运的，因为本来祸福就是事物的两个方面，它们互相依存，互为转化，而实际上是无所谓好坏的。贾谊以四个众所周知的历史事例解释了这一道理：夫差骄奢淫逸，胜反为败；勾践卧薪尝胆，灭吴称霸；李斯身为丞相，终被五刑；傅说始为胥靡，而相武丁。可见祸福就如同二股线绗与三股线缰一样，并无根本性的差别；人的命运也是如此，谁又能说出个究竟呢！贾谊又进一步探讨天道是怎样的："水激则旱兮，矢激则远。万物回薄兮，振荡相转。"水流受到激阻就会变得更加汹涌，箭弓互相撞击得越厉害，就会射得越远。水蒸发为云气，下降为雨水，有谁能说出它们的差别？大自然运转，造物无边无垠，又有谁能知道它们的极限？因此贾谊得出了一个结论："天不可预虑兮，道不可预谋。迟速有命兮，焉识其时？"天道无法预见，人富贵有命，生死在天！这可以说是此赋的中心，是此赋"文眼"之所在，是贯穿全文的主线。

从"且夫天地为炉兮"开始，作者转入了第二个层次，即对天地、阴阳的变迁作出了结论性的论述，进而指出人对世界、对人生所应采取的态度。首先，贾谊又一次说明了大自然的神奇造化："天地为炉兮，造化为工；阴阳为炭兮，万物为铜。"天地间的千变万化是互相转换的，又是不可捉摸的。面对这样的世界，作者对比了两种截然不同的态度："小智自私兮，贱彼贵我；达人大观兮，物无不可。"目光短浅、心胸狭隘之人自私自利，贪财逐权，为世俗所羁绊；而"达人"、"至人"、"真人"却是齐生死，等富贵，"独与道俱"、"独与道息"、"与道翱翔"，他们的精神与道浑然一体，无论行止均顺其自然，乐天知命。这就是此篇赋的结论，是贾谊写此文的目的之所在：人生的最高境界就应静如无波的深渊，动若不系的小舟，任其天然，自由漂泊，这样人的生死祸福都无足轻重了，那么其他的琐事还值得去操心吗？

前文讲过此赋是贾谊为长沙王太傅三年所作，这时贾谊的思想意识已起了重大的变化。这一点在此赋与贾谊刚来长沙过湘水所写的《吊屈原赋》的比较中就可看出。在《吊屈原赋》中，贾谊奋笔疾书："遭世罔极兮，乃殒厥身。呜呼哀哉！时逢不祥。"哀叹社会不公，痛詈贤愚不分，邪正倒置。而在《鹏鸟赋》中，则已看不到那种悲愤哀痛，留下的只是一丝无可奈何的感叹。这种变化可以说是消极的，但同时我们也应看到，这是由当时黑暗腐朽的社会所造成的；更进一步说，这也是一种境界，是面对人生、命运乃至宇宙的一种坦然不惧的态度，他所阐发的是一种朴素唯物主义的观点，也是对不平社会的一种抗争方式。

在贾谊所处的汉朝初期，赋尚处于散赋、骚赋的阶段，但《鹏鸟赋》在艺术上却有其独特的风格，它的语言清丽可喜，它的论述还有战国说客的纵横捭阖气势，有论有据，又并不铺陈堆砌。而赋中所包含的老庄思想与文风上的朴素清丽气势相互呼应，形成淡雅脱俗的风格。思想与艺术的完美结合大概是这篇赋得以千古流传的重要原因吧！（龚克昌　彭　行　唐子恒）

【注】 ①谊：贾谊，汉文帝时为太中大夫，数上疏陈政事，言时弊，为大臣所忌，出为长沙王太傅。鹏鸟：又称"山鸮"，夜鸣声恶，古人以为不祥之鸟。隅：角落。　②鸮（xiāo 萧）：猫头鹰。

③谪：贬职。为赋：作此赋。自广：自我宽慰。 ④单阏（chán'è 缠厄）：卯年的别称。此指汉文帝六年，岁在丁卯。孟夏：夏季第一个月，即四月。庚子：古人把天干地支各取一字配成对用以计日。斜：日西斜时。 ⑤萃：聚集。占：占卜。谶（chèn 衬）：古人以为能应验的预兆或预言。 ⑥予去何之：我离开后到哪里去呢？ ⑦这句是说：吉则告诉我，凶则说其灾咎。 ⑧淹速：指寿命长短。淹：迟缓。 ⑨臆：想象猜测。 ⑩休息：停止。 ⑪斡（wò 握）：旋转。推：推动，推进。还（xuán 旋）：旋转，回环。 ⑫蟺（shàn 善）：蜕变。一说曲折相连。 ⑬沕（wù 务）穆：微妙深奥。 ⑭此句语出《老子》。倚：因。 ⑮这句是说，忧喜、祸福相杂，难以决然分开。 ⑯吴：周代国名，春秋后期渐强。吴王夫差曾大败越国，迫使越王勾践屈服求和，并北上与晋争霸。前 473 年为越所灭。会（kuài 快）稽：山名，越王勾践败于吴后曾暂居于此。后来他任用贤能，刻苦图强，终于转弱为强，灭亡吴国。继在徐州（今山东滕县南）大会诸侯，成为霸主。句（gōu 勾）践：即勾践。句：同"勾"。 ⑰斯：李斯，战国末西游入秦，为秦王政客卿。秦统一六国后任丞相。后为赵高谗害，于秦二世二年具五刑，腰斩于咸阳。傅说（yuè 月）：商代人。相传为身受刑罚，在傅岩地方版筑的奴隶，后被殷王武丁访得，任命为相。胥靡：古代刑罚名。 ⑱纠纆（mò 莫）：纠缠在一起的绳索。 ⑲说：解说。极：终极，结果。 ⑳这句是说，流水飞箭本来各有常规，若受外界干扰，则或旱或远。以此喻万物变化令人莫测。 ㉑回薄：动荡。 ㉒大钧：喻天地造化。钧：陶人制圆器所用的转轮。坱圠（yǎng yà 养讶）：弥漫。 ㉓道：指天地万物变化的规律。 ㉔焉：何，怎能。 ㉕造化：自然界的创造化育。工：工匠。 ㉖消息：消长。 ㉗控抟（tuán 团）：把玩，爱惜（生命）。异物：这里指人死后变成的鬼。古人迷信，以为人死后变鬼。 ㉘彼：指万物。达：豁达。物无不可：这是说万物与自己没有两样。 ㉙殉：为……而舍身。夸者：徒有虚名的人。死权：为权力而死。品庶：芸芸众生。每：贪。 ㉚怵（chù 触）迫：被利诱、驱迫。趋东西：指为私利奔走。大人：至人，德行修养高深的人。意变齐同：自己的心意与万物变化合一。 ㉛遗物：抛开尘世的约束。 ㉜惑惑：盲从。积亿：言其多。真人：意略同于上文"达人"、"至人"。恬漠：恬静，欲望淡漠。息：相处。 ㉝释、遗：放弃。自丧：达到忘我的境界。寥廓：旷远。忽荒：形容混沌未分的元气，泛指天空。 ㉞逝：飘逝。坻（chí 池）：水中小洲。 ㉟澹（dàn 旦）：安静。 ㊱自宝：自以为宝贵。养空而浮：培养恬漠无为的心性，如舟之浮。德人：有德行的人。累：指尘世的拖累。蒂芥：义同"芥蒂"，小梗塞物，喻心中的小嫌隙或不快。

枚 乘

七 发

楚太子有疾，而吴客往问之①，曰："伏闻太子玉体不安②，亦少间乎③？"太子曰："惫，谨谢客④。"

客因称曰："今时天下安宁，四宇和平⑤，太子方富于年⑥。意者⑦：久耽安乐⑧，日夜无极，邪气袭逆⑨，中若结轖⑩。纷屯澹淡⑪，嘘唏烦酲⑫。惕惕怵怵⑬，卧不得瞑⑭。虚中重听⑮，恶闻人声。精神越渫⑯，百病咸生。聪明眩曜⑰，悦怒不平⑱。久执不废⑲，大命乃倾⑳。太子岂有是乎㉑？"

太子曰："谨谢客。赖君之力[22]，时时有之，然未至于是也。"

客曰："今夫贵人之子，必宫居而闺处[23]。内有保母，外有傅父[24]，欲交无所[25]。饮食则温淳甘膬[26]，腥醲肥厚[27]；衣裳则杂遝曼煖[28]，燂烁热暑[29]。虽有金石之坚，犹将销铄而挺解也[30]，况其在筋骨之间乎哉！故曰：纵耳目之欲，恣支体之安者[31]，伤血脉之和。且夫出舆入辇[32]，命曰蹷痿之机[33]；洞房清宫[34]，命曰寒热之媒；皓齿蛾眉[35]，命曰伐性之斧[36]；甘脆肥脓[37]，命曰腐肠之药。今太子肤色靡曼[38]，四支委随[39]，筋骨挺解，血脉淫濯[40]，手足堕窳[41]；越女侍前，齐姬奉后；往来游醼[42]，纵恣乎曲房隐间之中[43]。此甘餐毒药，戏猛兽之爪牙也。所从来者至深远[44]，淹滞永久而不废[45]，虽令扁鹊治内[46]，巫咸治外[47]，尚何及哉！今如太子之病者，独宜世之君子，博见强识[48]，承间语事[49]，变度易意[50]，常无离侧，以为羽翼[51]。淹沉之乐[52]，浩唐之心[53]，遁佚之志[54]，其奚由至哉！"

太子曰："诺。病已[55]，请事此言[56]。"

客曰："今太子之病，可无药石针刺灸疗而已，可以要言妙道说而去也[57]。不欲闻之乎？"

太子曰："仆愿闻之[58]。"

客曰："龙门之桐[59]，高百尺而无枝，中郁结之轮菌[60]，根扶疏以分离[61]。上有千仞之峰，下临百丈之谿。湍流溯波[62]，又澹淡之[63]。其根半死半生，冬则烈风漂霰飞雪之所激也[64]，夏则雷霆霹雳之所感也[65]；朝则鹂黄、鳱鴠鸣焉[66]，暮则羁雌、迷鸟宿焉[67]。独鹄晨号乎其上[68]，鹍鸡哀鸣翔乎其下[69]。于是背秋涉冬[70]，使琴挚斫斩以为琴[71]，野茧之丝以为弦，孤子之钩以为隐[72]，九寡之珥以为约[73]。使师堂操《畅》[74]，伯子牙为之歌[75]。歌曰：'麦秀蔪兮雉朝飞[76]，向虚壑兮背槁槐[77]，依绝区兮临回溪[78]。'飞鸟闻之，翕翼而不能去[79]；野兽闻之，垂耳而不能行；蚑蟜蝼蚁闻之[80]，拄喙而不能前[81]。此亦天下之至悲也。太子能强起听之乎？"

太子曰："仆病，未能也。"

客曰："犓牛之腴[82]，菜以笋蒲[83]；肥狗之和[84]，冒以山肤[85]。楚苗之食[86]，安胡之饭[87]，抟之不解[88]，一啜而散[89]。于是使伊尹煎熬[90]，易牙调和[91]。熊蹯之胹[92]，勺药之酱[93]，薄耆之炙[94]，鲜鲤之鲙[95]，秋黄之苏[96]，白露之茹[97]。兰英之酒[98]，酌以涤口；山梁之餐[99]，豢豹之胎[100]。小饭大歠[101]，如汤沃雪[102]。此亦天下之至美也。太子能强起尝之乎？"

太子曰："仆病，未能也。"

客曰："钟、岱之牡[103]，齿至之车[104]，前似飞鸟[105]，后类距虚[106]。穱麦服处[107]，燥中烦外[108]。羁坚辔[109]，附易路[110]。于是伯乐相其前后[111]，王良、造父为之御[112]，秦缺、楼季为之右[113]。此两人者，马佚能止之[114]，车覆能起之。于是使射千镒之重[115]，争千里之逐[116]。此亦天下之至骏也。太子能强起乘之乎？"

太子曰："仆病，未能也。"

客曰："既登景夷之台[117]，南望荆山[118]，北望汝海[119]，左江右湖[120]，其乐无有。于是使博辩之士，原本山川，极命草木[121]，比物属事，离辞连类[122]。浮游览观，乃下置酒于虞怀之宫[123]，连廊四注[124]，台城层构[125]，纷纭玄绿[126]，辇道邪交[127]，黄池纡曲[128]。溷章白鹭[129]，孔鸟鹎鹄[130]，鹓鸰鸡鹊[131]，翠鬣紫缨[132]。螭龙德牧[133]，邕邕群鸣[134]。阳鱼腾跃，奋翼振鳞[135]。漃漻蔳蓼[136]，蔓草芳苓[137]，女桑河柳，素叶紫茎[138]。苗松豫章，条上造天[139]。梧桐并闾[140]，极望成林。众芳芬郁[141]，乱于五风[142]。从容猗靡[143]，消息阳阴[144]。列坐纵酒，荡乐娱心。景春佐酒[145]，杜连理音[146]。滋味杂陈[147]，肴糅错该[148]。练色娱目[149]，流声悦耳[150]。于是乃发《激楚》之结风[151]，扬郑、卫之皓乐[152]。使先施、征舒、阳文、段干、吴娃、闾娵、傅予之徒[153]，杂裾垂髾[154]，目窕心与[155]；揄流波[156]，杂杜若[157]，蒙清尘[158]，被兰泽[159]，嬿服而御[160]。此亦天下之靡丽皓侈广博之乐也[161]。太子能强起游乎？"

太子曰："仆病，未能也。"

客曰："将为太子驯骐骥之马[162]，驾飞軨之舆[163]，乘牡骏之乘[164]；右夏服之劲箭[165]，左乌号之雕弓[166]。游涉乎云林[167]，周驰乎兰泽[168]，弭节乎江浔[169]。掩青蘋[170]，游清风[171]，陶阳气，荡春心[172]，逐狡兽，集轻禽[173]。于是极犬马之才，困野兽之足[174]，穷相御之智巧[175]。恐虎豹，慴鸷鸟[176]。逐马鸣镳[177]，鱼跨麋角[178]；履游麕兔，蹈践麖鹿[179]。汗流沫坠[180]，冤伏陵窘[181]，无创而死者[182]，固足充后乘矣。此校猎之至壮也[183]。太子能强起游乎？"

太子曰："仆病，未能也。"然阳气见于眉宇之间[184]，侵淫而上[185]，几满大宅[186]。

客见太子有悦色，遂推而进之，曰："冥火薄天[187]，兵车雷运[188]，旌旗偃蹇[189]，羽旄肃纷[190]。驰骋角逐，慕味争先[191]。徼墨广博[192]，观望之有圻[193]。纯粹全牺[194]，献之公门[195]。"

太子曰："善，愿复闻之。"

客曰："未既[196]。于是榛林深泽[197]，烟云闇莫[198]，兕虎并作[199]。毅武孔猛[200]，袒裼身薄[201]，白刃硙硙[202]，矛戟交错。收获掌功[203]，赏赐金帛；掩蘋肆若[204]，为牧人席[205]。旨酒佳肴，羞炰脍炙，以御宾客[206]。涌觞并起[207]，动心惊耳[208]。诚必不悔，决绝以诺[209]，贞信之色[210]，形于金石[211]；高歌陈唱，万岁无斁[212]。此真太子之所喜也，能强起而游乎？"

太子曰："仆甚愿从，直恐为诸大夫累耳。"然而有起色矣。

客曰："将以八月之望[213]，与诸侯远方交游兄弟，并往观涛乎广陵之曲江[214]。至则未见涛之形也，徒观水力之所到，则恤然足以骇矣[215]。观其所驾轶者，所擢拔者，所扬汩者，所温汾者，所涤汔者[216]，虽有心略辞给[217]，固未能缕形其所由然也[218]。怳兮忽兮[219]；聊兮栗兮[220]，混汩汩兮[221]；忽兮慌兮[222]，俶兮傥兮[223]，浩瀇瀁兮[224]，慌旷旷兮[225]。秉意乎南山[226]，通望乎东海[227]；虹洞兮苍天[228]，极虑乎涯涘[229]。流揽无穷[230]，归神日母[231]。汨乘流而下降兮，或不知其所止[232]。或纷纭其流折兮，忽缪往而不来[233]。临朱汜而远逝兮[234]，中虚烦而益殆[235]。莫离散而发曙兮[236]，内存心而自持[237]。于是澡概胸中[238]，洒练五藏[239]，澹澉手足[240]，颒濯发齿[241]。揄弃恬怠[242]，输写淟浊[243]，分决狐疑[244]，发皇耳目[245]。当是之时，虽有淹病滞疾[246]，犹将伸伛、起躄、发瞽、披聋而观望之也[247]。况直眇小烦懑、酲醲病酒之徒哉[248]？故曰：发蒙解惑，不足以言也[249]。"

太子曰："善，然则涛何气哉[250]？"

客曰："不记也[251]。然闻于师曰，似神而非者三[252]：疾雷闻百里[253]；江水逆流，海水上潮；山出内云[254]，日夜不止。衍溢漂疾[255]，波涌而涛起。其始起也，洪淋淋焉[256]，若白鹭之下翔；其少进也，浩浩溰溰[257]，如素车白马帷盖之张[258]；其波涌而云乱[259]，扰扰焉如三军之腾装[260]；其旁作而奔起也[261]，飘飘焉如轻车之勒兵[262]。六驾蛟龙[263]，附从太白[264]；纯驰浩蜺[265]，前后骆驿[266]。颙颙卬卬[267]，椐椐强强[268]，莘莘将将[269]。壁垒重坚[270]，沓杂似军行[271]。訇隐匈磕[272]，轧盘涌裔[273]，原不可当[274]。观其两旁，则滂渤怫郁[275]，闇漠感突[276]。上击下律[277]，有似勇壮之卒，突怒而无畏。蹈壁冲津[278]，穷曲随隈[279]，逾岸出追[280]，遇者死，当者坏。初发乎或围之津涯[281]，荄轸谷分[282]，回翔青篾[283]，衔枚檀桓[284]，弭节伍子之山[285]，通厉骨母之场[286]。凌赤岸[287]，篲扶桑[288]，横奔似雷行。诚奋厥武，如振如怒[289]。沌沌浑浑[290]，状如奔马；混混庉庉[291]，声如雷鼓。发怒庢沓[292]，清升逾跇[293]，侯波奋振[294]，合战于藉藉之口[295]。鸟不及飞，鱼不及回，兽不及走。纷纷翼翼[296]，波涌云乱。荡取南山，背击北岸。覆亏丘陵，平夷西畔[297]。险险戏戏[298]，崩坏陂池[299]，决胜乃罢[300]。沛汩潺湲[301]，披扬流洒[302]，横暴之极；鱼鳖失势，颠倒偃侧[303]。沋沋湲湲[304]，蒲伏连延[305]；神物怪异，不可胜言。直使人踣焉[306]，洄闇凄怆焉[307]。此天下怪异诡观也[308]。太子能强起观之乎？"

太子曰："仆病，未能也。"

客曰："将为太子奏方术之士有资略者[309]，若庄周、魏牟、杨朱、墨翟、便蜎、詹何之伦[310]，使之论天下之精微，理万物之是非[311]。孔、老览观[312]，孟子持筹而算之[313]，万不失一。此亦天下要言妙道也。太子岂欲闻之乎？"

于是太子据几而起曰[314]："涣乎若一听圣人辩士之言[315]。"涊然汗出[316]，霍然病已[317]。

从骚赋转变到汉赋的过渡时期，枚乘是最重要的作家。他的作品，虽然受到《楚辞》和纵横家的影响，却能自辟蹊径，为后来的赋家开拓了新的道路。《汉书·枚乘传》说："武帝自为太子，闻乘名。及即位，乘年老，乃以安车蒲轮征乘。"可见在汉初赋家之中他受重视的程度。

《汉书·艺文志》载枚乘赋九篇，今仅存《七发》、《梁王菟园赋》和《忘忧馆柳赋》三篇。后两篇学者多疑为伪作；比较可靠的是《七发》一篇，而这一篇却足以确定枚乘在赋史上的地位。

《七发》的内容是很清楚明确的:写“楚太子”有病,有位“吴客”去看望他。吴客认为太子的病是由于久耽安乐、生活淫逸所造成的,试用音乐之赏、饮食之腴、车马之快、游观之欢、畋猎之盛、观涛之趣六种“乐”事来激发他,都没有效果;最后,以“方术之士”的“要言妙道”来启发他,他听后能够“据几而起”,出了一身大汗,疾病就霍然而愈了。

《七发》的主题思想,前人有三种不同的解说。第一,刘勰以为:它是告诫膏粱子弟,不要纵欲自戕(《文心雕龙·杂文》)。第二,李善以为:它是劝谏梁孝王不要野心谋国(《文选注》)。第三,北宋以来的学者,多以为它是谏止吴王濞作反叛逆的(梁章钜《文选旁证》引朱绶说)。

很明显,这篇赋是“所以戒膏粱之子也”。赋文首先即描写楚太子的病况:“邪气袭逆,中若结轖。纷屯澹淡,嘘唏烦酲。惕惕怵怵,卧不得瞑。虚中重听,恶闻人声。精神越渫,百病咸生。聪明眩曜,悦怒不平。”不医治,延迟下去,就会“大命乃倾”。继而叙述致病的原因:“宫居而闺处。内有保母,外有傅父,欲交无所。饮食则温淳甘膬,腥醲肥厚;衣裳则杂遝曼煖,燂烁热暑。”故此,“纵耳目之欲,恣支体之安者,伤血脉之和”。“出舆入辇,命曰蹷痿之机;洞房清宫,命曰寒热之媒;皓齿蛾眉,命曰伐性之斧;甘脆肥脓,命曰腐肠之药。”这是说,膏粱之子因为生活过于侈靡淫逸,以致病入膏肓。治疗的方法,提供了音乐、饮食、车马、游览、田猎、观涛六种物质享受的刺激,都没有奏效,最后以“要言妙道”就把太子的病治好了。这里,我们看得很清楚,作者要告诫膏粱子弟,不可过着腐朽的生活,要从深宫秘院、齐姬越女等声色娱乐之中解脱出来,学习有益的思想,获取健康的精神食粮,改变自己的生活。

《七发》所强调的,不是医治肉体上的病,而是医治今天我们所说的思想病、政治病。文中的楚太子和吴客,都是虚构的人物;而楚太子或可能暗喻梁孝王。《史记·梁孝王世家》说:“孝王筑东苑,方三百余里,广睢阳城七十里。大治宫室,为复道,自宫连属于平台五十余里。得赐天子旌旗,出从千乘万骑,东西驰猎,拟于天子。出言跸,入言警,招延四方豪杰……而府库金钱且百巨万,珠玉宝器多于京师。”梁孝王的侈靡生活,与楚太子相似。最重要的是,梁孝王是景帝的亲兄弟,同是窦太后所生;景帝曾经说过,他死后,传位给梁孝王:所以,他对帝位有野心。景帝七年,栗太子被废,梁孝王以为有机嗣位,但遭爰盎等议臣反对而不得逞,于是派人刺杀爰盎等十数人。枚乘在梁国,亲眼看见梁孝王的骄奢生活和伺位野心,作《七发》以喻讽谏,不是没有理由的。

枚乘曾经做过吴王濞的郎中,吴王濞企图作乱时,他曾上书谏止;吴王不听他的劝告,他即离开吴国而往梁国;后来吴王濞联合楚王、赵王、胶西王、胶东王、菑川王、济南王等举兵叛乱,枚乘再上书吴王濞,劝他罢兵。“七国之乱”,迫使汉景帝诛晁错以谢诸侯,但吴王濞终被擒灭。枚乘一再反对吴王濞谋反,证明他关心国家,维护统一。他看透诸侯王的“政治病”,作《七发》以示讽谏,是有政治因素的。

简括来说,《七发》表面上告诫膏粱子弟的淫靡生活,但深一层的意义,很可能是对诸侯王的政治病作出诊治,对梁孝王的野心提出劝谏,对吴王濞的叛乱给予批判(参见龚克昌《散赋作家枚乘》)。

《七发》的写作技巧，表现了汉赋的艺术特色。笔者以为，司马相如是汉赋的奠基者，而枚乘是汉赋的开创者（参看拙作《〈子虚〉〈上林〉与〈七发〉的关系》）。

从体式结构方面来说，《七发》是一篇故事，借着假设人物的问答以组织成文；开首冠以“序曲”，叙述故事的缘起：楚太子有疾，吴客前往问候，道出他的病况和致病因由，然后提出治疗的方案，于是引起下文七件事：音乐、饮食、车马、游览、畋猎、观涛、要言妙道。文末绘写楚太子听了“要言妙道”之后，疾病霍然而愈。整个故事有开端，有结尾，中间则“腴辞云构，夸丽风骇”（《文心雕龙·杂文》）；段段各有独立主题，而又能够串联一起，浑然构作完整的一篇，造成文章的宏观和巨制。这种鲜明的虚构人物和问答体、铺张扬厉的描绘手法，就是汉代“体物”大赋的典型特征。

句式方面，《七发》是韵散兼行，句子长短不一，脱离《楚辞》的风格而别树一帜。全篇杂用三、四、五、六、七言的句子，其中一连串的三言句——如“掩青蘋，游清风，陶阳气，荡春心，逐狡兽，集轻禽”——最为醒目。随后的汉赋大家，像司马相如、扬雄、班固、张衡等，莫不慕效。此外，大量的偶句、排句穿插全篇，例如：“纵耳目之欲，恣支体之安。”“出舆入辇，命曰蹷痿之机；洞房清宫，命曰寒热之媒；皓齿蛾眉，命曰伐性之斧；甘脆肥脓，命曰腐肠之药。”“熊蹯之臑，勺药之酱，薄耆之炙，鲜鲤之鲙，秋黄之苏，白露之茹。”不但声调铿锵，更增加了文章的整齐美。

修辞方面，《七发》有四项崭新的表现，标志着汉赋的特色。第一，复用转折连词（connection）。《七发》是汉初赋篇的巨制，长凡二千三百余字。全文用了“于是”、“今夫”、“且夫”等转折连词十一次，以连接上下文。《楚辞》、骚赋，无此作法。第二，胪举草木鸟兽。《诗经》、《楚辞》已有不少草木鸟兽名称，但它们皆散见于文中，不像在《七发》里排列成群。例如：“溷章白鹭，孔鸟鹍鹄，鹓鸰䴔䴖，翠鬣紫缨。……溆漻蓼蓼，蔓草芳苓，女桑河柳，素叶紫茎。苗松豫章，条上造天。梧桐并闾，极望成林。”造成一种繁积丰盛的现象。第三，引典的示现。文里一些典故，不是明引，也不是暗用，而是有意的示现。即是把历史或神话中的人物、做法，直接呼唤来，呈现于读者眼前，如：“使琴挚斫斩以为琴……使师堂操《畅》，伯子牙为之歌。”“伯乐相其前后，王良、造父为之御，秦缺、楼季为之右。”这样的刻画，使画面更加形象化了。第四，铺张的描写。《七发》的笔墨是浓郁的、夸饰的。以“音乐”一节为例：先叙述制琴的桐，生长在极险峻的悬崖下的深渊上，遭受各种天然灾害的袭击，以致半生半死，还要让鹂雌、迷鸟在树上栖息、哀鸣；继而指出琴饰是用孤儿寡妇的身物所造成的；最后请著名的琴师奏出动人的歌曲。结果，各种飞禽走兽爬虫都被这哀伤的歌声所吸引。作者从多方面作夸张的描写，不外制造气氛，烘托出一个“悲”字而已。又如“观涛”一节，写水的形象，真是精细而生动：“其始起也，洪淋淋焉，若白鹭之下翔；其少进也，浩浩溰溰，如素车白马帷盖之张；其波涌而云乱，扰扰焉如三军之腾装；其旁作而奔起也，飘飘焉如轻车之勒兵。六驾蛟龙，附从太白；纯驰浩蜺，前后骆驿。颙颙卬卬，椐椐强强，莘莘将将。壁垒重坚，沓杂似军行。”这里用了不少比喻和“描写状辞”（又称“性质形容词”），使江涛的气象、状态，深印在读者的脑海里。以上的修辞技巧，到了司马相如、扬雄等赋家手里，更加大开衢道，成为我国文学艺术上的一种独特表现方法。

《七发》虽然没有赋的名称，但却有赋的本质。它的出现，标志着汉赋的正式形成，在辞赋发展史上具有重要的地位。同时，由于《七发》的影响，出现了东方朔《七谏》、傅毅《七激》、崔骃《七依》、张衡《七辩》、崔瑗《七厉》、曹植《七启》、王粲《七释》、陆机《七微》、左思《七讽》、张协《七命》等一大批模仿作品（参看许世瑛《枚乘〈七发〉及其摹拟者》）。因此，"七"成为一种独特的文体，被文人广泛地采用了。

（[香港]何沛雄）

【注】 ①"楚太子"二句：楚太子、吴客，作者杜撰的人物。采用主、客问答式，是汉赋的标志之一。 ②伏闻：敬辞。 ③少间（jiàn 见）：稍稍痊愈。 ④谨：恭敬地。谢客：感谢您。 ⑤四宇：四方。 ⑥方富于年：正年轻。年轻人将来年岁尚多，所以说富。 ⑦意者：料想。 ⑧耽：沉溺。 ⑨袭逆：侵入身体内部。 ⑩中：指胸腔内。结轖（sè 色）：同"结塞"，郁结堵塞。 ⑪纷屯澹淡：昏聩烦闷。 ⑫嘘唏：叹息呻吟的声音。烦酲（chéng 呈）：烦乱得如病酒一般。酲：病酒，醉酒。 ⑬惕惕怵怵：心神不安，惊恐不定。 ⑭瞑：合眼，入睡。 ⑮虚中：中气虚竭，身体虚弱。重听：耳鸣，听觉不灵。 ⑯越渫（xiè 泄）：涣散。 ⑰聪明：听觉和视觉。眩曜：惑乱的样子，指眼花耳不灵。 ⑱悦怒不平：喜怒无常。 ⑲久执：长久患病。不废：不止，不愈。 ⑳大命：生命。倾：坏，陨。 ㉑是：代词，指以上症状。 ㉒君：国君，太子之父。 ㉓宫居而闺处：住在深宫内院。闺：宫中小门。 ㉔外：朝廷之上。上文"内"指宫中。傅父：受命教育太子的老师。 ㉕欲交无所：想外出交游而没有机会。 ㉖温淳：味厚鲜美的食物。甘膬：香甜爽口的食物。膬：同"脆"，可口。 ㉗脭（chéng 呈）：肥肉。酞：醇厚浓烈的酒。 ㉘杂遝（tà 踏）：众多的样子。曼煖：指轻而暖的皮毛衣物。曼：轻细。煖：同"暖"。 ㉙燂（xún 巡）：火热。烁（shuò 朔）：热。 ㉚销铄（shuò 朔）：熔化。挺解：散弛。挺：义同"解"。 ㉛支：同"肢"。 ㉜出舆入辇（niǎn 捻）：出入都坐车子。 ㉝命曰：名曰，叫做。蹷：同"蹶"，寒腿病。痿：因神经麻痹而瘫痪，脚不能行走。机：强弩的机栝。 ㉞洞房：幽深的内室。清宫：清凉的房屋。前者过热，后者过凉，都会使人生病。 ㉟皓齿蛾眉：指美女。皓：白。 ㊱伐性之斧：戕害生命的利斧。 ㊲肥：肥肉。脓：同"酞"，醇烈之酒。 ㊳靡曼：本指皮肤细嫩光泽，此指柔弱憔悴。 ㊴委随：屈伸不灵。 ㊵淫、濯：都是大的意思，指血脉急促膨胀，为身体虚弱的脉象。 ㊶堕窳（yǔ 雨）：懒散无力。 ㊷醼：同"燕"、"宴"，乐。 ㊸曲房：深曲的屋子。隐间：密室。 ㊹所从来者：受病的来由。至：极。 ㊺淹滞永久：长时间地拖延耽搁下去。 ㊻扁鹊：春秋时名医，姓秦名越人，能见人五脏。内：体内疾病。 ㊼巫咸：古代神巫，传说能以祷祝祛病。 ㊽博见强识（zhì 志）：见闻广博，记忆力强。识：同"志"、"诘"，记忆。 ㊾承间（jiàn 见）：伺机。 ㊿度、意：都指太子心里的淫邪欲念。 (51)羽翼：辅佐。 (52)淹沉：耽溺。 (53)浩唐：即浩荡，放肆纵恣的样子。 (54)遁佚：怠惰。 (55)病已：病好了。 (56)请事此言：就照你的话去做。 (57)要言：中肯的话。妙道：精妙的道理。说（shuì 税）：劝诱，说服。 (58)仆：我，谦称。 (59)龙门：山名，在今陕西省韩城县和山西省河津县之间。 (60)郁结：积聚而突起的样子。之：而。轮菌：纹理盘曲的样子。 (61)扶疏：向四外伸展。分离：向外扩散。 (62)湍流：急流。溯波：逆流的波浪。 (63)澹淡：冲击，摇荡。 (64)漂霰：空中飘落的雪珠。漂：同"飘"。 (65)感：通"撼"，震撼，摇动。 (66)鹂黄：黄鹂。鳱鴠（hàn dàn 汉旦）：样子像鸡，冬无毛，昼夜鸣叫的一种鸟（见李善注引郭璞《方言注》）。 (67)羁雌：失群的雌鸟。迷鸟：迷失方向的鸟。 (68)鹄（hú 胡）：俗名"天鹅"。 (69)鹍鸡：一种像鹤，呈黄白色的鸟。 (70)背秋涉冬：经历了若干年。背、涉：都

作“经过”讲。 ⑦琴挚:人名,名挚,因善鼓琴,故名“琴挚”。旧谓春秋时鲁国的太师(乐官)挚。 ⑫孤子:无父的孩子。钩:衣带钩。隐:琴上的一种装饰。 ⑬九寡:生有九个儿子的寡妇(见李善注引《列女传》)。珥:耳饰。约:一作“的”,又作“玓”(音义同“的”),琴上的圆形星徽。《文选》五臣注张铣说:“取孤子寡妇之宝而用之,欲其多悲声也。” ⑭师堂:古代乐师,一称师襄,字子京,孔子曾向他学琴。操:奏。《畅》:相传为尧时的琴曲名。 ⑮伯子牙:即伯牙,古代善鼓琴的人。 ⑯麦秀蔪(jiān尖)兮雉朝飞:当麦子结穗生芒时,雉鸟在早晨飞过了田野。秀:作物抽穗。蔪:麦芒。 ⑰向虚壑兮背槁槐:它离开枯槁的槐树向空谷飞去。 ⑱依绝区兮临回溪:停在断岸悬崖之上,下临曲折的溪涧。绝区:危绝之地,指悬崖、断岸之类。 ⑲翕(xī息):敛。 ⑳蚑(qí岐):一种体小腿长的蜘蛛。蟜(jiǎo狡):一种爬行的毒虫。 ㉑拄喙(huì惠):张嘴。拄:支撑,张开。喙:嘴。 ㉒犓(chú雏)牛:小牛。腴:腹下肥肉。 ㉓菜:作动词用,调制,配搭。蒲:香蒲,一种多年生草,茎心细嫩可食。 ㉔和:羹。 ㉕冒:通“芼”,用菜杂肉做成羹。山肤:石耳,地衣类植物。 ㉖楚苗:楚地苗山出禾,可吃。食:做成主食品。 ㉗安胡:又名“雕胡”,即菰米。 ㉘抟(tuán团):团聚。这句是说米性很黏。 ㉙啜(chuò辍):尝。这句是说做成的食物滑润,用口一吸即散。 ㉚伊尹:商汤大臣,擅烹调。 ㉛易牙:春秋齐人,因善调味而得齐桓公宠爱。 ㉜熊蹯(fán烦):熊掌。臑(ér而):烂熟。 ㉝勺药之酱:把五味调和在一起,中加芍药制成的酱。勺药:即“芍药”,有“和五脏,辟毒气”的功能。 ㉞薄耆(qí其):切成薄片的兽脊肉。炙:烤肉。 ㉟鲙(kuài块):切成细丝的鱼肉。 ㊱秋黄之苏:秋天变成黄色的紫苏菜。苏:紫苏,药草名,可食。 ㊲白露之茹:经过霜露的菜。茹:菜的总称。 ㊳兰英之酒:用兰花泡的酒。 ㊴山梁:指野鸡肉。 ⑩豢豹之胎:用豹胎做成的菜。 ⑩小饭:小吃。歠(chuò啜):饮。 ⑩汤:沸水。沃:浇灌。这句连上句是说,不论小吃大饮,都像沸汤浇在雪上一样,吃得非常痛快。 ⑩钟、岱:古地名,古属赵国,在今陕西省长城外河套一带,以产马出名。钟:即阴山。岱:应作“代”。牡:雄马,这里泛指马。 ⑩齿至之车:用适龄的马驾的车。 ⑩飞鸟:应作“飞凫”,骏马名。 ⑩距虚:千里马名。 ⑩穱(zhuō捉)麦:稻田中种的麦子。服处:服用,指用来饲马。 ⑩燥中:马内中干燥。烦外:体态不安。这是形容马吃了穱麦,膘肥体壮而要奔驰的样子。 ⑩羁:勒。 ⑩附:依附,凭借。指行走。易路:平坦大路。 ⑪伯乐:古代善相马的人。 ⑪王良:春秋时代晋国最善驾车的人。造父:周穆王的赶车人,曾驾八骏载穆王西游。 ⑪秦缺:古代勇士,善疾走。楼季:古代勇士,善跳跃。为之右:做车右的武士。 ⑪佚:同“逸”,马受惊狂奔不止。 ⑪射:打赌。镒(yì益):二十四两。这是说同旁人赌赛,虽千镒的赌注也能获胜。 ⑪争:竞赛。逐:奔跑。这是说同人竞赛,虽千里长途也能占先。 ⑪景夷:即京台,楚国台名,在今湖北省监利县北。 ⑪荆山:疑即猎山,在今湖北省华容县内。 ⑪汝海:即汝水,源出河南省嵩县,东南流入淮河。称海,夸大之词。 ⑫江:长江。湖:洞庭湖。 ⑫“原本”二句:陈说山川的本原,尽举草木的名称。即考察山川的本原和草木的名称。极:尽。命:名。 ⑫“比物”二句:把许多山川草木等物的名称和种类加以排比归纳,连缀成文辞。离:同“丽”,附丽。比、属、离、连四字同义,都是连缀的意思。物、事、辞、类,意义相近,指事物的名称和种类。 ⑫虞怀:宫名。虞:同“娱”。虞怀:即娱心。 ⑫连廊四注:宫中回廊四面相连。注:连。 ⑫台城:城上有台。层构:一层层建造起的建筑物。 ⑫纷纭:缤纷繁多。玄:黑色。 ⑫邪交:车道纵横交错。邪:同“斜”。 ⑫黄池:即潢池,环城积水池。纡曲:曲折。 ⑫溷章:鸟名,未详何鸟。 ⑬孔鸟:孔雀。鹍(kūn昆)鹄:即鹍鸡,善飞的大鸟。 ⑬鹓鸰:凤一类的鸟。鵁鶄(jiāo jīng交精):像凫的一种水鸟,脚高,有红毛冠。 ⑬²鬣:顶上的毛。缨:颈毛。 ⑬³螭(chī 吃):雌龙。龙:雄龙。这里指雌雄鸟。德牧:鸟名,形状未详。一说:"德",指头上的花纹;"牧",腹下的花纹。 ⑬⁴邕邕(yōng 庸):群鸟和鸣声。 ⑬⁵阳鱼:古人认为鱼类属阳,故称"阳鱼"。翼:鳍。 ⑬⁶漃漻(jì liáo 寂辽):清净的水。苐(chóu 愁):蓨草。蔘:水草。 ⑬⁷芳苓:草名。 ⑬⁸女桑:柔嫩的小桑树。河柳:河边赤茎小杨。素叶:指女桑。紫茎:指河柳。 ⑬⁹"苗松"二句:高大的苗松和樟树枝条上达于天。苗松:苗山上的松树。豫章:樟树。条:枝。造:到。 ⑭⁰并闾:棕榈树。 ⑭¹芬郁:香气浓郁。 ⑭²五风:五方之风。 ⑭³从容:形容树在风中的姿态。猗靡:树被风吹得披拂摇摆的样子。 ⑭⁴消息阳阴:写树在风的吹拂下,叶的阴阳两面时隐时现。消:灭。息:生。消息:隐现之义。阳阴:即阴阳,叶的正面为阳,反面为阴。 ⑭⁵景春:战国纵横家。佐酒:劝酒助兴。 ⑭⁶杜连:古代善弹琴的人,又名"田连"。理音:调音,奏乐。 ⑭⁷滋味:各种美味。杂陈:纷纷摆出。 ⑭⁸肴糅:各种鱼肉类菜肴。糅:杂。该:备。 ⑭⁹练色:经过加工、选择的色彩,即美好的颜色。 ⑮⁰流声:此指当时统治者喜爱的淫乐,声音流转动听。 ⑮¹发:与下句的"扬"同义,发出歌声。《激楚》:楚歌曲名。结风:歌曲的尾声。 ⑮²郑、卫:周代的两个诸侯国名,以产新声而著名。皓乐:动听的歌声。 ⑮³先施:西施。征舒:春秋时代陈灵公的儿子,此指其母夏姬。阳文:楚美人。吴娃:吴国美女。闾娵(zōu 邹):战国时梁王魏婴的美人。段干、傅予:未详。以上杂举男女之美者,夸饰游宴之乐,男女杂坐,不必专指美人。 ⑮⁴杂裾:衣襟上的各种装饰。杂:饰。裾:衣的前后襟。垂髾(shāo 梢):下垂呈燕尾形的发髻。 ⑮⁵窕:同"挑",挑逗。与:许。 ⑮⁶揄:引。流波:比喻目光如流水的波纹。一说引流水以洁身。 ⑮⁷杂杜若:衣服的香气与芳草的香气相杂。杜若:芳草。 ⑮⁸蒙清尘:头发上如尘雾笼罩。 ⑮⁹被兰泽:头发上施以兰膏。被:同"披",披沐之意。 ⑯⁰嬿服:古代女子闲居时穿的便衣。嬿:同"燕"。御:进御,侍奉。 ⑯¹靡丽:淫靡华丽。皓侈:即"浩侈",场面浩大奢侈。广博:无所不有。 ⑯²驯:调理马性,使驯服。 ⑯³飞軨:有窗的轻便猎车,车前有铃。軨:古代车上方格形的栏杆。 ⑯⁴乘(chéng 成)牡骏之乘(shèng 剩):坐着用骏马拉的车子。"牡"是"壮"字之误。 ⑯⁵夏:指夏后氏。服:通"箙",箭袋。 ⑯⁶乌号:相传为黄帝的弓名,用柘木做成。 ⑯⁷云林:云梦泽中的树林。云梦是楚国著名的大沼泽地,本为二泽,跨长江两岸,江南为梦,江北为云,方圆八九百里,后世淤塞。 ⑯⁸周驰乎兰泽:围着长满兰草的湖泽奔驰。 ⑯⁹弭节:按节,驻车。弭:按。节:车行进的节奏。江浔:江边。 ⑰⁰掩:休息。蘋:应为"薠(fán 烦)",一种生于陆地的草。 ⑰¹游:一本作"溯",迎,向。 ⑰²"陶阳气"二句:人们春天出猎,可使心情舒畅,头脑清楚。陶:畅。阳气:与"春心"互文,指人在春天里的心情。荡:涤,清洗。 ⑰³集轻禽:许多箭射中了轻捷的飞鸟。集:箭射向一处。 ⑰⁴困野兽之足:野兽被追得足力困乏。 ⑰⁵穷:竭尽。相御:指带路人和驾车人。 ⑰⁶慴(zhé 哲)鸷鸟:使鸷鸟畏惧。"慴"与上句"恐"字都是使动用法。鸷鸟:猛禽。 ⑰⁷逐马:奔逐之马。鸣镳(biāo 标):鸾铃鸣于镳。镳:马勒旁的横铁。 ⑰⁸鱼跨:如鱼的腾跃。麋角:如麋鹿相角逐。 ⑰⁹履游、蹈践:都是践踏的意思。麕(jūn 君):鹿类的兽。麖(jīng 京):像鹿而一角的兽。 ⑱⁰汗流沫坠:形容马追逐得浑身淌汗,口中坠沫。 ⑱¹冤伏:禽兽四下逃匿。陵窘:禽兽被追逐而急迫困窘。 ⑱²创:伤。 ⑱³校猎:用木栅遮拦禽兽,然后加以猎取。校:用木栅遮拦禽兽。至壮:最雄伟壮观。 ⑱⁴阳气:喜色。见:同"现"。眉宇:眉额间。 ⑱⁵侵淫:渐进的样子。上:呈现,透露。 ⑱⁶大宅:面部。 ⑱⁷冥火:夜火,指夜间纵火焚烧旷野,以驱赶禽兽。薄:迫近,直至。 ⑱⁸雷运:兵车运行,发出雷般的声音。 ⑱⁹偃蹇(jiǎn 简):高的样子。 ⑲⁰羽旄:鸟羽和牛尾,用来装饰旗子。肃纷:整齐而众多的样子。 ⑲¹慕味争先:为了追求美味而争

先。⑲徼：边界。墨：烧田。地焚之则黑，故说“墨”。徼墨：指烧田的范围。⑲埒：同“垠”，边界。⑲纯粹：野兽毛色纯一。全牺：身体完整的野兽。⑲公门：诸侯之门。⑲未既：话还未说完。既：尽。⑲榛林：丛林。⑲闇莫：不明的样子。闇：同“暗”。⑲兕（sì 四）：一种像犀牛的牛，一角。作：起，出。⑳孔猛：甚猛。⑳袒裼（xī 息）：裸露上身。身薄：亲自搏取野兽。身：亲自。⑳硙硙（gāi 该）：锐利的样子。⑳收获掌功：按收获猎物的多少记录其功。掌：主，掌管。⑳掩蘋肆若：在蘋草上铺设席位，再在上面陈列香草。掩：覆盖。蘋：应作“薠”。肆：陈列。若：杜若，香草名。⑳牧人：参加射猎的长官。⑳羞：有滋味的食物。炰（páo 庖）：用火急烹食物。脍：细切的肉。炙：烤肉。这句指烹煮的食物和烧烤的肉。⑳御：款待。⑳涌觞：满杯。觞：原作“触”，据五臣注本改。⑳动心惊耳：畅饮时的欢呼声非常动听。⑳“诚必”二句：宾客左右皆忠诚不贰，语无反悔；遇事或拒绝，或允诺，都很坚决，毫不犹豫。必：说一不二。以：与“已”通，不许的意思。㉑贞信：忠贞诚信。色：表情。㉑形：表露，表现。金石：乐器，音乐。㉑斁（yì 译）：厌。㉑望：阴历十五。㉑广陵：今江苏省扬州市。㉑恤然：惊恐的样子。㉑驾轶：超越。擢拔：耸起。扬汩（gǔ 古）：鼓动激荡。温汾：结聚一处。涤汔（qì 气）：洗涤冲刷。以上皆写江涛的动态。㉑心略：心智，心计。辞给：有口才。㉑缕形：详细描述其形状。所由然：指形成江涛各种动态的原因。㉑怳兮忽兮：“怳忽”同“恍惚”，形容江涛浩荡无际，望不真切。㉒聊、栗：使人惊惧而战栗。㉒混汩汩：波涛相聚而疾流，发出巨大声音。汩汩：波浪声。㉒忽、慌：同“怳忽”。㉒俶（tì 惕）兮傥（tǎng 倘）兮：特异不羁的样子。㉒浩瀇：同“汪洋”，水广大无边。㉒慌旷旷：江涛汪洋一片，无边无际的样子。㉒秉意：集中注意力。秉：执。南山：江涛发源之地。这句写观察江潮之来。㉒通望：一直望到。东海：江涛所往之地。这句写远望江涛的去向。㉒虹洞兮苍天：江涛汹涌，与天相接。虹洞：混然一片，天水相连的样子。㉒极虑：极尽思虑。这里指极目。涯涘（sì 四）：边际。㉓流揽：同“流览”。㉓归神：集中精神。日母：太阳。㉓“汩乘流”二句：写随江流而去的潮头。汩（yù 育）：水流迅疾的样子。㉓“或纷纭”二句：很多浪头纷乱曲折地奔流，忽然纠缠错杂，一起向上逆流而不回返。缪（jiū 赳）：缠结。㉓朱汜（sì 似）：南方水涯。一说，地名。㉓中：内心。这句写观涛者的内心空虚烦躁。㉓莫离散：晚潮退去。莫：同“暮”。发曙：即曙发，早潮到来。㉓内：内心。存心而自持：观涛人对江涛的印象极深，念念不忘。㉓澡概：洗涤。概：同“溉”。㉓洒：古“洗”字。练：汰。藏：同“脏”。㉔澹澉（kǎn 砍）：洗涤。㉔頮（huì 慧）濯：洗涤。頮：洗脸。㉔揄弃：抛弃。揄：脱，弃。恬怠：懒散。㉔输写：排除。写：同“泻”，泄。淟（tiǎn 忝）浊：垢浊。㉔分决狐疑：心中狐疑不决，经过观涛之后，能使人坚强果断，判明是非，决定取舍。分：判明。㉔发皇耳目：使耳目受到启发而聪明。皇：明。㉔淹病：滞疾，日久不愈的病。㉔伸伛（yǔ 羽）：使驼背的人伸直身体。起躄（bì 必）：使跛脚人站起来。发瞽（gǔ 鼓）：使瞎子睁开眼看见东西。披聋：使聋子恢复听力。披：开。㉔直：只是。眇小：小。㉔“发蒙”二句：观涛可以使人头脑清楚，就不消再说了。蒙：不明。㉕气：气象。㉕不记：不见于记载。㉕似神而非者三：江涛有三种特点，看去若有神助，其实并非神力所致。㉕疾雷：声似骤然而发的响雷。㉕山出内云：云气从山口出入。出内：吞吐。内：同“纳”。㉕衍溢：平满的样子。漂疾：水流迅疾的样子。㉕洪：浩荡的潮水。淋淋：水从山上流泻下来的样子。“洪淋淋”写潮头掀腾在半空，然后飞洒而下的样子。㉕浩浩：深广的样子。溰溰（yí 移）：又高又白的样子。㉕帷盖：车帷和车盖。张：陈设，张开。㉕而：如。云乱：如云那样纷乱。㉖扰扰焉：马纷乱的样子。腾装：军队装备整齐，奔腾前进。装：装备。

㉖旁作：潮头横流而兴起。奔起：潮头上扬。 ㉖如轻车之勒兵：像将军坐在轻便的战车上指挥调动军队一样。轻车：战车的一种，轻捷便于驰骋。勒：约束，部署。 ㉖六驾蛟龙：如六龙驾车。 ㉖附从：跟从。太白：河伯。一说指帅旗。这是说六条驾车的蛟龙从属于河伯而受其指挥，或蛟龙驾车视帅旗所指而转移。 ㉖纯驰：或屯或驰。纯：通"屯"。浩蜺（ní 尼）：高大的样子。这句是写江涛高大，或屯驻不行，或急驰不止。 ㉖前后：与"纯驰"义同，或前或后。骆驿：同"络绎"。这句写江涛连续不断，或前或后。 ㉖颙颙（yōng 庸）卬卬（áng 昂）：波涛高高涌起的样子。 ㉖椐椐（jū 居）强强：波涛前后相逐的样子。 ㉖莘莘将将（qiāng 枪）：波涛相激的样子。 ㉗重坚：重叠而坚固。 ㉗沓（tà 踏）杂：众多的样子。军行（háng 杭）：军队行列。 ㉗訇（hōng 轰）、隐、匈、礚（gài 盖）：都是形容江涛冲击发出的巨大声音。 ㉗轧：指波涛的撞挤。盘：盘礴，广大的样子。指江涛的气势。涌裔：涛行的样子。四字极写江涛翻腾，气势浩大。 ㉗原：本。 ㉗滂渤：指水势受阻而有所郁结。怫郁：本义是人内心郁结，此指水势怒激。

㉗闇漠：江涛茫洋一片。感突：即"撼突"，江涛左冲右突。 ㉗上击：潮头上升，如被物所击。下律：江涛从半空落下，如滚石而下。律：同"硉（lù 鹿）"，石从高处滚下。这是写江涛的势头之猛和声音之大。 ㉗蹈壁冲津：江涛拍击河岸和渡口。蹈：踩，引申为拍击。 ㉗穷曲随隈：凡江湾深曲的地方，江涛都冲击到了。曲、隈：都指江湾曲折处。 ㉘追：古"堆"字，沙丘。

㉘或围：地名，已不可考。一说，"或"即古"域"字。津涯：渡口边。一说，"涯"属下句，下句无"荄"字。 ㉘荄轸谷分：如山陇之相隐，如川谷之区分。荄：通"陔"，陇。轸：隐。如上句"涯"字属这一句，而无"荄"字，应作"涯轸谷分"，"涯如转而谷似裂也"（李善注）。轸：转。这句是写江涛所到，高山深谷都改变了样子。 ㉘回翔青篾：江涛初发如车子的回旋。青篾：车名，以织物作帷幔的车子。 ㉘衔枚：马急走时口中衔枚，防止出声，形容江涛的无声。檀桓：犹"盘桓"，回旋。这句写江涛如马的回旋。 ㉘弭节：缓行。伍子之山：因伍子胥而得名的山。 ㉘通厉：远行。骨母："胥母"之误。胥母之场，亦山名。《文选》李善注：《史记》曰，吴王杀子胥，投之于江，吴人立祠于江上，因名胥母山（今本《史记》无"母"字）。"弭节"二句写江涛到达伍子山稍作停顿，随即远行到胥母山处。 ㉘凌：侵，上。赤岸：地名。 ㉘彗（huì 会）：扫帚，这里作动词用，扫。扶桑：神话中太阳升起的地方。以上二句写江涛势大，侵逼赤岸而东行，直可扫及扶桑。 ㉘诚：确实。奋：发扬。厥：其。振：同"震"。 ㉙沌沌浑浑：波涛相逐的样子。 ㉙混混庉庉（tún 豚）：波涛声。 ㉙座：同"窒"，碍止。沓：沸水从釜中溢出。这句写江涛遇阻碍时沸涌而起。 ㉙清：涛势渐缓，水现澄清。升：升起，上扬。逾跇（yì 意）：跳跃着越过。 ㉙侯波：阳侯之波，即大波。 ㉙合战：会战。藉藉：地名。 ㉙纷纷翼翼：交错的样子。 ㉙"荡取"四句：写水势凶猛，冲击南山，回击北岸，冲垮了丘陵，溢出了西岸。荡：冲击。取：同"趣"，即"趋"。覆亏：倾覆毁坏。平夷：满溢。 ㉙险险戏戏：倾危的样子。戏：同"巇"。 ㉙陂池（pō tuó 坡驼）：斜坡，指江岸。池：通"陀"。 ㉚罢（pí 皮）：同"疲"，衰竭。 ㉚滞汩：波涛相击的样子。潺湲：水流舒缓的样子。 ㉚披扬流洒：波涛飞扬，浪花四溅。 ㉚颠倒偃侧：写鱼鳖东倒西歪的情况。颠：头朝下。偃：仰卧。 ㉚沋沋（yóu 尤）湲湲：仍写鱼鳖颠倒的样子。 ㉚蒲伏：即匍匐。连延：连续不断。 ㉚踣（bó 勃）：仆倒。 ㉚洄闇：惊骇失智的样子。凄怆：心境悲凉。 ㉚诡观：奇观。 ㉚奏：进。方术：道术。资略：资望高而谋略深，即有声望，有才智。

㉛庄周、魏牟、杨朱、墨翟、便蜎、詹何：六人皆战国时期的学者和辩士。 ㉛理：分析。

㉛孔、老：孔子、老子（李耳）。览观：审阅鉴定。 ㉛一本无"持"、"而算"三字。筹：筹码，古代算数工具，筹划。 ㉛据几：扶几。曰：吴闿生认为属衍文，应删。 ㉛涣乎：清醒的样子。

⑯涊(niǎn 捻)然:汗出的样子。⑰霍然:散解的样子。病已:病好。

长门赋并序

孝武皇帝陈皇后时得幸[1]。颇妒,别在长门宫[2],愁闷悲思。闻蜀郡成都司马相如,天下工为文[3]。奉黄金百斤,为相如、文君取酒,因于解悲愁之辞[4]。而相如为文以悟主上,陈皇后复得亲幸。其辞曰:

夫何一佳人兮,步逍遥以自虞[5]。魂逾佚而不反兮,形枯槁而独居[6]。言我朝往而暮来兮,饮食乐而忘人[7]。心慊移而不省故兮,交得意而忘亲[8]。

伊予志之慢愚兮,怀贞悫之欢心[9]。愿赐问而自进兮,得尚君之玉音[10]。奉虚言而望诚兮,期城南之离宫[11]。脩薄具而自设兮,君曾不肯乎幸临[12]!廓独潜而专精兮,天漂漂而疾风[13]。登兰台而遥望兮,神怳怳而外淫[14]。浮云郁而四塞兮,天窈窈而昼阴[15]。雷殷殷而响起兮,声象君之车音[16]。飘风回而起闺兮,举帷幄之襜襜[17]。桂树交而相纷兮,芳酷烈之訚訚[18]。孔雀集而相存兮,玄猨啸而长吟[19]。翡翠胁翼而来萃兮,鸾凤翔而北南[20]。

心凭噫而不舒兮,邪气壮而攻中[21]。下兰台而周览兮,步从容于深宫[22]。正殿块以造天兮,郁并起而穹崇[23]。间徙倚于东厢兮,观夫靡靡而无穷[24]。挤玉户以撼金铺兮,声噌吰而似钟音[25]。刻木兰以为榱兮,饰文杏以为梁[26]。罗丰茸之游树兮,离楼梧而相撑[27]。施瑰木之欂栌兮,委参差以槺梁[28]。时仿佛以物类兮,象积石之将将[29]。五色炫以相曜兮,烂耀耀而成光[30]。致错石之瓴甓兮,象瑇瑁之文章[31]。张罗绮之幔帷兮,垂楚组之连纲[32]。

抚柱楣以从容兮,览曲台之央央[33]。白鹤噭以哀号兮,孤雌跱于枯杨[34]。日黄昏而望绝兮,怅独托于空堂。悬明月以自照兮,徂清夜于洞房[35]。援雅琴以变调兮,奏愁思之不可长[36]。案流徵以却转兮,声幼妙而复扬[37]。贯历览其中操兮,意慷慨而自卬[38]。左右悲而垂泪兮,涕流离而从横[39]。舒息悒而增欷兮,蹝履起而彷徨[40]。

揄长袂以自翳兮,数昔日之諐殃[41]。无面目之可显兮,遂颓思而就床[42]。抟芬若以为枕兮,席荃兰而茝香[43]。忽寝寐而梦想兮,魄若君之在旁[44]。惕寤觉而无见兮。魂迋迋若有亡[45]。众鸡鸣而愁予兮,起视月之精光。观众星之行列兮,毕昴出于东方[46]。望中庭之蔼蔼兮,若季秋之降霜[47]。夜曼曼其若岁兮,怀郁郁其不可再更[48]。澹偃蹇而待曙兮,荒亭亭而复明[49]。妾人窃自悲伤兮,究年岁而不敢忘[50]!

《长门赋》向来争议颇多。或以赋前小序为证,认为死于武帝之前的司马相如不可能称武帝为"孝武皇帝",所以此赋是后人假相如之名而作;或以序中"相如为文以悟主上,陈皇后复得亲幸"与事实不符为由,认为此赋并非为陈皇后所作,可能是一篇"自悟"之文。其实,这些怀疑与解释都难以成立,都只能说明序文有问题。而序文很可能是后人加的。从赋的思想倾向和艺术特色看,我们似应遵从《文选》说法,把它判归为司马相如所作。

《长门赋》是一篇情文并茂的优秀作品,它以其细腻优美的文字,丰富真挚的感情,成为司马相如抒情赋的代表作。《长门赋》以女主人公的口吻诉说了自己被君王抛弃后忧愁抑郁的愁苦心情以及希望再度得宠的强烈愿望。

赋的第一段作者就以慨叹的语气描述了一位幽居别宫的绝世佳人,她形容枯槁,却仍在神不守舍地盼望着君王的到来,然而她的君王却另有所爱,不会再来了。这段文字是全文的总起。相如以简练的笔触,交代了这位佳人失魂落魄的原因。围绕这一中心,文章通过女主人公的所观所感,刻画了这位失意美人的忧伤、怀恋情愫。

作品以下四段按时间顺序可分为两层。从"伊予志之慢愚兮"到"垂楚组之连纲"这两段为第一层,它描绘了女主人公在白天的所见所思。她怀着虔诚的心情渴望君王的召见,因为君王曾有过"朝往而暮来"的誓言,所以她在离宫准备好肴馔,期待君王的到来。然而君王已另有新欢了,女主人公只有登上兰台,在空旷寂寞中独自痴痴地等候,等得精神恍惚,神魂失散,竟以为殷殷的雷响是君王的车声。在这里,作者以迅疾的飘风、阴郁的浮云、昏暗的天空、隆隆的雷声与女主人公的孤独、愁苦、忧伤、无奈交织地进行描绘,生动地反映出女主人公的内心世界。桂树的芳香、孔雀的相慰、黑猿的长啸、翠鸟的萃集以及鸾凤的翱翔并不能分散她此时的一往深情,相反,这些景象更加深了她的郁闷惆怅,她的孤独凄凉!

于是女主人公又走下兰台,步入深宫,然而所见的只是宏伟的殿宇、精美的栋梁、巧妙的雕镂、瑰奇的砖石、华丽的帷幔,这一切虽然富丽堂皇,然而却都是冰凉无情的,不能给予她丝毫的慰藉,更无法给她带来半点快乐,而只能使她触物生情,感到更加的冷清索寞。

在这一层里,作者通过女主人公在白天的种种行止,描绘了她的所见所感。作者利用白昼光线明亮的特点,将重点放在了景物的描绘上,以景诱发情,以景衬托情,情景和谐地交融在一起,从而使女主人公的内心感受得到尽情的宣泄。

但赋的描写并没有就此罢笔,而是迅即转入了第二层(最后两段),描绘女主人公在黄昏、深夜的愁绪。女主人公痴痴地等待君王,直等得栏杆拍遍,明月升起,但仍不见君王的身影。失望的心情使她拿起雅琴,想以变调抒发自己的愁情。琴声轻细悠扬,婉转低回,连使女也不禁为之涕泪纵横。她不能再弹下去了,她叹息啜泣着在房间里徘徊,历数着自己的过失,哀怨而又无奈地颓然入寝,苦度漫漫的长夜。

然而即使如此,绝望的女主人公在睡梦中依然无法忘记负心的君王,她在梦中又依稀地梦见君王又回到自己的身旁。她猛然惊醒,却是空屋依旧,阒无他人,她更怅惘悲伤了。鸡鸣月白,星布满天,长夜如年,抑郁满怀,但她还是痴心一片,

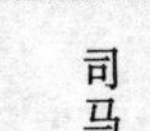

翘首盼望君王的来临。

在这一层中，作者描绘了女主人公在黑夜的所作所为，赋更侧重于对女主人公的内心世界的描绘。它淋漓尽致地刻画了女主人公忧伤、孤独、绝望的心情，将全文推向了高潮，使读者不禁同情、怜悯这位虽生活在金碧辉煌的殿堂，但内心却如此孤独悲苦的不幸女子。这篇赋在客观上反映了封建统治者的荒淫无耻和中国古代妇女被压迫、蹂躏的事实。

《长门赋》的写作时间正处在汉大赋日益繁盛的时期，因此它虽篇制短小，但在文风上却已有了大赋铺张扬厉、委婉曲折的特点。鲁迅在《汉文学史纲要》中评司马相如的辞赋是“自摅（舒展）妙才，广博宏丽，卓绝汉代”，这是非常恰切的。《长门赋》描绘景物反复重叠而不虚夸堆砌，铺采摛文而不板滞模拟，因而具有很高的艺术价值。《长门赋》对后代闺情、宫怨等题材的诗词曲赋等都产生过很大影响，它在我国文学史上占有很重要的地位。

《长门赋》在艺术上的最大特点是采用了寄兴烘托的手法，以对景物的反复描绘来渲染主人公的内心感受。如：“天漂漂而疾风”、“浮云郁而四塞兮”、“天窈窈而昼阴”几句以昏暗郁闷的天气正面衬托了女主人公阴郁的心情；“孔雀集而相存兮，玄猨啸而长吟。翡翠胁翼而来萃兮，鸾凤翔而北南”，以这些热闹快乐的场面来反衬女主人公的孤单、冷清。而对宏伟的深宫的描写，又更见出女主人公的凄凉抑郁。这种种客观景物的描绘与女主人公的直接抒情诉怨互为映衬，从而使女主人公的内心世界得到淋漓的摹写，她的形象也更加丰满充实、栩栩如生了。

《长门赋》的文字极其优美。“兮”字调一唱三叹的效果，更造成了情伤意切、哀婉动人的境界。《长门赋》多用白描手法描绘自然景物，辞藻华丽又不失清新，淋漓而不堆砌，朱熹所谓“此文古妙，最近楚辞”（《楚辞后语》卷二），确实中肯。

（龚克昌　彭　行　唐子恒）

【注】　①陈皇后：名阿娇，武帝姑母之女。武帝为太子时娶为妃，及即位，立为皇后，曾得宠。后因武帝另有所欢而生妒忌，以至失宠。　②长门宫：当时别宫之一。　③工：擅长。　④文君：即卓文君，寡居后与司马相如私奔至临邛成婚，夫妇以卖酒为生。奉……取酒：是买相如文章的一种措辞。　⑤虞：思忖。　⑥逾（yú 于）佚：散失。槁（gǎo 搞）：枯干。　⑦言：此指汉武帝说的话。人：指陈皇后。　⑧慊（qiǎn 遣）移：坚决地移心他处。慊：决绝。省（xǐng 醒）故：看望故人，指重新宠幸陈皇后。　⑨伊：语气词。予志：我的意愿。本句以下以陈皇后口吻说话，故自称“予”。慢愚：不聪敏。贞悫（què 却）：坚贞诚实。欢心：因幻想武帝复来，故常怀欢心。　⑩赐问：指武帝问话。尚：奉。玉音：对武帝话音的美称。　⑪望诚：希望（君言）是真的。期：如约等待。离宫：即指长门宫。　⑫脩：通“修”，整治。薄具：酒宴。曾：加强否定语气的词。　⑬廓（kuò 阔）：孤独忧伤的样子。独潜：指独处深宫。专精：集中精神（专心等待武帝）。漂漂：大风吹动的样子。　⑭兰台：台名。怳怳（huǎng 恍）：恍然失意的样子。淫：游荡。　⑮郁：云气浓盛的样子。　⑯殷殷：形容雷鸣声。　⑰闺：中门。帷幄：宫室中的帷幕。襜襜（chān 掺）：飘动的样子。　⑱相纷：指枝叶盘绕在一起。酷烈、訚訚（yín 寅）：都形容香气的浓烈。　⑲存：温存。玄：黑色。猨：同“猿”。　⑳翡翠：鸟名，又称“翠雀”。胁：收敛。萃：聚集。鸾：凤凰一类的神鸟。　㉑凭噫：胸腹胀满。中：指体内。　㉒周览：向四外观看。　㉓块：孤

高的样子。造：至，达到。郁、穹崇：都形容高大的样子。 ㉔间：片刻。徙(xǐ洗)倚：徘徊。厢：侧房。靡靡：宫室豪华美好的样子。 ㉕挤：推。玉户：华丽的门扇。撼：摇动。金铺：门上兽面形的铜制环钮，用来衔住门环。噌吰(chēng hóng 撑红)：形容环钮与门环撞击的响声。 ㉖木兰、文杏：都是树木名。榱(cuī 催)：椽子。 ㉗丰茸、离楼：都是木柱密集的样子。游树：屋上的浮梁。梧：斜柱。 ㉘瑰：奇伟，珍贵。欂栌(báo lú 薄卢)：斗拱，大柱柱头承托栋梁的方木。委：积。糠(kāng 康)梁：中空的样子。 ㉙时：此。物类：同类相似的，指众多的斗拱罗列如山。积石：山名，古人认为是黄河的发源地。将将(qiāng 枪)：高大雄伟的样子。 ㉚曜(yào 要)：照。烂燿燿：明亮灿烂的样子。 ㉛致：细密，工致。错石：众石错落成纹。瓴甓(líng pì 玲僻)：砖。瑇瑁(dài mào 代冒)：热带海中爬行动物，形似龟，背上有花纹，可做装饰品。瑇：又作"玳"。文章：花纹。 ㉜罗、绮：都是优良的丝织品。楚组：楚地出产的丝带。连纲：系帷幔的丝带。 ㉝楣：门上横梁。曲台：汉殿名，在未央宫东。央央：广大的样子。 ㉞嗷(jiào 叫)：鸣叫。孤雌：失偶的雌鸟。跱(zhì 至)：同"峙"，上，独立。 ㉟徂(殂 cú)：尽，消磨。洞房：幽深的内室。 ㊱援：拿过来。变调：指把雅正的琴曲改为变调来弹奏。不可长：由于过分悲伤而弹不下去。 ㊲案：以指按压。流徵(zhǐ 止)：流利的徵音。徵：古代五音之一。幼(yāo 腰)妙：微妙曲折。 ㊳贯：串联全曲。览：观察领略。中操：指曲中的情操。慷慨：情绪激昂。卬(áng 昂)：通"昂"，激动。 ㊴涕：泪。流离：垂泪的样子。从(zòng 纵)：通"纵"。 ㊵舒息：叹气。悒(yì 义)：愁闷不安。欷(xī 希)：抽泣，哽咽。蹝(xǐ 玺)：趿着鞋。 ㊶揄(yú 于)：拉，扯。袂(mèi 妹)：袖子。翳(yì 义)：遮盖。諐(qiān 千)：同"愆"，过失。 ㊷颓：委靡。 ㊸抟：用手把东西揉弄成球状。芬若、荃兰、茝(zhǐ 止)：都是香草名。茝：亦作"芷"。 ㊹魄：这里指意念想象。㊺惕、迋迋(guàng 逛)：都是恐慌、惊惧的样子。寤觉：醒来。 ㊻毕、昴(mǎo 卯)：都是星名，各为二十八宿之一。 ㊼藹藹：暗淡的样子。 ㊽曼曼：同"漫漫"。更：经历。不可再更：是说这样的经历自己再也忍受不了了。 ㊾澹(dàn 旦)：摇动。偃蹇：伫立的样子。荒：天欲明的样子。亭亭：遥远的样子。 ㊿妾人：陈皇后自称。究：穷尽。不敢忘：指不敢忘君。

张衡

归田赋

游都邑以永久，无明略以佐时[①]。徒临川以羡鱼，俟河清乎未期[②]。感蔡子之慷慨，从唐生以决疑[③]。谅天道之微昧，追渔父以同嬉[④]。超埃尘以遐逝，与世事乎长辞[⑤]。

于是仲春令月，时和气清；原隰郁茂，百草滋荣[⑥]。王雎鼓翼，鸧鹒哀鸣；交颈颉颃，关关嘤嘤[⑦]。于焉逍遥，聊以娱情[⑧]。

尔乃龙吟方泽，虎啸山丘[⑨]。仰飞纤缴，俯钓长流[⑩]。触矢而毙，贪饵吞钩。落云间之逸禽，悬渊沉之魦鰡[⑪]。

于时曜灵俄景，系以望舒，极般游之至乐，虽日夕而忘劬[⑫]。感老氏之遗诫，将回驾乎蓬庐[⑬]。弹五弦之妙指，咏周、孔之图书[⑭]。挥翰墨以奋藻，陈三皇之轨模[⑮]。苟纵心于物外，安知荣辱之所如[⑯]？

一般来说,中国古代有作为的文人当在仕途中遇到挫折,或不满于当时朝政之时,大都会走向退隐归田、洁身自好的道路。张衡也是其中一例。《归田赋》就是张衡从仕途转向归隐时所作的一篇小赋。

自东汉安、顺以后,外戚宦官当权,朝政日非,汉顺帝有一段时间曾升迁张衡为侍中,讽议左右。然阉竖终恐张衡揭露他们,永和初,张衡遂被罢黜为河间相。永和三年(138),张衡六十一岁,由河间相上书乞骸骨,《归田赋》就是这时作的。

《归田赋》是一篇文辞优美、感情真挚的小赋。全文由四段构成,可分为两大部分。第一段说明了归隐之心的产生,第二、三、四段描绘了田园的美妙景色及归田之后的欣喜欢乐。

《归田赋》头一句初看无奇,但仔细体味,就能发现张衡内心的愤懑不平:"游都邑以永久,无明略以佐时。"这既有一种长期混迹官场的疲倦,又有一种年老岁高无能为力的无奈,更何况当朝无能,阉宦专政,又怎肯重用像张衡这样有才能的人呢!"天道"如此微妙难明,"俟河清乎未期"。《左传·襄公八年》:"周诗有之曰:'俟河之清,人寿几何?'"这里作者以河清比喻明时,言明时不可及。于是张衡认为在此"临川羡鱼"不如返归田园,与渔父同嬉,纵心域外。这一段看似从容的文字,句句都蕴涵了作者不满时政的强烈感情:"俟河清乎未期"、"谅天道之微昧"。张衡的归隐,完全是因为这个社会已无清明之时了。这样就于平淡处显示了作者的愤慨,暗示了归田之缘由。

从第二段开始,作者将笔触转向了美丽的田园风光。张衡选取了仲春这一最佳时令,这是田园最可爱的季节。在这个时候,春和景明,草木繁茂,百鸟齐鸣,一派安然静谧、和谐欢快的气氛。描绘至此,作者笔锋一转,又转向了吟啸、垂钓的乐趣:龙长吟于大泽,虎怒啸于山丘,在此间驰射、悬钓,正是另有一番乐趣。迷人的田园生活与昏暗腐败的社会政治形成了鲜明的对比,作者自然向往美好的田园生活,而厌恶肮脏的官场争斗。因此作者决心今后要盘游至乐,"弹五弦之妙指,咏周、孔之图书",寄情于远古,忘情乎物外,不念荣辱,继承先圣的美德,修身养性。"苟纵心于物外,安知荣辱之所如",与开头互相呼应,点出了全篇的主题思想,表达了作者全身远祸、超然物外的隐逸思想。

《归田赋》是一篇短小明畅的小赋,有着独特的艺术风格,它一洗汉大赋铺采摛文、繁重凝滞、虚夸堆砌的规矩,转为文句平淡清丽,结构短小灵活。文中多用典故是此赋的一大特色,如:"徒临川以羡鱼,俟河清乎未期",分别引用《淮南子·说林训》和《左传·襄公八年》的典故;"感蔡子之慷慨,从唐生以决疑",事见《史记·范雎蔡泽列传》;"追渔父以同嬉,超尘埃以遐逝",也是从《楚辞·渔父》中"渔父莞尔而笑,鼓枻而去"及"安能以皓皓之白,而蒙世俗之尘埃乎"化来的。张衡充分利用了历史典故词句短小、内涵量大的优点,于文辞之外又平添了更加丰富的内容,因而《归田赋》并未因为篇制短小而显干瘪。同时,《归田赋》所选用的多是为人们所熟悉的典故,并不晦涩难懂。所以这篇小赋以其雅致精练、平易清新的语句,包容了内涵丰富的史实,并赋之以新意。

此外,《归田赋》还用了一些叠韵、重复、双关等修辞方法,如:"关关嘤嘤"、"交颈颉颃",形象地描绘了田园山林那种和谐欢快、时和气清的景色;而"仰飞纤缴,俯钓长流。触矢而毙,贪饵吞钩",既反映了作者畅游山林,悠闲自得的心情,又颇含自戒之意。

总之,《归田赋》已很不同于先前的汉大赋了,它已开始由叙事大赋转入抒情小赋,风格上也不再追求气势的铺排、辞藻的堆砌,而类似于四六句骈文,开了骈赋的先河。《归田赋》在我国文学史上占有重要的地位,是千百年来为人们所传诵的优秀篇章。 (龚克昌 彭 行 唐子恒)

【注】 ①都邑:指京城洛阳。永久:时间长。佐时:辅佐当朝。 ②临川以羡鱼:喻空有愿望而无法实现。《汉书·董仲舒传》载古谚:"临渊羡鱼,不如退而结网。"俟(sì 四):等待。河清:黄河水清,喻千载难逢的事。《左传·襄公八年》引佚《诗》:"俟河之清,人寿几何?"这里喻明时。 ③蔡子:蔡泽,战国燕人。游说久不遇,从唐举看相,唐举说他只剩四十三年寿命。蔡泽以为只要发愤就可有四十几年富贵。于是入秦说昭王,得为客卿,后代范雎为秦相。慷慨:激昂发奋。唐生:即相人唐举。 ④谅:料到。微昧:幽暗难料。渔父:指《楚辞》中塑造的渔夫,不受尘世之累,自得其乐。 ⑤遐逝:远离(尘世)。 ⑥令:好,良。原:高平之地。隰(xí 席):低湿的地方。 ⑦王:大。雎(jū 居):一种水鸟。鸧鹒:黄鹂。颉颃(xié háng 协杭):鸟上下飞翔。关关嘤嘤:形容鸟叫声。 ⑧于焉逍遥:语出《诗·小雅·白驹》,意思是在此处得以自由自在。 ⑨方泽:大泽。 ⑩纤缴(zhuó 浊):系在箭上的细丝。 ⑪逸禽:高飞的鸟。魦(shā 沙):一种吹沙小鱼,字又作"鲨"、"鲨"。鰡(liú 留):一种鱼,字又作"鲫"。 ⑫曜灵:太阳。俄景:日影偏斜。景:"影"的古字。望舒:月亮。般:游乐。劬(qú 渠):劳累。 ⑬老氏:老子。《老子》有"驰骋畋猎,令人心发狂"的话。蓬庐:草舍。 ⑭五弦:指琴。指:通"旨"。周:周公。孔:孔子。 ⑮奋藻:发挥辞藻,指写文章。三皇:这里可能指伏羲、神农、黄帝。轨模:法规。 ⑯物外:尘世之外。

赵壹

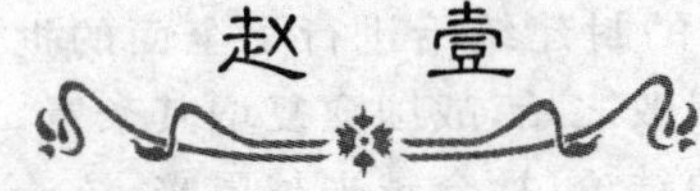

刺世疾邪赋

伊五帝之不同礼①,三王亦又不同乐②。数极自然变化③,非是故相反较④。德政不能救世溷乱⑤,赏罚岂足惩时清浊?春秋时祸败之始⑥,战国愈复增其荼毒。秦汉无以相逾越,乃更加其怨酷。宁计生民之命⑦,唯利己而自足。

于兹方今⑧,情伪万方⑨。佞谄日炽⑩,刚克消亡⑪。舐痔结驷⑫,正色徒行⑬。妪㛂名势⑭,抚拍豪强⑮。偃蹇反俗⑯,立致咎殃⑰。捷慑逐物⑱,日富月昌。浑然同惑,孰温孰凉⑲?邪夫显进⑳,直士幽藏㉑。

原斯瘼之攸兴㉒,实执政之匪贤㉓。女谒掩其视听兮㉔,近习秉其威权㉕。所好则钻皮出其毛羽㉖,所恶则洗垢求其瘢痕㉗。虽欲竭诚而尽忠,路绝险而

靡缘[28]。九重既不可启[29]，又群吠之狺狺[30]。安危亡于旦夕，肆嗜欲于目前。奚异涉海之失柂[31]，积薪而待燃？荣纳由于闪榆[32]，孰知辨其蚩妍[33]？故法禁屈挠于势族[34]，恩泽不逮于单门[35]。宁饥寒于尧、舜之荒岁兮，不饱暖于当今之丰年。乘理虽死而非亡[36]，违义虽生而匪存。

有秦客者乃为诗曰[37]："河清不可俟[38]，人命不可延。顺风激靡草[39]，富贵者称贤。文籍虽满腹，不如一囊钱。伊优北堂上[40]，抗脏倚门边[41]。"

鲁人闻此辞，系而作歌曰[42]："势家多所宜[43]，咳唾自成珠[44]。被褐怀金玉[45]，兰蕙化为刍[46]。贤者虽独悟，所困在群愚。且各守尔分[47]，勿复空驰驱[48]。哀哉复哀哉，此是命矣夫！"

文学家的责任就在于写出既有益于当世，又有益于将来的作品，推动社会进步。东汉末期赵壹的抒情小赋《刺世疾邪赋》明是非，辨真伪，刺过讥失，匡济薄俗，可谓这种"尽责"珍品。

赵壹生活在朝政衰乱、覆亡命运在即的东汉桓帝、灵帝时代。昏庸帝王"亲小人，远贤臣"，外戚呈威，宦官专权，且门阀制度盛行，用人制度极不合理。"举秀才，不知书。举孝廉，父别居。寒素青白浊如泥，高第良将怯如鸡。"这首《桓灵时童谣》就具体反映了这一弊政。当时的有识之士大胆抨击时政，发出了时代的呼声，赵壹的《刺世疾邪赋》应运而生，且不同凡响。

这篇抒情赋直率猛烈，慷慨激昂，以犀利的笔锋把封建君主专制统治下的丑恶和黑暗淋漓尽致地揭露出来，犹如匕首投枪，闪耀着批判现实主义的光芒，具有强烈的反抗精神。

赋的前一部分共三个段落，各有侧重地进行抨击；后一部分的两首附诗，起到了加强批判力量的作用。以"刺世疾邪"为题，醒目明快，具有强烈的战斗性：讽刺世俗，憎恶邪恶。

作者以朴素的历史辩证法观点发端，对他以前的封建统治进行了全面的批判。他眼光敏锐，对历史的分析精当透辟："春秋时祸败之始，战国愈复增其荼毒。秦汉无以相逾越，乃更加其怨酷。"因而得出了这样的结论：社会越来越黑暗，统治越来越残酷，历代统治者都是"利己而自足"之徒，哪里去管人民的死活？在这里，作者透过改朝换代的表象，抓住了历史的本质。特别是认为即使西汉"盛世"和东汉"中兴"也只不过是统治者的"利己而自足"而已。作者身为汉代人，敢于直言不讳地把汉与暴秦并举，且加以否定，实属前所未有、后亦罕见，若没有超人胆识，难有如此激烈文字。接着，作者又用四言诗的句式侧重于揭露当时的人情世态。总领句"于兹方今，情伪万方"，犹言"在当今社会，弊病形形色色，比比皆是"。以下几句以生动的比喻和鲜明的对照列举弊病，也就是题目中所说的"世"和"邪"：道德风气的败坏、邪恶奸佞的得势、权门豪族的不法、正人贤才的不容于世、贫贱阶层的处处受压抑等等，勾勒出东汉末年黑暗社会的巨幅画卷。这种种丑恶现象的存在、是非善恶的颠倒，其症结在哪里呢？"原斯瘼之攸兴，实执政之匪贤"一句，一针见血地揭示了根源，攻击的矛头直指封建皇权。这一段内容繁而不乱，层意清晰。宫女和近侍致使皇帝昏庸愚蠢，这是首层意思，刚正贤能之士报国无门是第二层意思，统治者醉生梦死、不思革弊图新是第三层意思，最后又为孤门寒族阶层的贤才大鸣不平，毫不掩饰地宣称："宁饥寒于尧、舜之荒岁兮，不饱暖于当今之丰年。"愤世嫉俗之情溢于字里行间，鲜明地表达了决不同流合污的节操。坚持真理，虽死犹生，违背道义，虽生犹死，这是作者誓与邪恶势力斗争到底的坚强决心，具有极强的鼓动性。

以上三个段落仍不足以宣泄心中的不满和愤慨，作者就又假托了和自己同样受压抑又敢于反抗的"秦客"和"鲁人"，通过他们之口加深批判的力度。在语言形式上，使读者读了以上三段文字后再读这种新颖的五言诗，别有一番美感享受在心头。这两首附诗在思想内容上，仍然是通过鲜明对比来抒愤懑，叹不平，嫉邪恶，抨弊政，显示出全篇一致的明确主题。其中值得注意的是这样几句："河清不可俟，人命不可延。"言外之意是"清明的政治是坐等不来的，只有靠觉悟的人们抗争得以实现"，其鼓动性和战斗力都是十分强烈的，可谓"立片言而居要，乃一篇之警策"（陆机《文赋》）。"贤者虽独悟，所困在群愚。"是作者对现实的分析，对愚昧而不觉醒的人们哀其不幸，怒其不争，认为启蒙振聩的重任理应靠自己的"驰驱"来完成。"且各守尔分，勿复空驰驱。"表面看来只是一种无可奈何、甘愿放弃而不为的心态在作品中的反映；而事实上却仍然是一种积极的抗争。作者变得"安分守己"了吗？未再"驰驱"了吗？显然是都没有。口上即使说"何苦再奔走忙活"，却不那么做，这也许就是所谓的"言不由衷"或"顾左右而言他"的一种心理反映吧。"哀哉复哀哉，此是命矣夫！"以强烈的反问作结，似惊天的呐喊，又似庄重的宣言，催人抗争，没有丝毫宿命的影子。事实上，作者正是大力抨击时政，激起人们一道反抗的，并未走上早期士人们隐居的那种个人的、消极的道路。

综观全文，以意为主、为情造文是最突出的特色。为了把强烈感情淋漓尽致地抒写出来，通篇采用了鲜明的对比和形象而精警的比喻手法，注重多角度细致描写与合理布局谋篇，而又不事雕琢，不以辞害意。借唐人杜牧说的"意全胜者，辞愈朴而文愈高"（《答庄充书》）来评价此赋是很精当的。另外，具有文体形式的独创性。这篇精短的辞赋，第一段主要是以六言为主的骚体，第二段是《诗经》式的四言体，最后的附诗又是新兴的五言诗。作者将这些丰富多彩的形式融于一篇，铸就了这件完美的艺术品，为人们提供了新颖又灵巧的艺术形式，是赋体中独创性的代表作。

《刺世疾邪赋》仅四百余字，却是两汉四百多年间数以千计的辞赋中最具代表性的佳作。稍前的张衡在《归田赋》中表现的消极退隐，稍后的蔡邕在《述行赋》中的借古讽今，在思想性上都难与之相比。此赋还反映了东汉赋从申诉个人遭遇转向强烈批判现实弊端，并为时代前进呐喊。它和《归田赋》、《鹦鹉赋》等东汉文人名赋共同标志着赋作的一种新的倾向，开了魏晋抒情小赋的先声，是由西汉赋古朴浑厚向魏晋赋清新刚健过渡的重要阶段。

（周广全）

【注】 ①伊：发语词。五帝：指黄帝、颛顼、帝喾、帝尧、帝舜。 ②三王：指夏、商、周开国之

君夏禹、商汤、周文王。 ③数：天道、气数，此指礼乐制度。 ④非是：非与是，指互相排斥、否定。故：本来。驳：同“驳”，驳斥。 ⑤溷（hùn 混）：混浊。 ⑥时：是。⑦宁：哪里。计：考虑。生民：人民，老百姓。 ⑧兹：此，指春秋时代。 ⑨情伪：真伪。此处属偏义复词，指弊端。万方：犹言变化无穷。 ⑩佞（nìng 泞）：巧言善辩。炽：厉害。 ⑪刚克：刚强端正的德行。 ⑫舐（shì 势）：舔。结驷：众车辆结队而行。 ⑬正色：正直的人。徒行：徒步行走。 ⑭妪嫗（yù qǔ 玉取）：伛偻，此指卑躬屈膝。名势：有权势威名者。 ⑮抚拍：巴结。 ⑯偃蹇（yǎn jiǎn 掩简）：耿介高傲。反俗：不合世俗。 ⑰致：招致。咎殃：灾祸。 ⑱捷：急，快。慑（shè 设）：惧，怕。捷慑：犹言煞费苦心。 ⑲孰温孰凉：谁是谁非。温、凉：是非，好坏。 ⑳显进：显赫，晋升。 ㉑幽藏：潜居隐藏。 ㉒瘼（mò 默）：病，疾苦。 ㉓执政：当权者。匪：同“非”，不。 ㉔女谒（yè 业）：宫中得宠的女人，指宫中之专权的后妃。 ㉕近习：皇帝所亲近的人，指宦官。 ㉖钻皮出其毛羽：在小鸟皮肤上钻孔，以使其羽毛速丰。喻权奸们不择手段地培植党羽。 ㉗洗垢求其瘢痕：洗去疮痏上的灰垢，以求见其疤痕。喻当权者对所怨恶的人吹毛求疵。 ㉘绝险：极其险峻。靡缘：无由，无路可通。 ㉙九重：指皇帝的宫门。启：开。 ㉚狺狺（yín 银）：犬吠声，比喻众小之谗言。 ㉛奚：何。柂（duò 剁）：同“舵”。 ㉜荣纳：享荣宠而被重用。闪榆：同“闪输”，邪佞不端貌。 ㉝蚩妍：丑与美。 ㉞法禁：法律禁令。屈挠：阻挠破坏。势族：权豪之家。 ㉟单门：贫寒之家。 ㊱乘理：在理，有道理。 ㊲秦客：与下“鲁人”皆为作者假拟的人物。 ㊳河清：黄河清。比喻太平盛世。俟：等待。 ㊴激：急吹。靡草：细弱的草。比喻趋炎附势的小人。 ㊵伊优：指邪佞谄媚之徒。北堂：北面的厅堂，古代富贵者居住处。 ㊶抗脏：指刚直贞亮之士。倚门边：指被当权者排斥。 ㊷系：接着。 ㊸宜：适宜，正确。 ㊹咳唾：指言谈议论。 ㊺被（pī 披）：同“披”，穿。褐（hè 贺）：粗布衣。被褐：身穿粗布衣的人，指寒士。金玉：喻美好的才德。 ㊻兰蕙：香草。刍：喂牲口的干草。 ㊼尔：你，你的。分：本分。 ㊽驰驱：指东奔西走谋求功名。

蔡　邕

述行赋并序

延熹二年秋[①]，霖雨逾月[②]。是时，梁冀新诛[③]，而徐璜、左悺等五侯擅贵于其处[④]。又起显阳苑于城西[⑤]，人徒冻饿，不得其命者甚众[⑥]。白马令李云以直言死[⑦]，鸿胪陈君以救云抵罪[⑧]。璜以余能鼓琴，白朝廷，敕陈留太守发遣余[⑨]。到偃师[⑩]，病不前，得归。心愤此事，遂托所过，述而成赋。

余有行于京洛兮[⑪]，遘淫雨之经时[⑫]。涂迍邅其蹇连兮[⑬]，潦污滞而为灾[⑭]。乘马蹯而不进兮[⑮]，心郁悒而愤思[⑯]。聊弘虑以存古兮[⑰]，宣幽情而属词[⑱]。夕宿余于大梁兮[⑲]，诮无忌之称神[⑳]。哀晋鄙之无辜兮[㉑]，忿朱亥之篡军。历中牟之旧城兮[㉒]，憎佛肸之不臣[㉓]。问宁越之裔胄兮[㉔]，藐仿佛而无闻[㉕]。

经圃田而瞰北境兮[㉖]，悟卫康之封疆[㉗]。迄管邑而增感叹兮[㉘]，愠叔氏之启商[㉙]。过汉祖之所隘兮，吊纪信于荥阳[㉚]。

降虎牢之曲阴兮[31]，路丘墟以盘萦[32]。勤诸侯之远戍兮[33]，侈申子之美城[34]。稔涛涂之愎恶兮[35]，陷夫人以大名[36]。登长坂以凌高兮[37]，陟葱山之峣陉[38]；建抚体以立洪高兮[39]，经万世而不倾。回峭峻以降阻兮[40]，小阜寥其异形[41]。冈岑纡以连属兮[42]，溪谷夐其杳冥[43]。迫嵯峨以乖邪兮[44]，廓岩壑以峥嵘[45]。攒棫朴而杂榛楛兮[46]，被浣濯而罗生[47]。布蘡薁与台菌兮[48]，缘层崖而结茎。行游目以南望兮，览太室之威灵[49]。顾大河于北垠兮[50]，瞰洛汭之始并[51]。追刘定之攸仪兮[52]，美伯禹之所营[53]。悼太康之失位兮[54]，愍五子之歌声[55]。

寻修轨以增举兮[56]，邈悠悠之未央[57]。山风汩以飙涌兮[58]，气懆懆而厉凉[59]。云郁术而四塞兮[60]，雨蒙蒙而渐唐[61]。仆夫疲而劬瘁兮[62]，我马虺隤以玄黄[63]。格莽丘而税驾兮[64]，阴曀曀而不阳[65]。

哀衰周之多故兮，眺濒隈而增感[66]。忿子带之淫逆兮，唁襄王于坛坎[67]。悲宠嬖之为梗兮[68]，心恻怆而怀惨[69]。

乘舫舟而泝湍流兮[70]，浮清波以横厉[71]。想宓妃之灵光兮[72]，神幽隐以潜翳[73]。实熊耳之泉液兮[74]，总伊瀍与涧濑[75]。通渠源于京城兮，引职贡乎荒裔[76]。操吴榜其万艘兮[77]，充王府而纳最[78]。济西溪而容与兮[79]，息巩都而后逝[80]。愍简公之失师兮，疾子朝之为害[81]。

玄云黯以凝结兮[82]，集零雨之溱溱[83]。路阻败而无轨兮，涂泞溺而难遵[84]。率陵阿以登降兮[85]，赴偃师而释勤[86]。壮田横之奉首兮，义二士之侠坟[87]。伫淹留以候霁兮[88]，感忧心之殷殷[89]。并日夜而遥思兮，宵不寐以极晨[90]。候风云之体势兮，天牢湍而无文[91]。弥信宿而后阕兮[92]，思逶迤以东运[93]。见阳光之颢颢兮[94]，怀少弭而有欣[95]。

命仆夫其就驾兮[96]，吾将往乎京邑。皇家赫而天居兮[97]，万方徂而星集[98]。贵宠煽以弥炽兮，佥守利而不戢[99]。前车覆而未远兮，后乘驱而竞及[100]。穷变巧于台榭兮[101]，民露处而寝湿[102]。消嘉谷于禽兽兮，下糠粃而无粒[103]。弘宽裕于便辟兮，纠忠谏其骎急[104]。怀伊吕而黜逐兮，道无因而获入[105]。唐虞渺其既远兮，常俗生于积习[106]。周道鞠为茂草兮[107]，哀正路之日歰[108]。

观风化之得失兮，犹纷挐其多违[109]。无亮采以匡世兮[110]，亦何为乎此畿[111]？甘衡门以宁神兮[112]，咏都人而思归[113]。爰结踪而回轨兮[114]，复邦族以自绥[115]。

乱曰[116]：跋涉遐路[117]，艰以阻兮。终其永怀[118]，窘阴雨兮[119]。历观群都，寻前绪兮[120]。考之旧闻[121]，厥事举兮[122]。登高斯赋，义有取兮[123]。则善戒恶，岂云苟兮[124]？翩翩独征，无俦与兮[125]。言旋言复[126]，我心胥兮[127]。

蔡邕少年时即享有盛名，不仅博学多闻，通经史、天文等学，而且擅长碑铭，精于书法，工于音律，善于弹琴，并擅著辞赋。在他所写的多篇辞赋中，尤以《述行赋》著世。

蔡邕善于鼓琴，延熹二年(159)秋宦官左悺、徐璜等人为了逢迎桓帝的嗜好，召

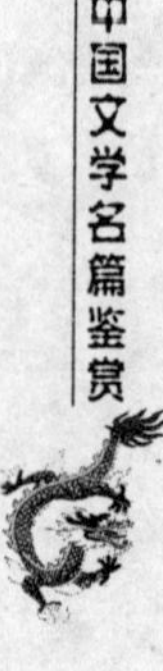

他前往洛京献艺。《述行赋》即是蔡邕在前往京师途中述怀的作品。文中作者采用“引类比喻”的描写手法，借沿途所见的历史陈迹和景物，抒发个人内心的感触，并借思古之幽情，以反映当时朝廷的荒诞以及小人得志的情况，忠贞耿直的君子反而路途坎坷，遭受罢黜贬逐的命运。作者借古喻今，在本篇序言中，首先叙述了他写此文的来龙去脉，充分反映了作者当时所处的政治环境，放妄的小人（宦官）得势，直言的君子反遭诛灭，而劳役的百姓受冻受饿，死于非命，凄楚哀切之情笼罩全篇。有鉴于此，作者自是无心前往京师鼓琴献艺了。其次，文章的首段作者以外在的景物烘托他前往洛京时的心境：

余有行于京洛兮，遘淫雨之经时。
涂迍邅其蹇连兮，潦污滞而为灾。
乘马蟠而不进兮，心郁悒而愤思。
聊弘虑以存古兮，宣幽情而属词。

作者以“淫雨”连绵不绝，路途“迍邅”“蹇连”暗喻他此行趑趄不前的外在因素，其后数段描写他所经过的城市，如“夕宿余于大梁”，“经圃田而瞰北境”，“降虎牢之曲阴”，以系联各地的历史陈迹，抒发他个人的感慨。所谓睹物思情，则为他行至偃师，托病不前的内在主因。“诮无忌之称神”，“哀晋鄙之无辜”，“忿朱亥之篡军”，则是作者借古喻今，扬善抑恶，关切时局的具体表现。作者描述沿途所见的景物：

回峭峻以降阻兮，小阜寥其异形。
冈岑纡以连属兮，溪谷夐其杳冥。
迫嵯峨以乖邪兮，廓岩壑以峥嵘。

作者在情景交织的心境下，借物言志，语意深远。作者言及：

皇家赫而天居兮，万方徂而星集。
贵宠煽以弥炽兮，佥守利而不戢。
前车覆而未远兮，后乘驱而竞及。
穷变巧于台榭兮，民露处而寝湿。
消嘉谷于禽兽兮，下糠秕而无粒。

则充分代表了权贵与平民之间的鲜明对比。殷鉴不远，而当权者竟无视实史，重蹈前人的覆辙而不知反悔。华屋丽榭，尽供贵门消受，而百姓居住无屋，路处而寝湿，不知屋宇为何物。禽兽啄食嘉粮，而平民只能食粗粮糠秕，人不如禽兽，是非倒置，公理何在？趋炎附势的小人反受宽待，而忠贞直言的臣子却遭受苛责，在当时的政治环境之下，即使有伊尹、太公的才德，也必遭受黜罢的命运，何况常人？无怪乎蔡邕感叹：

弘宽裕于便辟兮，纠忠谏其駸急。
怀伊吕而黜逐兮，道无因而获入。
唐虞渺其既远兮，常俗生于积习。
周道鞠为茂草兮，哀正路之日歰。

作者忧国怀民之情溢于言表，唐尧、虞舜等古代圣人的典范已经远逝，而世俗的积习更难挽回。感叹之余，思及将赴京师为庸君献艺，倒不如归去，在豪门权贵之前鼓琴作乐，做个趋炎附势的小人，倒不如做个坦荡的君子，自己的门庭虽然简陋，但可"宁神"，结束游踪，回轨返乡，至少可以"自绥"。作者最后表明写这篇辞赋的目的是以善为法，以恶为戒，有感而发。其中语意深长，发人深省。

（[美国]康达维）

【注】 ①延熹二年：公元159年。延熹：东汉桓帝的年号。 ②霖雨：久下不停的雨。 ③梁冀：桓帝梁皇后的哥哥，继其父为大将军，执政专权，威震天下。梁皇后死，延熹二年八月，桓帝与宦官单超、具瑗、唐衡、左悺、徐璜五人密谋诛杀梁冀。 ④五侯：宦官单超、徐璜等五人因诛梁冀有功，同日封侯，世谓之"五侯"。擅贵于其处：五侯诛杀梁冀，代梁冀而起，依然擅权自恣。 ⑤起：建造。显阳苑：宫苑名。 ⑥不得其命：横死，指因冻饿困乏而死。 ⑦白马：东汉县名，在今河南省滑县附近。李云：白马县令，因上书指陈宦官单超等人无功，不当封侯，并批评朝政"官位错乱，小人谄进，财货公行，政化日损"，触怒桓帝，被逮下狱，死于狱中（见《后汉书·李云传》）。 ⑧鸿胪：官名，掌管接待宾客事宜，后变为礼仪官。陈君：指当时担任大鸿胪的陈蕃。他因上疏救李云，被免归田里。 ⑨敕陈留：皇帝的诏书下到陈留。敕：皇帝的诏书。陈留：东汉郡名，蔡邕本籍，治所在今河南省开封市东南。 ⑩偃师：地名，今河南省偃师县。 ⑪京洛：即洛阳，为东汉的京都。 ⑫遘：遭遇。淫雨：久雨。 ⑬涂：同"途"，道路。迍邅（zhūn zhān 谆沾）：处境困难，停滞不进的意思。蹇（jiǎn 简）连：难于行走的意思。 ⑭潦（lǎo 老）污：积水。 ⑮蹯：一本作"蟠（pán 盘）"，屈曲，这里指马盘旋不前。 ⑯郁悒：苦闷。 ⑰聊：姑且。弘虑：打开思虑，宽心。存古：怀想古代。 ⑱宣：抒发，表达。幽情：深远的感情。属（zhǔ 主）词：缀辞做文章。 ⑲大梁：战国时期魏国国都，今河南省开封市。 ⑳诮（qiào 俏）：讥讽，批评。无忌：战国时魏国的贵族公子魏无忌，号信陵君，以养士闻名，为战国四公子之一。称神：被推崇。 ㉑晋鄙：魏国大将。当秦加紧攻打赵国时，晋鄙曾奉命率十万大军救赵；魏王因慑于秦国的力量和威吓，命令晋鄙驻军边境观望。信陵君用侯嬴计，窃符救赵，用朱亥椎杀晋鄙，夺得兵权，才得以解救赵国（见《史记·魏公子列传》）。从当时大局看，信陵君救赵是应当肯定的；而晋鄙的被杀，是魏王惧敌如虎思想的牺牲品，是无辜的。但作者认为信陵君的行动是一种背离王法和违反道义的行为，因而持批评态度。 ㉒中牟：地名，在今河南省鹤壁市西。 ㉓佛肸（bì xì 必系）：本是春秋时鲁人，逃到晋国为赵简子家臣，任中牟（今河北省邯郸市与邢台市之间，与河南的中牟不是一地）宰，据中牟以叛赵氏。这是家臣对世族的反抗。佛肸曾邀孔子合作，孔子也有意前往。事见《论语·阳货》。作者憎其不臣，是站在维护世族立场上的。 ㉔宁越：战国时赵人，原为中牟农民。听人说三十年可以学成，宁越说：我可以用十年做到，别人休息我不休息，别人卧睡我不卧睡。结果学了十五年，而成为周威公的老师。裔胄：后代。 ㉕藐：遥远。 ㉖圃田：圃田泽，古代豫州的大薮泽。春秋时名"原圃"，为郑国的狩猎场；战国时又名"圃中"。故址在今河南省中牟县西。据《左传》，圃田的北境是卫康叔的封地。瞰：远望。 ㉗卫康：即卫康叔，名封，周武王同母弟，卫国的始封君。 ㉘管邑：地名，又名"管"，周武王弟鲜的封地。故地在今河南省郑州市附近。 ㉙愠：怒，恨。叔氏：指周成王的叔父管叔鲜、蔡叔度。周武王灭商之后，封商纣的儿子武庚为诸侯，令他的两个弟弟鲜和度（一封于管，一封于蔡）监视武庚，安抚商的遗民。武王死后，成王即位，因为年幼，由周公摄政。管叔、蔡叔伙同武庚发动叛乱，反对周公，被周公平定。启商：引导武庚及商之遗民反对周王朝。 ㉚汉祖：即汉高祖刘邦。隘：引申为遭到困厄。纪信：刘邦部将。荥（xíng 形）阳：地名，今河南

省荥阳县西南。公元前204年四月，刘邦被项羽困于荥阳，将军纪信扮刘邦出降，刘邦遂得以逃脱。㉛虎牢：地名，在今河南省荥阳县汜水镇。曲阴：纡曲的山谷。㉜盘萦：回旋萦绕。㉝勤：劳苦，这里是"使诸侯劳苦"的意思。㉞侈：奢侈，这里是增大的意思。申子：春秋时郑国大夫申侯。㉟稔(rěn忍)：积久。涛涂：春秋时陈国大夫辕涛涂。愎(bì必)恶：坚持自己的错误不改。㊱夫(bǐ比)人：那个人，指申侯。以上三句，据《左传》僖公四年、五年、七年载：公元前656年，齐桓公伐楚，凯旋而还，想路过陈、郑两国。陈大夫辕涛涂担心会给陈、郑加重资粮负担，便与申侯商议，使齐师"出于东方"，"循海而归"，申侯称善。过后，申侯向齐桓公反间说："师老矣，若出于东方而遇敌，惧不可用也。若出于陈、郑之间，共其资粮屝屦(麻等制作的鞋子)，其可也。"于是，齐桓公很高兴，"与之虎牢，执(拘捕)辕涛涂"。秋，齐伐陈，讨其不忠，后与陈讲和，放回辕涛涂。辕涛涂怨恨申侯，于是劝申侯驻防大城虎牢，说："美城之，大名也，子孙不忘。吾助子请。""乃为之请于诸侯而城之，美，遂谮诸郑伯曰：'美城其赐邑，将以叛也。'"申侯因而被杀。瞿蜕园先生说："按辕涛涂与申侯谋使齐师改从东道，意在减陈、郑两国供应之苦，于齐则不忠，于陈、郑则忠之至，申侯反以其谋告齐，辕涛涂之怨申侯，陷之于罪，虽为太过，作者指为愎恶，亦殊不当。"(《汉魏六朝赋选》) ㊲坂：同"阪"，山坡。㊳陟(zhì治)：升，登。葱山：在今河南省巩县东南。峣陉(yáo xíng尧形)：高耸的断崖。㊴此句意义未详。㊵回峭峻以降阻：从高峻险要的地方下到低平的地方。㊶小阜：小土山。寥：空旷。㊷冈岑：小而高的山冈。纡以连属(zhǔ主)：曲折而相连。纡：纡曲。属：连接。㊸敻(xiòng兄去)：通"迥"，远。杳冥：深远阴暗。㊹迫嵯峨以乖邪：溪谷因高峻的山势所束迫而显得狭小。嵯峨：高峻的样子。㊺廓岩壑(hè贺)以峥嵘：高山因山谷的扩张而显得格外高峻。廓：扩张。壑：山谷。峥嵘：高峻的样子。㊻攒：积聚。棫朴(yù pò域破)：棫树和朴树。棫：即柞树。朴：落叶乔木，榆树科属植物的泛称。榛楛(zhēn hù真户)：榛树和楛树。有的注本引《诗·大雅·棫朴》篇和《诗·大雅·旱麓》篇，把棫朴和榛楛各注为比喻人才众多。这一节诗全写景色，由山势而写到植物，似无喻义。今不取。㊼浣濯：洗涤，引申为滋润的意思。罗生：丛生。㊽穈：应为"虋(mén门)"，赤苗嘉谷。菼(tǎn坦)：初生的荻，似苇而小。台：即"苔"，莎草。㊾太室：即嵩山，在河南省，为五岳之中岳。㊿大河：黄河。垠：边际。51洛汭(ruì芮)：洛水入黄河之处，在今河南省巩县，现已改道。汭：河流会合或弯曲的地方。52刘定：即刘定公。据《左传》记载，他曾说："微禹，吾其鱼乎！"赞美夏禹治水的功绩。攸：所。仪：效法，敬仰。53伯禹：夏禹。所营：指大禹治水的业绩。54太康：夏代君主，夏启的儿子，相传荒淫暴虐，为有穷国国君羿所逐。55愍(mǐn敏)：哀念。五子之歌声：据《尚书·五子之歌》载：太康耽于游乐，在洛水行猎十旬不归，政事败坏，人民离叛，至于失国。其弟五人在洛汭作歌，示劝诫之意。56修轨：长路。修：长。57悠悠之未央：路途遥远没有尽头。未央：未尽。58汩(gǔ古)：本义是水流迅疾的样子，这里指风势迅疾。飙(biāo标)涌：狂风骤起。59慅慅(cǎo草)：忧愁不安的样子。厉凉：深凉。60郁术：郁积。61渐唐：渐渐大了起来。唐：大。62仆夫：驾车人。劬(qú渠)瘁：劳累，疲乏。63虺陨(huǐ tuí悔颓)、玄黄：疾病，指马因劳累致病。《诗·周南·卷耳》有"我马虺隤"、"我马玄黄"的句子。64格：到。莽丘：杂草丛生的山丘。税驾：解下驾车的马，即休息、住下的意思。65曀曀(yì义)：天阴沉昏暗的样子。不阳：没有阳光。66濒隈：水边，临水之地。67"忿子带"二句：写东周周惠王的两个儿子太子郑与王子带争夺王位的史事。太子郑即位是为襄王，子带失败出奔。子带后遇赦回国，与襄王的后隗氏私通，并起兵赶走了襄王，襄王逃到坎欿(今河南巩县境内)。后在晋文公帮助下，襄王复位，杀子带，才平定了内乱。唁：凭吊。坛坎：即坎欿。 (68)宠嬖(bì 闭)：宠爱，指王子带为周惠王的后所宠爱。为梗：成为祸害。语出《诗·大雅·桑柔》："谁生厉阶，至今为梗。" (69)恻怆：悲痛。 (70)舫舟：即舟。舫：船。泝：同"溯"，逆流而上。湍流：急流。 (71)横厉：横渡。 (72)宓 (fú 服)妃：洛水女神。 (73)幽隐、潜翳(yì 义)：均指隐约不明。 (74)熊耳：山名，在河南西部。这句是说洛水来自熊耳山。 (75)这句是说伊、洛、瀍(chán 缠)、涧四水相会。《尚书·禹贡》："伊洛瀍涧，既入于河。"总：汇总。濑：急流。 (76)"通渠"二句：是说洛水通于京城，引来远方的朝贡。职贡：诸侯封国按时向天子进贡物。荒裔：四方边远之地。 (77)吴榜：吴地制造的船桨。 (78)纳最：进贡的意思。最：聚。 (79)济：渡。容与：从容徘徊的样子。 (80)息：歇息。巩都：地名，今河南省巩县。逝：去。 (81)"愍简公"二句：写东周景王死后，他的两个儿子争夺王位的史事。庶子朝与王子猛争位，各有私党。王子猛即位，在巩简公支持下，讨伐庶子朝，结果巩简公失败。后来因得到晋国的援救，才赶走了庶子朝。事见《左传》。作者行经巩县，借历史上逆臣作乱的史事，抒发对东汉后期朝政的隐忧。 (82)玄云：黑云。黯：同"暗"。 (83)零雨：落下的雨。溱溱 (zhēn 真)：雨水很盛的样子。 (84)泞溺：泥泞积水。遵：行。 (85)这句是说循着高地上下行走，避免水潦。率：循。陵阿：高地。 (86)释勤：解去疲劳，指休息。勤：劳苦。 (87)"壮田横"二句：据《史记》载，高祖刘邦灭齐，齐王田横逃入海岛。高祖召之，田横不得已与客二人应召，未到洛阳三十里，田横自杀，令二客捧头去见高祖，高祖以礼安葬。葬毕，二客在坟旁掘两穴，也自杀从死。作者认为这是悲壮的举动。 (88)伫(zhù 注)：久立等待。淹留：停留。霁：雨后放晴。 (89)殷殷：深沉。 (90)极晨：到天明。 (91)牢湍而无文：天上阴云密布，还没有晴朗之势。 (92)弥：满。信宿：住两夜。阕：止息。 (93)这句是说：思潮起伏不断，转向东方的来路。逶迤：曲折连续不断的样子，这里形容思绪起伏不断。 (94)颢颢：明亮。 (95)少弭(mǐ 米)：愁思少解。弭：平息。 (96)就驾：驾车起行。 (97)皇家赫而天居：皇室所居俨如天上。赫：显赫。 (98)万方徂(cú 促阳)而星集：四方如众星相聚那样归向皇室。徂：往，到。 (99)"贵宠"二句：权贵之家气焰越来越高，全都贪利而不止。煽以弥炽：贵族的气焰像火一样越煽越旺。佥：全，都。戢(jí 辑)：收敛。 (100)"前车"二句：权贵们不吸取前车之覆的教训，争相重蹈他们的覆辙。 (101)穷变巧：穷极精巧。台榭：亭台楼榭。榭：建在高土台上的建筑物。 (102)民露处而寝湿：老百姓不是露天而住，就是住处低湿。 (103)下：指平民百姓。 (104)"弘宽裕"二句：对佞巧谄媚的人很宽容，而对忠正直言的人却是苛刻严厉。便辟(bì 闭)：佞巧谄媚而得宠幸的人。纠：纠弹检举。骎：急迫。 (105)"怀伊吕"二句：纵怀有伊尹、吕尚的才德，也必被废黜流放，要进言也无路可入。伊：伊尹，辅佐商汤。吕：吕尚，又称"姜尚"或"太公望"，辅佐周文王、周武王建立周朝。后用"伊吕"喻有才德的人。黜(chù 触)逐：免官流放。 (106)"唐虞"二句：古人之风已不可复见，而世俗的积习已经很深，难于挽回。唐虞：指唐尧、虞舜。 (107)周道：大道。鞠：同"鞫"，阻塞。《诗·小雅·小弁》："踧踧周道，鞫为茂草。" (108)蹓：通"涩"，行不通。 (109)纷挐(ná 拿)：纷乱。违：邪恶，过失。 (110)亮采：忠于职事。匡：正。 (111)畿：京郊。 (112)衡门：即横门，横木为门，指简陋的房屋。《诗·陈风·衡门》："衡门之下，可以栖迟。"是说衡门虽简陋，也可以游息。 (113)都人：即《都人士》，《诗·小雅》中的篇名，诗意哀叹今不复见古人。 (114)爰：于是。结踪：结束游踪。回轨：转车回家，不再入京。 (115)绥：安。这句是说回到自己家里安居吧。 (116)乱：乐歌的卒章，终篇的结语。 (117)遐路：远路。 (118)永怀：长叹。 (119)窘：困，这里是受到困迫。 (120)前绪：前人的功业，指以上所列举的古事。 (121)旧闻：传说。 (122)厥事举：指前人的成就。 (123)"登高"二句：登高作这篇赋的意义，有取于此。语出《毛诗传》："登高能赋，可以为大夫。" (124)"则善"二句：写这篇

赋是要以善为法，以恶为戒，难道是随便作的吗？苟：苟且，随便。⑫⁵俦与：同伴。⑫⁶言：语助词。旋、复：都是返回的意思。⑫⁷胥：乐。

王粲

登楼赋

登兹楼以四望兮[①]，聊暇日以销忧[②]。览斯宇之所处兮[③]，实显敞而寡仇[④]。挟清漳之通浦兮[⑤]，依曲沮之长洲[⑥]。背坟衍之广陆兮[⑦]，临皋隰之沃流[⑧]。北弥陶牧[⑨]，西接昭丘[⑩]。华实蔽野[⑪]，黍稷盈畴[⑫]。虽信美而非吾土兮[⑬]，曾何足以少留[⑭]？

遭纷浊而迁逝兮[⑮]，漫逾纪以迄今[⑯]。情眷眷而怀归兮[⑰]，孰忧思之可任[⑱]？凭轩槛以遥望兮[⑲]，向北风而开襟。平原远而极目兮[⑳]，蔽荆山之高岑[㉑]。路逶迤而修迥兮[㉒]，川既漾而济深[㉓]。悲旧乡之壅隔兮[㉔]，涕横坠而弗禁[㉕]。昔尼父之在陈兮，有"归欤"之叹音[㉖]。钟仪幽而楚奏兮[㉗]，庄舄显而越吟[㉘]。人情同于怀土兮[㉙]，岂穷达而异心[㉚]？

惟日月之逾迈兮[㉛]，俟河清其未极[㉜]。冀王道之一平兮[㉝]，假高衢而骋力[㉞]。惧匏瓜之徒悬兮[㉟]，畏井渫之莫食[㊱]。步栖迟以徙倚兮[㊲]，白日忽其将匿[㊳]。风萧瑟而并兴兮[㊴]，天惨惨而无色[㊵]。兽狂顾以求群兮[㊶]，鸟相鸣而举翼。原野阒其无人兮[㊷]，征夫行而未息[㊸]。心凄怆以感发兮[㊹]，意忉怛而憯恻[㊺]。循阶除而下降兮[㊻]，气交愤于胸臆。夜参半而不寐兮[㊼]，怅盘桓以反侧[㊽]。

曹丕在《典论·论文》中说："王粲长于辞赋。"在今存王粲的二十四篇辞赋当中，《登楼赋》的成就最高。它是我国古代文学史上的杰作，历来为人们所传诵。

全赋共五十二句，可分成三段来体会。第一段主要写楼的方位和登楼所看到的景物。开头"登兹楼以四望兮"一句，紧扣题目，"四望"二字为下文作了伏笔。第二句"聊暇日以销忧"，交代了登楼的缘起是为了"销忧"。一个"忧"字，点出了登楼时的心情。接下去写"四望"所见，从河水和陆地两方面，具体地描绘了楼周围宽广的地势和美好的景物。作者"四望"这些景物时，心情比较平静，但平静中又蕴涵着忧伤。"虽信美而非吾土兮，曾何足以少留"二句，用反问的句式，表现忧伤完全打破了平静。视野中的一切，的确富美，但因为不是自己的故土，所以再富美也不值得逗留。面对富美的景物，却毫不留恋，足见思归之情的执著。"虽信美"二句不仅写出了忧伤的具体内容，同时在结构上，还具有承上启下的作用。

第二段主要写对故土的怀念。"遭纷浊而迁逝兮"四句，回顾过去，遭乱流离，到荆州依附刘表已超过十二年了。漫长的岁月，怀归的忧伤难以承受。接下去，"凭轩槛以遥望兮"八句，抒写的是遥望旧乡时的悲痛。王粲本是山东人，曾经在洛阳和长安生活过，他所思念的故土都在北方，所以向北遥望。遥望本想看到故土，但邈远的平原被荆山遮蔽，道路曲折而漫长，河流汪洋而难渡。这时，悲痛涌上心头，以致涕泪纵横难以禁止。接着又想到古代的孔子、钟仪和庄舄。孔子在陈国遇到了困难，有"归欤"的慨叹；楚国的钟仪在晋国被囚禁，弹奏的仍是楚国的乐调；越国的庄舄在楚国地位显达，可是当他有病时，仍用越语吟唱。他们或"穷"或"达"，境遇虽然完全相反，但都念念不忘自己的故国。作者借这三个典型人物喻写自己，把怀归的悲痛写得非常深沉。

第三段主要写担心自己抱负不能实现的忧愤心情。"惟日月之逾迈兮"六句，叙写自己的希望和畏惧。希望的是圣明之时、清明政治的到来，以便施展自己的才力。畏惧的是自己像葫芦白挂在那里，像淘干净的井水没人来吃那样，长期不被任用。如果说在这之前，王粲抒发的感情的基调是怀归的悲痛的话，那么到这里，已由怀归的悲痛转化为对实现自己抱负的追求。王粲尽管希望施展自己的才能，但眼前的现实并没有提供这方面的条件，因而他的心情仍然是悲伤的。这种心情借"步栖迟以徙倚兮"八句景物描写，得到了具体的表现。悲伤的心情容易感受眼前惨淡的景物：白日将落，风起天暗，走兽狂顾，飞鸟相鸣，原野静寂，征夫未息。眼前惨淡的景物，又进一步加深了悲伤的心情。因此"心凄怆以感发兮"以下，用"凄怆"、"忉怛"、"憯恻"这类相近的词语，直接抒发了难以抑止的哀伤和悲痛。赋的开头写为"销忧"而登楼，结尾写登楼不仅没有"销忧"，反而又增加了愤慨。结尾与开头，前后照应，把忧愤惆怅的心情写得极为深沉。

《登楼赋》是一篇抒情小赋，赋中不论是景物描写，还是直抒胸臆，表现的主要是怀归之情，是王粲个人的独特感受。王粲十七岁时，因为长安扰乱，避难到荆州，依附刘表。到写这篇赋时，王粲在当时所谓的荆蛮之地已长达十二年之久。这十二年，正是王粲成熟的时期，风华正茂的时期。在荆蛮之地的时间越长，积淀的怀归之情就越加沉重。另外，王粲是名门的后代，有异才，重功名。他依附刘表，本想在政治上有一番作为。但刘表"外貌儒雅，而心多疑忌"（《三国志·魏书·刘表传》），对避乱荆州的俊杰之士，并不尊重。再加上王粲"貌寝而体弱通侻"（《三国志·魏书·王粲传》），所以刘表对王粲比较轻视。这就使王粲既有长期寄居异乡的忧伤，又有许久怀才不遇的愤慨。两种遭遇糅合在一起，使他的怀归之情非常真挚深沉。

优秀的文学作品抒发的个人感情，常常在不同程度上具有普遍意义。《登楼赋》也是这样。这主要表现在以下两点：一是赋中所抒发的怀归之情在当时并不是少数人的情思。东汉末年，军阀不断混战，社会动乱频仍。当时不论是上层的显贵人士，还是下面的平民百姓，常常被迫离开故土，流落他乡。"遭纷浊而迁逝兮"，"情眷眷而怀归"，这是当时比较普遍的现象。正像赋中所写的那样："人情同于怀土兮，岂穷达而异心？"二是王粲抒发的怀归之情，还融合着改变乱世的希望。"惟日月之逾迈兮，俟河清其未极。冀王道之一平兮，假高衢而骋力。"这些典型的句子，表现了王粲的思归含有非常积极的内容。他希望回到故土，结束"纷浊"的乱世，而代之以清平的治世，并且愿意为此而贡献自己的才力。这一点，不仅表现了

当时一些忧国忧民的知识分子的积极入世的精神，同时也在一定程度上体现了时代的走向，反映了人民的愿望。这篇赋之所以被历代人们所传诵，恐怕和这一点有直接关系。（张可礼）

【注】①兹楼：此楼。王粲所登之楼究竟在何处？旧说多以为在湖北省当阳县。据郦道元《水经注》，考之赋中所写漳、沮二水，当是麦城城楼。②聊：暂且，姑且。暇日：闲暇的日子。一说“暇”通“假”，作“借”讲。③斯宇：即兹楼。④显敞：明亮宽敞。寡仇：很少有能比得上它的。仇：匹敌。⑤挟：带。漳：漳水，源出湖北省南漳县西南，东南流经麦城东，与沮水相会入长江。因其水清澈，故说“清漳”。浦：大水有小口别通他处。这句写城楼临于漳水别支的上面。⑥沮（jū居）：沮水，源出于湖北省保康县西南，东南流经麦城西，与漳水相会，因其曲折，故说“曲沮”。长洲：水边长形的陆地。这句写城楼建在曲折的沮水边上，宛如倚长洲而立。⑦背：背对着，指北面。衍：地势高起叫“坟”，广平叫“衍”。⑧临：面临着，指南面。皋隰（xí习）：水边低湿的地方。皋：水边之地。隰：低湿的地方。沃流：指可供灌溉的流水。沃：美。⑨弥：尽，终极。陶牧：相传湖北省江陵县西有陶朱公（越国范蠡）的墓地，故称“陶牧”。牧：郊外。⑩昭丘：楚昭王的坟墓。⑪华实：鲜花与果实。华：即“花”。⑫盈畴：各种作物充满田野。畴：耕种的田。⑬信：实在，的确。非吾土：不是我的故乡。⑭曾：语助词。⑮纷浊：纷扰污浊，指中原的乱世。迁逝：迁徙流亡。作者为避董卓之乱，从长安来到荆州。⑯漫：漫漫，长久。逾纪：超过了十二年。纪：十二年。王粲于献帝初平三年(192)避难荆州，到写这篇赋时已过十二年。⑰眷眷：形容思念深切。⑱孰忧思之可任：有谁能禁受得住这种忧思呢？孰：谁。任：当，禁受。⑲凭：倚靠。轩槛：楼上的窗和槛杆，实为偏义复词，指槛。⑳极目：尽目力所及望去，即一直望到眼睛看不到的地方。㉑蔽：被遮住。荆山：山名，在今湖北省南漳县。岑：小而高的山。㉒逶迤（wēi yí威夷）：长而曲折的样子。修迥：又长又远。㉓漾：通“羕”，水长的样子。济：渡，此处与“川”为对文，泛指河川。㉔壅隔：阻塞隔绝。㉕涕：眼泪。横坠：零乱地落下。弗禁：止不住。㉖“昔尼父”二句：孔子周游列国，在陈绝粮，叹曰：“归欤！归欤！”（见《论语・公冶长》）尼父：即孔子。㉗钟仪：春秋时楚国乐官，善弹琴。在一次战争中，被郑俘虏，献于晋。晋侯命他弹琴，仍为楚声。幽：囚禁。㉘庄舄（xì细）：战国时越国人。他本穷人，后到楚国做官，仍思念故乡，即使在病中，还唱越国的歌。显：显达。㉙怀土：怀念故乡。㉚穷达：指逆境和顺境。㉛日月：光阴。逾迈：过往，逝去。㉜河清：以黄河水清比喻时世太平。逸《诗》有“俟河之清，人寿几何”的诗句。极：至。㉝冀：希望。王道：王朝的统治。一平：统一安定。㉞高衢：大道。骋力：像骏马奔驰在大道一样施展自己的才力。㉟匏（páo袍）瓜：葫芦，挂在藤上，好看不能吃。《论语・阳货》：“子曰：‘我岂匏瓜也哉？焉能系而不食？’”㊱井渫（xiè卸）：淘干净水井。《易・井卦》：“井渫不食，为我心恻。”井水淘干净后仍没有人吃，是很痛心的。比喻自己有才德而不为世用，更让人痛心。㊲栖迟：游息。徙倚：徘徊。㊳匿：藏，隐没。㊴萧瑟：风声。并兴：风从四面八方同时刮起。㊵惨惨：暗淡无光貌。㊶狂顾：在狂奔中四处乱看。㊷阒（qù去）：寂静。㊸征夫：行人。㊹凄怆：悲伤。感发：感触。㊺忉怛（dāo dá刀答）：悲伤。憯（cǎn惨）恻：与“凄怆”同义。㊻阶除：楼梯。㊼夜参半：半夜。参：至。㊽怅：惆怅，难过。盘桓：与“徘徊”义近，不过这里指思想活动，思来想去。反侧：因睡不着觉而翻来覆去。

曹植

洛神赋并序

黄初三年[1]，余朝京师，还济洛川[2]。古人有言："斯水之神，名曰宓妃。"感宋玉对楚王神女之事[3]，遂作斯赋。其辞曰：

余从京域[4]，言归东藩[5]，背伊阙[6]，越轘辕[7]，经通谷[8]，陵景山[9]。日既西倾，车殆马烦[10]。尔乃税驾乎蘅皋[11]，秣驷乎芝田[12]，容与乎阳林[13]，流眄乎洛川[14]。于是精移神骇，忽焉思散，俯则未察，仰以殊观。睹一丽人，于岩之畔。乃援御者而告之曰[15]："尔有觌于彼者乎[16]？彼何人斯，若此之艳也！"御者对曰："臣闻河洛之神，名曰宓妃，然则君王之所见也，无乃是乎[17]？其状若何，臣愿闻之。"

余告之曰："其形也，翩若惊鸿，婉若游龙[18]，荣曜秋菊，华茂春松[19]。仿佛兮若轻云之蔽月，飘飖兮若流风之回雪。远而望之，皎若太阳升朝霞[20]；迫而察之[21]，灼若芙蕖出渌波[22]。秾纤得衷[23]，修短合度[24]。肩若削成[25]，腰如约素[26]。延颈秀项[27]，皓质呈露。芳泽无加，铅华弗御[28]。云髻峨峨[29]，修眉联娟[30]。丹唇外朗，皓齿内鲜。明眸善睐[31]，靥辅承权[32]。瓌姿艳逸[33]，仪静体闲[34]。柔情绰态[35]，媚于语言。奇服旷世，骨像应图[36]。披罗衣之璀粲兮[37]，珥瑶碧之华琚[38]。戴金翠之首饰，缀明珠以耀躯。践远游之文履[39]，曳雾绡之轻裾[40]。微幽兰之芳蔼兮[41]，步踟蹰于山隅。于是忽焉纵体[42]，以遨以嬉。左倚采旄[43]，右荫桂旗[44]。攘皓腕于神浒兮[45]，采湍濑之玄芝。

余情悦其淑美兮，心振荡而不怡。无良媒以接欢兮[46]，托微波而通辞。愿诚素之先达兮[47]，解玉佩以要之[48]。嗟佳人之信修兮[49]，羌习礼而明诗[50]。抗琼珶以和予兮[51]，指潜渊而为期[52]。执眷眷之款实兮[53]，惧斯灵之我欺[54]。感交甫之弃言兮[55]，怅犹豫而狐疑[56]。收和颜而静志兮，申礼防以自持[57]。

于是洛灵感焉，徙倚彷徨[58]。神光离合，乍阴乍阳[59]。竦轻躯以鹤立[60]，若将飞而未翔。践椒涂之郁烈[61]，步蘅薄而流芳[62]。超长吟以永慕兮[63]，声哀厉而弥长。

尔乃众灵杂遝[64]，命俦啸侣[65]。或戏清流，或翔神渚，或采明珠，或拾翠羽。从南湘之二妃[66]，携汉滨之游女[67]，叹匏瓜之无匹兮[68]，咏牵牛之独处[69]。扬轻袿之猗靡兮[70]，翳修袖以延伫[71]。体迅飞凫，飘忽若神。陵波微步[72]，罗袜生尘[73]。动无常则，若危若安。进止难期[74]，若往若还。转眄流精[75]，光润玉颜。含辞未吐，气若幽兰。华容婀娜，令我忘餐。

于是屏翳收风[76]，川后静波[77]，冯夷鸣鼓[78]，女娲清歌[79]。腾文鱼以警乘[80]，鸣玉銮以偕逝[81]。六龙俨其齐首[82]，载云车之容裔[83]。鲸鲵踊而夹毂[84]，水禽翔而为卫。于是越北沚[85]，过南冈，纡素领[86]，回清阳[87]。动朱唇以徐言，陈交接之大纲[88]。恨人神之道殊兮，怨盛年之莫当[89]。抗罗袂以掩涕兮[90]，泪流襟之浪浪[91]。悼良会之永绝兮，哀一逝而异乡。无微情以效爱兮[92]，献江南之明珰[93]。虽潜处于太阴[94]，长寄心于君王[95]。忽不悟其所舍[96]，怅神宵而蔽光[97]。"

于是背下陵高[98]，足往神留。遗情想像，顾望怀愁。冀灵体之复形[99]，御轻舟而上泝。浮长川而忘反，思绵绵而增慕。夜耿耿而不能寐，沾繁霜而至曙。命仆夫而就驾，吾将归乎东路。揽騑辔以抗策，怅盘桓而不能去。

曹植，字子建，曹操之子。换个角度看他，可以说是，只差一步没有成为中国历史上的皇帝。可是历史注定了他只能以其八斗文才而垂名，与政治家却无缘。《文心雕龙·才略》称其诗"丽而表逸"，他的辞赋也有突出的成就。《洛神赋》就是其抒情赋的代表作，也是曹魏时代乃至中国文学史上的赋体名篇。

《洛神赋》是他在黄初四年(223)途经洛水时有感而作，其年三十二岁。赋前小序说明了作赋缘由：过洛水见洛神，有感于宋玉答对楚襄王梦遇巫山神女之事。此赋有所寄托是可以肯定的。写了一个令人刻骨铭心的人神相恋故事，塑造了一个光彩夺目的洛神形象。

全篇结构紧凑，体制缜密，手法浪漫，语言绮丽。第一部分交代过洛水时朦胧中见洛神，并巧妙设问引起下文对"其状若何"的描写。紧接着就在第二部分写洛神之美和双方感受。第三部分回到现实中来，写对洛神的思恋。

先来看作者充分驰骋丰富奇妙的想象，以生动的比喻，虚实结合，塑造出的尽善尽美的洛神形象。"翩若惊鸿，婉若游龙"两句是以"惊鸿"喻其轻盈若飘之貌，以"游龙"喻其婀娜多姿的体态，是以动态写静态。"荣曜秋菊，华茂春松"，以美丽挺拔的静物比喻作衬，极言洛神华丽秀美。"仿佛兮若轻云之蔽月，飘飖兮若流风之回雪"比喻作者看不真切的朦胧状态和女神飘忽宛转的举止。随着作者眼光的转换，从不同角度都能看到一个光彩照人的美神：远观，鲜艳像"太阳升朝霞"；近察，清丽如"芙蕖出渌波"。以上几句纯属虚写，着眼于写洛神的整体风姿。那么，洛神具体的容貌又如何的美呢？"秾纤得衷，修短合度"至"奇服旷世，骨像应图"这段画像式的实写，刻画细腻，处处皆美，又富有情韵。可以说，在直接描绘人体美的历代文学作品中，如此之集中，实属罕见，赋体"铺采摛文"的特色得以充分的体现。承接形貌之美，又写了服饰之美和举止的优雅：披着明艳的罗衣，耳朵上戴着瑶碧美玉，头上有金翠的首饰，衣服上的明珠闪闪发光，穿着远游花鞋，拖着轻柔的丝裙。时而隐身于芳香浓郁的幽兰丛中，时而又徘徊于山边，又猛然间轻举遨游。左面倚着彩色的旗帜，右边又和桂旗相掩映。捋袖伸出洁白的素手，在水滩边采油黑的灵芝。这样，动静结合，展现在读者面前的是一个旷世美神形象。赋中写"余情悦其淑美兮，心振荡而不怡"并"解玉佩以要之"，表现了"余"对洛神的爱慕，洛神对此的反应又如何呢？她举起美玉相应和并"指潜渊而为期"。当"余"心中狐疑时，引起了她内心的巨大波动，一系列的描写揭示了她内心既有顾虑又感情激荡，特别是她的悲哀——她激越悠长的吟啸更抒发了心中深长的爱慕之情。至此，就从对女神外在的描写转入了内心世界的刻画，然而她那隐藏在心灵最深处的无限眷恋的挚情，更突出而集中地表现在分别时刻。难舍难分，不忍离去又不能不离去，这时她终于抑制不住内心的真情："恨人神之道殊兮，怨盛年之莫当。抗罗袂以掩涕兮，泪流襟之浪浪。悼良会之永绝兮，哀一逝而异乡。"并海誓山盟："虽潜处于太阴，长寄心于君王。"刻骨铭心的此恨、此怨、此悼、此哀、此誓，再加上"抗罗袂以掩涕兮，泪流襟之浪浪"，这就是洛神对所眷恋之人的一片深情！何等的痴情！何等的缱绻！具有如此内心世界的洛神就不仅仅是一个旷世美神，更是一个一往情深的情神。因而洛神的飘然而去，留给作者的就是一种刻骨铭心的悲哀和惆怅，无论是痴情企盼、望眼欲穿，还是逆流而上、苦苦追寻，都已徒然。添了思恋，多了怅惘之后，带着心灵的重负，作者只得踏上了东藩归程。

全赋着力塑造的洛神这一美神、情神的形象，永久地展现在中国古典文学的画卷上，给后世读者增添了无限的审美情趣，也让读者留下万般感慨，更为重要的是在人们广阔的情感世界中昭示了一种执著追求美好理想的可贵精神。

既是有感之作，感从何来？感触什么？有无寄托？有何寄托？

我们知道，曹操死后，曹植及其另外的弟兄都受到魏文帝曹丕的极度猜忌和压抑，不断被徙封贬爵，甚至行动受监视限制，因而他抑郁满腹。据曹植在《赠白马王彪》诗序中说，魏文帝黄初四年，鄄城王曹植、其同母兄任城王曹彰、其异母弟白马王曹彪等一起到洛阳朝会。曹彰暴死于洛阳，曹植和曹彪返回时也被限制不得同路、同食、共宿，被迫分手，心中沉痛而悲愤，作《赠白马王彪》诗。本赋就作于与白马王曹彪分手不久，独自返回之时。途经洛水，联想身世境遇，复杂的感情涌上心头，感慨万千，有感而作此赋，正在情理之中。赋序中所说"感宋玉对楚王神女之事，遂作斯赋"，若单纯写一篇类似宋玉《神女赋》的文字，恐此时作者尚无此心境。我们可以以更为开阔的眼光分析赋作在"美神"和"美神逝去"两方面内容上深邃的寄寓了。

第一，以洛神喻指"情投意合的骨肉弟兄"，以洛神的逝去寄寓对弟兄的无限怀念。黄初四年的这次朝会对作者的打击太大了。在他独自过洛水返属地时，他的情投意合且同病相怜、可作依靠、可感慰藉的两个弟兄，一个升天而去，一个永难再逢，对逝者的悲痛、与生者的永诀仍占据着作者的心。"奈何念同生，一往形不归？""离别永无会，执手将何时？""仓卒骨肉情，能不怀苦辛？"这种在《赠白马王彪》中抒发的悲痛心情不也正和赋中那"恨人神之道殊，怨盛年之莫当。抗罗袂以掩涕兮，泪流襟之浪浪。悼良会之永绝兮，哀一逝而异乡"的伤怀情感达到了最融洽的统一吗？这样看来，把洛神喻为情投意合的骨肉弟兄，把兄弟间的痛苦分别寄托为自己与所爱慕的洛神的分别，把对弟兄的无限怀念寄托为自己对洛神的眷恋，就合情合理了。这样写，既尽情地抒发了内心深挚的怀念，又避免了曹丕的借机陷害，可谓巧妙为文。

第二，喻指"美好的政治理想"，寄寓对理想的追求和对理想幻灭的感伤。曹植自幼聪颖，不仅具有很高的文学才华，在政治上也树立了建功立业的宏伟理想，崇尚的是"捐躯赴国难，视死忽如归"（《白马篇》）的豪壮。作者在早期生活中意气风发，慷慨激昂，在后期则备受曹丕猜忌、压抑、陷害，心中充满了壮志难酬、美好理想可望而不可即的抑郁、愤慨、哀怨，特别是这次洛阳之行更加深了他的这种理想的幻灭感。可见，赋中的“美神”形象正是自己美好理想的化身，因而不惜笔墨“铺采摛文”，写得尽善尽美；另一方面，赋中所写的对洛神的爱慕、思恋和洛神的哀叹、逝去以及作者苦苦追寻而不得的情形，正是作者在彼时彼地联想现实，对美好理想发出的“良会之永绝”的哀叹。

第三，喻指“美好的前期生活”，寄寓留恋和慨叹。抑郁的现实环境、已成幻灭的政治理想很自然地触发了作者对美好前期生活的留恋，可称得上是一种一回想起来就完全融入其中而置眼前现实于一旁的神奇感受。作者在《名都篇》里这样写前期的美好生活：“揽弓捷鸣镝，长驱上南山。……观者咸称善，众工归我妍。归来宴平乐，美酒斗十千……”这只是其中的一个侧面。如此豪华，如此放纵，再加上自身的风华正茂，这一切的一切太让作者留恋了，作者过洛水在恍惚中见洛神，我们不妨可以理解为是作者的这种留恋心理使然。“令我忘餐”、“足往神留”、“怅盘桓而不能去”，这是一种猎人心魂的力量，足见这种留恋达到了何种程度。可一旦回到现实，就不能不有太多的慨叹。

以上我们联系作者的身世背景分析了赋作的多种寄托意义。另外，还有人认为是“感甄之作”：传说甄后曾许配曹植，又归曹丕，后又被谗死，曹植感伤而作。附会之言，不足为信。不管怎么说，《洛神赋》仍然是“一个神女，百般寄托”。能给读者充分想象的余地，显出内涵的博大精深，《洛神赋》当之无愧。

总的看来，这篇赋继承了我国古典文学的浪漫主义传统和浪漫主义的艺术手法，在语言上“铺采摛文”，体现了赋体的“当行本色”，也最能体现当时整个时代“诗赋欲丽”的创作特色，开了六朝赋绮丽的先河。又由于此赋内容丰富，寄托深远，抒真情，写实感，是标志抒情赋向内容深度发展的重要作品，因而备受后人偏爱与推崇。而晋代大书法家王献之书写的珍品《洛神赋》和唐代著名画家顾恺之的传世名画《洛神赋图》，则更加深了《洛神赋》的影响。（周广全）

【注】 ①黄初：魏文帝曹丕年号。据《三国志·魏书》曹植本传：“（黄初）四年，徙封雍丘王。其年，朝京师。”曹植《赠白马王彪》诗序：“黄初四年五月，白马王、任城王与余俱朝京师。”可知曹植朝京师当在黄初四年。 ②济：渡。洛川：洛水。 ③宋玉对楚王神女之事：宋玉曾作《高唐赋》、《神女赋》，记载与楚襄王对答梦遇巫山神女之事。 ④京域：指魏都洛阳。 ⑤言：语助词。东藩：东方藩国，指作者当时的封地鄄城。鄄城在洛阳东，故曰“东藩”。 ⑥背：去，离开。伊阙：山名，在洛阳城南。 ⑦轘辕：山名，在今河南省偃师县东南。 ⑧通谷：山谷名，在洛阳城南。陵：登。景山：山名，在今河南省偃师县境内。 ⑩殆：懈怠。烦：疲乏。 ⑪尔乃：于是就。税驾：解马卸车。税：舍，放置。蘅：杜蘅，一种香草。皋：水边的高地。 ⑫秣（mò 莫）：喂马。驷：四马一车，此指驾车之马。 ⑬容与：从容自适貌。阳林：地名。 ⑭流眄（miǎn 勉）：极目四眺。 ⑮援：扯，拽。御者：车夫。 ⑯尔：你。觌（dí 笛）：看见。 ⑰无乃：大概是，莫非是。 ⑱“翩若”二句：语出宋玉《神女赋》：“翩翩然若鸿雁之惊，婉婉然若游龙之升。”极言神女体态轻盈。 ⑲“荣曜”二句：《文选》张铣注：“秋菊春松甚盛，而神女荣茂过之。”形容神女风姿可人。 ⑳皎：洁白，鲜亮。 ㉑迫：靠近。 ㉒灼：鲜艳。渌（lù 录）：清澈。 ㉓秾（nóng 农）

纤：胖瘦。得衷：适中，恰到好处。 ㉔修短：高矮，长短。 ㉕削成：刻削而成。形容双肩圆美下垂。 ㉖约：束。素：细白的丝带。形容腰肢圆细柔美。 ㉗延：秀长。 ㉘铅华：化妆用脂粉。御：敷，施。 ㉙云髻：如云之髻。峨峨：高耸貌。 ㉚修眉：长眉。联娟：弯细貌。 ㉛睐(lài 赖)：顾盼。 ㉜靥(yè 夜)：酒涡。辅：面颊。权：同"颧"，颧骨。 ㉝瓌(guī 规)：同"瑰"。姿：姣好的姿态。 ㉞仪静体闲：仪容淑静，体态娴雅。 ㉟绰：宽缓。 ㊱应图：合于图像。意思是美妙如画。 ㊲璀粲：鲜明净洁貌。 ㊳珥：珠玉耳饰。此处用如动词，佩戴。瑶碧：美玉。琚：佩玉名。 ㊴践：穿着。远游：履名。文履：绣鞋。 ㊵曳：拖。雾绡：轻薄如云雾之丝绢。裾(jū 居)：衣前襟，此指裙装。 ㊶微：微微发出。 ㊷纵体：轻轻舒展身体。 ㊸采旄(máo 毛)：彩旗。 ㊹桂旗：以桂枝为旗杆的旗。 ㊺攘(rǎng 嚷)：捋袖伸臂。浒：水边之地。 ㊻接欢：迎接欢情。 ㊼素：同"愫"，情意。达：致，表达。 ㊽要(yāo 腰)：同"邀"，约请。 ㊾信：诚，确实。修：贞洁，美好。 ㊿羌：发语词。 (51)抗：举。琼珶(dì 地)：美玉。和：应答。 (52)潜渊：深渊。指洛神女所居之处。 (53)执：持。眷眷：怀恋、神往之意。款实：诚实的心意。 (54)斯灵：此神，指洛神。 (55)"感交甫"句：李善注引《韩诗内传》云：郑交甫在汉水之滨，遇见两个女子，交甫请求解玉佩给他。二女遂解佩赠之。俄顷，玉佩和女子皆失其所。弃言：背弃信言。 (56)狐疑：将信将疑。 (57)申：施展。礼防：礼义的约束。自持：自我控制。 (58)徙倚：低回流连。 (59)神光：洛神的光彩，代指洛神。离合：时隐时现的样子。 (60)竦：同"耸"，提伸。 (61)椒：花椒。涂：同"途"。 (62)薄：草丛生之处。 (63)超：同"怊"，怊怅。 (64)杂遝(tà 踏)：众多貌。 (65)命俦啸侣：唤朋呼友。 (66)从：带领。南湘之二妃：指舜之二妃娥皇、女英。传说虞舜巡视南方，死于苍梧山。二妃往寻，不及，投湘水而死。 (67)汉滨之游女：《诗·周南·汉广》："南有乔木，不可休息；汉有游女，不可求思。"韩诗章句："游女，河神也。" (68)匏(páo 袍)瓜：星名，一名"天鸡"。在河鼓星东，不与他星相接，故云"无匹"。 (69)牵牛：牵牛星。古代传说，牵牛、织女二星为夫妇，隔天河相望，每年七月七日始得一会。 (70)袿(guī 归)：妇女的上衣。猗靡：随风飘动貌。 (71)翳(yì 意)：遮掩。修袖：长袖。延伫：伸颈久立。 (72)陵波：在水波上面。微步：轻步。 (73)生尘：指溅起的水沫像飞尘一般。 (74)期：预料。 (75)转眄流精：顾盼之间，神采焕发。 (76)屏翳：风神。 (77)川后：河伯。 (78)冯(píng 平)夷：水神河伯名。 (79)女娲(wá 娃)：女神名，相传为黄帝的臣子，曾发明笙簧。 (80)腾：跳起。文鱼：一种有翅能飞的鱼。警乘：警卫车乘。 (81)玉銮：玉制的车铃。偕逝：指众神一齐离去。 (82)六龙：指洛神之六龙车。俨：庄严貌。齐首：齐头并进。 (83)云车：以云制成的车，指洛神之车。容裔：同"容与"，从容缓进貌。 (84)鲸鲵(ní 倪)：鲸鱼。雄为鲸，雌为鲵。毂(gǔ 古)：车轮中央承轴之圆木，此代指车。 (85)沚(zhǐ 止)：水中小渚。 (86)纡：回。素领：洁白的脖子。 (87)回：转动。清阳：眉目之间，此指眼睛。 (88)交接：结交。大纲：要旨。 (89)当：相接，匹配。 (90)抗：举。袂(mèi 妹)：衣袖。掩涕：擦眼泪。 (91)浪浪(láng 郎)：泪下流貌。 (92)效爱：表达爱慕之情。 (93)明珰(dāng 当)：明珠制成的耳珠。 (94)太阴：鬼神所居之处。因其幽远，故曰"太阴"。 (95)君王：指曹植。 (96)悟：看见。舍：止。 (97)宵：同"消"，消逝。蔽光：隐去光彩。 (98)背下陵高：离开低地，登上高埠。陵：登，升。 (99)冀：希望。灵体：神的体形。此指洛神。复形：重新显现。

向　秀

思旧赋并序

余与嵇康、吕安居止接近①，其人并有不羁之才。然嵇志远而疏，吕心旷而放，其后各以事见法②。嵇博综技艺③，于丝竹特妙④，临当就命⑤，顾视日影，索琴而弹之⑥。余逝将西迈⑦，经其旧庐。于时日薄虞渊⑧，寒冰凄然。邻人有吹笛者，发声寥亮⑨。追思曩昔游宴之好，感音而叹，故作赋云。

将命适于远京兮⑩，遂旋反而北徂⑪，济黄河以泛舟兮，经山阳之旧居⑫。瞻旷野之萧条兮，息余驾乎城隅⑬。践二子之遗迹⑭兮，历穷巷之空庐。叹《黍离》之愍周兮，悲《麦秀》于殷墟。惟古昔以怀今兮⑮，心徘徊以踌躇。栋宇存而弗毁兮，形神逝其焉如⑯。昔李斯之受罪兮⑰，叹黄犬而长吟。悼嵇生之永辞兮，顾日影而弹琴。托运遇于领会兮⑱，寄余命于寸阴⑲。听鸣笛之慷慨兮，妙声绝而复寻⑳。停驾言其将迈兮㉑，遂援翰而写心㉒。

“怎能忘记旧日朋友，心中能不怀想？旧时朋友岂能相忘？友谊地久天长。”一曲《友谊地久天长》正是由于唱出了人们的心声而传遍全球的。思旧之心，人皆有之。思旧之文，琳琅满目，然而一旦这种情感被压抑，寓之于文就不同寻常了。魏晋易代之际文人向秀的《思旧赋》就别具一格，感人至深。

向秀生活在司马氏篡权、擅权、推行虚伪礼法的黑暗时期。正直的知识分子或是直接拒绝与统治者合作，抨击虚伪礼法和趋炎附势之士；或是纵酒谈玄，不问世事，“托好老庄，贱物贵身”（嵇康《幽愤诗》），对司马氏政权表面取敷衍态度，实际上却是消极反抗。向秀与同时的阮籍、嵇康、山涛、刘伶、王戎、阮咸结成的“竹林七贤”就是这样的一个文人集团。向秀与嵇康及吕安是情投意合的朋友，交谊最深，他和嵇康一块打过铁，和吕安一起灌过园等（见《晋书·向秀传》）。后来嵇康和吕安都被司马氏所忌恨诬杀，成为当时残暴昏庸又极端虚伪的政治统治的牺牲品。向秀途经这两位朋友的故居时触景生情，对好友冤死的悲愤、惋惜、同情以及对自己境遇的伤感，不能自抑，不吐不快，但又深知统治者的残暴和对言论自由的扼杀，不能畅言，又不敢明言，于是便写了这篇情辞沉痛、余韵不尽的短赋，寄托自己深沉的悼念，也是一种敢怒不敢言的反抗。

赋前有仅一百零五字的小序，非常凝练。首先写到了与他们的交谊：“有不羁之才”，赞扬了他们的多才多艺；“志远而疏”、“心旷而放”，赞扬了他们志趣的高致和旷达。接着又通过嵇康临刑前从容镇定、至死不屈的场面描写，显示了作者对他们的崇敬。最后交代了作赋的时间、环境和原因：在一个夕阳西下异常寒冷的傍晚，作者从洛阳返回时绕道山阳故友的旧居，听到旧居邻人那悲怆悠扬的笛声，一种难以抑制的思旧之情涌上心头，遂作此赋。小序虽短，但涉猎的内容极其丰富，蕴涵的情感异常深沉，为抒写赋的正文作了很好的铺垫。

赋的正文共一百五十六字、十二句，可谓短小精悍。在结构上很自然地分为三部分：眼前之景的描写用了四句，五到十句触景生情，最后两句写闻笛之感。

眼前之景是怎样的呢？嵇康、吕安被杀后，原本就不愿与统治者合作的向秀更增添了内心的愤慨，可又不得已而应本郡举荐入京城洛阳，归途中绕道嵇康旧居，来到萧索衰败的旷野，踏着旧日朋友的遗迹，穿过简陋的小巷、空空的小屋。这就是展现于向秀眼前的景物。置身于此时此景，联想到昔日朋友们的游晏之好、投机话题，而今竟永诀，“物是人非事事休”，怎不令他“欲语泪先流”（李清照句）？在这里，凄清的景物与悲怆的情思交相映衬，更显思旧情深。作者在以前一定没有少来过此处和朋友欢聚畅游，在文中只字未著，也没有提及为什么又来这里，可是情怀已不言自明，读者早已体会到了感情的力度。这是该赋的一大特色：触景生情，思旧情深。

以下连用典故寄寓感慨，是另一特色。其一，“叹《黍离》之愍周”。这是借用了东周大夫行至旧都镐京，见宗庙宫室毁弃，废墟之上长满离离禾黍，感伤而作《黍离》的典故。其二，“悲《麦秀》于殷墟”。是指《尚书大传》中的微子将朝周，过殷墟见“麦秀渐渐，禾黍油油”，因而哀叹父母之国的沦亡而作《秀麦歌》之事。向秀这时经亡友故庐，抚今思昔，“心徘徊以踌躇”，典故与现实的相通之处在哪里呢？面对人事沧桑，睹物伤情，寄托怀旧感慨已很明显。再深入一点看，这薄暮中荒凉凄寒的旷野旧庐不也正是典故中的历代废墟吗？那么借用典故就还有另外的寄托，那就是作者对国家命运的忧虑。但这也没有抛开思旧的主题：正是残暴的统治者诬杀了作者的正直挚友并实行黑暗统治，使得国家命运衰微，日薄西山。第三个典故是李斯受谗而身受五刑前，对儿子哀叹“吾欲与若复牵黄犬，出上蔡东门逐狡兔，岂可得乎？”（《史记·李斯列传》）。用在这里既是引出对嵇康临刑前“顾视日影，索琴而弹之”的壮烈场面的描写，又是为嵇、吕二人受谗而死鸣不平，对挚友的敬仰和对永诀的哀悼之情跃然纸上。“托运遇于领会兮，寄余命于寸阴。”既发出了对人生遭遇变幻无常的哀叹，又充满着对故友慷慨达观精神的深挚怀念和颂扬。

最后两句写闻笛之感。眼前之景已令作者感伤难止，恰在此时又传来旧居邻人悠扬凄婉的笛声，朦胧中就像是又听到了故友美妙的琴声，心动神悲，更是欲罢不能。可以说，这正是这篇短赋抒情的高潮。偏偏正是在这情感的高潮声中，作者又匆匆收笔，戛然而止，只以这点含蓄的文字奉献给昔日的挚友，因而留给读者不尽的余韵，令人痛绝。

对于这篇短赋，鲁迅先生曾在《为了忘却的记念》中这样说：“年轻时候读向子期的《思旧赋》，很怪他为什么只有寥寥的几行，刚开了头却又煞了尾。然而，现在我懂了。”同样为环境所迫，同样是情感被压抑。鲁迅先生的话可以帮助我们更好地理解这篇《思旧赋》。不难看出，这篇小赋在抒写一种被压抑的思旧情感方面确乎为人们提供了绝妙的技巧。

唐代诗人刘禹锡的“怀旧空吟闻笛赋”（《酬乐天扬州初逢席上见赠》）诗句，即是借指向秀的这篇《思旧赋》。千百年来，《思旧赋》已成了人们思旧伤怀、触景生情的代言词，足见此赋影响的深远。（周广全）

【注】 ①嵇康：字叔夜，谯郡铚（今安徽宿县西）人，三国魏思想家、文学家。与阮籍齐名，官任中散大夫。因不与司马氏集团合作，且"非汤武而薄周孔"，为钟会构陷，被司马昭所杀。吕安：字仲悌，东平（今山东东平）人。因反对司马氏标榜名教和阴谋篡权，又遭庶兄吕巽诬陷，为司马昭所杀。居止：居住、止息的地方，指寓所。②以事见法：指受谗被害。见法：被刑。③博：广泛。综：综集。④丝竹：指琴瑟箫笛等管弦乐器。⑤就命：绝命，指被杀。就：终。⑥"顾视日影"二句：据史书载，嵇康临刑前，"颜色不变"，顾视日影，计算一下距离行刑的时间，索琴而弹《广陵散》，并叹息道："《广陵散》于今绝矣。"⑦逝将：行将。西迈：西行，指西往洛阳。⑧薄：迫近。虞渊：神话中日落之处。⑨寥亮：嘹亮。⑩将命：奉命。适：往。远京：指魏都洛阳。⑪旋反：归来。北徂（cú 殂）：往北行。⑫山阳：县名。在今河南省焦作市东南。嵇康故居所在地。⑬息：停。驾：车。⑭二子：指嵇康和吕安。⑮惟：思，想到。⑯焉如：何往。⑰受罪：被刑。⑱托：寄托。运遇：命运。领会：际遇，际会。⑲"寄余命"句：把余生寄托在（弹琴的）片刻时间里。李周翰注："（康）索琴而弹，是寄命于分寸之阴耳。"⑳绝而复寻：断而又续。㉑"停驾"句：停着的马车将要启程了。言、其：语助词，无实义。㉒援：执，握。翰：毛笔。

谢庄

月赋

陈王初丧应、刘①，端忧多暇②。绿苔生阁，芳尘凝榭③。悄焉疚怀，不怡中夜。乃清兰路，肃桂苑，腾吹寒山④，弭盖秋阪⑤。临濬壑而怨遥⑥，登崇岫而伤远⑦。于时斜汉左界⑧，北陆南躔⑨。白露暖空，素月流天。沉吟齐章⑩，殷勤陈篇⑪。抽毫进牍⑫，以命仲宣⑬。

仲宣跪而称曰：臣东鄙幽介⑭，长自丘樊⑮，昧道懵学⑯，孤奉明恩⑰。臣闻沉潜既义⑱，高明既经⑲。日以阳德，月以阴灵⑳。擅扶光于东沼㉑，嗣若英于西冥㉒。引玄兔于帝台，集素娥于后庭㉓。朒朓警阙㉔，朏魄示冲㉕。顺辰通烛㉖，从星泽风㉗。增华台室㉘，扬采轩宫㉙。委照而吴业昌㉚，沦精而汉道融㉛。

若夫气霁地表，云敛天末。洞庭始波，木叶微脱。菊散芳于山椒㉜，雁流哀于江濑㉝。升清质之悠悠，降澄辉之蔼蔼㉞。列宿掩缛㉟，长河韬映㊱。柔祇雪凝㊲，圆灵水镜㊳。连观霜缟㊴，周除冰净㊵。君王乃厌晨欢，乐宵宴㊶。收妙舞，弛清县㊷，去烛房，即月殿，芳酒登㊸，鸣琴荐㊹。

若乃凉夜自凄，风篁成韵㊺。亲懿莫从，羁孤递进㊻。聆皋禽之夕闻㊼，听朔管之秋引㊽。于是弦桐练响㊾，音容选和。徘徊房露㊿，惆怅阳阿[51]。声林虚籁，沦池灭波[52]。情纡轸其何托[53]，愬皓月而长歌[54]。

歌曰："美人迈兮音尘阙[55]，隔千里兮共明月。临风叹兮将焉歇，川路长兮不可越。"歌响未终，余景就毕[56]。满堂变容[57]，回遑如失[58]。又称歌曰："月既没兮露欲晞[59]，岁方晏兮无与归[60]。佳期可以还[61]，微霜沾人衣！"

陈王曰："善。"乃命执事[62]，献寿羞璧[63]。敬佩玉音，复之无斁[64]。

写风花雪月是我国文学的一个传统，然其滥觞最多也仅能上限及于抒情咏物赋昌盛的中古时代。《诗经》、《楚辞》之中其实找不到此类的主题，虽然谢庄的《月赋》言及"沉吟齐章，殷勤陈篇"，似乎咏月诗已早在《诗经》的《齐风》及《陈风》中首开先例，但《齐风》的《东方之日》与《陈风》的《月出》语虽涉月，实属起兴，不能算是"月"的专题之作。及于时代的悲歌乍起于三曹之笔端，隆盛雍庄的汉大赋的华章已失色于不幸的时代，堆砌天下之奇字以铺陈而炫耀博学的文人之陋习已难以抒发那乱世的哀音，于是综述可及于《楚辞》以来的文学抒情的传统，乃在悲歌慷慨、哀题民生的建安文坛重振于三曹、七子的笔端，而汉乐府民歌之流畅通易、善作比兴的迷人之技诱致建安一代之文风犹如魂兮归来般地重获生机而擎起一面崭新的旗帜。我国的文学之长河源流及于如此满目情怀、不可自已的历史台阶之前，乃顿现一派新异之景观。文人的审美追求已不再是津津有味地模拟、铺砌、陈列的文字逞奇之事，而是一改此习，用比兴以抒发千丝万缕的人生之浩叹，于是蔚为一代之盛的抒情小赋乃崛起于中古的文坛，而综具比兴以抒情的咏物之赋乃应运而生，风花雪月之咏遂成风气。此类新作之一出现，便情真意切，凝聚了一代文士的神韵：王粲的《登楼赋》、曹植的《洛神赋》堪称抒情小赋之开山杰构，其实已把"不歌而诵"的散文之赋质变为"感物吟志"(《文心雕龙·明诗》)的诗歌之赋，已非散文之属，而是优美的抒情散文诗。而善作比兴以寄情的汉乐府民歌之绝技，乃诱导一代文坛俊杰去模仿与探索，于是咏物以比兴的赋作乃成一代之盛，若《鹞雀赋》、《蝙蝠赋》、《鷦鷯赋》、《蜘蛛赋》、《螳螂赋》、《圆扇赋》、《鹦鹉赋》、《琴赋》、《桔赋》诸篇什。自曹植迄于南朝刘宋之鲍照，二百七十年间角徵竹帛，逸响不绝。而继上述咏物之赋而问世的《雪》、《月》二赋，则是一改吟咏鸟兽草木之名之通例而放眼自然，寄情太宇，另辟蹊径。这正是名副其实的"风花雪月"之作的诞生！它们出自声振一代的"文章世家"——陈郡阳夏(今河南太康)谢氏阀阅子弟谢惠连、谢庄之手笔。而晶莹如鉴的《月赋》正是脍炙人口、广为传诵的佳作之一。

《月赋》无论立意与谋篇皆效谢惠连之《雪赋》。《雪赋》开篇写梁王游于兔园，"俄而微霰零，密雪下"，乃"歌北风于卫诗，咏南山于周雅"；《月赋》开篇则以陈王曹植于好友应玚、刘桢初丧之际，悼心失图，哀莫自禁，中夜不寐，游于桂苑，对如水之月色，发思古之浩叹。当此之际，亦如《雪赋》之写梁王歌"卫诗"与"周雅"，陈王则吟"齐章"与"陈篇"(所歌吟者无非《诗经》)。歌《诗》之后，亦如梁王乃"授简"于司马相如，命其作赋；陈王则"抽毫进牍，以命仲宣"，也是拿出了文具，受命的却是王粲(皆是命题作赋)。《雪赋》乃写司马相如即席应对，所言典实无非白雪故事；《月赋》亦写王粲"跪而称曰"，生发出一番谈月妙语。《雪赋》之末，写"邹阳闻之"，"赋积雪之歌"，"又续而为白雪之歌"；《月赋》之末，王粲亦作"长歌"，之后"又称歌"。十分明显，《雪》、《月》两赋之谋篇结构何其雷同乃尔！确实是按照一个程式去"堆砌"成文的，而如此为赋的始作俑者当是宋玉，传为他的《风赋》以楚襄王游于兰台

之宫，“有风飒然而至”，乃兴出与宋玉的一番对话，遂铺张扬厉，兴寄成篇。于是君王游于苑囿，感于自然风物，询义于侍从之臣，应对成篇，以如此对话体而为赋者自《风赋》始而成楷模，后作者乃效之不厌，继之不绝。

可见“吟风弄月”之赋，其旨原非仅为“体物”，却在“缘情”。宋玉的《风赋》设“雌雄之风”以喻君、民之尊卑。小谢咏雪，赞雪“凭云升降，以风飘零；值物赋象，任地班形”之德，而“白羽虽白，质以轻兮；白玉虽白，空守贞兮”：一贬白羽、白玉之洁，认为白羽、白玉“未若兹雪，因时兴灭”，雪兼具羽之轻、玉之洁，然羽与玉却无雪之遇阴则凝，逢阳则“不固”的品节，以喻顺时随势的处世哲学。而谢庄咏月则述月之朔望、晦明、盈缺、升沉诸品德以为帝王之明鉴，所谓“朒朓警阙，朏魄示冲”（晦、朔之月不盈而亏，似警告帝王德行之欠缺；而新月之始出，光自不明，以明示为君者理当谦冲，不自盈大），则把独行太空、无心人世的自然之月，赋予以善解人意的灵知，把人目共睹、万世如斯的诸多行藏造化，赋予以警谏人帝、示教民君的圣心。月俨如一幅含义丰富的图画：圆极则缺，缺终为圆，升沉之间，晦明东西，如此等等，确似一番哲理箴言，足资人生之借鉴。其实月本无意，人却有情，咏物赋之比兴意义于此可见！——这是谢庄《月赋》第二自然节中的思想内容。其实这仍然是模仿《雪赋》的程式，《雪赋》的起笔也是借司马相如之口叙述“雪之时义远矣哉”的。

至于“若夫气霁地表，云敛天末”以下之描写乃是《月赋》全篇之高潮。先述玉宇晴夜，南楚新秋，野菊斑斓于山脊，雁阵声彻于江浦，于此良夜，云淡风轻，玉宇碧透，于是“升清质之悠悠，降澄辉之蔼蔼”。素月东升，光华如练；群星失辉，银汉暗淡；大地如凝雪千里，长空如碧水素湍；宫阙如覆盖上缟素，殿阶明净如冰：如此迷人的银夜足令人神往废寝，兴至情生！读此文但见处处月色却不见月，而“雪凝”、“水镜”、“霜缟”、“冰净”以及“白露暖空，素月流天”的精彩神笔，真把读者陷入无尽月色、夜色、秋风、凉宵的绝妙之境中，唤起人们各自经历过的生活体验，勾动着百代之下千万读者的感情。而这样的写月妙技皆被唐人张若虚学去，化作《春江花月夜》的精髓与神韵。万籁俱寂、孤月无声的情景，更加重了陈王的“初丧应、刘”、“悄焉疚怀”的伤悼之情，所谓“收妙舞，弛清县”、“芳酒登，鸣琴荐”，其实是苦酒解忧、哀弦抒悲之举！

这是在悼亡中赏月，故所闻者唯觉哀凄，所见者尽成素缟，所感者唯有“亲懿莫从，羁孤递进”而已。如此冷月秋光、肃穆逼人的静夜，唯孤鹤鸣于天外，管弦发于清高，其实是无心赏月，嗟我怀人罢了！故伤痛之情言犹未尽，“情纡轸其何托，愬皓月而长歌”，化作遥怨以伤远而已！歌词所言之“美人”乃指亡者，第一首四句所道无非伤生死殊途，会期永绝；第二首四句承第一首言重逢难再，遂作人生迟暮、块然无偶之兴叹。

月，这一阅尽人世沧桑而又无情于人世的天上白璧，却联结着人们无限的情怀，诸如伤春、悲秋、悼亡、怀远等愁苦凄哀之情，往往借咏月而抒畅。千古咏月之妙作多欢娱之情绝而愁苦之境重，此类主题实当首推《月赋》为先行，它以清惋幽凄的妙境浓化了悲愁伤悼的情怀，唐宋佳作述月者往往脱胎于兹。例如，苏轼的前、后《赤壁赋》几乎是《月赋》的改作，所谓“白露横江，水光接天”、“霜露既降，木叶尽脱”以及歌词之“望美人兮天一方”等处皆可见出《月赋》的影子。至于《水调歌头》之“千里共婵娟”诸句，更是《月赋》“隔千里兮共明月”的化用。

“风花雪月”的比兴意义在后继者的末流之作中已经消亡，他们临夜观月早已叛离高雅的咏怀而寄衷于闺闱的艳语，乖舛此类逸兴雅吟之初衷。或亦有仅吟风月，弄花草，颇类玩物丧志之文字游戏而已！为白居易所反对，实非《月赋》之同类。

谢庄之后，如江淹、庾信诸家之赋，乃苛求声律，苦拘对仗，清人姚鼐贬之为“辞益俳而气益卑”，“气益卑”或不见得中肯，而“辞益俳”确是事实。而《月赋》却是诞生于这一风气之前，“辞俳”的重担尚未完全压在全文的框架上，然其中不少的排比与对仗确如“山雨欲来”已在《月赋》中“超前”一般地形成，而所造成的却是一种优美的气势，更显得其势益壮，而非其“气益卑”了！

（张元勋）

【注】 ①陈王：指曹植，曹操第三子，曹丕同母弟，封陈王，谥曰思，故世称“陈思王”。应、刘：指应玚、刘桢，二人均属建安七子，是围聚在曹氏父子身边的作家。 ②端忧：此处在言陈王以好友应玚、刘桢一时俱逝而忧伤之至，但依然端庄安详。多暇：言因忧愁而无事闲闷。 ③榭（xiè谢）：台上起屋。凝：此处有堆积之意。 ④腾：驰。此言乘车疾驶。吹：吹奏笙箫一类的乐器。 ⑤弭：按辔徐行。盖：车盖，车上之伞状设置，以蔽日光风雨。阪（bǎn板）：山坡，斜坡。 ⑥临：面对。濬壑：深涧。怨遥：悠远的哀怨。 ⑦崇岫（xiù袖）：高山。岫：峰峦。二句意谓无论登高还是临深，都引起悠远的哀伤之情。 ⑧汉：即天河。左界：指东方。 ⑨北陆：即二十八宿之虚宿。《尔雅·释天》：“北陆，虚也。”《礼记·月令》云：“季秋之月，昏，虚中。”可知虚宿在晚秋九月间黄昏见于天中。躔：日月运行的度次。 ⑩沉吟：低声吟诵。齐章：指《诗经》中之《齐风》的《东方之日》。该诗第二章云：“东方之月兮，彼姝者子，在我闼兮。” ⑪殷勤：周到，尽心。此处引申为反复沉吟。陈篇：指《诗经》中《陈风》的《月出》，该诗三章之首句皆言“月出”云云。 ⑫毫：笔。牍：古代用以书写的木简。 ⑬仲宣：王粲的字。 ⑭东鄙：东方僻远的地方。王粲是山阳高平（今山东邹县西南）人，故自称“东鄙”。幽：昏暗。介：细小。 ⑮丘樊：丘林荒野。 ⑯昧：作目不明解。此自谦不学无术，糊涂无知。 ⑰孤奉：单独享有。明：谓教诲而使目明，乃对上句“昧道懵学”而言。 ⑱沉潜：深沉潜伏，此处指“地”。故“沉潜既义”乃谓“地义”。 ⑲高明：指位在高处，此处指“天”。故“高明既经”乃谓“天经”。 ⑳“日以阳德”二句：古人以日为阳之精，月为阴之精。所谓“阳德”意为日给人以阳的德性；“阴灵”则谓月给人以阴的精华。从“沉潜既义”以下，至“沦精而汉道融”，皆言日月升沉、阴晴晦明等自然现象所表现的哲理及其对人世兴衰的因果意义。 ㉑擅：专有。扶光：扶桑之光。扶桑是古代神话中的东方神木。《山海经·海外东经》：“汤谷上有扶桑，十日所浴。”东沼：即汤谷，古代神话中的神池，为日出处。《楚辞·天问》：“出自汤谷。”王逸注：“日出东方汤谷之中。” ㉒嗣：尔后。若英：若木之花。若木是古代神话中的西方神木。西冥：昧谷。若木与西冥，古指日落处。 ㉓玄兔、素娥：指月中之兔与嫦娥。玄：黑色。素：白色。帝台、后庭：皆天空星座名。帝台共四星，在织女东，又称“天台”、“渐台”。后庭：即帝庭。 ㉔朒（nǜ恧）：朔日出现于东方之月。朓（tiǎo窕）：阴历月底于西方所见之月。警：警告。阙：过失。 ㉕朏（fěi诽）魄：谓新月之形。冲：虚，谦虚。《老子》：“大虚若冲。” ㉖顺辰：月依子丑寅卯等十二时辰通行。通烛：遍照。烛：光照。 ㉗从星：古人观察天象，以视月之位置在何星座而预测风雨。《尚书·洪范》曰：“月之从星，则以风雨。”孔安国注曰：“月经于箕则多风，离于毕则多雨。”泽风：雨风。 ㉘台室：即三公位，

或称“天台六星”。 ㉙轩宫：即轩辕宫。 ㉚吴业昌：相传三国时代吴国之孙策，其母梦月入怀而生。昌：盛。 ㉛汉道融：《汉书》载元后之母梦月入怀而生元后。融：明。 ㉜山椒：山顶。 ㉝濑：水泥沙上，为水流浅清之处。 ㉞“升清质”二句：言月升光照之状。清质：指月。悠悠：闲静貌。 ㉟列宿：指群星。掩缛：掩没光彩。 ㊱长河：指天河。韬映：隐没光辉。 ㊲柔祇：地道阴柔，故以称地。 ㊳圆灵：指天。 ㊴连观：宫观相连。 ㊵周除：周围殿阶。 ㊶“君王”二句：大意谓君王厌倦于白昼之娱乐而偏爱夜间之宴饮。 ㊷弛：废。县：悬挂。此指钟磬一类悬挂乐器。 ㊸登：进，献。 ㊹荐：献。 ㊺“若乃”二句：意谓凉夜独自凄切，风吹竹丛发出有韵律的声响。篁：竹丛生也，此指竹。 ㊻“亲懿”二句：言无有一个好亲戚在身边，只有他乡之客鱼贯而入以随同。亲懿：好亲戚。羁：寄居作客。递进：一个接一个。 ㊼皋禽：指鹤。皋：水边高地。 ㊽朔管：羌笛。北方曰“朔”。秋引：悲秋之曲。引：曲调。 ㊾弦桐：琴，古谓神农削桐为琴，练丝为弦。练：选。 ㊿徘徊：谓所奏房露之曲令听者徘徊伤怀。房露：古曲名。 (51)惆怅：谓所奏阳阿之曲令听者惆怅之至。阳阿：古曲名。 (52)“声林”二句：意为风将息而树林停止了声响，池中的微波也平息了。虚：消失。籁：天然的声响。 (53)纡：曲折。轸：痛苦。 (54)愬(sù诉)：向着。 (55)迈：远。阙：此作“断绝”解。 (56)景：光。此指月光。就：即将。此言月将西沉，余光将尽。 (57)变容：指人的表情失色。 (58)回遑：彷徨，也作“徊徨”。如失：若有所失。 (59)晞(xī西)：干。 (60)“岁方晏”句：意思是一年即将结束了，谁与我一同归去。晏：晚。 (61)佳期可以还：美好的时光还能再来。意谓月还会自东方升起。还：返。 (62)执事：服务于人，供给使令者。 (63)寿：凡晋爵于尊者、赠人以金帛礼物皆曰“寿”，此指进献。羞：美食。璧：玉璧。 (64)“敬佩”二句：此是陈王所言，意谓我恭敬地把王粲的文章记在心中，并经常重温而不厌。佩：铭记。玉音：对王粲以上赋月之文的美称。斁(yì义)：厌弃。

江淹

别赋

黯然销魂者[①]，唯别而已矣。况秦、吴兮绝国，复燕、宋兮千里[②]。或春苔兮始生，乍秋风兮暂起[③]。是以行子肠断[④]，百感凄恻[⑤]。风萧萧而异响[⑥]，云漫漫而奇色[⑦]。舟凝滞于水滨[⑧]，车逶迟于山侧[⑨]。棹容与而讵前[⑩]，马寒鸣而不息[⑪]。掩金觞而谁御[⑫]，横玉柱而沾轼[⑬]。居人愁卧，怳若有亡[⑭]。日下壁而沉彩[⑮]，月上轩而飞光[⑯]。见红兰之受露[⑰]，望青楸之离霜[⑱]。巡层楹而空掩[⑲]，抚锦幕而虚凉[⑳]。知离梦之踯躅[㉑]，意别魂之飞扬[㉒]。故别虽一绪[㉓]，事乃万族[㉔]。至若龙马银鞍[㉕]，朱轩绣轴[㉖]。帐饮东都[㉗]，送客金谷[㉘]。琴羽张兮箫鼓陈[㉙]，燕、赵歌兮伤美人[㉚]。珠与玉兮艳暮秋，罗与绮兮娇上春[㉛]。惊驷马之仰秣，耸渊鱼之赤鳞[㉜]。造分手而衔涕[㉝]，感寂寞而伤神[㉞]。乃有剑客惭恩[㉟]，少年报士[㊱]，韩国赵厕，吴宫燕市[㊲]。割慈忍爱[㊳]，离邦去里[㊴]。沥泣共诀[㊵]，抆血相视[㊶]。驱征马而不顾[㊷]，见行尘之时起。方衔感于一剑[㊸]，非买价于泉里[㊹]。金石震而色变[㊺]，骨肉悲而心死[㊻]。或乃边郡未和，负羽从军[㊼]，辽水无极[㊽]，雁山参云[㊾]。闺中风暖，陌上草薰[㊿]。日出天而曜景[(51)]，露下地而腾文[52]。镜朱尘之照烂，袭青气之烟煴[53]。攀桃李兮不忍别，送爱子兮沾罗裙[54]。至于一赴绝国[55]，讵相见期[56]。视乔木兮故里[57]，决北梁兮永辞[58]。左右兮魂动[59]，亲宾兮泪滋[60]。可班荆兮赠恨[61]，唯樽酒兮叙悲[62]。值秋雁兮飞日，当白露兮下时。怨复怨兮远山曲[63]，去复去兮长河湄[64]。又若君居淄右[65]，妾家河阳[66]，同琼佩之晨照，共金炉之夕香[67]。君结绶兮千里[68]，惜瑶草之徒芳[69]。惭幽闺之琴瑟，晦高台之流黄[70]。春宫闷此青苔色[71]，秋帐含兹明月光。夏簟清兮昼不暮[72]，冬釭凝兮夜何长[73]！织锦曲兮泣已尽，回文诗兮影独伤[74]。傥有华阴上士，服食还山[75]。术既妙而犹学，道已寂而未传[76]。守丹灶而不顾[77]，炼金鼎而方坚[78]。驾鹤上汉[79]，骖鸾腾天[80]，暂游万里，少别千年[81]。唯世间兮重别，谢主人兮依然[82]。下有芍药之诗[83]，佳人之歌[84]，桑中卫女，上宫陈娥[85]。春草碧色，春水渌波[86]。送君南浦[87]，伤如之何[88]？至乃秋露如珠，秋月如珪[89]，明月白露，光阴往来[90]；与子之别，思心徘徊。是以别方不定[91]，别理千名[92]。有别必怨，有怨必盈。使人意夺神骇，心折骨惊[93]。虽渊、云之墨妙[94]，严、乐之笔精[95]，金闺之诸彦[96]，兰台之群英[97]，赋有凌云之称[98]，辩有雕龙之声[99]，谁能摹暂离之状，写永诀之情者乎？

南朝文学家江淹一生，经历了宋、齐、梁三朝。但他现存的作品大抵作于刘宋后期，只少部分文章可定为齐初所作。至于南齐中期以后的诗文，据《隋书·经籍志》记载，本有一个《江淹后集》，但久已散佚。据说江淹入南齐后有"才思减退"之事。他后期作品的散失也许即由此故。至于这篇历来传诵的《别赋》，其写作时代虽难确考，但从他一系列赋作的内容看来，大致为宋后废帝元徽二年(474)至顺帝升明元年(477)间在建安吴兴(今福建浦城)时所作。因为江淹在那个时期仕途上最不得志，曾经写了不少辞赋以抒发其悒郁不安之气，自伤身世之悲。其中如《青苔赋》、《待罪江南思北归赋》等，从情调到艺术风格均与此赋相类。不过，从艺术成就上说，此赋实为诸作之冠。因此被历来的读者奉为江淹的代表作。

江淹在晚年官位较高，生活也颇优裕，但他的早年却曾经历过不少坎坷。他早年丧父，家境贫困，曾经"采薪以养母"。后来他在刘宋几个藩王手下充任幕僚，还曾被诬下狱，虽然因上书得释，但仍只能随着这些藩王游宦各地，过那种寄人篱下的生活。这种经常背乡离井、游食四方的经历，尤其是远谪建安吴兴这样当时的穷僻之地，使他饱尝了离别之苦，所以写的内容不少是亲身体验，读来真切。例如赋的首段，用"黯然销魂者，唯别而已矣"一句，就十分深刻而概括地道出了种种离情别绪对人的共同感受。接着作者又对"居人"和"行子"的心情作了细致的描写。他写"行子"主要是从描绘旅途景色入手，不但风声、云色显得异常萧瑟、凄凉，而且把车马、船只也加以拟人化，似乎它们也在同情人的离别之情，而不愿离去。这种句子虽属写物，其用意却在通过物来反衬人的心理。作者有意识地将"行子"登程的时间安排在寒冷的秋冬，于是风声、云色、马的寒鸣更加强了凄苦之情。如果说作者对"行子"的描写颇为传神的话，那么他对"居人"的描写则更为出色。在封建

社会里，一般来说出外谋生的总是男子，而独守空房的“居人”则多系妇女。所以“居人愁卧，怳若有亡”八字，就活画出丈夫远出以后思妇的凄凉寂寞之情。在这种心情的支配下，人们对时间的迁移往往特别关心，而且越到日暮，相思之情愈切。“日下壁而沉彩，月上轩而飞光”，在“居人”心中自然会想到行子现在已到何处？是否能找到安宿之处？她看到“红兰受露”、“青楸离霜”，更会觉得时节变换，气候转冷，更想念到“行子”的衣着是否已嫌单薄。于是“愁卧”的她心烦意乱，在室内徘徊起来。当然，这是徒然的，人去楼空，结果只能是更增添伤感。这种离别之际的痛苦，在古代交通不发达，而许多下层士子又不得不到处游宦求食的时代，应该是比较普遍的。江淹早年也是这群人中的一员。他自然经历而且熟知个中滋味，所以写来倍感逼真。

在《别赋》中不但写了“行子”、“居人”的心态，还列举了种种不同的离别之情。如富贵者之别、游侠之别、从军者之别、出使绝域者之别、游宦者的夫妇之别、求仙者之别以及情侣之别。这几种人的离别之情各不相同，作者描写的手法也因之而异。例如写游侠之别，基本上是以历史上的荆轲等人的事迹为蓝本的，因此突出他们慷慨赴死的特点：“沥泣共诀，抆血相视。驱征马而不顾，见行尘之时起。”使人想起《易水歌》中“壮士一去兮不复还”的悲壮之声。写游宦者的夫妇之别则十分细腻动人。“春宫閟此青苔色，秋帐含兹明月光。夏簟清兮昼不暮，冬釭凝兮夜何长”四句，便概括了四季之中思妇的种种相思心情。这种笔调绮丽悱恻，与游侠之别迥异。但两者之间并无不调和之感，反而相映成趣。至于写情侣之别，尤为一往情深，富于诗意。如“春草碧色，春水渌波。送君南浦，伤如之何”几句，更是传诵的名句。其他像写富贵者之别和从军者之别也颇能抓住其特点，给人以不同的印象。

当然，在《别赋》中所写的种种人物，也不是都很成功的。如求仙者之别，就很难使人感到有什么能令人“黯然销魂”之处。赋中“暂游万里，少别千年”两句，似即化用鲍照《代升天行》中“暂游越万里，少别数千龄”句而来。但鲍诗中出现这种超脱的幻想是旨在表现自己对热衷名利者的蔑视；而江淹此赋旨在表现别离的痛苦，而忽来此超脱之句，那就使人感到不太自然了。此外，作者由于追求新奇，在赋中也有个别句子写得有欠通顺而受到后人批评，如“心折骨惊”之句就是如此。

但总的来说，江淹此赋，不但辞藻华美，深入、细致地描写了种种不同的离别之情，并且通过这种描写，形象地刻画出当时社会上各种人物不同的生活方式和心理状态。在某种程度上说，《别赋》也可以说是描绘种种世态的长幅图卷。它受到历来读者的喜爱，决非偶然。

（曹道衡）

【注】 ①黯然：心神沮丧、容色惨郁的样子。销魂：丧魂失魄。 ②“况秦、吴”二句：秦、吴、燕、宋，都是周代的诸侯国名，后沿用为地名。秦在今陕西一带，吴在今长江下游江苏、浙江一带，燕在今河北北部一带，宋在今河南东部一带。绝国：相距极远的国家。 ③“或春苔”二句：有的人在春色宜人正好共同游冶时却要分别，有的人在送别时，突然刮来一阵秋风，更增加了凄凉的感觉。这是说每逢季节变更，更使人伤感，春秋尤其如此。或：有的人。苔：青苔，代指春色。乍：忽然。 ④行子：旅客。肠断：形容悲痛之极。 ⑤百感：种种心事。凄恻：悲伤。

⑥萧萧：形容风声。异响：与平时声音不同。　⑦漫漫：无边无际的样子。奇色：云色与平常不同。　⑧凝滞：留止不前的样子。　⑨逶迟：行走缓慢的情形。　⑩棹（zhào照）：船桨，这里指船。容与：徘徊不进的样子。讵：岂。　⑪寒鸣：悲鸣。　⑫掩：覆。觞：酒杯。御：进。　⑬横：放置。玉柱：用玉做的琴瑟系弦的短柱。这里指琴瑟。沾轼：眼泪浸湿了车前的横木。　⑭怳：失意的样子。亡：失。　⑮下壁：照在墙上的阳光移去。沉彩：消失光辉。　⑯轩：楼板，槛板。飞光：光华照耀。　⑰红兰：秋兰。　⑱楸（qiū秋）：落叶乔木，干高叶大。离：同“罹”，遭受。　⑲巡：看。层楹：高的柱子，指高大房屋。　⑳抚：抚摸。锦幕：用有花纹的丝织品做的帷帐。虚凉：行子已去，居人寂寞，觉得床帐无温，所以说虚凉。　㉑离梦：行子所做的梦。踯躅：徘徊不进。　㉒意：料想。飞扬：心神不安，飘荡无依。　㉓一绪：同一种情绪。　㉔族：类。　㉕龙马：骏马。银鞍：镶银的华丽马鞍。　㉖朱轩：古代贵族坐的轿车，漆上大红色。绣轴：车轴上加上采饰。　㉗帐饮东都：西汉疏广、疏受叔侄二人告老还乡时，送行的公卿大夫故旧数百人，在长安东都门外为他们饯行（见《汉书·疏广传》）。帐饮：在郊外张挂帷帐设酒食饯行。东都：东都门，西汉长安的城门名。　㉘送客金谷：指晋石崇在金谷园设盛宴为还长安的征西将军祭酒王诩送行的事。金谷：地名，在洛阳西北，因金水流经此谷而得名，也叫“金谷涧”。石崇在此造园，世称“金谷园”。　㉙琴羽：琴中发出的羽声。羽：五音之一，声调慷慨。张：开，弹奏。陈：罗列。　㉚燕、赵歌：燕、赵的美人唱歌以和。伤美人：在离别的愁苦中，连歌唱的美人也悲伤不已。　㉛“珠与玉”二句：珠、玉、罗、绮，都指妇女的装饰。艳暮秋：使暮秋艳丽起来。娇上春：使初春变得娇美。　㉜“惊驷马”二句：形容音乐之美，使正在低头吃草的马昂起头来，使潜伏在深渊中的鱼跳跃起来。驷马：古时用四马驾一车，这里泛指马。仰秣：正在吃草的马仰起头来。秣：草料。耸：惊动。鳞：指鱼。《荀子·劝学》：“昔者瓠巴鼓瑟而流鱼出听，伯牙鼓琴而六马仰秣。”　㉝造：临到。衔涕：含泪。　㉞伤神：心神伤痛。　㉟剑客：精通剑术的侠士。惭恩：惭愧未能报答主人的知遇之恩。　㊱报士：勇于报仇的人。　㊲韩国：指聂政刺杀韩相侠累事。战国时严仲子与韩相侠累有仇，逃亡到齐，用百金结交刺客聂政。聂政感其知遇，至韩而刺杀了侠累。赵厕：指豫让欲刺杀赵襄子事。战国时豫让事晋智伯而受到优待，后智伯被赵襄子灭掉，豫让要替智伯报仇，变姓名为刑人，入赵襄子宫中涂厕，伺机刺杀赵襄子，被捕而自杀。吴宫：指专诸刺杀吴王僚事。春秋时吴国的公子光（即阖庐）与吴王僚争国，公子光结交专诸。在公子光宴请王僚的宴会上，专诸用进食的机会，把匕首藏在鱼肚中刺杀了王僚，专诸自己也被王僚的卫士杀死。燕市：指荆轲刺秦王的事。战国末年，燕太子丹收买荆轲，谋刺秦王嬴政，结果失败，荆轲反被杀死。以上均见《史记·刺客列传》。　㊳割慈：告别父母。忍爱：忍心离别妻子。　㊴邦：国。里：乡里。　㊵沥泣：洒泪。诀：永别。　㊶抆（wěn稳）：拭，擦。血：血泪。　㊷不顾：不回头看。　㊸衔感于一剑：因感知遇之恩而仗剑行刺。　㊹买价：换取美名。泉里：黄泉之下，即死的意思。　㊺金石震而色变：指秦舞阳事。秦舞阳随荆轲刺杀秦王，秦王接见时，卫士持戟夹陛而立，一会儿又钟鼓并发，舞阳大恐，面如死灰色。金石：指钟磬一类乐器。震：鸣奏。　㊻骨肉悲而心死：指聂政的姐姐聂荌事。聂政刺杀侠累之后，自己破面、抉眼、剖腹出肠而死。韩取聂政的尸体暴于市，下令有能辨识其人的赏千金，很久都没有人能认识。聂政的姐姐聂荌怕埋没弟弟的名字，就伏尸而哭，宣布弟弟的名字后自杀于弟旁。骨肉：指兄弟姐妹。心死：悲哀之极。　㊼羽：箭。　㊽辽水：辽河，在今辽宁省。无极：没有尽头。　㊾雁山：当指雁门山，在今山西省原平县西北。　㊿薰：香。　(51)曜景：闪耀着光辉。景：日光。　(52)腾文：露珠在阳光之下，闪耀着光彩。　(53)镜：照。朱尘：红尘。照烂：

辉耀灿烂。袭：侵人，即迎面扑来。青气：春天郊野之气。烟煴：即“氤氲”，气氛浓郁。 ㊿爱子：爱人，指征夫。沾罗裙：泪洒罗裙。 ㊺绝国：绝远之国。 ㊻讵相见期：岂有相见之期。

㊼视乔木兮故里：环视故乡多年的老树，不忍离去。乔木：高大的树。王充《论衡·佚文》有“睹乔木知故都”的话。 ㊽决：通“诀”，诀别。北梁：北面的桥梁。永辞：永别。 ㊾左右：左右的仆从之人。魂动：心魂震动。 ㊿泪滋：流泪。 61班荆：《左传·襄公二十六年》载：楚国伍举遭谗流亡国外，与楚国使者、伍举的好友声子在郑国郊外相遇，二人班荆饮食交谈，声子答应回楚后设法帮助伍举回国。后伍举被招回。后有“班荆道故”的成语。班：铺。荆：树枝条。赠恨：把一腔怨恨的心事告诉对方。 62唯樽酒兮叙悲：只有借一樽酒可以叙说心里的悲哀。《文选》题苏武诗四首有“我有一樽酒，欲以赠远人。愿子留斟酌，叙此平生亲”的诗句。 63远山曲：远山的曲折深奥处。 64湄：水边。 65淄右：淄水的西面。淄：水名，在今山东省。 66河阳：黄河的北面。今河南省孟县有河阳故城。 67“同琼佩”二句：写离别前的幸福生活，清晨在晨光中同起，傍晚在炉香中共坐。琼佩：玉佩。晨照：早晨共照一面镜子。金炉：古人熏香用的香炉。 68结绶兮千里：到千里之外去做官。绶：官印上系的带子。 69瑶草：香草，比喻闺中少妇。 70“惭幽闺”二句：因丈夫远出，无心弹奏琴瑟，对之不免惭愧；因怕眺远伤怀而罗幕深掩，所以高台晦暗不明。幽闺：深闺，指少妇的卧室。流黄：丝织的黄色帷幕。 71春宫：妇女住处。闷（bì必）：关闭。青苔色：指春色。 72簟（diàn店）：竹席。昼不暮：指白日的时间漫长。 73釭（gāng刚）：灯。凝：指灯光凝聚不动。 74“织锦曲”二句：苻秦时秦州刺史窦滔携宠姬赵阳台镇守襄阳，与妻苏蕙断绝音信。苏氏思念丈夫，用五色丝线织成纵横八寸的回文诗寄给丈夫，其诗回环反复，都能诵读，窦滔看后非常感动，便把苏蕙接去。织锦曲：即回文诗。回文诗：古代一种文体，其文从正反两方读之意义都通。 75“倘有”二句：李善注引《列仙传》说：魏人修芊，在华阴山下石室中锻龙石，取黄精食之，后不知所往。这是讲道士服食求仙事。华阴：即华阴山，今叫“华山”，在今陕西省渭南县南。上士：即道士，修炼得道的人。服食：吃丹药。还山：回山中修炼以求成仙。 76寂：寂静，道行高深的境界。未传：还没有达到通的境界。传：通。 77丹灶：炼丹的灶。不顾：不问人世。 78金鼎：炼丹的鼎。鼎：古代一种方形的锅。方坚：意志正坚。 79汉：银河。 80骖鸾：乘着鸾鸟在天上飞翔。 81“暂游”二句：万里不过是短暂的游程，天上小别，人间已是千年。 82“唯世间”二句：世间的人重视离别，即使是学道求仙的人，一旦飞升，仍不免依依不舍地和世人告别。《列仙传》载：王子晋好吹笙作凤鸣，游于伊、洛之间，道士浮丘公接他上嵩高山，三十余年后，他骑白鹤看望家人。家人在山下望着他而不能上，王子晋举手谢世人，数日后离去。谢：告辞。依然：依恋不舍的样子。 83芍药之诗：《诗·郑风·溱洧》诗中有“维士与女，伊其相谑，赠之以勺药”的诗句，后便把写男女恋爱的诗称为“芍药诗”。 84佳人之歌：汉李延年向汉武帝推荐他的妹妹，作歌一首：“北方有佳人，绝世而独立。一顾倾人城，再顾倾人国。宁不知倾城与倾国，佳人难再得！” 85“桑中”二句：《诗·鄘风·桑中》：“期我乎桑中，要我乎上宫，送我乎淇之上矣。”鄘亦卫地，故称诗中女子为“卫女”。陈娥：实际上也是指卫女，使其不与卫女重复。桑中、上宫：均卫地名，古代男女约会的地方。 86渌波：清波。 87南浦：因《楚辞·九歌·河伯》中有“送美人兮南浦”的诗句，后世便把男女送别的地方称为“南浦”。 88伤如之何：那是多么的伤心啊。 89珪：上尖下方的瑞玉。 90光阴往来：指季节更换，时光流逝。 91别方：离别的地方。 92别理千名：离别的原因有种种名目。 93心折骨惊：应是“骨折心惊”。江淹求奇，故写成“心折骨惊”。 94渊：王褒，字子渊。云：扬雄，字子云。二人都是西汉著名辞赋家。 95严、乐：严安、徐乐。

二人是汉武帝时著名的文章之士。 (96)金闺：指金马门，汉代官署名，汉武帝使学士待诏金马门以备顾问。彦：有才能的人。 (97)兰台：东汉宫中藏书的地方，后设有兰台令史，掌典校文籍，治理图书。 (98)凌云之称：用司马相如事。司马相如向汉武帝奏《大人赋》，武帝大悦，“飘飘有凌云之气，似游天地之间”。这是说作文已达到了富有感染力的境界。 (99)雕龙：辞采华丽，如雕镂的龙文。《史记·孟子荀卿列传》载：齐人邹衍“言天事”，善闳辩，邹奭“采邹衍之术以纪文”，文饰如雕文，齐人因称邹衍为“谈天衍”，称邹奭为“雕龙奭”。此指讲演水平极高。

庾 信

哀江南赋 并序

粤以戊辰之年[1]，建亥之月[2]，大盗移国[3]，金陵瓦解[4]。余乃窜身荒谷[5]，公私涂炭[6]。华阳奔命，有去无归[7]。中兴道销[8]，穷于甲戌[9]。三日哭于都亭[10]，三年囚于别馆[11]。天道周星[12]，物极不反[13]。傅燮之但悲身世，无处求生[14]；袁安之每念王室，自然流涕[15]。昔桓君山之志事[16]，杜元凯之平生[17]，并有著书，咸能自序[18]。潘岳之文采，始述家风[19]；陆机之辞赋，先陈世德[20]。信年始二毛，即逢丧乱，藐是流离，至于暮齿[21]。燕歌远别，悲不自胜[22]；楚老相逢，泣将何及[23]。畏南山之雨，忽践秦庭[24]；让东海之滨，遂餐周粟[25]。下亭漂泊[26]，高桥羁旅[27]。楚歌非取乐之方[28]，鲁酒无忘忧之用[29]。追为此赋，聊以记言，不无危苦之辞，惟以悲哀为主[30]。

日暮途远[31]，人间何世[32]！将军一去，大树飘零[33]；壮士不还，寒风萧瑟[34]。荆璧睨柱，受连城而见欺[35]；载书横阶，捧珠盘而不定[36]。钟仪君子，入就南冠之囚[37]；季孙行人，留守西河之馆[38]。申包胥之顿地，碎之以首[39]；蔡威公之泪尽，加之以血[40]。钓台移柳，非玉关之可望[41]；华亭鹤唳，岂河桥之可闻[42]！

孙策以天下为三分，众才一旅[43]；项籍用江东之子弟，人惟八千[44]；遂乃分裂山河，宰割天下。岂有百万义师[45]，一朝卷甲[46]，芟夷斩伐[47]，如草木焉！江淮无涯岸之阻[48]，亭壁无藩篱之固[49]。头会箕敛者，合纵缔交[50]；锄耰棘矜者，因利乘便[51]。将非江表王气，终于三百年乎[52]？是知并吞六合[53]，不免轵道之灾[54]；混一车书[55]，无救平阳之祸[56]。呜呼！山岳崩颓[57]，既履危亡之运[58]；春秋迭代[59]，必有去故之悲[60]。天意人事，可以凄怆伤心者矣[61]！况复舟楫路穷[62]，星汉非乘槎可上[63]；风飚道阻[64]，蓬莱无可到之期[65]。穷者欲达其言，劳者须歌其事[66]。陆士衡闻而抚掌，是所甘心[67]；张平子见而陋之[68]，固其宜矣[69]！

我之掌庾承周，以世功而为族[70]；经邦佐汉，用论道而当官[71]。禀嵩、华之玉石[72]，润河、洛之波澜[73]；居负洛而重世[74]，邑临河而宴安[75]。逮永嘉之艰虞[76]，始中原之乏主[77]；民枕倚于墙壁[78]，路交横于豺虎[79]。值五马之南奔[80]，逢三星之东聚[81]。彼陵江而建国[82]，始播迁于吾祖[83]。分南阳而赐田，裂东岳而胙土[84]；诛茅宋玉之宅[85]，穿径临江之府[86]。

水木交运[87]，山川崩竭[88]，家有直道，人多全节[89]；训子见于纯深，事君彰于义烈[90]。新野有生祠之庙[91]，河南有胡书之碣[92]。况乃少微真人，天山逸民[93]，阶庭空谷[94]，门巷蒲轮[95]；移谈讲树[96]，就简书筠[97]。降生世德，载诞贞臣[98]。文

词高于甲观[99]，楷模盛于漳滨[100]。嗟有道而无凤[101]，叹非时而有麟[102]。既奸回之奰逆[103]，终不悦于仁人[104]。

王子滨洛之岁[105]，兰成射策之年[106]。始含香于建礼[107]，仍矫翼于崇贤[108]。游洊雷之讲肆[109]，齿明离之胄筵[110]。既倾蠡而酌海，遂测管而窥天[111]。方塘水白，钓渚池圆[112]；侍戎韬于武帐[113]，听雅曲于文弦[114]。乃解悬而通籍[115]，遂崇文而会武[116]；居笠毂而掌兵[117]，出兰池而典午[118]。论兵于江汉之君[119]，拭玉于西河之主[120]。

于是朝野欢娱，池台钟鼓[121]。里为冠盖[122]，门成邹鲁[123]。连茂苑于海陵[124]，跨横塘于江浦[125]。东门则鞭石成桥[126]，南极则铸铜为柱[127]。橘则园植万株，竹则家封千户[128]。西赆浮玉，南琛没羽[129]。吴歈越吟，荆艳楚舞[130]。草木之遇阳春，鱼龙之逢风雨[131]。五十年中[132]，江表无事。班超为定远之侯[133]，王歙为和亲之使[134]。马武无预于甲兵[135]，冯唐不论于将帅[136]。岂知山岳闇然，江湖潜沸[137]，渔阳有闾左戍卒[138]，离石有将兵都尉[139]。

天子方删诗书，定礼乐[140]；设重云之讲，开士林之学[141]。谈劫烬之灰飞[142]，辨常星之夜落[143]。地平鱼齿，城危兽角[144]。卧刁斗于荥阳[145]，绊龙媒于平乐[146]。宰衡以干戈为儿戏[147]，缙绅以清谈为庙略[148]。乘渍水以胶船[149]，驭奔驹以朽索[150]。小人则将及水火[151]，君子则方成猿鹤[152]。敝箄不能救盐池之咸[153]，阿胶不能止黄河之浊[154]。既而鲂鱼赪尾[155]，四郊多垒[156]。殿狎江鸥，宫鸣野雉[157]；湛卢去国[158]，艅艎失水[159]。见被发于伊川，知百年而为戎矣[160]！

彼奸逆之炽盛，久游魂而放命[161]。大则有鲸有鲵[162]，小则为枭为獍[163]。负其牛羊之力，凶其水草之性[164]。非玉烛之能调[165]，岂璿玑之可正[166]。值天下之无为，尚有欲于羁縻[167]。饮其琉璃之酒[168]，赏其虎豹之皮[169]；见胡柯于大夏，识鸟卵于条枝[170]。豺牙宓厉[171]，虺毒潜吹[172]；轻九鼎而欲问[173]，闻三川而遂窥[174]。

始则王子召戎[175]，奸臣介胄[176]。既官政而离逷[177]，遂师言而泄漏[178]。望廷尉之逋囚[179]，反淮南之穷寇[180]。出狄泉之苍鸟[181]，起横江之困兽[182]。地则石鼓鸣山[183]，天则金精动宿[184]。北阙龙吟，东陵麟斗[185]。尔乃桀黠横扇[186]，冯陵畿甸[187]。拥狼望于黄图，填卢山于赤县[188]。青袍如草，白马如练[189]。天子履端废朝[190]，单于长围高宴[191]。两观当戟，千门受箭[192]。白虹贯日[193]，苍鹰击殿[194]。竟遭夏台之祸，终视尧城之变[195]。官守无奔问之人[196]，干戚非平戎之战[197]。陶侃空争米船，顾荣虚摇羽扇[198]。

将军死绥[199]，路绝长围[200]。烽随星落[201]，书逐鸢飞[202]。遂乃韩分赵裂[203]，鼓卧旗折[204]。失群班马，迷轮乱辙[205]。猛士婴城[206]，谋臣卷舌[207]。昆阳之战象走林[208]，常山之阵蛇奔穴[209]。五郡则兄弟相悲，三州则父子离别[210]。

护军慷慨，忠能死节，三世为将，终于此灭[211]。济阳忠壮，身参末将，兄弟三人，义声俱唱[212]。主辱臣死，名存身丧[213]；狄人归元[214]，三军凄怆。尚书多算，守备是长[215]，云梯可拒，地道能防[216]；有齐将之闭壁[217]，无燕师之卧墙[218]。大事去矣，人之云亡[219]！

申子奋发，勇气咆勃。实总元戎，身先士卒[220]。胄落鱼门[221]，兵填马窟[222]。屡犯通中[223]，频遭刮骨[224]。功业夭枉，身名埋没[225]。或以隼翼鷃披，虎威狐假[226]。沾渍锋镝[227]，脂膏原野[228]。兵弱虏强，城孤气寡。闻鹤唳而心惊[229]，听胡笳而泪下[230]。拒神亭而亡戟[231]，临横江而弃马[232]。崩于钜鹿之沙[233]，碎于长平之瓦[234]。

于是桂林颠覆，长洲麋鹿[235]。溃溃沸腾[236]，茫茫墋黩[237]。天地离阻，神人惨酷。晋、郑靡依[238]，鲁、卫不睦[239]。竞动天关，争回地轴[240]。探雀鷇而未饱[241]，待熊蹯而讵熟[242]？乃有车侧郭门[243]，筋悬庙屋[244]。鬼同曹社之谋[245]，人有秦庭之哭[246]。

尔乃假刻玺于关塞[247]，称使者之酬对[248]。逢鄂坂之讥嫌[249]，值耏门之征税[250]。乘白马而不前，策青骡而转碍[251]。吹落叶之扁舟，飘长风于上游[252]。彼锯牙而钩爪，又循江而习流[253]。排青龙之战舰，斗飞燕之船楼[254]。张辽临于赤壁[255]，王濬下于巴丘[256]。乍风惊而射火，或箭重而回舟[257]。未辨声于黄盖[258]，已先沉于杜侯[259]。落帆黄鹤之浦，藏船鹦鹉之洲[260]。路已分于湘、汉，星犹看于斗、牛[261]。

若乃阴陵失路[262]，钓台斜趣[263]。望赤壁而沾衣[264]，舣乌江而不渡[265]。雷池栅浦，鹊陵焚戍[266]。旅舍无烟，巢禽无树[267]。谓荆、衡之杞梓[268]，庶江、汉之可恃[269]。淮海维扬，三千余里[270]。过漂渚而寄食[271]，托芦中而渡水[272]。届于七泽，滨于十死[273]。嗟天保之未定[274]，见殷忧之方始[275]。本不达于危行[276]，又无情于禄仕[277]。谬掌卫于中军，滥尸丞于御史[278]。

信生世等于龙门[279]，辞亲同于河洛[280]。奉立身之遗训，受成书之顾托[281]。昔四世而无惭[282]，今七叶而始落[283]。泣风雨于梁山[284]，惟枯鱼之衔索[285]。入欹斜之小径，掩蓬藋之荒扉[286]；就汀洲之杜若，待芦苇之单衣[287]。

于时西楚霸王，剑及繁阳[288]，鏖兵金匮，校战玉堂[289]；苍鹰赤雀[290]，铁轴牙樯[291]。沉白马而誓众[292]，负黄龙而渡江[293]。海潮迎舰，江萍送王[294]。戎车屯于石城[295]，戈船掩于淮泗[296]；诸侯则郑伯前驱[297]，盟主则荀罃暮至[298]。剖巢熏穴[299]，奔魑走魅[300]。埋长狄于驹门[301]，斩蚩尤于中冀[302]。燃腹为灯[303]，饮头为器[304]。直虹贯垒，长星属地[305]。昔之虎踞龙盘[306]，加以黄旗紫气[307]，莫不随狐兔而窟穴，与风尘而殄瘁[308]。

西瞻博望，北临玄圃[309]，月榭风台，池平树古[310]。倚弓于玉女窗扉，系马于凤凰楼柱[311]。仁寿之镜徒悬[312]，茂陵之书空聚[313]。若夫立德立言[314]，谟明寅亮[315]；声超于系表[316]，道高于河上[317]；更不遇于浮丘[318]，遂无言于师旷[319]。以爱子而托人，知西陵之谁望[320]。非无北阙之兵，犹有云台之仗[321]。司徒之表里经纶[322]，狐偃之惟王实勤[323]。横琱戈而对霸主[324]，执金鼓而问贼臣[325]。平吴之功，壮于杜元凯[326]；王室是赖，深于温太真[327]。始则地名全节[328]，终则山称枉人[329]。南阳校书，去之已远[330]；上蔡逐猎，知之何晚[331]！镇北之负誉矜前，风飙凛然[332]。

水神遭箭，山灵见鞭[333]。是以蛰熊伤马[334]，浮蛟没船[335]。才子并命，俱非百年[336]。

中宗之夷凶靖乱[337]，大雪冤耻，去代邸而承基[338]，迁唐郊而纂祀[339]；反旧章于司隶[340]，归余风于正始[341]。沉猜则方逞其欲[342]，藏疾则自矜于己[343]。天下之事没焉，诸侯之心摇矣。既而齐交北绝，秦患西起[344]。况背关而怀楚[345]，异端委而开吴[346]。驱绿林之散卒[347]，拒骊山之叛徒[348]。营军梁溠，蒐乘巴渝[349]。问诸淫昏之鬼[350]，求诸厌劾之符[351]。荆门遭廪延之戮[352]，夏口滥逵泉之诛[353]。蔑因亲以教爱[354]，忍和乐于弯弧[355]。既无谋于肉食[356]，非所望于《论都》[357]。未深思于五难[358]，先自擅于三端[359]。登阳城而避险，卧砥柱而求安[360]。既言多于忌刻，实志勇而形残。但坐观于时变，本无情于急难[361]。地惟黑子，城犹弹丸[362]；其怨则黩[363]，其盟则寒[364]。岂冤禽之能塞海[365]，非愚叟之可移山[366]。况以沴气朝浮[367]，妖精夜陨[368]。赤乌则三朝夹日[369]，苍云则七重围轸[370]。亡吴之岁既穷[371]，入郢之年斯尽[372]。

周含郑怒[373]，楚结秦冤[374]。有南风之不竞[375]，值西邻之责言[376]。俄而梯冲乱舞[377]，冀马云屯[378]。

伐秦车于畅毂[379]，沓汉鼓于雷门[380]。下陈仓而连弩[381]，渡临晋而横船[382]。虽复楚有七泽，人称三户[383]；箭不丽于六麋[384]，雷无惊于九虎[385]。辞洞庭兮落木，去涔阳兮极浦[386]。炽火兮焚旗，贞风兮害蛊[387]。乃使玉轴扬灰，龙文折柱[388]。

下江余城，长林故营[389]；徒思拑马之秣[390]，未见烧牛之兵[391]。章曼支以毂走[392]，宫之奇以族行[393]。河无冰而马渡[394]，关未晓而鸡鸣[395]。忠臣解骨[396]，君子吞声[397]。章华望祭之所[398]，云梦伪游之地[399]；荒谷缢于莫敖，冶父囚于群帅[400]。硎谷摺拉[401]，鹰鹯批攒[402]。冤霜夏零[403]，愤泉秋沸[404]。城崩杞妇之哭[405]，竹染湘妃之泪[406]。

水毒秦泾[407]，山高赵陉[408]；十里五里，长亭短亭[409]。饥随蛰燕[410]，暗逐流萤[411]；秦中水黑，关上泥青[412]。于时瓦解冰泮，风飞电散[413]，浑然千里，淄、渑一乱[414]。雪暗如沙，冰横似岸[415]。逢赴洛之陆机[416]，见离家之王粲[417]，莫不闻陇水而掩泣，向关山而长叹[418]。况复君在交河，妾在青波[419]；石望夫而逾远[420]，山望子而逾多[421]。才人之忆代郡，公主之去清河[422]。栩阳亭有离别之赋，临江王有愁思之歌[423]。别有飘飖武威，羁旅金微[424]；班超生而望返[425]，温序死而思归[426]。李陵之双凫永去，苏武之一雁空飞[427]。

若江陵之中否，乃金陵之祸始[428]。虽借人之外力，实萧墙之内起[429]。拨乱之主忽焉[430]，中兴之宗不祀[431]。伯兮叔兮，同见戮于犹子[432]。荆山鹊飞而玉碎[433]，隋岸蛇生而珠死[434]。鬼火乱于平林，殇魂游于新市[435]。梁故丰徙[436]，楚实秦亡[437]。不有所废，其何以昌[438]？有妫之后[439]，将育于姜[440]。输我神器[441]，居为让王[442]。天地之大德曰生，圣人之大宝曰位[443]。用无赖之子弟，举江东而全弃[444]。惜天下之一家，遭东南之反气[445]。以鹑首而赐秦，天何为而此醉[446]？

且夫天道回旋，生民预焉[447]。余烈祖于西晋，始流播于东川[448]；洎余身而七叶[449],又遭时而北迁。提挈老幼,关河累年[450]。死生契阔[451],不可问天。况复零落将尽,灵光岿然[452]。日穷于纪[453],岁将复始。逼迫危虑[454],端忧暮齿[455]。践长乐之神皋[456],望宣平之贵里[457]。渭水贯于天门,骊山回于地市[458]。幕府大将军之爱客,丞相平津侯之待士[459]。见钟鼎于金、张,闻弦歌于许、史[460]。岂知灞陵夜猎,犹是故时将军[461];咸阳布衣,非独思归王子[462]!

这是庾信的《哀江南赋》及其序文。庾信本是南朝梁的文人,后经侯景之乱,由都城建康(今江苏南京)逃奔梁元帝萧绎于江陵(今属湖北)。又奉命出使西魏。他抵达西魏都城长安不久,西魏军队就攻克江陵,杀害萧绎。庾信因此被留在长安,历西魏、北周直到隋文帝开皇元年(581)才去世。这篇赋大约作于周武帝宣政元年底(579年初),即庾信逝世前的两年。

南北朝后期的辞赋大抵以抒发个人情怀及描写妇女生活或咏物之作为主。尤其南方作家的赋更是如此。但在由南入北的文人中,却有两位作者写出了反映这个时代动乱的史诗式长赋。这就是北齐颜之推的《观我生赋》和庾信这篇《哀江南赋》。不过论历来传诵的情况,则颜之推之作远不能与庾信此赋相比。这显然是由于庾信此赋的艺术价值更为成熟之故。

从庾信的生平看来,他的早年,正值梁朝中期表面承平之际。他以文学才能见称于当时,善写绮丽的诗文,出入宫廷,与徐陵齐名,是当时"宫体诗"的代表作者之一。现存《庾子山集》中保存着一些庾信早年在南方所作的诗赋,其风格和萧纲、萧绎及徐陵等人都颇类似。但好景不长,梁武帝太清二年(548),东魏降将侯景在寿阳(今安徽寿县)作乱,次年攻陷建康。梁武帝忧愤而死,不久其子简文帝萧纲亦被侯景所害。后来梁元帝萧绎派王僧辩、陈霸先平定侯景之乱,建都江陵。但不久又为西魏所灭。王僧辩等拥立元帝子方智于建康,后又被陈霸先所取代,梁朝因此灭亡。庾信这篇《哀江南赋》所叙的就是这段史实。此赋既表达了作者的乡关之思,也流露了对梁朝灭亡的哀悼之情。这种用赋的形式写这样重大的历史题材,而又如此深切感人之作,不但在庾信本人的作品中是仅有的,而且在历代文学史上也是罕见的。

作为梁朝的旧臣和历史的见证人,当庾信反顾这段经历时,心情颇为复杂和矛盾。无可否认的是他对梁武帝中年以前的表面承平及萧梁政权很有些留恋。赋中写到当时南朝歌舞升平的气象,不免有溢美之词。如用"橘则园植万株,竹则家封千户"来形容其富庶,甚至认为自己生当其时,是"草木之遇阳春,鱼龙之逢风雨"。但事实的教训却又使他认识到正是这种文恬武嬉的局面酿成了后来的灾难:"宰衡以干戈为儿戏,缙绅以清谈为庙略。乘渍水以胶船,驭奔驹以朽索。"这毕竟是清醒的反思。

赋中对梁元帝萧绎的批判尤为深刻。本来,在侯景之乱中,萧绎地居上游,对建康的危急并未努力援救。而在建康失陷之后,虽派兵东征,却在取胜之后,一味从事骨肉相残的斗争,无图久安之计,只求巩固他的帝位。庾信说他"沉猜方逞其欲,藏疾则自矜于己","既言多于忌刻,实志勇而形残。但坐观于时变,本无情于急难”。所以在这篇赋中，写江陵之陷和建康失守时的笔调是不同的。作者对梁武帝及简文帝颇有眷恋之情，对元帝之亡，似乎并无多大伤感。他在梁元帝时，官位已相当高，元帝对他也还不薄，这说明他在回顾这段历史时，并非出于个人恩怨，而确有冷静而公正的认识。

《哀江南赋》最成功的片段，似乎主要不在写王朝兴衰的部分，而在它描写了江陵陷落之后，被西魏等强迫北迁的许多人民。据史籍记载，当西魏军攻破江陵之后，曾将大批当地居民掠为奴隶，以赏赐有功的将帅。其被掳北迁的人中，除了许多民众外，甚至还有不少“衣冠世族”。这些被迫北迁的人，背乡离井，一路受尽了苦难。庾信在赋中写道：“水毒秦泾，山高赵陉；十里五里，长亭短亭。饥随蛰燕，暗逐流萤；秦中水黑，关上泥青。于时瓦解冰泮，风飞电散，浑然千里，淄、渑一乱。雪暗如沙，冰横似岸。逢赴洛之陆机，见离家之王粲，莫不闻陇水而掩泣，向关山而长叹。”这是一幅活生生的流民图。尽管庾信本人的家属据说还是得到照顾被送到了长安，但当时经历过这场苦难被俘虏到长安的人很多，庾信从这些人口中完全可以了解到当时的实况。再加上他经历过侯景之乱的流亡生活，对被俘的江陵父老又充满同情，所以写来倍感真实和凄切。像这种深刻反映大动乱年代中广大人民流离失所的苦难场面，在历代文学作品中本属少见，而像庾信这样早年追随萧纲等人“吟风弄月”的文人，竟一变而写出这样令人触目惊心的现实，这不能不说是作者思想上和艺术风格上的一个根本变化。从这段文字看，不但视野很广，情调悲愤，文句也长短错落，带有一定的散文气息，显得格外苍劲有力。唐代大诗人杜甫评庾信晚年之作“凌云健笔意纵横”，当包括这类作品而言。

当然，庾信在这篇赋中，也巧妙地运用了他早年擅长的那种细腻地描绘感情的笔法。如：“况复君在交河，妾在青波；石望夫而逾远，山望子而逾多。”短短数语，把离别之情写得十分生动。这种手法，确与他早期一些辞赋相近。然而在那些赋中，我们虽然感到细致，但又往往有纤细柔弱之感。在这里却并无此感，而且显得更为悲惋感人。因为这不是一般行子思妇的想念，而是被驱迫、被掳掠的人民，妻离子散、骨肉流离的惨景，是对掠夺者的有力控诉。

在《哀江南赋》中，庾信对梁朝的眷恋和故国之思是交织在一起的。他在梁朝受到过萧衍父子的礼遇，在感情上不免有所怀念。但他又清醒地看到梁武帝的失误和元帝的昏暴。他对自己经历的事变感到痛心和不解，不禁悲叹说：“用无赖之子弟，举江东而全弃。惜天下之一家，遭东南之反气。以鹑首而赐秦，天何为而此醉？”这实在是内心的惶惑与苦闷的真实表露。清人全祖望对“天何为而此醉”一语曾大加抨击，认为作者是在为自己的“失节”辩解。其实在南北朝时代的士人，对于朝代的更迭本不像后人那样关心。北周宇文氏虽系鲜卑族，但早已和汉人杂居，其界限已逐步泯除，何况北周的政治又远较梁元帝清明。不管庾信在感情上对梁朝有多大留恋，但他出仕北朝的行为不足深责。

至于历来人们对《哀江南赋》的指责，倒是金代王若虚的意见比较中肯。他从语法的角度批评此赋中某些句子如“崩于钜鹿之沙，碎于长平之瓦”等欠通顺。这是受骈体文的局限，而且由于庾信过于刻意求新之故。但这种缺点毕竟掩盖不了此赋在艺术上的光辉成就。

庾信的《哀江南赋》不但以赋的本文著名，那篇序文亦为骈文名篇，其传诵程度甚至凌驾本赋之上。这是因为这篇序实际上是全赋的提要，如果说本赋中大部分篇幅用于叙述作者的家世和梁代丧乱的事实的话，序文则往往用一两句话带过。因此文章的重点在于说明作赋之由："追为此赋，聊以记言，不无危苦之辞，惟以悲哀为主。"这篇序文最大的特色是善于驾驭骈四俪六的语言，使用典故来抒情和记事，用得十分恰当和自然，有时甚至使人觉察不到作者是在用典。如"畏南山之雨，忽践秦庭；让东海之滨，遂餐周粟"分明是用典，而西魏、北周皆建都秦地，庾信又在北周做了官，这比喻是何等巧妙！"钟仪君子，入就南冠之囚；季孙行人，留守西河之馆"，这也是《左传》中的两个典故，以此自喻身世和志趣更见恰切。这篇序充分发挥了骈体文的长处，对仗工整，音节和谐，而又凄婉动人，所以历来读者经常奉之为骈文的典范之作。（曹道衡）

【注】 ①粤：发语词。戊辰之年：梁武帝太清二年(548)。 ②建亥之月：阴历十月。 ③大盗移国：这句本是《后汉书》指王莽篡国的话，这里用来比喻侯景篡夺梁朝。侯景于太清二年八月间起兵叛梁，十月攻陷国都。移国：篡国。 ④金陵：今江苏省南京市，当时为梁国都。 ⑤窜身：逃匿。荒谷：楚地名，这里借指江陵。《北史》本传载，侯景作乱，梁简文帝命庾信率宫中文武千余人，营于朱雀航，但侯景一到，庾信以众先退，台城陷后，即逃往江陵。 ⑥公私：公室和私门，指百官和百姓。涂炭：陷在泥涂和炭火之中，形容遭到灾难。 ⑦"华阳"二句：指梁元帝承圣三年(554)，庾信奉命从江陵（梁元帝平定侯景之乱，即位后定都江陵）出使西魏。这年十一月，西魏攻陷江陵，元帝被杀，庾信遂留长安未归。华阳：《尚书·禹贡》："'华阳黑水惟梁州。'注：'东距华山之南，西距黑水。'"可知，华阳即华山之南。又《汉书·地理志》："故秦地于《禹贡》时跨雍、梁二州。"因此，瞿蜕园《汉魏六朝赋选》注为"指关中地方，那时是西魏"。奔命：奉命奔走，这里指奉命出使。"华阳奔命"应是"奔命华阳"的倒装。 ⑧中兴道销：梁元帝平定侯景之乱，一度有中兴之势，但很快梁就被西魏灭掉。 ⑨甲戌：即承圣三年。 ⑩这句用罗宪的典故。西蜀罗宪守永安城，及成都败，刘禅投降，乃率部下在都亭哭了三天（见《晋书·罗宪传》）。都亭：都城内的亭子，这里指城外的驿亭。这句说：听到梁败亡的消息，自己寄寓别国，不能发丧，只有到城外的都亭遥哭。 ⑪这句用叔孙婼(chuò 辍)的典故。春秋时，鲁叔孙婼出使晋国，被晋扣留，拘押在客馆中（见《左传·昭公二十三年》）。别馆：正馆以外的馆舍。"三年"与上句的"三日"都是修辞用法，不确指。 ⑫天道：天理。周星：即岁星，又叫"太岁"、"木星"，十二年绕天一周。 ⑬物极不反：按天道运转周而复始的常理，万物也是"物极必反"的，但梁朝灭亡，没有复兴的希望，因而说"物极不反"，表示极其失望。 ⑭傅燮：东汉末年人，出任汉阳太守时，被王国、韩遂围困，城中兵少粮尽，儿子劝他弃城归乡，他说："世乱不能养浩然之志，食禄又欲避其难乎？吾行何之，必死于此。"（《后汉书》本传）庾信感到自己和傅燮遭遇相似，无处可以求生。 ⑮袁安：东汉时人，曾任司徒。当时外戚专权，自己无力扶助王室，每与人谈论国事总是呜咽流泪（《后汉书》本传）。这句也是自况，表示对国事的悲慨。 ⑯桓君山：即桓谭，东汉光武帝时官给事中，著《新论》二十九篇。志事：有志于事业。 ⑰杜元凯：即杜预，西晋人，著《春秋经传集解》。 ⑱自序：桓谭、杜预两作都有自序，表述自己的身世和著书旨趣。 ⑲潘岳：西晋诗人，有《家风诗》，述其家族的风尚。 ⑳陆机：西晋诗人，作《祖德

赋》、《述先赋》,歌颂其祖先的功德。　㉑二毛:黑、白头发相间,指中年。侯景之乱时,庾信三十七岁;西魏攻陷江陵时,庾信四十二岁,正是开始生白发的年岁。藐是:远是。一作“狼狈”。流离:转徙流亡不得其所。暮齿:晚年。庾信晚年写此赋。　㉒“燕歌”二句:与庾信同时的王褒曾作《燕歌行》,梁元帝和文士们皆作歌和之。庾信也有和作。这些诗抒写离情别绪,很悲伤凄切。胜:任。　㉓楚老:指龚胜。西汉末,龚胜以名节著称,王莽遣使征召他,胜不愿以一身事二姓,不饮食而死(《汉书·龚胜传》)。这里作者是恨自己未能像龚胜那样,不事二姓而死。㉔“畏南山”二句:《列女传·贤明传》载:南山有玄豹,为了保护自己的皮毛,雾雨七日不出来觅食。作者引用此典是说自己本想避害全身不出来的,但还是奉使来到长安。秦庭:指西魏都城长安,这里作者又把自己比作春秋时为解楚国之危而到秦国求救的申包胥。　㉕让东海之滨:战国时齐大夫田和迁齐康公于海上,篡齐自立,是为田齐。这里暗指北周篡夺西魏事。让:禅让。庾信仕周,不便言篡,故曰“让”。遂餐周粟:伯夷、叔齐不同意周武王伐纣,认为不义,不食周粟而饿死于首阳山中。作者反用这个典故,表示自己做了北周的臣子,不如伯夷、叔齐,悔恨无穷。　㉖下亭漂泊:东汉孔嵩被征召为公府,赴京途中,宿下亭(途中寄宿的亭子),马被盗去。这句写自己的漂泊之苦。　㉗高桥:即皋桥,在苏州阊门内。东汉时吴郡大姓皋伯通住在皋桥边。梁鸿穷困时曾为皋家帮佣,住皋家庑下。作者以梁鸿自比,写自己羁旅他乡,寄人篱下的生活。　㉘楚歌非取乐之方:《史记·项羽本纪》载:项羽兵困垓下,夜闻汉军四面皆楚歌,知大势已去,与虞姬夜饮帐中,唱“力拔山兮气盖世”一曲,悲歌慷慨,连唱几遍。“项王泣数行下,左右皆泣。”这是说唱楚歌更使人起怀乡之愁。　㉙鲁酒:鲁国之酒。《庄子·胠箧》:“鲁酒薄而邯郸围。”这里说“鲁酒”兼取酒薄与“邯郸围”的意思。以上二句是说国亡身困,楚歌鲁酒,更增愁恨。　㉚“追为”四句:《汉书·艺文志》:“古之王者,世有史官,左史记言,右史记事。”这里是互文。这四句大意是说:追忆起在江南的旧事,作了这篇赋,目的是想记载梁朝兴亡的史实,虽说也有个人的悲恸,但以悲痛国事为主要内容。　㉛日暮途远:本为伍子胥的话,作者借来说自己年纪已老,没有前途。　㉜人间何世:现在不知换了一个什么世代。感叹世事混乱多变。　㉝将军:指东汉冯异。冯异在别人争功时,常倚大树不言己功,人称“大树将军”。这里系自谓。说自己去国后,故国便飘零了。　㉞“壮士”二句:“壮士”指荆轲,荆轲赴秦时,和送行的人在易水告别,荆轲作歌曰:“风萧萧兮易水寒,壮士一去兮不复还。”这是喻自己出使不还。㉟“荆璧”二句:作者运化蔺相如完璧归赵的故事,说自己被欺骗,没有完成使命。荆璧:即和氏璧,是楚国人卞和得到的,故称。　㊱“载书”二句:作者运化毛遂的故事。据《史记·平原君列传》载:赵平原君到楚国结盟抗秦,谈判从晨至午,楚王还迟疑不决。毛遂持剑上阶,据理力争,说服楚王,当即捧铜盘请双方歃血为盟。毛遂完成了使命,这里说“不定”,指自己没有完成使命。载书:盟书。横阶:越阶。珠盘:珠饰的铜盘,古代诸侯结盟的用具,上盛牛耳,结盟者割牛耳,取其血,歃(涂)之而盟。　㊲“钟仪”二句:钟仪为楚国乐官,在一次战争中被郑国俘虏,献给晋国,被拘押于晋军的军府中,一直囚了两年;但钟仪不忘故国,一直戴着楚国的帽子(南冠),弹奏楚歌(事见《左传·成公七年》)。这是说自己被留在西魏,仍怀念梁朝。　㊳季孙:名意如,春秋时鲁大夫,随鲁昭公参加平丘之盟,邾、莒等国告发鲁侵其地,晋侯不许鲁与盟,并把季孙意如扣留在西河(今陕西东境)(见《左传·昭公十三年》)。行人:外交使者。馆:客馆。这是说自己被扣留,与季孙相似。　㊴“申包胥”二句:申包胥是春秋时楚大夫,楚国郢都被吴国攻占,申包胥到秦国求救,秦不出兵,申包胥哭了七日,感动了秦哀公,发兵救楚。申包胥在地下叩了九个头表示感谢(见《左传·定公四年》)。这是说自己未能像申包胥一样求到救兵。

㊵“蔡威公”二句：春秋时，蔡国国君蔡威公知道国家将亡，闭门哭了三日三夜，泪尽继之以血（事见《说苑》）。这里用来比喻自己见到梁亡的悲痛。　㊶“钓台”二句：钓台，在武昌（今湖北武汉），东晋陶侃镇守武昌，种了许多柳树。移：应作“栘”，杨树。玉关：即玉门关，在今甘肃省敦煌市西。古代玉门关一代不生杨柳。这里是说：故乡的杨柳，不是远在玉门关的人所能望见的。㊷“华亭”二句：华亭，地名，在今上海市松江县，为陆机的家乡。吴亡后，陆机兄弟入洛，事成都王司马颖，成都王讨伐长沙王乂，陆机任后将军河北大都督，兵败河桥，被司马颖杀掉。临刑前叹道：“欲闻华亭鹤唳，可复得乎！”（见《晋书·陆机传》）唳（lì 利）：鹤鸣声。河桥：在今河南省孟县。此二句写自己想望故乡和怀念过去生活的感情。　㊸“孙策”二句：孙策，三国时吴人，字伯符，孙权的哥哥，吴国基业的开创者，起兵时不过几百人，后来定下三分的局面。三分：指魏、蜀、吴三分中国，鼎足而立。一旅：五百人。　㊹“项籍”二句：项羽起兵江东时，只率领江东子弟八千人渡江，后来成为西楚霸王。此上引用孙、项事迹，证明江南兵力不是不能用的。㊺百万义师：侯景叛乱时，梁武帝发兵讨伐，号称百万。　㊻卷甲：卷起衣甲溃逃。　㊼芟（shān 衫）：除草。夷：削平。这句写侯景残杀军民的惨状。　㊽江淮：长江、淮河。涯岸：河岸。这句是说梁朝空有江淮之险，没有起涯岸的作用，不能阻止敌人。　㊾亭壁：营垒。藩篱：竹木编制的屏障。这句说梁的防御工事不及一道竹篱笆坚固。　㊿头会箕敛：古代官府收谷，官吏到农民家，以人头数出谷，以簸箕敛之。指搜刮民财起事的人。合纵缔交：战国时六国联合起来以抗秦。指起事者相互联合。　(51)锄：除草松土的农具。耰（yōu 优）：碎土农具。棘：戟，一种兵器。矜：矛、铤的柄。因利乘便：乘着有利的机会。以上二句是指陈霸先和一些出身下层的人们，乘着起兵讨伐侯景的机会，纷纷纠集力量，终于代替了梁朝。　(52)江表：江外，指长江以南地区。王气：帝王之气。三百年：自孙权建都建业，历东晋、宋、梁，约三百年。此二句是说：是不是江表王气经三百年就注定要结束了呢？　(53)并吞六合：指秦始皇统一天下。六合：天地及四方。　(54)轵（zhǐ 止）道：在今陕西省咸阳市附近，是秦王子婴向刘邦投降的地方。这句比喻梁元帝江陵之降。　(55)混一车书：秦始皇统一天下后，使天下车同轨，书同文。“混一车书”即统一天下。这里指晋武帝统一中国。　(56)平阳之祸：晋怀帝被刘聪杀于平阳，其子愍帝又被刘曜杀于平阳。平阳：在今山西省临汾县。以上是说虽能吞并天下，建立统一的国家，如不励精图治，终不免使国家灭亡，皇帝自己也被害。　(57)山岳崩颓：指梁王朝灭亡。　(58)履：踏，经历。运：世运，事变。　(59)春秋迭代：春秋更替，比喻朝代的更替。　(60)去故之悲：喻伤悼旧王朝的悲痛。故：指旧的时节。这里喻旧王朝。　(61)“天意”二句：天意人事，不可挽回，实在令人凄怆伤心。天意：指梁亡出于天意。人事：人为，指陈代梁。　(62)楫：船桨。　(63)星汉：天河。槎（chá 茶）：木筏。古代传说，大海与天河相通，有人乘槎浮海而去，至天河，遇牛郎织女星。一说张骞出使西域，寻找河源，乘槎到了天河。这两句反用其义，写自己走投无路。　(64)飚（biāo 标）：旋风。　(65)蓬莱：海上三仙山之一，上有不死药，船要靠近它时，总被风引去而不能到达。以上是用“星汉”、“蓬莱”喻家乡，说道路阻绝，形势险恶，不能回去。　(66)“穷者”二句：何休《公羊传解诂》：“饥者歌其食，劳者歌其事。”二句本此，说明作赋之志。　(67)陆士衡：陆机。闻而抚掌：指陆机听到左思要作《三都赋》，曾抚掌大笑，说等他写好要用来盖酒瓮。后看了左思的作品，遂赞叹不已。　(68)张平子：张衡，东汉文学家。见而陋之：指张衡看到班固作《两都赋》，很看不起他，又重作《二京赋》。陋：轻视。　(69)固其宜：理所当然。宜：应当。指自己写作此赋，肯定会受人讥笑。　(70)“我之”二句：庾氏祖先在周是管仓庾的官，因为世代以此为职业，所以得了庾姓。庾：露天谷仓。族：姓氏。　(71)经邦：治国。佐汉：辅佐汉朝。两句是说庾氏在汉代有人辅

佐朝廷，因讲论治道而当官。 ⑫禀：秉赋。嵩、华：嵩山、华山。庾氏世居河南南部，所以说秉赋嵩、华的玉石之灵。 ⑬润：浸润。河、洛：黄河、洛水。 ⑭负洛：背靠洛水。重世：世代相传。 ⑮邑临河：作者的家乡新野在淯河边上。宴安：富足平安。 ⑯逮：至。永嘉：晋怀帝年号(307～313)。艰虞：艰危忧患。 ⑰中原乏主：指从永嘉开始，中原一直没有稳定的统一政权，不为晋朝主宰。这是作者追溯动乱的开端。 ⑱这句说人民在战乱中饥饿疲乏，不能支持，靠着墙壁。 ⑲交横：纵横。豺虎：指军阀兵匪。 ⑳五马南奔：晋惠帝时有童谣唱道："五马浮渡江，一马化为龙。"马：指司马氏。当时皇族纷纷南奔，其中一个就变为晋元帝了。 ⑧①三星东聚：永嘉元年，有星象家说：荧惑、岁星、太白三星聚于牵牛、织女星间，主王室东迁。 ⑧②陵江：渡过长江。晋元帝南渡，在金陵建都，开启东晋一朝。 ⑧③播迁：辗转迁徙。吾祖：作者的八世祖庾滔这时也随王室南渡。 ⑧④赐田、胙土：都是皇帝对功臣的封赏，即赐给一块土地。胙：本为祭肉，这里也是封赏义。庾滔被封为遂昌侯，居江陵。 ⑧⑤诛茅：锄去茅草，准备建屋。宋玉之宅：宋玉曾居荆州(江陵)，荆州有其旧宅。 ⑧⑥穿径：开辟道路，也指经营府第。临江之府：指汉代临江王共敖，都于江陵。 ⑧⑦水木交运：古代盛行阴阳五行之说，每一朝都与五行之一附会起来。这里"水运"指刘宋，"木运"指萧齐。这是说经历了宋、齐两朝的兴灭。 ⑧⑧山川崩竭：形容改朝换代，天下多故。 ⑧⑨"家有"二句：是说在这朝代更替之际，自己的祖先还是直道而行，多有尽忠于旧主的。 ⑨⓪"训子"二句："见(xiàn县)"与"彰"义近，都是显露、明显的意思。纯深：指孝悌而言。义烈：指对君主要忠义刚烈。 ⑨①生祠之庙：庾家的祠庙。 ⑨②胡书之碣：指庾氏先人墓碑。胡书：蝌蚪文。碣：墓碑。 ⑨③"况乃"二句：是说祖父庾易是个不仕的隐士。少微：星座名，代隐居的处士。真人、逸民：都指隐士。天山：《易经》中的一个卦象，即"遁卦"，占得者利于隐遁。 ⑨④阶庭空谷：门庭幽静，没有人到，如同空谷。 ⑨⑤蒲轮：用蒲草裹住车轮，使车行不颠簸。这是古代征聘高年贤士的礼数。庾易曾被征为司空主簿，未就。 ⑨⑥移谈讲树：借用嵇康在柳树下和人清谈的故事，指庾易在树下和朋友讨论时的风貌。 ⑨⑦就简书筠(yún匀)：古代在竹简上写字著书。筠：竹皮。这是说庾易的著作。 ⑨⑧"降生"二句：是说生下自己的父亲，传袭祖上的德行，做了国家的忠臣。作者的父亲庾肩吾，在梁朝居官有清望。载：发语词。诞：降生。贞臣：忠臣。 ⑨⑨甲观：汉成帝为太子时住的地方，因此作太子宫的代称。庾肩吾曾作东宫(太子住的地方)舍人，以文辞著名。 ⑩⓪漳滨：漳水之滨，为曹氏父子住的地方。曹氏父子都是文学家，当时的文人如建安七子等都聚于宫廷。这里拿来与梁武帝、简文帝时文人相聚的规模相比，是说比当日漳滨的规模还要盛大。 ⑩①有道："有道之君"的省文，指简文帝。凤：神鸟，"见则天下大安宁"(《尔雅·释鸟》)。无凤：是指天下不安宁。 ⑩②非时：不是时候。麟：古人以为祥兽，贤人的象征，乱世不应出现。孔子曾因鲁国获麟，叹为出非其时。以上两句是作者慨叹他的父亲生不逢时。 ⑩③奸回：奸邪。指侯景及其他反对庾肩吾的人。奰(bì必)逆：跋扈不法，指叛逆。奰：怒而作气的样子。 ⑩④仁人：指作者的父亲。全句指作者的父亲被人排挤而不得意。 ⑩⑤王子：周灵王的太子晋，自幼聪明，据说十五岁就很有才学，游于伊、洛之间。此处以"王子滨洛之岁"代指自己十五岁。 ⑩⑥兰成：作者的小名。射策：应考。联系上句，是说自己十五岁就出来应考了。 ⑩⑦含香：汉桓帝时，尚书郎刁存年老口臭，上给他鸡舌香含在口中。从此，尚书郎奏事时，口中常含鸡舌香。建礼：即建礼门，郎官值班的地方。这是说自己出身郎官。 ⑩⑧矫翼：鸟举翼高飞，指擢升。崇贤：太子宫的宫门。庾信初为东宫抄撰学士，后又回任东宫学士，所以说"仍"。 ⑩⑨洊(jiàn贱)雷：《易·震卦》的卦象之一，象征长子，这里指太子。讲肆：讲书的地方。 ⑪⓪齿：排列。明离：《易·

离卦》的卦象，象征光明，比喻太子的英明。青筵：太子的讲席。以上二句都说自己官居东宫学士。 ⑪蠡(lí 离)：舀水的瓢。酌海：量海水。管：小孔。以管窥天，当然看不到天的全体。此二句运用古代成语，自谦见识浅陋，才不胜任。 ⑫"方塘"二句：写太子宫中风景，池塘水明净宜钓，侧写与太子游乐。 ⑬戎韬：军事韬略，即武略。武帐：讨论军事及发号施令的地方。这句是说自己曾参与军国大事。 ⑭雅曲：郊庙朝会所奏的乐曲。文弦：指琴。相传琴本五弦，文王加二弦，使成七弦，所以叫"文弦"。此处是说自己曾参加各种朝廷的典礼。 ⑮解悬通籍：原意是解除罪名，恢复出入宫门的权利。庾信并不是罪人，借用这句话，不过是谦词罢了。 ⑯崇文会武：兼任文武要职。庾信任东宫学士，又领直春宫兵马，所以这样说。 ⑰笠毂：兵车。 ⑱兰池：汉代的宫殿名。典午：司马的隐词。典：即"司"。午：在十二肖中属"午"。司马：掌兵官。 ⑲江汉之君：指湘东王绎，后来的元帝。湘东王镇守江陵，正是江、汉交汇的地方。庾信曾奉命与湘东王商议军事。 ⑳拭玉：古代使者手执玉圭，就坐时要擦拭一下，这是一种外交礼节，所以用作出使的代称。西河：地名，战国时属魏，这里用作东魏的代称。庾信曾出使东魏。 ㉑"于时"二句：写梁朝上下歌舞升平，追欢逐乐。 ㉒冠盖：里名。汉宣帝时，襄阳南到宜城一百多里，有豪富巨宦数十家，冠盖掩映，所以叫做"冠盖里"。这是指人物的鼎盛。 ㉓邹、鲁：孔、孟故乡，盛行文教礼乐。这是说文教事业发达。 ㉔茂苑：吴国的苑囿。海陵：地名，在茂苑附近。 ㉕横塘：在今南京市西南，是三国时东吴自江口沿淮筑的堤，梁武帝又加以培修。上句写苑囿的广阔，这句写梁武帝兴修水利。 ㉖鞭石成桥：传说秦始皇东游，作石桥横于海上，有神驱石下海，石不动，神用鞭打，使石出血。这是说梁的疆域东至大海。 ㉗铸铜为柱：东汉马援南征，树立铜柱，作为汉朝极南的边界。当时梁朝新开发了中国南方一些地区，发展海上交通，和南方各国建立关系。 ㉘"橘则"二句：写梁朝物产的丰富。家封千户：据《史记·货殖列传》说，种竹千亩得到的利润，相当于一个千户采邑的侯爵。 ㉙"西赆"二句：写四方边远之地都来进贡珍宝。赆(jìn 烬)：贡品。琛：珍宝。浮玉、没羽：都是外国的珍奇。 ㉚歈(yú 俞)：歌。艳：乐曲的引子，这里泛指歌。这两句写音乐歌舞之盛。 ㉛"草木"二句：极写当时为升平盛世，正如草木逢春，鱼龙得雨一样。 ㉜五十年：从梁开国至侯景之乱，共历四十七年，这里取其整数。 ㉝班超：东汉时人，出使西域，封定远侯。 ㉞王歙：王昭君侄，封和亲侯，出使匈奴。以上二句说南北通好，没有战争。 ㉟马武：东汉初的将领，曾自请讨伐匈奴，光武帝不许，所以说是"无预"。 ㊱冯唐：西汉文帝时人，文帝曾和他讨论将帅的人才。以上二句批评梁朝不知用人，不研究防务，毫无戒备。 ㊲"岂知"二句：山岳暗无色，江湖潜伏着风浪。指祸事在酝酿。阍然：惨淡无光的样子。潜沸：暗涛。 ㊳"渔阳"句：用陈胜起义的故事，喻侯景之乱。 ㊴"离石"句：西晋末，匈奴人刘渊在离石(今属山西)起兵叛晋，被称为"将兵都尉"。此处用来比喻侯景之乱。 ㊵天子：指梁武帝，他著有《毛诗问答》、《尚书大义》、《乐社义》等书，又曾自定礼乐。 ㊶重云：殿名。梁武帝好佛学，在重云殿讲经；又曾开士林馆，请文学之士递相讲学。 ㊷劫烬之灰：传说汉武帝掘昆明池，发现池底黑灰，问东方朔，东方朔说要问西域人，后来西域僧徒来了，说是天地经了大劫，烧剩下的灰。 ㊸常星：即恒星。据佛徒传说，释迦牟尼降生的那天，不见恒星。梁武帝非常信佛，用这两件事说明他经常讲论佛经。 ㊹鱼齿：山名，取来与"兽角"作对。兽角：比喻城的形状。这二句说：鱼齿山下，一片平地，毫不设防；城墙倾危，也不修整。喻指武略疏略。 ㊺刁斗：古代行军时的炊事用具，白天做饭，晚上敲打巡夜。卧…荥阳：藏在荥阳的仓库中。 ㊻绊：拴。龙媒：马名。平乐：汉代馆名，在洛阳，内有铜铸的马。 ㊼宰衡：执政的首相。干戈：指武备。 ㊽缙绅：士大夫。清谈：从晋代

起，兴起清谈之风，把《易经》、老、庄等作为清谈的内容，士大夫终日谈玄说理。庙略：朝廷的政策。 ⑭渍水：浸水。胶船：用胶黏合的船。坐这样的船浸在水中，危险可知。 ⑮驭奔驹以朽索：用朽坏的绳索驾驭奔马，也是形容时局的危险。 ⑮小人：指平民。水火：指灾难。⑮君子：上层人物。猿鹤：传说周穆王南征，军中的上层人物都化为猿鹤，平民则化为沙虫。这里是说上层人士也面临危险。 ⑮敝箪（pái 牌）：破簸箕。这句说用破簸箕滤去盐池的盐是办不到的。 ⑮阿胶：山东省东阿县产的驴皮胶，可以澄清水中的渣滓。但少量的阿胶不可能止住黄河水的混浊。比喻形势已经恶化，不可挽回。 ⑮鲂鱼：又称"鳊鱼"。《诗·周南·汝坟》："鲂鱼赪尾，王室如毁。"鲂鱼疲劳了，尾就变成红色，比喻王室危难重重。 ⑮四郊多垒：四郊筑起防御工事。表明国家处于危急状态。 ⑮狎：亲昵。江鸥：水鸟，本应在水边，现却养在宫殿里。这是很不正常的。野雉本应生活在田野中，现也在宫中鸣叫。这都是大祸将到的征兆。 ⑮湛卢：宝剑名。传说楚昭王卧而得吴王湛卢剑，问风胡子，风胡子说："人君有逆理之谋，其剑即出，今吴王无道，故湛卢去国。" ⑮艅艎（yú huáng 余皇）：春秋时吴王的坐船，后被楚国得到。以上二句再用器物的典故说明梁朝败亡的征兆。 ⑯被发：披散头发，为当时少数民族的装束。伊川：今河南洛河流域。据《左传》载：周平王东迁，辛有到伊川，看到有人披发野祭，就说这已不是中原的礼俗，不到一百年，这里恐怕就会变成戎狄之地了。到襄王时，秦、晋果将陆浑之戎诱徙于洛川。这是说梁武帝把侯景引进来，就种下了祸根。 ⑯奸逆：指侯景。炽盛：气焰嚣张。游魂：反复无常。放命：放弃成命，即逆命之意。侯景本尔朱荣部下，投高欢，后又背叛高氏，投向梁朝。 ⑯鲸、鲵（ní 倪）：比喻凶残之人。鲵：一种体长三四尺的两栖动物，俗称"娃娃鱼"，古人指为雌鲸。 ⑯枭、獍（jìng 敬）：食母之鸟曰"枭"，食父之鸟曰"獍"。⑯"负其"二句：这是指侯景出于匈奴族。匈奴以牧牛羊为生，牛羊是以水草为食物的。 ⑯玉烛：《尔雅·释天》："四气和谓之玉烛。"即风调雨顺的意思。这句说即使国家太平，也不能感化侯景这种人。 ⑯璿（xuán 旋）玑：即浑天仪，观察天文的仪器。这句说璿玑只能观测正常的星辰，侯景这样的人，像是出没无常的彗星，难以掌握、观测。 ⑯羁縻：马络、牛缰之类，比喻控制。这句连上句是说，侯景初降时，梁朝还太平无事，想笼络控制他。 ⑯琉璃之酒：用金留犁（汤瓢）加以搅拌的酒，是汉与匈奴立盟时喝的酒。指梁武帝与侯景有过较密切的关系。⑯虎豹之皮：是北地的产品。这是指侯景从北地来降，受到梁武帝的厚赏。 ⑰胡柯：外国特产。鸟卵：鸵鸟卵，也是异国特产。大夏、条枝：都是汉时中亚细亚的国家。这二句写梁朝上下看到这些东西，觉得新奇。比喻侯景初来是一件动人听闻的事。 ⑰宓厉：暗藏凶残。宓：同"密"。 ⑰虺（huǐ 毁）：毒蛇，毒虫。潜吹：暗中散毒。这二句是说侯景像豺狼一样暗藏凶残，像毒虫一样暗中放毒。 ⑰九鼎：夏禹所铸，是夏、商、周的传国宝。春秋时代，周室衰微，楚庄王觊觎王位，曾问鼎之轻重（事载《左传》）。后遂以"问鼎"为垂涎王位的代用语。 ⑰三川：指伊水、洛水、黄河，是周都洛阳所在地。这句指侯景有篡逆的阴谋。 ⑰王子：临贺王正德，梁武帝的养子。召戎：引入外寇。梁武帝开始没儿子，以正德为养子。后来生了昭明太子，正德被废。正德因此怀怨，与侯景通谋，把侯景勾引进来。 ⑰奸臣：指侯景。介胄：即甲胄，穿上铠甲，这里是掌兵权的意思。梁不知正德与侯景的关系，还让侯景带兵。 ⑰遏（tì 惕）：同"逖"，疏远。这句指侯景掌了权，就疏远了正德。 ⑰师言：多言，指事机不密。这句指正德后来后悔，又暗中与外间通信，不料做事不密，被侯景发觉，将他杀了。 ⑰廷尉：古代最高司法机关。逋囚：逃犯，指侯景。晋时，苏峻图谋不轨，帝诏书征峻，峻曰："台下（指大臣）云我反；反，岂得活耶？我宁山头望廷尉，不能廷尉望山头。"遂反。这里是以苏峻比侯景。 ⑱穷寇：指侯景。他既罪于高氏，不能北归，是个穷寇，却占据淮南造起反来。 ⑱狄泉：在洛阳东北。传说西晋永嘉年间，狄泉出现了两只鹅，一青一苍，苍的飞去，时人认为是胡人得势的兆头。后果有刘渊之乱。这里将刘渊比侯景。 ⑱横江：在今安徽省和县境。侯景曾被东魏击败于涡阳，犹如困兽，因投降梁朝，才得以复起。 ⑱石鼓鸣山：有兵事的预兆。 ⑱金精：太白星。古人认为太白星有了反常现象，有兵灾出现。 ⑱龙吟、麟斗：都是当时传说的怪事，也是兵祸的预兆。 ⑱桀黠：不驯良而狡黠的人。横扇：煽动叛乱。 ⑱冯陵：蹂躏。冯：同"凭"。畿甸：京城附近。 ⑱狼望、卢山：都是地名，为匈奴占据。黄图：王朝建都的地方。赤县：中原。这是说侯景占据了中原和梁京城附近的地方。 ⑱"青袍"二句：侯景作乱前，有童谣云："青丝白马寿阳来。"后果然侯景从寿阳起兵，他的士卒穿的是梁朝发的青布衣，侯景骑的白马，以青丝作缰。草：形容青丝的颜色。练：白绢，形容白马的颜色。 ⑲天子：梁武帝。履端：一年的第一天。梁武帝被侯景围困，元旦不能临朝。 ⑲单于：匈奴君主的称号，这里指侯景。长围：重围。高宴：侯景围住建康的台城，在元旦时却大设酒宴取乐。 ⑲观：城上的高台，也叫"阙"。古时宫门置相对的两观。千门：汉时建章宫有千门万户，故作宫殿的代称。这是说梁朝的宫殿直接受到战事威胁。 ⑲白虹贯日：聂政刺杀韩傀时，有白虹贯穿太阳。 ⑲苍鹰击殿：要离刺杀庆忌时，有苍鹰扑入殿中。这都是有重要人物将死的预兆。 ⑲夏台：夏桀被囚的地方。尧城：传说唐尧被虞舜囚禁的地方。这是指梁武帝被侯景囚死于台城的事。 ⑲官守：居官守职的人。这句说当朝廷危急时，朝官都袖手旁观，无人奔问。 ⑲干戚：盾牌和大斧，指武将。戎：指侯景。这是说当时的武将不能对付叛军作战。 ⑲"陶侃"二句：陶侃争米船，顾荣摇羽扇，都是东晋时内战中讨平叛乱的故事。这里作者引用这些历史故事，加上"空"、"虚"字样，是说将帅们面对叛乱，一筹莫展，不能像陶侃、顾荣那样护卫朝廷。 ⑲死绥：死于平叛的败军之中。 ⑳路绝：援路断绝。长围：重围。指梁武帝被侯景重重围困。 ⑳烽：烽火。古时边境告急，夜间举烽火求援。烽火不能上腾，随星散落，形容消息难通。 ⑳书：书信。鸢(yuān 渊)：纸鸢，风筝。当时梁武帝曾在城中放出纸鸢，附带书信，向外告急，也被侯景发现射落。 ⑳韩分赵裂：比喻梁室在外诸王，内部矛盾而分裂，被侯景打得七零八落。 ⑳鼓卧旗折：打败仗的表现。 ⑳"失群"二句：马被冲散失群，战车败退时也乱了，轮子辗过的辙迹也混乱一片。形容梁军溃不成军之状。班：分离。 ⑳婴城：闭城而守。 ⑳卷舌：不开口。指无计可施。 ⑳昆阳之战：公元23年，东汉光武帝刘秀在昆阳(今河南叶县北)与王莽主力决战，王莽军中有战象助威，但还是失败了，象纷纷跑入树林。 ⑳常山之阵：《孙子》中说，善用兵者如常山之蛇，击其首则尾至，击其尾则首至，击其中则首尾俱至。蛇奔穴：不能救应，只可逃到洞穴中去。比喻梁军已溃不成阵，不能互相救助。 ㉑"五郡"二句：五郡的人结为兄弟，三州的人约为父子，现在却父子兄弟不能相聚了。五郡、三州：都是梁宗室分封之地。 ㉑护军：指韦粲，他统兵来援，被侯景击败，全家殉难，被追赠为护军将军。三世：韦粲的祖父、父亲都是梁朝名将，一门忠义至此完结了。 ㉑"济阳"四句：济阳人江子一、子四、子五兄弟三人，虽身为末将，但奋勇出战，被侯景打败，受伤而死。 ㉑名存身丧：指江氏三兄弟为主尽忠，得了忠君的美名，而牺牲了性命。 ㉑狄人：指侯景。元：头颅。侯景把江子一的遗体送还梁朝。 ㉑尚书：指羊侃，当时城中防务全由羊侃主持，因此才能坚守。多算：足智多谋。长：擅长。 ㉑"云梯"二句：写当时战事。据史书载：侯景攻城时造一种尖头木驴，羊侃就造了雉尾炬，装上铁镞头，扔在木驴上，木驴就被烧毁；侯景在城外起两座土山，羊侃就在山下挖地道来应付；侯景又造十余丈高的楼车向城中射击，羊侃预料楼车经过城壕，必然倒塌，果然如此。 ㉑齐将闭壁：战国时燕兵破齐，田单

坚守即墨不肯投降。用来比喻羊侃善于防御。闭壁：守城。 ㉑⑧燕师卧墙：指后燕慕容垂病中筑城的事。羊侃不久病死，不能像燕师那样卧墙，因而不能成功。 ㉑⑨"大事"二句：羊侃一死，大事就完了。大事：指保卫梁都台城。人之云亡：指羊侃之死。羊侃病死不久，台城遂陷。 ㉒⓪"申子"四句：表彰柳仲礼的忠勇。韦粲阵亡后，柳仲礼（小名申子）迅速赴援，被公推为大都督，在战斗中身临前敌。咆勃：怒气填胸。元戎：统帅。 ㉒①胄落鱼门：春秋时鲁打郑国兵败，失去头盔，被郑人悬在鱼门（郑国城门）上。这是说柳仲礼也被打败了。 ㉒②兵填马窟：战败之后，残兵被填塞在马窟中。 ㉒③屡犯通中：指柳仲礼多次受重伤。通中：捅穿身体的重伤。 ㉒④刮骨：用关羽刮骨疗毒故事。指柳仲礼伤势很严重。 ㉒⑤"功业"二句：柳仲礼受伤后，不敢再与侯景交锋，甚至还与他讲和，以后竟至失节投降侯景，所以说是"功业夭枉，身名埋没"。夭枉：半途而废。 ㉒⑥"或以"二句：以下写梁朝其他将领的无能。有的像小鸟披上鹰的翅膀，有的像狐假虎威，只能吓人而已。隼（sǔn 损）：小鹰。鷃（yàn 晏）：一种小鸟。 ㉒⑦沾渍锋镝（dí 嫡）：鲜血染红了刀箭。渍：浸湿。镝：箭头。 ㉒⑧脂膏：这里作动词用，是说脂膏涂遍了原野。 ㉒⑨鹤唳心惊：秦苻坚在淝水被晋军打败，仓皇逃命，听到风声鹤唳，都认为是追兵到来。这里是写梁军败逃时胆战心惊的情况。 ㉓⓪听胡笳而泪下：晋刘琨在晋阳被围，夜中吹起胡笳，敌人听了都下泪。这是指梁军军心涣散。 ㉓①神亭亡戟：三国时孙策在神亭与太史慈苦战，太史慈的戟被夺，后降孙策。这里指梁将有的降敌。 ㉓②横江弃马：孙策在横江与刘繇一战中受伤弃马而逃。指梁军中有的将领败逃。 ㉓③钜鹿：项羽与秦军在此决战，一战击败秦军主力。钜鹿有殷纣所置沙丘台。崩……沙：形容军队的溃败。 ㉓④长平：赵地，战国时，秦与赵军在此决战，大破赵军。战斗最激烈时，屋瓦为之震动。 ㉓⑤桂林、长洲：都是吴国的苑囿，这里借指梁的宫苑。麋鹿：是说战后宫苑荒凉，成了野兽出没的地方。 ㉓⑥溃溃：纷乱的样子。 ㉓⑦䟴黩（chěn dú 陈上 独）：混浊不清，天昏地暗。 ㉓⑧晋、郑靡依：《左传》载："周之东迁，晋、郑是依。"晋、郑是周的同姓国，周室东迁后，依靠晋、郑等诸侯国来护卫它。这里说"靡依"，指梁室诸王各据一方，没有一个可依靠的。 ㉓⑨鲁、卫：周朝的诸侯国，与周同姓，本是兄弟之国。这里说"不睦"，指梁室诸王兄弟相争斗。 ㉔⓪"竞动"二句：是说内部的纷争达到天翻地覆的程度。天关：天象。地轴：地的轴心。 ㉔①探雀鷇（kòu 扣）：战国时，赵武灵王因内乱而被围困，饥不择食，到树上掏鸟蛋充饥。鷇：初生的鸟。 ㉔②待熊蹯：春秋时楚成王被儿子商臣逼迫，成王请求吃一顿熊掌再死，希望拖延时间有人来救，因为熊掌难以煮烂。商臣不答应，楚成王只好自杀。熊蹯：熊掌。讵熟：岂能等到成熟。梁武帝被侯景围于台城，年已八十多岁，病到将死，口中发苦，想喝一点蜜都没有。因此用这个典故来比拟。 ㉔③车侧郭门：春秋时，崔杼杀了齐庄公，草草葬在北郭。这里指侯景杀了简文帝，用户扉为棺，埋在城北酒库一事。车：丧车。侧：草草掩埋。 ㉔④筋悬庙屋：战国时齐湣公被淖齿杀死后，抽筋吊在庙屋的梁上。借指梁武帝、简文帝父子都被侯景杀害。 ㉔⑤鬼同曹社之谋：春秋时，曹国有人梦见鬼在社宫里商量什么时候使曹亡。不久，曹国果然灭亡了。这里用鬼比侯景。 ㉔⑥秦庭之哭：用申包胥到秦廷求救兵事，写自己到长江上游求救之事。 ㉔⑦假刻玺于关塞：一路经过许多关口，靠着印信证明自己的身份，才得放行。假：凭借。玺：帝王的印。关塞：关口。 ㉔⑧称使者之酬对：沿途逢到盘问，托言奉使出国，应答之词要和这种身份相符。称：相符。 ㉔⑨鄂坂：武昌。讥嫌：稽查嫌疑旅客，指自己受到怀疑。 ㉕⓪耏（ér 而）门征税：春秋时，宋国耏班立了战功，赐他在一个城门口征税的权力，这个门就称为"耏门"。这是说沿途还有苛捐杂税。 ㉕①白马、青骡：都是神仙骑乘的神物。这里借神物也难通过，指交通的阻碍。 ㉕②"吹落叶"二句：是说自己乘坐小舟，向长江上游漂去。 ㉕③“彼锯牙”二句：是说凶残的侯景也在训练水军，准备进攻长江上游。锯牙钩爪：形容凶残。习流：操演水战。 ㉕④青龙、飞燕：都是战船名。一作“疾速”讲。 ㉕⑤张辽：曹操手下大将。但史书上并无他参加赤壁之战的记载，这里不过虚用作比。 ㉕⑥王濬：西晋将领，他曾统率水军，从西蜀东下灭吴。梁湘东王派王僧辩领兵于巴陵大败侯景。这里借用典故写时事。 ㉕⑦“乍风惊”二句：写巴陵水战的情景。 ㉕⑧黄盖：东吴大将，在赤壁之战中受伤落水，呼喊韩当，韩当辨出他的声音，救了他。 ㉕⑨杜侯：指杜畿。三国时，杜畿与诸葛诞试船落水。诸葛诞说，先救杜侯。但杜畿未被救出，终溺死。此二句写水战中有的将领受伤呼救，还未被人辨出声音就沉水而死了。 ㉖⓪“落帆”二句：黄鹤即黄鹤矶，又叫“黄鹄矶”，与鹦鹉洲都是武昌地名。写作者一路晓行夜宿，避开兵火的种种困难。 ㉖①斗、牛：星名。按古代天文学中的分野，斗、牛二星属于吴地的星。这二句是说自己虽到了湖南、湖北的地方，但仍回头看着斗、牛二星，怀恋着吴地。 ㉖②阴陵：项羽垓下突围南奔途中迷失方向的地方。 ㉖③钓台：武昌的一个地名。斜趣：不由正路而行。趣：同“趋”。 ㉖④沾衣：落泪。 ㉖⑤舣：停船靠岸。乌江：项羽自刎的地方。项羽垓下突围到了乌江，乌江亭长驾着一只小船靠在岸边，要渡他过江。项羽觉得无颜见江东父老，遂自刎而死。 ㉖⑥雷池、鹊陵：都是安徽省长江边的地名。栅浦：江边立栅，防止偷渡。焚戍：烧毁的哨所。 ㉖⑦“旅舍”二句：形容满目荒凉。 ㉖⑧荆、衡：荆山、衡山，产木材的地方。杞、梓：都是良木。 ㉖⑨庶：庶几。当时湘东王坐镇江陵，较有实力。作者把希望寄托在他身上。 ㉗⓪维扬：扬州。古扬州包括今江苏、浙江、安徽等地。这二句是说，他从建康到江陵，走了三千多里。 ㉗①漂渚：漂洗丝絮的水边。韩信穷困时，曾向漂母乞食。借指自己一路的饥渴。 ㉗②托芦中：伍子胥从楚国逃出，一个渔翁叫他藏在芦苇之中，将他渡过了河。作者借此说明自己一路的风波危险。 ㉗③届：到。七泽：古代楚国有云梦等七泽。 ㉗④天保未定：《诗·小雅·天保》中有“天保定尔”的诗句，这里反用，说天祸还没有停止，太平还没有希望。 ㉗⑤殷忧：深忧。 ㉗⑥达：通达。危行：行为正直。《论语·宪问》：“邦有道，危言危行。”这里指处乱世的方法。 ㉗⑦禄仕：指做官。 ㉗⑧谬：谬加赏拔。滥：滥竽充数。尸：尸位素餐，白占个位子。都是自谦之词。湘东王做皇帝（梁元帝）后，庾信被任为御史中丞、右卫将军。 ㉗⑨龙门：指司马迁，因司马迁生于龙门。庾信认为自己的身世与司马迁有些相似，所以以下几句都以司马迁作比。 ㉘⓪辞亲：送终。司马迁的父亲临死，司马迁赶回河洛见父亲一面。可能作者也是到他父亲病榻前送终的。 ㉘①遗训：指司马迁的父亲临死前给司马迁的遗言：“余死，汝必为太史；为太史，无忘吾所欲论著矣。且夫孝始于事亲，中于事君，终于立身。”这是说庾信的父亲也有类似的遗训。 ㉘②四世无惭：陈实及其子孙四世都在汉、魏两朝做官，官越做越大，陈实只做个县长，子、孙却做到公卿。但德行越来越不如了。所以人们说：“公惭卿，卿惭长。”作者用“无惭”说祖上有德。 ㉘③七叶：七代。汉朝金日磾家世兴盛，七代都做大官。庾氏从庾滔至庾信也历七代，但家世就衰落了。 ㉘④梁山：即《梁山操》，曾子想念父亲所作的琴曲。 ㉘⑤枯鱼：古语云：“枯鱼衔索，几何不蠹？”衔索：鱼的嘴用绳子串着。比喻父母的身体像一根绳索吊着的一尾枯鱼，很快就会朽坏。这里是说遭父亲的丧事。 ㉘⑥攲斜：弯曲。蓬藋：蓬蒿、藜藋，泛指野草。这二句是指自己在父亲死后，居丧不出，谢绝人事。 ㉘⑦杜若：香草。这句用《楚辞》中“搴汀洲之杜若”句。芦苇之单衣：三国时，东吴诸葛恪被权臣杀害，用芦席裹身投葬。作者用屈原、诸葛恪自比，表现怕遭谗得罪的忧惧。 ㉘⑧西楚霸王：项羽。这里代指梁元帝。繁阳：古代楚国地名。梁元帝从江陵（古楚地）讨伐侯景，作者比之为西楚霸王。 ㉘⑨鏖兵：激战。金匮、玉堂：都是帝王典藏文物的地方。这是说皇帝亲自指挥军事，把皇宫变成了司令部。

㉚苍鹰、赤雀：战船名。 ㉛铁轴、牙樯：战船上的装备。 ㉜沉白马：古时盟誓或祭祀用白马作牺牲。这里指誓师的仪式。 ㉝黄龙渡江：传说大禹南巡渡江，有黄龙负舟。这里指讨伐侯景是义师，有神物庇护。 ㉞江萍送王：传说楚昭王渡江，一个圆的东西碰到船上，派人去问孔子，孔子说是萍实，得到的人可作霸王。这是说梁元帝讨伐侯景，人民欢迎拥护。 ㉟石城：石头城，建康的别称。 ㊱戈船：战船。以上两句是说讨伐侯景的军队到了建康。 ㊲诸侯：指讨伐侯景的各路军队。郑伯前驱：春秋时，晋、楚经常召集诸侯，郑伯总是第一个应召而来。㊳盟主：这里指讨伐侯景的主力军。荀䓨暮至：鲁襄公十一年，诸侯伐郑，齐、宋等国军队先到了，而作为盟主的晋国统帅荀䓨一直到天黑才到。以上二句是说各路兵马与主力军会合。㊴剖巢熏穴：本是猎取野兽的办法。指讨伐侯景的军事行动。 ㊵奔、走：逃散。魑、魅：鬼怪，指侯景军队。 ㊶长狄：身材高大的狄族。春秋时鲁国与长狄作战，把被杀死的狄人埋在驹门这个地方。 ㊷斩蚩尤：传说黄帝伐蚩尤于涿鹿，杀之于冀州之野。中冀：即涿鹿。 ㊸燃腹为灯：董卓被杀后，暴尸于市。董卓体胖，人们在他肚脐处点起了灯。 ㊹饮头为器：战国时赵襄子杀了智伯，把他的头颅漆成了饮器。以上四句都是借指侯景被杀以后的实际情况。王僧辩把侯景的双手截下来送给北齐，把头送到江陵，身体送到建康，在大街上暴露三天，然后烧骨扬灰。 ㊺直虹、长星：两种天象，均为不祥之兆。如《史记·刺客列传》所写的"白虹贯日"、"彗星袭月"之类。属：连接。 ㊻虎踞龙盘：写南京石头城像蹲着的老虎，钟山像盘着的一条龙，地势雄伟。 ㊼黄旗紫气：是天子气象，喻江南的昌盛气象。 ㊽"莫不"二句：连上二句是说，南京及江南这样好的地方与气象，竟都成了狐兔的窟穴，消亡在风尘之中了。殄瘁：残败枯萎的样子。 ㊾博望、玄圃：都是太子(简文帝)曾经居住的地方。 ㊿"月榭"二句：当日望月的榭、临风的台，现在池也填平了，树也长老了。 (311)玉女窗扉：刻有仙女的窗扇，指精巧的窗户上成了倚弓的地方。凤凰楼：传说中秦穆公女弄玉吹箫引凤的楼。指宫中华贵的建筑，军人在柱子上系马了。 (312)仁寿：晋朝殿名，殿前有大铜方镜。 (313)茂陵：汉武帝的陵墓。汉武帝遗诏，以杂书三十卷置棺中为殓。以上二句说，当时徒然把宝镜挂在殿前，把心爱的书藏在墓中，于今又在何处？这些是特别追悼简文帝的话。简文帝在梁武帝死后，做了一个短期的囚犯皇帝，终被侯景迫害而死。作者在文帝左右任职，因此倍觉伤感。 (314)立德、立言：古人以立德、立言、立功为三不朽。简文帝受制于人，无所谓立功。所以庾信特别就立德、立言来说。(315)谟明：访问贤明的人。寅亮：敬重诚实的人。 (316)系表：世俗以外。这句说简文帝声望很高，超出世表之外。 (317)河上：指河上公，曾注《老子》。这是说简文帝谈起玄妙的道理比河上公还要高深。 (318)浮丘：古仙人名。相传周灵王的太子晋登仙，接他去的就是浮丘子。这是说简文帝没有这个福分。 (319)师旷：春秋时晋国的乐师。据说他见了太子晋嘱咐他三年不要说话，没有等到三年，太子晋就死了。用以说明简文帝的不幸。 (320)"以爱子"二句：曹操临死，把所爱的小儿子托付给几个大儿子，并嘱咐儿子们要常登铜雀台眺望自己的陵墓。这里点出简文帝也曾把自己的幼儿托付给元帝。 (321)北阙、云台：都是汉代宫中屯兵储放器械的地方。仗：兵器。这是说简文帝被困时，并非没有军队和兵器可用。 (322)司徒：指王僧辩，在讨伐侯景中首立大功。表里经纶：对内对外都有谋略。 (323)狐偃：春秋时晋文公的谋臣，也是他的舅舅，曾劝他勤王。勤王：出兵援救王室。这里用狐偃比王僧辩。 (324)琱戈：雕有花纹的兵器。琱：即"雕"。霸主：指梁元帝。王僧辩全身戎服朝见梁元帝，请讨侯景。 (325)执金鼓：表示进军的号令。问：问罪。贼臣：指侯景。 (326)平吴：指晋灭东吴。东吴建都建康，故将讨伐占领建康的侯景之役与平吴相比。杜元凯：杜预，平吴主帅。 (327)"王室"二句：温峤字太真。东晋时，晋室内

乱，温峤忠于晋师，靠他平息了内乱。以上四句都是表彰王僧辩的功劳超过了杜预和温峤。㉘全节：地名，在河南省阌乡附近，戾太子死的地方。汉武帝末年，戾太子为江充诬害，举兵诛江充，兵败被捕，自杀于此。这是指守节的王僧辩反被陈霸先杀害。 ㉙枉人：山名，在河南省北部，据说是商纣枉杀比干的地方。这是指尽忠的王僧辩，结果受了冤屈。 ㉚"南阳"二句：此处用越国大夫文种故事。文种帮助勾践灭吴，反被赐死，文种叹曰："南阳之宰，而为越王之禽。"这是说文种之事虽过去已经很久，但还会出现的。指王僧辩的被杀与文种的命运相同。

㉛"上蔡"二句：此处用秦相李斯故事。李斯为楚国上蔡人。李斯父子为赵高诬害，临刑前，他对他的儿子说："吾欲与若复牵黄犬俱出上蔡东门逐狡兔，岂可得乎？"王僧辩也是父子同时被害，所以用李斯的故事作比。 ㉜"镇北"二句：镇北指邵陵王纶，也曾统兵讨伐侯景。负誉：有名望。矜前：有勇气。风飙凛然：满腔义愤，令人敬畏的气概。 ㉝"水神"二句：似是用秦始皇射蛟和鞭石的故事，指邵陵王急躁易怒，意气太盛，因而遭人暗算。 ㉞蛰熊伤马：邵陵王乘马到钟山，为伏熊所啮。蛰：潜伏。 ㉟没船：邵陵王也曾在江中翻过船。 ㊱"才子"二句：据《左传》，高阳氏有才子八人，梁武帝也有八个儿子，故以"才子"相比。并命：指诸王互相猜忌，以致邵陵王被元帝所误而死。俱非百年：都不长寿。 ㊲中宗：晋元帝庙号。梁元帝有中兴的希望，故用以相比。夷凶靖乱：平定叛乱。 ㊳去代邸而承基：指汉文帝。汉文帝原为代王，吕后死后，他从代来到京城继承皇位。这里用来比梁元帝从湘东王即位。 ㊴唐：指唐尧。传说尧的哥哥挚为帝，封异母弟放勋为唐侯，后禅位给放勋，是为唐尧。梁元帝继简文帝即位，也是以弟继兄，所以拿来作比。 ㊵反旧章：恢复以前的规章制度。司隶：司隶校尉的略称。汉光武帝刘秀起兵之初，为司隶校尉。 ㊶归余风：恢复旧时风尚。正始：魏齐王曹芳年号。当时，士大夫尚清谈。西晋末，王敦见卫玠后叹道："不图永嘉之中，复闻正始之音。" ㊷沉猜：深沉猜忌。这句批评元帝性情猜忌，做了皇帝，更逞其所欲。 ㊸藏疾：《左传》有"山薮藏疾"的话，比喻统治者的阴暗面。自矜：自负。这句指元帝有了缺点，还自以为是，不肯认错。 ㊹"既而"二句：指战国时楚怀王受张仪欺骗，与齐断交，又导致秦的进攻。当时梁的形势，与楚怀王时近似。高氏在旧齐国之地称"东魏"，宇文氏在旧秦地称"西魏"。梁元帝既没有与东魏联络好，又得罪了西魏，终于引起西魏入侵。 ㊺背关怀楚：指项羽入关后，又留恋故乡，便离开关中，回到徐州（当时为西楚）一带，这是他失败的原因之一。梁元帝也是舍不得离开江陵到建康去，正和项羽一样失策。 ㊻端委：古代礼服，这里指礼让。开吴：吴国的祖先太伯是因为礼让兄弟（文王）嗣位，才远赴吴地开创基业的。这是指梁元帝与兄弟争国，与太伯之礼让相异。 ㊼绿林：在湖北省当阳市。西汉末，王凤等在绿林起兵讨王莽，号称"绿林"。 ㊽骊山叛徒：本指秦末起义军，这里借指武陵王纪从西蜀起兵反对元帝。元帝仓促间用些乌合之众（绿林之散卒）对付。 ㊾营军：用兵，出战。梁溠（zhà 诈）：在溠水（今湖北的一条水名，流入涢水）上造桥。蒐（sōu 搜）乘：检阅兵车。巴渝：四川东部。这两句是说梁元帝派兵阻止武陵王东下。 ㊿淫昏之鬼：指妖妄的巫师和巫师假托的神灵。梁元帝好求神问卜，信任巫师陆法和。 (351)厌劾之符：指符咒。厌：同"压"。 (352)荆门：武陵王受戮的地方。廪延之戮：据《左传·隐公元年》载，郑庄公的弟弟太叔段在其封地廪延扩张力量，企图推翻庄公，被郑庄公击败。武陵王与兄争夺权位，有似于此。 (353)逵泉之诛：《左传》载鲁国的成季用毒酒在逵泉把他的哥哥僖叔害死。现在梁元帝也滥用这种毒辣手段，在夏口把他的哥哥邵陵王纶逼害。 (354)蔑：不能。因亲教爱：是《孝经》上的话。这句说梁元帝不能用亲爱的精神教导兄弟和睦相处。 (355)弯弧：弯弓。这句说梁元帝对兄弟毫无和乐之心，忍心弯弓相向，互相残杀。 (356)无谋于肉食：指梁元帝及其臣

僚没有远谋。肉食：指统治者。语出《左传》："肉食者鄙，未能远谋。" ㊲《论都》：指东汉杜笃作的《论都赋》，是谏止迁都之事的。这句说元帝本来就乏见识，不愿离开江陵，群臣也无进言迁回建康的远谋，以致自取灭亡。 ㊳五难：《左传》上有"取国有五难"的说法，即有宠无人（贤人）、有人无主（同谋者）、有主无谋、有谋而无民、有民而无德五个方面。这句说梁元帝没有深思为君之难。 ㊴三端：指文士笔端、勇士锋端、辩士舌端。古人认为贤者应避三端。梁元帝多才多艺，擅长诗、书、画，时人称为"三绝"，元帝也引以为自得。这是作者批评梁元帝以"三端"来逞能。 ㊵阳城、砥柱：都是古人认为的险绝处。这里指出梁元帝处境危险，还自以为无忧。

㊶"既言多"四句：是说元帝平时说的多为猜忌刻薄的话，表面看来似有大志，内心却很残忍。当讨伐侯景时，梁元帝坐观成败，并无真心救兄弟的意思。 ㊷"地惟"二句：这是说梁元帝统治的地方越来越狭小。 ㊸这句说，本来有仇的，更加深了。黩：污浊。 ㊹这句说，原是同盟的，也背弃了。其盟则寒：背盟。 ㊺冤禽：指精卫鸟。古代神话说，炎帝的女儿游于东海而淹死，化为精卫，每天衔西山的木石来填东海。这是指梁的局势无可挽回，自己也无能为力。

㊻愚叟：即愚公。愚公移山本为有志者事竟成的寓言，这里只取其"艰难"之意，说梁的危局已非愚公移山所能挽救。 ㊼沴（lì 历）气：恶气，灾气。 ㊽妖精：妖星。 ㊾赤乌：鲁哀公六年，楚国看到日旁有云，像一群赤色的乌，夹日而飞了三天。 ㊿轸（zhěn 诊）：星名，属楚分野。苍云围轸七重，是传说中关于楚国的事。以上四方面均为古人认为的不祥之兆。 ㊱亡吴：指春秋时越灭吴。 ㊲入郢：指春秋时吴国侵楚。"亡吴之岁"、"入郢之年"都有人预言过。以上二句是说梁朝也像当年的吴楚一样，无法逃脱灭亡的下场。 ㊳周含郑怒：用春秋初周郑交恶事。比喻元帝与岳阳王詧之间的互相残杀。 ㊴楚结秦冤：用战国时楚怀王与秦国结仇的事。比喻西魏进攻江陵。 ㊵南风不竞：指梁势已衰。春秋时晋楚交战，晋乐师师旷预言："南风（楚国乐曲）不竟，多死声，楚必无功。"这里用楚比梁。 ㊶西邻责言：本是春秋时秦、晋交战中的话，这里比喻西魏兴师问罪。 ㊷梯冲：攻城的云梯和冲车。 ㊸冀马：冀州是产良马的地方。云屯：形容战马结集之多。 ㊹俴（jiàn 贱）秦车于畅毂：写西魏兵车的轻捷。《诗·秦风·小戎》诗中有"小戎俴收"和"文茵畅毂"的诗句，庾信熔为一句。俴：浅。畅：长。毂：车轮中心。

㊺沓：形容鼓声。雷门：汉朝悬有大鼓的城门。 ㊻陈仓连弩：用诸葛亮伐魏的故事。陈仓：今陕西省宝鸡市。连弩：装有机栝，可以连续发射的弓。 ㊼临晋横船：用西汉初韩信攻魏的故事。《史记·淮阴侯列传》："其八月，以信为左丞相，击魏。魏王盛兵蒲坂，塞临晋。信乃益为疑兵，陈船欲度临晋，而伏兵从夏阳以木罂缻渡军，袭安邑……信遂虏豹。"临晋：即大庆关，在今陕西省大荔县。 ㊽人称三户：战国时楚国人说："楚虽三户，亡秦必楚。"是说楚终不灭亡。

㊾丽：附着，射中。六麋：春秋时，晋、楚作战，有人发现六只大鹿，被射中了一只。 ㊿九虎：王莽时将军的称号，借以形容威武。 ㊱"辞洞庭"二句：用《楚辞·九歌·湘夫人》"洞庭波兮木叶下"和《湘君》"望涔阳兮极浦"的句子，形容一片凄惨。 ㊲炽火焚旗、贞风害蛊：均为《易经》中的卦象。炽火焚旗：古人认为是出军不利之兆。贞风害蛊：是君主被擒之兆。形容元帝的惨败和出降。 ㊳"乃使"二句：实写梁元帝被围危急时，将所藏的珍贵书籍十四万卷放火烧掉，拔出剑来在柱上砍断了。玉轴：指书，古代的书装成卷子，讲究的用玉作轴。龙文：指宝剑。

㊴下江、长林：都属武宁郡，武宁北接襄阳，首先遭西魏进攻。承圣三年，魏攻梁，先下襄阳，后下武宁，长驱至江陵。余城：未被西魏攻下的城垒。故营：旧时营垒。 ㊵拑马：用一根木条塞住马口，可以节省饲料。拑：同"钳"。秣：马料。 ㊶烧牛之兵：战国时齐国田单用火牛阵大破燕兵。这句是说可惜围城之中没有人发挥这种智谋。 ㊷章曼支：战国时仇犹国人，他预料

国家不保，就急忙离开本国，车毂坏了也不顾。 ㊈宫之奇：春秋时虞国人，谏虞公不要借道给晋国，虞公不听，宫之奇知道虞将被晋灭，率领全族的人走了。 ㊈河：滹沱河。汉光武帝刘秀到蓟，后有追兵，经滹沱河，刚巧河面结一层薄冰，才过几个人，冰就碎了，就驱马强渡。 ㊈关：函谷关。孟尝君逃离秦国，到函谷关时天还未晓，关门未开。按秦法，鸡鸣后关门才开。孟尝君门客中有人会学鸡叫，鸡听到了都叫了起来。孟尝君才得以逃脱。以上写逃难的人的仓皇冒险。 ㊈解骨：悲痛入骨。 ㊈吞声：悲痛失声。 ㊈章华：楚国的宫殿名。望祭：祭祀山川。 ㊈云梦伪游：刘邦接受陈平计谋，伪游云梦，诱执韩信。 ㊉荒谷、冶父：都是地名。莫敖：楚官名，指楚屈瑕。春秋时楚国战败，莫敖缢于荒谷，群帅囚于冶父。这里形容梁失败后的惨相。 ㊉硎谷：秦始皇坑儒的地方。摺（zhé 哲）拉：敲打。 ㊉鹰鹯（zhān 沾）：凶鸟，喻嗜杀之人。批搒（fèi 费）：扑击。以上二句写西魏对俘虏的虐待。 ㊉冤霜夏零：邹衍忠心而遭燕惠王拘捕，仰天而哭，夏日降霜。指人民无故遭冤。 ㊉愤泉秋沸：东汉耿恭守边，匈奴断绝其水道，一军陷于窘境，七月水涸，地上忽涌出泉水。指人民在危城中的困苦。 ㊉杞妇之哭：春秋时，齐大夫杞梁殖战死，其妻迎丧于郊，枕尸哭甚哀，十日而城墙崩塌。 ㊉湘妃之泪：传说舜南巡死于道上，他的两个妃子痛哭，泪落在竹子上，成了斑竹，又称“湘妃竹”。 ㊉水毒秦泾：春秋时秦国曾在泾河上游放毒，以阻止晋军。 ㊉赵陉：指赵国的井陉，是著名的险要之地。 ㊉长亭短亭：古人为供行人食宿休息，在路旁建有亭子，十里设一长亭，五里设一短亭。 ㊉饥随蛰燕：晋朝荒乱时，饥民们用蛰燕充食。随：搜捕。 ㊉暗逐流萤：东汉末，少帝辩和皇弟协（即献帝）被宦官劫持出宫，不认路径，晚上随着流萤的微光行走。 ㊉水黑、泥青：指黑水和青泥关，都是关中地名。以上写被俘掠入关的人长途跋涉的痛苦。 ㊉“于时”二句：形容国破家亡，一切崩溃。泮（pàn 判）：融解。 ㊉淄、渑（shéng 绳）：齐国的两条水名，水味不同。淄、渑一乱：指不分贵贱贤愚，一同遭难。 ㊉“雪暗”二句：形容西北气候的寒冷。 ㊉赴洛之陆机：陆机本吴人，吴亡后，入晋都洛阳。 ㊉离家之王粲：董卓之乱后，王粲从长安到荆州避难。这二句指在长安见到被俘的文士。 ㊉“莫不”二句：是说南方的人到了西北，莫不触景生情，痛哭长叹。古诗《陇头歌》：“陇头流水，鸣声呜咽，遥望秦川，肝肠断绝。” ㊉交河：地名，今新疆吐鲁番。青波：楚地，在今河南省新蔡县附近。这以下写被俘的人室家分离。 ㊉石望夫：武昌有石峰像人形，传说是妇人望夫而死，化为石，称为“望夫石”。 ㊉山望子：汉武帝有思子台，中山有韩夫人望子陵。 ㊉才人之忆代郡：指楚、汉交兵时，赵王武臣将代郡的才人（宫女）许配厮养卒的事。公主之去清河：指晋清河公主遇乱为人掠卖的事。这里指流民在兵乱中随便婚配。 ㊉栩阳：指《栩阳赋》。临江：指《临江歌》。两篇于《汉书·艺文志》著录，已失传。作者借来说夫妻子女间无数悲欢离合可歌可泣的事。 ㊉武威：今甘肃省武威市，古时为匈奴居地。金微：山名，远在漠北。这是说有人流离到极偏远的地方。 ㊉班超：东汉名将，镇守西域三十余年，晚年上疏乞归，有“但愿生入玉门关”的话。 ㊉温序：东汉初为将战败，被擒自杀，托梦给他的儿子，想归葬乡里。 ㊉李陵、苏武：二人都是汉武帝时人。李陵与匈奴力战，兵少食尽，又无救兵，投降匈奴。苏武出使匈奴，被留十九年，拒不投降，后归汉。作者奉使西魏被留，国亡无所归，故以班超、苏武等人相比。 ㊉中否（pǐ 痞）：中途夭折。否：命运不佳。指梁元帝本有中兴的希望，不料中途出了事。金陵之祸：指江陵失陷后的第二年，陈霸先立元帝子于建康，不久篡位自立，梁遂亡。 ㊉萧墙：宫门内的小墙，又叫“屏风”、“照壁”。比喻家门内的事。语出《论语·季氏》。此指梁元帝死后，梁王督借西魏之力自立为帝，梁贞明侯渊明借北齐之力入建康即位等事，虽然借助的是外力，实则是内争。 ㊉拨乱之主：指梁元帝。拨乱：

削平祸乱。忽焉：很快地被灭亡了。 ㉛中兴之宗：也指元帝。不祀：香火断绝。元帝死后，诸子先后死灭，宗祀遂绝。 ㉜伯、叔：兄弟排行。犹子：侄子，指萧詧。元帝的儿子们都是被其侄子萧詧害死的。 ㉝荆山：指荆山所产的美玉。鹊飞而玉碎：《盐铁论》中的寓言。意思是用玉来打鹊，鹊没有打着，玉却粉碎了。比喻因小失大。玉碎：指子孙亡灭，江山丢失。 ㉞这句用隋国有蛇衔珠报隋侯恩的故事，而改换其意，说蛇固然活了，而珠却死了。比喻那些为国殉难的臣子不过是枉送了命，于国事仍无补益。 ㉟鬼火：磷火。殇魂：战死者的英魂。平林、新市：都是江陵的地名。这是指死于兵乱的人和阵亡的将士，无人收拾掩埋。 ㊱梁故丰徙：战国时的魏国迁都于大梁（今河南开封），称梁。后秦灭魏，又迁大梁于丰。南朝梁与战国的梁国号同，所以拿来相比。 ㊲楚实秦亡：战国时的楚国被秦灭亡。这里用楚比梁，用秦比西魏。 ㊳"不有所废"二句：此连同上两句是说，历史上曾有过的事，现在又重演了，旧的不去，新的又从何而生？指如果梁不亡，北方的周、南方的陈又怎样兴起来呢？ ㊴有妫（guī 规）之后：指陈霸先建立的陈朝。有妫：陈姓的祖先。 ㊵将育于姜：春秋后期，姜姓齐国政权掌握在陈氏（即田氏）手里，后即夺取姜齐，建立田齐。陈霸先夺取梁的政权，也是历史故伎的重演。 ㊶输：送掉。神器：指统治权，即梁朝。 ㊷让王：让位而不居的帝王。指梁元帝剩下的一个儿子敬帝，本是陈霸先所拥立，不久就让位给陈霸先了。 ㊸"天地之大德"二句：《易·系辞上》的成语，意思是皇位是不能随便转让的。 ㊹"用无赖"二句：是说梁朝的子弟都是些年轻无识的人，把江南的大好江山全抛弃了。 ㊺"惜天下"二句：是说天下本是统一的，可惜东南有了反气，被破坏了。汉高祖刘邦曾对吴王刘濞说："五十年后东南有反气，莫非是你吗？" ㊻鹑首：星名，即井宿，为秦的分野。传说天帝喝醉了酒，把属于鹑首的地方剪下给了秦穆公。作者借此说天意为何如此昏蒙，把梁给了西魏。 ㊼"且夫"二句：是说天道变迁，人事也随之而变。 ㊽烈祖：指庾信八世祖滔。流播：迁徙。作者再追述自己的祖先在西晋时由此迁南。 ㊾洎（jì 计）：到。 ㊿"提挈"二句：是说自己携带全家被羁留在北方，一去多年。庾信家属初被俘到长安，后被释放团聚。 (451)契阔：劳苦，勤苦。 (452)灵光：汉时鲁国殿名。汉末古建筑都被破坏，只有鲁灵光殿依然存在。此二句比喻别人都渐渐死去，只剩下自己孑然一身。 (453)日穷于纪：旧的一年快完了。纪：年。 (454)逼迫危虑：处境困难。 (455)端忧：闲居忧闷。暮齿：晚年。 (456)长乐：长乐宫，西汉时宫名。神皋：天府，指皇宫。这句说自己常在宫中行走。 (457)宣平：长安城门名。贵里：贵人居住的里巷。这句指自己与权贵有交往。 (458)"渭水"二句：用渭水贯于天河，骊山下回环店市为比，形容长安的壮丽繁华。 (459)"幕府"二句：是说周室当朝的将相都很敬重自己。平津侯：汉武帝的丞相公孙弘的封号，这里代指北周丞相宇文护。 (460)金、张、许、史：都是西汉时长安最著名的贵族。这里代指当时长安的显贵之家。钟鼎：指钟鸣鼎食之家，即贵族。弦歌：指礼乐。这是说自己与北周的贵族交游。 (461)故时将军：指李广。李广失官家居，一次夜里出猎，回到灞陵亭，灞陵尉因醉而呵止李广，跟随的人说是"故李将军"。灞陵尉说："今将军尚不得夜行，何乃故也！"于是"止广宿亭下"。此句谓无人知道自己在梁朝曾做过将军。言外之意是自己仍念念不忘故国。 (462)咸阳布衣：战国时，有人说楚太子留在秦国，不过是咸阳市中一平民罢了。此时梁朝的王子也有在长安的，所以说思归的不只是他们，也包括自己在内。

杜 牧

阿房宫赋

六王毕[①]，四海一；蜀山兀[②]，阿房出[③]。覆压三百余里，隔离天日。骊山北构而西折[④]，直走咸阳[⑤]，二川溶溶[⑥]，流入宫墙。五步一楼，十步一阁；廊腰缦回[⑦]，檐牙高啄[⑧]；各抱地势[⑨]，钩心斗角[⑩]。盘盘焉[⑪]，囷囷焉[⑫]，蜂房水涡[⑬]，矗不知其几千万落。长桥卧波[⑭]，未云何龙？复道行空[⑮]，不霁何虹？高低冥迷，不知东西。歌台暖响[⑯]，春光融融；舞殿冷袖[⑰]，风雨凄凄。一日之内，一宫之间，而气候不齐[⑱]。

妃嫔媵嫱[⑲]，王子皇孙，辞楼下殿，辇来于秦，朝歌夜弦，为秦宫人。明星荧荧，开妆镜也；绿云扰扰[⑳]，梳晓鬟也；渭流涨腻，弃脂水也；烟斜雾横，焚椒兰也。雷霆乍惊，宫车过也；辘辘远听[㉑]，杳不知其所之也。一肌一容，尽态极妍[㉒]；缦立远视[㉓]，而望幸焉[㉔]；有不见者，三十六年[㉕]。燕、赵之收藏，韩、魏之经营，齐、楚之精英，几世几年，剽掠其人，倚叠如山；一旦不能有[㉖]，输来其间。鼎铛玉石，金块珠砾[㉗]，弃掷逦迤[㉘]；秦人视之，亦不甚惜。

嗟乎！一人之心，千万人之心也。秦爱纷奢[㉙]，人亦念其家；奈何取之尽锱铢[㉚]，用之如泥沙。使负栋之柱，多于南亩之农夫[㉛]；架梁之椽，多于机上之工女；钉头磷磷[㉜]，多于在庾之粟粒[㉝]；瓦缝参差，多于周身之帛缕；直栏横槛，多于九土之城郭[㉞]；管弦呕哑[㉟]，多于市人之言语。使天下之人，不敢言而敢怒。独夫之心[㊱]，日益骄固。戍卒叫[㊲]，函谷举[㊳]；楚人一炬[㊴]，可怜焦土。

呜呼！灭六国者，六国也，非秦也。族秦者[㊵]，秦也，非天下也。嗟乎！使六国各爱其人，则足以拒秦。使秦复爱六国之人，则递三世[㊶]，可至万世而为君，谁得而族灭也？秦人不暇自哀，而后人哀之；后人哀之而不鉴之，亦使后人而复哀后人也。

秦王朝是中国历史上第一个空前统一、幅员广大的国家。但它仅仅存在短短的十几年时间就灭亡了。广修宫室、穷奢极欲是其灭亡的主要原因之一。这一历史事实给后人留下了深刻的历史教训。唐敬宗李湛即位之始，便“大起宫室，广声色”（杜牧《上知己文章启》），荒淫失德，杜牧有感于此，遂作《阿房宫赋》以讽之。

本篇是唐代短赋中的名作。全文分作两个部分：前一部分是描写，作者凭借丰富的想象力，以铺陈夸张的手法，极写阿房宫建筑之雄伟壮丽，所藏珍宝美女之多，歌台舞殿之盛，暴露秦统治者的穷奢极欲；后一部分是议论，以犀利笔锋论述骄奢亡国的历史教训。文章构思精巧，组织严密，波澜起伏，引人入胜。语言生动，声韵铿锵，富有美感。而其昭示鉴戒，亦颇能发人深思。

赋体的一般写法，是在结构上“铺陈排比”，在行文用语上极尽夸张形容之能

事，在主题思想上见出讽谏规劝之意。本文采用这种写法具有一定的典型性，但感触时事，借古以讽，又非一般赋作习于夸饰富丽者可比。汉代大赋中的铺陈排比，往往在结构上穷尽时间和空间上的各种可能性，在时间上，从古说到今，一一道来，在空间上，东西南北中，或物、人、事等各种可罗列的对象，都详细写出，就像铺席陈列物品，无不毕现，毫无空隙。本文虽不像大赋那样洋洋万言，毫发毕现，但也处处采用铺陈排比手法。全文前一部分共分三个小节，分别从宫之建筑、宫中之人、宫中之宝三个方面排比罗列，铺写、陈述阿房宫之广大豪华。每个方面又是从不同的细部特征入手，铺陈排列，罗列殆尽：宫之建筑，先从外观写起。从四海一统，蜀山木材尽伐，再写到骊山，咸阳，渭、樊二河，直到进入宫内的近景。这好像一个从远到近的镜头，见出了阿房宫外观的宏伟壮丽。接着写宫内建筑。宫内楼、阁、廊、檐、长桥、复道、歌台、舞榭，一一列出，使人目不暇接。这么多建筑群落，里面又是什么呢？是宫人与宫宝。宫人有妃嫔媵嫱、王子皇孙，宫宝有鼎、玉、金、珠，这些都是燕赵韩魏齐楚六国之人之宝，现在成了阿房宫的收藏。后一部分的议论，也用了铺陈排比的结构方法。如第一小节，写秦人对天下人民，“取之尽锱铢，用之如泥沙”，连用六个比喻来铺陈秦人之不惜民力，破坏生产，以致覆亡的教训。第二小节则从秦之前的六国说起，列出古往今来的六国之人、秦人、今人、后人这一时间序列，从历史的角度，说明了爱惜民力的重要性以及不惜民力骄奢淫逸则可亡国的历史教训。如果说铺陈排比是本文的一个重要特色，那么，夸张的运用，则是本文的另一重要特色。例如：写阿房宫之大，说其“覆压三百余里，隔离天日”；说其宏伟，把它形容为天上的云龙和彩虹，等等。值得注意的是，本文的夸张很少正面的描写形容，而是尽量地运用侧面描写、比喻等艺术手法来达到夸张的目的。例如，写阿房宫用木之多，就说砍木料砍秃了蜀山，而并不直接说用了多少木头。写宫之占地广大，便从骊山及渭、樊二川侧面去写：骊山成了宫的有机组成部分，渭、樊二川则流入宫内，成了宫内河。写宫之气势之大，便用冷暖气候不齐来侧面描写。特别是比喻的运用，使文中的夸张形象逼真，生动感人。“长桥卧波”二句，把天桥比为云之龙，把复道比为天上彩虹，成为传颂千古的名句。以天上的明星比喻妆镜之多之亮，以渭水涨腻写脂水之多之滑腻，这些都是以比喻写夸张，以夸张写宫人之多、宫势之豪华的例子。而文章后一部分中，更以六个连续的比喻来夸张，并以夸张的语气来说理，这更使文章显得辞采瑰丽，气格遒劲。这是本文的第三个艺术特色。本文的第四个特色，是其锋利明快的说理艺术。全文的主要篇幅，是描写阿房宫之豪奢。这种描写不但不会冲淡主题的揭示，相反，正是有了这些夸张描写，才突出了秦王朝统治者的骄奢，使下文揭示骄奢亡国的主题有了着落。在议论部分中，将阿房宫的建筑规模与当时的生产力水平进行了象征性的对比，形象地指出了统治者的穷奢极欲超过了社会生产所能承受的限度这一严酷事实，从而揭示了秦王朝灭亡的主要原因。但这还不是全文的意旨所在。回顾历史是为了鉴戒现在。文中最后一节，从秦人回溯至六国之人，指出其灭亡的自身原因，在于损民力而益豪奢，尖锐地提出“后人哀之而不鉴之，亦使后人而复哀后人也”的警告：如果现在的统治者不吸取历史教训，在国家尚处在深重灾难之中便广建宫室，醉生梦死，置百姓死活于不顾的话，那么，你们也会落得和秦王朝同样的下场！这就像层层剥笋，先从阿房宫之规模“剥”起，然后指出其对于人民的危害，对生产力的破坏，最后归结到现实问题，使全文的主题思想终于凸现出来，这样，就使议论不流于空谈，而具有很强的感染力和说服力。说理艺术性的高低，并不仅仅是一个艺术手法问题。刘熙载《艺概·文概》说“杜牧之识见自是一时之杰”。有卓越识见才能有高超的文章写作艺术。杜牧对于政治、历史乃至军事都有一定研究。他在《上李中丞书》中，自言好议论“治乱兴亡之迹，财赋甲兵之事”、“古人之长短得失”，正由于他对于历史及政治形势有着深厚的修养和清醒的认识，才能在文章中显得应心得手，游刃有余，气势十足。

（吴文治　朱崇才）

【注】 ①六王：指齐、楚、燕、韩、赵、魏六国之王。借指六国。毕：结束，灭亡。　②蜀山兀：意思是说蜀山上的树木因营造阿房宫而被砍伐殆尽。　③阿房：秦宫苑名，遗址在今西安市西南阿房村。相传：“阿房宫亦曰阿城，惠文王造，宫未成而亡。始皇广其宫，规恢三百余里。”（《三辅黄图》）全部工程到秦亡时犹未完成，故未正式命名。因“作宫阿房，故天下谓之阿房宫”（《史记·秦始皇本纪》）。　④骊山：在陕西省临潼县。　⑤咸阳：秦都，旧址在今陕西省咸阳市东。　⑥二川：渭川、樊川。溶溶：河水盛大的样子。　⑦廊腰缦回：走廊环绕楼阁，如缦带萦回。　⑧檐牙高啄：房檐耸翘，如禽鸟俯首啄食。　⑨各抱地势：宫殿依凭地势之高低起伏而建。　⑩钩心斗角：互相争奇斗胜。　⑪盘盘：曲折回环。　⑫囷囷：环绕回旋。　⑬蜂房水涡：形容建筑物稠密重叠、盘曲回环的样子。　⑭长桥卧波：阿房宫有桥，横跨渭水。　⑮复道：即阁道。宫中楼阁相通，上下有道，在上者为复道。行空：阁道架空如桥，故曰“行空”。　⑯歌台暖响：歌台的歌声使人感到温暖。　⑰舞殿冷袖：舞殿里以舞袖不舞而冷。　⑱“一日”三句，言气候的温暖与寒冷，由秦王之来与不来而不同。　⑲妃嫔（pín 频）媵（yìng 映）嫱：泛指帝王妾侍。妃的地位次于后，嫔和嫱是宫中女官，媵是陪嫁的女子。　⑳绿云：喻黑而多的头发。扰扰：纷乱的样子。　㉑辘辘（lù 鹿）：车声。远听：越听越远。　㉒妍（yán 研）：美。　㉓缦立：久立。　㉔望幸：盼望秦皇来临。　㉕三十六年：秦始皇在位三十六年（前 246～前 210），但做皇帝仅十一年，这里是夸张的说法，意指有的人终身都未能见到皇帝一面。　㉖不能有：指六国被灭亡，不能再保有他们的财富。　㉗“鼎铛（chēng 撑）”二句：意为宝鼎当铁锅，美玉当石头，黄金当土块，珍珠当沙砾。铛：底平而浅的铁锅。砾（lì 力）：碎石子。　㉘弃掷逦迤（lǐ yǐ 里以）：信手扔掉，随处可见。逦迤：连接不断貌。　㉙纷奢：豪华奢侈。　㉚锱（zī 资）：古时一两的四分之一。铢（zhū 朱）：古时一两的二十四分之一。锱铢：在这里比喻极微小的数量。　㉛南亩：泛指田亩。　㉜磷磷：形容钉头光彩耀目。　㉝庾（yǔ 羽）：露天的谷仓。　㉞九土：九州之土，即九州，指全国。　㉟呕哑：指各种管弦乐器嘈杂的音响。　㊱独夫：原指众叛亲离的殷纣王（见《尚书·泰誓下》），此处用以称秦始皇。　㊲戍卒叫：指陈胜、吴广起义。他们原是谪戍渔阳的戍卒，行至大泽乡起义反秦。　㊳函谷举：指刘邦一举而攻下函谷关。函谷：在今河南省灵宝县西南，当时是秦国东边的大门。　㊴楚人一炬：《史记·项羽本纪》载：公元前 206 年十二月，“项羽引兵西屠咸阳，杀秦降王子婴，烧秦宫室，火三月不灭”。楚人：指项羽。　㊵族：灭族，指秦国被消灭。　㊶递：传。三世：秦朝传位到三世子婴。

欧阳修

秋声赋

欧阳子方夜读书，闻有声自西南来者[①]，悚然而听之，曰："异哉！"初淅沥以萧飒，忽奔腾而砰湃，如波涛夜惊，风雨骤至。其触于物也，鏦鏦铮铮，金铁皆鸣；又如赴敌之兵，衔枚疾走[②]，不闻号令，但闻人马之行声。余谓童子："此何声也？汝出视之。"童子曰："星月皎洁，明河在天，四无人声，声在树间。"

余曰："噫嘻悲哉！此秋声也，胡为而来哉？盖夫秋之为状也：其色惨淡，烟霏云敛；其容清明，天高日晶；其气栗冽，砭人肌骨；其意萧条，山川寂寥。故其为声也，凄凄切切，呼号愤发。丰草绿缛而争茂，佳木葱茏而可悦；草拂之而色变，木遭之而叶脱。其所以摧败零落者，乃其一气之余烈[③]。

"夫秋，刑官也，于时为阴；又兵象也，于行用金。是为天地之义气，常以肃杀而为心[④]。天之于物，春生秋实。故其在乐也，商声主西方之音，夷则为七月之律[⑤]。商，伤也，物既老而悲伤；夷，戮也，物过盛而当杀。

"嗟乎！草木无情，有时飘零。人为动物，惟物之灵。百忧感其心，万事劳其形，有动于中，必摇其精。而况思其力之所不及，忧其智之所不能，宜其渥然丹者为槁木[⑥]，黟然黑者为星星[⑦]。奈何以非金石之质，欲与草木而争荣？念谁为之戕贼，亦何恨乎秋声！"

童子莫对，垂头而睡。但闻四壁虫声唧唧，如助予之叹息。

《秋声赋》是传诵不衰的古文名篇，文章自产生以来，读者为之击节叹赏者多矣，能琅琅背诵的人至今仍不少，论述它的文章也屈指难数。但曾经有一个时期，论者以为《秋声赋》情调消极低沉，内容不够健康，或讳避，或批判，莫衷一是。《秋声赋》究竟是一篇什么样的文章，它何以获得如此倾倒读者的魅力？就笔者见到的不少分析文章，似乎并未解决这个问题。本文试图首先从文章写了什么，怎么写的着手，然后剖析作者的思想、作品的技巧，力避玄虚套语，以期尽可能地找到答案。

全文大致可分五个段落。第一段写闻秋声并刻画秋声。春夏秋冬四时，不能发声，这里关键的一句是："闻有声自西南来者。"《易说》："坤，西南也，主立秋。"《京房易占》："立秋，坤王，主凉风用事。"因此，所谓"秋声"，实际指新秋的凉风声。它不同于一般风声，只有在更深夜静时，心灵敏锐的人才能感受到。所以文章开始的"方夜读书"，决非赘语。然后描写此声由小而大，由远而近，触物皆鸣，萧飒急遽，于是命童子出屋观察。这童子是否也感知到这些声响呢？文章没有写，看来事先并未感知，只有在主人命他外出观察是何声响时，才回来报说"声在树间"。把这秋声写得迷离恍惚，似乎只有有心人才能感应到。

第二段点明此声为秋声。四时顺序迁移，本是自然规律，何以用"胡为而来哉"五字？其实含义宜为慨叹心灵上何以和此声获得感应。作者《书梅圣俞稿后》:“凡乐,达天地之和,而与人之气相接,故其疾徐奋动可以感于心,欢欣恻怆可以察于声。”可以为此解作佐证。接着就从“色”、“容”、“气”、“意”四个方面描写秋天萧条的情状;进而写出秋声凄厉,摧残草木,是阴气的余威。

第三段广泛引证古代典籍,说明秋季象征肃杀;万物春生秋实,或生老病死,是自然规律。古人这类说法甚多,注释中已略加引证,这里无须重复。

第四段是全文的主体,由物及人。以为人生世上,愁忧操劳,摧残体质,以致早期衰老;人本身不能像金石一样长存不坏,却要和草木一样求得短期荣耀,结果残害自己,未秋先凋,也就不必怨恨正常的秋声。

最后一段写“童子莫对”,只有秋虫的唧唧声伴和作者的叹息。反映了作者的寂寞,缺乏同调,加深了作品的悲感。

从以上介绍来看,《秋声赋》似乎真具有某些论者所谓的低沉、消极的情调。但是正如《孟子·万章下》所说:“读其书,不知其人,可乎?是以论其世也,是尚友也。”所以,只有了解欧阳修其人,才能对他的作品作出比较正确的评价。

在宋代,欧阳修是一个关心国计民瘼的人士。早年曾为庆历革新鼓吹,因此两度受到贬谪。《秋声赋》作于仁宗嘉祐四年(1059),作者年五十三岁。其时他早已从贬地调回汴京,当年二月正辞掉权知开封府的职务,官给事中兼充群牧司,且官位还在不断升迁中,第二年升为翰林院侍读学士、枢密副使,第三年升任参知政事,历英宗朝,连续八年为执政,到神宗即位的第二年才告退。这对一般人来说,正是仕途得意之时,而作者却在其时写出《秋声赋》这饱含忧患意识、又莫可奈何的作品,就很不一般。

原来宋王朝自真宗景德元年(1004)与契丹订立澶渊和议之后,文恬武嬉,四五十年来表面虽然歌舞升平,实际已危机四伏。早在仁宗景祐三年(1036),范仲淹即提出改革,因与宰相吕夷简发生冲突被贬,欧阳修支持范仲淹,亦被贬黜。到仁宗庆历三年(1043),范仲淹任参知政事,推行改革,欧阳修是积极的支持者。可是改革伤害了权贵的利益,于庆历五年即告失败,欧阳修再次被贬。但政局不可能因改革的失败而改善,依然日益恶化。当时的形势,正如作者在皇祐二年(1050)写给新任三司使田况的《与田元均论财计书》中写的:

> 弊乏之余,谅烦精虑、建利害、更法制甚易,若欲其为行而无沮改,则实难;裁冗长、塞侥幸非难,然欲其能久而无怨谤,则不易。为大计既迟久而莫待,收细碎又无益而徒劳。凡相知为元均虑者,多如此说。

反映了有识之士都觉得事情已难以措手。这对普通人而言,所谓“不在其位,不谋其政”,而作为一个清醒的在位者,其内心的痛苦和焦虑是可想而知的。《秋声赋》就是在这样的思想状况下写成的,而且随着作者此后地位的升迁,愁叹发展成为内疚。如在仁宗死后写的《夜宿中书东阁》:“白首归田徒有约,黄扉论道愧无功。攀髯路断三山远,忧国心危百箭功。”真宗死后写的《感事》:“故园三径久成荒,贤路胡为此坐妨。……号弓但洒孤臣血,忧国空余两鬓霜。”在英宗治平四年(1067)写的《归田录序》中,甚至自比为窃食官仓粮食的老鼠,这足以说明作者内心的悲愤。

写作《秋声赋》时,庆历革新的主持人范仲淹、杜衍已经去世,只剩下韩琦一人。

而作者早年的知友，才华英发的如尹洙、苏舜钦、石介、石延年等，都中年早逝。加以嘉祐四年作者的官位，较之后来执掌国政的枢密副使、参知政事责任为轻，所以只在作品中流露出莫可奈何、无所作为以及寂寞无侣的淡淡的哀怨，较之后来自责“无功”、“妨贤”、“官仓鼠”不同。

欧阳修的思想，前后期确实有变化。前期踔厉风发，一往无前；后期畏讥忧谗，徘徊瞻顾。到了后期，他不是知其不可为而为之，而是知难而退。这在《归田录序》中自己说得清楚：“备位朝廷，与闻国论”，“既不能因时奋身，遇事发愤，有所建明，以为补益；又不能依阿取容，以徇世俗。使怨疾谤怒丛于一身，以受侮于众小”，“宜乞身于朝，退避荣宠，而优游田亩，尽其天年”。可是无论前期或后期，欧阳修总是国计民生在怀，始终保持着清醒的头脑，这在古人中已难能可贵。

评价古人，是一项复杂细致的工作，轻易用积极、消极字样，不过是儿戏。《宋史》论断欧阳修，与之和唐韩愈作比，说：“愈不获用，修用矣，亦弗克究其所为，可为世道惜也哉！”联系到社会、世道，才能说明问题。

《秋声赋》感人的秘密，正由于反映了一个饱经忧患的有志之士，虽欲改变颓势，拯救国家，却又深感个人无能为力（“思其力之所不及，忧其智之所不能”）的悲哀。这悲哀，不同于骚人墨客的无病呻吟，也不同于仕途失意、叹困嗟贫的个人感伤，所以能撼动人心，唤起广大读者的共鸣。

当然，《秋声赋》之所以感人，除了思想内容外，文字的优美，亦其重要原因。关于赋体的流变，人们已说得多了。这里需要指出的是骈四俪六的律赋，发展到宋代已难以反映新的思想内容，欧阳修是宋代诗文革新运动的主将，他创制了“文赋”这一体裁，解放了赋的格律，仍保持了赋“铺采摛文，体物写志”的内容，主客对问的特色。就文学史而言，《秋声赋》无愧为“文赋”的代表作。

例如第一段描摹不可捉摸的秋声，先以夜间读书的静寂环境衬托，然后写声响由远而近，由小而大，并用波涛、风雨作形容。进而写声响触物，发出铮𫓧击金的铁声，又用暗袭敌人的急行军的人马声来刻画。最后主客对问：“童子曰：‘星月皎洁，明河在天，四无人声，声在树间。’”整个秋夜寂静的景色，已能给人深刻印象。

第二段开始，从文章的逻辑而言，是作者对童子说话，实际是抒情的独白。首先点明声响为秋声。然后排比景色、容态、气质、意象四个方面，形容秋天的形状。进而说明秋声凄切，夏季茂盛的草木遇之必摧败零落。如果说第一段描绘了秋声的形象，这一段则写了秋声的内涵，表现了赋“写物图貌，蔚似雕画”的手段。

第三段多方说明秋季的本质是肃杀，人世间的刑杀、练兵、乐律都与秋相应，证明万物春生秋实，由荣而衰，是自然规律。层层渲染烘托，以突出全文主旨。

第四段由物及人，以为草木是无情之物，按照自然规律而凋残；人是万物之灵，却因种种原因不能保持其天年。前面已经提到，欧阳修的知友苏舜钦、石介都死于四十一岁，尹洙死于四十六岁，石延年死于四十七岁，都是中年早逝。欧阳修自己也早衰，四十岁时即有白发，自称“醉翁”。人生“百忧感其心，万事劳其形”，已饱受折磨，何况还有超过他智慧和能力的事逼着他去考虑、去从事，早衰、早逝就不可避免。文字抑扬反复，层层推进，归结到秋天的肃杀、秋声的凄切，是自然的现象，不应怨恨。而人的忧劳过度，以致未秋先零，究竟是谁造成的呢？应该说是人们自己造成的，更是社会原因造成的。作者这样慨叹，如何能不引起读者的共鸣？

文章最后一段，余韵悠长。作者前面写的一切，本是过来人之言，童子无此经历，自然不能理解，所以无法对答，只有垂头而睡。在这一片枯寂中，只有四壁唧唧的秋虫声，似乎对作者同情，帮助作者叹息。文章正如在苦涩的咖啡中加了一点糖，使啜者更回味不尽。

在欧阳修的《六一诗话》中，曾记述梅尧臣论诗的话："状难写之景如在目前，含不尽之意见于言外。"《秋声赋》正具有这样的艺术效果。 （虞　行）

【注】 ①声自西南来：《初学记》卷一引《易纬》："立秋凉风至(西南方)。" ②衔枚：枚的形状如筷子，行军时兵士横衔口中，使不能说话。 ③一气之余烈：阴气的余威。古人认为四时是阴阳二气交互作用的结果，秋"于时为阴"，夏至日阴气生，冬至日阳气生。 ④"夫秋"七句：强调秋的本质是肃杀。刑官：掌刑法的官吏，古代中央政府设六部，以天地春夏秋冬相配，后世习称刑部为"秋官"。于时为阴：《汉书·律历志》："秋为阴中，万物以成。"兵象：《汉书·刑法志》："秋治兵以狝。"颜师古注："治兵，观威武也。狝(狩猎)，应杀气也。"于行用金："行"指金木水火土五行。《汉书·五行志》："金，西方，万物既成，杀气之始也。"义气：《礼记·乡饮酒义》："天地严凝之气，始于西南而盛于西北，此天地之尊严气也，此天地之义气也。" ⑤"故其"三句：以乐律来说明秋的肃杀。古代以宫商角徵羽为五音，商音凄厉，与秋天肃杀之气相应。《礼记·月令》："孟秋之月，其音商，律中夷则。"夷则：古十二乐律之一。《吕氏春秋》始把律和历配合。《太平御览》卷二四引《释名》："七月谓之夷则何？夷者，伤也，则者，法也：言万物始伤被刑法也。" ⑥渥然丹者：指脸色红润。《诗·秦风·终南》："颜如渥丹。" ⑦黟然黑者：指须发乌黑。黟：黑色。星星：毛发花白。

苏　轼

黠鼠赋

苏子夜坐，有鼠方啮。拊床而止之[①]，既止复作。使童子烛之，有橐中空[②]。嘐嘐聱聱[③]，声在橐中。曰："嘻！此鼠之见闭而不得去者也。"发而视之[④]，寂无所有，举烛而索，中有死鼠。童子惊曰："是方啮也，而遽死耶？向为何声，岂其鬼耶？"覆而出之，堕地乃走，虽有敏者，莫措其手。

苏子叹曰："异哉！是鼠之黠也。闭于橐中，橐坚而不可穴也[⑤]。故不啮而啮，以声致人；不死而死，以形求脱也。吾闻有生，莫智于人。扰龙伐蛟[⑥]，登龟狩麟[⑦]，役万物而君之，卒见使于一鼠；堕此虫之计中，惊脱兔于处女[⑧]。乌在其为智也。"

坐而假寐，私念其故。若有告余者曰："汝惟多学而识之，望道而未见也。不一于汝，而二于物，故一鼠之啮而为之变也。人能碎千金之璧，不能无失声于破釜[9];能搏猛虎,不能无变色于蜂虿[10]:此不一之患也[11]。言出于汝,而忘之耶?"余俛而笑,仰而觉。使童子执笔,记余之作。

童年读苏东坡的文章,多次登上他的"超然台",仰慕其为人。以后对他的生平、性格、抱负,有了较深的了解,对他的作品也就更加热爱了。他的诗文词赋,重要的大半读过,不少还能背诵。可是,他这篇《黠鼠赋》是最近才读到的,读了之后,使我大开眼界,拍案叫绝!

这篇作品,虽名曰"赋",实际上是一篇绝妙的小品文,不足三百字,写景入妙,写情入微,使人如临其境,如闻黠鼠之啮声,如见黠鼠之狡形。更叫我佩服的是,他能以小见大,从一只狡猾的小老鼠诡计逃脱的小故事,悟出人生的一番大道理来。

这篇"赋",虽然短小,它和赫赫有名的《赤壁赋》是一路笔法,同样是由情景而入于理,二者融合,浑然成为一体。这两篇赋的影响不同,一为成名之作,家传户诵。而这一篇,则隐而不彰,不为人所知,但就我个人的爱好而言,几乎可以在两者之间划一个等号。

顾名思义,《黠鼠赋》写的是一只狡猾的小老鼠,故事是平常的,但在东坡的生花妙笔之下,文章却是非凡的。我们且看他是怎样写的吧。第一节,写故事的发生及其意外的结果,情景真实,兴趣横生,句句引人入胜。他描绘自己夜坐,听见一只老鼠在咬物作声,拍拍床,声音停而复作,叫做伴的书童燃起蜡烛,声音吱吱嚓嚓发自一个箱子里。呵,原来一只老鼠掉在里边不得出了。打开箱子,却什么也没有呵!叫书童用蜡烛一照,有一只死老鼠在,书童惊异地说:刚才在吱吱地咬,怎么突然死了呢?!声音难道是鬼吗?把箱子一倒,小老鼠一溜烟地逃跑了。这篇"赋",一起首就十分有趣,它写了主人和书童在灯下、床前的所闻所见,写了这只狡猾小老鼠机灵的情态,使人惊叹不已。

如果文章到此为止,也足以吸引人,不失为一篇生动活泼、饶有情趣的记事写景小品,可是,作者并不以此为足,他把笔锋一转,将读者带入另一种境界,山穷水复,柳暗花明。

写了客观事物、主观感觉,而又更上一层楼,从感性上升到理性,从中推出一个大道理来。

这种推理又分为两层。首先想到这只小老鼠知道关在箱子里,牙齿是无能为力的,但它还是一个劲地咬,这咬是以声引人,"不啮而啮"。后来又以"不死而死"骗人,终得逃命。

由此,再向前推进一步。人力之大无穷,号称"万物之灵",其智竟然赶不上一只小老鼠,被它欺骗了。

这是小道理。从这小道理推到顶点,达到了哲学意味的理论高峰,令读者叹为观止,惊叹作者高超的智慧,绝顶的天才!

作者悟出小老鼠狡猾脱身的事实之后,慨叹地说:应该好好学习,对事物多方面观察体会,否则,是不能认识真理的。"不一于汝,而二于物,故一鼠之啮而为之变也。"这就是说:你不能掌握住一条真理标准,只在一些事物的现象上看问题,所以一只小老鼠的咬声就使你惊异，因而被它欺骗了。下面又为上面的理论提出佐证："人能碎千金之璧，不能无失声于破釜；能搏猛虎，不能无变色于蜂虿：此不一之患也。"

这几句至理名言，一字千金，含义无穷，它是精练的哲理，它是动人的诗句！使我日诵百遍，铭记心上！无怪乎作者之父，为此赞誉了他的天才之子！

读完这篇名为"赋"实际上是一篇妙绝的小品文之后，我掩卷默思。作者是为描写一只狡猾的小老鼠，有感而生发出后一段深奥哲理呢，还是为了发挥哲理而引小老鼠狡脱的事件为实证呢？我觉得，这二者有密切联系，而不应割裂开来看待。东坡幼年从师，又受到父母的亲切深刻的教诲，使他从小就养成对一般事物深入思考，并从中得出一个道理来的习惯。他的许多作品，都可以印证这一点。像"不识庐山真面目，只缘身在此山中"；像《超然台记》、《前赤壁赋》……

这篇《黠鼠赋》，记事、写景、抒情、推理四者融会为一，天衣无缝，使人读了上半篇，爱其景真、情真，读到下半段，喜其理深、智深。不去想前者与后者的问题，只觉去了后半则文章的含蕴不深，前段如果不是绘形绘声，真实动人，则后段就会显得干枯乏味，不能引人入胜。后半的推理与前半的具体描绘，衔接得十分自然。"苏子叹曰：'异哉！'"一句，启发了推理的动机，自自然然。人人身当其境，也一定同此感叹。有这感觉，再进一步："坐而假寐，私念其故。"作者不说自己悟出此中道理，而说"若有告余者"，由实入虚，使文章委婉有趣，不直不板。

我得读此"赋"，已恨太晚！一读之后，永结良缘。一篇短短二百八十七字的小文，竟有撼人的万钧之力！我想，这篇短文如果选进中学语文课本里去，叫亿万青少年读读，一定会发生浓烈的兴味，起到极大的启发、鼓舞作用。（臧克家）

【注】 ①拊：拍。 ②橐（tuó 驼）：这里指箱状的盛衣食的器具。 ③嘐嘐（xiāo 器）聱聱（áo 熬）：象声词，形容鼠啮咬的声音。 ④发：打开。 ⑤不可穴：不能咬出一个洞孔。 ⑥扰龙：侵犯龙，《左传》上说夏代的孔甲能够扰龙。伐蛟：擒蛟。《吕氏春秋·季夏》说："令渔师伐蛟取鼍。" ⑦登龟：用龟，古代占卜用龟壳。狩麟：《公羊传·哀公十四年》："西狩获麟。孔子曰：'吾道穷矣。'" ⑧"惊脱"句：意谓黠鼠在处女般的老实人面前像脱兔那样突然逃走。《孙子·九地》形容用兵敏捷说："始如处女，敌人开户。后如脱兔，敌不及拒。" ⑨"人能"二句：是说人有时砸碎一块璧玉也不动声色，但打破了一个锅却不禁发出惊叫。 ⑩"能搏"二句：意谓人能搏取猛虎，可有时见到蜂虿就变色。虿（chài 钗去）：蝎子一类的毒虫。 ⑪不一：不专心。

赤壁赋

壬戌之秋[1]，七月既望[2]，苏子与客泛舟游于赤壁之下[3]。清风徐来，水波不兴。举酒属客[4]，诵《明月》之诗，歌《窈窕》之章[5]。少焉，月出于东山之上，徘徊于斗牛之间[6]，白露横江，水光接天。纵一苇之所如[7]，凌万顷之茫然[8]。浩浩乎如冯虚御风[9]，而不知其所止；飘飘乎如遗世独立，羽化而登仙[10]。

于是饮酒乐甚，扣舷而歌之[11]。歌曰："桂棹兮兰桨[12]，击空明兮溯流光[13]。渺渺兮予怀[14]，望美人兮天一方[15]。"客有吹洞箫者[16]，倚歌而和之。其声呜呜然，如怨如慕，如泣如诉，余音袅袅[17]，不绝如缕。舞幽壑之潜蛟，泣孤舟之嫠妇[18]。

苏子愀然[19]，正襟危坐[20]，而问客曰："何为其然也？"客曰："'月明星稀，乌鹊南飞'，此非曹孟德之诗乎[21]？西望夏口[22]，东望武昌[23]，山川相缪[24]，郁乎苍苍[25]，此非孟德之困于周郎者乎[26]？方其破荆州[27]，下江陵[28]，顺流而东也，舳舻千里[29]，旌旗蔽空，酾酒临江[30]，横槊赋诗[31]，固一世之雄也，而今安在哉？况吾与子渔樵于江渚之上[32]，侣鱼虾而友麋鹿[33]；驾一叶之扁舟，举匏樽以相属[34]。寄蜉蝣于天地[35]，渺沧海之一粟[36]。哀吾生之须臾，羡长江之无穷。挟飞仙以遨游，抱明月而长终。知不可乎骤得，托遗响于悲风[37]。"

苏子曰："客亦知夫水与月乎？逝者如斯，而未尝往也[38]；盈虚者如彼[39]，而卒莫消长也。盖将自其变者而观之，则天地曾不能以一瞬；自其不变者而观之，则物与我皆无尽也[40]，而又何羡乎！且夫天地之间，物各有主，苟非吾之所有，虽一毫而莫取。惟江上清风，与山间之明月，耳得之而为声，目遇之而成色，取之无禁[41]，用之不竭，是造物者之无尽藏也[42]，而吾与子之所共适[43]。"

客喜而笑，洗盏更酌。肴核既尽[44]，杯盘狼藉[45]。相与枕藉乎舟中[46]，不知东方之既白。

宋神宗元丰二年(1079)，舒亶、李定等摘集苏轼讽刺新法的诗文，罗织罪状，将其从湖州逮捕，投入御史台狱，经过一百多天的折磨，十二月底结案，贬授黄州团练副使本州安置，从此苏轼开始转入仕途的逆境时期。苏轼在黄州的境况是极艰难的，他在《送沈逵赴广南》诗中说："我谪黄冈四五年，孤舟出没烟波里，故人不复通问讯，疾病饥寒疑死矣。"政治的打击，官场的风险，更使他纵情诗酒，放浪山林。元丰五年七月，他与友人夜游赤壁(指黄州赤壁，在今湖北省黄冈县)，触物感怀，写下了这篇赋。同年十月，他又写下一篇《赤壁赋》，故亦称这篇为《前赤壁赋》，把后者称作《后赤壁赋》。这两篇赋都是流传千古、脍炙人口的不朽名作。

本篇抒发夜游赤壁的感慨，反映了苏轼贬官黄州时期的思想矛盾和精神苦闷，体现了他善于解脱心理失衡的豁达襟怀。他在《书〈前赤壁赋〉后》中说："轼去岁作此赋，未尝轻出以示人，见者盖一二人而已。钦之(傅尧俞的字)有使至，求近文，遂亲书以寄。多难畏事，钦之爱我，必深藏之不出也。"这段跋语，对我们了解作者当时深受压抑的心境提供了帮助。文中阐明的变与不变和物我无尽的观点，含有某些自发辩证法的因素，具有一定的积极意义。

本文以泛舟夜游赤壁为线索，紧紧围绕着自己思想感情的起伏变化而逐次展开。首段写秋夜赤壁泛舟，有羽化登仙之感。开始四句，交代时间、人物、地点和游览方式，简练精当，为全篇揭开序幕。"清风徐来"五句写月出之前，"少焉"以下写月出之后，由写风清波平转入写明月升空，水天浩渺，景物越来越美，游兴也越来越浓，遂产生了飘然欲仙之感。这里把眼前的景色与主客的意兴巧妙地交织在一起，既写出恬静幽雅的赤壁夜景和这美景随着时间推移而发生的变化，更写出了主客陶醉在这种美景中的超然之乐，诗情画意水乳交融。

次段写歌声的思慕，箫声的悲凉，诱发主客对话。“于是饮酒乐甚”紧承上段，由“乐”而“歌”，由“歌”而吹箫以“和”，转接十分自然。歌词“渺渺兮予怀，望美人兮天一方”，寓托着求索和思慕，稍含怅惘失意之慨，文情逐渐由乐转悲。连用六个比喻形容箫声，借联想与通感，化无形为有形。“舞潜蛟”、“泣嫠妇”两句，再从音响效果上极力渲染箫声的幽怨悲凉，把上文寓含的悲情发挥到极致，水到渠成地引发出主客关于人生意义的问答思辨。“以文法论，纯得吹箫一段生波，下乃发出如许妙理。”(李扶九《古文笔法百篇》)正道出了本段在全文结构中的重要作用。

第三段借客人之口即景怀古，抒发功业不遂、人生短促的感慨。箫声使苏子“愀然”，由愀然而发问，生出客人的一段议论。客人的回答雄健豪放，恣肆汪洋，却又针对苏子“何为其然”的问话，从曹操与自己的对比，从宇宙无穷与人生须臾的对比，从现实与愿望的对比，说明了箫声悲凉的三个原因。曹操驰骋当年，称雄一世，倏忽之间，却无处寻觅，更何况我辈？一悲。乾坤苍茫无际，个人沧海一粟，长江滚滚无穷，而人生匆匆过客，二悲。欲挟飞仙而不能，欲抱明月而不得，三悲。客人的话实际上是作者内心的独白，是他贬官黄州时的境况和思想的真实写照。这是一种以客代主、借客抒慨的写法，极为曲折巧妙。

第四段是主人对客人的劝解，阐发对人生的看法，是全文的主旨。“客亦知夫水与月乎”十句，就当下景物指点，以水、月为喻，为客作解。“逝者”就水说，“盈虚者”就月说，变与不变，总合来说。由水、月的“个别”，升华到天地万物的“一般”，各作两面观，由变到不变，由不变说到无尽，而落脚到“又何羡乎”，应上文“羡”字。以下再由“且夫”带起，向前推进一步，仍就眼前风、月生发，天地盈虚消长之理，既无穷终，况当下境界，自有风、月可乐，无需强求而取用不尽，何为不自适其乐。这段哲理的议论，不仅由情引发，由情统摄，而且是通过水的流逝、月的盈虚以及风声月色等大自然的具体形象来体现的，做到了寓理于景，带有强烈的抒情性，感情也由悲转喜。三、四两段主客的对话，深刻揭示出作者的思想矛盾以及不甘陷于苦闷而力图解脱的过程，反映出他旷达的襟怀和达观的人生态度，这正是他在艰难逆境中独立自处的精神支柱。

末段写转悲为乐，事事与前文相呼应。“洗盏更酌”应“举酒属客”，“相与枕藉乎舟中”应“泛舟”，“不知东方之既白”应夜游，戛然而止，而又有无穷的余味，妙境令人领略难尽。

随着作者思想感情由喜而悲和回悲为喜的三次变化，文章波澜起伏，摇曳多姿。同感情的变化相配合，作者巧妙地运用写景、抒情、说理三种手法，寓情于景，借景明理，具有极强的艺术感染力。赋常用对话方式推进文意，并讲究排偶协韵。本文却不受这种文体的局限，创造性地运用对话形式，深刻揭示自己思想的矛盾和感情的变化，语句长短错落，散骈结合，融诗文于一体，而又舒卷自如，活泼流畅，风韵潇洒神奇，出尘绝俗，艺术上达到了炉火纯青的境界，可以说是一首优美的散文诗。

(刘乃昌　高洪奎)

【注】 ①壬戌:宋神宗元丰五年(1082)。 ②既望:每月阴历十五为望,十六为既望。 ③泛舟:犹荡舟,任船随水漂流。 ④属(zhǔ 主)客:劝客。 ⑤"诵《明月》"二句:意谓朗诵《诗·陈风》的《月出》诗,歌唱这首诗的第一章。《月出》首章有"月出皎兮,佼人僚兮,舒窈纠(jiǎo 绞)兮"的诗句。窈纠:即窈窕。 ⑥徘徊:盘桓不前。斗牛:指斗宿、牛宿。 ⑦"纵一苇"句:是说任凭小船漂流。一苇:代指扁窄的小船。《诗·卫风·河广》:"谁谓河广,一苇杭之。" ⑧"凌万顷"句:是说渡越无边的江水。凌:渡越。茫然:辽远貌。 ⑨浩浩:形容水势很大的样子。冯虚御风:凌空驾风而行。冯:同"凭"。 ⑩羽化:古代传说成仙后能飞升上天,所以称成仙为"羽化"。 ⑪舷(xián 弦):船边。 ⑫棹(zhào 赵):前推为桨,后推为棹。桂、兰:都是佳木,用以形容桨很讲究。 ⑬空明:指月光映照下的澄明的江面。溯:逆流而上。流光:随水浮动的月光。 ⑭渺渺:形容悠远。 ⑮美人:指理想的人。 ⑯洞箫:单管直吹的箫。据说"客"是指杨世昌,杨是道士,字子京。苏轼《次韵孔毅夫》诗云:"杨生自言识音律,洞箫入手清且哀。" ⑰袅袅(niǎo 鸟):形容声音悠扬不断。 ⑱嫠(lí 离)妇:寡妇。 ⑲愀(qiǎo 巧)然:悲愁变色貌。 ⑳正襟危坐:语出《史记·日者列传》,意思是庄严地端坐。 ㉑孟德:曹操的字。曹操《短歌行》第一章有"月明星稀,乌鹊南飞。绕树三匝,无枝可依"的诗句。 ㉒夏口:城名,旧址在今武昌。 ㉓武昌:今湖北省鄂城县。 ㉔缪(liáo 聊):通"缭",缭绕。 ㉕"郁乎"句:形容草木茂盛,一片苍翠。 ㉖"此非"句:汉献帝建安十三年(208),曹操在击破袁绍,统一黄河流域之后,乘胜顺江东进,东吴在危急形势下,采取了联刘抗曹的方针,吴将周瑜等在赤壁一举击溃号称八十万人马的曹军,这就是历史上有名的"赤壁之战"。 ㉗破荆州:荆州辖南阳、江夏等七郡,相当于今湖北、湖南一带。当时荆州刺史刘表已死,其子刘琮于建安十三年率众投降曹操。 ㉘下江陵:攻占江陵。曹操占荆州后,又击败刘备于当阳长坂,进兵江陵。江陵:今湖北县名。 ㉙舳舻千里:语出《汉书·武帝纪》,形容战舰之多,船只相接,连绵千里。 ㉚酾(shī 失)酒:滤酒,指饮酒。 ㉛横槊赋诗:元稹《唐故工部员外郎杜子美墓系铭》:"曹氏父子鞍马间为文,往往横槊赋诗。"横槊:横执长矛。 ㉜"况吾与子"句:代指贬居黄州,漂泊江湖。渚:江中小洲。 ㉝麋(mí 迷)鹿:即鹿。麋:鹿的一种。 ㉞匏(páo 袍)樽:酒器。 ㉟"寄蜉蝣"句:比喻人生短暂,如蜉蝣(朝生暮死的小虫)寄生于天地之间。 ㊱沧海:大海。一粟:一粒小米。 ㊲遗响:余响,指箫的余音。 ㊳"逝者"二句:《论语·子罕》:"子在川上曰:'逝者如斯夫,不舍昼夜!'"斯:指水。 ㊴盈虚者:指月亮。盈虚:满缺。 ㊵"盖将"四句:用《庄子》语意。《庄子·德充符》云:"自其异者视之,肝胆楚越也;自其同者视之,万物皆一也。"意谓从局部(即有限的具体事物)的角度来说,任何事物都瞬息万变,从整体(即无限的宇宙)的角度来说,万物与人类都没有穷尽。 ㊶无禁:没人禁止。 ㊷造物者:指大自然。无尽藏(zàng 葬):无穷的宝藏。 ㊸适:欣赏,享受。《苏轼文集》从别本作"食"。《朱子语类》卷一三〇谓"尝见东坡手写本","食,即作食"。今仍依通行本。 ㊹肴核:酒肴,果品。 ㊺杯盘狼藉:语出《史记·滑稽列传》,形容饭具杂乱。 ㊻相与枕藉:彼此相互依靠着睡觉。

再版后记

《中国文学名篇鉴赏辞典》出版十余年来，一直深受广大读者的欢迎，广大文学爱好者更是获益匪浅。为适应时代的发展要求，满足新一代读者多样化的审美需求，我们对此书进行了修订，并更名为《中国文学名篇鉴赏》。

全书精选先秦至近代作家的代表性名作六百余篇，按诗卷、文卷、词赋卷三大板块分为三册。每类作品的编排，大致以作家年代为序；同一作家作品的排列，一般依编年顺序，无法编年者依照通行本目次排列。每篇内容由原文、鉴赏、注释三部分组成，诗词的注释尽量融化在鉴赏文字之中，文、赋等长篇作品，掌故难句较多，则须另行出注。原文一般依照通行本录入，某些必须校改之处，于鉴赏或注释中简要说明。全书使用简化字，特殊情况下酌用繁体或异体字。删去一些过于陈旧的词语及一些过时的提法。但为保持作者语言风格的统一性，个别情况下仍用原有说法。

本书约请了知名学者二百八十余人撰稿，其中不乏蜚声海内外的学术大师，可谓群贤毕至，妙笔呈辉，许多鉴赏文章本身就是经典名作。此次修订，由刘乃昌先生主持，先生不辞年高体弱，亲自补写词类鉴赏，并审读了全书。值此修订之际，谨向原书全体作者并刘乃昌先生致以深深的敬意。

山东大学出版社
2007 年 10 月